NORA ROBERTS
Insel des Sturms

AF204820

Nora Roberts

Insel des Sturms

Roman

Deutsch von
Uta Hege

blanvalet

Die Originalausgabe erschien 1999 unter dem Titel
»Jewels of the Sun« bei Jove Books, The Berkley Publishing Group,
a member of Penguin Putnam Inc., New York.

MIX
Papier aus verantwor-
tungsvollen Quellen
FSC® C014496

Penguin Random House Verlagsgruppe FSC® N001967

2. Auflage
Copyright © der Originalausgabe 1999 by Nora Roberts
Published by Arrangement with Eleanor Wilder
Dieses Werk wurde vermittelt durch die
Literarische Agentur Thomas Schlück GmbH, 30161 Hannover.
Copyright © 2011 für die deutsche Ausgabe
by Blanvalet Verlag, in der Penguin Random House Verlagsgruppe GmbH,
Neumarkter Straße 28, 81673 München
Umschlaggestaltung: © Johannes Wiebel | punchdesign,
unter Verwendung von Motiven von Shutterstock.com
(Raquel Pedrosa; ianmitchinson; Jan Martin Will; Lev Kropotov)
LH · Herstellung: wag
Satz: GGP Media GmbH, Pößneck
Druck und Bindung: GGP Media GmbH, Pößneck
Printed in Germany
ISBN: 978-3-7341-0943-0

www.blanvalet.de

Liebe Leserinnen,

diejenigen von Ihnen, denen meine Bücher vertraut sind, wissen, dass Irland sowohl im wahren Leben als auch in der Fiktion eines meiner Lieblingsländer ist. Es ist reich an dramatischen Klippen und ruhigen Feldern, voller Mythen, Legenden und Magie. In Insel des Sturms *habe ich in Anlehnung an einige dieser Mythen meine eigene Saga erdacht.*

So hätte es wirklich passieren können.

Ich möchte Sie mit den Gallaghers aus Ardmore bekannt machen: Aidan, Shawn und Darcy, die in dem hübschen Dorf am Meer im Bezirk Waterford den Pub führen.

Außerdem gibt es nicht weit von dort entfernt ein kleines Cottage, einen Ort der Magie, an dem eine einsame Amerikanerin ihre Wurzeln und ihr Herz erforschen will.

Sie ist nicht alleine, denn eine andere einsame Gefährtin lebt ebenfalls in diesem Haus. Nur ist sie rein zufällig ein Geist.

Mithilfe eines Märchenprinzen, der zwar unklug, doch reinen Herzens liebte, finden Aidan Gallagher aus Ardmore und Jude Frances Murray aus Chicago am Ende ihr gemeinsames Zuhause, wo sie den ersten Schritt unternehmen, um den dreihundertjährigen Bann zu brechen.

Kommen Sie also wieder mit mir nach Irland, dieses Mal durch die Türen des Gallagher'schen Pubs, in dessen Kamin ein gemütliches Torffeuer prasselt und auf dessen Tresen bereits die Pints auf Euch Gäste warten, und verfolgen Sie dort die Geschichte, die ich Ihnen erzählen will.

Nora Roberts

Für Ruth Ryan Langan

Come away! O, human child!
To the woods and waters wild,
With a fairy hand in hand,
For the world's more full of weeping than
you can understand.

Komm mit fort! Oh, Menschenkind!
Zu den wilden Wäldern und Gewässern, die da sind.
Geh mit einer Fee, geht beide Hand in Hand…
Da die Welt erfüllt ist von mehr Tränen,
Als erfasset dein Verstand.

W. B. YEATS

1

Ganz offensichtlich, gar keine Frage, war sie übergeschnappt!

Als Psychologin sollte sie es wissen.

Sämtliche Zeichen waren da, und zwar bereits seit Monaten. Die Gereiztheit, die Übellaunigkeit, der Hang zu Tagträumen und die Vergesslichkeit. Der Mangel an Motivation, an Energie, an der normalerweise für sie typischen Zielstrebigkeit.

Ihre Eltern hatten sich bereits in der ihnen eigenen milden Art, die besagen sollte, Du-kannst-es-besser-Jude, dazu geäußert. Und ihre Kollegen bedachten sie inzwischen mit verstohlenen Seitenblicken voll des stummen Mitleids oder des missbilligenden Unbehagens. Sie hatte begonnen, ihre Arbeit und ihre Studenten zu verabscheuen; bei ihren Freunden, Verwandten, Mitarbeitern und Vorgesetzten deckte sie permanent Dutzende störender Eigenschaften auf.

Allmorgendlich empfand sie die einfache Pflicht des Aufstehens und sich für den Unterricht Ankleidens als ebenso beschwerlich wie das Erklimmen eines Bergs. Und zwar eines Bergs, den sie weder aus der Ferne sehen noch mühselig erklimmen wollte.

Dazu kam dieses unbesonnene, impulsive Verhalten, das sie seit einer Weile an den Tag legte. O ja, dieses Verhalten war das Beunruhigendste von allem. Die stets ach so gelassene, nüchterne Jude Frances Murray, einer der kräftigsten Äste des Stammbaums der Chicagoer Murrays, die stets ach so vernünftige und arbeitswillige Tochter des Ärztepaares Linda und John K. Murray, schmiss plötzlich ihren Job hin.

Sie hatte weder ein Forschungssemester genommen noch um ein paar Wochen Urlaub gebeten, sondern einfach mitten im Semester ihren Posten an den Nagel gehängt.

Warum? Totaler Blackout!

Ihr Verhalten schockierte sie selbst ebenso wie den Dekan, ihre Kollegen und Eltern.

Hatte sie vor zwei Jahren, als ihre Ehe in die Brüche gegangen war, derart heftig reagiert? Nein, natürlich nicht. Sie war stoisch mit ihrer täglichen Routine fortgefahren wie zuvor – hatte ihre Vorlesungen abgehalten, ihre Studien weitergeführt, ihre Termine wahrgenommen – und das alles, ohne mit der Wimper zu zucken – selbst in den Wochen, in denen sie regelmäßig zu ihrem Anwalt geschlurft war und sorgsam die Papiere ausgefüllt hatte, die das Ende einer Beziehung besiegelten.

Nicht dass es eine besonders innige Verbindung gewesen wäre oder dass die Anwälte viel Arbeit gehabt hätten. Eine Ehe von nicht einmal acht Monaten Dauer bedeutete wenig Durcheinander, wenig Probleme. Wenig Leidenschaft.

Leidenschaft, so nahm sie an, hatte von Anfang an gefehlt. Hätte sie auch nur die geringste Leidenschaft gezeigt, hätte William sie ganz sicher nicht, beinahe noch ehe die Blumen aus ihrem Brautstrauß verwelkt waren, einer anderen Frau wegen verlassen.

Aber es war sinnlos, jetzt noch darüber nachzugrübeln, dachte sie. Hier handelte es sich um Jude Frances. Oder das hatte es jedenfalls, verbesserte sie sich. Wer sie jetzt war, wusste bestenfalls der liebe Gott.

Vielleicht stellte diese Frage einen Teil des Ganzen dar, überlegte sie. Sie hatte am Rande eines Abgrundes gestanden, hatte hinabgesehen in das weite, dunkle Meer der Gleichförmigkeit, der Monotonie, der Langeweile – das Miss Murray seit ihrer Geburt verkörperte. Heftig hatte sie

mit den Armen gerudert, war von dem Abgrund zurückge-
stolpert – und schreiend davongerannt.

Für sie eine vollkommen untypische Reaktion.

Bereits der Gedanke an ihr verändertes Verhalten versetzte
ihr derartige Stiche, dass sie sich fragte, ob sie vielleicht, um
die ganze Sache abzukürzen, einfach einen Herzinfarkt bekam.

AMERIKANISCHE COLLEGEPROFESSORIN TOT IN
GEMIETETEM VOLVO AUFGEFUNDEN

Es wäre ein seltsamer Nachruf. Vielleicht erschiene er ja
sogar in der von ihrer Großmutter so geliebten *Irish Times*.
Ihre Eltern wären natürlich vollkommen niedergeschmettert. Es wäre ein derart unordentlicher, öffentlicher, *peinli-
cher* Tod. Mehr als unpassend!

Natürlich waren sie auch traurig, aber vor allem verwirrt.
Was, in aller Welt, hat sich das Mädchen nur dabei gedacht,
einfach nach Irland abzuhauen und eine viel versprechende
Karriere sowie eine herrliche Wohnung mit Seeblick aufzu-
geben?

Sicher kämen sie zu dem Ergebnis, das alles wäre die Folge
von Omas unseligem Einfluss.

Und natürlich hätten sie mit der Vermutung Recht – so
wie sie immer in allem Recht gehabt hatten, seit die Tochter
infolge ihrer äußerst geschmackvollen Partnerwahl genau
ein Jahr nach ihrer Hochzeit auf die Welt gekommen war.

Obgleich sie lieber nicht darüber nachdachte, war Jude
sicher, dass das körperliche Zusammensein ihrer Eltern
ebenso wie die genannte Partnerwahl immer äußerst ge-
schmackvoll und präzise verlief. Genau wie die sorgsam
choreografierten, traditionellen Ballettvorführungen, die sie
beide so gerne besuchten.

Aber weshalb saß sie hier in einem gemieteten Volvo, dessen dämliches Lenkrad auch noch auf der falschen Seite saß,
und dachte an das Liebesleben ihrer Eltern?

Jude presste ihre Finger auf die Augen, bis das Bild allmählich verschwand.

Das, sagte sie sich müde, war genau die Art von Bildern, die man sah, wenn man verrückt wurde.

Sie atmete tief ein. Sauerstoff reinigte und beruhigte das Gehirn. So, wie sie die Sache sah, hatte sie folgende Alternativen: Entweder zerrte sie ihre Koffer aus dem Auto, ging zurück in den Dubliner Flughafen, drückte die Wagenschlüssel der Mietwagenfirma-Angestellten mit dem karottenroten Haar und dem kilometerbreiten Lächen wieder in die Hand und buchte sofort den Rückflug.

Natürlich hatte sie keinen Job mehr, aber sie käme sicher eine Zeit lang mit ihren beachtlichen Ersparnissen zurecht. Auch ihr Apartment war sie los, da sie es für sechs Monate an dieses nette Pärchen vermietet hatte, aber wenn sie nach Hause zurückflöge, nähme bestimmt Oma sie erst mal bei sich auf.

Und sähe sie mit ihren wunderschönen vergissmeinnichtblauen Augen traurig an. *Jude, Liebling, du wagst dich immer nur bis an den Rand deiner Wünsche. Weshalb tust du nie den letzten, endgültigen Schritt?*

»Ich weiß es nicht. Ich weiß es einfach nicht.« Elend hob Jude die Hände vors Gesicht und wiegte sich müde hin und her. »Es war deine Idee, dass ich hierher fliegen sollte, nicht meine. Was soll ich denn während der nächsten sechs Monate im Faerie Hill Cottage, in deinem alten Häuschen auf dem Feenhügel, bitte anfangen? Ich weiß ja nicht mal, wie man dieses verdammte Auto steuert.«

Noch eine weitere Klage und sie bekäme einen Heulkrampf. Sie spürte, wie das Wasser in ihrer Kehle aufstieg und wie es in ihren Ohren rauschte; doch ehe die erste Träne Gelegenheit hatte zu kullern, ließ sie den Kopf nach hinten sinken, kniff die Augen fest zusammen und verfluchte sich für ihren Mangel an Beherrschung. Heulkrämpfe, Wutanfälle, Sarkasmus und andere Arten unerfreulichen Benehmens waren einfach verschiedene Wege, die Dinge zu dramatisieren. Auf Grund ihrer Erziehung und Ausbildung erkannte sie die Anzeichen. O nein, sie gäbe dem Aufruhr in ihrem Inneren nicht nach!

»Das ist dann wohl jetzt das nächste Stadium, Jude, du jämmerliche Närrin! Sprichst mit dir selbst und sitzt jammernd in einem Volvo herum, weil du zu unentschlossen, verdammt, zu gelähmt bist, um den Schlüssel im Zündschloss herumzudrehen und ganz einfach loszufahren.«

Vorsichtig atmete sie aus und straffte die Schulter. »Zweite Möglichkeit«, murmelte sie. »Führ zu Ende, was du nun mal begonnen hast.«

Sie startete den Motor, sandte ein leises Stoßgebet gen Himmel, dass sie auf der Fahrt niemanden – auch sich selbst nicht – umbrächte oder verletzte, und rollte dann langsam vom Parkplatz auf die Straße.

Um nicht jedes Mal zu schreien, sobald sie an einen der von den Iren so fröhlich »Rundherums« genannten Kreisverkehre gelangte, sang sie leise vor sich hin. Immer wenn ihr schwindlig wurde, sie mal wieder links mit rechts verwechselte und um ein Haar irgendwelche unschuldigen Fußgänger über den Haufen fuhr, sang sie, welches Lied ihr in ihrem Entsetzen auch momentan durch den Kopf schoss.

Auf dem Weg von Dublin bis hinunter in die Grafschaft Waterford grölte sie Filmmusik, brüllte irische Trinklieder, und jaulte – infolge eines Beinahe-Zusammenstoßes kurz hinter Carlow – derart lautstark den Refrain von »Brown Sugar«, dass Mick Jagger, hätte er es gehört, sicher vor Neid erblasst wäre.

Dann wurde der Verkehr ein wenig ruhiger. Vielleicht hatte sie mit ihrem Lärm die Götter des Straßenverkehrs ausreichend schockiert, sodass sie aufhörten, ihr andere

Wagen in den Weg zu schleudern – vielleicht aber war es auch der segensreiche Einfluss der allgegenwärtigen der Heiligen Jungfrau gewidmeten Mariensäulen – jedenfalls wurde das Fahren ein wenig angenehmer und Jude fing beinahe an, die Strecke und die Umgebung zu genießen.

Woge um Woge grüner Hügel schimmerten im Sonnenlicht, das sich glühend wie das Innere einer Muschel weiter und weiter bis in die Schatten hoher Berge fortsetzte, diese hoben sich vor dem mit rauchigen Wolken behangenen, perlmuttfarbenen Himmel dunkel ab – alles eher auf ein Gemälde als in die Wirklichkeit gehörend.

Das Gemälde fand sie so schön, dass sie nach längerem Hinschauen das Gefühl bekam, sie glitte mitten hinein, verschmelze mit den Farben, den Formen, der Szene, die irgendein Meister mit Brillanz kreiert hatte.

Genau das sah sie, wenn sie es wagte, die Augen von der Straße zu erheben. Brillanz und eine überwältigende, betörende Schönheit, die einem das Herz, noch während man ihm gut zuredete, förmlich zerriss.

Grüne, unglaublich grüne Felder wurden von uralten rauen Hecken oder knorrigen, windgebeugten Bäumen unterbrochen, gefleckte Kühe oder zerzauste Schafe zupften gemächlich an den Grashalmen, Menschen auf Traktoren tuckerten gemütlich darüber hinweg. Hier und da standen kleine, weiß oder cremefarben getünchte Häuser, in deren Gärten frische Wäsche flatterte und vor deren Türen wilde, leuchtend bunte Blumen wucherten.

Dann ragten wunderbar und massiv die verfallenen Gemäuer einer alten Abtei, wenn auch nur Überreste, so doch stolz, in den blendend hellen Himmel – als warteten sie auf ihre Renaissance.

Was würdest du empfinden, wenn du dieses Feld überqueren und die glitschigen Stufen zu der alten Brustwehr erklimmen würdest, überlegte Jude. Würdest, oder besser könntest du die Jahrhunderte spüren, während derer die Füße anderer Menschen dieselben Stufen hinaufgeklettert sind? Würdest du, wie Großmutter behauptet, die Musik und die Stimmen, das Klirren alter Waffen, das Schluchzen von Frauen, das Gelächter von Kindern vernehmen, das bereits vor langer Zeit verklungen ist?

Natürlich glaubte sie nicht an solche Dinge. Aber hier, in diesem Licht, in dieser Luft, erschien es doch irgendwie möglich.

Das endlos grüne Land bot dem Betrachter einfach alles, von alter, längst vergangener Pracht bis hin zu reizvoll beständiger Schlichtheit: strohgedeckte Dächer, steinerne Kreuze, Burgen, dann wieder Dörfer mit engen, gewundenen Straßen und Schildern in gälischer Sprache.

Einmal sah sie einen alten Mann, der mit seinem Hund die Böschung entlang spazieren ging, wo das Gras bis zu den Knöcheln reichte und ein kleines Schild vor Rollsplitt warnte. Zu Judes großer Freude hatten sowohl Mann als auch Hund identische braune Hütchen auf dem Kopf. Sie behielt das Bild lange im Kopf und beneidete die beiden um ihre Freiheit und natürliche Zusammengehörigkeit.

Sicher gingen sie jeden Tag denselben Weg und kehrten dann, ob Regen oder Sonnenschein, zum Tee zurück in ein romantisches Cottage mit reetgedecktem Dach und einem sorgsam gepflegten Vorgarten. Bestimmt hatte der Hund seine eigene kleine Hütte, aber normalerweise läge er wohl zusammengerollt zu Füßen seines Herrn vor dem Kamin.

Auch sie liefe gern mit einem derart treuen Freund über diese Felder. Laufen und laufen, bis sie sich setzen wollte. Würde sitzen und sitzen, bis sie wieder aufstehen wollte. Dies war eine Vorstellung, die sie verwirrte. Zu tun, was sie wollte, wann sie es wollte, in ihrem eigenen Tempo und auf ihre eigene Weise.

Diese einfache, alltägliche Freiheit war ihr vollkommen

fremd. Aber sie fürchtete auch, sie am Ende zu finden, ihr silbriges Ende mit den Fingerspitzen zu berühren und dann wieder zu verlieren.

Da sich die Straße wie ein schmales braunes Band entlang der Waterford'schen Küste Richtung Süden schlängelte, erhaschte Jude immer wieder einen Blick aufs Meer, das seine blaue Seide mit dem Horizont verwob oder in turbulentem Grün und Grau gegen einen breiten, sanft geschwungenen Sandstrand klatschte.

Die Anspannung zwischen ihren Schulterblättern nahm ein wenig ab, und ihre Hände umfassten das Lenkrad etwas lockerer. Dies war das Irland, von dem ihre Großmutter zu sprechen, dies waren die Farben, die Dramatik, der Frieden, von denen sie zu schwärmen pflegte. Und dies, so dachte Jude, genau diese Dinge hatten sie bewogen zu kommen: um zu sehen, wo ihre Familie, ehe man ihre Wurzeln ausgerissen und auf der anderen Seite des Atlantiks wieder eingepflanzt hatte, verwachsen gewesen war.

Sie war froh, dass sie nicht bereits auf dem Flughafen kehrtgemacht und einen Platz in der nächsten Maschine zurück nach Chicago gebucht hatte. Hatte sie nicht den Großteil der dreieinhalbstündigen Fahrt ohne ein einziges Missgeschick hinter sich gebracht? Abgesehen von der kleinen Panne an dem Kreisverkehr in Waterford City, wo sie dreimal rundherum gefahren war und sich schließlich um ein Haar in einen Wagen mit ebenso hilflosen Touristen gebohrt hatte.

Im Grunde war ja niemandem etwas geschehen.

Und jetzt lag das Ziel vor ihr. Die Wegweiser zum Dorf Ardmore waren der Beweis. Auf Grund der sorgfältigen Zeichnung ihrer Großmutter wusste sie, dass der Weiler Ardmore nahe bei dem Cottage lag. Dass sie dort ihre Einkäufe und mögliche andere Besorgungen erledigen konnte.

Natürlich hatte ihre Großmutter ihr außerdem eine beeindruckende Liste mit Namen von Menschen gegeben, die sie besuchen sollte – entfernte Verwandte, die sich sicher freuen würden, wenn sie kam. Doch das, so dachte Jude, hatte noch Zeit.

Wenn sie sich vorstellte, dass sie tagelang mit niemandem ein Wort wechseln musste! Dass niemand ihr irgendwelche Fragen stellen und erwarten würde, dass sie die Antworten darauf fand. Dass sie keinen Small Talk halten müsste wie mit ihren Kollegen und Studenten. Dass es keinen Zeitplan gab.

Nach einem Augenblick seliger Freude machte ihr Herz einen erschreckten Satz. Was, in Gottes Namen, sollte sie sechs Monate lang *tun*?

Es müssten ja keine sechs Monate sein, tröstete sie sich, als die alte Anspannung wieder zurückkehrte. Niemand konnte sie dazu zwingen. Sie würde nicht verhaftet oder vor Gericht gestellt, wenn sie bereits nach sechs Wochen, nach sechs Tagen oder gar sechs Stunden zurückkehrte.

Und als Psychologin wusste sie, dass ihr Hauptproblem bei den Erwartungen anderer lag. Einschließlich ihrer eigenen. Obgleich sie akzeptierte, dass sie eine wesentlich bessere Theoretikerin als Praktikerin war, würde sie das auf der Stelle ändern, und zwar für ihren gesamten Irlandaufenthalt.

Wieder ruhiger stellte sie das Radio an. Angesichts des Stroms gälischer Worte, der aus dem Gerät sprudelte, rollte sie mit den Augen, suchte nach einem Sender in englischer Sprache und nahm dabei versehentlich die Straße weiter Richtung Ardmore statt nach Tower Hill, wo das alte Cottage lag.

In dem Augenblick, in dem ihr der Irrtum klar wurde, öffnete der inzwischen graue Himmel seine Schleusen, als hätte eine riesengroße Hand ein Messer in die Größte der Wolken gebohrt. Regen trommelte auf das Dach und die Windschutzscheibe ihres Wagens; sie suchte nach dem Schalter für den Scheibenwischer, fuhr vorsichtig an den Straßenrand und wartete darauf, dass der Guss ein wenig an Gewalt verlor.

Das Dorf lag am südlichen Zipfel der Grafschaft genau zwischen der Irischen See und der Bucht von Ardmore, Ardmore Bay. Sie hörte, wie der leidenschaftliche, machtvolle Sturm das Wasser gegen das Ufer branden ließ, wie der Wind an den Fenstern ihres Wagens rüttelte und bedrohlich durch einen kleinen Spalt pfiff.

Sie hatte sich vorgestellt, wie sie durch das Dorf spazierte, sich mit den malerischen Cottages, den rauchigen, sicher gut besuchten Pubs vertraut machte, über den von ihrer Großmutter geliebten Sandstrand, die schroffen Klippen, die grünen Felder schlenderte.

Doch in ihrer Vorstellung war es ein wunderbarer, sonniger Nachmittag gewesen, an dem die Dorfbewohnerinnen rosige Babys in Kinderwagen durch die Gegend schoben und die Männer augenzwinkernd ihre Mützen lüfteten, wenn sie ihnen begegnete.

An ein plötzliches gewaltiges Frühjahrsunwetter, dessen heftige Windböen die Menschen von den Straßen in die Häuser trieben, hatte sie nicht gedacht. *Vielleicht lebt hier ja auch niemand,* argwöhnte sie mit einem Mal. Möglicherweise kam sie um Jahrhunderte zu spät, am Ende war dies inzwischen eine Art potemkinsches Dorf.

Ein weiteres ihrer Probleme, sagte sie sich streng, war ihre Fantasie, die sie mit betrüblicher Regelmäßigkeit zur Ordnung rufen musste.

Natürlich wohnten Menschen in dem Dorf, sie waren eben vernünftig genug, vor den verdammten Wolkenbrüchen zu fliehen. Die hübschen Häuser standen nebeneinander wie Damen auf einem Ball, zu deren Füßen jemand Blumen gestreut hatte. Blumen, bemerkte sie, die momentan ziemlich niedergedrückt wurden.

Es gab keinen Grund, weshalb sie nicht einfach auf den wunderbaren, sonnigen Nachmittag warten sollte, um sich das Dorf genauer anzusehen. Jetzt war sie sowieso zu müde, hatte leichte Spannungskopfschmerzen und wollte nur noch unter irgendein warmes und gemütliches Dach.

Jude lenkte den Wagen wieder auf die Straße und kroch, aus Sorge, dass sie sonst die Abzweigung abermals verpasste, im Schneckentempo zurück.

Dass sie auf der falschen Straßenseite fuhr, merkte sie erst, als sie beinahe mit einem entgegenkommenden Fahrzeug frontal zusammenstieß. Oder, um genau zu sein, als der andere Wagen ihr in letzter Sekunde auswich und der Fahrer sie wütend anhupte.

Aber zumindest fand sie die Abzweigung, die sie eigentlich auch beim ersten Mal gar nicht hätte verpassen dürfen, da die steinerne Spitze des großen runden Turms hoch oben auf dem Hügel unmöglich zu übersehen war. Wie ein Speer ragte sie in die Gräue hinauf und bewachte die alte Kathedrale von Saint Declan ebenso wie all die alten, mit schiefen, bemoosten Steinen markierten Grabstätten.

Einen Augenblick lang meinte sie, auf dem Friedhof einen Mann zu sehen, in einem im Regen trüben, nass schimmernden, silbrigen Gewand. Sie blickte derart angestrengt zu der Stelle hinüber, dass sie beinahe von der kaum noch als Straße zu bezeichnenden Fahrspur in einen Graben fuhr. Dieses Mal machte sie ihrer Nervosität nicht durch lautes Singen Luft. Ihr Herz trommelte einfach zu heftig, als dass sie auch nur einen Ton über die Lippen gebracht hätte, und mit zitternden Händen lenkte sie den Wagen weiter. Immer noch versuchte sie, den Mann genauer zu erkennen, auszumachen, was er tat. Doch außer dem hohen Turm, der Ruine und den Gräbern konnte sie beim besten Willen nichts mehr sehen.

Natürlich war ganz einfach niemand da gewesen, hielt sie

sich vor. Niemand besuchte während eines Unwetters einen alten Friedhof. Ihre Augen waren müde, sie spielten ihr allmählich Streiche. Sie musste nur rasch ins Trockene und Warme, wo sie wieder zur Besinnung kam.

Als die Straße sich zu wenig mehr als einem schlammig nassen, zu beiden Seiten von mannshohen Hecken gesäumten Streifen verengte, glaubte sie, sie hätte sich hoffnungslos verfahren. Der Wagen holperte durch tiefe Schlaglöcher, und sie suchte verzweifelt nach einer Stelle, an der sie wenden konnte, um ins Dorf zurückzugelangen.

Bestimmt gäbe es in Ardmore einen trockenen, warmen Ort, und sicher hätte irgendjemand Mitleid mit einer hirnlosen Amerikanerin, die sich in der Gegend nicht auskannte.

Nun passierte sie eine hübsche, mit irgendeinem Rankengewächs bedeckte Steinmauer, die sie zu jedem anderen Zeitpunkt sicher pittoresk gefunden hätte, dann kam eine schmale Öffnung, bei der es sich anscheinend um etwas Ähnliches wie eine Zufahrt handelte – doch sie war bereits daran vorbei, als ihr dies klar wurde. In dem Schlamm rückwärts zu fahren und dann auch noch zu wenden, wagte sie entschieden nicht.

Der Weg stieg immer weiter an, und aus den Schlaglöchern wurden echte Gräben. Ihre Nerven waren gespannt wie Drahtseile, und ihre Zähne klapperten so laut, dass sie es hörte; inzwischen umrundete sie eine weitere Vertiefung und zog ernsthaft in Erwägung, einfach darauf zu warten, dass jemand vorbeikäme, der sie den ganzen Weg zurück nach Dublin abschleppte.

Als sie eine erneute Öffnung in der kleinen Mauer sah, stöhnte sie erleichtert auf. Vorsichtig bog sie ein, wobei sie nur minimal den Lack an ihrem Kotflügel zerkratzte, legte dann ermattet den Kopf auf das Lenkrad und schloss die Augen.

Sie hatte sich verfahren, war hungrig, müde und musste

unbedingt aufs Klo. Jetzt stand es ihr bevor, im strömenden Regen auszusteigen und bei diesem fremden Haus hier anzuklopfen. Wenn der Besitzer ihr erklärte, dass das Faerie Hill Cottage weiter als drei Minuten entfernt wäre, müsste sie ihn darum bitten, sie seine Toilette benutzen zu lassen.

Nun, die Iren waren für ihre Gastfreundschaft bekannt, und deshalb würde sie, egal von wem, ganz sicher nicht zum Pipi-Machen ins Gebüsch geschickt. Trotzdem wollte sie nicht hektisch und panisch wirken, wenn sie auf der Türschwelle erschien.

Im Rückspiegel sah sie, dass der Blick aus ihren für gewöhnlich ruhigen grünen Augen tatsächlich ein wenig wild wirkte. Die Feuchtigkeit hatte ihre Haare gekräuselt, sodass sie aussah, als trüge sie einen rindenfarbenen Busch auf ihrem Kopf. Ihre Haut war kreidebleich – ein Resultat der Müdigkeit und Panik –, doch um nach ihrem Make-up zu kramen und zu versuchen, den größten Schaden zu beheben, hatte sie einfach nicht die Energie.

Sie versuchte, ein nettes Lächeln aufzusetzen, das die Grübchen in ihren Wangen hervorlockte. Auf Grund der Breite ihres Mundes und der Größe ihrer Augen schien sie weniger zu grinsen, als eine Grimasse zu schneiden – doch besser ging es eben nicht.

Entschlossen schnappte sie sich ihre Handtasche, öffnete die Tür des Wagens und machte sich ans Aussteigen.

Plötzlich nahm sie hinter einem Fenster in der oberen Etage eine beinahe unmerkliche Bewegung wahr. Das leichte Flattern eines Vorhangs, das sie innehalten ließ. Eine Frau in einem weißen Kleid und mit dichtem, goldfarbenem Haar, das wogend über ihre Schultern und ihren Oberkörper fiel. Als sie durch den grauen Schleier zum Wagen herblickte, strahlte sie große Schönheit, doch auch abgrundtiefe Trauer aus.

Dann war die Erscheinung verschwunden, und nur noch der Regen beherrschte die Szene.

Jude fing an zu zittern. Die kalte Nässe und der Wind schnitten ihr eisig ins Gesicht, also opferte sie auch den Rest ihrer Würde, rannte in Richtung des weißen Gartentores, durch das man den winzigen, doch auf Grund der sich zu beiden Seiten des schmalen Weges befindlichen Blumenpracht einladenden Vorgarten betrat.

Es gab keine Veranda, nur eine schmale Treppe, die indessen durch die ein wenig überhängende obere Etage des Cottages Schutz vor dem schlimmsten Regen bot. Jude hob einen Messingklopfer in Form eines keltischen Knotens und schlug damit an die massive, raue, doch zugleich behäbige Bogentür.

Während sie bebend versuchte, an etwas anderes zu denken als an den Druck ihrer Blase, betrachtete sie das Cottage genauer – das reinste Puppenhaus! Die Fenster mit den vielen kleinen Scheiben hatten duftig weiße, mit grünen Rändern gesäumte Vorhänge und Holzläden, die gleichermaßen funktional wie dekorativ wirkten. Das strohgedeckte Dach erschien ihr wie ein hübsches Wunder, und ein aus drei Glockenreihen bestehendes Windspiel sang eine kleine Melodie.

Ein wenig energischer klopfte sie noch mal. Verdammt, ich weiß, dass jemand da ist, dachte sie erbost, warf jedes Benehmen über Bord, trat in den Regen hinaus und spähte durch ein Fenster ins Haus.

Dann wich sie schuldbewusst beiseite, als hinter ihr deutliches Hupen laut wurde.

Ein rostiger roter Pick-up, dessen Motor schnurrte wie eine zufriedene Katze, bog hinter ihrem Wagen in die Einfahrt. Jude schob sich die nassen Haare aus der Stirn und legte sich, als der Fahrer ausstieg, fieberhaft eine Erklärung für ihre Anwesenheit zurecht.

Zuerst dachte sie, bei dem Fahrer mit den verkratzten, schlammverkrusteten Stiefeln, der schmutzigen Jacke und der abgetragenen Arbeitshose handele es sich um einen kleingewachsenen, schmalbrüstigen Mann. Doch das Gesicht, das sie unter einer schmutzig braunen Kappe hinweg anstrahlte, gehörte ganz eindeutig einer Frau.

Und zwar einer zauberhaften Person.

Ihre Augen waren so grün wie die nassen Hügel der Umgebung, ihre Haut schimmerte wie seidiges Perlmutt und Strähnen leuchtend roter Haare schoben sich unter dem Mützenrand hervor, als die Frau trotz der Stiefel geschmeidig den Weg herauf gestapft kam.

»Sie müssen Miss Murray sein. Gutes Timing, finden Sie nicht?«

»Ach ja?«

»Nun, ich bin heute ein bisschen später dran als sonst, weil Mrs. Duffys Enkel Tommy mal wieder die Hälfte seiner Bauklötze ins Klo geworfen, abgezogen und dadurch eine Risensauerei veranstaltet hat.«

»Hmmm«, war alles, was Jude zur Antwort einfiel, während sie sich fragte, weshalb sie hier im Regen stand und sich mit einer völlig Fremden über verstopfte Toiletten unterhielt.

»Können Sie Ihren Schlüssel nicht finden?«

»Meinen Schlüssel?«

»Für die Haustür. Tja, ich habe meinen dabei, also befördern wir Sie am besten erst einmal raus aus dieser Nässe und hinein ins Warme!«

Das klang wie eine herrliche Idee. »Danke«, sagte Jude, während sie der Frau zum Eingang folgte. »Aber wer sind Sie?«

»Oh, bitte entschuldigen Sie, ich bin Brenna O'Toole.« Brenna streckte einen ihrer Arme aus und schüttelte Jude kraftvoll die Hand. »Ihre Oma hat Ihnen doch sicherlich erzählt, dass ich das Cottage für Sie hergerichtet habe.«

»Meine O – das Cottage? Das hier ist mein Cottage?«

»Allerdings! Naja – falls Sie Jude Murray aus Chicago

sind.« Brenna lächelte freundlich, obgleich ihre linke Braue fragend hochgeschossen war. »Ich wette, nach der langen Reise fühlen Sie sich vollkommen geschafft.«

»Richtig!« Während Brenna die Tür öffnete, fuhr sich Jude mit den Händen durchs Gesicht. »Und außerdem dachte ich, ich hätte mich verfahren.«

»Scheint eher so, als hätten Sie Ihr Ziel erreicht. *Ceade mile failte.*« Sie trat einen Schritt zurück und ließ Jude den Vortritt.

Tausendmal willkommen! So viel Gälisch hatte Jude von ihrer Großmutter gelernt. Und fühlte sich tatsächlich tausendmal willkommen, als sie in die Wärme trat.

Links von dem schmalen Flur, kaum breiter als die Treppe, gelangte man über eine Reihe durch die Zeit und die Benutzung spiegelblank polierter Stufen in den ersten Stock; rechts führte ein reizender Bogen in das kleine Wohnzimmer. Mit seinen Wänden in der Farbe frischer Kekse, den honigfarbenen Bordüren und den vom Alter leicht vergilbten spitzengesäumten Gardinen, auf Grund derer alles in sanftes Sonnenlicht gehüllt erschien, war der Raum mehr als einladend.

Die Möbel sahen etwas abgenutzt aus; doch der, wenn auch leicht verblichene, blau-weiß gestreifte Stoff und die dicken, weichen Kissen luden zum gemütlichen Verweilen und zum Betrachten der Sammelobjekte ein – Kristallgefäße, Schnitzfigürchen, Miniaturflaschen auf den blank polierten Tischen. Den geschrubbten Dielenboden bedeckten etwas mitgenommene Flickenteppiche, und in dem steinernen Kamin lag etwas, von dem Jude meinte, es wäre frischer Torf.

Der Raum verströmte einen erdigen sowie leicht blumigen Geruch.

»Wirklich allerliebst!« Wieder schob sich Jude das Haar aus dem Gesicht und drehte sich im Kreis. »Wie ein Puppenhaus!«

»Die alte Maude hatte eben eine Vorliebe für hübsche Dinge.«

Etwas in Brennas Stimme ließ Jude in der Bewegung innehalten. »Tut mir Leid, ich habe sie nie kennen gelernt. Sie haben sie anscheinend sehr gemocht.«

»Sicher, jeder hier liebte die alte Maude. Sie war eine wunderbare alte Dame. Es würde sie sicher freuen, wenn sie wüsste, dass Sie hier sind und sich um das Cottage kümmern. Bestimmt wollte sie nicht, dass es leer und verlassen da steht. Soll ich Ihnen vielleicht erst mal alles zeigen? Damit Sie sich besser zurechtfinden?«

»Sehr gern, aber vorher müsste ich unbedingt auf die Toilette.«

Brenna lachte fröhlich auf. »Von Dublin ist es ein ganz schön weiter Weg. Direkt neben der Küche gibt es ein kleines WC. Mein Dad und ich haben es erst vor drei Jahren aus einem alten Einbauschrank gezimmert. Einfach geradeaus.«

Ohne weitere Zeit mit Erkundigungen zu verlieren, schlug Jude die genannte Richtung ein. »Klein« war wirklich die einzig passende Beschreibung für das Bad. Wenn sie die Arme angewinkelt und angehoben hätte, hätte sie ganz sicher Kratzer an den Ellenbogen bekommen. Aber die Wände wiesen einen reizenden Rosaton auf, das weiße Porzellan war auf Hochglanz poliert, und überall hingen bestickte Handtücher.

Ein Blick in den ovalen Spiegel über dem Waschbecken verriet Jude, dass ihr Aussehen ihre Befürchtungen beinah noch übertraf. Und trotz ihrer durchschnittlichen Größe und Statur kam sie sich neben der elfengleichen Brenna wie eine ungeschlachte Amazone vor.

Wütend über den Vergleich blies sie sich die krausen Haare aus der Stirn und verließ das Bad.

»Oh, ich hätte die Sachen doch selbst geholt.«

Brenna hatte bereits ihr gesamtes Gepäck in den kleinen Flur geschleppt. »Nach der Reise fallen Ihnen sicher gleich die Augen zu. Ich nehme an, Sie hätten gern das Zimmer von der alten Maude. Es ist wirklich entzückend. Und dann stelle ich den Wasserkessel auf, mache Ihnen einen Tee und setze das Feuer in Gang. Immerhin ist es heute ziemlich kühl.«

Während sie sprach, wuchtete sie Judes beide riesige Koffer die Treppe hinauf, als wären sie leer. Jude wünschte sich, sie hätte mehr Zeit mit Krafttraining verbracht, als sie mit ihrer Tasche, ihrem Laptop und ihrem tragbaren Drucker hinterherkeuchte.

Nun zeigte Brenna ihr die beiden Schlafzimmer, und natürlich erwies sich ihre Beurteilung als richtig – das Zimmer der alten Maude mit seinem Blick zum Vorgarten war eindeutig das Schönere. Doch Jude bekam nur einen vagen Eindruck, denn als sie das Bett entdeckte, ließ sie dem Jetlag zufolge ihren Körper wie ein Bleigewicht auf die Matratze fallen.

Sie hörte nur halb zu, als die fröhliche, melodische Stimme von Leintüchern, der Heizung, und den Unwägbarkeiten des winzigen Kamins am Fuß des Bettes sprach, während Brenna den Torf in Brand steckte. Dann folgte sie wie in Trance, als Brenna die Treppe wieder hinunterpolterte, das Teewasser aufsetzte und ihr die Funktionsweise der Küche erläuterte.

Jude hörte etwas von einer frisch gefüllten Speisekammer und davon, dass sie, wenn sie etwas brauchte, bei Duffy's im Dorf an der besten Adresse war. Es wurde noch viel mehr gesagt – neben der Hintertür läge ein Haufen Torf, wie es die alte Maude gemocht hatte; aber natürlich gäbe es, falls Jude das vorzöge, auch jede Menge Holz; das Telefon hätte man wieder angeschlossen, und das Feuer im Küchenherd müsse man von Hand schüren.

»Oje, Sie schlafen ja im Stehen ein.« Mitfühlend drückte Brenna Jude einen dicken blauen Becher in die Hand. »Nehmen Sie den am besten mit nach oben, und legen sich ein wenig hin. Ich mache Ihnen hier unten schon einmal das Feuer an.«

»Tut mir Leid. Ich bekomme wirklich kaum noch etwas mit.«

»Wenn Sie erst mal ein Nickerchen gemacht haben, geht es Ihnen wieder besser. Meine Nummer steht hier auf dem Zettel neben dem Telefon, falls Sie irgendetwas brauchen. Meine Familie lebt kaum einen Kilometer von hier entfernt – meine Mutter, mein Vater und vier Schwestern –, falls Sie also in Not sind, rufen Sie uns an oder kommen Sie einfach vorbei!«

»Ja, ich – vier Schwestern!«

Wieder lachte Brenna, als sie Jude zurück in den Flur geleitete. »Tja, mein Dad hat die Hoffnung auf einen Jungen einfach nicht aufgeben wollen, aber manchmal laufen die Dinge eben anders als man denkt. Er ist umgeben von lauter Frauen, selbst unser Hund ist eine Hündin. Und jetzt rauf mit Ihnen in die Falle!«

»Vielen Dank. Wirklich, normalerweise bin ich nicht so... benommen.«

»Schließlich fliegen Sie auch nicht jeden Tag über den Atlantik. Kann ich noch irgendetwas für Sie tun, bevor ich wieder fahre?«

»Nein, ich...« Jude lehnte sich gegen das Geländer und blinzelte. »Oh, das hätte ich beinahe vergessen. Vorhin war eine Frau in diesem Haus. Wo ist sie so plötzlich hin?«

»Eine Frau, sagen Sie? Wo?«

»Hinter einem der Fenster.« Jude schwankte – beinahe wäre der Tee aus dem Becher geschwappt – und schüttelte den Kopf. »Als ich ankam, stand hinter einem der Fenster in der oberen Etage eine Frau und blickte heraus.«

»Ach ja?«

»Allerdings. Eine blonde, junge, wunderschöne Frau.«

»Ah, das war sicher Lady Gwen.« Brenna betrat das

Wohnzimmer und hielt ein Streichholz an den im Kamin auf-
geschichteten Torf. »Sie zeigt sich nicht jedem.«

»Aber wohin ist sie gegangen?«

»Oh, sie ist wohl immer noch im Haus.« Nachdem sie
sich vergewissert hatte, dass der Torf brannte, erhob sich
Brenna und klopfte sich die Knie ihrer Arbeitshose ab. »Ob
Sie es glauben oder nicht, sie ist inzwischen dreihundert
Jahre alt ... Ihr Geist, Miss Murray!«

»Mein was?«

»Ihr Geist. Aber machen Sie sich darüber keine Gedanken. Sie wird Ihnen ganz sicher nichts zu Leide tun. Lady
Gwen hat eine traurige Geschichte, aber die erzähle ich Ihnen besser ein anderes Mal, wenn Sie nicht so müde sind.«

Jude konnte sich kaum noch auf den Beinen halten. Ihr
Hirn wollte die Arbeit ebenso einstellen wie ihr Körper, aber
es erschien ihr wichtig, dass es in diesem Punkt zumindest
sofort Klarheit gab. »Versuchen Sie ernsthaft, mir einzureden, in diesem Haus lebe ein Geist?«

»Und ob! Hat Ihre Oma Ihnen das denn nicht erzählt?«

»Ich glaube nicht, dass sie etwas Derartiges erwähnte. Sie
behaupten also, Sie glauben an Geister?«

Abermals zog Brenna ihre linke Braue in die Höhe. »Nun,
haben Sie sie gesehen oder nicht? Also bitte«, fügte sie, als
Jude lediglich die Stirn runzelte, zufrieden hinzu. »Und jetzt
machen Sie ein Nickerchen, und wenn Sie dann wieder aufstehen und Ihnen danach zumute ist, kommen Sie in Gallagher's Pub – dort gebe ich Ihnen Ihr erstes echt irisches Guinness aus.«

Zu verblüfft, um sich weiter auf das Gesagte konzentrieren zu können, schüttelte Jude müde den Kopf. »Ich trinke
kein Bier.«

»Tja, das ist aber bedauerlich«, erklärte Brenna gleichermaßen aufrichtig wie schockiert. »Dann guten Tag, Miss
Murray!«

»Jude«, murmelte Jude und starrte ihr Gegenüber immer noch verwundert an.

»In Ordnung, Jude!« Brenna bedachte sie mit ihrem wunderbaren Lächeln und glitt durch die Haustür in den Regen.

Hier sollte es einen Geist geben, dachte Jude, als sie mit schwirrendem Kopf die Treppe zu ihrem Schlafzimmer erklomm. Sicher war das nichts weiter als romantisches irisches Geschwätz. Ihre Großmutter hatte ihr, weiß der Himmel, in ihrer Kindheit zahllose Märchen erzählt, aber mehr war es auch nicht gewesen. Eine Unzahl von spannenden Geschichten, mit denen man sich abends vor dem prasselnden Torffeuer unterhielt.

Aber sie hatte jemanden gesehen... oder etwa nicht?

Nein, bestimmt war es bloß der Regen gewesen, die Vorhänge, das Spiel der Schatten im Inneren des Cottages. Sie stellte den bisher unberührten Tee auf einen Tisch und zog ganz mechanisch ihre Schuhe aus. Es gab einfach keine Geister. Dies hier war nichts weiter als ein hübsches kleines Haus auf einem hübschen kleinen Hügel. Über dem es augenblicklich in Strömen goss.

Bäuchlings fiel sie auf das Bett, dachte daran, sich die Decke überzuziehen, und sank, ehe sie es fertig brachte, in einen tiefen Schlaf.

Und als sie träumte, träumte sie von einer Schlacht auf einem grünen Hügel, wo das Licht der Sonne die Schwerter wie Juwelen blitzen ließ, von Feen, die im Wald tanzten, während das Mondlicht Tränen auf die Blätter der hohen Bäume schickte, und von einem dunkelblauen Meer, dessen Wogen im Rhythmus ihres Herzens an das Ufer schlugen.

Und durch all die Träume zog sich beständig das leise Weinen einer Frau.

2

Als Jude schließlich erwachte, war es bereits dunkel, und die Reste des Torffeuers glühten wie winzige Rubine in dem ebenfalls winzigen Kamin. Sie starrte sie mit vom Schlaf geschwollenen Augen an, und ihr Herz pochte gegen ihre Rippen, als sie die Glut versehentlich für ein Paar sie anblitzender Augen hielt.

Dann kehrte die Erinnerung zurück, und sie dachte wieder klar. Sie war in Irland, in dem Cottage, in dem ihre Großmutter als Mädchen gewohnt hatte. Und ihr war hundekalt.

Sie setzte sich auf, rieb sich die kalten Arme und tastete nach der Nachttischlampe. Bei dem Blick auf ihre Uhr blinzelte sie erschrocken. Es war beinahe Mitternacht. Ihr kurzes Nickerchen hatte an die zwölf Stunden gedauert.

Und abgesehen davon, dass sie fror, hatte sie einen Bärenhunger.

Einen Augenblick lang blickte sie grübelnd hinüber zum Kamin. Da das Feuer so gut wie erloschen schien und sie keine Ahnung hatte, wie man es wieder in Gang brachte, begab sie sich auf die Jagd nach etwas Essbarem in die Küche.

Um sie herum ächzte und knarzte es – heimelig, sagte sie zu sich, obgleich sie am liebsten zur Kontrolle über ihre Schulter geblickt hätte. Mitnichten dachte sie etwa an Brennas Geist, sondern war lediglich derartige Hausgeräusche nicht gewohnt. Die Böden in ihrem Apartment knarzten nicht, und das einzige rote Leuchten, das sie dort je sah, war das Sicherheitslämpchen der Alarmanlage.

Aber bestimmt gewöhnte sie sich bald an die neue Umgebung.

Brenna hatte sie tatsächlich hervorragend versorgt. Sowohl der winzige Kühlschrank als auch die schmale kleine

Speisekammer waren gut bestückt. Sie mochte weiter frieren, aber verhungern würde sie definitiv nicht.

Ihr erster Gedanke war, eine Dose Suppe aufzumachen und sie in den Mikrowellenherd zu stellen, und so drehte sie sich, die Dose in der Hand, suchend auf dem Absatz um – dabei machte sie eine furchtbare Entdeckung.

Es gab keinen Mikrowellenherd.

Tja, dachte Jude, *das ist wirklich ein Problem.* Also müsste sie anscheinend ernsthaft mit einem Topf und einem gewöhnlichen Herd vorlieb nehmen; doch noch während sie sich an den Gedanken zu gewöhnen suchte, traf sie der nächste Schrecken. Es gab tatsächlich keinen automatischen Dosenöffner hier in diesem Haus!

Anscheinend hatte die alte Maude nicht nur in einem völlig fremden Land, sondern obendrein in einem gänzlich anderen Zeitalter gelebt.

Irgendwie kam sie mit dem mechanischen Öffner, den sie zuletzt fand, zurecht und schüttete die Suppe in einen Topf. Dann wählte sie einen Apfel aus dem Obstkorb, ging quer durch die Küche, öffnete die Hintertür und blickte in den seidig weichen, regennassen Nebel, der durch den Garten wirbelte.

Sie sah nichts außer der Luft, die sich wie zarte nächtliche Schleier bewegten. Es gab keine Formen, nicht das geringste Licht, nur die durchscheinenden Schwaden, zu denen der Nebel sich hin und wieder formte. Zitternd trat sie einen Schritt nach vorn und war sofort in einen feuchten Umhang gehüllt.

Das Gefühl von Alleinsein, das sie spontan erfüllte, war tiefer als alles, was sie je zuvor erlebt hatte. Aber es stimmte sie weder ängstlich noch traurig, stellte sie verwundert fest, als sie einen ihrer Arme ausstreckte und beobachtete, wie der Nebel ihre Hand verschlang. Eher fühlte sie sich eigenartig befreit.

Sie kannte niemanden, und niemand kannte sie. Es wurde nichts von ihr erwartet, außer die eigenen Wünsche zu berücksichtigen. Während dieser Nacht, während dieser einmaligen wunderbaren Nacht, war sie vollkommen allein.

Plötzlich vernahm sie ein leises Pulsieren, ein kaum hörbares Klopfen. War das vielleicht das Meer? Oder der Atem lebendigen Lebens? Noch während sie über sich selbst zu lachen begann, hörte sie ein anderes Geräusch, hell und leise, wie perlende Musik.

Pfeifen, Glocken, Flöten mitten in der Nacht? Beinahe wäre sie die Treppe hinuntergeeilt und wie eine Schlafwandlerin der Magie der Klänge in die Dunkelheit gefolgt.

Ein Windspiel, dachte sie mit einem Mal und lachte abermals auf. Natürlich ein Windspiel, ähnlich den netten Glöckchen vor dem Haus. Und sicher war sie immer noch nicht ganz wieder bei Sinnen, wenn sie daran dachte, um Mitternacht aus dem Haus zu laufen und auf der Suche nach einer leisen Melodie durch den Nebel zu irren.

Entschieden trat sie einen Schritt zurück und schloss die Tür. Das Nächste, was an ihre Ohren drang, war das Zischen der überkochenden Suppe.

»Verdammt!« Sie rannte zum Herd und zog den Topf beiseite. »Was ist bloß mit mir los? Himmel, selbst eine Zwölfjährige kann problemlos eine dämliche Dosensuppe auf dem Herd wärmen.«

Sie wischte die Brühe auf, verbrannte sich dabei die Fingerspitzen und löffelte dann stehend den jämmerlichen Rest.

Es war wirklich höchste Zeit, dass sie sich am Riemen riss und wieder handelte wie eine verantwortungsbewusste, vernunftbegabte Erwachsene. Sie war niemand, der sich um Mitternacht durch den Nebel träumte.

Vollkommen gleichgültig löffelte sie die Suppe, aus reinem Hunger und ohne auch nur einen Funken des närrischen Vergnügens, das man sich für gewöhnlich bei einem nächtlichen Imbiss gestattete.

Endlich musste sie sich eingestehen, weshalb sie hierher gekommen war. Sie konnte doch nicht ewig so tun, als wäre sie im Urlaub, wolle ihre Wurzeln erforschen und gleichzeitig eine Dokumentation anfertigen, die ihre bisher nicht gerade astronomische Karriere endlich in Gang brächte.

In Wirklichkeit hatte sie eine beinahe tödliche Angst, kurz vor einem völligen Zusammenbruch zu stehen. Denn inzwischen war sie permanent gestresst, litt regelmäßig unter Kopfschmerzen und bekäme sicher, wenn sie ihr Leben nicht schleunigst in den Griff kriegte, ein Magengeschwür.

Sie hatte einen Punkt erreicht, an dem sie die tägliche Routine ihres Jobs einfach nicht mehr ertrug – einen Punkt, wo sie gerade begann, ihre Studenten und Studentinnen, ihre Familie und sich selbst sträflich zu vernachlässigen.

Und schlimmer noch, gab sie, wenn auch widerwillig zu, empfand sie mittlerweile ihren Studenten und Studentinnen, ihrer Familie und sich selbst gegenüber sogar eine unverhohlene Abneigung.

Was auch immer die Ursache für diese Niedergeschlagenheit war – noch vermochte sie der Sache nicht vollends auf den Grund zu gehen –, sie hatte die einzige Lösung in einer radikalen Veränderung gesehen. Einer Ruhepause. Einfach zusammenzubrechen – und dann eventuell noch vor den Augen Dritter – kam nicht in Frage!

Diese Schande hätte sie sich selbst und ihrer Familie, die ja für eine solche Entwicklung nichts konnte, nie im Leben angetan. Also war sie davongelaufen – vielleicht auch ein feiger, zugleich jedoch seltsamerweise ein logischer Schritt, der ihr da in den Sinn gekommen war.

Als die alte Maude im reifen Alter von einhundertundeinem Jahr gütigerweise das Zeitliche gesegnet hatte, hatte sich ihr damit überraschend eine Tür geöffnet.

Und es war clever gewesen, diese Tür auch zu benützen. Eine wahrhaft vernünftige Maßnahme! Sie brauchte Zeit für sich, Ruhe, um sich darauf zu besinnen, wie es weitergehen sollte. Genau deshalb war sie hier.

Natürlich würde sie auch arbeiten. Sie hätte die Reise und die Länge des geplanten Aufenthaltes niemals rechtfertigen können ohne irgendein Konzept. Also würde sie sich an einem Aufsatz versuchen, in dem sie die Erforschung der Wurzeln ihrer Familie mit ihrem Job verband. Wenn schon nichts anderes, so würde die Dokumentation lokaler Legenden und Mythen in Verbindung mit einer psychologischen Analyse ihrer Bedeutung und Ziele ihre Gedanken von den beständigen Grübeleien ablenken.

Viel zu viel Zeit hatte sie bereits mit sinnlosen Selbstgesprächen zugebracht. Dies war ein Teil ihres irischen Erbes, hatte ihre Mutter ihr erklärt, und sofort stieß Jude einen abgrundtiefen Seufzer aus. Die Iren waren große Grübler – falls sie also hin und wieder das Bedürfnis verspürte, sich in Gedankenakrobatik zu ergehen, hatte sie sich ganz sicher den bestmöglichen Ort für ihren »Urlaub« ausgesucht.

Jude drehte sich um, um den leeren Teller in die Spülmaschine zu stellen, die indessen gleichfalls fehlte, und den ganzen Weg hinauf in ihr Schlafzimmer lächelte sie nachsichtig.

Sie packte ihre Koffer aus und verstaute alle Sachen sorgsam in einem wunderbaren, ächzenden alten Holzschrank und einer wunderbaren Kommode mit klemmenden Schubladen. Dann ordnete sie ihre Toilettensachen in ein Regal über dem altmodischen Waschbecken, stellte sich in die klauenfüßige Wanne mit dem dünnen Plastikvorhang, der an fleckigen Messinghaken von der niedrigen Decke baumelte, und nahm eine lange, heiße Dusche.

Dann stieg sie in einen Flanellpyjama und hüllte sich in einen Morgenmantel, ehe sie, wieder vor Kälte zitternd, in die Knie ging, um das Torffeuer neu zu entfachen. Zu ihrer Überraschung gelang es ihr sofort, und sie setzte sich auf den Boden, schlang die Arme um sich, blickte zwanzig Minuten lang träumend in die knisternden Flammen und stellte sich vor, sie wäre die zufriedene Frau eines Bauern, die auf die Rückkehr ihres Mannes von der Feldarbeit wartete.

Sobald ihr Tagtraum endete, machte sie sich an die Erforschung des zweiten unbenutzten Schlafzimmers, um zu prüfen, ob es sich als Arbeitszimmer eignete.

Es war ein kleiner, schachtelförmiger Raum mit schmalen Vorder- und Seitenfenstern. Nach kurzem Überlegen kam Jude zu dem Schluss, dass sie den Schreibtisch am besten in Richtung Süden aufstellte, sodass sie, wenn sie hinausschaute, die Dächer und Kirchtürme von Ardmore sowie den breiten Sandstrand sah.

Zumindest nahm sie an, dass diese Dinge sichtbar würden, höbe sich später der Nebel und bräche der Morgen an.

Das nächste Problem bestand in der Suche nach etwas, was sich als Schreibtisch nutzen ließ. Nach einstündiger Suche zerrte sie einen passenden Tisch aus dem Wohnzimmer die schmalen Stufen hinauf, schob ihn direkt vor das Fenster und baute ihren Laptop, den Drucker und die anderen Utensilien darauf auf.

Dann kam ihr der Gedanke, dass sie ebenso gut am Küchentisch schreiben könnte, in der Nähe des prasselnden Herdfeuers, den Gesang des Glockenspiels im Ohr. Doch das erschien ihr zu lässig und zu desorganisiert.

Sie fand den richtigen Adapter für den Stecker, fuhr ihren Laptop hoch und öffnete die Datei, die sie als Tagebuch ihres Lebens in Irland zu führen geplant hatte.

3. April, Faerie Hill Cottage, Irland.
Ich habe die Reise überlebt.

Nach einer kurzen Pause gab sie sich einen Ruck. Es klang wie der Anfang eines Berichts von einem Menschen, der in einen Krieg geraten war. Schon wollte sie den Satz löschen, als sie in der Bewegung innehielt. Nein, das Tagebuch war einzig für sie selbst, und sie würde schreiben, was ihr in den Sinn käme.

Die Fahrt von Dublin bis hierher war endlos und schwieriger, als ich gedacht hatte. Ich frage mich, wie lange es dauern wird, bis ich mich an den Linksverkehr gewöhnt habe. Wahrscheinlich nie. Aber die Landschaft ist bezaubernd. Keins der Bilder, die ich zuvor gesehen habe, wird der hiesigen Natur auch nur annähernd gerecht. Zu sagen, sie ist grün, reicht niemals. Saftig trifft es auch nicht. Am besten kann ich sie beschreiben, indem ich sage, dass – hmm – über allem ein seidig weicher Schimmer liegt.

Die Dörfer wirken lieblich und so unglaublich sauber, dass ich den Eindruck habe, allnächtlich kämen ganze Armeen von Elfen anmarschiert, um die Gehwege und die Gebäude zu schrubben.

Ich habe einen ersten Eindruck von Ardmore bekommen; aber als ich dort anlangte, goss es in Strömen, und ich war einfach zu müde, um etwas anderes als die überall herrschende Sauberkeit und die Schönheit des breiten Strandes wahrzunehmen.

Das Cottage habe ich nur durch Zufall ausfindig gemacht. Oma wird es natürlich Schicksal nennen, aber es war echt reines Glück. Mitten auf einem kleinen Hügel liegt es und ist umgeben von einem Blumenmeer, das sich bis zur Schwelle der Eingangstür erstreckt. Hoffentlich gelingt es mir, die Blumen so üppig zu erhalten, wie sie jetzt sind. Vielleicht gibt es im Dorf ja einen Buchladen, in dem ich etwas über Gartenpflege finde. Auf alle Fälle gedeihen sie trotz der kühlen Feuchtigkeit im Augenblick hervorragend.

Bei meiner Ankunft habe ich hinter dem Schlafzimmer-

fenster eine Frau gesehen – oder gedacht, eine Frau zu se-
hen –, die auf mich herunterblickt. Es war wirklich seltsam.
Ich hatte den Eindruck, dass sich unsere Blicke in der Tat
begegneten. Sie war wunderschön, bleich, blond und tra-
gisch. Natürlich musste es sich um eine Sinnestäuschung ge-
handelt haben, denn es war niemand da.

Brenna O'Toole, eine geradezu erschreckend tüchtige
junge Frau aus dem Dorf, kam unmittelbar nach mir und
nahm die Dinge auf eine entschiedene und zugleich freund-
liche Weise in die Hand, für die ich wirklich dankbar war.
Sie ist eine wunderbare Person – ich frage mich, ob alle Men-
schen hier so reizend sind – und hat dieses raue, direkte Ge-
baren, das manche Frauen so problemlos an den Tag legen
können, ohne dadurch auch nur einen Bruchteil ihrer Weib-
lichkeit einzubüßen.

Ich nehme an, sie hält mich für eine dämliche, hoffnungs-
los unpraktische Person, aber trotzdem war sie nett.

Sie hat behauptet, hier im Cottage gäbe es einen Geist;
aber ich denke, das behaupten die Dorfbewohner von sämt-
lichen Häusern in der Grafschaft. Da ich jedoch beschlossen
habe, mich an einem Aufsatz über irische Legenden zu ver-
suchen, gehe ich dieser Geschichte vielleicht noch genauer
auf den Grund.

Natürlich hat sich meine innere Uhr noch nicht an die hie-
sige Zeit gewöhnt, sodass ich den Großteil des Tages ver-
schlafen und dafür um Mitternacht gespeist habe.

Draußen ist es dunkel und nebelig. Der Nebel schimmert
irgendwie und kommt mir geradezu schmerzlich schön vor.
Ich fühle mich behaglich, und auch in meine Gedanken ist
endlich Ruhe eingekehrt.

Es wird alles gut werden.

Mit einem abgrundtiefen Seufzer lehnte sie sich in ihrem
Stuhl zurück. Ja, nickte sie, es würde alles gut.

Um drei Uhr morgens, wenn die Geister für gewöhnlich am aktivsten sind, saß Jude, eingehüllt in eine dicke Decke, eine Kanne Tee auf ihrem Nachttisch, ein Buch zwischen den Händen, warm auf ihrem Bett. Im Kamin prasselte der Torf, und hinter den Fenstern wogten die Nebelschwaden auf und ab.

Mit dem Gedanken, dass sie in ihrem ganzen Leben sicher nie glücklicher gewesen war, sank sie in die Kissen zurück und schlief, ohne auch nur das Licht zu löschen oder die Lesebrille abzunehmen, wohlig ein.

Bei Tageslicht, nachdem eine kühle Brise den Regen und den Nebel fortgetrieben hatte, sah ihre neue Welt vollkommen anders aus. Ein sanftes Licht tauchte die Felder in leuchtendes Grün. Jude hörte das Zwitschern der Vögel, was sie daran erinnerte, dass sie das Buch zur Bestimmung der verschiedenen Vogelarten heraussuchen musste. Trotzdem war es im Augenblick netter, einfach nur dazustehen und dem fröhlichen Trällern zu lauschen – egal, *welcher* Vogel gerade seine Kehle wetzte.

Über den dichten, drahtigen Rasen zu gehen, erschien ihr beinahe wie ein Sakrileg, doch Jude würde der Versuchung auf Dauer nicht widerstehen können.

Auf dem Hügel neben dem Dorf sah sie die Ruine der einst prachtvollen, dem heiligen Declan gewidmeten Kathedrale, die von einem majestätischen, runden Turm beherrscht wurde; vorübergehend dachte sie an die Gestalt, die sie im Regen zu sehen gemeint hatte, und zuckte zusammen.

Benahm sie sich einfach lächerlich? Es war doch nichts weiter als eine alte Kirche. Eine interessante, historisch bedeutsame – zugegeben. Dank ihrer Großmutter und ihres Touristenführers wusste sie, dass es im Innern der Ruine Inschriften in Ogham, der altirischen Schrift, sowie romanische Rundbögen zu bewundern gab. Am besten ginge sie bald einmal hin und sähe sich die Dinge an.

Und im Osten, falls ihre Erinnerung nicht trog, lag hinter dem Cliff-Hotel der alte Brunnen von Saint Declan mit den drei steinernen Kreuzen und dem steinernen Stuhl.

Die Ruine und die Brunnen wollte sie demnächst anschauen, den Klippenpfad hinunterklettern und vielleicht einmal um die Landzunge herumwandern. Ihrem Touristenführer zufolge bot sich dort eine Reihe fantastischer Ausblicke.

Aber heute ging es noch um ruhigere, einfachere Dinge.

Das sanfte Blau des Wassers in der Bucht verband sich fließend mit den dunkleren Tönen weiter draußen auf dem Meer. Der flache, breite Strand war menschenleer.

An einem anderen Morgen würde sie hinunterfahren, um ganz allein diesen Strand entlangzuspazieren.

Heute jedoch plante sie, einfach über die Felder zu schlendern, wie sie es sich bereits gestern vorgestellt hatte, die Augen nicht dem Dorf, sondern den Bergen zugewandt. Sie vergaß, dass sie eigentlich nur nach den Blumen hatte gucken und die unmittelbare Umgebung des Cottages kennen lernen wollen, um anschließend einige praktische Dinge zu erledigen.

Sie musste sich einen Telefonanschluss in ihr Arbeitszimmer legen lassen, um zum Zwecke ihrer Forschungen ins Internet gehen zu können. Außerdem sollte sie sich in Chicago bei ihrer Familie melden. Und dann war das Dorf an der Reihe: wo sie einkaufen und ihre Bankgeschäfte tätigen konnte.

Aber an diesem herrlichen Morgen mit einer Luft so samtig wie ein Kuss sowie einer frischen Brise, die den Rest der Müdigkeit aus ihren Gliedern vertrieb, ging sie einfach immer weiter und sog die Schönheit der Umgebung in sich auf – bis ihre Schuhe von der Nässe des Grases vollkommen durchweicht waren.

Als gleite man in ein Gemälde, dachte sie erneut, ein Gemälde, das durch das Rascheln der Blätter, das Zwitschern der Vögel, den Geruch von feuchten, wachsenden Pflanzen lebendig wurde.

Als sie plötzlich ein zweites Haus entdeckte, traf sie der Anblick wie ein Schock. Es lag nahe der Straße hinter einer Hecke, und die vollkommen unterschiedlichen Fassaden der vier Wände erweckten den Eindruck, als hätte jemand achtlos verschiedene Bauteile fallen gelassen. Doch irgendwie hatte es funktioniert. Das Cottage bot eine absolut gelungene Mischung aus Stein und Holz, Vorsprüngen und Überhängen, halb verdeckt durch wild wuchernde Blumen. Hinter dem Garten lag eine kleine Hütte, durch deren offene Tür sich dem Blick ein Durcheinander von Maschinen und Werkzeugen bot.

In der Einfahrt entdeckte Jude einen grau lackierten Wagen, der aussah, als wäre er bereits Jahre vor ihrer eigenen Geburt vom Fließband gekommen.

Ein großer gelber Hund schlief mitten in der Sonne nicht weit vom Haus entfernt. Er lag auf dem Rücken und hatte die Pfoten in die Luft gestreckt, wie von einem Auto überrollt.

Wohnte hier vielleicht die Familie O'Toole? Jude kam zu dem Schluss, dass dem so war, als eine Frau mit einem Korb voll nasser Wäsche den Garten betrat.

Sie hatte leuchtend rotes Haar und die breiten Hüften sowie die kräftige Gestalt, die Judes Meinung nach zu einer Frau gehörten, die fünf Kinder ausgetragen und geboren hatte. Der Hund, o nein, die Hündin zeigte, dass sie lebte, indem sie sich auf die Seite rollte und zweimal mit dem Schwanz klopfte, als die Frau auf die Wäscheleine zuging.

Dabei kam Jude der Gedanke, dass sie nie zuvor gesehen hatte, wie ein Mensch Wäsche aufhängte. So etwas würde nicht einmal den eifrigsten Hausfrauen in ganz Chicago je-

mals einfallen. Es erschien ihr wie eine stupide, doch gleichzeitig seltsam beruhigende Tätigkeit. Die Frau nahm Klam-
mern aus der Tasche ihrer Schürze, klemmte sie sich zwischen die Lippen, bückte sich nach einer Kissenhülle in dem
Korb, schlug sie einmal energisch aus und machte sie an der
Leine fest. Mit dem zweiten Stück Wäsche ging sie in genau
derselben Weise vor.

Faszinierend, dachte Jude.

Scheinbar ohne Eile arbeitete sich die Frau an der Wäscheleine entlang, leerte, mit der gelben Hündin zur Gesellschaft, gemächlich ihren Korb, während das, was bereits
hing, sich in der leichten Brise blähte.

Ein weiterer Ausschnitt des Gemäldes. Jude hätte ihn mit
Landfrau tituliert.

Als sie damit fertig war, wandte sich die Lady der zweiten
Leine zu, nahm dort die bereits trockenen Wäschestücke ab,
faltete sie und schichtete nun diese sorgsam in den Korb ein.

Dann klemmte sie ihn auf ihre Hüfte und kehrte, gefolgt
von ihrer treuen Begleiterin, ins Haus zurück.

Was für eine schöne Weise, den Morgen zu verbringen.

Und abends, wenn alle heimkämen, würde es sicher im
ganzen Haus nach etwas Wunderbarem duften, was in der
Küche brutzelte. Nach irgendeinem Eintopf oder einem Bra-
ten mit Kartoffeln, der in seinem eigenen Saft schmorte. Die
Familie säße um den mit herrlich zusammengewürfelten
Schüsseln und Tellern beladenen Tisch; sie sprächen über
ihren Tag, lachten miteinander und steckten heimlich dem
unter dem Tisch hockenden, bettelnden gelben Vierbeiner
kleine Happen zu.

Große Familien, dachte Jude, waren sicherlich ein Segen.

Natürlich konnten auch Kleinfamilien wie die ihre in
Ordnung sein, dachte sie plötzlich voller Schuldgefühle. Als
Einzelkind hatte man ganz sicher Vorteile und genoss die un-
geteilte Aufmerksamkeit der Eltern.

Vielleicht zu viel, murmelte eine verräterische Stimme ihr leise ins Ohr.

Jude wischte diesen undankbaren Einwand beiseite und machte auf dem Absatz kehrt. Unverzüglich wollte sie zu ihrem Cottage zurückkehren und irgendetwas Sinnvolles beginnen.

Sofort rief sie zu Hause an. Auf Grund der Zeitverschiebung erreichte sie ihre Eltern noch beim Frühstück, unterdrückte die wenig loyalen Überlegungen, die sie während ihres Spaziergangs gehegt hatte, und erzählte ihnen fröhlich, sie hätte gut geschlafen, genieße die herrliche Umgebung und freue sich auf neue Erfahrungen.

Sie war sich der Tatsache bewusst, dass sowohl ihr Vater als auch ihre Mutter diese spontane Reise nach Irland als Experiment betrachteten, als eine plötzliche Fünfundvierzig-Grad-Abkehr von dem Weg, den sie so lange eifrig verfolgt hatte. Zu Judes großer Erleichterung waren sie nicht dagegen gewesen, sondern lediglich verblüfft. Wie hätte sie ihnen außerdem erklären sollen, was sie selbst nicht recht verstand?

Mit dem Gedanken an die Familie legte sie auf und wählte eine zweite Nummer. Oma Murray gegenüber musste sie nie etwas erklären. Sie verstand sie von allein. Mit etwas leichterem Herzen erzählte ihr Jude, während sie ihren Tee kochte und sich ein Brot machte, sämtliche Einzelheiten ihrer Reise, schilderte ihre Eindrücke und ihre Freude über das hinreißende Cottage.

»Eben habe ich einen Spaziergang gemacht.« Sie klemmte sich den Hörer in die Halsbeuge und stellte ihre einfache Mahlzeit auf den Tisch. »Die Ruine und den Turm der alten Kirche habe ich bisher nur von weitem gesehen. Irgendwann später gehe ich mal hin.«

»Es ist ein wunderbarer Ort«, erklärte ihre Oma, »mit so viel Atmosphäre!«

»Tja, die Inschriften und die Rundbögen möchte ich wirklich gerne mal gründlich studieren, aber heute wollte ich nicht so weit gehen. Ich habe das Nachbarhaus gesehen. Anscheinend gehört es den O'Tooles.«

»Ah, Michael O'Toole. Ich erinnere mich noch an ihn, als er ein kleiner Junge war – er hat immer gern gelacht und einem so lange geschmeichelt, bis du ihn mit Tee und Plätzchen bewirtet hast. Er hat die tolle Mollie Logan geheiratet und sie haben fünf Töchter bekommen. Die, die du bereits kennen gelernt hast, Brenna, ist die Älteste. Wie geht es ihr, der wunderbaren Mollie?«

»Nun, ich bin nicht hingegangen. Sie hat gerade Wäsche aufgehängt, da wollte ich nicht stören.«

»Du wirst feststellen, dass in Irland nie jemand zu beschäftigt ist, um sich einen Augenblick Zeit zu nehmen, Jude Frances. Wenn du das nächste Mal durch die Gegend streifst und Mollie O'Toole siehst, gehst du hin und stellst dich ihr gefälligst vor.«

»Okay. Oh, und Oma?« Mit einem amüsierten Lächeln nippte sie an ihrem Tee. »Du hast mir gar nicht gesagt, dass es einen Geist in meinem Cottage gibt.«

»Und ob ich dich informiert habe, Mädel! Hast du denn meine Kassetten und meine ganzen Briefe noch nicht aufgemacht?«

»Nein, noch nicht.«

»Wenn du es tust, wirst du sicher denken, jetzt erzählt Oma wieder ihre alten Märchen. Aber geh trotzdem die Sachen einmal durch. Die Geschichte von Lady Gwen und ihrem Feengeliebten ist auf jeden Fall dabei!«

»Feengeliebten?«

»So wird es erzählt. Das Cottage steht auf einem Hügel oberhalb eines Feenpalastes, und immer noch wartet sie auf ihn und ergeht sich in ihrem Elend – weil sie durch ihre Vernunft und er durch seinen Stolz davon abgehalten wurde, das Glück zu ergreifen, als es sich ihnen bot.

45

»Das ist bitter«, murmelte Jude.

»Allerdings. Trotzdem oder vielleicht gerade deshalb ist der Hügel ein sehr geeigneter Ort, wenn man die Wünsche des eigenen Herzens erforschen will. Am besten horchst du dich also fleißig um, während du dort wohnst.«

»Im Augenblick sehne ich mich nur nach etwas Ruhe.«

»Gönn dir so viel Ruhe, wie du brauchst – die gibt es schließlich in Irland jede Menge. Aber begnüge dich nicht zu lange mit der Rolle der Beobachterin dessen, was auf der Welt geschieht. Das Leben ist kürzer als du denkst.«

»Warum kommst du nicht her und leistest mir Gesellschaft?«

»Oh, alles zu seiner Zeit – jetzt ist die Reihe zunächst einmal an dir. Nutz diese Chance! Du bist ein braves Mädchen, Jude, aber du brauchst nicht nur brav zu sein.«

»Das hast du schon immer zu mir gesagt. Vielleicht finde ich ja irgendeinen gut aussehenden irischen Herzensbrecher und fange ein leidenschaftliches Verhältnis mit ihm an.«

»Das wäre sicher nicht verkehrt. Leg bitte ein paar Blumen von mir auf Cousine Maudes Grab, ja? Und sag ihr, dass ich sie so bald wie möglich besuchen komme.«

»Das werde ich tun. Ich hab dich lieb, Oma.«

Verwundert stellte Jude fest, dass die Zeit im Flug verging. Sie hatte etwas Produktives tun wollen, hatte die Absicht gehabt, nur ein paar Minute lang hinauszugehen und sich am Anblick der Blumen zu erfreuen. Nur eine Hand voll zu pflücken und in die große blaue Flasche zu stellen, die sie im Wohnzimmer gefunden hatte. Natürlich hatte sie zu viele Blumen mit hereingeholt und brauchte einen zweiten Behälter. Eine normale Vase gab es anscheinend in dem Cottage nicht. Dann hatte es einen solchen Spaß gemacht, auf der Eingangstreppe zu sitzen, die Pracht zu arrangieren und sich zu wünschen, sie kenne die Namen der herrlichen Gewächse, mit denen sie den Großteil des Vormittags vertrödelte.

Es war ein Fehler gewesen, die kleinere, gedrungene grüne Flasche mit in ihr Arbeitszimmer hinauf zu nehmen, um sie dort auf den Tisch neben den Computer zu stellen. Sie hatte sich nur ein, zwei Minuten hinlegen wollen; doch dann hatte sie zwei volle Stunden auf dem Sofa in ihrem provisorischen Büro geschlafen und schließlich verwirrt die Augen geöffnet.

Jude hatte jede Disziplin verloren. Sie war faul. Seit nunmehr über dreißig Stunden hatte sie nichts getan außer schlafen und sich verlustieren.

Und wieder war sie hungrig wie ein Wolf.

Wenn sie so weitermachte, dachte sie, während sie in der Küche nach einem Schnellprodukt suchte, dann wäre sie bereits in einer Woche fett, langsam und vollkommen verblödet.

Sie würde aus dem Haus gehen, ins Dorf fahren. Es galt eine Buchhandlung zu finden, die Bank und auch die Post. Sie wollte den Friedhof suchen sowie laut Auftrag ihrer Großmutter das Grab der alten Maude. Was sie bereits am Vormittag hätte tun sollen. Aber auch so würde der Auftrag noch heute erledigt und sie könnte den nächsten Tag damit verbringen, die Ansammlung von Kassetten und Briefen durchzugehen, die ihre Großmutter ihr mit auf den Weg gegeben hatte.

Erst jedoch zog sie sich um, denn in der schmal geschnittenen Hose, dem Rolli und dem eleganten Blazer fühlte sie sich wacher und professioneller als in dem dicken Pullover und den Jeans, in denen sie den ganzen Tag herumgelaufen war.

Dann attackierte sie ihr Haar – »attackieren« war die einzige Bezeichnung, mit der sich der Versuch beschreiben ließ, die wilde, wirre Mähne zu einem festen Pferdeschwanz zu binden, obgleich sämtliche sich kräuselnden Strähnen auf Freiheit sannen.

Sie schminkte sich möglichst dezent. Noch nie hatte sie ein besonderes Geschick im Umgang mit Make-up gehabt, aber das Ergebnis reichte sicher für eine kurze Fahrt nach Ardmore. Ein Blick in den Spiegel sagte ihr, dass sie weder wie eine drei Tage alte Leiche noch wie eine Nutte wirkte – was beides als Ergebnis ihrer Versuche als Maskenbildnerin schon vorgekommen war.

Tief Luft holend ging sie hinaus, um abermals ihr Glück mit dem Mietwagen und den irischen Straßen zu versuchen. Sie saß bereits hinter dem Lenkrad und wollte gerade starten, als ihr klar wurde, dass sie die Schlüssel nicht dabei hatte.

»Tai Ginseng«, murmelte sie, als sie wieder aus dem Wagen kletterte. »Du solltest schleunigst anfangen, Tai Ginseng zu nehmen!«

Nach einer frustrierend langen Suche fand sie die Schlüssel auf dem Küchentisch. Ehe sie das Haus erneut verließ, knipste sie ein Licht an, denn vielleicht würde es dunkel, bevor sie wieder da wäre – und schloss sorgfältig die Haustür ab. Da sie sich nicht erinnern konnte, ob auch die Hintertür richtig zu war, marschierte sie fluchend um das Cottage, um das zu prüfen.

Im Westen ging bereits die Sonne unter, und durch ihr weiches Licht fiel leichter Nieselregen auf die Erde, als Jude endlich den Wagen langsam rückwärts auf die Straße rollen ließ.

Der Weg war kürzer als in ihrer Erinnerung und ohne die Wolkenbrüche vom Vortag, die gegen die Windschutzscheibe peitschten, richtiggehend malerisch. Bei den Hecken zu beiden Seiten der tatsächlich schmalen Fahrspur handelte es sich um leuchtende, blutrote Fuchsien, um Büsche mit winzigen weißen Blüten, von denen sie erfahren würde, dass es Schwarzdorn war, und um frühlingsgelbe Freesien.

Hinter einer Kurve entdeckte sie die verfallenen Mauern

und den hoch aufragenden Turm der Kathedrale auf dem Hügel, der den Zugang zum Dorf am Meer ehern bewachte.

Niemand war dort oben zu entdecken.

Seit achthundert Jahren stand die Kirche auf dem Berg. Das, so dachte Jude, war bereits ein Wunder. Über Kriege, fette Jahre und Hungersnöte, Blut, Tod und Geburt hinweg hatte sie ihre Macht erhalten, hatte sie sich einerseits für Gebete, andererseits als Zufluchtsstätte unzählige Male bewährt. Jude fragte sich, ob es stimmte, was ihre Großmutter behauptete, und falls ja, was man empfinden würde, stünde man im Schatten des uralten Gemäuers auf einem Flecken Erde, der stets das Gewicht der Frommen und der Heiden getragen hatte.

Was für ein seltsamer Gedanke, sagte sie sich und schüttelte den Kopf, als sie das Dorf erreichte, wohin sie während der kommenden sechs Monate gehören würde.

3

In Gallagher's Pub herrschte ein von dem lebhaft flackernden Kaminfeuer und den dichten Rauchschwaden herrührendes neblig-trübes Licht. Genauso liebten es die Gäste an einem feuchten Abend zu Frühlingsbeginn. Die Gallaghers bedienten und erfreuten ihre Gäste seit nunmehr über hundertfünfzig Jahren, indem sie gutes helles und dunkles Bier sowie unverwässerten Whiskey in einer behaglichen Atmosphäre ausschenkten.

Als der Pub im Jahre des Herrn 1842 von Shamus Gallagher zusammen mit seiner braven Frau Meg eröffnet worden war, mochte der Whiskey noch billiger gewesen sein – aber bei aller Gastfreundschaft musste ein Mann auch an seinen Lebensunterhalt denken, und so war der Whiskeypreis gestiegen, was jedoch seinen Konsum in dem behaglichen Ambiente nicht schmälerte.

Als Shamus den Pub eröffnet hatte, hatte er alle Hoffnungen und seine gesamten Ersparnisse in das Unternehmen investiert. Es hatte mehr magere Zeiten gegeben als fette, und einmal kam sogar ein Sturm vom Meer gebraust, hob das Dach vom Haus und wehte es bis nach Dungarvan.

Das zumindest wurde von den Gästen immer wieder zum Besten gegeben, wenn sie mehr als ein oder zwei Gläser des guten irischen Gebräus geleert hatten.

Doch die Wurzeln des Pubs blieben fest verankert in dem sandigen, felsigen Boden des Dorfes, und so hatte ordnungsgemäß Shamus' ältester Sohn den Platz des Vaters hinter dem alten Tresen aus Kastanienholz eingenommen, dann wieder sein ältester Sohn, dessen Ältester und immer weiter bis in unsere Zeit.

Generationen von Gallaghers hatten Generationen anderer Dorfbewohner bedient und waren schließlich reich genug geworden, um das Lokal zu vergrößern; nun fanden noch mehr Menschen nach einem harten Arbeitstag bei ihnen Platz, ein oder zwei Gläschen zu genießen. Neben den Getränken gab es auch eine Reihe den Leib und auch die Seele ansprechende Speisen, und an den meisten Abenden wurden die Herzen der Gäste durch Musik erfreut.

Ardmore war ein Fischerdorf und hing somit von den Launen Neptuns ab. Da es idyllisch gelegen war und über eine Reihe feiner Sandstrände verfügte, verdienten die Menschen außerdem ihren Lebensunterhalt mit einer Zahl kaum weniger launischer Touristen.

Gallagher's bildete einen der Mittelpunkte des Dorflebens. In guten wie in schlechten Zeiten, ob die Netze der Fischer voll waren oder aber ein Orkan über das Meer fegte, sodass niemand es wagte, den Hafen zu verlassen, standen seine Türen offen.

Der Geruch von Torf und Whiskey, der Dampf zahlloser Eintöpfe und literweise Männerschweiß hatten das dunkle Holz derart getränkt, dass der Pub für alle Ewigkeit nach Leben roch. Bänke und Stühle waren mit dunkelrotem Samt bezogen und mit längst geschwärzten Messingbeschlägen verziert.

Samstags abends erscholl die Musik häufig so laut, dass die frei liegenden Deckenbalken zitterten. Der Holzboden war von Generationen schwerer Männerstiefel, vom Scharren unzähliger Stühle und gelegentlichen Funken Torffeuers oder einer Zigarette zwar vernarbt, gleichzeitig jedoch stets ordentlich gefegt und wurde, ob nötig oder nicht, viermal im Jahr mit frischem Wachs eingelassen.

Der Tresen selbst stellte den Stolz des Etablissements dar, vom alten Shamus höchstpersönlich aus dem reich schimmernden, dunkelroten Holz einer Kastanie geschreinert, die, wie man sich erzählte, in der Mittsommernacht vom Blitz getroffen worden war. Auf diese Weise verströmte der Tresen eine gewisse Magie, und diejenigen, die an ihm saßen, wussten das durchaus zu schätzen.

Hinter dem Tresen stand an der mit einem Spiegel versehenen Wand eine scheinbar endlose Reihe blitzblank polierter Flaschen mit einladend schimmerndem Inhalt. Die Gallaghers führten ein lebhaftes, zugleich jedoch sehr ordentliches Unternehmen. Verschüttete Getränke wurden sofort mit einem Lappen aufgewischt, nirgends waren Staubflocken zu sehen, und niemals wurde ein Getränk in einem fleckigen Glas serviert.

Die Tradition des Torffeuers wurde erhalten, weil sie die Touristen begeisterte und weil es die Touristen waren, die den Unterschied zwischen bloßem Über-die-Runden-Kommen und echtem Verdienst ausmachten. Im Sommer und zu Beginn des Herbstes kamen sie in Scharen, um die Strände zu genießen, und auch wenn ihre Zahl im Winter und zu Beginn des Frühjahrs wesentlich nachließ, kamen trotzdem noch genug. Die meisten von ihnen suchten früher oder später auch Gallagher's Pub auf, um dort ein Glas zu leeren, der Musik zu lauschen oder eine der verschwenderisch gewürzten Fleischpasteten zu verzehren.

Die Stammkunden tauchten für gewöhnlich nach dem Abendessen auf, und zwar sowohl der unterhaltsamen Gespräche als auch ihres Feierabendbiers wegen. Einige kamen auch aus Hunger, aber für gewöhnlich nur zu besonderen Anlässen im Kreise der Familie – wenn es sich um ledige Männer handelte, waren sie ihre eigene Küche leid oder wollten ein wenig mit der fast immer gut gelaunten Darcy Gallagher flirten.

Sie hatte Talent hinter dem Tresen, beim Servieren und obendrein in der Küche – doch die Küche war der Ort, den sie so oft wie möglich Shawn, ihrem Bruder, überließ.

Diejenigen, die Gallagher's kannten, wussten, dass es Aidan, der älteste der Geschwister, war, der nun, da ihre Eltern offensichtlich auf Dauer in Boston bleiben wollten, den Betrieb verwaltete. Es sah tatsächlich ganz so aus, als hätte er seine Zeit als Globetrotter ein für alle Male hinter sich – denn er führte den Familienpub in einer Weise, die den alten Shamus mit Stolz erfüllt hätte.

Und Aidan war wirklich zufrieden mit seiner Tätigkeit. Während seiner Wanderjahre hatte er viel über sich selbst und das Leben allgemein gelernt.

Seine früher nicht zu bändigende Reiselust hatte er anscheinend von den Fitzgeralds geerbt, denn auch seine Mutter hatte vor ihrer Heirat, als Sängerin, einen großen Teil der Welt gesehen. Er selbst hatte im Alter von kaum achtzehn seinen Rucksack gepackt, war erst durch seine Heimat und dann durch England, Frankreich, Italien und gar Spanien gereist; schließlich hatte er ein Jahr in Amerika verbracht, wo er durch die Berge und Savannen des Westens gewandert war, in der Hitze des Südens geschwitzt und im nördlichen Winter gefroren hatte.

Er und seine Geschwister waren ebenso musikalisch wie die Mutter, und so hatte er für sein Essen entweder gesungen oder aber als Barkeeper gejobbt. Als er irgendwann mal alles gesehen hatte, was ihm wichtig erschien, war er als weit gereister Mann von fünfundzwanzig Jahren schließlich nach Hause zurückgekehrt.

Während der letzten sechs Jahre hatte er den Pub geführt und in den Räumen oberhalb der Bar gewohnt.

Doch die ganze Zeit über wartete er darauf, dass etwas geschah. Worauf – das stand in den Sternen.

Selbst jetzt, während er ein Guinness zapfte, ein Glas Harp über den Tresen schob und für den Fall, dass man ihn um eine Stellungnahme bat, mit einem Ohr der Unterhaltung seiner Gäste lauschte, hielt er gespannt Ausschau.

Diejenigen, die ihn genau genug angeblickt hätten, hätten vielleicht die Wachsamkeit in seinen leuchtend blauen Augen unter den dichten, fein geschwungenen Brauen in derselben Farbe wie der berühmte Tresen gesehen.

Er besaß das grobknochige Gesicht der alten Kelten, das wilde gute Aussehen, das ihm durch eine gelungene Mischung der guten Gene seiner Eltern zuteil geworden war – eine lange, gerade Nase, einen vollen, geradezu schamlos sinnlichen Mund und ein hartes, straffes Kinn mit einer Spur von Grübchen.

Seine breiten Schultern, die langen Arme und schmalen Hüften verhalfen ihm zu der Statur eines Raufbolds – und tatsächlich hatte er einen Großteil seiner Jugend mit Schlägereien zugebracht. Übrigens, wie er ohne jede Scham gestand, genauso aus Spaß am Raufen wie aus Jähzorn.

Es war eine Frage seines Stolzes, dass er anders als sein Bruder Shawn nie eine gebrochene Nase aus einem seiner Kämpfe davongetragen hatte.

Und dann hatte er, nun ein reifer Mann, die ewige Streit-
suche ganz einfach eingestellt. Jetzt suchte er nach etwas anderem, das er wohl erst erkannte, wenn er es gefunden hatte.

Als Jude den Pub betrat, bemerkte er sie anfänglich nur
als Gastwirt, dann jedoch als Mann. Sie wirkte überraschend ordentlich in ihrem strengen Blazer und dem zurückgebundenen Haar – gleichzeitig jedoch überraschend verloren, als sie mit ihren großen Augen den Raum musterte wie
ein scheues Reh, das überlegte, ob dieser neue Waldweg sicher war.

Hübsches Ding, dachte er wie sicher die meisten Männer,
wenn sie einer sowohl vom Gesicht als auch von der Figur
her attraktiven Frau begegneten. Doch da er jemand war,
der auf Grund seines Berufes täglich zahllose Gesichter sah,
bemerkte er neben ihrer Attraktivität auch die Nervosität,
die sie im Türrahmen festhielt, als erwäge sie, auf dem Absatz kehrtzumachen und sofort wieder zu fliehen.

Ihr Aussehen und ihr Verhalten riefen sein Interesse wach,
und das Blut in seinen Adern erwärmte sich angenehm.

Schließlich straffte sie die Schultern – eine Bewegung, die
ihn amüsierte – und kam auf den Tresen zu.

»Guten Abend«, sagte er, während er mit seinem Lappen
Feuchtigkeitsringe von der Theke wischte. »Was kann ich
für Sie tun?«

Sie setzte zum Sprechen an und wollte höflich um ein Glas
Weißwein bitten, als er plötzlich lächelte. Ein langsames, läs-
siges Verziehen seiner Lippen, das sie unerklärlicherweise innerlich erbeben ließ und ihr Hirn unter Strom setzte.

Ja, dachte sie wie betäubt, hier waren wirklich alle Menschen reizend.

Es schien ihm nichts auszumachen, dass sie stumm blieb –
er lehnte sich im Gegenteil gemütlich an den Tresen, wandte
ihr sein wirklich wunderschönes Gesicht zu, legte den Kopf
schief und zog eine seiner feinen Brauen in die Höhe.

»Haben Sie sich vielleicht verlaufen, meine Liebe?«

Sie hatte das Gefühl, als schmölze sie dahin zu einer gro-ßen Pfütze weiblicher Hormone und flüssig heißer Lust – und die Peinlichkeit dieser Vorstellung brachte ihr Hirn wie-der in Gang. »Nein, ich habe mich nicht verlaufen. Könnte ich bitte ein Glas Weißwein bekommen? Falls Sie haben, Chardonnay.«

»Damit kann ich dienen!« Trotzdem rührte er sich nicht. »Dann sind Sie also ein Yankee. Vielleicht die junge ameri-kanische Verwandte der alten Maude, die eine Zeit lang in ihrem Cottage wohnen will?«

»Ja. Ich bin Jude, Jude Murray.« Automatisch bot sie ihm die Hand und setzte ein vorsichtiges Lächeln auf, das die Grübchen auf ihren Wangen kurz zu Tage treten ließ.

Aidan hatte schon immer eine Schwäche für Schönheiten mit Grübchen gehabt.

Er nahm ihre Hand und hielt sie reglos fest, während er sie anstarrte und ihre Knochen weiter dahinschmolzen. »Willkommen in Ardmore, Miss Murray, und willkommen bei Gallagher's. Ich bin Aidan und das hier ist mein Pub. Tim, wo bleibt dein Benehmen? Bitte überlass der jungen Dame deinen Platz.«

»Oh, nein, das ist nicht…«

Aber Tim, ein stämmiger Kerl mit einem dichten Schopf in der Farbe von Stahlwolle, glitt bereits von seinem Hocker. »Bitte um Verzeihung!« Er trennte sich vorübergehend von der Sportsendung, die in dem über dem anderen Ende des Tresens hängenden Fernseher lief, und zwinkerte ihr fröh-lich zu.

»Es sei denn, Sie säßen lieber an einem der Tische«, fügte Aidan hinzu, als sie mit leicht niedergeschlagener Miene reg-los stehen blieb.

»Nein, nein, der Hocker ist prima. Vielen Dank!« Sie klet-terte auf den Sitz und versuchte, sich zu entspannen, als sie plötzlich im Mittelpunkt des allgemeinen Interesses stand. Das war es auch, was sie am Unterrichten derart störte: all die ihr zugewandten Gesichter, die von ihr erwarteten, dass sie tiefsinnige, brillante Dinge von sich gab.

Schließlich ließ Aidan ihre Hand los, gerade als sie erwartete, dass sie sich in der seinen auflöste, nahm das Guinness-glas vom Zapfhahn und drückte es einem der Gäste in die Hand. »Und wie finden Sie Irland?«, fragte er, während er sich nach dem Weinflaschenregal hinter ihm umdrehte.

»Es ist wunderbar.«

»Tja, da wird Ihnen hier ganz sicher niemand widersprechen.« Er schenkte den Wein ein, wobei er allerdings weniger auf das Glas als in ihre Richtung sah. »Und wie geht es Ihrer Oma?«

»Oh!« Jude war überrascht, dass er das Glas, ohne auch nur hinzuschauen, perfekt bis zum Rand gefüllt und vor ihr abgestellt hatte. »Ihr geht es hervorragend. Kennen Sie sie?«

»Allerdings. Meine Mutter ist eine geborene Fitzgerald und somit eine Cousine, dritten oder vierten Grades glaube ich, von ihr. Womit wir also ebenfalls verwandt wären.« Er klopfte mit einem Finger an ihr Glas. »*Slainte,* Cousine Jude.«

»Tja, nun… vielen Dank.« Sie hob ihr Glas, als plötzlich aus der Küche wildes Geschrei erklang. Eine Frauenstimme, klar wie eine Kirchenglocke, beschuldigte jemanden, ein verdammter, schwachsinniger Volltrottel mit dem Hirn einer Rübe zu sein. Darauf antwortete eine wütende Männerstimme, er wäre lieber eine verdammte Rübe als so tumb wie die Erde, in der eben diese Rübe wuchs.

Niemand schien von dem Gebrüll, den sich anschließenden Flüchen und dem plötzlichen Klirren sonderlich schockiert zu sein, angesichts dessen Jude erschrocken hochfuhr und ein paar Tropfen Wein auf ihren Handrücken schwappten.

»Das dürften zwei weitere Verwandte von Ihnen sein«, erklärte Aidan, während er abermals Judes Hand ergriff und mit seinem Lappen trockenrieb. »Und zwar meine Schwester Darcy und mein Bruder Shawn.«

»Oh. Tja, sollte nicht jemand nachsehen, worum es geht?«

»Worum es wobei geht?«

Ehe sie etwas antworten konnte, ertönte abermals Geschrei.

»Wenn du mir diesen Teller an den Kopf wirfst, du elende Schlange, dann schwöre ich, dass ich…«

Die Drohung endete in einem wilden Fluch, als man etwas gegen die Wand krachen hörte. Sekunden später stolzierte eine Frau durch die Tür hinter dem Tresen und trug mit wenn auch geröteter, so doch hochzufriedener Miene, ein Essenstablett in den Raum.

»Hast du ihn getroffen, Darcy?«, wollte jemand wissen.

»Nein, er hat sich geduckt.« Sie warf den Kopf zurück und schüttelte ihr dichtes, rabenschwarzes Haar. Es stand ihr, wenn sie zornig war. Ihre krachblauen Augen blitzten, und ihr voller Mund war kriegerisch gespitzt. Sie trug das Tablett mit keckem Hüftschwung zu einer fünfköpfigen Familie, die sich an einem der niedrigen Tische drängte, und als ihr die Frau während des Servierens etwas ins Ohr flüsterte, warf sie abermals den Kopf zurück und brach in lautes Lachen aus.

Das Gelächter stand ihr genauso wie der Zorn, erkannte Jude.

»Den Preis für den Teller ziehe ich dir vom Gehalt ab«, informierte Aidan sie, als sie an die Bar geschlendert kam.

»Meinetwegen. Auch wenn es sich noch mehr gelohnt hätte, wäre er mir nicht entwischt. Die Clooneys kriegen noch zwei Cola, ein Ginger Ale sowie ein großes und ein kleines Harp.«

Aidan reihte die gewünschten Dinge vor sich auf. »Darcy,

das hier ist Jude Murray, die junge Amerikanerin, die das Cottage der alten Maude bezogen hat.«

»Freut mich, Sie kennen zu lernen!« Sofort wurde der Zorn in Darcys Augen durch lebhaftes Interesse und der Schmollmund durch ein freundliches Lächeln ersetzt. »Haben Sie sich schon etwas eingelebt?«

»Ja, vielen Dank.«

»Sie kommen aus Chicago, stimmt's? Gefällt es Ihnen dort?«

»Es ist eine aufregende Stadt.«

»Voll von schönen Geschäften, Restaurants und Ähnlichem. Was machen Sie in Chicago, ich meine, womit verdienen Sie Ihren Lebensunterhalt?«

»Ich unterrichte Psychologie.« *Habe unterrichtet*, dachte Jude, doch das war nicht so einfach zu erklären, vor allem, da sie abermals im Mittelpunkt des allgemeinen Interesses stand.

»Ach ja? Tja, passt gut.« Darcys elektrisierende Augen blitzten fröhlich und gleichzeitig ein wenig boshaft, als sie hinzufügte: »Vielleicht könnten Sie ja, wenn Sie mal Zeit haben, das Hirn meines Bruders Shawn analysieren. Irgendetwas scheint bereits seit seiner Geburt nicht damit zu stimmen.«

Sie nahm das Tablett voller Getränke, das Aidan ihr zuschob, und grinste ihren Bruder unbekümmert an. »Außerdem waren es zwei Teller. Ich habe beide Male daneben geworfen, aber beim zweiten Mal hab ich ihn wenigstens noch knapp am Ohr erwischt!«

Siegreich zog sie davon, um die Getränke zu servieren und Bestellungen an anderen Tischen entgegenzunehmen.

Aidan tauschte volle Gläser gegen Pfundnoten, stellte zwei weitere unter die Zapfhähne und schaute dann Jude mit hochgezogener Braue an. »Ist der Wein vielleicht nicht nach Ihrem Geschmack?«

»Was?« Sie senkte den Blick und bemerkte, dass sie bisher kaum an ihrem Glas genippt hatte. »Doch, doch, er ist wirklich gut.« Nun trank sie aus reiner Höflichkeit und lächelte, wobei abermals ihre Grübchen schüchtern erschienen. »In der Tat ist er sogar sehr gut. Ich war einfach abgelenkt.«

»Über Darcy und Shawn brauchen Sie sich keine Sorgen zu machen. Shawn ist ein schneller Bursche, das ist das eine, und außerdem hat unsere Schwester einen Arm wie eine Kugel. Wenn sie ihn hätte treffen wollen, hätte sie es auch getan.«

Jude machte ein unverbindliches Geräusch, als jemand in der Ecke anfing, auf einer Konzertina zu spielen.

»Ich habe Verwandte in Chicago.« Das kam von Tim, der weiter hinter ihr stand und geduldig auf sein zweites Glas wartete. »Die Dempseys, Mary und Jack. Sie kennen die beiden nicht zufällig?«

»Nein, tut mir Leid!« Jude drehte sich auf ihrem Hocker um und sah ihm ins Gesicht.

»Chicago ist eine ziemlich große Stadt. Mein Vetter Jack und ich sind zusammen aufgewachsen, aber dann ging er nach Amerika, um bei einem Onkel mütterlicherseits in dessen Fleischfabrik zu arbeiten. Inzwischen lebt er seit zehn Jahren dort und beschwert sich bitterlich über den scharfen Wind und die eisigen Winter – aber trotzdem macht er keine Anstalten zurückzukommen.«

Dankend nahm er sein Glas von Aidan entgegen und legte ein paar Münzen auf die Bar. »Aidan, du warst doch auch mal in Chicago, oder nicht?«

»Eigentlich bin ich nur durchgefahren. Der See ist wirklich beeindruckend, beinahe wie ein Meer. Der Wind, der vom Wasser herüberweht, schneidet einem in der Tat durch die Haut bis in die Knochen. Aber wenn ich mich recht entsinne, bekommt man dort Steaks serviert, die einem vor lauter Dankbarkeit gegenüber dem lieben Gott für seine Erschaffung von Rindern die Tränen in die Augen treiben.«

Während er sprach, arbeitete er beständig weiter, füllte weitere Gläser für Darcys Tablett, betätigte die Zapfhähne und öffnete eine Flasche amerikanisches Bier für einen Jungen, der aussah, als sollte er lieber noch an Milchshakes herumnuckeln.

Die Musik wurde lauter und lebhafter. Als Darcy dieses Mal das Tablett vom Tresen nahm, sang sie mit einer Stimme, die Jude vor Bewunderung und Neid die Augen aufreißen ließ.

Aber nicht nur die silbrige Klarheit ihrer Stimme stellte ein Wunder dar. Nein, es war auch die Unbekümmertheit, mit der sie einfach in der Öffentlichkeit zu singen begann. Sie sang ein Lied von einer alten Jungfer, die sterbend in einer Dachstube lag; deren Schicksal würde, wie Jude den Blicken sämtlicher anwesender männlicher Wesen, vom ungefähr zehnjährigen Jungen der Clooneys bis hin zu einem skelettartigen Alten am anderen Ende des Tresens, entnahm, Darcy Gallagher ganz sicher niemals zuteil.

Die Leute stimmten in den Refrain des Liedes ein, und das Bier floss schneller als zuvor.

Das erste Lied ging über in ein zweites, ohne dass sich der Rhythmus merklich änderte. Dieses Mal war Aidan derjenige, der vom Betrug der Frau mit dem schwarzen Samtband sang, und zwar mit einem schmeichelnden Bariton, bei dessen Klang Jude die Kinnlade herunterfiel. Seine Stimme war ebenso reich und wohlklingend wie die seiner Schwester.

Während er sang, zapfte er ein Bier und zwinkerte ihr, als er es über den Tresen schob, verschwörerisch zu. Sie spürte, wie ihr die Hitze in die Wangen schoss – aus lauter Scham darüber, dass er sie beim Starren erwischt hatte –, doch sie hoffte, dass es ihm im Dämmerlicht des Schankraumes nicht zu sehr aufgefallen war.

Betont lässig griff sie nach ihrem Glas, als säße sie regelmäßig in irgendwelchen Bars, in denen sämtliche Anwesenden sangen und Männer mit dem Aussehen von Dressmen
ihr zuzwinkerten. Seltsamerweise war ihr Glas noch bis zum
Rand gefüllt. Sie runzelte die Stirn, denn sie war sich sicher
gewesen, dass sie bereits mindestens die Hälfte geleert hatte.
Aber da Aidan hinter dem Tresen ein Stück weitergegangen
war und sie weder seine Arbeit noch seinen Gesang unter-
brechen wollte, zuckte sie einfach mit den Schultern und genoss den süßen Wein.

Die Tür des Raumes, bei dem es sich, wie sie annahm, um
die Küche handelte, öffnete sich, und sie war dankbar, dass
niemand sie beobachtete – denn zweifellos quollen ihr die
Augen aus dem Kopf. Der Mann, der durch die Tür trat, sah
aus, als käme er geradewegs aus Hollywood – aus einem
Film über keltische Ritter, die heldisch für ihr Königreich
und Not leidende Burgfräulein eintraten.

Sein langer, schmaler Körper passte hervorragend in seine
abgewetzten Jeans und den dunklen Pullover, den er trug.
Sein Haar war rabenschwarz und wogte mähnenartig auf
seine Schultern. Seine verträumten, himmelblauen Augen
blitzten humorvoll in die Runde, sein Mund war ebenso
voll, kräftig und sinnlich wie der von Aidan Gallagher, und
die Nase gerade krumm genug, um nicht allzu perfekt zu
sein.

Sie bemerkte die leichte Rötung seines rechten Ohrs und
nahm an, dass es sich um Shawn Gallagher handelte, der
sich tatsächlich nicht rechtzeitig genug vor dem Tellerge-
schoss geduckt hatte.

Mit einem vollen Tablett in den Händen schlenderte er
lässig durch den Raum. Dann packte er mit einer blitz-
schnellen Bewegung, die Jude den Atem stocken ließ, den
Arm von seiner Schwester, drehte sie zu sich herum und begann mit ihr zu tanzen.

Was für Menschen, dachte Jude, konnten einander in der einen Minute auf das Übelste beschimpfen und bereits in der nächsten lachend gemeinsam durch einen Pub walzen?

Die Gäste pfiffen, klatschten im Takt und trommelten mit den Füßen auf den alten Holzboden, als die beiden Tanzenden dicht genug an Jude vorbeischwangen, dass sie eine von ihren sich drehenden Körpern verursachte leichte Brise abbekam.

Als die Musik schließlich verklang, sanken Darcy und Shawn einander grinsend in die Arme, und nachdem er seine Schwester schmatzend auf den Mund geküsst hatte, drehte Shawn den Kopf und unterzog Jude einer gründlichen, doch zugleich freundlichen Musterung. »Nun, wer ist denn diese schöne Fremde, die sich plötzlich aus der Dunkelheit in unsere Hütte verirrt hat?«

»Jude Murray, die Verwandte der alten Maude«, erklärte Darcy ihm. »Dies ist mein Bruder Shawn, der, der unbedingt Ihrer professionellen Hilfe bedarf.«

»Ah, Brenna hat mir schon erzählt, sie hätte Sie getroffen, als Sie angekommen sind. Jude F. Murray aus Chicago.«

»Wofür steht das F?«, mischte sich Aidan ein.

Jude wandte sich um und merkte, dass ihr etwas schwindlig war. »Frances.«

»Sie hat Lady Gwen gesehen«, verkündete Shawn, und ehe Jude ihren Kopf auch nur wieder zurückdrehen konnte, waren die Gespräche sämtlicher Gäste des Wirtshauses verstummt.

»Ach ja?« Aidan trocknete sich die Hände, legte seinen Lappen auf die Seite und lehnte sich gegen den Tresen. »Tja, dann.«

Es gab eine erwartungsvolle Pause, die Jude verlegen zu füllen suchte. »Nein, ich dachte lediglich, ich hätte jemanden gesehen... es hat in Strömen geregnet.« Sie griff nach ihrem Glas, trank einen großen Schluck und betete, dass die Musik wieder einsetzte.

»Aidan hat Lady Gwen auf den Klippen spazieren gehen sehen.«

Jude starrte erst Shawn und dann wieder Aidan an. »Sie haben also einen Geist gesehen«, sagte sie, wobei sie jedes Wort betonte.

»Während sie über die Klippen wandert und auf die Rückkehr ihres Liebsten wartet, weint sie derart bittere Tränen, dass einem bereits dabei das Herz von innen heraus zu bluten beginnt.«

Ein Teil von ihr hätte am liebsten in alle Ewigkeit dem herrlichen Klang seiner Stimme gelauscht, trotzdem unterbrach sie ihn zweifelnd. »Sie glauben doch wohl nicht ernsthaft an Gespenster?«

Wieder zog er eine seiner wohl geformten Brauen hoch. »Weshalb sollte ich das nicht tun?«

»Weil… es natürlich keine gibt!«

Er lachte – ein volles, perlendes Geräusch – und löste dann das Rätsel ihres ständig vollen Glases, indem er ihr abermals nachschenkte. »Ich bin wirklich gespannt, ob Sie das auch noch sagen, wenn Sie erst mal einen Monat hier gelebt haben. Hat Ihre Oma Ihnen die Geschichte von Lady Gwen und Carrick, dem Feenprinzen, etwa nicht erzählt?«

»Nein. Das heißt, sie hat mir ein paar Kassetten besprochen und Briefe und Tagebücher mitgegeben, in denen es um Legenden und Mythen geht. Ich, ah… überlege, ob ich eine Dokumentation über irische Folklore und ihren Platz in der Psychologie der Kultur des Landes anfertige.«

»Klingt beeindruckend!« Selbst als er ihr Stirnrunzeln bemerkte, machte er sich nicht die Mühe zu verbergen, wie sehr ihn ihre Worte amüsierten. Er fand, dass sie ein hübscheres Mäulchen besaß als jede andere Frau. »Für so ein feines Vorhaben sind Sie bei uns genau am richtigen Ort.«

»Du solltest ihr von Lady Gwen erzählen«, forderte Darcy

ihren Bruder auf. »Und auch all die anderen Geschichten. Du kannst das besser als jeder andere von uns.«

»Das werde ich. Ein andermal. Falls es Sie interessiert, Jude Frances!«

Sie war beleidigt und, wie sie betrübt feststellte, obendrein etwas betrunken. So würdevoll wie möglich nickte sie. »Natürlich. Ich würde gerne etwas Lokalkolorit in meine Arbeit einfließen lassen. Machen wir also einen Termin aus – wann immer es Ihnen recht ist.«

Wieder verzog er seinen Mund zu einem langsamen, lässigen Lächeln. »Oh, tja, so förmlich sind wir hier in der Gegend für gewöhnlich nicht. Am besten komme ich mal vorbei, und wenn Sie gerade nichts zu tun haben, tische ich Ihnen ein paar der Storys auf, die ich kenne.«

»Na schön. Danke!« Sie öffnete ihre Handtasche und wollte gerade ihren Geldbeutel hervorziehen, als er ihre Hand ergriff.

»Der Wein geht auf Kosten des Hauses. Betrachten Sie ihn einfach als Willkommenstrunk.«

»Das ist sehr freundlich.« Wenn sie doch bloß eine Ahnung hätte, wie viel des Willkommenstrunks sie genau im Blut hatte.

»Kommen Sie bald mal wieder«, bat er, als sie sich erhob.

»Das werde ich ganz sicher. Gute Nacht!« Sie sah sich suchend um, da sie meinte, es wäre höflich, sich auch von den anderen Menschen zu verabschieden, doch dann blickte sie wieder in Richtung von Aidan. »Vielen Dank!«

»Gute Nacht, Jude Frances!«

Er beobachtete, wie sie den Pub verließ und griff geistesabwesend nach einem Glas, als jemand ein weiteres Bier bestellte. Ein wirklich hübsches Ding, dachte er erneut. Und gerade spröde genug, um die Frage in einem Mann aufkommen zu lassen, wie sie sich am besten aus der Reserve locken ließ.

Vielleicht würde es ihm Spaß machen, diese Mühe auf sich zu nehmen, überlegte er. Schließlich hatte er jede Menge Zeit.

»Sie ist sicher reich«, bemerkte Darcy und stieß einen leisen Seufzer aus.

Aidan sah sie an. »Warum sagst du das?«

»Man sieht es an ihrer Garderobe, von oben bis unten schlichte Perfektion. Die kleinen Ohrringe, die sie anhatte, die kleinen Kreolen, waren aus echtem Gold, und wenn die Schuhe nicht italienische Markendinger waren, dann heirate ich einen Affen.«

Er hatte weder die Ohrringe noch die Schuhe der Amerikanerin bemerkt, sondern einzig ihre zurückhaltende, gepflegte Weiblichkeit. Und als echter Mann hatte er sich vorgestellt, wie er das Band lösen würde, das sie um ihr Haar geschlungen hatte, sodass es in weichen Wogen über ihre Schultern fiel.

Doch seine Schwester verzog gekränkt das Gesicht, und so legte er eilig einen Finger auf ihre wohl geformte Nase. »Sie mag reich sein, Darcy-Schatz, aber sie ist so allein und schüchtern, wie du es nie gewesen bist. Freunde kann man sich nämlich nicht kaufen!«

Darcy schob sich die Haare aus der Stirn. »Vielleicht schaue ich ja mal bei ihr vorbei.«

»Du hast eben ein gutes Herz!«

Grinsend nahm sie ihr Tablett vom Tresen. »Und du hast auf ihren Hintern gestarrt, als sie gegangen ist.«

Er erwiderte ihr Grinsen. »Ich habe eben gute Augen.«

Nachdem der letzte Gast gegangen, das letzte Glas gespült, der Boden gewischt und die Tür sorgsam verschlossen war, fand Aidan weder die Ruhe zu schlafen, noch zu lesen, noch vor dem Kamin zu sitzen und ein Glas Whiskey zu genießen.

Normalerweise störte es ihn nicht, wenn er die letzte

Stunde des Tages allein in seinen Räumen oberhalb der Wirtschaft saß. Oft genoss er es sogar. Allerdings genoss er ebenso die langen Spaziergänge, die er regelmäßig in Nächten unternahm, wenn am Himmel unzählige Sterne blitzten und der Mond weißlich schimmernd über das Wasser dahinschwebte.

Also ging er auch heute Abend zu den Klippen. Es stimmte, was sein Bruder zu Jude gesagt hatte. Aidan hatte Lady Gwen gesehen – und zwar nicht nur einmal –, als sie, den langen, schweren Umhang und die blonden Haare wie die Mähne eines wilden Pferdes im frischen Wind gebläht, mit kreidebleicher Miene hoch über dem Meer gestanden hatte.

Zum ersten Mal hatte er sie gesehen, als er noch ein Kind gewesen war, und damals hatte er eine Art entsetzter Aufregung verspürt. Dann jedoch hatten ihr leises Schluchzen und die Verzweiflung auf ihren Zügen sein Mitgefühl geweckt.

Nie hatte sie ein Wort gesprochen, doch ihn bestimmt auch gesehen. Das würde er auf so viele Bibeln schwören, wie unter seine Haut passten.

Heute Abend jedoch hielt er nicht Ausschau nach dem Geist, nach der gespenstischen Erscheinung einer Frau, die verloren hatte, was sie am meisten liebte, ehe es ihr auch nur bewusst geworden war.

Aidan wollte nur ein Stückchen durch die kühle Nachtluft gehen, auf diesem Flecken Erde, zu dem er zurückgekommen war, weil er sich an keinem anderem Ort je wirklich heimisch fühlte.

Als er den Klippenrand erklomm, den er ebenso gut kannte wie den Weg von seinem Bett ins Bad, spürte er nichts außer der Dunkelheit, der Luft, dem Meer.

Tief unter seinen Füßen schlugen die Wogen wie seit Jahrmillionen donnernd auf den harten Fels. Das Licht des halben Mondes malte eine schimmernde Linie auf das schwarze Wasser, das niemals vollkommen zur Ruhe kam. Hier konnte er atmen und sich den Überlegungen widmen, zu denen er während der Arbeit des Tages nicht kam.

Der Pub gehörte ihm. Und obgleich er niemals erwartet hätte, je allein die Verantwortung dafür zu tragen, empfand er das Gewicht auf seinen Schultern keineswegs als Last. Die Entscheidung seiner Eltern, sich in Boston niederzulassen, statt nur so lange zu bleiben, bis der Pub seines Onkels nach dem ersten halben Jahr angelaufen war, hatte ihn nicht besonders überrascht.

Sein Vater hatte den Bruder stets schmerzlich vermisst und seine Mutter noch nie gern allzu lang an einem Ort gelebt. Natürlich kämen sie zurück, vielleicht nicht, um hier wieder Fuß zu fassen – aber um Freunde zu besuchen und die Kinder zu umarmen. Gallagher's Pub jedoch war wieder einmal von dem Vater auf den Sohn übergegangen.

Da der Pub sein Erbe war, würde er ihn nach besten Kräften leiten.

Darcy würde natürlich nicht für alle Zeiten als Bedienung und in der Küche für ihn arbeiten, das stand fest. Sie hortete ihr Geld wie ein Eichhörnchen die Nüsse vor dem Winter. Und wenn sie genug gespart hätte, ginge sie ganz sicher fort.

Shawn war im Augenblick mit seiner Arbeit in der Küche, mit seinen Träumen und seinem Erfolg bei den Frauen des Dorfes zufrieden. Doch eines Tages stolperte er sicher über den für ihn richtigen Traum, über die für ihn richtige Frau, und dann ginge auch er.

Wenn Aidan also die Tradition des Pubs aufrechterhalten wollte, müsste er ebenfalls die richtige Frau zu finden und einen Sohn zeugen – oder eine Tochter; in diesem Punkt war er der Tradition nicht so verhaftet, als dass er das, was er besaß, nicht auch an eine Tochter übergäbe.

Doch das hatte zum Glück noch Zeit. Schließlich war er erst einunddreißig Jahre alt, und er hatte nicht die Absicht, allein aus Pflichtgefühl zu heiraten. Es müsste schon aus

Liebe sein, aus Leidenschaft, aus dem Gleichklang zweier Seelen.

Während seiner Wanderschaft hatte er gelernt zu erkennen, womit sich ein Mann begnügen konnte. War die Alternative der blanke Fußboden, reichte einem eine durchgelegene Matratze. Doch eine Frau, die einen langweilte oder das Blut beim besten Willen nicht in Wallung brachte, reichte, egal, wie gut sie auch aussah, als Ehefrau entschieden nicht.

Während er dies dachte, drehte er sich um und blickte über die sanft ansteigenden Hügel in Richtung des weißen Häuschens, das unter dem Sternenhimmel leuchtete. Eine dünne Rauchfahne stieg aus dem Kamin, und hinter einem der winzigen Fenster brannte ein heimeliges Licht.

Jude Frances Murray, dachte er und sah sie wieder vor sich. Was machst du in deinem kleinen Haus dort oben auf dem Feenhügel? Liest du vielleicht ein schwieriges Buch, eins mit viel Gewicht und tief schürfenden Botschaften? Oder tauchst du eher ein in eine lustige, närrische Geschichte, wenn dich niemand sieht?

Es war ihr Image, das sie ständig beschäftigte. So viel hatte er innerhalb der knappen Stunde, die sie auf einem der Barhocker des Gallagher's verbracht hatte, herausgefunden. Was dachten die Leute? Welchen Eindruck gewannen sie, wenn sie sie anblickten?

Und während sie das abwog, sog sie alles in sich auf, was um sie herum zu sehen oder zu hören war. Er bezweifelte, dass sie sich dessen überhaupt bewusst war, doch er hatte es ihren Blicken entnommen.

Am besten ließe er sich Zeit mit seiner Meinung über sie.

Mit ihren großen Augen einer Meeresgöttin und dem streng zurückgekämmten Haar hatte sie sein Blut in Wallung gebracht. Er mochte ihre Stimme, die klare Präzision, mit der sie sprach, die einen so faszinierenden Kontrast zu ihrer Schüchternheit darstellte.

Was würde sie tun, die hübsche Jude, wenn er jetzt zu ihr hinüberginge und an ihre Tür klopfte?

Doch es machte keinen Sinn, sie zu Tode zu erschrecken, nur weil er nicht schlafen konnte und etwas an ihr sein Begehren weckte, dachte er und schob, während der Wind ihn umwirbelte, die Hände in die Taschen seiner Jeans.

»Dann schlaf ganz einfach gut«, murmelte er. »Eines Nachts, wenn ich wieder spazieren gehe, werde ich nicht zu den Klippen, sondern hinauf zu deinem Cottage kommen. Und dann werden wir ja sehen, was passiert.«

Ein Schatten bewegte sich hinter dem Fenster, der Vorhang wurde angehoben und dort stand sie, beinahe, als hätte sie Aidan gehört. Doch er war zu weit von ihr entfernt, um mehr als ihre Umrisse wahrzunehmen.

Vielleicht sah sie ihn ja auch, ebenfalls nur als Schatten – aber auf den hohen Klippen oberhalb der rauen See.

Dann ließ sie den Vorhang wieder sinken und löschte kurz darauf das Licht.

4

Zuverlässigkeit begann mit Verantwortungsbewusstsein, hielt Jude sich nüchtern vor. Und beide wurzelten in Disziplin. Diese kurzen, mahnenden Sätze im Kopf, erhob sie sich am nächsten Morgen aus ihrem weichen Bett und machte sich ein einfaches Frühstück, ehe sie mit einer Kanne Tee hinauf ins Arbeitszimmer stieg.

Trotz des wunderbaren Tages würde sie nicht stinkfaul über die Hügel flanieren. Gleich wie einladend die Blumen draußen wirkten, würde sie nicht hinausschlendern, um sich über den Beeten in Träumen zu ergehen. Und egal wie verlockend der Gedanke war, würde sie keinesfalls ins Dorf fahren oder sich jetzt schon einen Strandspaziergang genehmigen.

Obgleich viele ihre Ideen von der Erforschung uralter irischer Legenden sicher bestenfalls als Grille abtäten, wäre es, wenn sie die Sache professionell und klar denkend anginge, sicher ein lohnenswertes Vorhaben. Schließlich bildete die Kunst der mündlichen Erzählung ebenso wie das geschriebene Wort einen der Ecksteine der irischen Kultur.

Sie brachte es einfach nicht über sich, sich einzugestehen, dass sie sich in ihrem tiefsten Inneren danach sehnte, eigene Texte zu schreiben. Durch das Aufzeichnen von Geschichten endlich die sorgsam verschlossene Kammer in ihrem Herzen zu öffnen und zu beobachten, welche Worte und Bilder daraus hervorströmten.

Wann auch immer sie Gefahr lief, das Schloss der Tür zu dieser Kammer zu berühren, sagte sie sich streng, ein derartiges Vorhaben wäre überspannt romantisch, die reinste Narretei. Normale Menschen mit durchschnittlichen Fähigkeiten bemühten sich besser um Sachlichkeit.

Erforschen, Katalogisieren, Analysieren waren vernünftige Arbeiten, Arbeiten, die sie gelernt hatte. Arbeiten, dachte sie mit einer Spur von Widerwillen, die man von ihr erwartete. Durch den von ihr gewählten Sprung über den großen Teich hatte sie ihre Rebellion bereits deutlich gemacht. Nun würde sie also die psychologischen Gründe für die Entstehung und Weitergabe der uralten Mythen im Land ihrer Vorfahren wissenschaftlich untersuchen.

Material gäbe es hier in Irland sicherlich genug.

Geister und Banshees, Pookas und Feen. Was für ein reiches, fantasiebegabtes Wunder das Keltenhirn doch war! Die Leute sagten, ihr Cottage stünde auf einem Feenhügel, einem der magischen Orte, unter dem ein schimmerndes Märchenreich verborgen lag.

Wenn sie sich recht erinnerte, hieß es in der Legende, dass

ein Sterblicher in die Feenwelt unter dem Hügel gelockt oder gar dorthin entführt und hundert Jahre gefangen gehalten werden konnte, wenn er nicht aufpasste.

War das nicht faszinierend?

Augenscheinlich vernunftbegabte Menschen an der Schwelle zum einundzwanzigsten Jahrhundert brachten es tatsächlich fertig, so etwas zu behaupten, und zwar ohne dabei zu erröten.

Das, so dachte sie, war die Macht der Mythen über die menschliche Psyche, über den menschlichen Intellekt.

Und diese Macht war stark genug, dass sie – allein in der Nacht – während eines kurzen Augenblicks beinahe selbst daran geglaubt hatte. Die Musik des Glockenspiels und der Wind hatten natürlich das ihrige dazu beigetragen. Die von der Luft erzeugten Lieder verführten das Gemüt dessen, der sie hörte, zum Träumen.

Ebenso wie die Gestalt hoch oben auf den Klippen. Der Schatten eines Mannes, der sich vor dem Himmel und dem Meer deutlich abgezeichnet hatte, hatte ihren Blick geradezu magisch angezogen und dafür gesorgt, dass ihr das Herz bis in die Kehle schlug. Er hatte gewirkt wie jemand, der auf seine Geliebte wartete oder aber um sie trauerte. Wie ein verwunschener Prinz, dessen Magie sich mit der dunklen See verwob.

Sehr romantisch und mehr als beeindruckend!

Natürlich – ganz eindeutig – musste, wer auch immer nach Mitternacht über die windumtosten Klippen lief, ein halbwegs Verrückter sein. Doch zu diesem Schluss war sie erst am Morgen nach dem Aufstehen gekommen, denn die ganze Nacht hindurch hatte sie sich ob der Kraft des Bildes seufzend und erschauernd in ihrem warmen Bett gewälzt.

Doch diese Verrücktheit war Teil des Charmes der Menschen und ihrer Geschichten hier. Sie würde sie nutzen. Würde sie ergründen. Würde in sie eintauchen.

Erfüllt von neuem Tatendrang wandte sie sich von den Kassetten und Briefen ihrer Oma ab, stellte ihren Laptop an und machte sich ans Werk.

Die Leute behaupten, das Cottage stünde auf einem Feenhügel, einer der zahlreichen Erhebungen in Irland, unter denen die Feen in ihren Palästen und Burgen leben. Es heißt, wenn man sich einem Feenhügel nähert, hört man vielleicht die Musik, die im großen Saal der Burg unter dem dichten, grünen Gras erklingt. Und dass, wer über einen Feenhügel geht, Gefahr läuft, von den Feen geraubt und gefangen genommen zu werden.

Lächelnd hielt sie inne. Natürlich war dies ein viel zu lyrischer und, nun, *irischer* Anfang für einen seriösen, akademischen Aufsatz. Während ihres ersten Jahres am College hatten ihre Lehrer sie genau dafür oft genug gerügt. Sie hatten behauptet, sie weiche allzu häufig vom eigentlichen Thema ab, hielte sich zu selten an die wissenschaftlichen Vorgaben.

Da ihren Eltern gute Noten immens wichtig waren, hatte sie schließlich ihren Wunsch nach farbenfrohen Abschweifungen drastisch unterdrückt.

Doch hier ging es nicht um eine Note, dies war nur ein Entwurf. Sie könnte ihn später noch verändern. Im Augenblick jedoch würde sie einfach ihre Gedanken zu Papier bringen und den Grundstein ihrer Analyse legen.

Die Geschichten ihrer Oma kannte sie gut genug, um kurz die bekanntesten mythologischen Sagengestalten zu skizzieren. Es wäre ihre Aufgabe, die Geschichten und Strukturen aufzudecken, die es in Verbindung mit den einzelnen Figuren gab, und dann ihre Bedeutung in der Psychologie moderner Menschen zu ergründen, die an diese Legenden glaubten oder sie zumindest wertschätzten.

Den ganzen Vormittag hindurch arbeitete sie an grundlegenden Definitionen, wobei sie häufig Vergleiche zwischen einzelnen Figuren und ihren Pendants in anderen Kulturen zog.

Jude war derart in ihre Tätigkeit vertieft, dass sie beinahe das Klopfen an der Haustür überhörte; als sie es endlich wahrnahm, riss sie sich blinzelnd von ihren Erörterungen der Hexe, der früher in fast sämtlichen Dörfern Irlands anzutreffenden weisen Frau, los. Sie hängte ihre Brille in den Ausschnitt ihres Pullovers, eilte die Treppe hinunter, öffnete die Tür und entdeckte Brenna O'Toole bereits auf dem Rückweg zu ihrem alten Pick-up.

»Tut mir Leid, wenn ich störe«, setzte Brenna zögernd an.

»Tun Sie nicht!« Wie konnte eine junge Frau in schlammbespritzten Arbeitsstiefeln sie nur derart einschüchtern, fragte sich Jude verblüfft. »Ich war gerade in dem kleinen Zimmer oben. Schön, dass Sie vorbeigekommen sind. Vorgestern habe ich mich gar nicht richtig bei Ihnen für alles bedankt.«

»Oh, kein Problem! Schließlich sind Sie beinahe im Stehen eingeschlafen.« Brenna kam zurück zum Hauseingang. »Dann haben Sie sich also schon ein wenig eingelebt? Ist alles da, was Sie brauchen?«

»Ja, danke.« Jude bemerkte, dass an der verblichenen Kappe, die Brenna auf dem Kopf trug, eine kleine Figur mit Flügeln steckte. Schon wieder eine Fee. Jude würde gerne erfahren, warum eine derart praktisch veranlagte Person ausgerechnet eine Fee als Glücksbringer trug.

»Möchten Sie vielleicht hereinkommen und einen Tee mit mir trinken?«

»Danke, das wäre wirklich nett, aber ich habe noch zu tun.« Trotzdem schien Brenna Zeit genug zu haben zu einem kurzen Plausch. »Ich wollte nur rasch hereinschauen, um zu sehen, wie Sie zurechtkommen oder ob Sie vielleicht etwas brauchen. Ein-, zweimal am Tag fahre ich nämlich an Ihrem Haus vorbei.«

»Im Augenblick fällt mir nichts ein. Tja, doch, ich frage mich, ob Sie mir vielleicht sagen können, an wen ich mich wegen eines zweiten Telefonanschlusses in dem kleinen Zimmer oben wenden muss. Ich benutze es nämlich zum Arbeiten und bräuchte den Anschluss für mein Modem.«

»Für Ihr Modem? Für Ihren Computer?« In Brennas Augen trat ein interessiertes Blitzen. »Meine Schwester Mary Kate hat einen Computer, weil eins ihrer Fächer in der Schule Programmieren ist. Man könnte beinahe denken, mit dem Ding hätte sie das Allheilmittel gegen die menschliche Dummheit entdeckt, denn sie lässt mich nie auch nur in seine Nähe.«

»Interessieren Sie sich für Computer?«

»Ich weiß immer gerne, wie die Dinge funktionieren, und sie hat Angst, dass ich den Kasten auseinander nehme – was ich natürlich auch tun würde, denn wie sollte ich sonst dahinter kommen, wie die Sache läuft? Sie hat auch ein Modem und schickt ständig irgendwelche Nachrichten an unsere Verwandten in New York und an irgendwelche Freunde in Galway. Das Ganze ist wirklich genial.«

»Finde ich auch! Dabei nehmen wir all diese Dinge als gegeben hin, bis sie einmal nicht mehr funktionieren.«

»Ich leite Ihren Auftrag gerne weiter.« Brenna sah sie lächelnd an. »Versprechen kann ich nicht, wann Sie dann Ihren Anschluss kriegen – aber ich glaube kaum, dass es länger dauern wird als eine Woche. Falls doch, finde ich ganz sicher einen Weg, Ihnen anders behilflich zu sein.«

»Das ist prima. Vielen Dank. Oh, gestern war ich im Dorf, aber als ich dort anlangte, hatten die Geschäfte bereits zu. Es wäre mir lieb gewesen, einen Laden zu finden, in dem ich ein paar Bücher über Gartenpflege kaufen kann.«

»Bücher!« Brenna spitzte überrascht die Lippen. Sich vorzustellen, dass jemand wegen Pflanzen ein Buch aufschlug. »Tja, ich weiß nicht, wo es so etwas in Ardmore gibt – aber wahrscheinlich kriegen Sie, was Sie suchen, drüben in Dungarvan oder in Waterford City. Wenn Sie indessen etwas über Blumen hier wissen wollen, fragen Sie doch einfach meine Mutter. Ma kennt sich rund um den Garten bestens aus.«

Beim Geräusch eines sich nähernden Wagens blickte Brenna über ihre Schulter. »Da sind Mrs. Duffy und Betsy Clooney, die Ihnen hallo sagen wollen. Ich fahre am besten mal meinen Laster aus dem Weg, damit sie in die Einfahrt kommen. Mrs. Duffy hat sicher Kuchen mitgebracht«, fügte sie hinzu. »Sie ist berühmt für ihr Gebäck.« Sie winkte den beiden Frauen in dem Auto fröhlich zu. »Kommen Sie einfach rüber, wenn Sie etwas brauchen.«

»Ja, ich…« Himmel, war alles, was Jude flehen konnte, lass mich nicht mit diesen Damen allein. Aber Brenna sprang bereits in ihren Wagen.

Unter tolldreister und zugleich bewundernswerter Missachtung der schmalen Einfahrt oder der, wenn auch nur entfernten, Möglichkeit, dass ein anderes Fahrzeug die Straße heraufkommen könnte, ließ Brenna ihren Pick-up ein Stück zurückschießen, quetschte sich dann, Seite an Seite, neben das Auto der Ladys und plauderte kurz mit den Neuankömmlingen.

Jude rang innerlich die Hände, als der Pick-up die Straße hinunterrumpelte und der nächste Wagen in die Einfahrt bog.

»Guten Tag, Miss Murray!« Die Frau hinter dem Steuer hatte funkelnde schwarze Augen wie ein Rotkehlchen und hellbraunes, gnadenlos gekämmtes und eingesprühtes Haar, das im Licht der Sonne glänzte wie ein alter Lederhelm.

Sie zwängte sich aus dem Wagen, sodass ihre üppigen Brüste, die breiten Hüften, kurzen Beine und winzigen Füße wenig vorteilhaft zur Geltung kamen, und wandte sich dem Fond ihres Autos zu.

Jude produzierte ein Lächeln und schleppte sich auf das Gartentor zu wie eine Frau zum elektrischen Stuhl. Während sie noch überlegte, welches die passende Begrüßung wäre, riss die Frau die rückwärtige Tür auf, wobei sie ohne Pause an Jude, an ihre Freundin, die gerade vom Beifahrersitz rutschte, und an die Welt im Allgemeinen gewandt drauflos plapperte.

»Ich bin Kathy Duffy, ich wohne unten im Dorf, und das hier ist Betsy Clooney, die Tochter meiner Schwester. Patty Mary, meine Schwester, arbeitet heute im Lebensmittelladen, sonst wäre sie jetzt ebenfalls dabei, Sie zu begrüßen. Aber ich habe heute Morgen zu Betsy gesagt, ob sie nicht, wenn ihre Nachbarin das Baby nimmt und die beiden Älteren in der Schule sind, mit mir zum Faerie Hill Cottage kommen will, um die amerikanische Cousine der alten Maude bei uns willkommen zu heißen.«

Während sie sprach, hatte sie Jude ihren beeindruckenden, gegenwärtig von einem mit leuchtendem Mohnblumenmuster bedruckten Rock bedeckten Hintern zugekehrt. Schließlich jedoch zwängte sie, hochgerötet, ihren Oberkörper zurück an die frische Luft und trat, eine zugedeckte Kuchenplatte in Händen und ein strahlendes Lächeln auf den Lippen, auf Jude zu.

»Sie sehen ein bisschen aus wie Ihre Großmutter«, fuhr Kathy nach einer kurzen Atempause fort. »So wie ich mich an sie aus meiner Kinderzeit erinnere. Hoffentlich geht es ihr gut?«

»Ja, sehr gut. Vielen Dank! Ah, es ist wirklich nett, dass Sie vorbeigekommen sind.« Jude öffnete das Tor. »Bitte kommen Sie herein.«

»Wir wollten Ihnen genug Zeit lassen, sich erst mal halbwegs an alles zu gewöhnen.« Als Betsy um den Wagen ging, fiel Jude ein, dass sie sie am Vorabend im Pub gesehen hatte. Die Frau, die zusammen mit ihrer Familie an einem der niedrigen Tische gehockt hatte. Irgendwie half ihr dieser, wenn auch recht vage Anknüpfungspunkt.

»Ich habe Tante Kathy erzählt, dass ich Sie gestern Abend im Pub gesehen habe, im Gallagher's. Und wir dachten, inzwischen wären Sie vielleicht bereit für unser bescheidenes Begrüßungskomitee.«

»Sie waren mit Ihrer Familie dort. Ihre Kinder haben sich ja vorbildlich benommen.«

»Tja, nun!« Betsy verdrehte ihre grünen Augen. »Am besten mache ich Ihren angenehmen Eindruck von meinen Rangen nicht kaputt. Sie haben keine Kinder?«

»Nein, ich bin nicht verheiratet. Wenn Sie möchten, koche ich uns gerne einen Tee«, erklärte Jude, während sie zusammen mit den beiden Damen durch die Haustür trat.

»Das wäre wirklich nett.« Kathy stapfte, in dem Cottage offenbar zu Hause, entschlossen durch den schmalen Flur. »Machen wir es uns doch einfach in der Küche gemütlich!«

Was es zu Judes Überraschung dann auch wirklich wurde. Sie verbrachte eine angenehme Stunde mit zwei Frauen, deren natürliche Wärme und übermütiges Gelächter die Unterhaltung in Gang hielten. Kathy Duffy war eindeutig ein Plappermaul und eine ausgemachte Klatschbase dazu, doch sie äußerte sich auf eine sehr humorvolle, nette Art.

Noch vor Ende der Stunde schwirrte Jude der Kopf von den Namen sämtlicher Menschen, den verwandtschaftlichen Verhältnissen, den Familienfreundschaften und -fehden, den Hochzeiten und Todesfällen in dem kleinen Dorf. Falls es etwas gab, was Katherine Anne Duffy über eine der während des letzten Jahrhunderts in der Umgebung beheimateten Seelen ausließ, war es eindeutig nicht erwähnenswert.

»Wirklich bedauerlich, dass Sie die alte Maude nie kennen gelernt haben«, meinte Kathy jetzt. »Sie war eine wunderbare Frau.«

»Meine Großmutter hat sie sehr gern gehabt.«

»Trotz des Altersunterschiedes kamen einem die beiden immer eher wie Schwestern als wie Cousinen vor.« Kathy nickte nachdrücklich. »Ihre Oma hat als Mädchen nach dem Tod ihrer Eltern bei der alten Maude gelebt. Meine eigene Mutter war mit den beiden befreundet und sowohl sie als auch Maude haben Ihre Oma, als sie heiratete und nach Amerika ging, schmerzlich vermisst.«

»Und Maude blieb ganz alleine hier.« Jude sah sich in der Küche um.

»So sollte es wohl sein. Dabei hatte sie einen Liebsten, und die beiden wollten heiraten.«

»Oh? Was ist denn passiert?«

»Sein Name war John Magee. Meine Mutter sagt, er war ein gut aussehender Bursche mit einer ausgeprägten Liebe zum Meer. Während des Ersten Weltkriegs wurde er Soldat und fiel irgendwo in Frankreich.«

»Eine wirklich traurige, aber zugleich romantische Geschichte«, fügte Betsy erklärend hinzu. »Maude hat niemals mehr einen anderen geliebt und oft von ihm gesprochen, wenn wir sie besuchten – obgleich er bereits Jahrzehnte tot war.«

»Für einige Menschen«, ergänzte Kathy seufzend, »gibt es eben nur eine große Liebe. Nichts vorher und nichts nachher. Aber die alte Maude hat mit ihren Erinnerungen und ihren Blumen ein durchaus glückliches Leben geführt.«

»Ja, dies ist ein gesegnetes Haus.« Sofort nachdem sie es gesagt hatte, fühlte sich Jude wie eine Närrin. Doch Kathy Duffy wiegte zustimmend den Kopf.

»Absolut! Und diejenigen von uns, die sie gekannt haben, sind froh, dass jetzt eine ihrer Verwandten in dem Cottage wohnt. Es ist gut, dass Sie schon im Dorf waren, die ersten Leute kennen gelernt und sich mit ein paar Ihrer Verwandten bekannt gemacht haben.«

»Verwandte?«

»Sie sind mit den Fitzgeralds verwandt, von denen es in unserer Gemeinde jede Menge gibt. Meine Freundin Deidre, die inzwischen in Boston lebt, war vor ihrer Hochzeit mit Patrick Gallagher eine Fitzgerald. Sie saßen gestern Abend in ihrem Pub!«

»Oh, ja!« Sofort tauchten vor Judes geistigem Auge Aidans weiches Lächeln und seine ausdrucksstarken, leuchtend blauen Augen auf. »Man sagte es mir tatsächlich.«

»Scheint, als wäre Ihre Oma eine Cousine ersten Grades von Deidres Großtante Sarah gewesen. Oder vielleicht auch von ihrer Uroma, dann wären sie Cousinen zweiten Grades gewesen. Tja, aber das ist ja egal. Nun, in den älteren der Gallagher-Jungen« – Kathy hielt lange genug im Reden inne, um sich ein Stückchen Kuchen in den Mund zu schieben – »warst du eine Zeit lang verliebt, nicht wahr, Betsy?«

»Vielleicht habe ich ein bisschen für ihn geschwärmt, aber damals war ich ein junges Mädchen von sechzehn.« Betsy blickte ihre Tante über den Rand ihrer Teetasse mit lachenden Augen an. »Und er hat meine Schwärmerei sogar erwidert – aber dann ging er auf Reisen, und ich traf meinen Tom. Als Aidan Gallagher sechs Jahre später wieder nach Hause kam… nun, ich habe ihn immer noch gerne angeschaut, aber nur aus Bewunderung für Gottes hin und wieder anscheinend ausgeprägten Schönheitssinn.«

»Als Junge war er ein ziemlich wilder Kerl, und er hat eine Ausstrahlung, als ob er jederzeit wieder wild werden könnte.« Kathy seufzte wohlig auf. »Ich hatte schon immer eine Schwäche für Wildfänge. Dann haben Sie in den Staaten also keinen Liebsten?«

»Nein.« Jude dachte kurz an William. Hatte sie ihren Ex-Mann je als ihren Liebsten empfunden? »Niemand Besonderen.«

»Wenn er nichts Besonderes wäre, dann bräuchten Sie ihn wohl auch kaum.«

Da hatte Kelly recht, dachte Jude später, als sie ihre Gäste an die Tür begleitete. Sie konnte nicht behaupten, William wäre ihre große Liebe gewesen, so wie für die alte Maude der alte John Magee. Sie und William waren füreinander ganz einfach nichts Besonderes gewesen.

Doch das hätten sie sein sollen. Und eine gewisse Zeit lang kreiste ihr gesamtes Leben um ihn. Sie hatte ihn geliebt, oder hatte es zumindest geglaubt. Verdammt, mit viel gutem Willen hatte sie ihr Möglichstes getan.

Aber es war eben nicht genug. Wofür sie sich wirklich schämte. Ebenso wie für die Tatsache, mit welcher Leichtigkeit, welcher Gedankenlosigkeit er ihren Treueschwur gebrochen und sie aus seinem Leben entlassen hatte, als wäre sie bar jeder Bedeutung.

Doch ebenso wenig, gestand sie sich inzwischen ein, hätte sie siebzig Jahre lang um ihn getrauert, wenn sein Ende irgendwie heroisch oder tragisch gewesen wäre. Dagegen hätte sie bei einem Unfall Williams wenigstens die Rolle der trauernden Witwe spielen können, statt die der verlassenen Frau.

Wie schrecklich, zu erkennen, dass ihr ein solches Ende ihrer Ehe lieber gewesen wäre als das Ende, zu dem es tatsächlich nach so kurzer Zeit gekommen war.

Was hatte sie mehr geschmerzt, fragte sie sich jetzt. Der Verlust des Mannes oder der Verlust des Stolzes? Wie auch immer die Antwort auf diese Überlegung lautete – niemals würde ihr ein solches Drama noch einmal widerfahren. Sie würde nicht noch einmal erst heiraten und sich dann wieder scheiden lassen, einfach weil man sie manipulieren konnte.

Jetzt ging es allein um sie, konzentrierte sie sich einzig auf die eigene Person.

Nicht, dass sie etwas gegen die Ehe einzuwenden hatte, dachte sie, während sie noch vor der Haustür stand. Die Beziehung ihrer Eltern war solide, sie waren einander treu.

Vielleicht basierte ihre Ehe nicht auf der im Kino und in Büchern zu treffenden wilden, heißen Leidenschaft – aber dafür, dass es Partnerschaften gab, die auch auf Dauer funktionierten, war sie der lebende Beweis.

Vielleicht hatte sie gehofft, mit William etwas Ähnliches zu finden, eine ruhige, würdevolle Ehe, doch es sollte wohl nicht sein. Und die Schuld an dem Misslingen trug ganz allein sie.

Sie hatte leider nichts Besonderes an sich. Beschämt musste sie sich eingestehen, dass er sich lediglich an sie gewöhnt hatte, dass sie Teil seiner Routine geworden war.

Mittwochabends um sieben Treffen mit William in einem ihrer drei Lieblingsrestaurants. Samstags Treffen im Theater oder Kino, gefolgt von einem späten Dinner, wieder gefolgt von einer Runde dezenten körperlichen Zusammenseins. Wenn sich beide Parteien einig geworden waren, anschließend acht Stunden Gesundheitsschlaf, gefolgt von einem ausgedehnten Brunch und einem Gespräch über die Themen der Sonntagszeitung.

Nach diesem Muster hatten sie einander hofiert, und so kam es auf natürliche Weise zur Hochzeit.

Entsprechend leicht war es gewesen, wirklich furchtbar leicht, diese Monotonie zu durchbrechen.

Ach, du große Güte, sie wünschte sich, sie hätte den Mut oder die Größe zu diesem Schritt gehabt! Durch eine schmutzige Affäre in einem billigen Motel. Durch einen Auftritt als Stripperin in einem Hinterhoflokal. Indem sie einfach durchgebrannt wäre und sich einer Motorradgang angeschlossen hätte…

Als sie versuchte sich vorzustellen, wie sie sich in Lederkleidung warf und hinter einem stämmigen, tätowierten Motorradfahrer namens Zero auf den Rücksitz seines heißen Ofens sprang, lachte sie laut auf.

»Tja, nun, das ist ein Anblick, der das Auge eines Mannes an einem Aprilnachmittag erfreut.« Aidan stand, die Hände lässig in den Taschen seiner Hose, in der Öffnung der Hecke und grinste sie unbekümmert an. »Eine lachende Frau mit Blumen zu Füßen! Angesichts des Ortes, an dem wir uns befinden, könnte man glatt denken, ich wäre über eine Fee gestolpert, die herausgekommen ist, um alle Knospen ringsum zum Erblühen zu bringen.«

Während er sprach, schlenderte er auf das Gartentor zu und blieb dort noch einmal stehen. Nie zuvor in ihrem Leben hatte Jude etwas Romantischeres gesehen als Aidan Gallagher mit seinem dichten, von der Brise leicht zerzausten Haar und seinem klaren, wilden Blick, der, die Klippen im Rücken, an ihrem Zaun stand.

»Aber Sie sind keine Fee, nicht wahr, Jude Frances?«

»Nein, natürlich nicht.« Ohne nachzudenken, hob sie eine Hand, um zu ertasten, ob ihre Frisur in Ordnung war. »Ich, äh, hatte gerade Kathy Duffy und Betsy Clooney zu Besuch.«

»Die beiden habe ich getroffen, als ich den Weg herauf getrabt bin. Sie haben mir von einer schönen Stunde bei Tee und Kuchen berichtet.«

»Sie sind gelaufen? Den ganzen Weg vom Dorf?«

»So weit ist es gar nicht, wenn man gerne zu Fuß geht, und das tue ich.« Wieder wirkte sie ein wenig unglücklich, als wisse sie nicht genau, was sie mit ihm anfangen sollte.

Nun, ihm ging es nicht anders. Aber er wollte, dass sie lächelte, wollte sehen, wie sie ihre Lippen langsam und schüchtern verzog, bis ihre Grübchen zum Leben erwachten.

»Bitten Sie mich vielleicht herein oder soll ich lieber umkehren?«

»Nein, tut mir Leid.« Sie eilte zum Tor und streckte im selben Augenblick wie er die Finger nach der Klinke aus. Seine Hand legte sich warm und fest auf ihren Handrücken, sodass sie die Klinke gemeinsam runterdrückten.

»Woran haben Sie gerade gedacht, dass Sie, als ich kam, derart lachen mussten?«

»Oh, nun…« Da er immer noch ihre Hand hielt, trat sie zögernd einen Schritt zurück. »An nichts Besonderes. Mrs. Duffy hat noch etwas von ihrem Kuchen dagelassen, und Tee ist ebenfalls übrig geblieben.«

Er konnte sich nicht daran erinnern, je eine Frau erlebt zu haben, die, nur weil sie mit ihm sprach, derart verschüchtert war. Aber ihre Reaktion missfiel ihm keineswegs. Wie zur Probe hielt er weiter ihre Hand, als sie sich rückwärts auf die Haustür zubewegte.

»Ich bin sicher, dass Sie von beidem mehr als genug haben. Manchmal brauche ich aber etwas Luft, also unternehme ich mehr oder weniger regelmäßig das, was die Leute Aidans Streifzüge nennen. Falls Sie nicht sofort wieder ins Haus wollen, könnten wir uns doch einen Moment zusammen auf die Eingangstreppe setzen.«

Seine freie Hand umfasste sie und zwang sie zum Stehenbleiben. »Sie sind gerade im Begriff, auf Ihre Blumen zu treten«, murmelte er leise. »Wäre doch ein Jammer, wenn sie platt gedrückt würden, finden Sie nicht auch?«

»Oh!« Vorsichtig machte sie einen Schritt zur Seite. »Manchmal bin ich wirklich ein Trampel.«

»Das finde ich nicht. Höchstens ein bisschen nervös.« Trotz des seltsamen Vergnügens, das er empfand, als sie schamhaft errötete, verspürte er das Bedürfnis, sie irgendwie zu beruhigen.

Er drehte sie mit einer solch flüssigen Geschmeidigkeit um ihre eigene Achse, dass sie, als sie plötzlich mit dem Rücken zu ihm stand, vor Überraschung blinzelte. »Ich habe mich gefragt«, fuhr er, während er sie zur Treppe schob, munter fort, »ob Sie vielleicht Interesse daran haben, die Geschichten zu hören, die ich kenne. Für Ihre Dokumentation.«

»Ja, sehr großes Interesse!« Erleichtert atmete sie auf und

nahm auf der ersten Stufe Platz. »Heute Morgen habe ich angefangen – mit meinem Entwurf und einem ersten Ansatz, um die grundlegenden Strukturen des Themas zu formulieren.«

Sie schlang die Arme um die Knie und verkrampfte sich, als sie merkte, dass er sie reglos anblickte, erneut. »Was ist los?«

Er zog eine seiner Brauen hoch. »Nichts. Ich höre Ihnen zu – und zwar gerne. Ihre Stimme ist so klar und so amerikanisch.«

»Oh!« Sie räusperte sich und starrte reglos geradeaus, als müsse sie die Blumen genau im Auge behalten, damit keine von ihnen aus dem Garten floh. »Wo war ich... ach ja, die Struktur. Die verschiedenen Bereiche, die ich ansprechen will. Natürlich die fantastischen Elemente, aber auch die sozialen, kulturellen und sexuellen Aspekte traditioneller Mythen. Ihre herkömmliche Verwendung zu Unterhaltungszwecken, als Parabeln, zur Warnung, in der romantischen Literatur.«

»Zur Warnung?«

»Ja, zum Beispiel, wenn Mütter ihren Kindern von Sumpf-Feen erzählen, damit sich die Kleinen von gefährlichen Gegenden fern halten, oder Geschichten von bösen Geistern oder ähnlichem, damit sie artig sind. Ich bin sicher, dass die Zahl der grotesken oder abschreckenden Legenden die der guten übersteigt.«

»Und welche davon bevorzugen Sie?«

»Tja, nun!« Sie musste überlegen. »Ich glaube, das hängt von meiner jeweiligen Stimmung ab.«

»Haben Sie viele verschiedene Stimmungen?«

»Wie bitte?«

»Ob Sie viele verschiedene Stimmungen haben. Sie haben stimmungs- oder besser gesagt ausdrucksvolle Augen.« *So,* dachte er zufrieden, *jetzt guckt sie mich endlich wieder an.*

Wie bereits am Vorabend wallte bei seinem Anblick Hitze in ihr auf, sodass sie sich – eilends – wieder abwandte. »Nein, eigentlich leide ich nicht allzu häufig unter Stimmungsschwankungen. Trotzdem, hmmm. Bei Ihnen gibt es Geschichten von Babys, die aus ihren Betten gestohlen und gegen Wechselbälger vertauscht, Kinder, die von Menschen fressenden Riesen verschlungen werden. Im letzten Jahrhundert haben wir einzelne Passagen und das Ende der meisten Märchen so abgewandelt, dass sie gut ausgehen – während die ursprüngliche Fassung Blut und Tod und Vergeltung enthielt. Psychologisch betrachtet spiegelt dies die Veränderungen innerhalb unserer Kulturen wider, zeigt es, was die Eltern ihre Kinder hören und glauben lassen wollen.«

»Und was glauben Sie?«

»Dass eine Geschichte nichts ist als eine Geschichte, aber dass ein glückliches Ende einem Kind weniger Albträume beschert.«

»Hat Ihnen Ihre Mutter Geschichten von Wechselbälgern erzählt?«

»Nein.« Bei der Vorstellung musste Jude lachen. »Aber meine Großmutter! Auf eine äußerst unterhaltsame Weise. Ich kann mir vorstellen, dass Sie ein ebenso guter Erzähler sind.«

»Wenn Sie Lust haben, mit mir ins Dorf zu laufen, gebe ich Ihnen gerne eine Kostprobe von meiner Kunst.«

»Laufen?« Sie schüttelte den Kopf. »Bis nach Ardmore sind es mehrere Meilen.«

»Höchstens zwei.« Plötzlich wollte er unbedingt mit ihr spazieren gehen. »Durch den Gang würden Sie die überzähligen Kalorien von Mrs. Duffys Kuchen abarbeiten, und anschließend bekämen Sie von mir ein anständiges Abendessen vorgesetzt. Heute steht unser berühmter Bettelmann-Eintopf auf der Speisekarte, der einem wirklich gut bekommt. Und dann sorge ich dafür, dass jemand Sie nach Hause fährt.«

Sie bedachte ihn mit einem möglichst kurzen Blick. Es klang wunderbar spontan, einfach aufzustehen und etwas zu unternehmen, ohne Strukturen, ohne Plan. Was natürlich genau der Grund war, dass sie es nicht tun konnte.

»Klingt wirklich verführerisch, aber ich muss noch ein bisschen arbeiten.«

»Dann kommen Sie eben morgen.« Wieder nahm er ihre Hand und zog sie auf die Füße, als er sich erhob. »Samstags gibt es bei uns immer gälische Musik.«

»Gestern Abend machten Sie doch auch schon Musik.«

»Samstags gibt es mehr. Und etwas… strukturierter, wie Sie es wahrscheinlich ausdrücken würden. Ein paar Leute aus Waterford City, eine Art traditioneller Band. Es wird Ihnen sicherlich gefallen, und Sie können ja wohl kaum über Irlands Legenden schreiben, ohne die Musik zu erwähnen. Also kommen Sie morgen Abend in den Pub, und dafür komme ich am Sonntag zu Ihnen.«

»Zu mir?«

Wieder setzte er sein wunderbares Lächeln auf. »Um Ihnen eine Geschichte zu erzählen für Ihre Dokumentation. Wie wäre es mit Sonntag Nachmittag?«

»Oh, ja, das passt mir gut. Perfekt.«

»Dann also auf Wiedersehen, Jude Frances!« Er schlenderte zum Tor und drehte sich noch mal um. Seine Augen waren noch blauer als zuvor, als er ihrem Blick begegnete und ihn festhielt. »Und mir passt der Samstag gut. Ich sehe Sie nämlich wirklich gern!«

Sie blieb reglos stehen, als er sich wieder umdrehte, das Gartentor öffnete und hinaus auf die Straße trat. Selbst als er längst hinter der hohen Hecke verschwunden war, stand sie noch wie angewurzelt da.

Es sah sie wirklich gern? Was genau meinte er damit?

War das vielleicht eine Art beiläufiger Flirt? Sein Blick hatte nicht beiläufig gewirkt, sagte sie sich, als sie sich anschickte, den schmalen Weg zwischen den Blumenbeeten auf und ab zu wandern. Aber woher wollte sie das wissen, nachdem sie ihm soeben erst zum zweiten Mal begegnet war?

Wahrscheinlich war es genau das. Ein unverbindlicher, freundlicher Flirt eines Mannes, der es gewohnt war, mit Frauen zu flirten. Ganz sicher hatten seine letzten Worte keine tiefere Bedeutung.

»›Ich sehe Sie gerne im Pub, also kommen Sie doch morgen Abend einmal vorbei‹«, murmelte sie. »Das ist alles, was er damit gemeint hat. Warum, zum Teufel, lege ich eigentlich immer alle Worte auf die Goldwaage?«

Wütend auf sich selbst kehrte sie ins Haus zurück und warf die Tür ins Schloss. Jede halbwegs vernunftbegabte Frau hätte ihn angelächelt bei dieser Schöntuerei, hätte ebenfalls geflirtet. Hätte harmlos und erwartungsgemäß darauf reagiert. Nur, dass sie eben keine vernunftbegabte Frau, sondern eine neurotische, verklemmte Ziege war.

»Genau das bist du, Jude F. Murray! Eine neurotische, verklemmte Ziege. Du hast ganz einfach nicht die Klappe aufgekriegt, um etwas zu sagen wie: ›Ich werde sehen, was sich machen lässt. Ich sehe Sie nämlich ebenfalls sehr gern.‹ O nein, stattdessen stehst du da, als hätte er mit dem Gewehr auf dich gezielt und dir eine Kugel in die Stirn verpasst.«

Mitten auf der Treppe blieb Jude stehen, hob beide Hände vors Gesicht und schloss erschöpft die Augen. Jetzt führte sie schon nicht mehr einfache Gespräche mit sich selbst. Nein, inzwischen sprach sie mit sich, als bestünde sie aus zwei verschiedenen Personen.

Sie atmete tief ein und kam zu dem Schluss, dass sie, wenn auch nur aus Frust, am besten ein weiteres Stück von Mrs. Duffys wunderbarem Kuchen aß. Daher machte sie auf der Treppe kehrt, marschierte in die Küche und ignorierte die leise innere Stimme, die ihr sagte, dass sie durch das Essen des Kuchens ein ganz anderes Verlangen kompensierte. Na und, begehrte sie auf. Wenn ein Prachtbild von einem Mann, den sie kaum kannte, ihre Hormone derart durcheinander brachte, hatte sie, verdammt noch mal, ein Recht darauf, sich mit einer Süßigkeit zu trösten.

Sie schnappte sich ein Stück des Kuchens mit der rosigen Glasur und wirbelte, als sie ein lautes Poltern an der Hintertür vernahm, erschrocken herum. Beim Anblick des haarigen Gesichts und der langen gelben Zähne fuhr sie laut kreischend zusammen, der Kuchen flog ihr aus der Hand und krachte gegen die Decke, ehe er mit einem Plopp – die Glasur dem Boden zugewandt – vor ihren Füßen landete.

Sie brauchte nur so lange, wie sich der Kuchen in der Luft befand, um zu erkennen, dass an ihrer Tür kein Monster stand, sondern ein Hund.

»Himmel! Himmel, was ist das für ein Land? Alle zwei Minuten kommt hier jemand daher!« Sie fuhr sich mit den Fingern durch die Haare, während sie und der Vierbeiner einander durch das Fenster in der Hintertür beäugten.

Das Tier hatte große braune Augen, und Jude kam zu dem Schluss, dass sie eher hoffnungsvoll als aggressiv blickten. Es stimmte, das Vieh bleckte seine Zähne, aber zugleich hing ihm die Zunge aus dem Maul, was also sollte sie jetzt tun? Die riesigen Pranken hatten das Türfenster bereits mit Schlamm verschmiert, aber beim Klang des durchaus nicht unfreundlichen Bellens gab Jude am Ende nach.

Sie ging in Richtung Tür, worauf der Hund mit einem Mal verschwand. Als sie jedoch öffnete, saß er höflich auf den Hinterpfoten, klopfte ergeben mit dem Schwanz und blickte sie treuherzig an.

»Du bist sicher die Hündin der O'Tooles.«

Das Tier schien ihre Worte als Einladung zu verstehen und schob sich an ihr vorbei ins Innere der Küche, wobei es eine dunkle Schlammspur auf dem Boden hinterließ. Dann machte die Hündin Jude die Freude, den heruntergefallenen Kuchen zu verputzen, ehe sie zum Kamin trottete und es sich dort bequem machte.

»Eigentlich hatte ich heute gar kein Feuer anzünden wollen.« Mit ausgestreckter Hand marschierte Jude hinterher; als die Hündin vorsichtig an ihren Fingern schnupperte und sie dann durch einen Stupser mit der Nase am Kinn traf, lachte Jude vor Freude auf.

»Du bist wirklich alles andere als dumm.« Gehorsam kraulte sie die Hündin zwischen den Ohren. Zwar hatte sie selbst nie einen Hund besessen, aber ihre Mutter hatte zwei übellaunige, über alle Maßen verwöhnte Siamkatzen, an denen sie wie an zwei Kindern hing.

Jude stellte sich vor, dass das Zotteltier die alte Maude regelmäßig besucht, dass sie sich vor dem Kamin in der Küche zusammengerollt und der alten Dame Gesellschaft geleistet hatte. Empfanden Hunde Trauer, wenn einer ihrer Freunde starb?, fragte sich Jude – und erinnerte sich mit einem Mal daran, dass sie noch ihr Versprechen einlösen und Blumen auf Maudes Grab bringen musste.

Am Vorabend hatte sie sich im Dorf nach dieser Ruhestätte erkundigt. Sie lag östlich von Ardmore, oberhalb des Meeres, in der Nähe des Pfades, über den man am Hotel vorbei zum alten Brunnen von Saint Declan gelangte.

Bis dorthin wäre es ganz sicher ein reizvoller Spaziergang.

Aus einem Impuls heraus zog Jude die von ihr auf der Anrichte arrangierten Blumen aus der Flasche und wandte sich fragend an die Hündin.

»Willst du mit mir die alte Maude besuchen?«

Leise bellend sprang der Vierbeiner auf die Füße, und als sie gemeinsam durch die Hintertür das Haus verließen, fragte sich Jude flüchtig, wer von ihnen beiden führte – die Hündin oder sie?

Sie fühlte sich ländlich-rustikal. Als sie, Blumen für das Grab einer Vorfahrin in den Händen, zusammen mit der gelben Kumpanin über die Hügel schlenderte, stellte sich Jude vor, der Gang wäre ein Teil ihrer allwöchentlichen Routine. Sie wäre eine irische Landbewohnerin mit ihrer treuen Hündin und erweise einer entfernten Cousine die ihr gebührende Ehre.

Es wäre etwas, das sie sich tatsächlich zur Gewohnheit machen würde – nun, wenn sie tatsächlich einen Hund hätte und wirklich hier leben würde...

Draußen an der frischen Luft zu sein hatte etwas Beruhigendes; zu beobachten, wie ihre Begleiterin durch die Gegend trottete und alles beschnupperte, in den blühenden Hecken, am kühnen Flug und Flöten eines Vogels all die Anzeichen von Frühlingserwachen zu entdecken.

Die Klippen erhoben sich stumm und majestätisch über dem gleichmäßig rauschenden Meer.

Sie näherte sich der kleinen Kapelle mit dem Spitzdach, als plötzlich die Sonne durch die Wolken brach und sich gülden über die Felsen und das Gras ergoss. Die drei steinernen Kreuze warfen ihre Schatten auf den tiefen Brunnen, der auch heute noch heiliges Wasser in sich barg.

Pilger hatten sich an diesem Ort gewaschen, stand in ihrem Reiseführer. Und wie viele von ihnen hatten wohl heimlich etwas von dem Wasser für heidnische Götter auf die Erde gegossen und heimliche Wünsche gemurmelt.

Weshalb auch sollte man ein Risiko eingehen, dachte sie mit einem zustimmenden Nicken. Bestimmt hätte sie selbst sich ebenfalls an sämtliche höheren Mächte gleichzeitig gewandt.

Es war ein friedlicher, bewegender Ort, ein Abbild dessen, was Leben und Tod verband.

Die Luft wirkte wärmer, trotz der frischen Brise beinahe wie im Sommer, und der süße, wilde Duft der Blumen breitete sich über das Gras und die Verstorbenen. Jude hörte das Summen von Bienen und den klaren, melodischen Singsang verschiedener Vögel.

Das Gras wuchs hoch und grün auf dem nicht ganz ebenen Grund. Eine Hand voll kleiner, rauer Steine markierte die alten, halb versunkenen Gräber ebenso wie die in ihrer Mitte befindliche einzige Ruhestätte aus jüngerer Zeit. Die alte Maude hatte unbedingt auf diesem Hügel begraben werden wollen, von dem aus man über das hübsche, kleine Ardmore, das leuchtend blaue Meer und die endlose wogende Kette grüner Hügel bis hinüber zu den im Dunst aufragenden Bergen sah.

Auf einer Art steinernem Regal in der Ruine der Kapelle stand ein mit dunkelroten Blumen gefüllter Plastiktopf. Der Anblick dieses Straußes rührte Jude ans Herz.

So oft vergaßen die Menschen diejenigen, die nicht mehr unter ihnen weilten. Hier jedoch erinnerte man sich und ehrte die Toten mit Blumengrüßen.

›Maude Alice Fitzgerald‹ stand auf dem schlichten Grabstein. ›Eine weise Frau‹ hatte man unter dem Namen und den Daten ihres langen, langen Lebens eingeritzt.

Ein seltsamer Grabspruch, dachte Jude, als sie vor dem kleinen Hügel niederkniete. Es lag bereits ein winziger Strauß Veilchen dort, der gerade zu welken begann. Jude legte ihr Gebinde daneben und hockte sich auf die Fersen.

»Ich bin Jude«, sagte sie leise. »Die Enkelin deiner Cousine Agnes. Die aus Amerika. Und wohne eine Zeit lang in deinem Cottage. Es ist wirklich allerliebst. Schade, dass wir uns nie begegnet sind – aber Oma hat oft von der Zeit gesprochen, in der ihr beiden zusammen in dem Cottage gelebt habt. Wie froh du für sie warst, als sie heiratete und nach Amerika ging. Aber du bist hier geblieben, hier in deinem Zuhause.«

»Sie war eine gute Frau.«

Erschreckt hob Jude den Kopf und sah in ein glattes, junges Gesicht mit zwei leuchtend blauen Augen. Die schwarzen Haare fielen ihm beinah bis auf die Schultern, und sein Mund war zu einem liebenswerten Lächeln verzogen, als er ein wenig näher trat und Jude über das Grab hinweg anblickte.

»Ich habe Sie nicht kommen gehört, habe gedacht, ich wäre allein.«

»An heiligen Orten wie diesem bewegt man sich immer leiser als gewöhnlich, und ich wollte Ihnen keine Angst machen.«

»Nein!« Dabei hatte er sie halb zu Tode erschreckt, gestand sie sich betroffen ein. »Es war nur die Überraschung.« Jude schob sich die vom Wind gelösten, um ihr Gesicht tanzenden Strähnen hinters Ohr. »Sie kannten Maude?«

»Sicher kannte ich die alte Maude. Wie gesagt, sie war eine gute Frau und hat ein erfülltes Leben gehabt. Es ist gut, dass Sie ihr Blumen bringen, denn sie hat Blumen sehr gemocht.«

»Sie stammen aus ihrem Garten.«

»Ja.« Sein Lächeln wurde breiter. »Das macht sie umso schöner.« Er legte seine Hand auf den Kopf der reglos neben ihm sitzenden Hündin. Jude entdeckte an einem seiner Finger einen Ring mit einem dunkelblauen Stein, der in der schweren Silberfassung glänzte. »Sie haben sich Zeit damit gelassen, endlich an den Ort Ihrer Herkunft zu kommen!«

Sie runzelte die Stirn und blinzelte gegen die plötzlich blendend helle Sonne. »Oh, Sie meinen, bis ich nach Irland gekommen bin. Da haben Sie ganz sicher Recht.«

»Dies ist ein Ort, an dem man in sein eigenes Herz blicken und erkennen kann, was einem am wichtigsten im Leben ist.« Seine Augen blitzten wie zwei Stücke Kobalt. Intensiv, ja geradezu hypnotisch. »Und dann musst du dich entscheiden«, erklärte er ihr ruhig. »Aber entscheide dich richtig,

Jude Frances, denn diese Entscheidung wird auch andere betreffen.«

Der Duft der Blumen, des Grases und der Erde war derart betörend, dass sie sich wie betrunken fühlte. Im hellen Licht der Sonne nahm sie nichts als brennende, verschwommene Facetten wahr. Plötzlich umtoste sie der Wind mit einer ungeahnten Kraft.

Sie hätte geschworen, Pfeifenklänge zu hören, lieblich helle Töne, die mit dem Wind vorbeitanzten. »Ich weiß nicht, was Sie meinen.« Benommen hob sie eine Hand an ihren Kopf und schloss matt die Augen.

»Irgendwann wirst du es verstehen.«

»Ich habe Sie schon mal gesehen. Im Regen.« Schwindlig, ihr war so entsetzlich schwindlig. »Auf dem Hügel mit dem runden Turm.«

»Das stimmt. Wir hatten dich erwartet.«

»Mich erwartet? Wer?«

Der Wind verebbte ebenso urplötzlich, wie er aufgekommen war, und die Musik verklang. Jude schüttelte den Kopf.

»Tut mir Leid. Was haben Sie gesagt?«

Doch als sie die Augen wieder öffnete, war sie allein mit den stummen Toten und dem großen gelben Hund.

5

Aidan hatte nicht nur keine Lust zum Erledigen des Papierkrams, nein, er hasste diese Arbeit.

Trotzdem brachte er an drei Tagen pro Woche, ob Regen oder Sonnenschein, eine Stunde oder mehr an seinem großen Schreibtisch zu und plagte sich mit Bestellungen, Inventurverzeichnissen, Gehaltslisten und Gewinnrechnungen ab.

Es war ihm eine beständige Erleichterung, dass es Gewinne gab. Bevor der Pub in seine Hände übergegangen war, hatte er sich nie allzu viele Gedanken um das liebe Geld gemacht. Wahrscheinlich war dies einer der Gründe dafür, dass seine Eltern ihn als neuen Besitzer auserkoren hatten. Während seiner jahrelangen Reisen hatte es ihm stets genügt, von der Hand in den Mund zu leben. Zu sehen, dass er irgendwie über die Runden kam. Nie hatte er auch nur einen Penny auf irgendeine Bank getragen oder das Bedürfnis verspürt, etwas zu sparen.

Verantwortungsgefühl war ein Fremdwort für ihn gewesen.

Schließlich hatte er es während seiner Kindheit und der Jugendjahre, selbstverständlich auch dank Eigeninitiative, immer mehr als gut gehabt. Aber gelegentlich Staub zu wischen, andere zu bedienen und dabei fröhlich zu singen war etwas vollkommen anderes als zu kalkulieren, wie viel Bier bestellt werden musste, wie viel zerbrochenes Geschirr – danke, Schwester Darcy – das Geschäft verkraftete, lange Zahlenreihen in dicke Bücher einzutragen und die fälligen Steuern zu berechnen.

Jedes Mal, wenn er über den Büchern saß, bekam er Kopfschmerzen, denn er liebte diese Arbeit ebenso, wie wenn der Zahnarzt einen seiner Backenzähne zog – doch er hatte gelernt, den Papierkram trotzdem zu bewältigen.

Und gerade wegen dieser Mühen, so wurde ihm klar, bedeutete ihm der Pub mehr als je zuvor. Ja, Eltern waren kluge Wesen. Und seine kannten ihren Sohn.

Die Telefongespräche mit den Lieferanten, während derer er unnachgiebig die besten Preise auszuhandeln verstand, gefielen ihm sogar halbwegs. Er empfand sie ein wenig wie den Handel auf dem sonntäglichen Pferdemarkt. Außerdem stellte er fest, besaß er tatsächlich Geschick für ein bisschen Pokern.

Erfreulicherweise waren die Musiker aus Dublin, Waterford oder gar aus entfernten Orten wie Clare und Galway nicht nur bereit, im Gallagher's zu spielen, sondern obendrein mit Vergnügen dabei. Es erfüllte ihn mit Stolz, dass er in den vier Jahren, seit er den Pub übernommen hatte, den Ruf des Etablissements als Ort guter Musik nicht nur hatte festigen, sondern gar ausbauen können.

Und er ging davon aus, dass die kommende Sommersaison, wenn die Touristenströme einträfen, besser liefe als jemals zuvor.

Was allerdings das Addieren und Subtrahieren nicht weniger unangenehm für ihn machte.

Er hatte über die Anschaffung eines Computers nachgedacht, doch dann müsste er lernen, wie man ein solches gottverdammtes Ding bediente. Allein der Gedanke daran schreckte ihn derart, dass er lieber Abstand davon nahm. Als er mit Darcy darüber gesprochen und ihr erklärt hatte, sie könnte ja vielleicht den Umgang mit der modernen Technik bewältigen, hatte sie so heftig gelacht, dass ihr die Tränen über die rosigen Wangen gekullert waren.

Shawn hatte er lieber gar nicht erst gefragt, denn der käme nicht einmal auf die Idee, eine kaputte Birne auszuwechseln, auch wenn er mit einem Buch im Dunkeln säße.

Und jemand anderem überließe er die, wenn ihm auch verhasste, Arbeit nicht – denn schließlich hatten die Gallaghers ihre Bücher seit Eröffnung des Pubs bisher noch stets allein geführt. Also müsste er entweder weiter mit Bleistift und Rechenmaschine herumhantieren oder aber allen Mut zusammennehmen und sich der Elektronik stellen.

Bestimmt kannte Jude sich mit Computern aus. Er hätte nichts dagegen, brächte sie ihm etwas bei. Und allzu gerne, dachte er mit einem leichten Lächeln, zeigte er sich dafür erkenntlich, indem er ihr auf einem gänzlich anderen Gebiet zu Diensten stand.

Aidan wollte ihre Hände spüren. Er hatte sich bereits gefragt, was für einen Geschmack, was für eine Textur ihr herrlich voller Mund böte. Es war eine ganze Weile her, seit eine Frau sein Blut derart in Wallung gebracht hatte, und er genoss die freudige Erwartung, genoss die wunderbaren Fantasien, in denen er sich momentan erging.

Sie erinnerte ihn an eine junge, unsichere Stute. Eine, die scheute, sobald man sich ihr näherte, während sie gleichzeitig hoffte, dass man sie sanft und zärtlich streichelte. Ihre Zögerlichkeit, Intelligenz sowie kultivierte Stimme boten einen reizvollen Kontrast.

Hoffentlich kam sie auch heute Abend.

Außerdem sollte sie wieder ihre eleganten Kleider tragen und das Haar in einem ordentlichen Pferdeschwanz, damit er sich vorstellen könnte, wie angenehm es wäre, es ihr zu zerzausen.

Wenn Jude eine Ahnung davon gehabt hätte, in welche Richtung sich Aidans Gedanken bewegten, hätte sie ganz sicher nicht den Mut gefunden, das Cottage zu verlassen. Selbst ohne diese zusätzliche Komplikation hatte sie sich ein Dutzend Male überlegt, ob sie gehen sollte oder nicht.

Es wäre unhöflich, auf eine derart freundliche Einladung hin nicht zu erscheinen.

Oder sähe es aus, als erwarte sie, dass er sich ihr widme?

Sie würde einfach einen angenehmen Abend verbringen in netter Gesellschaft, bei fröhlicher Musik.

Aber sie war nicht der Typ Frau, der seine Abende in Kneipen zubrachte!

Wütend über ihren fürchterlichen Wankelmut beschloss sie am Ende, rein aus Prinzip, sich für eine Stunde aufzuraffen.

Jude zog einen grauen Hosenanzug und als Farbtupfer eine Weste mit schmalen, burgunderroten Streifen an. Schließlich war Samstagabend, dachte sie, und entschied sich für ein

Paar silberner Ohrringe, die frech von ihren Ohren herunterbaumelten. Es gäbe Musik, erinnerte sie sich, und spielte mit dem Gedanken, sich obendrein noch mit ein paar klirrenden silbernen Armreifen zu schmücken.

Sie hegte eine heimliche Leidenschaft für jede Form von Schmuck.

Als sie die Armreifen anlegte, dachte sie an den Ring, den der Mann auf dem Friedhof getragen hatte. Den blitzenden Saphir in der erlesen gravierten, schweren Silberfassung, der hier auf dem Lande so vollkommen fehl am Platz wirkte.

Sehr eigenartig war sein lautloses Auftauchen und ebenso sein Verschwinden gewesen, dass sie beinahe das Gefühl hatte, alles nur geträumt zu haben. Aber sie erinnerte sich ganz deutlich an sein Gesicht und seine Stimme, an die plötzlich anschwellenden Düfte, den sich erhebenden Wind und den Schwindel, von dem sie überfallen worden war.

Sicher hatte sie einfach zu hohen Blutzucker gehabt. All der reingestopfte Kuchen hatte wohl ihren Zuckerspiegel abrupt ansteigen und dann wieder sinken lassen – die Ursache ihres Schwindels.

Achselzuckend beugte sie sich dichter vor den Spiegel, um ihre Mascara zu kontrollieren. Wahrscheinlich würde sie den Mann noch einmal sehen, entweder schon heute Abend im Gallagher's oder aber, wenn sie das nächste Mal Blumen zu Maude brächte.

Mit klingelnden Armreifen brach sie auf. Dieses Mal erinnerte sie sich an die Wagenschlüssel, ehe sie hinter dem Steuer saß, was sie bereits als Fortschritt erachtete. Ebenso wie die Tatsache, dass ihre Handflächen nicht schwitzten, als sie im Dunkeln die schmale Straße hinunter Richtung Ardmore fuhr.

Zufrieden mit sich parkte sie in Erwartung eines ruhigen, angenehmen Abends ein Stückchen unterhalb des Pubs, strich sich über die Haare, ging die Straße hinauf, atmete tief durch, öffnete die Tür.

Und um ein Haar hätte sie der ohrenbetäubende Lärm, der ihr entgegenschlug, niedergeworfen.

Pfeifen, Fiedeln, laute Stimmen und dann das wilde Grölen der Menge, als sie in den Refrain von »Whiskey in the Jar« einfiel. Der Rhythmus war so schnell, dass sie die Klänge nur verschwommen wahrnahm, die sie packten, ins Innere des Pubs zerrten und dort vollkommen einhüllten.

Dies war nicht die dunkle, ruhige Kneipe, die sie von vorgestern kannte. Sondern hier drängte sich eine solche Menschenmasse, dass man die niedrigen Tische und den von vollen und leeren Gläsern überbordenden kastanienbraunen Tresen nur noch mit Mühe sah.

Die mit Arbeitshosen und derben Stiefeln bekleideten Musiker – wie konnten nur drei Menschen ein derartiges Getöse veranstalten – hockten auf einem winzigen Podest und zogen ihre Zuhörer, indem sie wie dämonische Engel auf ihre Instrumente einbliesen und -hackten, vollkommen in ihren Bann. Der ganze Raum roch nach Rauch, Bier und samstäglichen Schaumbädern.

Einen Augenblick lang überlegte Jude, ob sie sich vielleicht in der Adresse geirrt hatte, doch dann entdeckte sie Darcy, die ihr prachtvolles dunkles Haar mit einem kecken roten Band im Nacken zusammengebunden hatte. Sie schob sich mit einem mit leeren Gläsern, Flaschen und überquellenden Aschenbechern gefüllten Tablett durch das Gedränge und flirtete gleichzeitig gut gelaunt mit einem jungen Mann, dessen Gesicht vor Freude und gleichzeitiger Verlegenheit ebenso rot war wie ihr Haarband und dessen leuchtende Augen verzweifelte Bewunderung ausdrückten.

Als sie Jude erblickte, zwinkerte Darcy vergnügt, tätschelte dem liebeskranken Jüngling die Wange und schob sich weiter Richtung Bar. »Heute Abend ist ziemlich viel los.

Aidan hat gesagt, dass Sie kommen würden und mich gebeten, ihm zu melden, wenn Sie auftauchen.«

»Oh... das ist nett von ihm, von Ihnen. Ich hätte nicht erwartet, dass heute... so viel los ist.«

»Die Band ist sehr beliebt. Wenn sie irgendwo auftritt, hat sie immer jede Menge Zuhörer.«

»Sie spielen wirklich wunderbar.«

»Ja... ist 'ne gute Musik!« Darcy interessierte sich jedoch mehr für Judes Ohrringe als für den neuesten Song dieser Jungs, und sie fragte sich, wo und zu welchem Preis die Amerikanerin sie wohl gekauft hatte. »Hier, am besten hängen Sie sich einfach an mich dran, dann bringe ich Sie sicher zur Theke!«

Was sie dann auch tat, indem sie sich wie ein Aal durch das Gedränge wand und erforderlichenfalls hier und da lachend oder mit einer ausgelassenen Bemerkung in Richtung des einen oder anderen Gastes die Ellenbogen einsetzte. Sie schob sich auf das hintere Ende der Bar zu und zwängte dort ihr Tablett durch ein Menschenknäuel an eine Stelle, wo es erst geleert und dann wieder gefüllt wurde.

»Guten Abend, Mr. Riley«, begrüßte Darcy den uralten Mann, der auf dem allerletzten Hocker saß.

»Guten Abend, junge Darcy!« Seine Stimme klang brüchig, doch seine anscheinend halb blinden Augen schienen zu lächeln, als er sein Glas mit dickflüssigem, dunklem Guinness an die schmalen Lippen hob. »Wenn du mich heiratest, mache ich dich zu meiner Königin, mein Schatz.«

»Dann heiraten wir am besten sofort am nächsten Samstag, denn es steht mir zu, eine Königin zu sein.« Sie gab ihm einen Kuss auf seine runzelige Wange. »Will Riley, los, überlass der jungen Dame den Platz neben deinem Opa.«

»Mit dem größten Vergnügen!« Der dürre junge Mann hüpfte von seinem Barhocker und sah Jude mit einem breiten Lächeln an. »Dann sind Sie sicher die Amerikanerin, von der ganz Ardmore spricht. Setzen Sie sich doch hierher neben meinen Opa, und wir spendieren Ihnen ein Bier.«

»Die Lady bevorzugt Wein!« Ihr Weinglas bereits in der Hand, erschien plötzlich Aidan.

»Oh, danke!«

»Tja, schreib es auf Will Rileys Deckel, Aidan, und dann trinken wir gemeinsam auf all unsere Verwandten jenseits des großen Ozeans.«

»Mach ich, Will!« Wieder hüllte er Jude ganz in sein warmes, weiches Lächeln ein, ehe er sich mit einem »Sie bleiben ja wohl ein Weilchen hier?« wieder seiner Arbeit zuwandte.

Sie blieb tatsächlich eine Weile. Da sie es für höflich hielt, trank sie auf Menschen, deren Namen sie nie zuvor gehört hatte, und weil sie guter Dinge war, unterhielt sie sich ausführlich mit den Rileys über ihre Verwandten in den Staaten und über ihre eigenen Besuche im angeblich gelobten Land – obgleich sie die Enttäuschung der beiden bemerkte, als sie eingestand, nie in Wyoming gewesen und somit auch nie einem echten Cowboy begegnet zu sein.

Genüsslich lauschte sie der Musik, denn sie war einfach herrlich. Vertraute und auch fremde, anregende und traurige Melodien schwebten durch und über das Gedränge. Sie summte leise mit, wenn sie ein Lied erkannte, und lächelte, als der alte Mr. Riley ebenfalls seine dünne Stimme erhob.

»Ich hatte immer eine Schwäche für Ihre Cousine Maude«, erklärte Mr. Riley jetzt. »Aber für sie gab es einzig Johnny Magee, Gott sei seiner Seele gnädig!« Er stieß einen tiefen Seufzer aus und sprach erneut seinem Guinness zu. »Und als ich eines Tages wieder einmal, den Hut in den Händen, vor ihrer Tür stand, hat sie erklärt, ich würde noch vor Ende des Jahres ein Mädchen mit blonden Haaren und grauen Augen heiraten.«

In Erinnerung an eine längst vergangene Zeit lächelte er. Jude beugte sich näher zu ihm hinüber, damit sie seine Worte über der donnernden Musik besser verstand. »Und noch vor Ablauf eines Monats habe ich meine Lizzie kennen gelernt, mit ihrem blonden Haar und ihren grauen Augen. Wir haben im Juni geheiratet und waren beinahe fünfzig Jahre zusammen, ehe der liebe Gott sie zu sich nahm.«

»Das ist wunderbar!«

»Maude – sie wusste viele Dinge.« Seine trüben Augen suchten ihren Blick. »Die guten Geister haben ihr oft etwas ins Ohr geflüstert.«

»Ach ja?«, fragte Jude amüsiert.

»Allerdings, und da Sie eine Blutsverwandte von ihr sind, kommen die Geister vielleicht auch zu Ihnen. Dann müssen Sie ihnen gut zuhören.«

»Versprochen!«

Eine Zeit lang nippten sie an ihren Gläsern und lauschten der Musik. Dann verfolgte Jude mit Tränen der Rührung in den Augen, wie Darcy ihren Arm um die knochigen Schultern des alten Mannes legte und mit ihm ein Duett über endlose Liebe und den Verlust des Geliebten anstimmte.

Als sie sah, dass Brenna hinter dem Tresen Whiskey eingoss und Biergläser unter den Zapfhahn stellte, verzog sie den Mund zu einem Lächeln. Nun, da sie einmal nicht die alte Mütze auf dem Kopf hatte, fielen ihr die dichten, roten Locken in einer wilden Woge ums Gesicht.

»Ich wusste gar nicht, dass Sie hier arbeiten.«

»Oh, ich helfe nur hin und wieder etwas aus. Was trinken Sie, Jude?«

»Chardonnay – aber ich sollte wirklich...«

Doch Brenna hatte ihr bereits den Rücken zugewandt, und ehe sie es sich versah, stand die junge Frau schon wieder vor ihr und hatte ihr nachgeschenkt. »An den Wochenenden ist im Gallagher's für gewöhnlich der Teufel los«, fuhr Brenna fröhlich fort. »Und auch während der Sommersaison arbeite ich manchmal mit. Die Musik heute Abend ist wirklich nicht übel, was sagen Sie dazu?«

»Ja – fantastisch.«

»Und wie geht es Ihnen, mein lieber Mr. Riley?«

»Alles bestens, schöne Brenna! Wann werden Sie mich nun endlich heiraten und meinem Liebesleid ein Ende bereiten?«

»Im Wonnemonat Mai!« Während des Gesprächs tauschte sie ein leeres gegen ein volles Guinnessglas. »Hüten Sie sich vor diesem Schwerenöter, Jude, sonst bricht er Ihnen sicher bald das Herz!«

»Übernimmst du mal das andere Ende, Brenna?« Aidan glitt hinter die Freundin und zupfte an ihrem leuchtend roten Haar. »Ich würde lieber hier arbeiten, damit ich ein wenig mit Jude flirten kann.«

»Ah, noch so ein Schwerenöter! Der Pub ist voll von solchen Kerlen, Jude. Passen Sie bloß auf!«

»Sie ist wirklich ein nettes Ding«, erklärte Mr. Riley und Aidan zwinkerte vergnügt.

»Welche der beiden meinen Sie, Mr. Riley?«

»Allesamt.« Mr. Riley lachte pfeifend und schlug mit seiner dürren Hand vor Freude auf den Tresen. »In meinem ganzen Leben habe ich nicht eine Frau gesehen, die nicht niedlich genug gewesen wäre, um sie in die Wange zu kneifen. Aber unsere junge Amerikanerin hier hat die Augen einer Hexe. Sieh dich vor, Aidan, sonst belegt sie dich mit ihrem Bann!«

»Womöglich hat sie das bereits getan.« Aidan räumte leere Gläser von der Theke in die Spüle und stellte frische unter die Zapfhähne. »Waren Sie vielleicht schon einmal um Mitternacht draußen auf den Klippen, Jude Frances, haben Mondblumen gepflückt und dabei meinen Namen geflüstert?«

»Vielleicht hätte ich es getan«, hörte sie sich antworten, »wenn ich wüsste, was Mondblumen sind.«

Bei diesen Worten brach der alte Mr. Riley in derart heftiges Gelächter aus, dass sie fürchtete, er fiele kopfüber von seinem Hocker. Aidan servierte lächelnd frisches Bier und steckte die ihm gebotenen Münzen wortlos ein. Dann beugte er sich über den Tresen und sah, dass Jude ihre Augen vor Überraschung aufriss. »Wenn ich das nächste Mal bei Ihnen vorbeikomme, werde ich es Ihnen zeigen.«

»Tja. Hmmm!« So viel zu einer schlagfertigen Antwort, dachte sie und trank eilig einen Schluck.

Entweder der Wein oder aber die Intimität des Blickes, mit dem er sie bedachte, stieg ihr direkt in den Kopf, und sie kam zu dem Schluss, dass sie in Zukunft besser beiden Dingen mit größerer Vorsicht und größerem Respekt begegnete. Als Aidan ihr dieses Mal die Flasche zeigte, winkte sie denn auch ab und legte eine Hand auf das fast leere Glas.

»Nein, danke. Ich glaube, ich gehe jetzt zum Wasser über.«

»Das sprudelige Zeug?«

»Sprudelig? Oh, ja, das wäre nett.«

Er brachte ihr das Mineralwasser in einem kleinen Glas beinahe ohne Eis, sie hob es an die Lippen und beobachtete, wie er zwei weitere Gläser unter die Zapfhähne stellte und den methodischen Prozess des Guinness-Zapfens fortsetzte.

»Es dauert furchtbar lange«, sagte sie mehr zu sich selbst – doch ohne in der Arbeit innezuhalten blickte er sie an.

»Ja – damit nicht zu viel Schaum entsteht. Eines Tages, wenn Sie in der Stimmung sind, zapfe ich mal ein Glas für Sie, und dann werden Sie sehen, was Ihnen entgeht, indem Sie dieses französische Zeug schlürfen.«

Darcy kehrte an die Bar zurück und stellte ihr Tablett ab. »Ein großes und ein kleines Smithwick, ein Guinness und zwei Gläser Jameson's. Und wenn du damit fertig bist, Aidan – Jack Brennan hat sein Limit deutlich überschritten.«

»Ich kümmere mich darum. Wie spät ist es, Jude Frances?«

»Wie spät?« Sie löste ihren Blick von seinen Händen – sie waren so schnell und ungemein geschickt – und sah auf ihre Uhr. »Himmel, schon nach elf. Ich hatte keine Ahnung.« Ihr einstündiger Besuch erstreckte sich inzwischen auf beinahe drei Stunden. »Schon längst wollte ich nach Hause.«

Zu ihrer Enttäuschung nickte Aidan lediglich geistesabwesend und widmete sich den Bestellungen von seiner Schwester, während Jude, um zu bezahlen, nach ihrem Geldbeutel kramte.

»Mein Enkel zahlt.« Mr. Riley legte ihr eine seiner dürren Hände auf die Schulter. »Er ist ein guter Junge. Stecken Sie Ihr Geld ruhig wieder ein, meine Liebe.«

»Danke.« Sie bot ihm die Rechte und zu ihrem Entzücken hob der alte Herr sie elegant an seine Lippen. »Es hat mich gefreut, Sie kennen zu lernen.« Sie glitt von ihrem Hocker und wandte sich lächelnd an den Enkel. »Sie beide!«

Ohne Darcys Vorhut war der Weg zurück zur Tür ein wenig problematischer als die Ankunft an der Bar. Bis sie sie schließlich erreicht hatte, glühten ihre Wangen von der Hitze all der Leiber, und ihr Blut pulsierte im Rhythmus der Musik.

Dies war einer der unterhaltsamsten Abende in ihrem Leben gewesen, dachte sie verblüfft.

Dann trat sie hinaus in die kühle Nachtluft. Und entdeckte Aidan, der sich duckte, während ein baumdicker, muskulöser Arm wenige Millimeter über seinem Kopf ins Leere schwang.

»Jack«, sagte er mit ruhiger Stimme, während ein Hüne mit karottenroten Haaren seine Fäuste wie zwei Hämmer schwang. »Du weißt selbst, dass du mich gar nicht schlagen willst.«

»Ich werde es tun! Beim heiligen Patrick, dieses Mal breche ich dir deine vorwitzige Nase, Aidan Gallagher. Für wen hältst du dich eigentlich, dass du mir sagst, ich bekäme kein verdammtes Bier mehr in deinem verdammten Pub – obwohl ich, verdammt noch mal, eins will?«

»Jack, du bist sturzbesoffen und gehst jetzt am besten brav ins Bett.«

»Wollen wir doch sehen, wer von uns beiden sich gleich hinlegt.«

Wieder griff er an, und obgleich Aidan seinen Fäusten sicher problemlos ausgewichen wäre, schrie Jude vor Entsetzen auf. Was Aidan lange genug von seinem Gegner ablenkte, dass dieser tatsächlich einen Treffer landete.

»Au, verdammt!« Aidan wackelte mit dem Kopf und atmete zischend aus, als sein Angreifer unter der Wucht der eigenen Attacke mit dem Gesicht nach unten komplett zu Boden ging.

»Ist alles in Ordnung?« Außer sich vor Entsetzen rannte Jude zu Aidan hinüber und blickte dann auf die am Boden liegende Gestalt von der Größe eines gekenterten Ozeanriesen. »Sie bluten an der Lippe. Tut es weh? Das Ganze ist einfach grauenvoll.« Verzweifelt suchte sie nach einem Taschentuch.

Aidan war so wütend, dass er ihr beinahe erklärt hätte, seine blutende Lippe wäre ebenso sehr ihre Schuld wie die des betrunkenen Jack; aber sie war leider unwiderstehlich und tupfte obendrein bereits mit ihrem Taschentuch an seiner aufgeplatzten Unterlippe herum, dass er unwillkürlich lächelte.

Was derart höllisch wehtat, dass er vor Schmerz zusammenfuhr.

»Oh, was für ein Schlamassel! Wir müssen die Polizei rufen.«

»Warum?«

»Damit sie ihn verhaftet. Weil er Sie angegriffen hat.«

Aidan starrte sie entgeistert an. »Weshalb, in aller Welt, sollte ich einen meiner ältesten Freunde verhaften lassen, nur weil er mir eins aufs Maul gegeben hat?«

»Freund?«

»Sicher. Er betäubt sein gebrochenes Herz mit ein paar Gläsern Whiskey, was zwar idiotisch, aber trotzdem vollkommen normal ist. Das Mädchen, von dem er dachte, dass es ihn liebte, ist vor zwei Wochen mit einem Kerl aus Dublin durchgebrannt, sodass er sein Elend im Alkohol ertränkt. Wenn er zu viel intus hat, wird er ein bisschen aggressiv, aber er meint es natürlich nicht böse.«

»Er hat Sie mitten ins Gesicht geschlagen.« Wenn sie es langsam und deutlich sagte, verstünde er vielleicht die Bedeutung ihrer Worte. »Und sagte, dass er Ihnen die Nase brechen will.«

»Nur, weil er das schon so oft versucht hat... aber bisher jedes Mal ohne Erfolg. Morgen früh wird es ihm Leid tun – beinahe ebenso Leid wie die Tatsache, dass sein dicker Schädel nicht einfach von seinen Schultern fällt, damit die liebe Seele Ruhe hat.«

Wieder lächelte Aidan, wenn auch etwas zögernd. »Könnte es sein, dass Sie sich Sorgen um mich gemacht haben?«

»Was ich ganz offensichtlich nicht hätte tun sollen!« Sie ballte das blutige Taschentuch in ihrer Faust. »Denn es scheint Ihnen ja zu gefallen, sich mit Ihren Freunden auf der Straße zu prügeln.«

»Früher einmal habe ich mich leider mit Fremden geprügelt, aber seit meinen reiferen Jahren ziehe ich Prügeleien mit Freunden vor.« Wie er es schon den ganzen Abend gewollt hatte, streckte er die Hand aus und spielte mit einer Strähne ihres Haars. »Aber ich danke Ihnen dafür, dass Sie sich um mich gesorgt haben.«

Er trat einen Schritt vor und sie einen zurück.

Worauf er müde seufzte. »Eines Tages werden Sie nicht mehr so viel Platz haben, mir auszuweichen. Und ich werde nicht den armen, betrunkenen Jack zu meinen Füßen liegen haben, um den ich mich kümmern muss.«

Er beugte sich hinunter, zog den halb bewusstlosen Riesen vom Boden und warf ihn sich lässig über die Schulter.

»Bist du das, Aidan?«

»Ja, Jack.«

»Habe ich dir die Nase gebrochen?«

»Nein, aber meine Lippe blutet.«

»Verdammt, da hattest du mal wieder das typische Gallagher-Glück.«

»Hüte deine Zunge, wir befinden uns in Gegenwart einer Dame.«

»Oh, Verzeihung!«

»Sie benehmen sich beide vollkommen lächerlich«, erklärte Jude, wandte sich ab und marschierte entschlossen zu ihrem Wagen.

»Jude? Schätzchen?« Aidan grinste und zischte, als die Wunde an seiner Lippe wieder aufklaffte. »Wir sehen uns dann morgen. Sagen wir, gegen halb eins.« Als sie wortlos weiterging und mit einem bitterbösen Blick in seine Richtung ihren Wagen bestieg, lachte er leise auf.

»Ist sie jetzt weg?« Jack hob mühsam den Kopf.

»Gerade fährt sie davon. Aber nicht sehr weit«, murmelte Aidan, als sie im vorgeschriebenen Tempo die Straße hinunterfuhr. »Nein, sie fährt nicht weit weg!«

Männer waren Affen! Daran bestand kein Zweifel. Jude schüttelte den Kopf und trommelte missbilligend mit den Fingern auf das Lenkrad, als sie zu dem kleinen Cottage auf dem Feenhügel fuhr. Sich betrunken auf der Straße zu prügeln war kein amüsanter Zeitvertreib, und jeder, der das dachte, bedurfte dringend einer Therapie.

Himmel, er hatte ihr das Gefühl vermittelt, ein Volltrottel zu sein. Hatte herablassend gegrinst, während sie ängstlich das Blut von seiner Lippe tupfte. Nein nicht herablassend, sondern nachsichtig, dachte sie jetzt – wie der große, starke Held gegenüber dem närrischen hysterischen Weibchen.

Und schlimmer noch: Sie hatte sich tatsächlich närrisch und hysterisch gefühlt. Als Aidan diesen Giganten einfach über seine Schulter geworfen hatte, als wöge er nicht mehr als ein Sack Federn, hatte es in ihrem Bauch gekribbelt, als huschten Hunderte von Ameisen darin herum. Wenn sie nicht auf der Stelle davongestapft wäre, hätte sie vor lauter Bewunderung vielleicht sogar geseufzt.

Sie schämte sich in Grund und Boden.

Aber hatte er sich auch nur ansatzweise geniert, vor ihren Augen eine Faust ins Gesicht bekommen zu haben? Nein, natürlich nicht. War er errötet, als er ihr den zu seinen Füßen liegenden betrunkenen Idioten als seinen alten, guten Freund vorgestellt hatte? Nein, natürlich nicht.

Wahrscheinlich stand er längst wieder hinter der Theke und unterhielt die Gäste seines Pubs mit der Geschichte von der dämlichen Amerikanerin, die wegen einer kleinen Schlägerei vor Entsetzen geschrien und zitternd nach der Polizei gejault hatte.

Bastard!

Verächtlich schnaubte sie auf.

Als sie in ihre Einfahrt bog, war sie zu dem Schluss gekommen, dass sie sich durchaus würdevoll und angemessen verhalten hatte. Hier war Aidan Gallagher, der Narr!

Mondblumen, was für ein Quatsch! Sie knallte die Tür des Wagens derart heftig zu, dass das Echo sicher bis hinab nach Ardmore zu vernehmen war.

Energisch strich sie sich über die Haare, marschierte zum Gartentor, hob rein zufällig den Kopf und – sah die Frau hinter dem Fenster.

»O Gott!«

Jude spürte, wie auch der letzte Tropfen Blut aus ihrem Hirn in ihre Füße schoss. Das Licht des Mondes schimmerte seidig auf dem blonden Haar, den bleichen Wangen und den dunkelgrünen Augen.

Sie lächelte, ein wunderschönes, zu Herzen gehendes Lächeln, das Jude beinahe die Seele aus dem Körper riss.

Mit zusammengerafftem Mut öffnete Jude das Gartentor und sprintete zur Tür. Als sie sie aufriss, kam ihr der Gedanke, dass sie beim Verlassen des Hauses wieder mal nicht abgeschlossen hatte. Sicher war jemand hereingekommen während ihres Aufenthalts im Pub. Es würde eine vollkommen natürliche Erklärung geben.

Mit zitternden Knien hastete sie die Treppe ins Schlafzimmer hinauf.

Es war leer – ebenso wie sämtliche anderen Räume des Cottages, deren Türen sie eilig öffnete. Von der blonden Frau war lediglich ein schwacher, wehmütiger Duft geblieben.

Voller Unbehagen verschloss sie sorgfältig die Haustür, und als sie wieder in ihrem Schlafzimmer war, riegelte sie auch diese Tür von innen zu.

Sie zog sich aus, legte sich ins Bett und trotz des Lichts, das sie zu ihrer Beruhigung weiter brennen ließ, konnte sie lange Zeit nicht einschlafen.

Als ihr schließlich die Augen vor lauter Erschöpfung zufielen, träumte sie von aus der Sonne stiebenden, vom Himmel fallenden Juwelen, die ein Mann auf einem weißen, geflügelten Pferd in einer silbernen Tasche auffing.

Sie purzelten einfach vom Himmel, auf die Felder und Berge, die Seen und Flüsse, in die Sümpfe und Heidelandschaften, aus denen dieses Land bestand. Fielen auf die Zinnen stolzer Burgen und die bescheidenen, strohgedeckten Dächer kleiner Häuser, während die weißen Flügel des Pferdes im Wind brausten.

Plötzlich verstummte das Donnern der Hufe vor der Tür des kleinen weißen Cottages mit den dunkelgrünen Läden und dem blumenbewachsenen Garten auf dem Feenhügel.

Mit ihrem auf die Schultern wogenden güldnen Haar, mit

Augen von dem Grün der Felder ihrer Heimat trat sie näher. Und der Mann, dessen Haar so dunkel war wie ihres hell, sprang mit Augen, die nicht minder blitzten als der blaue Stein des Silberrings an seiner Hand, mit einem Satz von seinem Pferd.

Er schritt auf sie zu, schüttete die Flut der schimmernden Juwelen ihr direkt vor die Füße. Diamanten funkelten im Gras.

»Sie sind Zeichen meiner Leidenschaft für dich«, erklärte er in ruhigem, doch bestimmtem Ton. »Nimm sie und mich dazu – denn ich werde dir alles geben, was ich habe, und noch viele Dinge mehr.«

»Weder Leidenschaft noch Diamanten können etwas ändern.« Ihre Stimme klang gefasst, und sie hielt die Hände in ihrem Schoß gefaltet. »Denn ich bin einem anderen versprochen.«

»Aber ich werde dir alles geben, und zwar für immer. Komm mit mir, Gwen, und ich schenke dir einhundert Leben.«

»Weder Juwelen noch hundert Leben sind mein Begehr.« Eine einzelne Träne rann über ihre Wange, so schimmernd wie die Diamanten. »Ich kann mein Zuhause nicht verlassen, kann meine Welt nicht deinetwegen ändern. Weder für alle Diamanten noch für alle Leben, die du mir bietest.«

Ohne ein weiteres Wort machte er kehrt und schwang sich wieder auf sein Pferd. Als es mit den Flügeln schlug und gen Himmel entschwand, kehrte sie in das kleine Haus zurück und ließ die Diamanten liegen, als wären sie nichts weiter als Blumen.

Also wurden sie zu Blumen und bedeckten den Boden mit ihrem feinen, süßen Duft.

6

Jude erwachte vom regelmäßigen Klopfen des Regens an den Scheiben mit der vagen Erinnerung an Träume voller Farbe und Bewegung. Am liebsten hätte sie sich tiefer unter der Bettdecke verkrochen und die Augen in der Hoffnung auf eine Wiederholung dieses Traumes noch mal zugemacht. Doch das erschien ihr falsch. Faulheit kam nicht in Frage.

Besser zeigte sie sich produktiv und entwickelte baldmöglichst eine tägliche Routine. Einen regnerischen Sonntagmorgen zum Beispiel verbrächte sie am sinnvollsten mit Hausarbeit. Schließlich hatte sie hier in Waterford anders als zu Hause in Chicago keine Zugehfrau, die diese Dinge für sie erledigte.

Insgeheim hatte sie sich sogar auf das Staubwischen und Fegen, auf die kleinen Arbeiten gefreut, die das Cottage in irgendeiner Weise zu ihrem eigenen machen würden. Besonders intelligent war es nicht – aber es machte ihr tatsächlich Spaß, die Putzartikel zu durchforsten und die benötigten Lappen und Tücher aus den ordentlichen Stapeln hervorzuziehen.

Sie verbrachte einen angenehmen Teil des Morgens damit, Staub zu wischen und all die kleinen Nippsachen neu zu arrangieren, die die alte Maude überall im Haus verteilt hatte. Auf sämtlichen Tischen und in sämtlichen Regalen fanden sich zart bemalte Feen, elegante Zauberer, faszinierende Gegenstände aus funkelndem Kristall. Die meisten Bücher handelten von irischer Geschichte und Folklore, aber es tauchte auch eine ganze Reihe zerfledderter Taschenbücher auf.

Ganz offensichtlich hatte die alte Maude eine Schwäche für Liebesromane gehabt, entdeckte Jude und fand die Vorstellung richtig rührend.

Statt eines Staubsaugers entdeckte Jude eine altmodische

Kehrmaschine, deren Quietschen auf Teppichen und Holzböden sie mit fröhlichem Summen begleitete.

Sie schrubbte auch die Küche und empfand eine überraschende Befriedigung beim Anblick des glitzernden Chroms und Porzellans. Mit zunehmendem Selbstvertrauen schwenkte sie ihr Staubtuch als Nächstes durch ihr provisorisches Büro. Bald würde sie die Schachteln in dem winzigen Einbauschrank durchsehen. Vielleicht schon heute Abend. Und dann würde sie alles, was ihr wertvoll oder erinnerungsträchtig genug erschien, um aufgehoben zu werden, an ihre Großmutter schicken.

Anschließend zog sie das Bett ab und sammelte die übrige Schmutzwäsche ein. Es war ihr etwas peinlich, dass sie nie zuvor in ihrem Leben selbst gewaschen hatte: Aber das würde sie jetzt gleich üben. Ihr kam der Gedanke, dass sie vor dem Saubermachen die Waschmaschine hätte in Gang setzen sollen. Nun, beim nächsten Mal dächte sie sicherlich daran.

In der winzigen, voll gestopften Kammer neben der Küche fand sie endlich den Wäschekorb und warf die Sachen mit einem Schwung hinein.

Außerdem stellte sie fest, dass es tatsächlich keinen Trockner gab. Wenn sie sich nicht irrte, hieß das, dass sie ihre Wäsche draußen auf eine Leine hängen musste. Und obgleich es ihr Spaß gemacht hatte, Mollie O'Toole bei dieser Arbeit zuzuschauen, wäre es sicher etwas problematischer, versuchte sie sich selbst darin.

Aber auch das würde sie lernen! Sie *würde* es eben lernen müssen, versicherte sie sich, ehe sie sich räusperte und sich vor die Waschmaschine hockte.

Wie ihr die Rostflecken auf der weißen Oberfläche verrieten, war die Maschine alles andere als neu. Doch zumindest schien sie einfach zu bedienen zu sein. Vor die Wahl zwischen Kalt- und Heißwäsche gestellt, entschied sie sich für heiß; denn wenn etwas sauber werden sollte, brauchte man sicher jede Menge möglichst heißes Wasser. Sie las die Rückseite des Waschmittelpakets, befolgte die dort erteilten Anweisungen bis aufs i-Tüpfelchen, und beim Rauschen des in die Maschine einfließenden Wassers strahlte sie vor Stolz bis über beide Ohren.

Zur Feier ihres Sieges über die altmodische Technik setzte sie den Wasserkessel auf und genehmigte sich eine Hand voll Kekse aus der bunten Blechdose.

Das Cottage war sauber und adrett. *Ihr* Cottage war sauber und adrett, verbesserte sie sich. Alles stand an seinem Platz, die Waschmaschine lief... jetzt gab es keine Ablenkung mehr von dem, was sie gestern Abend beim Heimkommen erblickt hatte.

Die Frau hinter dem Fenster. Lady Gwen.

Ihren ganz privaten Geist.

Sie konnte es zweifellos nicht leugnen, dass sie die Gestalt inzwischen schon zweimal mit eigenen Augen gesehen hatte. Und zwar derart deutlich, dass ein Irrtum ausgeschlossen war. So deutlich, dass sie das Gesicht, das sie vom Fenster aus beobachtet zu haben schien, trotz ihres relativ bescheidenen künstlerischen Talents fast aufzeichnen könnte.

Geister. Sie waren nichts, woran zu glauben man ihr beigebracht hatte, obgleich ein Teil von ihr die Märchen ihrer Großmutter immer geliebt hatte. Aber wenn sie nicht neuerdings an Halluzinationen litt, hatte sie tatsächlich zweimal einen echten Geist gesehen.

Könnte es sein, dass sie, ohne es zu merken, doch den Nervenzusammenbruch erlitten hatte, vor dem ihre Reise sie bewahren sollte?

Aber sie fühlte sich wesentlich besser als in Chicago. Sie hatte weder Spannungskopfschmerzen noch einen Stein im Magen, noch empfand sie das bleierne Gewicht einer aufziehenden Depression.

All diese Symptome hatten sich gelegt, als sie zum ersten

Mal über die Schwelle des Cottages auf dem Faerie Hill getreten war.

Sie fühlte sich ... gut, fasste sie nach kurzem Überlegen zusammen. Wach, ruhig, gesund. Ja, in gewisser Weise sogar glücklich.

Also, dachte sie, hatte sie entweder einen Geist gesehen, was hieß, dass es derartige Wesen gab und sie ihre bisherige Gedankenwelt dementsprechend umzuformen hatte ...

Oder sie hatte also diesen Zusammenbruch gehabt, dessen überraschendes Ergebnis allerdings eine lange nicht erlebte Zufriedenheit mit sich und ihrem Leben war.

Gedankenverloren nagte sie an einem Keks und entschloss sich, es mit beiden Situationen aufzunehmen.

Als es an der Haustür klopfte, strich sie eilig die Plätzchenkrümel von ihrem Pullover und blickte auf die Uhr. Sie hatte keine Ahnung, wo der Vormittag geblieben war, und Aidans anstehenden Besuch hatte sie bewusst aus ihren Überlegungen verdrängt.

Offenbar war er jetzt da. Fein. Sie würden in der Küche arbeiten, beschloss sie, schob sich ein paar Nadeln in die Haare und ging durch den kurzen Flur zur Tür. Trotz ihrer anfänglichen, nun, rein chemischen Reaktion auf seinen Anblick war ihr Interesse an dem Mann absolut beruflicher Natur. Ein Kerl, der sich auf der Straße mit Betrunkenen prügelte und auf eine empörend unverhohlene Weise mit fremden Frauen flirtete, zog sie ganz bestimmt nicht an.

Sie war eine zivilisierte, durch und durch moderne Frau, die daran glaubte, dass man Konflikte durch Vernunft, Diplomatie und Kompromisse löste – statt durch rohe Gewalt und den Einsatz seiner Fäuste. Einen Menschen, der das anders sah, konnte sie wirklich nur bedauern.

Selbst wenn dieser Mensch ein wunderschönes Gesicht und Muskeln hatte, die, wenn er sie benutzte, ein geradezu *geschmeidiges* Spiel darboten.

Eine vernünftige Person ließ sich von der rein körperlichen Attraktivität eines Menschen nicht blenden!

Sie würde seine Geschichten protokollieren, ihm für seine Hilfsbereitschaft danken, und das wäre alles.

Dann öffnete sie. Sein Haar glitzerte weich im Regen, sein Lächeln war so warm und behaglich wie der Sommer, und sie fühlte sich so vernünftig wie ein junges Hündchen, das sich freute, wenn sein Herrchen von der Arbeit kam.

»Guten Tag, Jude!«

»Hallo!« Es war Zeugnis seiner verheerenden Wirkung auf ihr Hirn, dass sie volle zehn Sekunden brauchte, bis sie den Hünen neben ihm entdeckte, der unbeholfen einen Strauß Blumen in seinen Riesenpranken hielt. Mit dem vom Rand seiner durchtränkten Kappe rinnenden Regen, dem kreidebleichen Gesicht und den hängenden Schultern sah er zum Weinen elend aus.

Als Aidan ihm den Ellbogen zwischen die Rippen rammte, stieß er einen abgrundtiefen Seufzer aus.

»Ah, guten Tag, Miss Murray! Ich bin Jack Brennan. Aidan sagt, ich hätte mich gestern Abend in Ihrer Gegenwart nicht besonders gut genommen. Das tut mir Leid, und hoffentlich verzeihen Sie mir.«

Er streckte ihr den Strauß entgegen und bedachte sie mit einem jämmerlichen Blick aus seinen roten Augen. »Ich hatte etwas zu viel getrunken«, fuhr er verlegen fort. »Aber das ist keine Entschuldigung dafür, in Gegenwart einer Dame zu fluchen – obwohl ich gar nicht wusste, dass Sie da waren, nicht wahr?« Hilfe suchend und zugleich ein wenig trotzig schaute er auf Aidan.

»Nein.« Obgleich die nassen Blumen so erbarmungswürdig waren, dass ihr Herz bei ihrem Anblick schmolz, verlieh sie ihrer Stimme einen möglichst strengen Klang. »Sie waren einigermaßen damit bschäftigt, Ihrem Freund eins auf die Nase zu geben.«

»Oh, tja, aber ganz sicher ist Aidan viel zu schnell, als dass ich ihn jemals erwischen würde, wenn ich – wie soll ich es ausdrücken – nicht ganz in Form bin.« Während des Bruchteils einer Sekunde verzog er seine Lippen zu einem überraschend liebenswerten Lächeln, ehe er abermals den Kopf hängen ließ. »Aber trotzdem ist das alles keine Entschuldigung für ein derart unmögliches Verhalten in Anwesenheit einer Lady. Also bitte ich Sie um Verzeihung und hoffe, Sie denken nicht allzu schlecht von mir.«

»So.« Aidan schlug seinem Kumpanen kraftvoll auf den Rücken. »Das reicht, Jack. Miss Murray ist eine viel zu gutherzige Frau, um dir nach einer so perfekten Entschuldigungsrede noch länger böse zu sein.« Er blinzelte Jude zu, als wäre dies alles ein netter kleiner Scherz. »Nicht wahr, Jude Frances?«

Natürlich stimmte, was er sagte; aber es machte sie wütend, dass man sie in die Falle gelockt hatte. Ohne Aidan zu beachten, nickte sie Jack möglichst erhaben zu. »Ich bin Ihnen nicht böse, Mr. Brennan. Es war sehr nett von Ihnen, vorbeizuschauen und mir Blumen zu bringen. Würden Sie vielleicht gerne hereinkommen und einen Tee trinken?«

Sein Gesicht hellte sich auf. »Das ist sehr nett von Ihnen. Ich hätte nichts dagegen...«

»Jack, du hast doch sicher noch zu tun!«

Dieser runzelte die Stirn. »Eigentlich nicht. Zumindest nichts Besonderes.«

»O doch! Und zwar jede Menge! Nimm ruhig meinen Wagen. Sicher erinnerst du dich daran, dass ich dir gesagt habe, Miss Murray und ich hätten berufliche Dinge zu erledigen.«

»Na, dann«, murmelte der arme Jack. »Auch wenn ich nicht verstehe, was an einer verdammten Tasse Tee so schlimm sein soll. Guten Tag, Miss Murray!« Mit hängenden Schultern und tropfender Kappe trottete er zurück zum Wagen.

»Sie hätten ihn ruhig mit ins Trockene kommen lassen können.«

»Und Sie scheinen es auch nicht besonders eilig zu haben, mich hereinzubitten.« Aidan legte den Kopf schief und sah sie fragend an. »Vielleicht sind Sie ja doch noch böse.«

»Schließlich haben Sie mir keine Blumen mitgebracht.« Trotzdem trat sie zur Seite und ließ ihn an sich vorbei ins Haus.

»Nächstes Mal werde ich dran denken. Sie haben sauber gemacht. Es riecht nach Zitronenöl. Ein schöner, heimeliger Duft. Wenn Sie mir einen Lappen geben, wische ich meine nassen Fußspuren von Ihrem sauberen Fußboden.«

»Das mache ich nachher selbst. Jetzt muss ich erst mal hoch und meinen Kassettenrecorder und die anderen Sachen holen. Am besten setzen wir uns in die Küche. Gehen Sie doch schon mal vor.«

»Also gut.« Er griff nach ihrer Hand, und sie runzelte die Stirn. »Vielleicht sollte ich die Blumen irgendwo ins Wasser stellen, damit sie nicht mehr ganz so jämmerlich aussehen.«

»Danke.« Der höflich steife Ton war die einzige Gegenwehr, die ihr angesichts des nassen, allzu charmanten männlichen Wesens in ihrem Korridor noch blieb. »Ich bin sofort wieder da.«

Als sie nach wenig mehr als einer Minute die Küche betrat, hatte er die Blumen bereits in einer von Maudes Flaschen arrangiert und den Wasserkessel aufgesetzt.

»Ich habe Feuer im Kamin gemacht, damit es etwas wärmer wird. Hoffentlich haben Sie nichts dagegen?«

»Nein, nein…« Sie versuchte, nicht wütend darüber zu sein, dass sie für jede der Arbeiten, die er erledigt hatte, dreimal so lange gebraucht hätte. »Nehmen Sie doch Platz. Ich schenke uns den Tee ein.«

»Ah, er muss erst noch ein Weilchen ziehen.«

»Das weiß ich.« Sie nahm zwei Gedecke aus dem Schrank.

»Auch in Amerika kochen wir hin und wieder Tee.« Sie drehte sich wieder zu ihm um, stellte die Tassen auf den Tisch und atmete zischend aus. »Hören Sie auf, mich so anzustarren.«

»Tut mir Leid, aber Sie sind einfach reizend, wenn Sie wütend sind und obendrein noch Ihre Haare sozusagen offen tragen.«

Mit funkelnden Augen schob sie die Nadeln derart vehement zurück in ihre Haare, dass sie sich beinahe in ihr Hirn bohrten. »Hiermit stelle ich eine Sache sofort klar: Wir beide sitzen allein aus intellektuellen Gründen zusammen an diesem Tisch.«

»Allein aus intellektuellen Gründen!« Vernünftigerweise unterdrückte er ein Grinsen. »Sicher, es ist immer gut, wenn man sich für die Gedanken des anderen interessiert. Ich nehme an, Sie sind eine große Denkerin, und daran ändert sich natürlich auch nichts, wenn ich Ihnen sage, wie reizend Sie aussehen.«

»Weder sehe ich reizend aus, noch brauche ich Komplimente wegen meines Äußeren. Können wir jetzt bitte anfangen?«

Als sie Platz nahm, setzte er sich ebenfalls, legte abermals den Kopf auf die Seite und blickte sie fragend an. »Sie glauben das tatsächlich, stimmt's? Tja, nun, das ist wirklich interessant – auf einer intellektuellen Ebene.«

»Wir sind nicht hier, um über mich zu reden. Ich hatte den Eindruck, dass Sie ein gewisses Talent zum Geschichtenerzählen besitzen und dass Sie einige der für diese Gegend typischen Mythen und Legenden kennen.«

Wenn ihre Stimme derart distanziert wurde, verspürte er immer das Bedürfnis, sich auf sie zu stürzen und ein bisschen zu knuddeln. Also lehnte er sich entschieden auf seinem Stuhl zurück. Wenn sie intellektuell sein wollte, dann konnten sie seinetwegen auf dieser Ebene beginnen… ehe man auf andere Ebenen überging. »Ich kenne tatsächlich einige Geschichten, von denen Sie allerdings vielleicht bereits die eine oder andere – womöglich etwas abgewandelt – gehört haben. Durch die mündliche Überlieferung schleichen sich von Erzähler zu Erzähler immer wieder leichte Veränderungen ein, aber der Kern des Ganzen wird davon nicht berührt. Die Geschichte von Reineke Fuchs wird von den Indianern in Amerika auf eine, von rumänischen Dorfbewohnern auf eine zweite und von den Iren auf eine dritte Weise erzählt – aber der rote Faden, der sich durch die Fabel zieht, bleibt überall derselbe.«

Als sie immer noch die Stirn runzelte, griff er nach der Teekanne und schenkte sich ein. »Sie haben den Nikolaus und den Weihnachtsmann – der eine füllt die Schuhe braver Kinder mit Bonbons und der andere rutscht durch den Kamin, aber beide Gestalten haben denselben Urpsrung. Und genau aus diesem Grund kommt der menschliche Intellekt immer wieder und an allen Orten zu dem Schluss, dass jeder Mythos irgendwie auf Tatsachen beruht.«

»Sie glauben also an den Nikolaus?«

Er stellte die Kanne auf den Tisch und wandte sich an Jude. »Ich glaube an Magie und daran, dass das Beste, das Wahrste der Magie im Herzen der Menschen zu finden ist. Sie sind inzwischen ein paar Tage hier, Jude Frances. Haben Sie die Magie etwa noch nicht gespürt?«

»Es ist die Atmosphäre.« Sie stellte den Recorder an. »Die Atmosphäre in diesem Land fördert die Entstehung und den Erhalt von Mythen natürlich. All die kleinen heidnischen Schreine und Opferstellen für irgendwelche Götter, insgesamt die ganze keltische Folklore mit ihren Geboten und Versprechungen, in die sich auf Grund der Invasion durch die Wikinger und Normannen auch Elemente anderer Kulturen gemischt haben.«

»Es ist das Land«, widersprach Aidan ihr entschieden.

»Nicht die Menschen, die versucht haben, es zu erobern. Es ist das Land, sind die Hügel, die Felsen, die Luft. Und das Blut, das in den zahllosen Kämpfen zur Verteidigung in seinen Boden eingesickert ist. Die Iren waren es, die die Wikinger, die Normannen und all die anderen absorbiert oder integriert haben, nicht anders herum.«

In seiner Rede schwang ein Stolz mit, den sie verstand und respektierte. »Trotzdem bleibt die Tatsache bestehen, dass alle Einwanderer, die auf diese Insel kamen, sich mit den einheimischen Frauen gepaart, ihren eigenen Samen weitergegeben und ihren eigenen Glauben oder Aberglauben mitgebracht haben. Somit wurden auch diese Dinge Bestandteile der irischen Kultur.«

»Was kam zuerst, die Geschichte oder der Erzähler? Wollen Sie das erörtern?«

Er war wirklich clever, musste sie ihm, wenn auch widerwillig, zugestehen. Außerdem ein schneller Denker, und schlagfertig. »Man kann nicht das eine ohne das andere untersuchen. Ebenso wichtig wie der Inhalt der Erzählung sind der Erzähler und seine Beweggründe für die Wiedergabe.«

»Also gut, dann erzähle ich Ihnen jetzt eine Geschichte, die mir von meinem Opa, ihm von seinem Vater, dem von seinem Vater und immer so weiter berichtet wurde; denn hier an dieser Küste, hier auf diesen Hügeln gibt es bereits länger, als man sich erinnern kann, uns Gallaghers.«

»Dann wurde die Geschichte jeweils von den Vätern an die Söhne weitergegeben?« Angesichts von Judes Kommentar zog er eine seiner Brauen hoch. »Sehr häufig werden Geschichten von den Müttern an die Töchter überliefert.«

»Das ist durchaus richtig – aber die Barden und Harfenspieler in Irland waren traditionsgemäß stets Männer. Es heißt, einer von ihnen wäre ein Gallagher gewesen, der als Sänger hierher kam, und einen Teil dessen, was ich Ihnen erzählen werde, mit eigenen Augen gesehen, den Rest von den

Lippen Carricks, des Feenprinzen, gehört und dann die Geschichte allen interessierten Zuhörern selbst vorgetragen hat.«

Er machte eine Pause, bemerkte das halb belustigte Interesse in Judes Blick und fing mit leiser Stimme an. »Es war einmal ein junges Mädchen namens Gwen. Sie war von bescheidener Herkunft, aber in ihrem Herzen und von ihrem Gebaren her ein edles Fräulein. Sie hatte Haare so hell wie das Sonnenlicht im Winter und Augen grün wie Moos. Ihre Schönheit war im ganzen Land bekannt, und trotz ihrer stolzen Haltung und ihrer schlanken, liebreizenden Gestalt führte sie, da ihre liebe Mutter bei ihrer Geburt gestorben war, ihrem ältlichen Vater umsichtig den Haushalt. Sie tat alles, worum er sie bat, und nie kam ein Wort der Klage über ihre Lippen. Obgleich sie hin und wieder beobachtet wurde, wie sie abends auf den Klippen spazieren ging und über das Meer blickte, als wünschte sie sich Flügel zum Davonfliegen...«

Während Aidan sprach, stahl sich trotz des anhaltenden Regens ein stummer Sonnenstrahl durchs Fenster und ruhte zwischen ihnen auf dem Tisch.

»Ich kann nicht sagen, was sie bewegte«, fuhr er verhalten fort. »Vielleicht war es etwas, was sie selbst nicht wusste. Aber sie hielt weiter das Cottage in Ordnung, kümmerte sich liebevoll um ihren Vater und ging abends alleine zu den Klippen. Eines Tages, als sie Blumen zum Grab ihrer Mutter brachte, die in der Nähe des Brunnens von Saint Declan bestattet worden war, traf sie einen Mann – oder ein Wesen, von dem sie meinte, es wäre einer. Er war groß und schlank, mit dunklem, auf die Schultern wogendem Haar und Augen so blau wie die Glockenblumen, die sie trug. Als er sie bei ihrem Namen rief, hallte seine Stimme wie Musik in ihren Ohren und brachte ihr Herz zum Tanzen. Und wie vom Blitz wurden sie beide über dem Grab der Mutter, während die

Brise wie Feengeflüster durch das hohe Gras wogte, von der Liebe getroffen.«

»Liebe auf den ersten Blick! Das ist etwas, was man oft in Märchen findet.«

»Glauben Sie nicht daran, dass zwei Herzen einander tatsächlich erkennen können?«

Eine seltsame, poetische Umschreibung, dachte Jude und war froh, dass der Recorder lief. »Ich glaube an gegenseitige Anziehung auf den ersten Blick. Wahre Liebe braucht ganz sicher mehr.«

»Die Irin hat man Ihnen leider gründlich ausgetrieben.« Betrübt schüttelte er den Kopf.

»Nicht etwa, dass ich nicht die Romantik einer guten Geschichte zu schätzen wüsste.« Sie bedachte ihn mit einem Lächeln, wodurch ein Hauch von ihren Grübchen sichtbar wurde. »Und was passierte dann?«

»Nun, obgleich ihre Herzen den Gleichklang entdeckten, ging es nicht einfach darum, dass ein junges Mädchen und ein junger Mann einander bei den Händen nahmen und den Bund fürs Leben schlossen – denn er war Carrick, der Prinz der Feen, der in dem Silberpalast unter dem Hügel lebte, auf dem ihr kleines Cottage stand. Sie fürchtete sich vor einem bösen Zauber und zweifelte sowohl an seiner Ehrlichkeit als auch an dem, was sie empfand. Und je stärker das Sehnen ihres Herzens wurde, umso stärker wuchsen ihre Zweifel; denn man hatte sie gelehrt, vor den Feen und den Schlössern, in denen sie lebten, auf der Hut zu sein.«

Unter dem Klang seiner Stimme, die sich bei seinen Worten hob und senkte wie perlende Musik, stützte Jude die Ellbogen auf die Tischplatte und legte ihr Kinn in ihre Fäuste.

»Trotzdem lockte Carrick Gwen nachts bei Vollmond aus der Hütte auf sein großes, geflügeltes Pferd, um mit ihr über das Land und das Meer zu fliegen und ihr die Wunder zu zeigen, die er ihr schenken würde, wenn sie ihn nur endlich erhörte. Er hatte sein Herz an sie verloren und würde ihr alles überlassen, was er an Reichtümern besaß.

Zufällig jedoch sah ihr Vater, der mit schmerzenden Knochen wach geworden war, wie seine junge Gwen auf dem weißen, geflügelten Pferd im Arm des Feenprinzen vom Himmel heruntergeschossen kam. In seiner Angst und seinem Mangel an Verständnis dachte er einzig daran, sie vor dem bösen Zauber zu bewahren, unter dem sie, wie er dachte, stand. Also verbot er ihr, Carrick je wieder zu sehen, und zur Garantie für ihre zukünftige Sicherheit verlobte er sie mit einem braven jungen Mann, der seinen Lebensunterhalt als Fischer verdiente. Und Lady Gwen, ein Mädchen mit großem Respekt vor seinem Vater, verschloss folgsam ihr Herz, stellte ihre nächtlichen Ausflüge ein und machte sich bereit, den Mann zu heiraten, den ihr Vater für sie auserkoren hatte.«

Jetzt schwand der kleine Sonnenstrahl, der bisher zwischen ihnen auf dem Tisch getanzt hatte, und die Küche versank im einzig vom flackernden Kaminfeuer erhellten regnerischen Dämmerlicht.

Aidan blickte fasziniert in Judes Gesicht. Was er dort entdeckte, waren Träume, Traurigkeit und verstohlene Sehnsüchte.

»Als er es erfuhr, packte Carrick rasender Zorn, er schickte Blitz und Donner und Sturm über die Hügel und das Meer. Die Dorfbewohner, die Bauern und Fischer zitterten vor Furcht, doch Lady Gwen saß ruhig in ihrem Cottage und nähte.«

»Er hätte sie doch einfach entführen und hundert Jahre auf seinem Schloss beherbergen können«, unterbrach Jude die Erzählung.

»Ah, dann kennen Sie sich mit diesen Dingen also bereits aus.« Der Blick aus seinen blauen Augen wurde warm. »Natürlich hätte er sie entführen können, aber sein Stolz verlangte, dass sie aus freien Stücken zu ihm kam. In dieser Hinsicht sind Feen nicht anders als ganz normale Menschen.«

Wieder legte er den Kopf schief und sah sie fragend an. »Würden Sie vielleicht gern einfach von einem Mann entführt, ohne dass Sie eine Wahl haben – ohne dass er Geduld gelobt und Sie ordnungsgemäß hofiert?«

»Da ich nicht glaube, dass ein Feenprinz hier auftauchen und sein Herz für mich entdecken wird, brauche ich darüber glücklicherweise nicht lange nachzudenken. Erzählen Sie mir also lieber, was Carrick weiter tat.«

»Einverstanden. Bei Anbruch der Dämmerung stieg Carrick auf sein Pferd und flog in Richtung Sonne. Er holte sich etwas von ihrem Feuer, formte schimmernde Diamanten daraus und steckte sie in einen Sack aus Silber. Diese flammenden, magischen Juwelen brachte er zu ihrer Hütte, und als sie vor die Tür trat, schüttete er sie ihr vor die Füße und sagte: ›Ich habe dir Juwelen von der Sonne gebracht als Zeichen meiner Leidenschaft für dich. Nimm sie und mich, denn ich werde dir alles geben, was ich habe, und noch mehr.‹ Aber sie schüttelte den Kopf und erklärte, sie wäre einem anderen versprochen. Ihr Pflichtbewusstsein und sein Stolz hielten sie voneinander fern. Die Juwelen lagen unbeachtet zwischen den Blumen vor der Tür des Cottages...«

»Und wurden ebenfalls zu Blumen.«

Als Jude erschauderte, strich Aidan tröstend über ihre Hand. »Ist Ihnen vielleicht kalt?«

»Nein.« Sie zwang sich zu einem Lächeln, entzog sich ihm, griff nach ihrer Teetasse und nahm, um das Kribbeln in ihrer Kehle zu beruhigen, einen großen Schluck.

Sie kannte die Geschichte, sah alles genau vor sich: das wunderbare Pferd, die liebreizende Frau, den Mann, der kein Mann war, und das feurige Blitzen der Diamanten auf der Erde.

Denn sie hatte alles in ihrem Traum gesehen.

»Nein, alles in Ordnung! Ich glaube, meine Großmutter hat mir schon einmal eine Version dieser Geschichte erzählt.«

»Aber ich bin noch nicht fertig.«

»Oh!« Abermals nippte sie an ihrem Tee und unternahm den krampfhaften Versuch, sich wieder zu entspannen. »Was passierte dann?«

»Am Tag ihrer Hochzeit mit dem Fischer starb ihr Vater. Es war, als hätte er sich trotz aller Schmerzen ans Leben geklammert, bis er wusste, dass seine Gwen wohl versorgt und sicher war. Also zog ihr Ehemann zu ihr in das Cottage und verließ sie jeden Morgen bereits vor Sonnenaufgang, um seine Netze auszuwerfen. Sie führten ein ruhiges, zufriedenes Leben.«

Als Aidan eine Pause machte, runzelte Jude verwirrt die Stirn. »Wie, das war das Ende?«

Lächelnd trank Aidan ebenfalls von seinem Tee. Wie jeder gute Erzähler wusste er, wie er den Rhythmus der Geschichte verändern musste, um das Interesse der Zuhörerschaft zu steigern. »Habe ich das etwa gesagt? Nein, natürlich nicht. Denn wissen Sie, Carrick konnte sie ganz einfach nicht vergessen. Sie erfüllte sein Herz. Während Gwen ihr Leben führte, wie es von ihr erwartet wurde, verlor Carrick die Freude an der Musik und am Gelächter, und eines Nachts stieg er in größter Verzweiflung abermals auf den Rücken seines Pferdes, flog hinauf zum Mond und sammelte sein Licht, das sich in seinem Silbersack in lauter Perlen verwandelte. Wieder ging er zu ihr, und obgleich sie ihr erstes Kind unter dem Herzen trug, glitt sie nächtens heimlich aus dem Bett, um ihn zu sehen.«

»›Dies sind die Tränen des Mondes‹, erklärte Carrick ihr. ›Sie sind das Zeichen meiner Sehnsucht nach dir. Nimm sie und mich, denn ich werde dir alles geben, was ich habe, und noch mehr.‹ Wieder schlug sie ihm, wenn auch mit Tränen in den Augen, seine Bitte ab. Denn sie gehörte einem anderen, trug dessen Kind unter dem Herzen und würde ihren Treueschwur nicht brechen. Wieder einmal wurden sie durch ihr Pflichtgefühl und seinen Stolz getrennt – dieses Mal blieben die Perlen auf dem Boden liegen und wurden zu Mondblumen.«

»So zogen die Jahre ins Land, während derer Carrick trauerte und Lady Gwen tat, was man von ihr erwartete. Sie gebar ihre Kinder und erfreute sich an ihnen. Sie pflegte ihre Blumen und dachte an die Liebe, die ihr einst begegnet war. Denn obgleich ihr Gatte ein braver Mann war, ließ sie ihn niemals in die innerste Kammer ihres Herzens. Und während ihr Gesicht und ihr Körper alt wurden, blieb sie, erfüllt von den wehmütigen Wünschen eines Mädchens, in ihrem Herzen jung.«

»Das ist traurig.«

»Allerdings, doch das ist immer noch nicht das Ende. Da die Zeit für Feen etwas anderes bedeutet als für uns Sterbliche, stieg der immer noch junge Carrick eines Tages erneut auf sein geflügeltes Ross, flog über das Meer, tauchte auf der Suche nach seinem Herzen tief, tief darin unter, ließ seinen Puls in seine Silbertasche fließen und verwandelte ihn dort in eine Unzahl leuchtender Saphire. Diese nahm er mit zu Lady Gwen, deren Kinder inzwischen eigene Kinder hatten, deren Haar schlohweiß und deren Augenlicht ein wenig trüb geworden war. Aber alles, was der Prinz der Feen in ihr sah, war das Mädchen, das er liebte und nach dem er sich verzehrte. Also schüttete er vor ihren Füßen die Saphire aus. ›Sie sind das Herz der See. Sie sind das Zeichen meiner beständigen Ergebenheit. Nimm sie und mich, denn ich werde dir alles geben, was ich habe, und noch mehr.‹«

»Und dieses Mal erkannte sie mit der Weisheit des Alters, was daraus geworden war, indem sie ihre Liebe aus Pflichtgefühl verraten hatte. Indem sie ihrem Herzen nicht vertraut hatte. Und was daraus geworden war, dass er ihr Juwelen bot, ohne ihr je das eine zu geben, womit er sie vielleicht doch gewonnen hätte.«

Erneut griff Aidan nach Judes Hand, und mit einem Mal kehrte der schmale Sonnenstrahl auf die Tischplatte zurück.

»Niemals hatte er von seiner Liebe zu ihr gesprochen – von Leidenschaft, von Sehnsucht, sogar von Beständigkeit, ja – aber Liebe, Liebe wäre das Zauberwort gewesen. Doch inzwischen war sie eine alte, krummbucklige Frau, für die, anders als für den unsterblichen Feenprinz, die Erkenntnis zu spät kam. Sie vergoss die bitteren Tränen einer alten Frau und erklärte ihm, ihr Leben wäre bald vorbei. Und sie sagte, hätte er ihr Liebe gebracht statt Juwelen, hätte er von Liebe gesprochen statt von Leidenschaft, Verlangen und Beständigkeit, dann hätte ihr Herz über ihr Pflichtgefühl gesiegt. Er wäre einfach zu stolz gewesen, erklärte sie ihm, und sie selbst zu blind, um zu sehen, was sie sich im tiefsten Inneren ihres Herzens seit ihrer ersten Begegnung gewünscht hatte.

Ihre Worte machten ihn zornig, denn er hatte ihr ein ums andere Mal Liebe gebracht, was er halt darunter verstand. Und dieses Mal belegte er sie, ehe er sich abwandte, mit einem bösen Bann. Ebenso wie er bisher, würde nun sie Jahr um Jahr über die Klippen wandern und einsam warten, bis zwei ehrliche Herzen einander begegneten und die Geschenke annahmen, die er ihr vergeblich zu Füßen gelegt hatte. Sie bekämen die dreifache Gelegenheit, einander zu erkennen und einander anzunehmen, und erst wenn das geschähe, würde der Bann gebrochen sein. Dann stieg er wieder auf sein Pferd, flog in die Nacht, und wieder wurden die Juwelen zu ihren Füßen zu leuchtenden Blumen. Sie aber starb in jener Nacht, und auf ihrem Grab erhoben sich Jahr für Jahr dieselben Knospen, während ihr Geist, lieblich wie der von der jungen Lady Gwen, über die Klippen wandert, wartet und um die verlorene Liebe weint.«

Beinahe hätte Jude ebenfalls geweint. »Warum hat er sie nicht einfach mitgenommen und gesagt, jetzt wäre alles gut?«

»Es ist nun mal nicht geschehen. Und finden Sie nicht auch, Jude Frances, dass die Moral der Geschichte darin besteht, dass man seinem Herzen trauen und niemals wahre Liebe leugnen soll?«

Sie merkte, dass sie viel zu gefangen gewesen war in der Geschichte und entzog ihm beinahe rüde ihre Hand. »Entweder das oder aber dass man, wenn man seine Pflicht erfüllt, ein langes, zufriedenes, wenn auch vielleicht nicht unbedingt aufregendes Leben führen kann. Juwelen waren sicher beeindruckend, aber eben nicht die Lösung des Problems. Er hätte sich umdrehen und sehen sollen, wie sie sich in Blumen verwandelten – in Blumen, die sie dann behielt.«

»Wie ich bereits gesagt habe, Sie sind eine kluge Frau. Ja, seine Blumen hat sie behalten.« Aidan strich mit einer Fingerspitze über die Blüten in der Flasche. »Sie war eine einfache Frau mit einfachen Gewohnheiten. Aber bei der Geschichte geht es um etwas Größeres.«

»Und das wäre?«

»Liebe.« Über die Blumen hinweg begegnete er ihrem Blick. »Liebe, die über alle Zeit hinweg trotz aller Hindernisse nicht erlischt. Alles wartet nur darauf, dass der Bann gebrochen wird, damit sie endlich zu ihm in seinen Silberpalast unter dem Feenhügel ziehen kann.«

Jude musste sich dem Bann der Geschichte entziehen und Vernunft walten lassen. Schließlich ging es ihr um nichts anderes als die Analyse der alten Legende. »In Legenden wird an das glückliche Ende häufig eine Bedingung geknüpft. Man muss eine Aufgabe erfüllen, ein Rätsel lösen, eine Heldentat vollbringen. Selbst in der Welt der Märchen gibt es kaum etwas umsonst. Die Symbole in Ihrer Geschichte tauchen häufig auf. Die mutterlose junge Frau, die sich um ihren alten Vater kümmert, der junge Prinz auf einem weißen Pferd. Die Verwendung der Elemente Sonne, Mond und Meer. Es wird nur wenig über den Mann gesagt, den sie geheiratet hatte, denn er ist nur das Mittel zum Zweck, indem er die beiden Liebenden voneinander trennt.«

Sie machte sich eifrig Notizen, hob den Kopf und merkte, dass Aidan sie nachdenklich betrachtete. »Was?«

»Es ist wirklich interessant, wie Sie hin und her wandern.«

»Ich weiß nicht, was Sie meinen.«

»Wenn ich erzähle, haben Sie einen verträumten Blick und wirken sanft und weich, und jetzt sitzen Sie kerzengerade geschäftsmäßig auf Ihrem Stuhl und zerlegen die Geschichte, die Sie eben noch bezaubert hat, sorgsam in Einzelteile.«

»Genau darum geht es mir schließlich. Außerdem hatte ich keinen verträumten Blick.«

»Das muss ich ja wohl besser wissen, denn immerhin habe ich Sie die ganze Zeit über beobachtet.« Wieder wurde seine Stimme warm, wieder hüllte sie sie ein wie ein linder Sommertag. »Sie haben die Augen einer Meeresgöttin, Jude Frances. Groß und von einem verhangenen Grün. Ich sehe sie auch dann vor mir, wenn Sie gar nicht in meiner Nähe sind. Was halten Sie davon?«

»Ich würde sagen, Sie sind sehr eloquent.« Ohne zu wissen, was sie tun wollte, erhob sie sich von ihrem Platz. In Ermangelung einer anderen sinnvollen Beschäftigung trug sie die Teekanne zum Herd. »Was der Grund dafür ist, dass mich Ihre Geschichte derart unterhalten hat. Ich würde gerne noch mehr davon hören, um sie mit denen meiner Großmutter und anderen Legenden zu vergleichen.«

Sie drehte sich um und fuhr erschreckt zusammen, als er unmittelbar hinter ihr stand. »Was tun Sie da?«

»Nichts.« *Ah, jetzt habe ich dich in die Enge getrieben,* dachte er zufrieden, verlieh seiner Stimme jedoch weiter einen leichten, ruhigen Klang. »Ich erzähle Ihnen gerne noch mehr aus meinem Märchenschatz.« Geschmeidig legte er seine Hände zu beiden Seiten ihres Körpers auf den Herd. »Und wenn Ihnen danach zu Mute ist, kommen Sie doch einfach an einem ruhigen Abend wieder in den Pub. Dort finden Sie noch andere Leute, die hübsche Storys auf Lager haben.«

»Ja.« Allmählich wallte ernste Panik in ihr auf. »Das ist eine gute Idee. Ich sollte…«

»Hat es Ihnen gestern Abend bei uns gefallen? Wie fanden Sie die Musik?«

»Hmm.« Er roch nach Regen und nach Mann. Sie wusste einfach nicht, wohin mit ihren Händen. »Ja. Die Musik fand ich herrlich.«

»Waren die Lieder also neu für Sie?« Er stand ihr nahe, derart nahe, dass er den schmalen bernsteinfarbenen Ring zwischen dem seidigen Schwarz ihrer Pupillen und dem rauchigen Grün der Iris deutlich sah.

»Ah, ein paar der Lieder kannte ich durchaus. Möchten Sie noch etwas Tee?«

»Sehr gern. Warum haben Sie nicht mitgesungen, wenn Sie doch die Lieder kannten?«

»Mitgesungen?« Ihr Mund war staubtrocken, und sie brachte kaum noch einen Ton hervor.

»Ich habe Sie fast die ganze Zeit über beobachtet. Sie haben nicht einen einzigen Ton über die Lippen gebracht, nicht mal beim Refrain.«

»Oh, nun! Nein.« Er musste weg hier – nahm ihr jede Luft. »Ich singe nur, wenn ich nervös bin.«

»Ist das wahr?« Ohne ihr Gesicht aus den Augen zu lassen, bewegte er sich – in die falsche Richtung –, bis sein Leib, als wäre er flüssig, gegen ihren heißen Körper schmolz.

Jetzt wusste sie, was sie mit ihren Händen zu tun hatte. Eilig versuchte sie, ihn ein Stück von sich zu schieben. »Was machen Sie da?«

»Ich möchte Sie gerne singen hören, also mache ich Sie ein wenig nervös.«

Sie brachte ein, wenn auch zittriges, Lachen zu Stande; doch als sie versuchte, sich von ihm zu lösen, presste sie sich dadurch nur noch fester gegen ihn. »Aidan...«

»Nur ein wenig nervös«, murmelte er, neigte seinen Kopf und nagte sanft an ihrem Kiefer. »Sie zittern ja.« Wieder nagte er federleicht und zärtlich an ihrer weichen Haut. »Keine Sorge, ich will Sie erregen und nicht zu Tode erschrecken.«

Beides gelang ihm gleichzeitig. Ihr Herz schlug wie ein Hammer gegen ihre Rippen, das Blut rauschte ihr in den Ohren, ihre Hände lagen wie gefesselt an seiner harten Brust, und sie fühlte sich, während er sich langsam einen Weg an ihrem Kiefer hinaufnagte, wunderbar schwach und ungeheuer weiblich.

»Aidan, Sie... das ist... ich denke nicht...«

»So ist's Recht. Eine hervorragende Idee! Am besten stellen wir beide einen Augenblick lang das Denken einfach ein.«

Er nahm ihre volle, ungeheuer weiche Unterlippe zwischen die Zähne, und sie stöhnte leise auf. Das Grün ihrer Augen wurde noch rauchiger, noch dunkler als zuvor, und entfachte zwischen seinen Lenden reine, unverfälschte Lust.

»Himmel, Sie sind wirklich süß!« Er hob eine seiner Hände vom Rand des Herdes, strich federleicht über ihr rechtes Schlüsselbein, und während er sie hielt, presste er seinen Mund auf ihre Lippen. Erst vorsichtig und testend, dann genießend und schließlich trunken vor Freude über ihren köstlichen Geschmack.

Ihre starre Haltung schmolz, und gleichzeitig rang sie, als er an ihrer Unterlippe sog, schockiert nach Luft.

Er ging weiter als geplant, und während sie vor Leidenschaft erbebte, erinnerte sie ihn an einen Vulkan kurz vor dem Ausbruch, an einen Sturm, kurz bevor er sich erhob. Ihre Hände waren immer noch an seiner Brust gefangen, aber ihre Finger umklammerten wie die einer Ertrinkenden sein Hemd.

Sie hörte, dass er etwas sagte, vernahm sein leises Wispern, spürte seine ach so heißen, ach so festen Lippen, seinen ach so harten, ach so starken Leib. Und seine Hände, die sich leicht wie Mottenflügel auf ihrem Gesicht bewegten. Sie konnte nichts anders tun, als ihm zu geben, was er wollte – während gleichzeitig ein schockierender, bisher völlig fremder Teil von ihr sie drängte, auch ihn anzunehmen.

Und als er sich von ihr löste, stand ihre Welt urplötzlich auf dem Kopf, blind stürzte sie in ein ihr bisher vollkommen unbekanntes Universum.

Er hielt ihr Gesicht in Händen und wartete darauf, dass sie die Augen öffnete, um ihn anzublicken. Er hatte nur ein wenig kosten wollen, den Moment genießen – sehen, wie sie reagierte. Doch das Ganze war vollkommen außer Kontrolle geraten, gestand er sich, nicht ohne Vergnügen, ein. »Wirst du dich mir hingeben?«

Ihr Blick verriet Verwirrung, doch gleichzeitig Verlangen, und um ein Haar wäre er vor ihr in die Knie gegangen – was ihm nun auch wieder nicht gefiel.

»Ich ... was?«

»Komm mit rauf, und geh mit mir ins Bett.«

Eine Sekunde bevor sie wortlos nickte, kam sie wieder zur Vernunft. »Ich kann nicht. Nein. Das wäre vollkommen verantwortungslos.«

»Gibt es jemanden in Amerika?«

»Ob es jemanden ...?« Weshalb nur konnte sie nicht denken? »Oh, nein. Dort gibt es niemanden.« Das plötzliche Glitzern in Aidans Augen war ihr eine Warnung. »Aber das heißt noch lange nicht, dass ich einfach… ich schlafe nicht mit Männern, die ich kaum kenne.«

»Meinem Gefühl nach kennen wir einander ziemlich gut.«

»Das ist eine rein körperliche Reaktion.«

»Da hast du ganz sicher Recht.« Wieder küsste er sie härter und heißer als je ein Mann zuvor.

»Ich kriege keine Luft mehr.«

»Auch ich habe leichte Schwierigkeiten mit dem Atmen.« Es war gegen seinen natürlichen Instinkt, doch er trat einen Schritt zurück. »Tja, und was machen wir jetzt, Jude France? Analysieren wir das, was soeben geschehen ist, auf einer intellektuellen Ebene?«

Trotz ihrer typisch irischen Melodik klang seine Stimme überraschend barsch. Da sie am liebsten zusammengefahren wäre, straffte sie die Schultern und sah ihn reglos an. »Ich werde mich gewiss nicht bei Ihnen dafür entschuldigen, dass ich nicht mit Ihnen ins Bett gehe. Und wenn ich lieber auf intellektueller Ebene funktioniere, dann ist das ja wohl meine Sache.«

Er klappte den Mund zu, ehe er verächtlich schnauben konnte, schob seine Hände in die Hosentaschen und stapfte in der kleinen Küche auf und ab. »Müssen Sie immer so verdammt vernünftig sein?«

»Absolut.«

Plötzlich blieb er stehen, sah sie aus zusammengekniffenen Augen an, warf dann zu ihrer Überraschung den Kopf in den Nacken und brach in schallendes Gelächter aus. »Verdammt, Jude, wenn Sie mich angebrüllt oder mit irgendetwas nach mir geworfen hätten, hätten wir eine nette kleine Balgerei anfangen und am Ende ringend auf dem Küchenboden landen können. Was mich wesentlich zufriedener gemacht hätte als diese Form der Konfrontation.«

Sie atmete leise auf. »Ich brülle nicht, werfe keine Sachen durch die Gegend und prügel mich auch nicht.«

Er zog eine seiner Brauen hoch. »Nie?«

»Nie.«

Sein Grinsen war gleichermaßen humorvoll wie herausfordernd. »Ich wette, dass ich das ändern kann.« Wieder trat er auf sie zu, schüttelte, als sie einen Schritt zurück machte, gespielt betrübt den Kopf und zog sanft an einer Strähne ihres Haars. »Wollen wir wetten?«

»Nein.« Sie versuchte es mit einem zögerlichen Lächeln. »Pokern tue ich auch nicht!«

»Sie laufen mit dem Namen Murray durch die Gegend und wollen mir weismachen, Sie würden nicht pokern? Wenn das stimmt, dann sind Sie eine Schande für Ihre Verwandtschaft.«

»Oder aber der Beweis für eine erfolgreiche Erziehung.«

»Ich würde mein Geld eher auf die Schande setzen.« Er wippte auf den Fersen und sah sie reglos an. »Tja, ich mache mich mal besser auf den Rückweg. Durch einen Spaziergang im Regen kriege ich sicher wieder einen klaren Kopf.«

Als er seine Jacke vom Haken nahm, atmete sie verhalten ein. »Und Sie sind nicht böse?«

»Weshalb sollte ich böse sein?« Er wandte sich ihr wieder zu und sah sie durchdringend an. »Schließlich haben Sie das Recht, nein zu sagen, oder nicht?«

»Ja, natürlich.« Sie räusperte sich. »Ja, aber ich nehme an, es gäbe eine ganze Reihe von Männern, die trotzdem böse wären.«

»Eine Reihe von Männern, zu denen ich anscheinend nicht gehöre. Aber ich habe die Absicht, Sie zu bekommen, und wenn vielleicht nicht heute, dann eben ein andermal.«

Als ihr die Kinnlade herunterfiel, marschierte er grinsend zur Tür. »Denken Sie daran, und denken Sie an mich, Jude Frances! Bald bekomme ich Sie wieder zu fassen.«

Als sich die Tür hinter ihm schloss, blieb sie vollkommen reglos stehen. Und noch während sie an seine anmaßende

Prophezeiung dachte, an ihn und an all die herablassenden, mitleidigen, brillanten Antworten, die sie ihm hätte geben sollen, dachte sie vor allem daran, wie es gewesen war, an seiner breiten Brust zu liegen und vollkommen atemlos zu sein.

7

Ich sammele Märchen, schrieb Jude in ihrem Tagebuch, *und finde das Projekt wesentlich interessanter, als ich gedacht hätte. Die Kassetten, die meine Großmutter geschickt hat, bringen sie her zu mir. Während ich sie abhöre, ist es beinahe, als säße sie mir gegenüber. Oder, schöner noch, als wäre ich wieder ein Kind und sie wäre vorbeigekommen, um mir eine Gute-Nacht-Geschichte zu erzählen.*

Ihre Darstellung von Lady Gwen leitet sie mit der Feststellung ein, diese Legende wäre mir sicher neu. Da muss sie sich irren, denn als Aidan mir die Geschichte erzählte, kannte ich etliche Teile schon.

Logischerweise habe ich davon geträumt, weil ich mich unbewusst an den Inhalt erinnerte und weil der Aufenthalt in diesem Cottage die Erinnerung ganz plötzlich freigegeben hat.

Jude hörte auf zu tippen, lehnte sich auf ihrem Stuhl zurück und trommelte mit den Fingern auf die Tischplatte. Ja, natürlich, das musste es sein. Nun, da sie es niedergeschrieben hatte, fühlte sie sich besser. Genau das sagte sie auch immer zu ihren Studenten. Schreibt, wenn ihr ein bestimmtes Problem habt, oder wenn ihr euch in einer Sache nicht entscheiden könnt, eure Gedanken im Gesprächsstil ohne Filter auf. Dann lehnt euch entspannt zurück, lest das Geschriebene und ergründet die Antworten, die ihr auf diesem Weg finden könnt.

Weshalb also hatte sie die Sache mit Aidan nicht in ihr Tagebuch geschrieben? Sie hatte nichts darüber notiert, wie er sie zwischen dem Herd und seinem Körper gefangen hielt, wie er sie gekostet hatte, als wäre sie eine Delikatesse. Nichts darüber, wie sie sich gefühlt oder was sie gedacht hatte. Allmächtiger! Allein bei der Erinnerung an das Erlebnis vollführte ihr Magen einen Satz.

Schließlich war es ein Teil ihrer hiesigen Erfahrungen, und das Tagebuch sollte Zeugnis ablegen von all ihren Erfahrungen, Gedanken und Gefühlen während ihrer Zeit in Irland.

Aber sie wollte ihr Innenleben gar nicht kennen, erinnerte sie sich. Jedes Mal, wenn sie versuchte, in rationaler Weise darüber nachzudenken, gewannen Gefühle die Oberhand und verwandelten ihr Hirn in Brei.

»Außerdem ist es vollkommen unwichtig«, sagte sie sich laut.

Seufzend ließ sie ihre Schultern kreisen und legte die Finger wieder auf die Tastatur.

Interessanterweise stimmte die Version der Geschichte von Lady Gwen, die meine Großmutter mir erzählt hat, beinahe bis aufs letzte Wort mit der von Aidan überein. Die Art der Erzählung wurde durch die Erzählerin bzw. den Erzähler definiert, aber die Charaktere, die Details, der Ton der Geschichte waren beinahe identisch.

Dies ist ein klarer Fall von ungebrochener und gelungener mündlicher Überlieferung, was die Iren als ein Volk auszeichnet, das diese Kunst genügend respektiert, um sie so rein wie möglich zu erhalten. Außerdem zeigt es mir auf psychologischer Ebene, wie eine Geschichte zur Legende und diese wiederum scheinbar zur Wahrheit wird. Ein Mensch hört immer wieder dieselbe Geschichte, im selben Rhyth-

mus, im selben Ton, und schließlich beginnt er, sie zu akzeptieren wie einen Tatsachenbericht.

Ich träume von ihnen.

Wieder hielt Jude inne und starrte auf den Bildschirm. Sie hatte nicht die Absicht gehabt, diesen Satz zu tippen. Der Gedanke war ihr einfach in den Sinn gekommen und von dort durch ihre Finger auf das Keyboard geglitten. Aber es stimmte, oder etwa nicht? Sie träumte beinahe allnächtlich von den beiden – von dem Prinzen auf dem weißen, geflügelten Pferd, der eine bemerkenswerte Ähnlichkeit besaß mit dem Mann, dem sie über Maudes Grab begegnet war, sowie von der ernst blickenden Frau, deren Gesicht demjenigen so stark ähnelte, das sie hinter dem Schlafzimmerfenster des Cottages zu sehen gemeint hatte – nein, das sie wirklich gesehen hatte.

Kein Wunder, dass ihr Unterbewusstsein den beiden diese Gesichter verlieh. Das war vollkommen normal. Und da sich die Geschichte in dem Cottage zugetragen haben sollte, in dem sie augenblicklich lebte, war es ebenso normal, dass ihre Träume wilde Blüten produzierten.

Es war also weder überraschend noch Besorgnis erregend, hielt sie sich vor Augen.

Trotzdem kam sie zu dem Schluss, dass sie nicht in der Stimmung für Tagebucheinträge oder ernste Forschung war, und stellte den Computer ab. Seit Sonntag hatte sie das Cottage nicht verlassen – um zu arbeiten, wie sie sich sagte, nicht, um jemandem auszuweichen. Und obgleich die Arbeit sie mit einer gewissen Befriedigung erfüllte, ja, sie sogar belebte, war es höchste Zeit, mal wieder aus dem Haus zu gehen.

Sie könnte nach Waterford fahren und ein paar Lebensmittel sowie die von ihr gesuchten Gartenbücher kaufen. Oder sie erforschte die weitere Umgebung, statt immer nur über die Hügel und Felder in der Nähe des Cottages zu streifen. Und je häufiger sie am Steuer säße, umso vertrauter würde sie auf Dauer mit dem hiesigen Verkehr.

Einsamkeit, erinnerte sie sich, war Balsam für die Seele. Doch sie konnte auch erdrücken – und einen vergesslich werden lassen. Hatte sie nicht heute Morgen extra auf den Kalender blicken müssen, um herauszufinden, ob Mittwoch oder schon Donnerstag war?

Raus mit dir, sagte sie sich und machte sich auf die Suche nach Handtasche und Schlüsseln. Erforsch das Land, geh einkaufen, triff irgendwelche Leute. Mach Fotos, fügte sie hinzu und stopfte die Kamera in ihre Tasche. Dann könnte sie dem nächsten Brief an ihre Großmutter ein paar Bilder beifügen.

Vielleicht würde sie sich sogar ein nettes Mittagessen irgendwo genehmigen.

Doch in dem Augenblick, in dem sie vor die Tür trat, wurde ihr klar, dass sie lieber bliebe: hier in dem hinreißenden Garten mit dem wunderbaren Blick auf grüne Felder, schattenverhangene Berge, wilde Klippen und das Meer.

Was machte es schon aus, wenn sie nur schnell eine halbe Stunde Unkraut zupfte, ehe sie aufbrach? Okay, sie war nicht gerade passend gekleidet für eine derartige Tätigkeit, doch das spielte keine Rolle. Wusste sie inzwischen, wie man Wäsche wusch, oder wusste sie es nicht?

Abgesehen von dem Pullover, der auf Puppengröße geschrumpft war, hatten all ihre Kleidungsstücke das Experiment wohlbehalten überstanden.

Und konnte sie auch Unkraut kaum von Gänseblümchen unterscheiden, so war es höchste Zeit, dass sie es lernte, oder etwa nicht? Sie würde einfach alles stehen lassen, was auch nur halbwegs viel versprechend aussah.

Die Luft war wunderbar mild, das Licht weich, die Wolken weiß!

Als die gelbe Hündin den Weg heraufgeschossen kam und vor ihrem Gartentor tänzelte, gab sie ihrem Verlangen nach. Nur eine halbe Stunde, sagte sie sich streng, als sie losging, um das Gartentor zu öffnen.

Jude kraulte und streichelte die Besucherin, bis diese ihr vor Freude die Füße zu lecken begann.

»Caesar und Cleo lassen sich nie von mir streicheln«, murmelte sie in Gedanken an die snobistischen Katzen ihrer Mutter. »Dazu sind sie viel zu vornehm.« Sie lachte, als sich die Hündin auf den Rücken legte und ihr ihren nackten Bauch zeigte. »Du hingegen bist nicht im Geringsten vornehm. Aber genau das ist es, was mir so an dir gefällt.«

Sie machte sich eine gedankliche Notiz, Hundekuchen auf ihre Einkaufsliste zu setzen, als plötzlich Brennas alter Pickup die Straße heraufgerumpelt kam und in ihre Einfahrt bog.

»Wie ich sehe, haben Sie Betty bereits kennen gelernt.«

»Ist das ihr Name?« Als die Hündin ihre Schnauze in Judes Hand legte, hoffte diese, ihr Grinsen wäre nicht so dämlich, wie es sich anfühlte. »Sie ist ein wirklich nettes Tier.«

»Oh, sie hat eine besondere Vorliebe für sympathische Frauen.« Brenna kreuzte ihre Arme im offenen Fenster ihres Wagens, legte ihr Kinn auf ihre Hände und sah Jude verwundert an. Weshalb, in aller Welt, war es ihr derart peinlich, dabei erwischt worden zu sein, wie sie die Hündin streichelte? »Dann mögen Sie also Hunde?«

»Sieht ganz so aus.«

»Wenn sie Ihnen lästig wird, schmeißen Sie sie einfach raus, dann läuft sie wieder heim. Unsere Betty merkt, wenn man sie mag, und das nutzt sie häufig schamlos aus.«

»Sie ist eine reizende Gesellschafterin. Aber ich nehme an, ich halte sie von Ihrer Mutter fern?«

»Ach, die hat im Augenblick andere Dinge im Kopf als die Frage, wo Betty steckt. Der Kühlschrank ist schon wieder kaputt. Ich bin gerade auf dem Weg zu ihr, um zu sehen, ob ich ihn wieder in Gang bringe. Ich habe Sie diese Woche noch gar nicht im Pub gesehen.«

»Oh! Nein, ich habe gearbeitet. In den letzten Tagen war ich überhaupt nicht vor der Tür.«

»Aber heute wollen Sie los?« Sie nickte mit dem Kopf in Richtung von Judes Handtasche.

»Ich habe daran gedacht, nach Waterford zu fahren und endlich die Gartenbücher aufzutreiben.«

»Oh, deshalb brauchen Sie aber nicht so weit zu fahren, es sei denn, Sie wollen noch einen Stadtrundgang machen. Andernfalls kommen Sie doch einfach zu uns und unterhalten sich mit meiner Mutter, während ich den Kühlschrank repariere. Sie würde sich darüber freuen, und ich bliebe auf diese Weise von ihren zahllosen nervtötenden Fragen über die Wunder der Technik verschont.«

»Sicher erwartet sie keinen Besuch, und ich möchte natürlich keineswegs...«

»Unsere Tür steht immer offen.« Die Frau war wirklich interessant, dachte Brenna. Sie sagte kaum je mehr als ein paar Worte, wenn man sie nicht dazu drängte, und falls irgendjemand etwas aus ihr herausbekommen konnte, dann wäre es Mollie O'Toole.

»Kommen Sie an Bord«, fügte sie auffordernd hinzu und pfiff bereits nach Betty.

Fröhlich bellend sprang die Hündin auf die Ladefläche des Pick-ups.

Jude suchte nach einer höflichen Entschuldigung, aber alles, was ihr einfiel, erschien ihr derart künstlich, dass sie schließlich mit einem schwachen Lächeln um den Wagen herum zur Beifahrerseite ging. »Und Sie sind sicher, dass ich nicht im Weg herumstehe?«

»Kein bisschen!« Mit einem zufriedenen Lächeln wartete Brenna, bis Jude neben ihr Platz genommen hatte, ehe sie die Kiste rückwärts aus der Einfahrt auf die Straße jagte.

»Himmel!«

»Was ist?« Brenna trat so heftig auf die Bremse, dass Jude gezwungen war, sich mit den Händen am Armaturenbrett abzustützen, um nicht mit dem Kopf die Windschutzscheibe zu durchbohren. Zum Anschnallen hatte sie vor Brennas Abfahrt keine Gelegenheit gehabt.

»Sie ... ah!« Jude atmete mühsam ein und zerrte eilig den Gurt um ihren Bauch. »Haben Sie keine Angst, dass vielleicht ein anderer Wagen kommen könnte?«

Brenna tätschelte Jude lachend die Schultern. »Es war keiner da, oder? Machen Sie sich keine Sorgen, ich bringe Sie schon unversehrt ans Ziel. Sie haben wirklich hübsche Schuhe an.« Wenn auch sicher wesentlich weniger bequem als ein Paar kräftige Boots. »Darcy wettet, dass Ihre Schuhe aus Italien kommen. Ist das wirklich wahr?«

»Um ...« Stirnrunzelnd blickte Jude auf ihre ordentlichen schwarzen Slipper. »Ja, das stimmt.«

»Unsere gute Darcy hat echt einen Blick für solche Dinge. Schon als kleines Mädchen hatte sie eine Vorliebe für Modezeitschriften und so.«

»Sie ist eine wunderschöne Frau.«

»Oh, richtig! Die Gallaghers sind eine tolle, gut aussehende Familie.«

»Seltsam, dass drei derart attraktive Menschen augenscheinlich allein durchs Leben gehen.« Noch während sie den Satz, wenn auch so beiläufig wie möglich, über die Lippen brachte, verfluchte sich Jude für ihre Neugier.

»Darcy hatte noch nie Interesse an den Typen aus dem Ort. Mehr als ein harmloser Flirt ist mit keinem von ihnen für sie drin. Aidan ...« – sie zuckte mit den Schultern – »scheint seit seiner Rückkehr mit dem Pub verheiratet zu sein, oder aber er ist in diesen Dingen sehr diskret. Und Shawn ...«

Stirnrunzeld lenkte Brenna ihren Pick-up in die Einfahrt ihres Hauses. »Wenn Sie mich fragen, ist er einfach blind.«

Die Hündin sprang von der Ladefläche, rannte laut bellend über das Grundstück, und mit wieder fröhlicherer Miene sprang auch Brenna auf den Weg. »Wenn Sie in Waterford City oder Dublin einkaufen gehen wollen, ist Darcy genau die richtige Begleitung. Es gibt nichts, was sie lieber täte, als durch die Geschäfte zu wandern, zahllose Kleider und Schuhe anzuprobieren und mit Make-up und Puder herumzuspielen. Wenn jedoch Ihr Ofen spinnt oder Sie ein Loch im Dach des Cottages finden...« – sie zwinkerte, während sie vor Jude zur Haustür ging –, »dann wenden Sie sich besser an mich.«

Vor dem Eingang wuchsen, dicht gedrängt zu einem weichen Teppich, Blumen in allen Farben und Formen der Natur, wanden sich zierlich an einem Spalier die Wand hinauf, wucherten unbekümmert in Töpfen aus schlichtem roten Ton.

Sie schienen zu wachsen, wie sie wollten – doch zugleich wirkte der Eingang des Hauses eigenartig proper, ja geradezu gnadenlos aufgeräumt auf Jude. Die Stufen vor der Tür waren so blank geschrubbt wie ein OP-Tisch kurz vor einem großen Eingriff, und Jude fuhr entsetzt zusammen, als Brenna achtlos den Schmutz von ihren derben Stiefeln auf ihnen hinterließ.

»Ma!« Brennas Stimme dröhnte durch den kleinen Flur die verwinkelte Treppe hinauf, als eine fette graue Katze aus einer Ecke schlich und sich um ihre Stiefel schlang. »Besuch ist da!«

Im Haus roch es nach Frau, war das Erste, was Jude dachte. Nicht nur nach Blumen und frischer Möbelpolitur, sondern nach Parfüm, Lippenstift und Schampon – der süßlichen Mischung, die junge Frauen und Mädchen häufig überall verströmten.

Sie kannte den Geruch aus ihrer Collegezeit und fragte sich, ob dies der Grund war, weshalb sich mit einem Mal ihr

Magen schmerzlich zusammenzog. Sie war so furchtbar linkisch gewesen, so vollkommen fehl am Platz zwischen all ihren auf eine beinahe dreiste Weise selbstbewussten Kommilitoninnen.

»Mary Brenna O'Toole, ich werde es dich wissen lassen, wenn mein Gehör nachlässt, und dann kannst du anfangen zu brüllen!« Mollie kam den Flur herunter und zerrte an ihrer kurzen, pinkfarbenen Schürze.

Sie war eine kräftige Person, nicht größer als ihre Tochter, aber deutlich fülliger. Ihr Haar schimmerte beinahe so wie das von Brenna, doch trug sie es weniger wild. Sie hatte ein rundes, freundliches Gesicht mit einem leichten Lächeln und sanften grünen Augen, die bereits einladend strahlten, ehe sie Jude die Hand reichte.

»Dann hast du also endlich mal Miss Murray mitgebracht. Sie sehen genau so aus wie Ihre Oma, eine wirklich liebe Frau. Freut mich, Sie kennen zu lernen!«

»Danke!« Die Hand, die Judes Finger umfasst hielt, war kräftig und schwielig von der lebenslangen Hausarbeit. »Ich hoffe, ich störe nicht.«

»Nicht im Geringsten. Hier bei uns ist sowieso ständig etwas los. Kommen Sie doch ins Wohnzimmer. Ich mache uns dann erst mal einen Tee.«

»Bitte meinetwegen keine Umstände!«

»Auch ohne Ihr Erscheinen hätte ich mir einen Tee gekocht.« Mollie legte ihr begütigend die Hand auf die Schulter, so wie sie es sicher auch bei jeder ihrer Töchter getan hätte, hätte sie sich irgendwo fehl am Platze gefühlt. »Sie können mir Gesellschaft leisten, während meine Große in der Küche auf den Kühlschrank einhämmert und flucht. Brenna, ich sage es dir genauso, wie ich es deinem Vater sagen werde, wenn ich ihn in die Finger kriege. Es ist wirklich allerhöchste Zeit, dass dieser elendige Kühlschrank aus meinem Haus geschafft und ein neuer gekauft wird.«

»Ich kann ihn doch problemlos reparieren.«

»Das behauptet ihr beiden jedes Mal.« Kopfschüttelnd führte sie Jude ins Wohnzimmer zu der gemütlichen Sitzgruppe, auf deren Tisch eine Vase voller frischer Blumen stand. »Geschickte Handwerker in der Familie sind ein Kreuz, denn sie werfen niemals irgendetwas weg. Immer heißt es, ›das kann ich reparieren‹ oder ›das kann ich bestimmt noch mal gebrauchen‹. Leiste doch Miss Murray ein wenig Gesellschaft, Brenna, während ich den Tee mache. Und dann kannst du dein Glück mit dem verfluchten Ding probieren.«

»Aber ich kriege ihn *wirklich* wieder hin«, murmelte Brenna, nachdem ihre Mutter aus dem Raum gegangen war. »Und wenn nicht, kann man ihn immer noch ausschlachten, meinen Sie nicht auch?«

»Ausschlachten?«

Brenna warf einen Blick über die Schulter und wandte sich dann grinsend wieder an den Gast. »Oh, für irgendetwas kann man die Einzelteile sicher noch mal gebrauchen! – So, ich habe gehört, dass Jack Brennan am Sonntag mit einer Hand voll Blumen bei Ihnen vor der Tür stand, um sich für sein rüdes Benehmen zu entschuldigen?«

»Das stimmt.« Jude hockte auf der Kante ihres Stuhls und blickte beinahe neidisch auf Brenna, die lässig in einem der bequemen Sessel flegelte. »Er war richtig süß und fürchterlich verlegen. Aidan hätte ihn nicht dazu zwingen dürfen.«

»Es war eine gute Gelegenheit, sich bei Jack für die dicke Lippe zu revanchieren.« Sie blinzelte vergnügt, rutschte ein wenig auf ihrem Platz herum und kreuzte ihre ausgestreckten Beine. »Wie hat er das geschafft? Es passiert nicht gerade häufig, dass eine vom Whiskey verlangsamte Faust Aidan Gallagher erwischt.«

»Wahrscheinlich war es meine Schuld. Ich habe laut gerufen…« Geschrien, dachte Jude voller Selbstverachtung. »Dadurch habe ich ihn anscheinend abgelenkt und schon hatte er die Faust im Gesicht – sein Kopf knallte zurück und er hat aus dem Mund geblutet. So etwas habe ich noch niemals erlebt.«

»Ach nein?« Brenna bedachte Jude mit einem ehrlich faszinierten Blick. Selbst in einem Haushalt voller Frauen hatten in ihrer Kindheit regelmäßige Faustkämpfe zum täglichen Programm gehört. Aus denen oft genug sie als Sieger hervorgegangen war. »Gibt es in Chicago nie irgendwelche Raufereien?«

Jude lächelte, als sie das Wort vernahm. »Da, wo ich wohne, nicht«, murmelte sie. »Schlägt sich Aidan öfter mit den Gästen seines Pubs?«

»Eigentlich nicht, obwohl er früher ziemlich häufig die Fäuste fliegen ließ. Heutzutage jedoch bringt Aidan die Leute, wenn sie zu viel getrunken haben und ein bisschen ausfallend werden, für gewöhnlich durch Worte zur Vernunft. Aber die meisten würden es auch darauf lieber nicht ankommen lassen. Die Gallaghers sind für ihren Jähzorn und für ihre Schlagkraft geradezu berüchtigt.«

»Ganz anders als die O'Tooles«, mischte sich Mollie trocken in die Unterhaltung, als sie mit einem Tablett das Wohnzimmer betrat. »Die ihres stets sonnigen Wesens und ihrer Langmut wegen allerorts geschätzt werden!«

»Das ist echt wahr.« Brenna sprang aus ihrem Sessel und drückte ihrer Mutter einen lauten Schmatzer auf die Wange. »Ich gucke jetzt mal nach dem Kühlschrank, Ma. Wart's ab, gleich läuft er wie ein neuer.«

»Er läuft schon nicht mehr wie ein neuer, seit Alice Mae geboren ist, und sie wird in diesem Sommer fünfzehn. Aber mach dich ruhig ans Werk. Meine Brenna ist ein gutes Mädchen«, erklärte Mollie Jude, als Brenna das Wohnzimmer verließ. »Genau wie meine anderen Töchter. Möchten Sie vielleicht ein paar Kekse zu Ihrem Tee, Miss Murray? Ich habe gestern frisch gebacken.«

»Danke. Bitte nennen Sie mich doch Jude.«

»Sehr gern, und Sie nennen mich Mollie! Es ist schön, dass endlich wieder jemand in dem Cottage auf dem Feenhügel wohnt. Die alte Maude würde sich ebenfalls darüber freuen, dass Sie hierher gekommen sind – denn sie mag es sicher nicht, dass das Cottage allzu lang alleine steht. Nein, du kriegst kein Plätzchen, du fetter Klotz!« Letzteres sagte Mollie an die Katze gewandt, die auf die Lehne ihres Sessels gesprungen kam, und schob sie, nachdem sie sie kurz hinter den Ohren gekrault hatte, wieder hinunter.

»Sie haben ein wunderbares Haus. Ich sehe es mir immer gerne an, wenn ich auf meinen Spaziergängen vorbeikomme.«

»Es ist aus allen möglichen Materialien zusammengewürfelt, aber ich finde, dass es zu uns passt.« Mollie schenkte Tee in zwei von ihren feinen Porzellantassen und stellte lächelnd die Kanne auf den Tisch. »Mein Mick hat immer wieder irgendwo ein Zimmer angebaut, und als Brenna groß genug war, um einen Hammer zu schwingen, haben sich die beiden gegen mich verschworen und aus dem Ganzen einfach gemacht, was sie wollten.«

»Mit so vielen Kindern brauchen Sie ja auch jede Menge Platz.« Jude nahm die Tasse und zwei goldbraun glasierte Plätzchen entgegen. »Brenna sagt, sie hätte noch vier Schwestern.«

»Fünf Töchter, die mir vorkommen wie zwanzig, wenn sie alle zusammen sind. Brenna ist die Älteste und genau wie ihr Vater. Meine Maureen wird im Herbst heiraten – sie streitet ständig mit ihrem jungen Mann und macht uns damit vollkommen wahnsinnig; Patty hat sich gerade mit Kevin Riley verlobt und wird uns, da bin ich ganz sicher, über kurz oder lang dasselbe Elend bescheren wie Maureen. Meine Mary Kate geht in Dublin auf die Universität und studiert ausgerechnet Informatik. Und die kleine Alice Mae, das Baby, verbringt ihre ganze Zeit mit Tieren und versucht mich dazu zu überreden, jeden Vogel aus der Grafschaft Waterford, der einen Flügel gebrochen oder sonst ein Leiden hat, hier bei uns zu beherbergen.«

Mollie legte eine Pause ein. »Und wenn sie nicht in meiner Nähe sind, vermisse ich sie schrecklich. Genau wie Ihre Mutter Sie sicherlich vermisst – nun, da Sie so weit weg von zu Hause sind.«

Jude schluckte ein wenig. Sie war sich sicher, dass ihre Mutter an sie dachte, aber ob sie ihr tatsächlich fehlte? Bei dem dicht gedrängten Terminplan, nach dem ihre Mutter lebte, konnte sie sich das kaum vorstellen.

»Es …« Erschrocken brach Jude ab, als vom hinteren Ende des Hauses ein harscher, bösartiger Fluch an ihre Ohren drang.

»Zur Hölle mit dir gottverdammtem schlangenäugigen Bastard! Am liebsten würde ich deinen wertlosen Kadaver ins Meer werfen.«

»Brenna schlägt auch in anderen Beziehungen ganz nach ihrem Dad«, fuhr Mollie vollkommen gelassen fort und nippte würdevoll an ihrem Tee, als die Flüche und Drohungen ihrer Tochter durch lautes Hämmern und Krachen gekrönt wurden. »Sie ist ein gutes, intelligentes Mädchen, aber ein bisschen jähzornig. Nun, sie hat mir erzählt, Sie interessieren sich für Blumen.«

»Ah!« Jude räusperte sich, als erneutes Fluchen laut wurde. »Ja. Das heißt, ich habe keine Ahnung von der Gartenarbeit, aber ich möchte die Blumen am Cottage gern so schön erhalten, wie sie sind. Eigentlich wollte ich mir ein paar Bücher zu dem Thema besorgen.«

»Das ist nicht schlecht. Aus Büchern kann man eine Menge lernen, obwohl sich Brenna lieber mit dem Gesicht nach unten auf einen Ameisenhügel binden lassen würde, als über die Funktionsweise einer Sache nachzulesen. Sie nimmt immer gleich alles auseinander. Tja, aber ich selber kenne mich ein bisschen mit Pflanzen aus. Vielleicht würden Sie ja gern mit in den Garten kommen und sich ansehen, wie ich ihn gestaltet habe. Und dann können Sie mir sagen, was Sie wissen möchten.«

Jude stellte ihre Tasse ab. »Das würde ich wirklich gern tun.«

»Fein. Lassen wir also Brenna allein, damit sie an die Decke gehen kann, ohne dass wir befürchten müssen, dass sie uns anschließend auf den Kopf fällt.« Sie erhob sich und zögerte. »Könnte ich vielleicht mal Ihre Hände sehen?«

»Meine Hände?« Verwundert streckte Jude die Arme aus, worauf Mollie ihre Finger fest umfasste.

»Die alte Maude hatte Hände wie Sie. Natürlich waren sie alt und arthritisch, aber in Grunde schmal und fein – sicher hatte sie auch solche, als sie jung war –, lang und gerade und schlank wie Ihre. Sie werden mit den Blumen Erfolg haben, Jude.« Mollie hielt ihre Hände noch einen Moment fest und sah ihr in die Augen. »Sie haben gute Hände für Gartenarbeit.«

»Ich möchte damit sehr gerne Erfolg haben«, erwiderte Jude und war selbst von dieser Antwort überrascht.

Der Blick aus Mollies Augen wurde warm. »Dann werden Sie es auch.«

Die nächste Stunde war die reinste Freude. Schüchternheit und Reserviertheit schmolzen wie Schnee in der Sonne, als Jude dem Zauber der Blumen und Mollies geduldigen Erklärungen verfiel.

Diese fedrigen Blätter gehörten zum Rittersporn, der, wie Mollie sagte, in weichen, doch zugleich schillernden Farbtönen blühte, und jene reizenden zweifarbigen Trompeten waren die Blüten einer Akelei. Überall wiegten sich Blumen mit seltsamen und zugleich charmanten Namen wie Phlox und Nelken, Wiesenfrauenmantel und Bienenmelisse.

Natürlich würde sie die Namen wieder vergessen oder zumindest verwechseln; aber es war ein Wunder, gezeigt zu bekommen, was im Frühling blühte und was erst im Sommer, Zähe und Robuste oder Zarte. Was die Bienen anzog und die Schmetterlinge und was ihnen weniger gefiel.

Sie kam sich nicht idiotisch vor, als sie Fragen stellte, die bestimmt kindisch klingen mussten für einen Menschen, der sich mit Botanik auskannte. Doch Mollie lächelte zu allem, nickte freundlich und setzte zu ausführlichen Erklärungen an.

»Die alte Maude und ich haben immer hin und her getauscht, mal einen Busch, mal einen Setzling, mal eine Hand voll Samen. Also haben Sie das meiste von dem, was hier wächst, auch bei sich an Ihrem Cottage. Sie hegte eine Vorliebe für romantische Gewächse und ich für fröhliche. Also hat am Ende jeder von uns beides gehabt. Irgendwann komme ich, wenn Sie nichts dagegen haben, mal zu Ihnen rüber und sehe mir an, ob etwas Dringendes bei den Beeten erledigt werden muss.«

»Dafür wäre ich Ihnen wirklich dankbar, vor allem, da ich weiß, wie viel Sie immer zu tun haben.«

Gemütlich verschränkte Mollie die Arme. Ihr Gesicht war ebenso hell und freundlich wie die Blumen, die sie so erfolgreich züchtete. »Sie sind ein nettes Mädchen, Jude, und ich würde gern hin und wieder ein wenig mit Ihnen gemeinsam im Garten buddeln. Außerdem haben Sie ein hübsches, gepflegtes Äußeres und ein angenehmes, höfliches Benehmen. Ich hätte nichts dagegen, wenn ein bisschen davon auf meine Brenna abfärben würde. Sie hat ein großes Herz und ein cleveres Hirn, aber gleichzeitig etwas raue Kanten.«

Mollies Blick wanderte über Judes Schulter, und sie seufzte leise auf. »Apropos. Hast du die Bestie am Ende besiegt, Mary Brenna?«

»Es war ein harter Kampf voll Blut und Schweiß und Tränen, aber am Ende habe ich gewonnen!« Mit stolzgeschwellter Brust segelte Brenna um das Haus. Auf ihrer Wange prangte ein Ölfleck, und auf den Knöcheln ihrer linken Hand lag eine trockene Blutkruste. »Jetzt müsste er wieder funktionieren.«

»Verdammt, Mädchen, du weißt ganz genau, dass ich viel lieber einen neuen Kühlschrank hätte.«

»Dabei hat dieser noch ein langes Leben vor sich.« Sie küsste ihre Mutter herzhaft auf die Wange. »Aber jetzt muss ich allmählich wieder los. Ich habe Betsy Clooney versprochen vorbeizukommen und die Fenster ihres Hauses zu reparieren. Wollen Sie mit mir zurückfahren, Jude, oder bleiben Sie noch ein bisschen?«

»Ich muss auch langsam nach Hause. Aber, Mollie, hier bei Ihnen war es wirklich schön. Vielen Dank!«

»Kommen Sie einfach mal wieder, wann immer Sie Lust auf ein wenig Gesellschaft haben.«

»Das werde ich bestimmt. Oh, ich habe meine Handtasche im Haus gelassen. Wenn es Ihnen recht ist, laufe ich schnell rein und hole sie.«

»Gehen Sie ruhig.« Mollie wartete, bis die Tür hinter Jude ins Schloss gefallen war. »Sie ist hungrig«, murmelte sie.

»Hungrig, Ma?«

»Hungrig auf Taten. Hungrig auf Leben. Aber sie hat Angst, sich den Magen zu verderben. Natürlich ist es vernünftig, wenn man immer nur kleine Happen isst, aber hin und wieder…«

»Darcy denkt, Aidan hätte ein Auge auf sie geworfen.«

»Ach, ja?« Mollie wandte sich ihrer Tochter zu und wackelte belustigt mit den Brauen. »Dann bekäme sie mit einem Mal eine Riesenportion auf ihren Teller, findest du nicht?«

»Und Darcy hat mir auch erzählt, sie hätte mal beobachtet, wie er die Kleine von Duffys hofiert hat, und als er mit dem Küssen fertig war, hätte das Ding geschwankt, als hätte es zu viel getrunken.«

»Es steht Darcy nicht zu, ihren Brüdern hinterherzuspionieren«, lautete Mollies erhabene Erwiderung, ehe sie ihre Tochter erneut ansah. »Welches von den Duffy-Mädchen war es denn? Ach, erzähl es mir einfach nachher«, fügte sie eilig hinzu, als Jude wieder aus dem Haus kam.

»Dann hat Ihnen der Besuch bei meiner Mutter also Spaß gemacht«, begann Brenna, als sie in den Pick-up kletterte.

»Ihre Mutter ist eine wunderbare Frau.« Jude winkte spontan, als Brenna mit der für sie typischen Geschwindigkeit und dem gewohnten Elan aus der Einfahrt auf die Straße schoss. »Sicher habe ich jetzt schon mindestens die Hälfte dessen, was sie mir über Gartenarbeit erzählt hat, wieder vergessen – aber es war durchaus ein guter Anfang.«

»Es wird ihr Spaß machen, sich in Zukunft öfter mit Ihnen zu unterhalten. Patty hat auch das, was man einen grünen Daumen nennt, aber sie denkt in letzter Zeit nur noch an Kevin Riley und verbringt den Großteil ihrer freien Zeit damit, seufzend und mit verträumten Augen durch die Gegend zu taumeln.«

»Mollie ist furchtbar stolz auf Sie und Ihre Schwestern.«

»Das gehört zum Mutter-Sein dazu.«

»Ja, aber nicht jede Mutter strahlt derart vor Stolz«, widersprach Jude. »Sie sind es wahrscheinlich nicht anders gewohnt, sodass es Ihnen nicht besonders auffällt – aber es ist wunderbar, einen derartigen Stolz zu erleben.«

»Sicher achten Sie als Psychologin besonders auf solche Dinge. Lernt man das oder haben Sie diese Gabe bereits seit Ihrer Geburt?«

»Ich schätze, es ist etwas von beidem – aber wahrscheinlich hätte selbst ein Blinder gesehen, wie stolz Ihre Mutter darauf war, dass Sie den Kühlschrank reparieren konnten, obwohl sie insgeheim hoffte, es gelänge Ihnen nicht.«

Brenna drehte den Kopf und lachte fröhlich auf. »Dieses Mal hätte ich es tatsächlich beinah nicht geschafft – der alte Kasten ist verdammt störrisch. Aber die Sache ist die, mein Dad hat bereits einen brandneuen Kühlschrank bestellt, ein wunderbares Teil. Aber er kommt frühestens in ein oder zwei Wochen, und wenn wir die Überraschung nicht kaputtmachen wollen, muss dieses verdammte alte Drecksding eben noch ein Weilchen durchhalten.«

»Wie nett.« Jude versuchte sich vorzustellen, wie ihre Mutter wohl reagierte, würde sie von ihr und ihrem Vater mit einem neuen Kühlschrank überrascht.

Sie wäre verwundert, nahm Jude an, und mehr als nur eine Spur beleidigt. Bereits die Vorstellung zauberte ein amüsiertes Grinsen auf ihr zuvor nachdenkliches Gesicht. »Wenn ich meiner Mutter ein Haushaltsgerät schenken würde, hielte sie mich für übergeschnappt.«

»Tja, schließlich ist Ihre Mutter auch, wenn ich mich recht entsinne, ganztags berufstätig.«

»Das stimmt, und sie macht ihre Arbeit hervorragend. Aber schließlich ist Ihre Mutter ebenfalls berufstätig. Sie ist eine professionelle Mutter.«

Brenna blinzelte, ehe ihre Augen gleichermaßen erfreut wie amüsiert aufblitzten. »Oh, das wird ihr gefallen. Diesen Satz hebe ich mir auf für das nächste Mal, wenn sie mir wegen irgendetwas in den Hintern treten will. Aber jetzt gucken Sie mal, was da die Straße heraufgelaufen kommt, gut aussehend wie zwei Teufel und mindestens ebenso gefährlich!«

Während sich Judes wunderbare Entspanntheit verflüchtigte wie Rauch durch den Schornstein, trat Brenna vor der schmalen Einfahrt ihres Cottages auf die Bremse, lehnte sich aus dem Fenster und rief gut gelaunt in Aidans Richtung: »Was rennt denn da für ein wilder Landstreicher rum?«

»Meine Tage als Landstreicher sind ein für alle Mal vorbei«, erklärte er zwinkernd, ehe er ihre im Fenster des Pick-ups liegende Hand nahm und die aufgeschürften Knöchel untersuchte. »Was hast du denn jetzt schon wieder angestellt?«

»Der verdammte, mistige Kühlschrank hat mich gebissen.«

Er schnalzte mit der Zunge und hob die lädierte Hand an seine Lippen, wobei er gleichzeitig jedoch Jude statt Brenna in die Augen blickte. »Und wohin sind die beiden reizenden Ladys unterwegs?«

»Ich bringe Jude nur von einem Besuch bei meiner Mutter zurück nach Hause, und dann muss ich zu Betsy Clooney, um ein bisschen an ihren Fenstern herumzuklopfen.«

»Wenn du oder dein Dad morgen Zeit habt – der Herd im Pub macht mal wieder Sperenzchen, und Shawn sitzt wie eine beleidigte Leberwurst in der Ecke… weigert sich, die Küche zu betreten.«

»Einer von uns kann sicher vorbeikommen.«

»Danke. Dann nehme ich dir jetzt mal deinen Fahrgast ab.«

»Geh behutsam mit ihr um«, empfahl Brenna ihm, als er bereits um den Wagen herumging. »Ich finde sie nämlich sehr nett.«

»Geht mir genauso.« Er öffnete die Beifahrertür und bot Jude seine Hand. »Aber ich mache sie nervös. Nicht wahr, Jude Frances?«

»Natürlich nicht.« Sie wollte aussteigen, ruinierte jedoch die lässige Eleganz ihrer Bewegung, indem sie von dem noch immer umgelegten Sicherheitsgurt zurückgezerrt wurde.

Ehe sie ihn öffnen konnte, hatte sich Aidan bereits über sie gebeugt, den Gurt gelöst, sie um die Taille gefasst und auf dem Boden abgestellt. Da ihre Stimmbänder ihr einfach den Dienst versagten, konnte sie sich nicht einmal bei Brenna für den erfreulichen Vormittag bedanken, ehe die

junge Frau winkend und grinsend den Pick-up weiterschie-
ßen ließ.

»Das Mädchen fährt tatsächlich wie die Feuerwehr.«
Kopfschüttelnd löste Aidan seine Finger von Judes Taille, er-
griff dafür jedoch sofort ihre Hand. »Sie waren die ganze
Woche noch nicht wieder im Pub!«

»Ich hatte zu tun.«

»Na, jetzt anscheinend gerade nicht.«

»Doch, im Grunde müsste ich...«

»...mich auf der Stelle einladen und mir ein Sandwich an-
bieten.« Als sie ihn mit großen Augen anstarrte, brach er in
lautes Lachen aus. »Oder aber einen Spaziergang mit mir
machen. Es ist ein wunderbarer Tag dafür. Und ich werde Sie
nicht küssen, wenn Sie es nicht wollen – falls Sie sich dadurch bedrängt fühlen.«

»Ich fühle mich nicht bedrängt.«

»Tja, dann.« Er neigte seinen Kopf und hätte ihre Lippen
beinahe erreicht, als sie rückwärts stolperte.

»So habe ich das nicht gemeint.«

»Das hatte ich befürchtet.« Trotzdem trat er einen Schritt
zurück. »Dann gehen wir also lediglich spazieren. Waren Sie
schon oben auf dem Turmhügel, um sich die alte Kathedrale
anzusehen?«

»Nein, noch nicht.«

»Und das, obgleich Sie sich derart für die Geschichte der
Umgebung interessieren? Dann gehen wir jetzt schleunigst
rauf, und ich erzähle Ihnen noch ein Märchen für Ihre Dokumentation.«

»Ich habe meinen Recorder nicht dabei.«

Langsam hob er ihre Hand an seine Lippen und bedeckte
ihre Knöchel mit einem federleichten Kuss. »Dann erzähle
ich es Ihnen mit ganz einfachen Worten, die können Sie sich
vielleicht so merken.«

8

Mit der Behauptung, es wäre ein wunderbarer Tag für einen Gang hatte er tatsächlich Recht. Die gesamte Umgebung glänzte wie das Innere einer Perle, strahlend, leuchtend mit dem sanften Schimmer unmerklicher Feuchtigkeit. Hinter den Hügeln und endlosen Feldern, unterhalb der Berge, senkte sich ein durchscheinender Vorhang aus frühlingswarmem Regen auf das üppige Land, und durch das flüssige Silber wob in goldfarbenen Strahlen flauschig weiches Sonnenlicht.

Es war einer der Tage, die geradezu nach Regenbogen schrien.

Die liebliche Brise brachte die zart grünen, der sommerlichen Reife entgegensprießenden Blätter der Bäume zum Erbeben und hüllte sie und Aidan in den Duft des frischen Grüns.

Er hielt ihre Hand mit dem sorglosen, lockeren Griff, der gleichermaßen Vertrautheit und Selbstverständlichkeit bedeutete.

Sie fühlte sich entspannt, behaglich und erstaunlich sorglos, und die Worte, die er sprach, zogen sie in Bann.

»Früher, so heißt es, hat einmal ein junges Mädchen hier gelebt. Ihr Gesicht war lieblich anzusehen, mit Haut so weiß wie Milch, Haaren so schwarz wie der Himmel um Mitternacht und Augen so blau wie das Wasser eines Sees. Betörender noch als ihre äußerliche Schönheit war der Liebreiz ihres Wesens, und wiederum betörender als der Liebreiz ihres Wesens war die Süße ihrer Stimme. Wenn sie sang, verstummten die Vögel, um zu lauschen, und die Engel blickten lächelnd aus den Wolken auf die junge Maid herab.«

Während sie den Hügel erklommen, drang das Rauschen des Meeres wie Hintergrundmusik zu seiner Erzählung an Judes Ohr.

»Oft erhob sich morgens ihre Stimme über die Hügel, und die Freude, die sie ausdrückte, überbot noch die Wärme des sommerlichen Sonnenlichts«, fuhr Aidan fort und zog sie weiter die Anhöhe hinauf. Sie kletterten empor, und die Brise verstärkte sich zu einem leichten Wind, tanzte fröhlich über den Wellen des Meeres und den Felsen.

»Eines Tages aber drang die bezaubernde Stimme des jungen Mädchens an die Ohren einer Hexe und weckte deren Neid.«

»Irgendwie ist an allem stets ein Haken«, bemerkte Jude, worauf er fröhlich grinste und erklärte: »Sicher, es gibt keine guten Geschichten ohne Haken. Diese Hexe nun hatte ein rabenschwarzes Herz und missbrauchte stets die magischen Kräfte, mit denen sie ausgestattet war. Zum Beispiel sorgte sie dafür, dass die Milch der Kühe sauer wurde und dass die Fischer häufig mit leeren Netzen heimkamen. Doch obgleich sie ihre Boshaftigkeit geschickt hinter äußerer Schönheit zu verbergen verstand, verriet sie sich durch ihre Stimme: Denn wenn sie den Mund öffnete, um zu singen, kam ein Krächzen heraus, im Vergleich zu dem das Quaken eines Frosches melodiös zu nennen war. Sie hasste das junge Mädchen für die Gabe des Gesangs, und so belegte sie es vor lauter Zorn mit einem Bann, der es stumm machte.«

»Aber sicher gab es ein Gegenmittel gegen diesen bösen Zauber – vielleicht in Gestalt eines rettenden Prinzen?«

»Natürlich gab es ein Gegenmittel, denn alles Böse wird stets durch etwas Gutes wieder wettgemacht.«

Jude lächelte, ihr gefielen Aidans Worte. Entgegen aller Logik glaubte sie an Happy Ends. Vor allem hier in dieser Welt der Klippen und der wilden Gräser, des tiefblauen Meeres, auf dem die roten Fischerboote schaukelten, der festen warmen Hände, in deren Griff sie sorglos und geborgen war.

Hier in dieser Welt schien einfach alles glücklich auszugehen.

»Das junge Mädchen war also zur Stille verdammt, es war ihm nicht mehr möglich, die Freude in seinem Herzen durch seinen Gesang mit anderen zu teilen. Und seine von der Hexe in einer silbernen Schatulle gefangene Stimme erging sich in schluchzendem Klagen.«

»Weshalb nur müssen irische Geschichten immer so entsetzlich traurig sein?«

»Sind sie das?« Er wirkte ehrlich überrascht. »Ich finde sie weniger traurig als vielmehr … ergreifend. Und für gewöhnlich entspringt die Poesie nun einmal weniger der Freude und dem Glück als vielmehr der Trauer und dem Leid.«

»Vermutlich haben Sie Recht.« Geistesabwesend strich sie sich ein paar Strähnen aus der Stirn. »Wie ging es weiter?«

»Tja, das kann ich Ihnen sagen. Fünf lange Jahre wanderte das junge Mädchen über die Hügel und Felder und Klippen, so wie wir es jetzt tun. Sie lauschte dem Gesang der Vögel, der Musik des Windes, dem Rauschen der See. Und diese Geräusche sammelte sie in ihrem Herzen, während die Hexe die Freude und Leidenschaft und Reinheit ihrer Stimme in der silbernen Schatulle in Gewahrsam hielt, damit außer ihr niemand sie hörte.«

Als sie die Kuppe des Hügels im Schatten der alten Kathedrale erreicht hatten, drehte sich Aidan zu Jude um und strich ihr mit den Fingerspitzen zärtlich über die Wangen. »Und wie ging es dann weiter?«

»Was?«, fragte sie überrascht.

»Erzählen Sie, wie es weiterging.«

»Aber es ist Ihre Geschichte!«

Er bückte sich nach ein paar kleinen weißen Blüten, die sich durch die Spalten der Felsen hervorgekämpft hatten, pflückte eine von ihnen und steckte sie seiner Begleiterin ins Haar. »Erzählen Sie mir, Jude Frances, wie es Ihrer Meinung nach weitergehen soll.«

Sie wollte nach der Blüte tasten, doch er hielt ihre Hand

fest, zog eine seiner Brauen hoch, und nach einem Augenblick zuckte sie ergeben mit den Schultern. »Nun, eines Tages kam ein attraktiver junger Mann über die Hügel geritten. Sein mächtiges weißes Ross war müde von dem langen Ritt und seine Rüstung fleckig und verbeult. Er hatte aus dem letzten Gefecht eine schwere Verwundung davongetragen, war weit weg von zu Hause und kannte sich in der Gegend nicht aus.«

Sie schloss die Augen und sah alles vor sich. Die drohend dunklen Bäume, die Schatten, den verwundeten Krieger, der sich danach sehnte, endlich wieder daheim zu sein.

»Während er tiefer in den Wald ritt, stieg dichter weißer Nebel um ihn auf und hüllte ihn in eine feuchte Decke, sodass er nichts mehr hörte außer dem Pochen seines Herzens. Und er wusste, dass er sich mit jedem Herzschlag, den er hörte, seinem Ende näherte.

Dann plötzlich sah er sie, wie sie sich ihm durch den dichten Nebel wie durch einen Fluss aus Silber näherte. Da er krank und hilfsbedürftig war, nahm sie ihn bei sich auf, versorgte schweigend seine Wunden, pflegte ihn, bis das Fieber abebbte. Obgleich sie ihm kein Wort des Trostes zu spenden vermochte, genügte ihre Zärtlichkeit, und so verliebten sie sich ohne Worte – ihr Herz zerbarst beinahe vor Verlangen, ihm ihre Liebe zu gestehen, ihre Freude und ihr Einverständnis hinauszusingen in die Welt. Ohne zu zögern, ohne eine Sekunde des Bedauerns, erklärte sie sich bereit, mit ihm in seine ferne Heimat zu ziehen und ihr eigenes Zuhause, ihre Freunde, Familie und den in der silbernen Schatulle gefangenen Teil ihres Selbst hinter sich zu lassen.«

Da sie das, was sie erzählte, nicht nur sah, sondern tief in ihrem Inneren sogar empfand, schüttelte sie den Kopf, ging zwischen den umgestürzten Grabsteinen zu dem runden Turm, lehnte sich mit dem Rücken an die Steine und blickte, ganz in der Geschichte gefangen, geistesabwesend über das leuchtend blaue Meer, auf dem die roten Boote tanzten.

»Und wie ging es dann weiter?«, fragte sie jetzt Aidan.

»Sie stieg zu ihm auf sein Pferd«, nahm er den von ihr gesponnenen Faden spontan auf. »Mit ihrer Treue und Liebe als einzigem Gepäck. In diesem Augenblick sprang der Deckel der silbernen Schatulle, die die Hexe immer noch habgierig bewachte, gewaltsam auf, die darin gefangene Stimme erhob sich in die Luft und schwebte über die Hügel direkt ins Herz der jungen Maid zurück. Und als sie zusammen mit ihrem Geliebten von dannen ritt, erklang ihre Stimme schöner als jemals zuvor. Selbst die Vögel verstummten, um dem Gesang zu lauschen und die Engel blickten lächelnd auf das junge Paar herab.«

Jude stieß einen Seufzer aus. »Ja, so ist es richtig.«

»Sie sind eine wirklich gute Geschichtenerzählerin.«

Die Worte erfüllten sie mit Stolz, doch dann empfand sie plötzlich wieder ihre alte Schüchternheit. »Nein, eigentlich nicht. Es war nur deshalb so einfach, weil Sie angefangen haben.«

»Sie haben den Mittelteil erzählt, und zwar auf eine derart liebreizende Weise, dass ich den Eindruck habe, dass Ihnen die Irin vielleicht doch nicht gänzlich ausgetrieben worden ist. So«, murmelte er mehr als zufrieden. »Endlich haben Sie ein Lachen in den Augen und eine Blume im Haar. Würden Sie sich jetzt vielleicht doch von mir küssen lassen, Jude Frances?«

Jude bewegte sich sehr schnell. Manchmal musste man, um Vorsicht walten zu lassen, eben behände sein. Sie duckte sich unter seinem Arm hindurch und ging um ihn herum. »Beinahe hätte ich vergessen, weshalb wir überhaupt hierher gekommen sind. Ich habe bereits von Rundtürmen gelesen, aber bisher noch nie einen aus der Nähe gesehen.«

Geduld, Gallagher, sagte er sich und vergrub die Daumen in den Taschen seiner Jeans. »Irgendjemand hat immer versucht, die Krone Irlands zu erobern. Aber wir haben uns nicht unterkriegen lassen, sondern uns behauptet, meinen Sie nicht auch?«

»Ja, das haben Sie allerdings!« Sie drehte sich langsam um und betrachtete den Hügel, die Klippen und das Meer. »Dies ist ein wunderbarer Ort. Man spürt genau sein ehernes Alter.« Sie brach ab und schüttelte den Kopf. »Das klingt sicher ziemlich lächerlich.«

»Nicht im Geringsten. Man spürt, wie alt er ist und auch wie heilig. Wenn man sich ein bisschen anstrengt, kann man sogar hören, was die Steine von alten Schlachten, Ruhm und Ehre singen.«

»Ich glaube nicht, dass ich besonderes Talent habe, den Gesang von Steinen zu hören.« Sie wanderte zwischen den verwitterten Grabsteinen und den blumengeschmückten Grabstätten herum. »Meine Großmutter hat mir erzählt, dass sie früher oft hierher gekommen ist. Sicher hat sie ein Ohr für solche Dinge gehabt.«

»Warum hat sie Sie auf dieser Reise nicht begleitet?«

»Darum hatte ich sie auch gebeten.« Abermals strich sie sich die Haare aus der Stirn und drehte sich zu Aidan um. Er passte gut hierher, an diesen alten, heiligen Ort, zu den Gesängen von längst vergangenen Zeiten und längst vergangener Größe.

Aber wohin passte sie?

Sie betrat die Ruine, die statt von Schindeln vom strahlend blauen Himmel überdacht wurde. »Wahrscheinlich soll ich etwas lernen – und zwar, wie ich innerhalb von sechs Monaten oder weniger die wahre Jude werde.«

»Kann diese Lektion erfolgreich sein?«

»Vielleicht.« Sie strich mit der Hand über die altirische Inschrift und spürte während eines, wenn auch kurzen Augenblicks, wie ihre Fingerspitzen prickelten.

»Und, was wünscht sich Ihrer Meinung nach die wahre Jude?«

»Das ist eine zu allgemeine Frage, auf die es allzu viele simple Antworten wie zum Beispiel Glück, Erfolg, Gesundheit gibt.«

»Haben Sie diese Dinge denn nicht schon?«

»Hm…« Wieder glitten ihre Finger über die uralten Steine, doch dann zog sie ihre Hand zurück. »Mit meiner Dozententätigkeit war ich, jedenfalls zuletzt, eher unglücklich. Ich habe meine Sache einfach nicht gut genug gemacht. Es ist entmutigend, in dem, was man als sein Lebenswerk erachtet, nicht gut genug zu sein.«

»Ihr Leben ist noch längst nicht vorbei, sodass Sie reichlich Zeit haben, sich etwas anderes zu suchen. Außerdem wette ich, dass Sie in dem, was Sie bisher gemacht haben, wesentlich besser waren, als Sie annehmen.«

Sie blickte ihn an und wandte sich zum Gehen. »Wie kommen Sie darauf?«

»Seit wir uns treffen, höre ich Ihnen gut zu und habe Sie kennen gelernt.«

»Weshalb verbringen Sie überhaupt Zeit mit mir, Aidan?«

»Weil ich Sie mag.«

Wieder schüttelte sie ihren Kopf. »In Wirklichkeit kennen Sie mich doch gar nicht. Und wenn ich selbst mich schon nicht verstehe, können Sie mich im Grunde erst recht nicht verstehen.«

»Das, was ich sehe, gefällt mir immerhin.«

»Dann ist es also eher eine Art körperlicher Anziehungskraft.«

Wie bereits so oft zog er eine Braue hoch. »Ist das ein Problem für Sie?«

»Allerdings.« Trotzdem drehte sie sich wieder zu ihm um. »Ein Problem, an dem ich gerade arbeite.«

»Tja, ich hoffe, Sie arbeiten schnell, denn ich wünsche mir zusammen mit Ihnen noch jede Menge Spaß.«

Ihr Atem stockte und kam nur mit einiger Anstrengung

wieder in Gang. »Ich weiß nicht, was ich dazu sagen soll. In meinem ganzen Leben habe ich nie zuvor ein ähnliches Gespräch geführt, also auch keine Übung darin, wie ich jetzt darauf reagieren soll – außer mit irgendeinem Gefasel, das bestimmt furchtbar dämlich klingt.«

Stirnrunzelnd trat er auf sie zu. »Weshalb sollte es dämlich klingen, wenn Sie sagen, was Sie denken?«

»Weil ich die Angewohnheit habe, dämliche Sachen von mir zu geben, wenn ich nervös bin.«

Um die Blüte vor dem Wind zu schützen, schob er sie tiefer in ihr Haar. »Ich dachte, Sie singen, wenn Sie nervös sind.«

»Das eine oder das andere«, murmelte sie und wich zurück – wie sie dachte, auf sichere Distanz.

»Und jetzt sind Sie nervös?«

»Ja! Himmel!« Da sie wusste, dass sie beinahe stotterte, hob sie abwehrend die Hände in die Luft. »Hören Sie auf! So etwas habe ich noch nie erlebt. Gegenseitige Anziehung auf den ersten Blick. Ich habe gesagt, dass ich daran glaube, und das tue ich tatsächlich – nur ist es mir bisher einfach noch nie passiert. Also muss ich erst darüber nachdenken.«

»Warum?« Es war ganz einfach, die Hände auszustrecken, sie bei den Handgelenken zu packen und an seine Brust zu ziehen. »Weshalb lassen Sie es nicht einfach zu, wenn Sie wissen, dass es schön wird? Ihr Puls rast schließlich bereits.« Seine Daumen strichen über ihre Haut. »Es gefällt mir, ihn zu spüren und zu sehen, wie Ihre Augen dunkler werden, rauchiger. Warum küssen Sie mich nicht und sehen, was dann passiert?«

»In diesen Dingen bin ich nicht so gut wie Sie.«

Er lachte fröhlich auf. »Meine Güte, Frau, mit Ihnen hat man es wirklich nicht leicht. Aber lassen Sie ruhig mich entscheiden, ob Sie in diesen Dingen gut sind oder nicht. Los, küssen Sie mich, Jude! Und wie auch immer es dann weitergehen soll, bleibt Ihnen überlassen.«

Sie wollte. Wollte seinen Mund erneut auf ihren Lippen spüren, wollte die Form, die Textur, den Geschmack wahrnehmen. Gerade jetzt waren seine Lippen leicht geschwungen, und seine Augen blitzten. Fröhlich, dachte sie. Weshalb konnte sie nicht auch so unbeschwert sein, warum konnte sie das alles nicht einfach als harmloses Vergnügen sehen?

Ihre Handgelenke immer noch in seinen Händen, beugte sie sich langsam vor. Er sah sie reglos an. Sie stellte sich auf die Zehenspitzen, legte ihren Kopf etwas zurück und strich, während er sie unentwegt anblickte, vorsichtig über seinen Mund.

»Tun Sie das noch einmal, ja?«

Sie küsste ihn erneut, erwiderte seinen betörenden Blick, strich erst links und dann rechts über seine Mundwinkel. Faszinierend. Forschend nagte sie leicht mit ihren Zähnen an seiner vollen Oberlippe und hörte wie aus großer Ferne ihr eigenes Seufzen.

Seine Augen waren so leuchtend und so blau wie das Meer, das sich bis zum Horizont erstreckte. Plötzlich hatte sie das Gefühl, als wäre ihre ganze Welt in diese eine, wunderbare Farbe getaucht. Ihr Herz begann zu trommeln und ihre Sicht verschwamm – wie schon zuvor am Grabe der alten Maude.

Seinen Namen murmelnd schlang sie ihm die Arme um den Hals.

Die momentane Hitze, die abrupte Kraft, die aus ihr herauspeitschte, durchfuhr ihn wie ein Blitz und umfing dann seine Seele und sein Herz.

Seine Hände glitten über ihre Hüften, ihren Rücken bis hinauf zu den Haaren, in die er besitzergreifend hineinfuhr. Aus ihrer schüchternen Liebkosung wurde ein wilder Krieg von Zungen, Zähnen, Lippen, von zwei angespannten Körpern, den das Trommeln zweier Herzen untermalte.

In der heißen Kaskade der Empfindungen verlor oder aber

fand sie sich, fand sie die wahre Jude, die wie die Stimme der jungen Maid aus der Geschichte in der silbernen Schatulle bisher in ihr verschlossen war.

Später würde sie schwören, sie hätte den Gesang der alten Steine vernommen.

Sie vergrub ihr Gesicht an seiner Kehle und sog seinen Duft wie köstlich frisches Wasser in sich ein.

»Das Ganze geht zu schnell.« Aber gleichzeitig schlang sie ihre Arme noch ein wenig enger um seinen starken Nacken. »Ich kriege keine Luft mehr, ich kann nicht mehr denken. Was geschieht da eigentlich mit mir?«

Leise lachend vergrub er seinen Kopf in ihrem Haar. »Falls es auch nur ansatzweise dem ähnelt, was in mir vorgeht, dann werden wir wahrscheinlich demnächst explodieren. Liebling, wir könnten innerhalb weniger Minuten zurück in deinem Cottage sein und in deinem Bett liegen. Danach würde es uns beiden deutlich besser gehen!«

»Sicher hast du Recht, aber ich...«

»... du kannst so etwas nicht so überstürzt angehen, sonst wärst du nicht Jude.«

Obgleich es ihn einiges kostete, trat er einen Schritt zurück und schaute sie verzückt an. Mehr als gut aussehend, erkannte er, und obendrein vollkommen stimmig. Weshalb nur, dachte er verwundert, schien sie nicht zu wissen, wie stimmig und hübsch sie war?

Da sie keine Ahnung hatte, müsste er sich wirklich langsam und behutsam an ihr Innerstes herantasten.

»Wie ich bereits sagte, mag ich Jude nun mal. Und Jude will vorläufig hofiert werden.«

Sie konnte nicht entscheiden, ob diese Feststellung sie eher verblüffte, amüsierte oder doch beleidigte. »Auf gar keinen Fall.«

»Und ob! Jude will Blumen und Worte, geraubte Küsse und Spaziergänge bei schönem Wetter. Jude Frances will Romantik, und ich bin derjenige, der ihr das beschert. Du müsstest mal dein Gesicht sehen.« Er packte sie am Kinn wie sonst ein Erwachsener ein eingeschnapptes Kind, und sie kam zu dem Schluss, dass sie tatsächlich beleidigt war. »Jetzt schmollst du wie ein kleines Mädchen.«

»Tue ich nicht!« Sie hätte ihm das Gesicht entwunden, doch er verstärkte seinen Griff, beugte sich ein wenig vor und küsste sie zärtlich auf den Mund.

»Ich bin derjenige, der dich sieht, meine Süße – und wenn du nicht einen herrlichen Schmollmund ziehst, will ich ein Schotte sein. Du denkst, ich mache mich über dich lustig, aber das trifft nicht oder höchstens teilweise zu. Was ist falsch an ein bisschen Romantik? Ich mag sie selbst sehr gern.«

Seine Stimme war so warm und einladend wie ein Glas Whiskey vor einem prasselnden Kaminfeuer. »Wirst du mich also mit sehnsüchtigen Blicken und kokettem Lächeln bedenken, wenn du am anderen Ende eines Raumes bist, wirst du wie zufällig deine Hand auf meinen Arm legen? Wirst du mich in heißer Verzweiflung irgendwo im Dunkeln küssen? Wirst du mich « – er strich mit den Fingerspitzen über eine ihrer Brüste und ihr Herzschlag setzte aus – »ab und zu verstohlen berühren?«

»Aber ich bin hier nicht auf der Suche nach Romantik!«

Ach nein?, fragte er sich. Weshalb zeigte sie dann ein solch ehrliches Interesse an Mythen, Märchen und Legenden ihrer Vorfahren? »Ob du danach suchst oder nicht – jetzt hast du sie nun mal gefunden.« Davon war er überzeugt. »Und wenn ich dich zum ersten Mal liebe, wird es langsam, süß und innig sein. Das ist ein Versprechen. Lass uns jetzt jedoch lieber zurück zu deinem Cottage gehen – ehe die Art, wie du mich ansiehst, mich dazu zwingt, dieses Versprechen zu brechen, noch während ich es ausspreche.«

»Du willst jedenfalls stets die Oberhand behalten – und immer alles kontrollieren.«

Wieder nahm er ihre Hand, auf eine geradezu störend freundschaftliche Art. »Nur deshalb, weil ich es ganz einfach gewohnt bin. Aber wenn du das Kommando übernehmen und mich verführen willst, liebreizende Jude, bin ich durchaus bereit und in der Lage, mich schwach und willenlos zu geben.«

Verdammt, ehe sie es verhindern konnte, brach sie in lautes Lachen aus. »Entschieden haben wir beide noch jede Menge Arbeit vor uns.«

»Wenigstens wirst du kommen?«, bettelte er, während sie den Hügel wieder hinabstiegen. »Du wirst in meinem Pub sitzen und ein Glas Wein trinken, damit ich dich ansehen und leiden kann.«

»Allmächtiger, du bist wirklich durch und durch ein Ire.«

»Da hast du ganz sicher Recht.« Er hob eine ihrer Hände und nagte sanft an ihren Knöcheln. »Übrigens, Jude, du küsst wirklich ganz fantastisch.«

»Hmmm«, war die neutralste Erwiderung, die ihr darauf einfiel.

Tatsächlich kam sie seiner Bitte nach, saß an der Theke und lauschte weiteren Geschichten. Im Verlauf der folgenden Tage, während der Frühling in Waterford die letzten Spuren des Winters vertrieb, traf man Jude häufig entweder abends oder schon am Nachmittag im Pub. Sie hörte zu, nahm auf und machte sich Notizen. Da es sich herumgesprochen hatte, dass sie sich für alte irische Legenden interessierte, erschienen auch andere, entweder zum Erzählen oder ebenfalls zum Zuhören.

Kassette um Kassette und Seite um Seite ihres Blockes füllte sie, transkribierte und analysierte, während sie an ihrer inzwischen gewohnheitsmäßigen Tasse Tee nippte, die Geschichten sorgfältig an ihrem Laptop.

Wenn sie sich gelegentlich in die Geschichten von Liebe

und Magie hineinträumte, dann hielt sie das für harmlos, wenn nicht sogar nützlich. Schließlich vertiefte eine solche Identifizierung ihr Verständnis für die Bedeutung des Erzählten und die Motive der Handelnden eindeutig.

Doch ganz sicher ließe sie ihre persönlichen Schlüsse nicht in die Arbeit einfließen. In einem akademischen Aufsatz hatten Träume oder Fantasie nichts zu suchen. Sie ginge den Geschichten einfach auf den Grund, bis sie den Kernpunkt ihrer jeweiligen These zu fassen bekäme – dann formulierte sie das Ganze in der Fachsprache und striche sämtliche eigenen Ausflüge ins Reich der Fantasie.

Was willst du überhaupt am Ende mit der Arbeit machen?, fragte sie sich oft. Was kommt dabei heraus, wenn du so lange daran herumpoliert und gehämmert hast, bis das Ganze staubtrocken und langweilig geworden ist? Willst du versuchen, es in irgendeiner Fachzeitschrift zu veröffentlichen, die niemals jemand aus Vernügen liest? Hast du vor, damit auf eine Vortragsreise zu gehen?

Oh, bereits der Gedanke an diese wenn auch nur entfernte Möglichkeit weckte in ihr das ungute Gefühl, als bände eine ganze Truppe jugendlicher Pfadfinder Knoten in ein dickes Tau in ihrem Magen.

Während eines Augenblickes hätte sie beinahe ihr Gesicht zwischen den Händen vergraben und sich der Verzweiflung hingegeben. Aus diesen Aufzeichnungen, diesem Projekt würde niemals etwas werden. Es wäre idiotisch, sich da Illusionen hinzugeben. Niemand stünde je auf einem Fakultätsempfang herum und diskutierte die durch die Lektüre von Jude F. Murrays Dokumentation gewonnenen Eindrücke und Einsichten. Und schlimmer noch, sie wollte auch gar nicht, dass irgendjemand Interesse an ihrer Arbeit zeigte.

Diese sollte nämlich nichts anderes sein als eine Art Therapie, als eine Möglichkeit, sich aus einer Krise zu befreien, deren Natur ihr selbst ein vollkommenes Rätsel war.

Was hatten all die Jahre des Studiums und der Arbeit ihr genützt, wenn sie nicht einmal ihre eigenen Probleme beim Namen nennen konnte?

Geringes Selbstbewusstsein, angeschlagenes Ego, mangelnder Glaube an die eigene Weiblichkeit, Unzufriedenheit mit ihrer Karriere.

Aber was lag hinter alledem? Was war die eigentliche Ursache für ihr großes Unbehagen? Eine allzu verschwommene Identität? Vielleicht war sie ein Teil ihres Problems. Irgendwann hatte sie sich selbst so weit aus den Augen verloren, bis der Rest, der noch zu erkennen gewesen war, so farblos und so wenig anziehend gewirkt hatte, dass sie vor sich selbst davonlief.

Doch wohin war sie gelaufen?

Hierher, dachte sie, und war mehr als nur ein wenig überrascht, als ihre Finger, um mit ihren sich überschlagenden Gedanken mitzuhalten, über die Tasten des Laptops flogen. Ich bin hierher gelaufen – hier fühle ich mich irgendwie realer und auf alle Fälle heimischer als je in dem Haus, das ich zusammen mit William gekauft, oder in dem Apartment, das ich bezogen hatte, nachdem er meiner überdrüssig geworden war. Heimischer als je in einem Hörsaal an der Universität...

Herrjemine, wie habe ich die Hörsäle gehasst! Weshalb nur konnte ich das bisher niemals zugeben, weshalb konnte ich diesen Gedanken nie laut aussprechen? Ich will diesen Job nicht, will keine Dozentin sein. Es muss doch etwas anderes für mich geben. Irgendetwas anderes.

Wann wurde ich ein solcher Feigling und, schlimmer noch, so jämmerlich langweilig? Warum stelle ich selbst jetzt, da ich niemandem außer mir selbst gegenüber verantwortlich bin, dieses Projekt in Frage – obgleich es mir doch so viel Freude macht? Obgleich es mich mit einer derartigen Zufriedenheit erfüllt? Kann ich nicht wenigstens während meines kurzen

Aufenthalts in Irland einfach einmal etwas tun, was keinen soliden, garantiert vernünftigen Sinn und Zweck erfüllt?

Wenn diese Arbeit eine Therapie sein soll, dann muss sie eben erledigt werden. Ganz sicher wird sie mir nicht schaden. Ich denke – nein, ich hoffe –, dass sie mir in irgendeiner Weise hilft. Das Schreiben zieht mich an. Das ist etwas seltsam formuliert, trifft es aber genau. Das Geheimnis der Schreibkunst, die Art und Weise, wie sich die Worte auf einer Seite zu einem Bild oder einem Sinn zusammenfügen, wie sie miteinander harmonieren, zieht mich magisch an.

Meine eigenen Worte auf der Seite zu entdecken, empfinde ich als aufregend. Ich empfinde eine wunderbare Art von Hochmut, wenn ich sie lese und weiß, dass ich sie formuliert habe. Zum Teil macht mir das Schreiben, weil es so unglaublich spannend ist, allerdings auch Angst. Ich habe mich so lange von allem abgewandt, vor allem versteckt, was mir Angst macht... selbst wenn es gleichzeitig meine Stimmung hob.

Ich will mich wieder wahrnehmen, denn ich sehne mich nach neuem Selbstvertrauen. Und ich möchte mir und aller Welt offen eingestehen, dass ich eine tiefe, leider viel zu lange unterdrückte Freude an allem Fantastischen empfinde. Weshalb und von wem ich unterdrückt wurde, ist im Grunde vollkommen egal. Hauptsache, ich weiß, dass der Funke dieser Freude immer noch in der Tiefe meiner Seele glüht. Und zwar kräftig genug, dass es mir möglich ist – wenn auch nur verstohlen, für mich selbst – zu schreiben... dass ich an die Legenden, die Mythen, die Feen und die Geister in all den Geschichten glaube. Was ist daran schlimm? Es wird mir gut tun!

Sicherlich, dachte sie, lehnte sich erneut zurück und legte ihre Hände in den Schoß. Keinesfalls wird es mir schaden. Dieses Vernügen ruft Fragen und Träume in mir wach. Es ist schon viel zu lange her, dass ich zum letzten Mal geträumt habe.

Vorsichtig atmete sie aus, schloss die Augen und empfand nichts als die Süße der Erleichterung. »Gut, dass ich hierher gekommen bin«, sagte sie laut, stand auf, trat an das kleine Fenster, blickte in den Garten und war froh darüber, die drohende Verzweiflung durch das Schreiben abgewehrt zu haben. Ihre Tage und auch ihre Nächte hier in diesem Cottage dämpften den inneren Aufruhr, den sie seit Monaten so mühsam unterdrückte. Die vielen Momente der Freude, die sie hier erlebte, waren ein kostbares Geschenk.

Sie wandte sich vom Fenster ab, um an die frische Luft zu gehen. Dort würde sie über die anderen Aspekte ihres neuen Lebens nachdenken.

Zum Beispiel über Aidan Gallagher, prachtvoll, irgendwie exotisch und aus unerfindlichen Gründen an der grundsoliden, stets vernünftigen Jude F. Murray interessiert.

Vielleicht war die Zeit, die sie mit Aidan zubrachte, nicht ganz unproblematisch, gab sie zu, obgleich sie sorgsam darauf achtete, es immer so zu arrangieren, dass sie wenig mit ihm alleine war. Doch der Mangel an Ungestörtheit hielt ihn nicht davon ab, mit ihr zu flirten, sie mit den sehnsüchtigen Blicken zu bedenken, mit dem verstohlenen Lächeln oder der heimlichen Berührung ihres Armes, ihrer Wange, ihres Haars – all den Dingen, von denen er während ihres Spaziergangs geschwärmt hatte.

Doch war das verboten?, fragte sie sich, während sie einen frischen Blumenstrauß über den Hügel zum Grab der alten Maude brachte. Jede Frau hatte mal das Recht auf einen kleinen Flirt. Vielleicht erblühte sie, anders als die Blumen, die sie trug, langsam und sehr zögerlich – doch besser spät als nie!

Und erblühen wollte sie unbedingt. Der Gedanke kam ihr ebenso aufregend und beängstigend wie das Schreiben vor.

War es nicht wunderbar zu entdecken, dass es ihr *gefiel,*

wenn jemand mit ihr flirtete, wenn jemand sie ansah, als wäre sie hübsch und obendrein begehrenswert? Um Himmels willen, wenn sie tatsächlich sechs Monate in Irland bliebe, wäre sie bei ihrer Rückkehr dreißig; also wurde es ja wohl allerhöchste Zeit, dass sie sich endlich einmal attraktiv fühlte.

Ihr eigener Ehemann hatte nie mit ihr geflirtet. Und wenn sie sich recht erinnerte, war sein größtes Kompliment zu ihrem Aussehen die Feststellung gewesen, sie sähe wirklich nett aus.

»Eine Frau will nicht gesagt bekommen, sie sähe wirklich nett aus«, murmelte Jude, als sie sich neben das Grab der alten Maude kniete. »Sie will hören, dass sie wunderschön und sexy ist. Dass sie fantastisch aussieht. Selbst wenn es eine Lüge ist.« Seufzend legte sie die Blumen auf den Grabstein. »Denn in dem Augenblick, in dem diese Worte gesagt und gehört werden, können sie immerhin wahr sein.«

»Sie sind tatsächlich ebenso liebreizend wie die Blumen, die Sie an diesem schönen Tag hierher bringen, Jude France!«

Eilig blickte sie auf und sah in die leuchtend blauen Augen des Mannes, dem sie bereits zuvor an diesem Ort begegnet war. Augen, dachte sie leicht unbehaglich, die sie so oft in ihren Träumen erblickte. »Und Sie bewegen sich wirklich vollkommen lautlos.«

»An dieser Stelle sollte man sich leise bewegen.« Er hockte sich auf die andere Seite des frühlingsweichen Grases und der leuchtend bunten Blumen auf dem Grab der alten Maude.

Das Wasser im Brunnen murmelte eine heidnische Weise.

»Und wie gefällt es Ihnen im Faerie Hill Cottage?«

»Sehr gut. Haben Sie Verwandte hier?«

Der Blick aus seinen Augen wurde trübe, als er ihn über die Steine und die hohen Gräser wandern ließ. »Ich habe diejenigen, an die ich mich erinnere und die sich auch an mich erinnern«, kam die rätselhafte Antwort. »Einst habe ich ein Mädchen geliebt und ihm alles geboten, was ich hatte. Doch ich vergaß mein Herz und versäumte die richtigen Worte.«

Er hob den Kopf und sah sie fragend an. »Aber Worte sind für Frauen wichtig, nicht wahr?«

»Das sind sie für jeden. Wenn sie nicht gesagt werden, lassen sie Leere zurück.« Tiefe, dunkle Löcher, dachte Jude, Löcher, in denen der Zweifel und die Traurigkeit gedieh. Ungesagte Worte taten nicht weniger weh als Schläge ins Gesicht.

»Ah – aber wenn der Mann, mit dem Sie verheiratet waren, diese Worte ausgesprochen hätte, wären Sie heute nicht hier.« Auf ihr schockiertes Blinzeln grinste er sie fröhlich an. »Er hätte sie nicht ehrlich gemeint, also wären sie nichts weiter gewesen als eigennützige Lügen. Sie wissen, er war nicht der Richtige für Sie.«

Furcht wallte in ihr auf. Nein, nicht Furcht, erkannte sie, sondern eine unerklärliche Erregung. »Woher wissen Sie von William?«

»Ich weiß alles Mögliche.« Wieder blickte er sie lächelnd an. »Weshalb geben Sie sich die Schuld an etwas, woran Sie nichts hätten ändern können? Aber schließlich waren Frauen mir schon immer ein, wenn auch charmantes, Rätsel.«

Sicher hatte ihre Großmutter der alten Maude und Maude dann diesem Mann vom Scheitern ihrer und Williams Ehe erzählt – auch wenn der Gedanke ihr missfiel, dass sich offenbar Fremde bei einer Tasse Tee über ihr Privatleben mit all seinen Peinlichkeiten ausließen. »Ich kann mir nicht vorstellen, dass meine Vergangenheit von besonderem Interesse für Sie ist.«

Falls die Kälte ihrer Stimme ihn berührte, so zeigte er es nicht. »Nun, ich war schon immer ein ziemlich selbstsüchtiges Wesen, und auf lange Sicht gesehen mag das, was Sie so treiben, eine Bedeutung für mich haben. Aber falls ich Ihnen zu nahe getreten sein sollte, bitte ich Sie um Verzeihung. Wie ich bereits sagte, Frauen sind und bleiben mir ein Rätsel.«

»Tja, wahrscheinlich hat das Ganze sowieso keine Bedeutung.«

»Das stimmt nicht, solange es Sie noch derart berührt. Würden Sie mir vielleicht eine Frage beantworten?«

»Kommt auf die Frage an...«

»Mir erscheint sie völlig simpel. Es geht darum, eine Sache aus der Sicht einer Frau zu verstehen. Würden Sie mir sagen, Jude, ob Sie lieber ein paar Juwelen hätten, so wie diese...«

Er öffnete eine seiner eleganten Hände und zeigte ihr ein Häuflein blitzender Diamanten und Saphire sowie schimmernder, cremefarbener Perlen.

»Meine Güte, wie...«

»Würden Sie sie von dem Mann annehmen, der weiß, dass er Ihr Herz in seinen Händen hält, oder hätten Sie lieber seine Ergebenheit in Worten?«

Verwirrt hob sie den Kopf. Das Funkeln und Blitzen der Juwelen trübte noch immer ihre Sicht; doch sie bemerkte den dunklen, eindringlichen Blick, mit dem er sie bedachte, und sagte das Erste, was ihr durch den Kopf ging.

»Was für Worte?«

Er stieß einen langen, abgrundtiefen Seufzer aus, ließ seine zuvor stolz gestrafften Schultern müde sinken und sah sie traurig an. »Dann ist es also wahr. Dann sind diese Worte das Einzige, was zählt. Und das hier...« – wieder öffnete er seine Hand, sodass sich der Schimmer, das Feuer, die Glut der Steine über dem Grab der alten Maude ergoss – »ist nichts weiter als ein Zeichen meines Stolzes, durch den ich am Ende alles zerstöre.«

Mit stockendem Atem und einem zunehmenden Schwindelgefühl beobachtete sie, wie die Juwelen zu Farbflecken dahinschmolzen, die sich wiederum in schlichte, kleine Blumen verwandelten.

»Ich träume«, stieß sie leise aus. »Irgendwie muss ich eingeschlafen sein.«

»Wenn Sie es zulassen, sind Sie hellwach.« Seine Stimme verriet eine ungeahnte Ungeduld. »Blicken Sie zur Abwechslung mal weiter als bis zu Ihrer Nasenspitze, und hören Sie mir zu. Es gibt wirklich Magie. Aber im Vergleich zu wahrer Liebe ist sie völlig machtlos. Das habe ich selbst sehr langsam und unter Schmerzen gelernt. Machen Sie ja nicht denselben Fehler, denn es geht um mehr als nur Ihr Herz.«

Während sie noch wie erstarrt am Boden hockte, sprang er auf auf die Füße. Der blaue Stein an seinem Finger sprühte grelle Funken, und es schien, als glühe seine Haut.

Nun bedachte er sie mit einem letzten ungeduldigen Blick, hob in einer dramatischen Geste beide Hände Richtung Himmel und löste sich ganz einfach auf.

Ich träume, dachte sie, während sie schwankend auf die Füße kam. Das sind Halluzinationen. Sicher lag es an all der Zeit, während derer sie sich irgendwelche Märchen anhörte, an den vielen Stunden allein in ihrem Cottage mit diesen Legenden. Sie hatte sich gesagt, sie wären harmlos, aber ganz offensichtlich hatten sie irgendetwas Schreckliches bewirkt.

Sie starrte auf das Grab, auf die neuen Blumen, die wie in einem farbenfrohen Tanz auf dem Hügel wippten. Als etwas zwischen den Blüten aufblitzte, beugte sie sich vor, teilte die zarten Blätter und entdeckte einen Diamanten, groß wie ein Zehn-Pfennig-Stück.

Er war tatsächlich echt. Wieder stockte ihr der Atem. Sie konnte ihn sehen, seine Form ertasten, seine Glut spüren.

Entweder war sie verrückt oder sie hatte soeben die zweite Begegnung mit Carrick, dem Feenprinzen, gehabt.

Schaudernd fuhr sie sich mit ihrer freien Hand über die Stirn. Okay, so oder so war sie verrückt.

Weshalb nur fühlte sie sich dann so pudelwohl?

Jude ging langsam zurück zu ihrem Cottage, wobei sie wie ein kleines Kind, das einen hübschen Stein gefunden hatte, immer wieder den kostbaren Diamanten befingerte. Sie musste das alles aufschreiben. Sorgfältig und möglichst präzise. Musste genau festhalten, wie er ausgesehen, was er gesagt hatte, was zwischen ihnen vorgefallen war.

Und danach würde sie versuchen, das Ganze aus der wissenschaftlichen Perspektive zu betrachten. Sie war eine gebildete Frau. Sicher fände sie einen inneren Zusammenhang.

Als sie den Hügel in Richtung des Cottages herunterkam, sah sie in der Einfahrt den kleinen blauen Wagen und Darcy Gallagher, die gerade im Aussteigen begriffen war.

Darcy trug Jeans und einen hellroten Pullover. Ihr Haar fiel ihr wie wilde schwarze Seide auf die Schultern, und nach einem Blick auf sie entfuhr Jude, noch während sie den Diamanten in die Hosentasche schob, ein neidischer Seufzer.

Einmal, dachte sie – nur ein einziges Mal –, würde sie gern so prachtvoll und soll vollkommen selbstsicher aussehen. Geistesabwesend befingerte sie den Juwelen in ihrer Tasche und wusste, sie würde ihn sofort dafür eintauschen.

Darcy schirmte ihre Augen gegen das helle Licht der Sonne ab und winkte ihr fröhlich zu. »Da sind Sie ja. Dann haben Sie also einen Spaziergang gemacht? Ist ein wunderbarer Tag dafür, denn heute Abend soll es wieder Regen geben.«

»Ich war beim Grab der alten Maude.« Und habe mit einem Feenprinzen gesprochen, der mir, bevor er sich in Luft auflöste, einen Diamanten schenkte, mit dem ich wahrscheinlich ein kleines Dritte-Welt-Land kaufen könnte. Lächelnd kam Jude zu dem Schluss, dass sie diese Informationen am besten für sich behielt.

»Ich habe mich mal wieder mit Shawn in die Wolle gekriegt und anschließend eine Spazierfahrt unternommen, um mich davon zu erholen.« Darcy bedachte Judes Schuhe mit einem, wie sie hoffte, beiläufigen Blick, um unauffällig zu ergründen, ob sie ihr vielleicht passten. Die Frau, so dachte sie, hatte in Bezug auf Schuhe einen fabelhaften Geschmack. »Sie sind ein bisschen blass«, bemerkte sie, als Jude schließlich aufblickte. »Alles in Ordnung?«

»Alles paletti!« Verlegen fuhr sich Jude durchs Haar. Die Brise hatte einige Strähnen aus dem Pferdeschwanz gelöst, wodurch sie, wie sie dachte, allerdings nicht wunderbar zerzaust wie Darcy, sondern eher wirr und ungepflegt erschien. »Warum gehen wir nicht rein und trinken einen Tee?«

»Oh, das wäre nett, aber ich muss wieder zurück. Aidan ist sicher sauer auf mich.« Als sie lächelte, versprühte sie einen geradezu betäubenden Charme. »Vielleicht könnten Sie ja mitkommen und ihn ein bisschen ablenken – damit er vergisst, mir das Fell über die Ohren zu ziehen dafür, dass ich einfach abgehauen bin.«

»Nun, ich ...« Nein, dachte sie, sie glaubte nicht, dass sie es, während ihr bereits schwindlig war, jetzt auch noch mit Aidan Gallagher würde aufnehmen können. »Ich muss wirklich weiterarbeiten. Da sind echt Berge von Notizen durchzugehen.«

Darcy sah sie fragend an. »Sie arbeiten anscheinend gerne, hab ich Recht?«

»Ja.« Wer hätte das gedacht. »Das, was ich im Augenblick tue, macht mir sogar Spaß.«

»Mir wäre jede Entschuldigung recht, um nie wieder arbeiten zu müssen.« Ihr leuchtender, wenngleich kritischer Blick wanderte über das Cottage, den Garten und die lange Hügelkette, die sich bis zum Horizont erstreckte. »Und ganz allein hier draußen würde ich sowieso vor Langeweile eingehen.«

»Oh, nein, hier ist es herrlich. Die Ruhe. Die Aussicht. Einfach alles da.«

Darcy zuckte mit den Schultern. »Tja, schließlich können Sie auch jederzeit nach Chicago zurück.«

Judes Lächeln schwand. »Ja… richtig.«

»Eines Tages werde ich auch dahin kommen.« Darcy lehnte sich gegen ihren Wagen. »In all die großen Städte Amerikas. All die großen Städte in der ganzen Welt. Und wenn ich dort aufkreuze, dann im großen Stil!« Lachend schüttelte sie ihre schwarze Mähne. »Aber jetzt sause ich lieber wieder zurück, bevor Aidan sich irgendeine schreckliche Strafe für mein Abhauen ausdenkt.«

»Hoffentlich kommen Sie wieder, wenn Sie mal etwas mehr Zeit haben.«

Mit einem letzten strahlenden Blick in ihre Richtung kletterte Darcy in ihr Auto. »Gott sei Dank habe ich heute Abend frei. Dann komme ich nachher mit Brenna, und wir überlegen uns, was für einen Unfug wir anstellen können. Ein bisschen Unfug täte Ihnen sicher gut!«

Jude öffnete den Mund, ohne eine Ahnung zu haben, was sie darauf antworten sollte; doch dann wurde sie ihrer Überlegungen enthoben, da Darcy bereits, wie sonst Brenna, den Motor aufheulen ließ und mit quietschenden Reifen achtlos aus der Einfahrt auf die Straße donnerte.

9

Häufig gibt es drei junge Mädchen, schrieb Jude und knabberte gleichzeitig an einem Keks. *Jedes von ihnen repräsentiert eine bestimmte Facette der traditionellen Rolle der Frau. In einigen Geschichten sind zwei böse und eine gut, wie im Märchen vom Aschenputtel, in anderen sind sie*

Schwestern oder gute Freundinnen, arm und verwaist oder in der Rolle der Pflegerinnen eines kränklichen Elternteils, und manchmal besitzen eine oder mehrere der weiblichen Personen einer Geschichte mystische Fähigkeiten.

In beinahe sämtlichen Legenden sind die jungen Mädchen unbeschreiblich schön. Tugend, das heißt, Jungfräulichkeit, ist unerlässlich, was darauf schließen lässt, dass sexuelle Enthaltsamkeit einen wichtigen Baustein bei der Entstehung einer Legende darstellt.

Unschuld, das Streben nach einem höheren Ziel, finanzielle Armut, körperliche Schönheit. Diese Elemente wiederholen sich in einer ganzen Reihe von Erzählungen, die über die Generationen hinweg zu Legenden wurden. Die positive oder negative Einmischung seitens irgendwelcher überirdischer Wesen ist ein weiteres häufig anzutreffendes Element. Dem oder den normal Sterblichen in der Geschichte wird entweder eine moralische Lektion erteilt oder aber eine Belohnung für selbstloses Verhalten in Aussicht gestellt.

Beinahe ebenso günstig wirken sich Schönheit oder Unschuld einer Sterblichen aus.

Jude lehnte sich zurück und schloss müde die Augen. Aha, sagte sie sich. Da sie weder schön noch tugendhaft jungfräulich war, da sie weder besondere Kräfte noch Fähigkeiten besaß, sah es nicht so aus, als würde sie mit einem Mal zur Hauptfigur in einem Märchen mit Happy End.

Nicht, dass sie das anstrebte. Bereits der Gedanke, plötzlich den Bewohnern eines Feenhügels oder eines Himmelsschlosses oder aber einer gleich ob bösen oder guten Hexe gegenüberzustehen, erschütterte sie in ihren Grundfesten.

Brachte sie derart aus dem Gleichgewicht, gestand sie sich widerwillig ein, dass sie sich bereits einbildete, Juwelen könnten sich in Blumen verwandeln. Sie ließ ihre Hand in die Hosentasche gleiten, zog den schimmernden Stein hervor und sah ihn sich zum x-ten Male an.

Sicher war es nichts weiter als ein Stückchen sehr hübsch geschliffenes Glas, das im Licht der Sonne funkelte. Trotzdem nichts weiter als Glas.

Es war eine Sache zu akzeptieren, dass sie das Cottage mit einem dreihundert Jahre alten Geist teilte. Allein dadurch hatte sie schon einen großen Schritt gemacht. Doch in der Tat gab es Studien, wissenschaftliche Dokumentationen über dieses Phänomen. Parapsychologie war zwar nicht unumstritten, aber einige sehr angesehene Experten und respektierte Geistesgrößen glauben an die Existenz von Energieformen, die von Laien Geister genannt wurden.

Damit käme sie also zurecht. Sie konnte akzeptieren, was sie mit eigenen Augen gesehen hatte.

Aber Elfen und Feen und… was auch immer es angeblich sonst noch hier in Irland gab. Nein. Zu sagen, man wolle daran glauben, und zu behaupten, man glaubte tatsächlich daran, waren zwei Paar Stiefel. Denn auf diesem schmalen Grat verlor das erlaubte Interesse an Märchen und Legenden an Harmlosigkeit und wandelte sich in eine Psychose.

Es gab keine schönen Feenprinzen, die über die Hügel wanderten und Friedhöfe besuchten, um dort philosophische Gespräche zu führen und sich dabei über die Menschen zu ärgern, denen sie zufällig begegneten.

Und vor allem liefen diese nichtexistenten Feenprinzen ganz sicher nicht frei herum und warfen fremden Amerikanerinnen kostbare Juwelen vor die Füße.

Da sich die Situation logisch nicht eindeutig erklären ließ, musste sie annehmen, dass ihre Fantasie – die sie schon oft zum Narren gehalten hatte – vollends mit ihr durchgegangen war.

Demnach bräuchte sie sie nur etwas zu zügeln und sich wieder ihrer Arbeit zuzuwenden, dann wäre das Problem gelöst. Höchstwahrscheinlich hatte sie eine Art geistigen Aussetzer gehabt. Hatte während eines vorübergehenden Dämmerzustandes die gewohnte Umgebung verlassen und in diesen Ausflug verschiedene Elemente ihrer Arbeit einfließen lassen. Die Tatsache, dass sie sich beinahe lächerlich gesund fühlte, spielte keine Rolle. Vielleicht hatte sich doch irgendwie der Stress der letzten Jahre dergestalt bemerkbar gemacht, dass er zwar nicht ihren Körper, aber ihre Sinne vorübergehend beeinträchtigte.

Sie sollte zu einem guten Neurologen gehen und jede körperliche Ursache ausschließen lassen.

Sollte einen angesehenen Juwelier aufsuchen, der den Diamanten – das Stück Glas, verbesserte sie sich – genau unter die Lupe nahm.

Der erste Gedanke machte ihr Angst und der zweite deprimierte sie, sodass sie Vogel-Strauß-Politik betrieb und beide Vorhaben zunächst einmal aufschob.

Nur für ein paar Tage. Dann würde sie tun, was richtig und notwendig war, nicht jedoch sofort.

Alles, was sie jetzt wollte, war, sich wieder mit ihrer Arbeit zu beschäftigen, wieder in die Geschichten einzutauchen. Sie würde dem Verlangen widerstehen, zum Pub hinunterzuwandern und den ganzen Abend so zu tun, als hätte sie nicht das geringste Interesse an Aidan Gallagher. Sie würde zu Hause bleiben mit ihren Unterlagen und dann, in ein paar Tagen, nach Dublin fahren, wo es sowohl Juweliere als auch Ärzte gab.

Sie würde einkaufen, Bücher besorgen, durch die Stadt schlendern.

Noch ein Abend mit solider Arbeit, dann würde sie ein paar Tage lang die weitere Umgebung von Ardmore erforschen, die Städtchen, Dörfer und Hügel kennen lernen. Ganz automatisch würde sie sich ein wenig von den Geschichten entfernen, die sie sammelte und analysierte, und sähe dadurch die Dinge bis zu ihrer Fahrt nach Dublin sicher mit der nötigen Distanz.

Als es an der Haustür klopfte, vertippten sich ihre Finger auf dem Keyboard des Computers und ihr Herz schlug einen Salto. Aidan, war das Erste, was sie dachte, worüber sie sich gleich ärgerte. Natürlich war es nicht Aidan, sagte sie sich streng, noch während sie vor den Spiegel eilte, um ihr Haar zu kontrollieren. Es war bereits nach acht, und ganz sicher stünde er hinter dem Tresen seines Pubs.

Trotzdem raste ihr Puls, als sie die Treppe hinuntereilte, um zu öffnen – ein wenig schneller als gewöhnlich. Vor der Tür standen zwei Besucher.

»Wir haben was zu Essen mitgebracht!« Eine braune Einkaufstüte in den Armen, trat Brenna in den Flur. »Kekse und Chips und Schokolade.«

»Und – was das Wichtigste ist – Wein!« Darcy hielt drei Flaschen in die Luft, während sie lässig mit dem Fuß die Tür hinter sich schloss.

»Oh! Tja…« Jude hatte Darcys mittägliche Ankündigung nicht ernst genommen, da sie sich nicht erklären konnte, weshalb die beiden zu ihr kommen sollten. Aber sie wandten sich bereits schnatternd ihrer kleinen Küche zu.

»Aidan hat versucht, mir heute Abend noch eine Schicht aufs Auge zu drücken dafür, dass ich heute Mittag einfach abgehauen bin – aber ich habe ihm erklärt, dass er sich das abschminken kann«, berichtete Darcy triumphierend, während sie die Flaschen auf den Tisch stellte. »Wenn ich nicht so schnell wäre, würde mich der Kerl sicher hinter dem Tresen anbinden. Wir brauchen einen Korkenzieher.«

»In der Schub…«

»Ich hole ihn schon«, unterbrach Brenna die unfreiwillige Gastgeberin und holte das Werkzeug bereits aus einer der Schubladen. »Sie hätten Aidans wütende Blicke sehen sollen, als wir losgezogen sind. ›Warum könnt ihr sie nicht einfach abholen und mit ihr zusammen hier was trinken?‹, hat er gebellt und üble Sprüche folgen lassen.«

»Und dann hat er gesehen, dass ich drei Flaschen mitgenommen habe«, ergänzte Darcy den Bericht und nahm, während Brenna die Erste öffnete, drei Gläser aus dem Schrank. »Und blökt mich an, Jude Frances würde nicht viel trinken, und wir sollten bloß aufpassen, dass du dir nicht den Magen verdirbst. Als wärst du ein Hündchen, dem wir bei Tisch zu viele Häppchen hinwerfen. Männer können wirklich selten dämlich sein!«

»Darauf sollten wir als Erstes trinken!« Brenna schenkte ihnen schwungvoll ein. »Auf die Erbsenhirne der männlichen Vertreter unserer Gattung«, schmetterte sie, drückte Jude eins der Gläser in die Hand und hob ihr eigenes in die Luft.

»Gott segne jeden Einzelnen von ihnen!« beendete Darcy Brennas Toast und genehmigte sich einen ordentlichen Schluck. Dann wandte sie sich an Jude, die ihre Besucherinnen mit großen Augen anstarrte. »Trinken Sie, meine Liebe! Dann setzen wir uns gemütlich nieder und diskutieren, um einander besser kennen zu lernen, die Höhen und Tiefen unseres Sexuallebens.«

Jude tat es den anderen gleich und atmete vorsichtig aus. »Ich fürchte, dass ich zu diesem Thema nicht viel beizutragen habe.«

Darcy lachte amüsiert. »Aber Aidan hat die Absicht, das zu ändern, stimmt's?«

Jude öffnete den Mund, klappte ihn wieder zu und kam zu dem Schluss, dass sie ihn am besten des Weiteren nur zum Trinken benutzte.

»Du solltest sie nicht derart aus der Fassung bringen, Darcy!« Brenna riss die Chipstüte auf, nahm sich eine Hand voll und zwinkerte vergnügt. »Am besten machen wir sie erst betrunken und quetschen sie anschließend aus.«

»Wenn sie betrunken ist, werde ich sie dazu überreden, mich all ihre Klamotten anprobieren zu lassen.«

Sie sprachen derart schnell, dass Jude sie kaum verstand. »Meine Klamotten?«

»Sie haben wunderbare Kleider.« Darcy warf sich auf einen der Stühle. »Und da wir fast die gleiche Größe haben, denke ich, dass mir zumindest ein paar von ihnen sicher passen. Was für eine Schuhgröße haben Sie?«

»Schuhgröße?« Jude blickte verwundert auf die halbhohen Stiefel, die sie trug. »Hmm, siebeneinhalb.«

»Das sind die amerikanischen Maße, lassen Sie mich überlegen...« Darcy zuckte mit den Schultern und nippte erneut an ihrem Wein. »Tja, aber ich denke, das müsste ungefähr hinkommen. Los, ziehen Sie die Dinger aus, und ich schau mal, ob sie passen.«

»Ich soll meine Schuhe ausziehen?«

»Ihre Schuhe, Jude!« Mit blitzenden Augen streifte Darcy bereits ihre eigenen ab. »Noch ein paar Gläser Wein und dann probieren wir die Hose.«

»Geben Sie ganz einfach nach«, riet Brenna Jude mit vollem Mund. »Unsere liebe Darcy ist eine Teufelin, wenn es um Kleider geht, und sie wird nicht eher lockerlassen, bis sie Ihre Sachen anhat.«

Ebenso verwirrt wie während der erneuten Begegnung mit dem Fremden am Grab der alten Maude, setzte sich Jude auf einen Stuhl und öffnete ihre Schnürsenkel.

»Oh!« Darcy strich über das Leder der Stiefel wie eine Mutter über die Wange ihres Kindes. »Weich wie Butter!« Mit vor weiblicher Freude strahlender Miene meinte sie zuversichtlich: »Ich bin sicher, dass es ein wunderbarer Abend wird!«

»Also hat er sich eingebildet, nur weil ich mich ein-, zweimal habe von ihm zum Essen ausführen lassen und ihm erlaubt habe, mir seine Zunge in den Rachen zu schieben – was nicht annähernd so aufregend war, wie er dachte –, dass ich mich voller Stolz vor ihm ausziehen und ihn an mich heranlassen würde. Sex ist ja ein durchaus angenehmer Zeitvertreib«, fuhr Darcy fort und leckte sich die Schokolade von den Fingern, »aber mindestens in der Hälfte der Fälle wäre man besser bedient, wenn man sich einfach die Nägel lackieren und vor den Fernseher hocken würde.«

»Vielleicht liegt es an den Männern, denen du deine Gnade gewährst.« Brenna winkte mit ihrem Glas. »Sie sind alle derart geblendet von deinem Aussehen, dass sie am Ende vor lauter Aufregung nichts mehr hinkriegen. Was du brauchst, meine liebe Darcy, ist ein Mann, der ebenso zynisch, selbstverliebt und eitel ist wie du!«

Jude verschluckte sich an ihrem Wein, denn sie fürchtete, dass eine derartige Beleidigung zu einem Streit führen würde; aber Darcy sah Brenna mit einem breiten Lächeln an. »Und wenn ich ihn finde und er so reich ist, wie ich es mir vorstelle, werde ich ihn sorgfältig um diesen Finger wickeln« – sie reckte ihren rechten Zeigefinger in die Luft – »und ihm erlauben, mir seine Liebe und all seine weltlichen Güter zu Füßen zu legen.«

Verächtlich schnaubend schob sich Brenna erneut eine Hand voll Chips in den Mund. »Und sobald er das tut, wird er dich zu Tode langweilen. Darcy ist einfach pervers«, erklärte sie Jude. »Das ist der Grund, weshalb wir sie so lieben. Hingegen ich gehöre eher zur Sorte der unkomplizierten, direkten Frauen. Ich bin auf der Suche nach einem Mann, der mir in die Augen blickt, sieht, was und wer ich bin...« – kichernd hob sie ihr Glas – »und dann, vor mir auf den Knien mir das Blaue vom Himmel herunter verspricht.«

»Sie sehen uns nie so, wie wir wirklich sind.« Schockiert schaute Jude sich um, ehe ihr bewusst wurde, dass sie diejenige gewesen war, die diese Worte geäußert hatte.

»Ach nein?«, wollte Brenna wissen, zog fragend ihre Brauen hoch und schenkte ihrer neuen Freundin nach.

»Sie sehen uns im Spiegel ihrer eigenen Wahrnehmungen. Als Hure oder Engel, Mutter oder Kind. Abhängig von ihrer Sichtweise betrachten sie uns als Wesen, die es zu beschützen, zu erobern oder aber auszubeuten gilt. Oder man ist einfach pflegeleicht«, murmelte sie leise. »Und wird, sobald man nicht mehr gebraucht wird, entsorgt.«

»Und du sagst, ich wäre zynisch«, wandte sich Darcy mit einem zufriedenen Grinsen an Brenna O'Toole. »Jude, dann bist du also einmal entsorgt worden?«

Ihr Blut war angenehm gewärmt, und in ihrem Kopf herrschte ein wohliges Schwindelgefühl. Der logische Teil ihres Selbst sagte, es läge am Wein. Doch ihr Herz, ihr bisher so einsames Herz, sagte, es läge an der Gesellschaft. An der Gesellschaft zweier junger Frauen. Nie zuvor in ihrem ganzen Leben hatte sie einen derart unbeschwerten, närrischen Abend mit anderen Mädchen oder Frauen zugebracht.

Sie griff nach ein paar Chips, knabberte daran und stieß einen abgrundtiefen Seufzer aus. »Im kommenden Juni vor drei Jahren habe ich geheiratet.«

»Geheiratet?« Sowohl Brenna als auch Darcy beugten sich interessiert über den Tisch.

»Sieben Monate später kam er nach Hause und erklärte mir gelassen, es täte ihm furchtbar Leid, aber er hätte sich in eine andere Frau verliebt. Er meinte, es wäre für alle Beteiligten das Beste, wenn er noch an jenem Abend auszöge, und dann haben wir umgehend die Scheidung eingereicht.«

»Was für ein Schuft!« Mitfühlend füllte Brenna sämtliche Gläser bis zum Rand. »Widerliches Schwein!«

»Nicht ganz. Zumindest war er ehrlich.«

»Zum Teufel mit der Ehrlichkeit! Ich hoffe nur, dass du ihm ordentlich das Fell über die Ohren gezogen hast.« Darcys Augen blitzten boshaft auf. »Kaum ein halbes Jahr verheiratet und er vergafft sich in eine andere? Diese Schlange hat gerade lange genug gewartet, bis die Laken im Ehebett zum ersten Mal gewechselt waren. Was hast du getan?«

»Was ich getan habe?« Jude runzelte die Stirn. »Am nächsten Tag habe ich die Scheidung beantragt.«

»Und ihm alles abgeknöpft, was er hatte.«

»Nein, natürlich nicht.« Offen schockiert von dieser Vorstellung starrte sie Darcy an. »Wir haben jeder behalten, was ihm gehörte. Das Ganze ging sehr zivilisiert über die Bühne.«

Da es Darcy die Sprache verschlagen zu haben schien, griff Brenna den Faden auf. »Wenn du mich fragst, sind genau diese zivilisierten Scheidungen der Grund dafür, weshalb so viele verdammten Ehen sang- und klanglos zu Ende gehen. Ich würde kämpfen, schreien, Geschirr zerschlagen, die Fäuste fliegen lassen. Wenn ich einen Mann genug lieben würde, um zu schwören, für den Rest meines Lebens Teil von ihm zu sein, dann würde ich ihn, verdammt noch mal, mit seinem Blut und seinem Fleisch dafür bezahlen lassen, wenn er mich sitzen lassen wollte.«

»Ich habe ihn nicht geliebt.« Sobald die Worte heraus waren, fiel Jude die Kinnlade herunter. »Also – ich weiß nicht, ob ich ihn geliebt habe. Um Himmels willen – wie schrecklich, wie grauenhaft! Und es wird mir jetzt erst klar. Ich habe keine Ahnung, ob ich William überhaupt geliebt habe …«

»Tja, ich denke, er war ein Schwein, und du hättest ihm erst in den Hintern treten und dann die Hunde auf ihn hetzen sollen – ob du ihn geliebt hast oder nicht.« Darcy nahm sich eins von Mollie O'Tooles selbst gebackenen Schokoladenplätzchen und schmatzte genussvoll. »Eins verspreche ich euch – in der Tat schwöre ich hier und jetzt einen heiligen Eid darauf –, mit was für einem Mann auch immer ich zusammen sein werde, wann auch immer das sein wird, bin ich diejenige, die die Sache beendet! Falls es zu einem Ende kommt. Und wenn er versuchen sollte, mich abzuschieben, bevor ich dazu bereit bin, wird er für den Rest seiner Tage dafür zahlen!«

»Frauen wie du werden nicht verlassen«, warf Jude entschieden ein. »Du bist die Art von Frau, für die ein Mann jemanden wie mich verlässt.« Entsetzt hielt sie den Atem an. »Ich wollte nicht – ich habe damit nur sagen wollen ...«

»Mach dir keine Gedanken. Meiner Ansicht nach klang das durchaus wie ein Kompliment.« Mehr erfreut als beleidigt tätschelte Darcy Jude begütigend den Arm. »Außerdem denke ich, dass deine lose Zunge ein Zeichen dafür ist, dass du inzwischen genug Wein getrunken hast, um mich mit deinen Kleidern spielen zu lassen. Nehmen wir doch das ganze Zeug mit rauf!«

Jude wusste nicht, was sie davon halten sollte. Vielleicht lag es daran, dass sie nie eine Schwester gehabt hatte, die einfach in ihrem Kleiderschrank herumwühlte. Und auch keine ihrer Freundinnen hatte, abgesehen von den normalen Kommentaren zu einer neuen Jacke oder Hose, je ein besonderes Interesse an ihrer Garderobe gezeigt.

Mit ihrer Vorliebe für gute Stoffe und klassische Linien hatte sie sich selbst auch nie als besonders modebewusst gesehen.

Doch die gedämpften Entzückensschreie von der Stelle, an der Darcy ihren Kopf in den Schrank gesteckt hatte, erweckten den Eindruck, als besäße Jude die Garderobe eines Models.

»Oh, seht euch nur diesen Pullover an! Echtes Kaschmir.« Darcy riss einen jagdgrünen Rolli aus dem Schrank und hielt ihn sich selig an die Wange.

»Ein gutes Stück zum Kombinieren«, meinte Jude und beobachtete mit offenem Mund, wie Darcy ihren eigenen Pullover über den Kopf streifte.

»Mach es dir lieber bequem!« Brenna streckte sich auf

dem Bett aus, kreuzte die Beine und nippte gut gelaunt an ihrem Wein. »Das Spektakel wird sicher eine Weile dauern.«

»Weich wie ein Kinderpopo!« Beinahe hätte Darcy, als sie sich vor dem Spiegel aufbaute, vor lauter Seligkeit geschnurrt. »Fantastisch, auch wenn die Farbe ein bisschen zu dunkel für mich ist. Ich denke, er passt besser zu dir, Brenna.« Fröhlich zog sie den Pullover wieder aus und warf ihn auf das Bett. »Probier du ihn mal an!«

Geistesabwesend befingerte Brenna einen Ärmel des Rollis. »Fühlt sich echt gut an.«

Jude setzte sich ebenfalls aufs Bett und beobachtete, wie Darcy nach einer cremefarbenen Seidenbluse griff. »Im anderen Schlafzimmer habe ich noch mehr.«

Darcy hob den Kopf wie ein Wolf, der plötzlich ein Lamm wittert. »Noch mehr?«

»Ja, hmmm, leichtere Kleider und ein paar Cocktailsachen, die ich mitgebracht habe für den Fall…«

»Bin sofort wieder da!«

»Jetzt hast du es geschafft«, erklärte Brenna trocken, als Darcy aus dem Raum stürzte. »Die wirst du nie wieder los.« Sie stellte ihr Weinglas auf den Boden und öffnete die Knöpfe ihrer Bluse. Als aus dem Nebenzimmer ein lauter Freudenschrei ertönte, rollte Brenna mit den Augen und zog den grünen Rolli über den Kopf.

»Oh, der ist wirklich wunderbar!« Von der weichen Wärme der Wolle ehrlich überrascht, schwang Brenna sich vom Bett und trat vor den Spiegel an der Wand. »In dem Ding sieht es beinahe aus, als hätte ich so was wie einen Busen.«

»Du hast eine tolle Figur.«

Obgleich sie niemals der Eitelkeit hätte bezichtigt werden können, wand und drehte sich Brenna vor dem Spiegel. »Es ist wirklich nett, einen Busen zu haben. Ich glaube, meine Schwester Maureen hat meinen mitgeerbt. Dabei hätte ich als die Älteste von uns Geschwistern ein größeres Anrecht darauf gehabt!«

»Da hilft bestimmt nur ein. vernünftiger BH.« In ein schwarzes Cocktailkleid gehüllt und einen Haufen anderer Kleider über den Armen, tänzelte Darcy aus dem Nebenraum herbei. »Du solltest das, was dir von Gott gegeben wurde, statt es einfach herumhängen zu lassen, bestmöglich nutzen. Jude, dieses Kleid ist ein Traum, aber du solltest den Saum unbedingt ein Stückchen kürzer machen.«

»Ich bin größer als du.«

»Unmerklich. Hier, zieh es einmal an, und lass mich dich ansehen.«

»Nun, ich...« Aber Darcy zwängte sich schon aus dem Kleid, und wehrlos gegenüber einer Frau, die nichts als einen Büstenhalter und einen knappen Slip trug, überwand Jude mühsam ihre Schüchternheit und zog sich langsam aus.

»Ich wusste, dass du schöne Beine hast«, erklärte Darcy mit einem zustimmenden Nicken. »Warum willst du sie unter einem solchen Saum verstecken? Das Ding müsste wirklich gute zweieinhalb Zentimeter kürzer sein, findest du nicht auch, Brenna?« Immer noch halb nackt kniete sich Darcy auf den Boden, faltete den Saum etwas nach oben und betrachtete mit nachdenklich gespitzten Lippen das Resultat ihrer Korrektur. »Vier Zentimeter kürzer, dazu die hochhackigen schwarzen Schuhe, die an den Zehen offen sind, und du bringst die Männer um.«

Sie nickte, stand auf und probierte eine grau gestreifte Hose an. »Leg das Kleid einfach da hin, und ich mach es dir kürzer.«

»Oh, wirklich, das brauchst du...«

»Als Bezahlung«, erklärte Darcy mit blitzenden Augen, »dafür, dass du mir hin und wieder etwas von deinen Sachen borgst.«

»Darcy kann wirklich gut nähen«, versicherte Brenna der

verwirrten Jude. Da sie ebenfalls allmählich Spaß an dem Verkleiden fand, griff sie nach einem schwarzen Blazer und komplettierte damit den Pullover.

»Versuch es mal mit dieser Weste. Dann wirkt das Ganze peppiger.« Jude zog die mit winzigen grünen und burgunderroten Karos versehene Weste aus dem Schrank.

»Du hast einen guten Blick für die Dinge.« Darcy nahm Jude strahlend in den Arm. »Und jetzt kommt zur Krönung noch ein Mini, und schon werden die Männer in Scharen über dich herfallen.«

»Ich will gar nicht, dass sie über mich herfallen. Dann muss man sie erst alle aus dem Weg schaffen, wenn man irgendwohin will.«

»Falls genug von ihnen stürzen, brauchst du nur über ihre leblosen Körper zu steigen, bis du bei demjenigen angekommen bist, den du selber magst.« Darcy fand ein schieferfarbenes Kostüm und zwängte sich mit wackelnden Hüften in den Rock. »Aber, nicht wahr, Jude du lässt Aidan doch sicher noch an dich heran?«

»An mich heran?«

»Dieser Rock gehört ebenfalls etwas gekürzt. An dich heran«, nahm sie den Faden wieder auf. »Bis jetzt hast du doch noch nicht mit ihm geschlafen, oder?«

»Ich…« Jude machte einen Schritt zurück und nahm ihr Weinglas in die Hand. »Nein. Nein, habe ich nicht.«

»Das dachte ich mir schon.« Darcy machte eine halbe Drehung vor dem Spiegel, um sich die Jacke des Kostüms von hinten anzusehen. »Ich nehme an, wenn du es getan hättest, würden deine Augen stärker blitzen als bisher.« Prüfend hob sie ihre Haarpracht, schob sie erst nach links und dann nach rechts und beschloss, sich einmal die hübschen silbernen Ohrringe zu leihen, die sie an Jude gesehen hatte. »Aber du wirst doch wohl noch mit ihm ins Bett gehen, oder etwa nicht?«

»Darcy, du Trampel, du machst sie ganz verlegen.«

»Warum?« Darcy ließ ihre Haare wieder sinken und hob abwägend zwei Paar hochhackiger Schuhe in die Luft. »Schließlich sind wir drei Frauen unter uns, und keine von uns ist mehr Jungfrau. Außerdem ist nichts auszusetzen an etwas nettem Sex, oder, Jude?«

Werde nur nicht rot, sagte sich Jude. Nein, du wirst *nicht* rot. »Nein, natürlich nicht.«

»Es heißt, Aidan wäre ein guter Liebhaber.« Sie lachte, als Jude erneut ihr Weinglas an die Lippen hob. »Und wenn du es dann mit ihm tust, würden Brenna und ich es durchaus zu schätzen wissen, wenn du uns mit ein paar kleinen Details versorgen könntest – denn im Augenblick hat keine von uns einen Kerl, mit dem ins Bett zu gehen sich lohnt.«

»Über Sex zu reden ist beinahe so schön, wie ihn zu haben.« Brenna entdeckte ein gestreiftes Hemd und nahm es in die Hand. »Von uns dreien scheinst du die Einzige zu sein, die in absehbarer Zukunft das Vergnügen haben wird. Das Aufregendste, was ich seit beinahe einem Jahr erlebt habe, war, als ich Jack Brennan letztes Silvester eins auf die Nase geben musste, als er mich betätschelt hat – und ich bin immer noch nicht sicher, ob er nicht vielleicht tatsächlich, wie er behauptet, nur ein weiteres Bier vom Tresen nehmen wollte.«

Sie warf das Hemd aufs Bett, nahm in ihrer Unterwäsche Platz und schenkte ihnen allen nach.

»Ich für meinen Teil erkenne ganz genau, ob ein Mann die Hand nach mir oder nach einem Bierglas ausstreckt.« Darcy wackelte mit dem Kopf und betrachtete ihr Spiegelbild. Sie wirkte, wie sie dachte, ziemlich elegant. Wie eine echte Dame, die an wunderbare Orte reiste und sich erlesenen Tätigkeiten widmete. »Wann trägst du ein solches Kostüm, Jude?«

»Oh, wenn ich irgendwelche Besprechungen habe, bei meinen Vorlesungen, bei offiziellen Essen.«

»Offizielle Essen!« Mit einem Seufzer drehte Darcy sich langsam zu Jude um. »In irgendwelchen eleganten Restaurants, wo man von Obern in weißen Jacken entgegenkommend bedient wird.«

»Und in denen es als Hauptgericht fades Gummihühnchen gibt«, kam die lächelnde Ergänzung, »zusammen mit endlosen Reden der langweiligsten Menschen, die das Komitee zu bieten hat.«

»Das liegt nur daran, dass du es gewohnt bist.«

»Derart gewohnt, dass ich problemlos mit der Aussicht leben könnte, nie wieder an einem solchen Essen teilnehmen zu müssen. Ich war wirklich eine jämmerliche Akademikerin.«

»Ach ja?« Brenna zog sich ihr eigenes Hemd über den Kopf.

»Schrecklich. Ich habe die Vorbereitungen auf die Vorlesungen ebenso gehasst wie die Tatsache, immer auf alles eine Antwort haben und regelmäßig Hausarbeiten korrigieren zu müssen. Aber am schlimmsten waren das interne Ränkeschmieden und der Zwang, sich stets ans Protokoll zu halten.«

»Warum hast du diese Arbeit dann gemacht?«

Jude blickte verwirrt auf Darcy. Die Frau hatte ein solches Selbstbewusstsein, sie passte so perfekt in ihre Haut, selbst während sie in einem Baumwollbüstenhalter und dem Rock einer anderen in einem fremden Schlafzimmer herumlief. Wie sollte jemand, der sich seiner selbst so sicher war, jemals verstehen, dass einem das auch fehlen konnte? Und zwar total?

»Es wurde von mir erwartet«, brachte sie schließlich leise vor.

»Und, hast du immer getan, was man von dir erwartete?«

Jude atmete langsam aus und griff erneut nach ihrem Wein. »Ich fürchte, ja.«

»Tja, nun!« Darcy umfasste Judes Gesicht und gab ihr einen Kuss. »Das werden wir sofort ändern.«

Bis die zweite Weinflasche geleert war, wirkte Judes Schlafzimmer wie kurz nach einem Bombenattentat. Brenna war noch so weit bei Verstand, dass sie erst ein Feuer im Kamin schürte und sich dann auf die Suche nach Käse und Salzkräckern begab. Ein wenig enttäuscht, weil Judes Schuhe ihr zu groß waren, nahm sie auf dem Boden Platz. Nicht dass sie Gelegenheit gehabt hätte, etwas derart Elegantes je zu tragen, aber sie gefielen ihr doch sehr.

Jude lag bäuchlings auf dem Bett, hatte den Kopf in ihre Fäuste gestützt und beobachtete, wie Darcy endlose Variationen ihrer Kleidungsstücke an sich testete. Angesichts des dümmlichen Gesichtsausdrucks, dem sie beim Blick in den Spiegel begegnete, fragte sich Jude, ob sie betrunken oder einfach eine Närrin war.

Außerdem litt sie an einem Schluckauf.

»Das erste Mal«, erklärte Darcy gerade, »war mit Declan O'Malley, und wir haben einander ewige Liebe geschworen. Wir waren sechzehn und hatten keine Ahnung, wie es ging. Eines Abends haben wir uns beide von zu Hause fortgeschlichen und es auf einer Decke am Strand getrieben. Und lasst mich euch sagen, es ist keine Spur romatisch, im Sand herumzurollen, selbst wenn man sechzehn und über alle Maßen dämlich ist.«

»Ich finde das Ganze furchtbar süß«, sagte Jude mit verträumter Simme, denn sie stellte sich vor, wie die Wellen des Meeres ans Ufer schlugen und zwei junge Leiber vor Liebe und in der Aufregung der Entdeckung ihrer Körperlichkeit im Licht des Mondes glühten. »Was wurde aus Declan O'Malley?«

»Tja, unsere ewige Liebe hielt ungefähr drei Monate, und dann haben wir uns anderen Dingen zugewandt. Vor zwei

Jahren hat er Jenny Duffy geschwängert, also haben sie geheiratet und der ersten Tochter schnellstmöglich ein Schwesterchen gemacht. Sie scheinen durchaus nicht unglücklich zu sein.«

»Ich hätte auch gerne Kinder.« Jude rollte sich herum und griff nach ihrem Glas. Der Wein erschien ihr wie ein Göttergeschenk. »Als William und ich darüber diskutiert haben...«

»Ihr habt darüber diskutiert?« Brenna, die Hüterin der Flasche, füllte die Gläser wieder auf.

»O ja, auf eine sehr logische, sachliche, zivilisierte Art. William war immer sehr zivilisiert.«

»Ich glaube, William hätte einen kräftigen Tritt in den Allerwertesten gebraucht.« Brenna drückte Jude das Weinglas in die Hand und wandte sich eilig ab, damit der Wein, der über den Rand schwappte, als Jude laut zu lachen begann, nicht auf ihre Haare traf.

»Seine Studenten nennen ihn nicht bei seinem Namen, Powers, sondern immer nur den Sauertopf. Ich hieß niemals Powers, denn als moderne, berufstätige Frau habe ich natürlich meinen eigenen Namen trotz Heirat behalten; so hatte ich wenigstens bei der Scheidung nicht noch das Problem mit der Rückbenennung. Tja... was sagte ich gerade?«

»Wie zivilisiert der Sauertopf gewesen ist.«

»O ja! William beschloss, fünf bis sieben Jahre zu warten. Und dann hätten wir, unter günstigen Umständen, erneut über das Thema diskutiert. Wenn wir uns entschlossen hätten, ein Kind zu bekommen, hätten wir die angemessene Tagesmutter und den passenden Kindergarten gesucht, und sobald wir das Geschlecht des Kindes gewusst hätten, hätten wir festgelegt, welche Schulen und welches College es einmal besuchen soll.«

»Welches College?« Darcy drehte sich verwundert um. »Bevor das Baby auf der Welt gewesen wäre?«

»William war immer sehr zukunftsorientiert.«

»Und das bei einem Mann, dessen Hirn anscheinend in den Lenden sitzt?«

»Wahrscheinlich ist er nicht so schlimm, wie es bei mir klingt.« Jude runzelte die Stirn. »Könnte sein… mit Allyson ist er glücklich.« Zu ihrem Entsetzen wallten hinter ihren Lidern Tränen auf. »Mit mir war er es leider nicht.«

»Dieser elendige Schweinehund!« Voller Mitgefühl verließ Darcy ihren Platz vor dem Schrank, setzte sich neben Jude aufs Bett und zog sie in den Arm. »Er hätte dich gar nicht verdient.«

»Nicht für eine Minute«, pflichtete Brenna ihrer Freundin bei und tätschelte Jude begütigend das Knie. »Dieser staubtrockene, treulose Bastard! Du bist hundertmal besser als jede Allyson.«

»Sie ist weißblond«, erklärte Jude mit einem Schniefen. »Und hat Beine bis zu den Ohren.«

»Wetten, dass ihre Haare gefärbt sind«, erklärte Darcy spitz. »Und du hast ebenfalls wunderbare Beine. Prächtige Beine. Ich kann den Blick kaum davon losreißen.«

»Wirklich?« Jude wischte sich mit einer Hand über die Nase.

»Sie sind echt phänomenal.« Brenna strich über eine von Judes Waden. »Wahrscheinlich geht er allabendlich voll des Bedauerns, dass er dich verloren hat, ins Bett.«

»Verdammt«, brach es aus Jude heraus. »Er war ein langweiliger Hurensohn. Allyson kann ihn geschenkt haben!«

»Wahrscheinlich ist er noch nicht einmal besonders toll im Bett.«

Auf diese Feststellung von Darcy brach Jude in geradezu vergnügtes Schnauben aus. »Nun, ich für meinen Teil habe zumindest nie die Engel singen hören, wenn er mit mir geschlafen hat. Das ist einfach super!« Sie rieb sich mit den Handrücken über die tränenfeuchten Wangen. »Nie zuvor hatte ich Freundinnen, die mich einfach besucht, sich mit mir betrunken und meine Kleider durch die Gegend geworfen haben.«

Darcy zog sie liebevoll an ihre Brust. »Keine Angst, das hier ist sicher nicht das letzte Mal, dass wir dich derart überfallen.«

Irgendwann während der dritten Flasche Wein erzählte ihnen Jude, was sie auf dem alten Friedhof erlebt hatte – oder erlebt zu haben meinte.

»So etwas ist erblich«, antwortete Darcy und nickte wissend. »Die alte Maude hatte ebenfalls seherische Fähigkeiten, und sie hat auch oft Gespräche mit den Elfen und Feen geführt.«

»Gibt's doch gar nicht!«

Darcy zog eine ihrer elegant gezupften Brauen in die Höhe. »Das sagt nun eine Frau, die uns soeben von ihrer Begegnung mit dem Feenprinzen berichtet hat.«

»Nein, falsch! Ich habe nur erzählt, dass ich zweimal diesem seltsamen Mann begegnet bin. Oder es mir zumindest eingebildet habe. Am Ende habe ich einen Hirntumor?«

Bei diesen Worten verzog Brenna spöttisch das Gesicht. »Unsinn. Du bist gesund wie ein Pferd.«

»Wenn nicht, das heißt, wenn es keine körperliche Ursache für mein Erlebnis gibt, dann bin ich wohl ganz einfach verrückt. Schließlich bin ich Psychologin«, erinnerte sie ihre Gäste. »Tja, ich war eine, und zwar bestenfalls eine mittelmäßige; aber trotzdem weiß ich genug über derartige Dinge, um die Symptome einer ernsten geistigen Störung zu erkennen.«

»Weshalb solltest du an einer geistigen Störung leiden?«, erkundigte Brenna sich. »So, wie ich es sehe, bist du eine durch und durch vernünftige Person. Meine Ma findet, genau deshalb und wegen deines damenhaften Benehmens wärst du gut für mich.« Brenna klopfte der Freundin fröhlich auf die Schulter. »Und trotzdem habe ich dich gern.«

»Wirklich?«

»Na sicher, ebenso wie Darcy, und das nicht nur wegen deiner hübschen Kleider.«

»Natürlich mag ich unsere Jude nicht nur wegen ihrer Klamotten.« Darcys Stimme klang beleidigt. »Ich mag sie auch wegen ihres wunderbaren Schmucks.« Lachend warf sie sich rücklings auf das Bett. »War nur ein Scherz! Natürlich mögen wir dich, Jude. Mit dir hat man jede Menge Spaß, auch wenn man nur die Hälfte dessen, was du sagst, versteht.«

»Wie nett!« Wieder wallten in ihr verräterische Tränen auf. »Es ist so schön, Freundinnen zu haben, vor allem, wenn man entweder an Hirnkrebs stirbt oder dem Wahnsinn verfällt.«

»Auf dich trifft ganz sicher keins von beidem zu. Du hast bloß Carrick, den Feenprinzen, getroffen«, verkündete Brenna im Brustton echter Überzeugung. »Er wandert über seinen Plastikhügel, bis er endlich seine Lady Gwen bekommt.«

»Glaubst du das tatsächlich?« Plötzlich schien es irgendwie möglich – möglich in einer Weise, die ihr noch wenige Stunden zuvor vollkommen absurd erschienen war. »Glaubst du tatsächlich an Feenpaläste und Geister und Zaubersprüche mit einer Kraft, die über Jahrhunderte anhält? Sagst du das nicht nur, um mich zu trösten?«

»Ganz sicher nicht.« Brenna lungerte in Judes dickem Morgenmantel auf dem Boden und knabberte an den Resten der Schokolade. »Ich glaube an jede Menge Dinge, solange man mir nicht das Gegenteil beweist. Soweit ich weiß, hat bisher niemand bewiesen, dass es keine Feenpaläste unter den Hügeln der Umgebung gibt, und die meisten Menschen sind der festen Überzeugung, dass an den alten Geschichten etwas dran ist.«

»Ja!« Jude schlug Brenna begeistert auf die Schulter. »Genau diese These vertrete ich auch in meiner Dokumentation. Die meisten Legenden werden so lange weitergegeben, bis die Leute glauben, sie wären wirklich wahr. Der historische Artus wurde durch die Hinzufügung magischer Schwerter und Merlins des Zauberers zu einer Legende. Vlad, der Zerstörer, wurde ein Vampir. Die weisen Frauen, die Heilerinnen, wurden Hexen und so weiter und so fort. Die menschliche Neigung zur Übertreibung, zur Extrapolation, dazu, eine Geschichte unterhaltsamer zu gestalten, indem man fantastische Elemente hinzufügt, macht eben diese Geschichte zur Legende, der man dann in gewissen Kulturen einen wahren Kern zutraut.«

»Hört euch das an! Die Frau kann wirklich reden.« Darcy, die glücklich in einem von Judes Kaschmirpullovern auf dem Bett hockte, spitzte nachdenklich die Lippen. »Ich bin sicher, meine liebe Jude, dass das, was du eben gesagt hast, sehr intelligent und tief schürfend gewesen ist – auch wenn du behauptest, nur eine mittelmäßige Psychologin gewesen zu sein. Aber in meinen Ohren klingt das alles wie ein Haufen Quatsch. Hast du nun Carrick, den Feenprinzen, gesehen oder nicht?«

»Ich habe jemanden gesehen. Er hat mir seinen Namen nicht genannt.«

»Und dieser Jemand hat sich vor deinen Augen in Luft aufgelöst?«

Jude runzelte die Stirn. »So hat es auf mich gewirkt, aber…«

»Kein Aber, nur die Fakten. So geht man solche Dinge ja wohl logisch an. Wenn er mit dir geredet hat, dann will er was von dir. In meinem ganzen Leben habe ich bisher nur gehört, dass er mit der alten Maude redete. Und du, Brenna?«

»Ich auch. Hattest du Angst vor ihm, Jude?«

»Nein, natürlich nicht.«

»Das ist schon mal gut. Ich denke, wenn er dir ein Leid zufügen wollte, hättest du das längst bemerkt. Vermutlich ist er eben einsam, und es verlangt ihn nach seiner Liebsten. Dreihundert Jahre«, sagte sie mit Sehnsucht in der Stimme. »Irgendwie ist es tröstlich zu wissen, dass Liebe so lange halten kann.«

»Du bist eine unverbesserliche Romantikerin, Brenna!« Darcy erhob sich vom Bett und rollte sich gähnend in dem kleinen Sessel zusammen, der nicht weit vom Fenster stand. »Die Liebe der beiden dauert nur deshalb an, solange sie auf Sehnsucht fußt. Aber steck die beiden zusammen und spätestens in sechs Monaten streiten sie ebenso wie alle anderen miteinander herum.«

»Siehst du – du hast noch nie einen Mann gehabt, der den Mut besessen hätte, dein Herz zu erobern und auf Dauer festzuhalten.«

Darcy zuckte mit den Schultern und schob sich noch tiefer in den Sessel. »Ich habe auch nicht die Absicht, jemals einem Mann die Gelegenheit dazu zu geben. Nur wenn du ihr Herz in den Händen behältst, bist du die Überlegene. Räumst du ihnen hingegen Macht über dein eigenes Herz ein, ist das der sichere Untergang.«

»Ich glaube, ich würde gerne einen Menschen derart lieben.« Judes Augen fielen zu. »Selbst wenn es wehtäte. Wenn man so liebt, fühlt man sich sicher nie mehr derart durchschnittlich und gewöhnlich, wie es mir jetzt ergeht.«

»Nein, aber zugleich kommt man sich bestimmt einigermaßen dämlich vor«, murmelte Brenna, und mit leisem Lachen schlief Jude ein.

10

Als Jude am nächsten Tag erwachte, tanzten winzige Gestalten in derben Holzschuhen ein rustikales Ballett in ihrem Kopf. Sie konnte jeden ihrer Schritte, jeden ihrer Sprünge in ihren Schläfen zählen. Es war eher verwirrend als unangenehm, und vorsichtig öffnete sie die Augen.

Zischte, als sie das blendende Licht der Morgensonne traf, machte die Augen wieder zu und nochmals, vorsichtiger, wieder auf.

Überall lagen Kleidungsstücke herum. Zuerst dachte sie, es wäre vielleicht ein schlimmer Sturm über das Cottage hinweggefegt, ähnlich eines Tornados in der Geschichte vom Zauberer von Oz, der sämtliche Besitztümer der armen Dorothy in ihrem Zimmer herumgeschleudert hatte.

Das würde auch erklären, weshalb sie diagonal, halb nackt, mit dem Gesicht nach unten, auf ihrem zerwühlten Laken lag.

Beim Klang des leisen Schnaubens unter ihrem Bett hielt sie erst erschreckt die Luft an und atmete dann keuchend wieder aus. Bestenfalls hatte sie es mit irgendwelchen Nagern zu tun – dachte sie erschüttert –, schlimmenstenfalls war es eine dieser verrückten kleinen Puppen, die zum Leben erwacht waren und Messer und Ähnliches mit sich herumschleppten, um damit die Hände und Füße der Menschen zu pieksen, wenn diese sie achtlos nachts über die Bettkante hängen ließen.

Als Kind hatte sie Albträume von diesen grauenhaften Püppchen gehabt und wirklich niemals irgendeine Gliedmaße über den Rand ihres Bettes hängen lassen. Schließlich wusste man ja nie.

Was auch immer sich gerade unter ihr befand, sie war damit allein und musste sich verteidigen. Glücklicherweise lag auf ihrem Kopfkissen ein marineblauer, hochhackiger Schuh. Ohne sich zu fragen, wie er dorthin geraten war, nahm sie ihn wie eine Waffe zur Hand und atmete tief ein.

Mit zusammengebissenen Zähnen kroch sie näher an den Rand ihrer Matratze, spähte vorsichtig hinunter und machte sich bereit für das, was getan werden musste.

Auf dem Boden lag Brenna, wie eine Mumie eingehüllt in ihren dicken weißen Morgenmantel, den Kopf auf einem Stapel zerknitterter Pullover, zu ihren Füßen eine leere Weinflasche.

Jude starrte sie entgeistert an, kniff eilig ihre Augen zu und riss sie wieder auf.

Die Beweise waren nicht zu übersehen. Da gab es nichts zu leugnen. Weinflaschen, Gläser, leere Schalen, verstreute Garderobe.

Sie war weder von Nagetieren noch von bösen Puppen heimgesucht worden, sondern hatte sich ganz einfach zusammen mit Gleichgesinnten betrunken.

Aus ihrer Kehle drang ein lautes Kichern, und eilig vergrub sie ihren Kopf in dem zerwühlten Laken, denn sonst hätte sie sicherlich Brenna geweckt und ihr erklären müssen, weshalb sie kopfüber am Rand ihres Bettes hing und wie eine Verrückte gackerte.

Oh, ihre Freunde, ihre Verwandten und Kollegen wären, wenn sie sie jetzt sähen, sicherlich schockiert. Sie hielt sich den vor Lachen schmerzenden Bauch, rollte auf den Rücken und starrte glücklich unter die Decke ihres Schlafzimmers. Wenn sie in Chicago Gäste gehabt hatte, pflegte es sich dabei stets um sorgfältig geplante Dinner zu handeln, mit sorgfältig ausgesuchter leiser Hintergrundmusik, sorgfältig ausgewählten Flaschen teuren Weins.

Und falls jemand ein Gläschen zu viel genossen hatte, verabschiedete er sich auf der Stelle und möglichst diskret. Keinesfalls wäre jemals die Gastgeberin in Anwesenheit ihrer

Besucher auf ihrem Bett eingeschlafen, sondern immer brachte sie ihre Gäste höflich an die Tür und räumte anschließend noch auf.

Nie zuvor hatte jemand zusammengerollt auf ihrem Fußboden geschlafen, und nie zuvor war sie am nächsten Morgen mit einem Kater aufgewacht.

Aber es gefiel ihr, dachte sie erstaunt.

Es gefiel ihr derart gut, dass sie dieses Ereignis sofort in ihr Tagebuch schreiben wollte. Sie kletterte aus dem Bett, fuhr zusammen und grinste dann zufrieden über das Dröhnen ihres Schädels. Ihr erster echter Kater. Welch himmlischer Genuss!

Auf Zehenspitzen schlich sie aus dem Raum und freute sich darauf, dies alles in ihrem Reisejournal zu verewigen. Dann würde sie duschen, Kaffee aufsetzen und ihre Gäste mit einem üppigen Frühstück erfreuen.

Gäste, erinnerte sie sich. Wo, in aller Welt, steckte Darcy?

Jude bekam die Antwort auf die Frage, als sie ihren kleinen Arbeitsraum betrat. Der Haufen unter der Decke auf dem schmalen Bett war sicher die zweite Besucherin, was bedeutete, dass der Tagebucheintrag verschoben werden musste.

Doch das spielte keine Rolle, dachte Jude, belustigt und erfreut von dem Gedanken, dass ihre neuen Freundinnen sich hier so heimisch fühlten und gleich bei ihr nächtigten. Trotz ihrer heftigen Kopfschmerzen hätte sie unter der Dusche beinahe getanzt.

Dies war die schönste Nacht ihres Lebens gewesen, dachte sie beglückt. Es war ihr egal, wie jämmerlich das klang, und fröhlich hielt sie den Kopf unter den heißen Strahl. Wie gut hatte es getan, zu reden und zu lachen, sich närrisch zu benehmen. Diese beiden liebenswerten jungen Frauen waren auf ihrer Türschwelle erschienen, hatten sich mit ihr gemeinsam amüsiert und ihr das Gefühl gegeben, Teil dessen zu sein, was sie schon seit Jahren miteinander verband.

Ganz einfach eine Freundschaft! Und niemand wollte wissen, welche Schule sie besucht hatte, wie sie ihren Lebensunterhalt verdiente, wo sie aufgewachsen war. Es ging allein darum, was sie zu sagen hatte, was sie fühlte, wer sie persönlich war.

Nicht darum, welche Kleider sie besaß, fügte sie kichernd hinzu. Doch ihre Kleider waren ein Spiegel von ihr, oder etwa nicht? Zumindest ein Spiegel der Person, als die sie sich sah. Und weshalb sollte sie sich nicht geschmeichelt fühlen von der Tatsache, dass eine wunderschöne Frau wie Darcy ihre Ausstattung bewunderte?

Immer noch lächelnd trat sie aus der Dusche, trocknete sich ab und nahm dann ein paar Kopfschmerztabletten aus dem Schrank. Sie schlang sich das Handtuch um die Hüften, dachte, dass sie sicher etwas zum Anziehen finden würde, indem sie einfach etwas aus dem Durcheinander in ihrem Schlafzimmer fischte, und trat mit tropfnassen Haaren in den Flur.

Bei ihrem ersten Schrei klirrten die Scheiben – er drang pfeifend aus ihrer Kehle und zuckte wie ein greller Blitz durch ihren vom Kater bereits dröhnenden Schädel. Dann zerrte sie keuchend ihr Handtuch vor den Busen und starrte ihr Gegenüber mit großen Augen an.

»Tut mir Leid – wollte dich nicht erschrecken –, aber ich habe ordnungsgemäß erst an der Vorder- und dann an der Hintertür geklopft«, erklärte Aidan ihr.

»Ich war – ich stand unter der Dusche.«

»Das ist nicht zu übersehen.« Was für eine Augenweide sie doch war, rosig und dampfend von dem heißen Wasser, mit schimmernd nassem, dunkelbraunem Haar!

Es bedurfte seiner ganzen Willenskraft als Mann, nicht einen Schritt nach vorn zu machen und einfach irgendwo in sie hineinzubeißen, dachte er frustriert und gleichzeitig entzückt.

»Du – du kannst doch nicht einfach so hier hereinmar-
schieren.«

»Tja, die Hintertür war, wie die meisten Hintertüren hier
in der Umgebung, nicht abgeschlossen.« Immer noch sah er
ihr, obgleich es ihn lockte, ihren Körper genauer zu mustern,
lächelnd ins Gesicht. »Und ich habe Brennas Laster in der
Einfahrt stehen sehen, also müssen sie und Darcy sicherlich
noch hier sein. Stimmt meine Vermutung, oder etwa nicht?«

»Ja, aber…«

»Ich brauche Darcy im Pub. Sie hat heute die Mittags-
schicht und neigt dazu, derartige Lappalien zu vergessen.«

»Wir sind noch nicht angezogen.«

»Eindeutig, meine Süße, obgleich ich es mir verkneife,
näher darauf einzugehen. Aber da du selber davon sprichst,
lass mich dir sagen, dass du wirklich entzückend aussiehst
heute Morgen. Frisch wie eine Rose und…«, er trat ein
wenig näher, um zu schnuppern, »und doppelt so duf-
tend!«

»Wie soll ein Mensch bei dem Getöse bitte schlafen?«
Jude zuckte zusammen, als Brennas Stimme aus dem Schlafzimmer ertönte. »Um Himmels willen, küss sie endlich, Aidan, und kau ihr nicht länger am Ohr!«

»Tja, nun, ich war gerade bei den Vorbereitungen.«

»Nein!« Ihr Aufschrei war derart idiotisch, dass Jude sich
wünschte, sie würde auf der Stelle im Erdboden versinken.
Das Beste, was sie tun konnte, war ins Schlafzimmer zu flit-
zen und einen Pullover vom Boden zu reißen. Ehe sie allerdings auch eine passende Hose zu fassen bekam, stand Aidan bereits hinter ihr.

»Mutter Gottes, was für ein geheimes weibliches Ritual
endet denn in einem solchen Tohuwabohu?«

»Himmel, Aidan, halt endlich die Klappe. Mein Schädel
dröhnt auch so bereits genug.«

Er hockte sich neben das Durcheinander roter Haare.

»Mädchen, du weißt doch, dass du von zu viel Wein immer einen dicken Schädel bekommst.«

»Wir hatten kein Bier«, murmelte Brenna entschuldigend.

»Nun, was soll man da machen? Aber zumindest habe ich das alte Gallagher'sche Gegenmittel dabei.«

»Ja?« Sie rollte sich auf die Seite, sah ihn aus trüben Augen an und packte flehend seine Hand. »Wirklich? Gott segne dich, Aidan! Der Mann ist ein Engel, Jude. Ich sage dir, er ist ein wahrer Engel. Man sollte ihm ein Denkmal auf dem Marktplatz von Ardmore errichten.«

»Wenn du dich weit genug aufraffen kannst, kriech am besten direkt in die Küche. Für alle Fälle habe ich einen ganzen Krug voll mitgebracht.« Er küsste Brenna auf die Stirn. »Und wo steckt meine Schwester?«

»In meinem Arbeits-, das heißt in dem zweiten Schlafzimmer«, erklärte Jude in, wie sie hoffte, kühlem, würdevollem Ton, während sie immer noch verschiedene Textilien vor ihre Brust presste.

»Gibt es dort viel, was kaputtgehen kann?«

»Wie bitte?«

Aidan richtete sich wieder auf. »Achte einfach nicht auf die Schreie und das Geschepper, das du sicherlich gleich hörst. Ich werde mein Möglichstes tun, um den materiellen Schaden in Grenzen zu halten.«

»Was meint er damit?«, wandte Jude sich nuschelnd an Brenna, als er aus dem Zimmer war.

»Oh!« Brenna gähnte ausgiebig. »Nur, dass Darcy es nicht allzu gut verträgt, wenn man sie morgens weckt.«

Beim ersten Schrei hob Brenna eine Hand an ihren Schädel und stöhnte leise auf. Schockiert zerrte sich Jude ihren Pullover über den Kopf und rannte in die Richtung, aus der lautes Krachen und unflätiges Fluchen drang.

»Nimm deine Pfoten weg, du herzloser Gorilla, sonst trete ich dir in den Südpol, dass du bis nach Dublin fliegst!«

»Nein, ich trete *dir* in den Hintern, wenn du nicht sofort aus dem Bett steigst und mit zur Arbeit kommst, Liebes!«

Falls die Worte und der bösartige Ton, in dem sie fielen, auch nur den geringsten Eindruck auf die gute Darcy machten, so ließ sie es sich nicht anmerken. Jude platzte gerade rechtzeitig ins Zimmer, um zu sehen, wie Aidan mit grimmiger Miene seine mit nichts als einem Büstenhalter und einem Slip bekleidete Schwester unsanft aus den Federn zerrte.

»Du brutaler Rabauke! Hör sofort damit auf!« In dem Bedürfnis, der neuen Freundin beizustehen, sprang Jude auf Aidan zu. Der Befehl und die Bewegung lenkten ihn lange genug ab, sodass Darcy die Faust ballen, die Zähne blecken und ihm einen gezielten Schlag in den Unterleib versetzen konnte.

Jude war sich nicht sicher, ob das Geräusch, das sie vernahm, wirklich von einem Menschen kam. Hin und her gerissen zwischen einem neuerlichen Schock und einer Woge weiblicher Belustigung, auf die sie alles andere als stolz war, beobachtete sie, wie Aidan in die Knie ging und sich Darcy wie eine Wölfin auf ihn warf.

»Aua! Himmel! Verdammt!« Er tat, was er konnte, um sich vor Darcy zu schützen, die genau, wie er es sie gelehrt hatte, schlug und trat und biss; und obgleich er sich immer noch nicht ganz von ihrem ersten Treffer erholt hatte, schaffte er es am Ende und hielt ihre Arme fest.

»Eines schönen Tages, Darcy Alice Mary Gallagher, werde ich vergessen, dass du eine Frau bist, und dir einen Hieb versetzen, bei dem dir Hören und Sehen vergeht.«

»Los, du widerlicher Macho!« Sie reckte das Kinn und blies sich die Haare aus den Augen. »Nun schlag schon zu!«

»Wahrscheinlich würde ich mir dabei noch die Hand brechen. So hübsch dein Gesicht auch sein mag, steckt dahinter tatsächlich ein Schädel aus Granit.«

Dann grinsten sie einander an, und er fuhr ihr in einer

Geste mit der Hand über die Wange, die gleichermaßen Erschöpfung wie Zuneigung verriet. Jude starrte die beiden reglos an.

»Und jetzt zieh dir endlich etwas an, du schamlose Person, und sieh zu, dass du zur Arbeit kommst.«

Offensichtlich nicht weiter betroffen von dem Gefecht mit ihrem Bruder schob sich Darcy die wirren Haare aus der Stirn. »Jude, kann ich mir vielleicht den blauen Kaschmirpullover ausleihen?«

»Hm, ja, natürlich.«

»Oh, was bist du doch für ein Schatz.« Sie hüpfte durch das Zimmer und kniff die Freundin in die Wange. »Keine Sorge, was ich kann, räume ich noch auf, bevor ich gehe.«

»Tja, nun, in Ordnung. Ich koche inzwischen Kaffee.«

»Das wäre fantastisch. Obwohl Tee noch besser wäre, falls du welchen hast.«

»Kaffee?«, fragte Aidan, nachdem Darcy aus der Tür stolziert war. »Ich denke, dass du mir zumindest eine Tasse schuldest.«

»Schulde?«

Er trat entschieden auf sie zu. »Das war das zweite Mal, dass ich deinetwegen während eines Nahkampfs einen Schlag einstecken musste, dem ich andernfalls problemlos ausgewichen wäre. Oh, und außerdem könntest du dir ruhig ein wenig in die Backe beißen, um nicht noch breiter zu grinsen. Das Lachen in deinen Augen ist bereits Hohn genug.«

»Eigentlich lache ich gar nicht.« Trotzdem senkte Jude zur Vorsicht ihren Blick. »Aber den Kaffee kriegst du trotzdem.«

»Und was macht dein Schädel heute Morgen?«, wollte er wissen, während er hinter ihr das Zimmer verließ und die Treppe hinunter in Richtung der kleinen, sonnenhellen Küche stapfte.

»Dem geht es gut.«

Er zog verwundert seine Braue hoch. »Dann zeigt das Besäufnis also keine Nachwirkungen?«

»Vielleicht habe ich ein bisschen Kopfschmerzen.« Sie war zu stolz auf ihren Kater, um verlegen zu sein. »Aber meine Aspirin-Tabletten wirken bereits.«

»Da habe ich etwas wesentlich Wirksameres für dich.« Wie beiläufig fuhr er mit einer seiner Hände über ihren Nacken, wobei er auf wundersame Weise genau die Stelle traf, bei deren Berührung sie am liebsten laut geschnurrt hätte, ehe er, als sie in der Küche ankamen, seinen Spezial-Krug von der Anrichte holte und auf den Tisch stellte. Er enthielt eine dunkelrote, gefährlich aussehende Flüssigkeit.

»Gallaghers Katerheilmittel. Damit kommst du sofort wieder auf die Beine.«

»Sieht grässlich aus.«

»Ganz so furchtbar ist es gar nicht, auch wenn manche Leute sagen, das Rezept bräuchte geschmacklich noch eine leichte Verbesserung.« Er nahm ein Glas vom Regal. »Wenn ein Mann mit dem Verkauf von alkoholischen Getränken seinen Lebensunterhalt verdient, ist er es seiner Kundschaft schuldig, am nächsten Morgen ein Mittel gegen die Nachwirkungen zu servieren.«

»Aber ich habe wirklich nur leichte Kopfschmerzen.« Zweifelnd betrachtete sie das von ihm gefüllte Glas.

»Dann trink eben nur ein bisschen, und ich mache derweilen das Frühstück.«

»Ach ja?«

»Ein paar Schlucke von meinem Heilmittel, etwas zu essen und ein kleines Nickerchen.« Er drückte ihr das Glas entschieden in die Hand. Sie war ein wenig bleich, und unter ihren Augen zeichneten sich violette Ringe ab. Am liebsten hätte er sie in den Arm genommen und zärtlich hin und her gewiegt, bis sie wieder die Alte war. »Und dann wirst du aufwachen und vergessen haben, dass du letzte Nacht eine hedonistische Orgie gefeiert hast.«

»Es war keine Orgie. Schließlich waren überhaupt keine Männer anwesend.«

Er sah sie grinsend an. »Dann solltest du mich nächstes Mal dazu laden. So, und jetzt trinkst du hiervon etwas und kochst den Kaffee und den Tee, während ich den Rest übernehme.«

Es erschien ihr wie eine nette Fortsetzung eines gelungenen Abends, dass nun ein gut aussehender Mann in ihrer Küche das Frühstück zubereitete. Auch das war in ihrem ganzen Leben nie zuvor da gewesen.

Erstaunlich, wie schnell und wie vollkommen sich ein Leben ändern konnte, dachte sie verblüfft. Vorsichtig nippte sie an dem Gebräu, stellte fest, dass der Geschmack durchaus erträglich war, trank tapfer auch den Rest und setzte dann Kaffeewasser auf.

»Jude, du hast ja weder Würstchen noch Schinken im Haus.«

Den entrüsteten Klang seiner Stimme fand sie ehrlich amüsant. »Nein, ich esse solche Dinge nicht.«

»Du isst solche Dinge nicht? Aber was frühstückst du dann?«

Da das Entsetzen in seiner Stimme sich tatsächlich steigerte, konnte sie der Versuchung nicht länger widerstehen, ihn unter gesenkten Lidern lächelnd zu mustern. Sich vorzustellen, dass sie bereits vor dem Frühstück flirtete. »Für gewöhnlich stecke ich eine Scheibe Vollkornbrot in meinen Toaster und drücke dann die kleine weiße Taste.«

»Eine einzige Scheibe Toast?«

»Und eine halbe Pampelmuse oder ein Glas frisch gepressten Saft. Aber ich muss zugeben, hin und wieder vergesse ich mich und esse wahrhaftig ein ganzes Brötchen mit fettarmem Streichkäse.«

»Und das nennt eine vernunftbegabte Frau frühstücken?«

»Ja, und zwar auf eine sehr gesunde Art.«

»Amis!« Kopfschüttelnd nahm Aidan ein paar Eier aus dem Kühlschrank. »Ich frage mich, weshalb ihr euch einbildet, auf diese Weise unsterblich zu werden. Und vor allem, weshalb wollt ihr das überhaupt, wenn ihr euch gleichzeitig einige der grundlegendsten Freuden des Lebens versagt?«

»Irgendwie komme ich täglich aufs Neue über die Runden, ohne morgens lange auf einem Stück fettigen Schweinefleischs herumzukauen.«

»Oh, sind wir heute vielleicht etwas schlecht gelaunt? Tja, das wärst du sicher nicht, wenn du vernünftig frühstücken würdest. Nun, ich werde mein Möglichstes für dich tun.«

Sie drehte sich schnaubend um, aber mit der Hand, die nicht die Eier hielt, umfasste er entschieden ihren Nacken, zog sie eng an seine Brust und nagte sanft an ihrer Lippe. Ehe sie sich von diesem zärtlichen Angriff erholt hatte, folgte bereits ein langer, liebevoller Kuss, der die wenigen Gedanken, die sie noch im Kopf gehabt hatte, zur Gänze auslöschte.

»Müsst ihr unbedingt schon vor dem Frühstück schmusen?«, beschwerte sich Brenna, die sich müde in den Raum schleppte.

»Unbedingt!« Aidan fuhr mit seiner wunderbaren Hand erst an Judes Rücken hinunter und dann wieder hinauf. »Und, wenn es nach mir geht, auch danach.«

»Schlimm genug, dass du einfach so hereingetrampelt kommst und einem den Schlummer missgönnst.« In denselben Morgenmantel wie am Vorabend gehüllt, griff Brenna stirnrunzelnd nach dem von Aidan mitgebrachten Krug und schenkte sich ein Glas voll ein. Sie leerte es in einem Zug und wandte sich dann wieder an den Bruder ihrer Freundin. »Machst du uns jetzt Frühstück oder nicht?«

»Ich bin gerade dabei. Du bist momentan ein bisschen weiß um die Nasenspitze, Mary Brenna. Möchtest du vielleicht auch einen Kuss?«

Erst schnaubte, doch dann grinste sie. »Ich hätte nichts dagegen.«

Er erfüllte ihr den Wunsch, indem er die Eier auf die Arbeitsplatte legte, auf sie zutrat, sie bei den Ellenbogen packte, sie hochhob und ihr, als sie jauchzte, einen lauten Schmatzer mitten auf die Lippen gab. »Da hast du deinen Kuss und auch endlich wieder etwas Farbe im Gesicht.«

»Das liegt nur an deinem ekelhaften Gebräu«, schmeichelte sie ihm, worauf er unbekümmert lachte.

»Ich bin stets bemüht, den Damen, die ich liebe, zu Diensten zu sein. Hat sich meine Schwester etwa wieder hingelegt?«

»Sie steht unter der Dusche und schimpft immer noch wie ein Rohrspatz, weil du sie aus dem Schlaf gerissen hast. Genau wie ich es tun würde, hättest du mich nicht so großzügig geküsst.«

»Wenn Gott nicht gewollt hätte, dass die Lippen einer Frau geküsst werden, hätte er sie sicher nicht in so angenehmer Reichweite geschaffen. Jude, hast du noch irgendwo Kartoffeln?«

»Könnte sein.«

Großzügig geküsst? Obgleich das lockere, freundschaftliche Zwischenspiel zwischen Aidan und Brenna ihr eben noch das Herz gewärmt hatte, fragte sie sich jetzt, während Aidan ein paar Kartoffeln wusch und in einen Topf mit heißem Wasser warf, was »großzügig« bedeutete. Bedeutete es, dass er in der Gegend herumlief und einfach jede Frau, die ihm begegnete, mit seiner Zärtlichkeit verwöhnte? Ganz sicher besaß er den dazu erforderlichen Charme.

Das dazu erforderliche Talent.

Das dazu erforderliche Aussehen.

Doch was ging es sie an? Schließlich hatten sie keine Beziehung. Und das wollte sie auch gar nicht. Nicht wirklich…

Sie wollte einfach wissen, ob sie nur eine von vielen Frauen für ihn war oder – zum ersten Mal in ihrem Leben – doch etwas Besonderes. Nur einmal in ihrem Leben etwas Besonderes!

»Und wovon träumst du jetzt?«, erkundigte Aidan sich.

Jude riss sich zusammen und befahl sich, nicht schon wieder zu erröten. »Ich träume nicht.« Sie griff nach dem Kaffee und versuchte, es nicht weiter seltsam zu finden, dass Brenna einfach in ihren Schränken nach Tellern und Besteck zu wühlen begann.

Nie zuvor hatten sich Menschen bei ihr derart ungezwungen benommen. Komischerweise gefiel es ihr. Gab ihr das Gefühl, zu etwas Nettem, Heimeligem, Einfachem dazuzugehören.

Es spielte keine Rolle, dass Brenna mit ihrer Arbeitswut und vielseitiger Begabung sicher selbst einen gut programmierten Roboter eingeschüchtert hätte. Dass Darcy so schön war, dass sich im Vergleich zu ihr jede andere Frau wie eine Vogelscheuche ausnahm.

Und warum sollte Aidan nicht täglich vor dem Frühstück hundert Frauen küssen?

Irgendwie waren sie im Verlauf weniger Wochen echte Freunde geworden. Und sie schienen von ihr nichts anderes zu erwarten, als dass sie sie selber war.

Was sie als kleines, dennoch nicht weniger kostbares Wunder erachtete.

»Warum rieche ich noch keinen Speck?«, wollte Darcy wissen, als sie hereingeschlendert kam.

»Jude hat keinen im Haus«, erklärte Aidan ihr.

Jude strahlte, als Darcy sich eine Tasse Kaffee einschenkte. »Nächstes Mal ist welcher da!«

Das Gefühl der warmen, leisen Freude blieb noch den ganzen Tag. Während des Frühstücks schmiedeten sie und Darcy Pläne, gemeinsam zum Einkaufen nach Dublin zu fahren, erhielt sie eine sonntägliche Einladung zum Essen bei Brennas Familie und vereinbarte einen weiteren Geschichten-Erzähl-Termin mit Aidan.

Sie wurde nicht gebeten, am Abend in den Pub zu kommen. Man ging – was für sie viel schöner war – ganz selbstverständlich davon aus, dass sie nach ihrer Arbeit erschien. War man Teil von einem Kreis, dachte sie frohgemut, brauchte man keine Einladung.

In der Küche roch es nach Bratkartoffeln und Kaffee. Das Windspiel vor der Tür sang in der leichten Brise, und als sie sich erhob, um sich Kaffee nachzuschenken, erblickte sie Betty, die draußen auf den mit Wildblumen übersäten Hügeln hinter einem Haken schlagenden Kaninchen herrannte.

Jude prägte sich alle diese Dinge gründlich ein, um sich, wenn sie einmal wieder traurig oder einsam wäre, an der Erinnerung dieser glücklichen Augenblicke zu erfreuen.

Später, als sie allein war und zu ihrer Arbeit zurückkehrte, kam es ihr vor, als hätte das kleine Cottage all die Wärme, all die positive Energie des Vormittags gespeichert, und so schrieb sie in ihr Tagebuch:

Seltsamerweise war mir nie klar, dass ich genau diese Dinge gewollt habe. Ein Zuhause. Einen Ort, an den Menschen, die ich mag und die mich mögen, kommen, wann sie wollen. An dem sie sich behaglich und ungezwungen fühlen. Vielleicht habe ich, als ich so überstürzt nach Irland reiste, gar nicht die Einsamkeit gesucht, sondern das, was ich während der letzten paar Stunden erlebte: Gesellschaft, Gelächter, Ungezwungenheit und, ja, und Romantik.

Eigentlich logisch – denn ich habe den Wunsch danach

nie wirklich zugelassen. Und jetzt sind auf einmal all diese Dinge da mir in den Schoß gefallen.

Das ist ja wohl auch so etwas wie Magie. Eine ebenso kraftvolle Magie wie die, bei der es um Feen, Zaubersprüche und geflügelte Pferde geht. Hier werde ich akzeptiert, nicht wegen der Dinge, die ich tue, wegen meiner Herkunft oder wegen der Schule, die ich besucht habe – sondern einfach, weil ich Jude bin, oder, was vielleicht noch wichtiger ist: weil ich die bin, die zu sein ich mir endlich erlaube.

Am Sonntag bei den O'Tooles werde ich weder schüchtern noch übermäßig zurückhaltend sein, sondern mich ganz einfach amüsieren. Wenn ich mit Darcy einkaufen gehe, werde ich mir irgendetwas Extravagantes, vollkommen Nutzloses zulegen. Und es wird mir Spaß machen.

Und wenn Aidan nächstes Mal hierher kommt, mache ich ihn vielleicht zu meinem Liebhaber. Einfach, weil ich ihn begehre. Weil er bisher unbekannte Gefühle in mir weckt. Zügellose, durch und durch weibliche Gefühle.

Und weil es mir, verdammt noch mal, sicher gefällt, o ja!

Mit einem zufriedenen Nicken schloss sie die Datei und wandte sich ihrer Arbeit zu. Sie überflog den Bildschirm ihres Laptops, sichtete die Notizen, glitt allmählich in die Routine aus Forschung und Analyse und war tief in die Studie einer Geschichte vom Wechselbalg eines Kleinbauern vertieft, als das Telefon klingelte.

In Gedanken an das Dilemma des Bauern, griff sie nach dem Hörer. »Ja? Hallo?«

»Jude. Störe ich dich bei der Arbeit?«

Jude blickte blinzelnd auf den Bildschirm und konzentrierte sich, wenn auch gezwungenermaßen, auf die Stimme ihrer Mutter. »Nein, ich sitze gerade an nichts Wichtigem. Hallo, Mutter. Wie geht's?«

»Sehr gut.« Linda Murrays Stimme war wohlklingend,

kultiviert und zugleich ein wenig kühl. »Dein Vater und ich wollen das Semesterende nutzen für ein paar Tage New York: Dort gibt es gerade eine Ausstellung im Whitney Museum und ein interessantes Stück am Broadway.«

»Das ist schön.« Bei dem Gedanken, wie sehr ihre Eltern die Gesellschaft des jeweils anderen genossen, lächelte sie leicht. Die beiden waren einander im Geiste tatsächlich sehr verwandt. »Das wird euch sicher Spaß machen.«

»Davon bin ich überzeugt. Wenn du Lust hast, das heißt, wenn du inzwischen vom Landleben genug hast, triff uns doch einfach dort!«

Ihre Eltern hatten tatsächlich sehr vieles gemein. Und sie selbst hatte zu dieser wunderbaren Einheit nie so richtig dazugehört. »Ich weiß das Angebot zu schätzen, aber ich fühle mich hier wohl. So wohl wie schon seit einer Ewigkeit nicht mehr.«

»Ach ja?« Die Stimme ihrer Mutter klang ein wenig überrascht. »Aber schließlich warst du deiner Großmutter, von der ich dich übrigens herzlich grüßen soll, immer schon sehr ähnlich.«

»Grüß sie bitte zurück.«

»Dann ist dir das Cottage also nicht etwas zu rustikal?«

Jude dachte an ihre anfängliche Reaktion – keine Mikrowelle, kein elektrischer Dosenöffner – und grinste verstohlen. »Ich habe alles, was ich brauche. Draußen vor den Fenstern blühen jede Menge Blumen. Und allmählich kenne ich sogar einige der Vögel.«

»Wie schön für dich. Du klingst wirklich erholt. Hoffentlich fährst du auch noch nach Dublin, solange du in Irland bist. Es heißt, es gäbe dort einige wunderbare Galerien. Und natürlich willst du dir sicher das Trinity College ansehen.«

»In der Tat fahre ich nächste Woche für einen Tag hin.«

»Gut. Gut. Eine kurze Ruhepause auf dem Land wirkt

manchmal Wunder, aber schließlich willst du geistig doch nicht vollkommen einrosten.«

Jude öffnete den Mund, klappte ihn wieder zu und atmete tief ein. »Momentan arbeite ich an einer Dokumentation. Ich finde hier eine Fülle von Material. Außerdem beschäftige ich mich mit der hiesigen Botanik.«

»Wirklich? Ein wunderbares Hobby. Du klingst glücklich, Jude. Das freut mich. Es ist allzu lange her, dass du zum letzten Mal so heiter geklungen hast.«

Jude schloss die Augen und spürte, wie der in ihr aufgestiegene Widerstand bei diesen mütterlichen Worten schwand. »Ich weiß, dass ihr euch Sorgen um mich gemacht habt, und das tut mir Leid. Tatsächlich fühle ich mich großartig. Wahrscheinlich musste ich einfach mal für eine Weile fort.«

»Ich gebe zu, dass sowohl dein Vater als auch ich in Sorge um dich waren. Du wirktest so lustlos und unzufrieden.«

»Das war ich auch!«

»Die Scheidung hat dich ziemlich mitgenommen. Das verstehe ich wahrscheinlich besser als du vielleicht denkst. Es kam alles so plötzlich und war so endgültig – eine böse Überraschung.«

»Für mich auf jeden Fall«, lautete die trockene Erwiderung. »Aber das wäre vermeidbar gewesen, wenn ich die Augen aufgemacht hätte.«

»Möglich«, meinte Linda, und Jude fuhr zusammen, als ihre Mutter ihr derart unumwunden beipflichtete. »Aber das ändert nichts an der Tatsache, dass William nicht der war, für den wir ihn gehalten hatten. Und das ist einer der Gründe meines Anrufs. Ich hatte das Gefühl, du erführst es besser aus meinem Mund als durch die Gerüchteküche oder dadurch, dass irgendeine Bekannte es dir schreibt.«

»Worum geht es?« Judes Magen zog sich zusammen. »Geht es um William? Ist er krank?«

»Nein, ganz im Gegenteil. Er lässt nichts anbrennen!«

Jude fiel die Kinnlade herunter, als sie plötzlich eine unverhohlene Bitterkeit in der Stimme ihrer Mutter vernahm. »Tja, das ist schön.«

»Du scheinst weniger nachtragend zu sein als ich«, fauchte Linda beinahe zornig. »Mir wäre es lieber, wenn er irgendeine seltene Nervenkrankheit bekäme oder zumindest die Haare verlieren und unter irgendwelchen Gesichtszuckungen leiden würde.«

Von der untypischen Leidenschaft der Mutter ehrlich überrascht, brach Jude in lautes Lachen aus. »Das ist ja entsetzlich! Und zugleich einfach herrlich! Aber ich hatte keine Ahnung, dass du in Bezug auf ihn derart empfindest.«

»Dein Vater und ich haben unser Möglichstes getan, die höfliche Fassade aufrechtzuerhalten, um dir nicht alles noch schwerer zu machen. Es war sicher nicht angenehm für dich, weiter täglich euren zuvor gemeinsamen Freunden und Kollegen gegenübertreten zu müssen! Aber du hast deine Würde nicht verloren. Wir waren sehr stolz auf dich!«

Ihre Würde, dachte Jude. Ja, ihre Würde hatte ihre Eltern immer stolz auf sie gemacht. Wie also hätte sie sie enttäuschen können, indem sie irgendwelche Wutanfälle bekam oder sich öffentlich mit ihrem Ex-Mann stritt? »Das weiß ich zu schätzen.«

»Ich finde, so, wie du hoch erhobenen Hauptes weiter durchs Leben gegangen bist, hast du eine enorme Stärke an den Tag gelegt. Und ich kann mir vorstellen, wie viel es dich gekostet hat. Offenbar war es unerlässlich, dass du deinen Posten an der Uni aufgegeben und für eine Weile fortgegangen bist, um wieder neue Kräfte zu sammeln.«

»Ich hätte nicht gedacht, dass ihr mich derart gut versteht.«

»Natürlich tun wir das, Jude. Er hat dir furchtbar wehgetan!«

Es war so einfach, erkannte Jude mit einem Mal, und

plötzlich stiegen hinter ihren Augen heiße Tränen auf. Weshalb hatte sie ihrer Familie so wenig Mitgefühl zugetraut, war sich maßlos allein vorgekommen? »Ich dachte, ihr hättet mir die Schuld daran zugeschoben, dass unsere Ehe gescheitert ist.«

»Weshalb, in aller Welt, hätten wir das tun sollen? Dein Vater hat sogar gedroht, sich mit William zu prügeln. Selten genug dringt sein irisches Blut derart an die Oberfläche, aber damals hatte ich alle Hände voll zu tun, ihn halbwegs zu beruhigen.«

Jude versuchte sich vorzustellen, wie ihr stets würdevoller Vater dem stets würdevollen William einen Kinnhaken verpasste. Doch es gelang ihr einfach nicht. »Ich kann dir gar nicht sagen, wie viel mir das bedeutet.«

»Und ich habe nie etwas gesagt, weil du so entschlossen gewirkt hast, alles höflich und zivilisiert über die Bühne zu bringen. Weißt du, ich möchte dich wirklich nicht aufregen, aber du sollst es auch nicht von jemand anderem erfahren.«

Wieder zog sich Judes Magen zusammen. »Worum geht's?«

»William und seine neue Frau nutzen die Semesterferien ebenfalls. Sie fliegen für ein paar Wochen auf irgendeine der Westindischen Inseln. Ausgerechnet dorthin! Und William erzählt jedem, der es hören will oder auch nicht, dass sie diesen exotischen Urlaub machen, ehe sie sesshaft werden müssen. Jude, sie bekommen im Oktober ihr erstes Baby…«

Der Knoten in Judes Magen sank hinab in ihre Zehen. »Verstehe.«

»Der Mann führt sich auf wie ein kompletter Idiot! Ständig schleppt er eins der blöden Sonographie-Bilder mit sich herum und zeigt es herum, als wäre es ein Familienfoto. Und dann hat er ihr zur Feier der Schwangerschaft noch diesen grellen Smaragdring gekauft. Er benimmt sich, als wäre sie die erste Frau der Welt, die je ein Kind empfangen hat.«

»Er ist halt einfach überglücklich.«

»Ich bin froh, dass du es so ruhig aufnimmst. Aber selber bin ich außer mir vor Zorn. Wir haben mehrere gemeinsame Bekannte, und dieses, nun, zur Schau gestellte Glück ist für deinen Vater und mich hin und wieder sehr unangenehm. Man sollte meinen, er besäße etwas mehr Taktgefühl.«

Offensichtlich um sich nicht noch weiter in ihre Empörung zu steigern, machte Linda eine Pause. Als sie schließlich wieder sprach, klang sie gefasst. »Er war es nicht wert, dass du auch nur eine Sekunde deines Lebens mit ihm verbracht hast, Jude! Es tut mir Leid, dass mir das nicht klar war, ehe du ihn geheiratet hast.«

»Mir auch«, murmelte Jude. »Aber bitte mach dir deshalb keine Sorgen. Das Ganze ist aus und vorbei. Ich bedaure, dass es für euch beide jetzt noch hin und wieder peinlich ist!«

»Oh, damit kommen wir durchaus zurecht. Wie gesagt, ich wollte nur nicht, dass du es von jemand anderem hörst. Ich hatte befürchtet, dass du abermals verletzt oder traurig sein würdest. Ehrlich gesagt war ich einfach nicht sicher, ob du inzwischen die Sache überwunden hast. Es ist mir eine große Erleichterung, dass du, wie immer, auch in dieser Angelegenheit derart vernünftig bist.«

»Jaja, die stets ach so vernünftige Jude«, frotzelte sie, während etwas Heißes ihr die Kehle zuschnürte. »Ach ja, bitte grüß ihn doch von mir und wünsch ihm alles Gute, wenn du ihn mal wieder siehst.«

»Das werde ich tun. Was für eine Erleichterung, dass du derart glücklich wirkst. Dein Vater und ich werden uns wieder bei dir melden, sobald wir aus New York zurück sind.«

»Gut. Viel Spaß auf eurem Trip! Recht herzliche Grüße auch an Vater!«

»Danke dir!«

Als sie den Hörer auflegte, fühlte sich Jude wie gelähmt. Sie war vollkommen erstarrt, hatte eine Gänsehaut und das

Blut in ihren Adern kam ihr vor wie Eiswasser. All die Wärme, die Freude, die Zufriedenheit, die sie seit dem Vormittag verspürt hatte, wurden von einem Gefühl der Verzweiflung zunichte gemacht.

William, der mit seiner hübschen neuen Frau auf irgendeine zauberhafte mittelamerikanische Insel jettete. Der dort mit ihr ins schimmernd blaue Meer glitt, mit ihr im Licht des vollen Mondes über zuckrig weiße Strände schlenderte, innig ihre Hand hielt und sie aus verträumten Augen anblickte.

William, der mit seiner bevorstehenden Vaterrolle prahlte, sich mit seiner schwangeren Gattin brüstete, zusammen mit Allyson in Babybüchern blätterte und Namenslisten erstellte. Der die zukünftige Mutter mit Smaragdringen und Blumen, gemütlichen Sonntagvormittagen im Bett mit frisch gepresstem Orangensaft und dampfenden Croissants verwöhnte!

Fluch ihrer regen Fantasie! Denn sie konnte das alles so deutlich vor sich sehen, als wäre sie dabei. Der für gewöhnlich bis oben hin zugeknöpfte William, wie er selig an seiner liebreizenden Madonna nuckelte, während sie neben ihm an einem weißen Sandstrand lag. Der für gewöhnlich derart reservierte William, wie er vollkommen Fremden von seinem bevorstehenden Vaterglück berichtete.

Der notorisch geizige William, der ohne mit der Wimper zu zucken die Scheine für einen Smaragdring, einen bombastischen sogar, aus der Tasche zog.

Dieses widerliche Schwein!

Sie zerbrach den Bleistift, den sie in der Hand hielt, und warf die beiden Hälften an die Wand. Erst als sie derart vehement von ihrem Stuhl sprang, dass dieser krachend umkippte, durchschaute sie ihren Gemütszustand: In ihr herrschte nicht Verzweiflung, sondern Zorn. Heißer, lodernder Zorn.

Keuchend und mit geballten Fäusten stand sie mitten in

dem kleinen Raum. Es gab nichts, worauf sie hätte einschlagen können, doch ihre Empörung war derart kochend und tosend, dass sie sich hektisch nach etwas umblickte, an dem sie ihre Gefühle auslassen konnte – ehe sie ihr die Brust sprengten.

Sie musste an die Luft, musste sich bewegen, musste wieder atmen und dann so laut schreien, dass sämtliche Fenster des kleinen Cottages explodierten. Blind wirbelte sie herum, rannte durch die Tür, die Treppe hinunter, aus dem Haus.

Sie rannte über die Hügel, bis sie kaum noch Luft bekam, bis ihre Seiten stachen und ihre Beine zitterten. Durch die freundlich helle Sonne fiel ein sanfter Regen, erfüllte die Luft mit einem seidig weichen Schimmer und benetzte das Gras mit funkelnd frischem Tau. Die Brise wurde stärker und klang wie das leise Schluchzen einer Frau. Leiser noch als dieses Schluchzen drangen, ähnlich einem Wispern, helle Flötenklänge an Judes Ohr.

Als sie merkte, dass sie den Weg nach Ardmore eingeschlagen hatte, ging sie langsam, doch entschieden weiter. Jetzt hatte sie ein Ziel.

11

An diesem regnerischen Abend schmiegten sich die Menschen gemütlich auf die Stühle und Bänke des Pubs, führten leise, vertrauliche Gespräche oder träumten vor sich hin. Der junge Connor Dempsey spielte eine wehmütige Weise auf der Quetschkommode, während sein Vater sein Smithwick's trank und mit seinem guten Freund Jack Brennan die Lage der Welt im Allgemeinen und ihrer beider Leben im Besonderen erörterte.

Da Jacks Herz allmählich heilte, schenkte er der Unterhaltung dieselbe Beachtung wie seinem Getränk.

Trotzdem behielt Aidan ihn dezent im Auge. Jack und Connor Dempsey Senior waren sich in ihrer Sicht der Dinge regelmäßig uneins, und gelegentlich folgten sie dem Drang, ihre Fäuste zu benutzen, um ein Argument zu untermauern. Aidan verstand dieses Bedürfnis, aber der Gedanke, dass eine Debatte ausgerechnet hier in seinem Pub derart leidenschaftlich geführt werden könnte, behagte ihm nicht.

Hin und wieder warf er einen Blick auf den an der Wand hängenden Fernseher, um zu sehen, wie das Fußballspiel verlief. Clare ging gegenüber Mayo bereits nach kurzer Zeit in Führung, worüber er sich freute – denn schließlich hatte er einen, wenn auch bescheidenen, Betrag auf das Team aus Clare gesetzt.

Sicher würde es ein ruhiger Abend, und Aidan überlegte, ob er Brenna darum bitten könnte, ihn zu vertreten. Er wollte ergründen, ob Jude vielleicht noch einmal mit ihm eine Mahlzeit einnehmen würde, dieses Mal in einem Restaurant, mit Blumen und Kerzen auf dem Tisch und schimmernd goldfarbenem Wein aus Kristallgläsern.

Ein solches Essen war sie ganz sicher eher gewöhnt als Rührei und Bratkartoffeln in ihrer eigenen Küche.

Denn trotz aller Schüchternheit und Süße besaß sie Welterfahrenheit. Eine Städterin aus gutem Haus, die von den Männern, die sie bisher gekannt hatte, sicher regelmäßig ins Theater oder in elegante Restaurants eingeladen worden war. Zweifellos trugen diese Herren Krawatten und gut sitzende Anzüge und sprachen mit gewichtigen Stimmen über Cineastik und Literatur.

Nun, er selbst war auch nicht gerade dumm. Er las regelmäßig Bücher und ging gerne ins Kino. Auf seinen weiten Reisen hatte er große Kunst und Architektur mit eigenen Augen gesehen. Im Grunde konnte er es, gesprächstechnisch, problemlos mit jedem Dandy aus Chicago aufnehmen.

Aidan schüttelte den Kopf, als er sein Stirnrunzeln bemerkte. Um Himmels willen, weshalb baute er da eine Rivalität auf zu einem nicht mal existierenden Mann? Es war in der Tat ein Elend, dass sich mindestens jeder dritte seiner Gedanken auf Jude Frances Murray bezog.

Sicher handelte es sich um nichts anderes als sexuelle Frustration. Bereits seit allzu langer Zeit schon waren seine Hände nicht mehr über den Körper einer Frau gewandert. Und immer, wenn er daran dachte, fiel ihm unweigerlich Jude ein. Was dank ihrer Begegnung heute Morgen noch verständlicher war.

Er hatte ein genaues Bild. Von ihrer weichen, weißen Haut. Von dem sanften, rosigen Schimmer, der sich, sobald sie erfreut oder verlegen war, auf ihre Wangen legte. Von ihren langen, wohlgeformten Beinen und dem winzigen, anziehenden Muttermal unmittelbar über ihrer linken Brust. Von ihren schmalen Schultern, Schultern, die danach zu rufen schienen, dass ein Mann ihre Konturen mit seinen Lippen nachzog.

Von der Art, wie sie zunächst vor ihm zurückschreckte, ehe sie in seinen Armen dahinschmolz. War seine Reaktion da ein Wunder? Bestenfalls ein zehn Jahre alter Leichnam wäre gegen so viel Liebreiz immun.

Ein Teil von ihm – der Teil, auf den er nicht unbedingt stolz zu sein brauchte – wünschte sich, er könnte sie einfach dazu bewegen, mit ihm ins Bett zu gehen, und dann wäre es vorbei. Ein völlig harmloses Vergnügen – sowohl für sie wie auch für ihn befreiend! Ein anderer Teil von ihm jedoch empfand, wenn auch mit leichtem Unbehagen, neben der Begeisterung für ihr attraktives Äußeres eine ebenso große Bewunderung für ihren Verstand und ihr geschliffenes Benehmen.

Ruhig und schüchtern, ordentlich und höflich, rief sie ganz einfach das Verlangen in ihm wach, an der Fassade von Erziehung und Zurückhaltung so lange zu kratzen, bis alles, was dahinter schlummerte, offen vor ihm liegen würde.

Ein neuer Gast betrat den Pub. Aidan blickte beiläufig hinüber, wandte sich eilig wieder ab und drehte den Kopf mit vor Verblüffung geweiteten Augen erneut in Richtung Tür.

Entschlossen stapfte Jude herein. Sie war bis auf die Haut durchnässt, und ihre Haare hingen ihr in nassen, wirren Strähnen ins Gesicht. Ihre Augen waren dunkler als gewöhnlich, und obgleich er sich sagte, es läge sicher nur am Licht, blitzten sie nicht nur gefährlich, sondern sprühten heiße Funken, als sie am Tresen anlangte.

»Ich hätte gern etwas zu trinken.«

»Du bist bis auf die Haut durchnässt!«

»Es regnet und ich bin zu Fuß gekommen.« Ihre Stimme verriet denselben Zorn wie ihre Augen, und sie schob sich wütend die schweren Strähnen aus der Stirn. Das Haarband hatte sie irgendwo unterwegs verloren. »Und dabei wird man normalerweise nun mal nass. Kriege ich jetzt was zu trinken oder nicht?«

»Sicher, ich habe Wein, wenn du willst. Warum nimmst du dein Glas nicht mit rüber zum Kamin und wärmst dich dort ein bisschen auf? Ich besorge dir ein Handtuch, damit du dir die Haare trocknen kannst.«

»Ich will keinen Kamin und auch kein Handtuch – sondern einen Whiskey.« Herausfordernd legte sie eine ihrer Fäuste auf die Theke und sagte: »Hierher!«

Ihre Augen wirkten immer noch wie die von einer Meeresgöttin, wenn auch von einer Göttin, die aus irgendeinem Grund auf fürchterliche Rache sann.

Langsam nickte er, holte ein Glas und gab zwei Finger voll Jameson's hinein. Jude riss es ihm aus der Hand, setzte es an ihre Lippen, kippte seinen Inhalt wie Wasser hinunter, und plötzlich explodierte ein Feuerball in ihrer Brust. Doch ihre tränennassen Augen verloren nichts von ihrer Glut.

Als vernunftbegabter Mensch sah Aidan sie möglichst unbeteiligt an. »Du kannst gerne hoch in meine Wohnung gehen und dir ein trockenes Hemd von mir anziehen.«

»Ich brauche kein trockenes Hemd.« Ihre Kehle fühlte sich an, als hätte sie gerade ein Dutzend glühend heißer Nadeln hinuntergewürgt, aber gleichzeitig erwärmte ihr Inneres ein angenehmes Feuerchen. Also stellte sie das Glas auf den Tresen und bestellte: »Noch einmal dasselbe!«

Als erfahrener Gastwirt lehnte er lässig an der Bar. Einigen Menschen konnte man problemlos eine ganze Flasche hinstellen, ohne dass etwas geschah. Andere komplimentierte man besser aus dem Pub, bevor sie zu tief ins Glas schauten. Und wieder andere ließ er lieber ihre Sorgen bei sich abladen, als dass er ihnen immer wieder nachschenkte.

Sofort wusste er, was er bei Jude zu erwarten hatte. Wenn sie bereits von anderthalb Gläsern Wein betrunken wurde, läge sie nach zwei Gläsern Whiskey ganz sicher unter dem Tisch. »Warum erzählst du mir nicht, was passiert ist?«

»Ich habe nicht gesagt, dass etwas passiert ist. Ich habe gesagt, dass ich noch einen Whiskey will.«

»Tja, von mir kriegst du keinen mehr. Aber ich mache dir gerne einen Tee und bringe ihn dir rüber zum Kamin.«

Sie atmete ein und schulterzuckend wieder aus. »Na schön, vergiss den Whiskey.«

»So ist's brav.« Er tätschelte ihre immer noch auf dem Tresen liegende Faust. »Und jetzt setz dich an den Kamin, ich bringe dir den Tee und dann kannst du mir erzählen, weshalb du so stinksauer bist.«

»Ich brauche mich nicht an den Kamin zu setzen.« Erneut strich sie sich die nassen Haare aus der Stirn und beugte sich ein wenig vor: »Komm näher«, befahl sie, und als ihre Gesichter nur noch wenige Zentimeter voneinander entfernt waren, packte sie den Kragen seines Hemdes und fragte mit klarer, deutlicher, wenn auch halbwegs gedämpfter Stimme: »Willst du immer noch mit mir ins Bett gehen?«

»Wie bitte?«

»Du hast mich gehört.« Trotzdem bereitete es ihr ein düsteres Vergnügen, die Frage zu wiederholen. »Willst du mit mir schlafen oder nicht?«

Seine Nerven spannten sich an wie Drahtseile, und ohne dass er etwas hätte dagegen tun können, wallte heißes Verlangen in ihm auf. »Jetzt sofort?«

»Warum bitte nicht?«, blaffte sie beinahe aggressiv. »Oder bist du der Ansicht, dass so etwas der Planung, Vorbereitung und eines ausgeklügelten Vorspieles bedarf?«

Dieses Mal vergaß sie, leise zu sprechen, sodass sich mehrere Gäste zu ihnen umdrehten. Aidan legte eine Hand auf die Faust, die immer noch sein Hemd umklammerte, und streichelte sie.

»Komm mit ins Nebenzimmer, ja?«

»Wohin?«

»Komm her.« Nochmals tätschelte er ihre Hand, machte sich vorsichtig von ihr los und wies auf eine Tür am Ende der Bar. »Shawn, Bruderherz, vertritt mich mal kurz hinter der Theke.«

Er öffnete die Klappe am Ende des Tresens, ließ Jude zu sich herein und schob sie durch die Tür.

Das Nebenzimmer war ein kleiner, fensterloser Raum. Neben zwei ehemals seiner Großmutter gehörenden Korbstühlen und einem Tisch, den sein Vater gezimmert hatte und der gerade so schön wackelte, um gemütlich zu sein, gab es eine alte kugelförmige Lampe, die er anknipste, und eine Whiskeykaraffe, die er ignorierte.

Das Nebenzimmer war für private Gespräche und private Geschäfte vorgesehen. Und etwas Privateres als die Auseinandersetzung mit einer Frau, von der er seit Wochen träumte und die ihn soeben gefragt hatte, ob er mit ihr schlafen wollte, konnte er sich beim besten Willen nicht vorstellen.

»Warum … setzen wir uns nicht?«, hatte er sie fragen wollen, doch sie schob ihm bereits ihre Zunge in den Hals, drängte ihn mit dem Rücken an die Wand, griff wenig sanft nach seinem Haar und presste ihre heißen Lippen hungrig und verlangend auf seinen vollen Mund.

Mit einem erstickten Stöhnen verlor er sich in der Freude über diesen Angriff durch eine nasse, kochend heiße Furie. Sie drängte sich an ihn. Himmel nein, sie klebte regelrecht an ihm, und ihr Körper verströmte die Hitze eines Hochofens. Es war wirklich überraschend, dass ihre Kleider nicht augenblicklich in der Glut verschmorten.

Ihr Herz oder auch das seine raste in einem wilden, aufgeregten Takt. Sie roch nach Regen, schmeckte nach Whiskey, und er begehrte sie mit einer Inbrunst, die einer Krankheit gleichkam. Die in ihm aufwallte, ihn in ihren Krallen hielt, ihm die Sinne schwinden und seine Kehle schmerzlich brennen ließ.

Wie durch einen Schleier hörte er die Stimme seines Bruders, das Lachen eines Gastes, die von dem jungen Connor Dempsey gespielte sanfte Weise, und er vergegenwärtigte sich – wenn auch mit Mühe –, wo er war. Wer er war.

»Jude. Bitte!« Mit dröhnendem Schädel schob er sie von sich. »Das ist nicht der richtige Ort.«

»Warum?« Sie war ehrlich außer sich. Sie brauchte etwas. Brauchte ihn. Brauchte irgendjemanden. »Du willst mich und ich dich!«

Genug, um den Worten Taten folgen zu lassen, sie mit dem Kopf gegen die Tür zu drücken und sie an Ort und Stelle zu besteigen wie ein Hengst die Zuchtstute. Mit Feuer in den Adern und blinder Lust.

»Hör auf! Lass uns erst mal wieder zu Atem kommen,

ja?« Er strich ihr zitternd übers Haar. »Erzähl mir, was passiert ist.«

»Nichts ist passiert.« Ihre krächzende Stimme verriet eindeutig, dass sie log. »Warum muss immer was passiert sein? Ich will einfach, dass du mit mir schläfst.« Ihre Hände zitterten, als sie an den Knöpfen seines Hemds herumnestelte. »Du sollst mich anfassen.«

Jetzt baute er sich hoch über ihr auf und umfasste ihr Gesicht. Was auch immer sein Körper schrie, sein Herz und sein Verstand gaben ihm andere Befehle. Und er war ein Mann, der lieber seinem Herzen folgte als nur seinem Leib.

»Wenn ich dich berühren würde, dann nur an der Oberfläche – solange du nicht sagst, was dich derart fertig macht.«

»Nichts macht mich fertig«, zischte sie erbost, brach dann jedoch in Tränen aus.

»Oh, psst, mein Schatz!« Es war weniger schwierig eine Frau zu trösten, als ihr zu widerstehen. Sanft zog er sie an seine Brust. »Wer hat dir wehgetan, *a ghra?*«

»Niemand. Ich benehme mich bloß leider völlig lächerlich. Verzeihung!«

»Natürlich hat dir jemand wehgetan. Und du benimmst dich überhaupt nicht lächerlich. Sag mir, was dich derart traurig macht, *mavourneen.*«

Zitternd atmete sie aus, ehe sie ihr tränenüberströmtes Gesicht in seinem Hemd vergrub. Seine breite Brust war stärkend wie ein Fels und tröstlich wie ein Kissen. »Mein Mann und seine Frau fliegen auf die West Indies und bekommen obendrein ein Baby.«

»Was?« Er riss seinen Kopf hoch. »Du hast einen Mann?«

»Hatte.« Sie schniefte und wünschte ihren Kopf zurück an seine Brust. »Er wollte mich auf Dauer nicht behalten.«

Aidan holte tief Luft, doch immer noch schwirrte sein Kopf, als hätte er eine ganze Flasche Jameson's entweder geleert oder über den Schädel bekommen. »Du warst verheiratet?«

»Technisch gesehen, ja.« Müde winkte sie ab. »Hast du vielleicht ein Taschentuch?«

Wie betäubt zog er ein Taschentuch hervor. »Ich glaube, am besten fängst du mit deinem Bericht ganz von vorne an – aber vorher packen wir dich in trockene Kleider und versorgen dich, bevor du dich verkühlst, mit einer Tasse heißem Tee.«

»Das ist wirklich nicht nötig. Ich sollte …«

»Du solltest machen, was ich sage. Wir gehen jetzt nach oben.«

»Ich bin vollkommen zerzaust.« Sie schnäuzte sich lautstark. »Ich will nicht, dass man mich so sieht.«

»Draußen ist niemand, der nicht selbst schon einmal ein paar Tränen vergossen hätte. Einige davon sogar hier im Pub. Wir gehen jetzt raus und durch die Küche rauf in meine Wohnung.«

Ehe sie ihm widersprechen konnte, nahm er sie am Arm und zog sie durch die Küche, wo Darcy einen überraschten Blick auf sie warf.

»Himmel, Jude, was ist passiert?«, fragte sie erschrocken, schloss jedoch den Mund, als Aidan eilig den Kopf schüttelte und Jude auf die schmale Treppe zuschob.

Oben angekommen, öffnete er eine Tür und betrat sein kleines, voll gestopftes Wohnzimmer. »Da drüben ist meine Schlafkammer. Nimm, was dir am besten passt, ich mache uns solange eine Tasse Tee.«

Sie wollte sich bei ihm bedanken, wollte sich entschuldigen, doch er marschierte bereits hinüber in die Küche. Aidan verströmte eine derartige Anspannung, dass sie noch deprimierter wurde als zuvor.

Also betrat sie, wie von ihm befohlen, seine Schlafkammer. Anders als das Wohnzimmer, war sie nur spärlich möbliert und sorgsam aufgeräumt. Sie wünschte, sie hätte die Zeit und auch das Recht, sich gründlich darin umzusehen. So jedoch trat sie rasch vor den Schrank und warf unterwegs nur einen kurzen Blick auf das schmale Bett mit der marineblauen Decke, die große Kommode, die alt und herrlich benutzt wirkte, sowie den verblichenen Teppich auf dem vom Alter dunklen Holzbohlen.

Im Schrank fand sie ein zu ihrer Stimmung passendes, trübsinnig graues Hemd, und während sie es anzog, besah sie sich die Wände. Dort hatte er seine romantische Seite ausgelebt, stellte sie voller Wehmut fest. Poster und Drucke von der weiten Welt.

Straßenszenen aus Paris, London, New York und Florenz, sturmumtoste Meere und üppig grüne Inseln. Dunkle, hohe Berge, beschauliche Täler, geheimnisvolle Wüsten, und natürlich die wilden, schwarzen Klippen und sanften, grünen Hügel seiner Heimat. Die Poster hingen dicht an dicht, wie eine fantastische, extravagante Tapete.

An wie vielen dieser Orte war er schon gewesen, überlegte sie. Hatte er sie alle schon gesehen oder gab es noch Ziele, nach denen er sich sehnte?

Sie stieß einen abgrundtiefen Seufzer aus – es war ihr vollkommen egal, dass er das ganze Ausmaß ihres Selbstmitleids verriet –, nahm ihren nassen Pullover in die Hand und kehrte ins Wohnzimmer zurück.

Aidan stapfte unruhig auf und ab, blieb, als er sie erblickte, jedoch auf der Stelle stehen. Sie wirkte wie eine Zwergin in seinem großen Hemd, derart zerbrechlich, klein und elend, dass der Sturm der Gefühle, der seine Seele beutelte, sie sicherlich erdrückt hätte. Also nahm er ihr wortlos den Pullover aus der Hand, trug ihn ins angrenzende Bad und hängte ihn über die Dusche.

»Setz dich, Jude.«

»Du hast jedes Recht, wütend auf mich zu sein. Blöd, dass

ich mich so unmöglich aufgeführt habe. Ich weiß nicht, wie ich …«

»Ich wünschte, du würdest einfach die Klappe halten.« Als sie schmerzlich zusammenfuhr, rechtfertigte er sein rüdes Verhalten damit, dass er schließlich nicht aus Stein war, sondern, ebenso wie sie, aus Fleisch und Blut. Dann holte er den Tee aus der Küche.

Sie war verheiratet gewesen, ging es wie im Karussell durch seinen Kopf. Davon hatte sie ihm gegenüber bisher nichts erwähnt.

Und er hatte sich allen Ernstes eingebildet, sie hätte kaum Erfahrung mit dem männlichen Geschlecht! Aber nun war sie echt verheiratet gewesen, inzwischen zwar geschieden, jedoch öffentlich nach wie vor in diesen Schuft verliebt!

Trauerte um irgendeinen Schurken in Chicago, der seinen Treueschwur gebrochen hatte, während Aidan Gallagher aus Irland sich nach ihr verzehrte.

Wenn das nicht reichte, um einen vor Zorn den Verstand verlieren zu lassen, was musste dann bitte noch kommen?

Er schenkte ihnen beiden ein und gab in seine eigene Tasse einen gehörigen Schuss Whiskey.

Bei seiner Rückkehr ins Wohnzimmer stand sie mit verschränkten Händen da. Ihre feuchten Haare lockten sich um ihr Gesicht und sie sah ihn reglos an. »Ich werde runtergehen und mich bei deinen Gästen entschuldigen.«

»Wofür?«

»Dafür, dass ich eine solche Szene gemacht habe.«

Er stellte die Tassen ab und runzelte gleichermaßen irritiert wie überrascht die Stirn. »Was interessiert mich deine Szene? Wenn unten im Pub nicht mindestens einmal pro Woche etwas Derartiges passiert, fragen wir uns, ob noch alle normal sind. Würdest du dich, verdammt noch mal, jetzt bitte endlich setzen und aufhören mich anzustarren, als wollte ich dich jeden Augenblick verprügeln.«

Sie nahmen beide Platz, griffen nach ihren Tassen, Jude hob ihren Tee an den Mund, verbrannte sich die Zunge und stellte die Tasse eilig wieder ab.

»Warum hast du mir nicht erzählt, dass du verheiratet warst?«

»Ich habe nicht daran gedacht.«

»Du hast nicht daran gedacht?« Jetzt war es seine Tasse, die unsanft auf dem Tisch landete. »Hat dir deine Ehe so wenig bedeutet?«

»Mir hat sie sehr viel bedeutet«, erklärte sie in einem derart ruhigen, würdevollen Ton, dass er die Augen zusammenkniff und sie argwöhnisch musterte. »Wesentlich mehr als dem Mann, mit dem ich verheiratet gewesen bin. Aber ich versuche zu lernen, mit dieser Erkenntnis zu leben.«

Als Aidan weiter schwieg, griff sie, um ihre Hände zu beschäftigen, erneut nach ihrem Tee. »Wir kannten einander bereits einige Jahre. Er ist Professor an der Universität, an der ich bis vor kurzem unterrichtet habe. Oberflächlich betrachtet hatten wir vieles gemein. Meine Eltern mochten ihn sehr gern. Er bat mich, ihn zu heiraten, und ich sagte Ja.«

»Hast du ihn geliebt?«

»Ich dachte, ich würde ihn lieben – was beinahe dasselbe ist.«

Nein, dachte Aidan, das war nicht annähernd dasselbe. Doch er verkniff sich einen Kommentar. »Und was passierte dann?«

»Wir – nein, ich sollte besser sagen, er – hatte alles sorgfältig geplant. William ist ein Mann, der genaue Pläne liebt, der bei allen Dingen stets sämtliche Details, mögliche Probleme und Lösungen genauestens bedenkt. Wir kauften uns ein Haus, da es repräsentativer war als eine Wohnung, und da er die Absicht hatte, es noch weit zu bringen. Wir feierten eine sehr kleine, exklusive, würdevolle Hochzeit mit einem teuren Partyservice, jeder Menge Gestecke von Floristen, offiziellen Fotos und namhaften Gästen.«

Sie räusperte sich und nippte abermals an ihrem Tee. »Sieben Monate später kam er zu mir und erklärte, er wäre nicht zufrieden. Das war das Wort, das er benutzte: ›Jude, ich bin mit unserer Ehe nicht zufrieden.‹ Ich glaube, ich habe etwas gesagt wie: ›Oh, das tut mir Leid‹.«

Jude schloss ihre Augen, da auf Grund all dieser Erniedrigungen wie auch des Whiskeys ihr Magen rebellierte. »Noch heute macht es mir zu schaffen, dass ich mich zu allererst bei ihm entschuldigt habe dafür, dass er mit unserer Ehe unzufrieden war. Und er nahm meine Entschuldigung großmütig an, als hätte er nichts anderes erwartet. Nein«, verbesserte sie sich und blickte Aidan reglos an, »denn er *hatte* nichts anderes erwartet.«

Er spürte deutlich ihren Schmerz. »Das sollte dir eine Lehre sein, dass du dich einfach zu häufig entschuldigst.«

»Vielleicht. Auf jeden Fall erklärte er mir höflich, da er mich respektiere und mir gegenüber vollkommen ehrlich sein wolle, fühle er sich verpflichtet, mir zu sagen, dass er sich in eine andere verliebt hätte.«

Eine jüngere, hübschere, strahlendere Frau.

»Mein Mann wollte keine schmutzige, ehebrecherische Affäre mit ihr anfangen, und deshalb bat er mich, umgehend die Scheidung zu beantragen. Das Haus würde verkauft und alles genau zwischen uns aufgeteilt. Da er mich um die Scheidung gebeten hatte, war er obendrein so großzügig, mich als Erste die gemeinsam angeschafften Gegenstände aussuchen zu lassen, an denen ich besonders hing.«

Vorerst blieb Aidan stumm. Sie hatte ihre Fassung wiedererlangt und saß ruhig und anscheinend gelassen ihm gegenüber auf dem Sofa. Zu gelassen, wie er fand. Er kam zu dem Schluss, dass er es vorzog, wenn sie leidenschaftlich und somit sie selber war. »Und was hast du getan?«

»Nichts. Ich habe nichts getan. Er bekam die Scheidung, heiratete die andere, und wir alle führten unsere Leben fort, als wäre nichts geschehen.«

»Er hat dir wehgetan.«

»William hätte es sicher eher das unglückliche, aber unvermeidbare Nebenprodukt der damaligen Situation genannt.«

»Dann ist William ein Schwein!«

Sie lächelte zaghaft. »Vielleicht. Aber was er getan hat, war sicher sinnvoller, als wenn man sich weiter durch eine Ehe gequält hätte, in der man unglücklich gewesen wäre.«

»Warst du in deiner Ehe denn unglücklich?«

»Nein, aber ich glaube, von Glück konnte auch nicht die Rede sein.« Ihr Kopf tat weh, und sie war hundemüde. Am liebsten hätte sie sich auf dem Sofa zusammengerollt und die Augen zugemacht. »Wahrscheinlich bin ich zu allzu großartigen Gefühlen gar nicht in der Lage.«

Er war ebenfalls erschöpft. Dies war dieselbe Frau wie die, die sich ihm erst vor wenigen Augenblicken lustvoll in die Arme geworfen und dann bittere Tränen darin vergossen hatte. »Nein, du bist wirklich ein durch und durch ruhiger, zurückhaltender Mensch, nicht wahr, Jude Frances?«

»Ja«, wisperte sie. »Die stets ach so vernünftige Jude.«

»Was hat dich also heute derart aus dem Gleichgewicht gebracht?«

»Das Ganze ist vollkommen lächerlich.«

»Weshalb sollte es lächerlich sein, wenn es eine solche Wirkung auf dich hat?«

»Weil es nicht die geringste Wirkung auf mich haben sollte. Weil ich längst damit fertig sein sollte.« Sie warf ihren Kopf zurück, und das Blitzen, das mit einem Mal in ihre Augen trat, missfiel ihm keineswegs. »Schließlich sind wir längst geschieden, oder nicht? Seit zwei Jahren schon. Hat doch nichts mit mir zu tun, wenn er auf die West Indies fliegt!«

»Und warum macht es dir was aus?«

»Weil ich auch dorthin wollte!«, brach es aus ihr heraus. »Anlässlich unserer Hochzeitsreise wollte ich mit ihm an irgendeinen fremden, wunderbaren, exotischen Ort fliegen. Ich hatte jede Menge Prospekte aus dem Reisebüro geholt. Paris, Florenz, Rimini. Alle möglichen Orte. Wir hätten überall hinfliegen können, und ich wäre außer mir gewesen vor Begeisterung. Aber alles, wovon er die ganze Zeit geredet hat waren – waren…«

Sie fuhr mit den Händen durch die Luft. »Sprachschwierigkeiten, die Gefahren des Kulturschocks, Gefahren durch fremde Bakterien. Himmel!«

Ebenso wütend wie zuvor sprang sie von ihrem Platz auf. »Also flogen wir nach Washington und brachten Stunden – Tage – Jahrhunderte mit Wanderungen durch das Smithsonian Institute und mit dem Besuch irgendwelcher idiotischer Vorlesungen zu.«

Bisher hatte nichts an ihrer Rede Aidan tatsächlich schockiert, nun jedoch starrte er sie vollkommen entgeistert an. »Ihr habt während eurer Hochzeitsreise *Vorlesungen* besucht?«

»Pflege kultureller Gemeinsamkeiten«, stieß sie verächtlich aus. »So hat er es genannt.« Mit hochgeworfenen Armen tappte sie wie eine gefangene Tigerin durch das kleine Wohnzimmer. »William zufolge knüpfen die meisten Paare an ihre Hochzeitsreise allzu hohe Erwartungen.«

»Weshalb denn wohl auch nicht?«

»Genau!« Mit vor gerechtem Zorn gerötetem Gesicht wirbelte Jude herum. »Es soll besser sein, wenn man eine gemeinsame geistige Ebene besitzt? Besser, eine bekannte Umgebung auszusuchen, wenn man schon auf Reisen geht? Zum Teufel mit diesem Quatsch! Wir hätten an irgendeinem Strand in der Sonne liegen und wilden Sex haben sollen.«

Ein Teil von Aidan war merklich froh, dass dieses Kapitel

nicht stattgefunden hatte. »Klingt für mich ganz so, als wärst du ohne ihn viel besser dran.«

»Darum geht es nicht!« Vor lauter Wut riss sie sich an den Haaren. Jetzt war die Irin in Jude an die Oberfläche getreten, sodass sie in einer Weise raste, die ihre Großmutter ganz sicher mit Stolz erfüllt hätte. »Es geht darum, dass er mich verlassen und dass sein Fortgehen mich völlig niedergeschmettert hat. Vielleicht nicht mein Herz, aber meinen Stolz und mein Ego, was ja wohl ebenso Teile von mir sind.«

»Ob das Herz oder das Ego, das macht keinen Unterschied«, pflichtete Aidan ihr leise bei. »Du hast Recht. Das macht wenig Unterschied.«

Die Tatsache, dass er ihr, ohne eine Sekunde zu zögern, prompt zustimmte, milderte ihre Rage keineswegs. »Und jetzt fliegt dieser Bastard dorthin, wohin ich immer wollte. Und sie bekommen ein Baby, und er ist *außer sich vor Begeisterung*. Als ich davon sprach, Kinder zu bekommen, hat er, verdammt noch mal, unsere beruflichen Karrieren, unseren Lebensstil, die bereits existierende Überbevölkerung, die Collegekosten ins Feld geführt. Und dann hat er sogar noch ein Diagramm erstellt.«

»Ein Diagramm?«

»Ein Diagramm. Ein verdammtes Computerdiagramm, das unsere Finanzen, unsere Gesundheit, unseren beruflichen Werdegang und die darauf während der nächsten fünf bis sieben Jahre zu verwendende Zeit beinhaltete. Und danach hat er mir erklärt, wenn wir unsere Ziele erreichten, könnten wir *ein* Kind in *Erwägung* ziehen. Aber während der nächsten Jahre müsste er sich ganz auf seine Karriere konzentrieren, auf seine geplanten Beförderungen und seinen dämlichen Finanzplan.«

Wie ein wildes Tier krallte sich der Zorn in ihre Brust. »*Er* beschloss, ob und wann wir ein Kind bekommen würden. *Er* beschloss, dass es, falls es dazu käme, nicht mehr als ein

Kind sein würde. Wenn er es gekonnt hätte, hätte er sicher sogar das Geschlecht des geplanten Babys bereits im Vorfeld festgelegt. Ich wollte eine Familie, und alles, was er mir beschert hat, waren irgendwelche Diagramme!«

Ihr Atem geriet ins Stocken und ihre Augen füllten sich erneut mit Tränen. Als Aidan sich jedoch erhob, schüttelte sie vehement den Kopf. »Ich dachte, er wollte einfach keine Reisen oder Babys. Ich dachte, er könnte sich nicht ändern, und schließlich war er so vernünftig und sparsam und ehrgeizig. Aber das hat nicht gestimmt. Es hat einfach nichts gestimmt! Er wollte nur nicht mit *mir* auf die West Indies. Er wollte nur mit *mir* keine Familie. Himmel, was ist an mir so verkehrt?«

»An dir ist nichts verkehrt... nicht das Geringste!«

»Natürlich ist es das.« Sie putzte sich die Nase, ehe ihre Stimme schrill würde und schließlich bräche. »Wenn nicht, hätte ich ihn schließlich niemals damit durchkommen lassen. Ich bin einfach eine hoffnungslos uninteressante Person. Er hat sich mit mir bereits kurz nach unserer Hochzeit fürchterlich gelangweilt. Die meisten Menschen langweilen sich in meiner Gesellschaft. Meine Studenten, meine Kollegen. Meine eigenen Eltern langweilen sich mit mir.«

»Das ist absolut lächerlich!« Er trat entschieden auf sie zu, packte sie bei den Armen und schüttelte sie leicht. »Du bist alles andere als langweilig.«

»Du kennst mich bloß noch nicht lange genug, um das beurteilen zu können. Ich bin todlangweilig.« Sie schniefte und nickte mit dem Kopf. »Ich tue nie etwas Aufregendes, sage nie etwas Brillantes. Alles an mir ist durchschnittlich. Sogar mich selbst langweile ich.«

»Wer hat dir nur solche Flausen in den Kopf gesetzt?« Er hätte sie erneut geschüttelt, hätte sie nicht so erbarmungswürdig gewirkt. »Ist dir jemals der Gedanke gekommen, dass dieser William mit seinen verdammten Diagrammen und seinem kulturellen Was-auch-Immer der Langweiler war? Dass die Tatsache, dass deine Studenten nicht außer sich sind vor Begeisterung, einfach darin begründet sein könnte, dass du eben nicht zur Lehrerin geschaffen bist?«

Sie zuckte mit den Schultern. »Ich bin halt nichts Besonderes.«

»Jude Frances, du bist ganz allein hier nach Irland gekommen, um an einem völlig fremden Ort zu leben, mit Menschen, denen du nie zuvor begegnet bist, und um eine Arbeit in Angriff zu nehmen, die du nie zuvor getan hast.«

»Das ist etwas anderes.«

»Warum?«

»Ich bin hier, weil ich vor meinem Leben in Chicago davonlaufen wollte.«

Er empfand gleichermaßen Ungeduld wie Mitgefühl mit ihr. »Also, Langeweile hin oder her, jedenfalls bist du entsetzlich störrisch. Von dir könnte ein Maulesel noch lernen. Was ist falsch daran, fortzugehen von einem Ort, an den du einfach nicht gepasst hast? Folgt daraus nicht automatisch, dass du nach dem Fortlaufen irgendwo anders angekommen bist? An einem Ort, der dir eher gemäß ist?«

Sie war viel zu müde, viel zu sehr von ihrem alten Schmerz aufgewühlt, um darüber nachzudenken. »Ich weiß es einfach nicht.«

»Selber bin ich auch oft genug weggerannt. Immer wieder hin und her. Und am Ende bin ich dort gelandet, wo ich hingehöre.« Er beugte sich zu ihr hinab und küsste sie zärtlich auf die Stirn. »Und genauso wird es dir gehen.«

Dann trat er einen Schritt zurück und strich ihr mit dem Daumen eine Träne von der Wange. »Jetzt setz dich wieder und mach es dir gemütlich, während ich unten im Pub noch etwas erledige. Und dann bringe ich dich heim.«

»Nein, schon gut. Das schaffe ich alleine.«

»Du läufst nicht durch den Regen und die Dunkelheit, solange du traurig bist. Bleib bitte hier auf dem Sofa sitzen und trink deinen Tee. Es wird nicht lange dauern.«

Ehe sie nochmals widersprechen konnte, ließ er sie allein, trat in den Korridor hinaus und blieb dort, um sich zu sammeln, ein paar Minuten stehen.

Er unterdrückte seine Enttäuschung darüber, dass sie ihm bisher nichts von ihrer Ehe erzählt hatte. Auf Grund seines Glaubens und seiner eigenen Wertvorstellungen nahm er eine solche Bindung äußerst ernst. Eine Ehe war ein Bund, den man nicht einfach nach Gutdünken schloss und wieder löste – sie war ein Bund, den man für alle Zeiten einging.

Ihre Ehe war ohne ihre Schuld zerbrochen, aber trotzdem hätte sie ihm davon erzählen sollen. Einfach aus Prinzip.

Und er müsste vorsichtig damit umgehen, warnte Aidan sich. Er müsste darauf achten, dass er ihre in der gescheiterten Ehe begründeten besonderen Empfindlichkeiten respektierte, dass er ihr Elend nicht noch verstärkte.

Himmel, dachte er und massierte sich auf dem Weg die Treppe hinunter den Nacken. Mit dieser Frau hatte er wirklich alle Hände voll zu tun.

»Was ist mit Jude?«, wollte Darcy wissen, als er die Küche betrat.

»Alles in Ordnung. Sie hat Nachrichten von zu Hause bekommen, die sie etwas aufgeregt haben.« Er griff nach dem Hörer des an der Wand hängenden Telefons, um Brenna anzurufen.

»Oh, nicht ihre Oma!« Darcy stellte das volle Tablett, das sie gerade hinaustragen wollte, wieder auf den Tisch und sah den Bruder voller Sorge an.

»Nein, nichts Derartiges. Ich werde Brenna anrufen und sie fragen, ob sie mich ein paar Stunden vertreten kann – weil ich Jude heimfahren möchte.«

»Tja, wenn Brenna keine Zeit hat, kommen Shawn und ich wohl auch so zurecht.«

Aidan sah seine Schwester mit einem Lächeln an. »Wenn du willst, kannst du wirklich ein Schatz sein, Darcy!«

»Ich mag sie ganz einfach, und ich glaube, sie braucht unbedingt ein bisschen Spaß in ihrem Leben. Scheint, als hätte sie sich bisher viel zu selten amüsiert. Und mit einem Mann verheiratet gewesen und von ihm verlassen worden zu sein, noch ehe der Brautstrauß welken konnte, ist ganz sicher...«

»Halt mal! Du weißt, dass sie verheiratet gewesen ist?«

Darcy zog verwundert eine Braue hoch. »Natürlich.« Sie griff erneut nach dem Tablett und brach auf. »Das ist schließlich kein Geheimnis.«

»Kein Geheimnis«, murmelte er, ehe er mit knirschenden Zähnen Brennas Nummer zu wählen begann. »Dann war anscheinend außer mir das ganze Dorf im Bilde.«

12

Bis Aidan wieder in die Wohnung kam und sie gemeinsam zu seinem Wagen gingen, hatte Jude Gelegenheit gehabt, sich halbwegs zu beruhigen und die ganze Angelegenheit nochmals zu überdenken.

Der Begriff Verlegenheit drückte ihr Befinden nur unzulänglich aus. Sie war in den Pub gestürzt gekommen, hatte den Mann an seinem Arbeitsplatz sexuell genötigt. Vielleicht fände sie die Erinnerung an ihren Auftritt ja irgendwann einmal – ihrer Schätzung nach in zwanzig oder dreißig Jahren – faszinierend oder sogar amüsant. Doch augenblicklich empfand sie nichts als abgrundtiefe Scham.

Und dann hatte sie einen Tobsuchtsanfall bekommen, jämmerlich geschluchzt, gebrabbelt und geflucht. Alles in allem hätte sie, abgesehen von einem Strip auf seiner Theke, sicher nichts Schockierenderes anstellen können.

Ihre Mutter hatte sie beglückwünscht, weil sie selbst unter dem größten Stress stets ihre Würde bewahrt hatte. *Nun, Mutter,* dachte sie, *gut, dass du vorhin nicht in der Nähe warst!*

Und trotz ihres peinlichen Auftrittes fuhr Aidan sie jetzt heim, weil es dunkel war und regnete – und aus Nettigkeit.

Sicher konnte er es nicht erwarten, sich ihrer endlich zu entledigen.

Während der Wagen die holprige Straße hinaufrumpelte, suchte sie verzweifelt nach Worten, um die Peinlichkeit und Anspannung der Situation zu mildern; doch alles, was ihr einfiel, klang entweder dämlich oder künstlich und gestelzt. Aber sie musste etwas sagen. Ihr fortgesetztes Schweigen wäre unhöflich und feige.

Sie atmete tief ein und keuchend wieder aus.

»Hast du sie gesehen?«

»Wen?«

»Dort oben, hinter dem Fenster.« Jude packte seinen Arm und starrte auf die Gestalt hinter dem Fenster ihres Schlafzimmers.

Lächelnd hob er den Kopf. »Ja. Sie wartet auf dich. Ich frage mich, ob ihr die Zeit allmählich lang wird oder ob ihr ein Jahr vielleicht nur wie ein Tag erscheint.«

Er stellte den Motor seines Wagens ab, sodass nur noch das Trommeln des Regens auf dem Dach zu hören war, als die Gestalt langsam verschwand.

»Du hast sie wirklich gesehen? Das sagst du nicht nur, um mir einen Gefallen zu tun?«

»Natürlich habe ich sie gesehen – oft... und werde sie sicher auch in Zukunft regelmäßig sehen.« Er wandte sich um und sah Jude von der Seite an. »Es macht dir doch nichts aus, mit ihr zusammen hier zu wohnen?«

»Nein.« Sie lachte, denn die Antwort fiel ihr überraschend leicht. »Nicht das Geringste. In Chicago hätte es mir was ausgemacht, aber hier fühle ich mich vollkommen wohl. Manchmal...«

»Manchmal was?«

Sie sagte sich, sie sollte ihn nicht unnötig aufhalten. Aber es war so gemütlich in diesem warmen Wagen, während der Regen auf das Dach prasselte und der Nebel weiße Wogen um die Fenster wirbeln ließ. »Tja, manchmal habe ich den Eindruck, dass ich ihre Nähe spüre. Dass etwas in der Luft liegt. Ein – ich weiß nicht, wie ich es erklären soll –, ein leichtes Vibrieren. Und ihre Trauer macht mich genauso traurig. Ihn habe ich auch bereits gesehen.«

»Ihn?«

»Den Feenprinzen. Beide Male, als ich Blumen zum Grab der alten Maude gebracht habe, bin ich ihm begegnet. Ich weiß, es klingt verrückt – wahrscheinlich sollte ich mich gründlich untersuchen lassen, aber...«

»Habe ich gesagt, es klingt verrückt?«

»Nein.« Sie atmete vorsichtig aus. »Deshalb erzähle ich es dir ja. Weil du nicht sagst, dass es verrückt klingt. Weil du nicht mal denkst, dass es verrückt klingt.«

Ebenso wenig wie sie.

»Ich bin ihm begegnet, Aidan.« Mit vor Aufregung leuchtenden Augen blickte sie ihn an. »Ich habe mit ihm gesprochen. Beim ersten Mal dachte ich, er wäre einfach jemand, der hier in der Nähe lebt. Aber beim zweiten Mal war es beinahe wie in einem Traum, wie in Trance oder... ich habe hier etwas«, sagte sie spontan, »was ich dir gerne zeigen würde. Eigentlich willst du ja schnellstmöglich zurück, aber falls du doch noch eine Minute Zeit hättest...«

»Ist das vielleicht eine Einladung ins Haus?«

»Ja. Ich...«

»Dann habe ich alle Zeit der Welt.«

Sie stiegen aus dem Wagen, gingen durch den Regen, und ein wenig nervös schob sie sich beim Betreten des Cottages die immer noch feuchten Haare aus der Stirn. »Es ist oben. Ich hole es herunter. Möchtest du vielleicht einen Tee?«

»Nein, vielen Dank.«

»Tja, dann warte bitte kurz«, sagte sie und eilte hinauf in ihr Schlafzimmer, wo sie den Diamanten zwischen ihren Socken versteckt hatte.

Als sie, das Juwel hinter dem Rücken, wieder herunterkam, entfachte Aidan bereits ein Feuer im Kamin. Das sanfte Licht der roten Glut hüllte ihn wärmend ein.

Judes Herz tat bei seinem Anblick einen kleinen Satz. Schön wie der Prinz der Feen, dachte sie voll Wehmut, mit seinem im Schein des Feuers schimmernden rötlich-dunklen Haar, seinen wie mit Goldfäden durchwirkten leuchtend blauen Augen, seinen in Licht und Schatten getauchten kantigen Zügen.

War es ein Wunder, dass sie sich in ihn verliebt hatte?

Allmächtiger Gott, sie hatte sich tatsächlich in diesen Mann verliebt! Diese Erkenntnis traf sie wie ein Hieb, und leise stöhnte sie auf. Wie viele idiotische Fehler konnte ein Mensch an einem Tag begehen?

Es überstieg total ihre Kräfte, sich in einen, gleich wie prachtvollen Iren zu verlieben, sich von ihm das Herz brechen zu lassen, sich abermals zur Närrin zu machen wegen so einem Burschen. Er war auf der Suche nach etwas völlig anderem und leugnete es nicht. Aidan wollte Sex, Vergnügen, Spaß und etwas Aufregung. Auch Freundschaft, nahm sie an. Aber ganz sicher wollte er keine Frau, die ihn mit großen Augen anschwärmte, und vor allem keine Frau, die in ihrer bisher einzigen ernsthaften Beziehung jämmerlich versagt hatte.

Dieses Exemplar wollte ein Verhältnis, was etwas vollkommen anderes war als Liebe. Und falls sie ihn eroberte, falls sie das Vergnügen einer Beziehung zu ihm genießen wollte, müsste sie lernen, diese beiden Dinge streng voneinander zu trennen.

Sie würde ihr Verhältnis nicht unnötig komplizieren und es nicht allzu genau unter die Lupe nehmen. Plante nicht, das zu ruinieren, was sie haben konnte.

Als er sich erhob und zu ihr umdrehte, sah sie ihn lächelnd an. »Es ist wirklich wunderbar, wenn an einem verregneten Abend ein Feuer im Kamin prasselt. Danke.«

»Komm doch auch her!« Er hielt ihr seine Hand hin.

Sie wagte sich nicht nur in die Nähe, sondern mitten in das Feuer, dachte sie. Und es wäre ihr, verdammt noch mal, egal, falls sie darin verbrannte. Ohne den Blick von seinen Augen zu lösen, trat sie auf ihn zu, zog langsam ihre Hand hinter dem Rücken hervor und klappte die Finger auseinander. Der in ihrer Handfläche liegende Diamant funkelte prächtiger denn je.

»Gütiges Herz Jesu!« Aidan starrte blinzelnd auf den Stein. »Ist das etwa das, wofür ich es halte?«

»Er hat die Dinger vor mir ausgeschüttet, als wären es Bonbons. Steine, so leuchtend, dass sie meinen Augen wehtaten. Und vor meinen Augen haben sie sich auf dem Grab der alten Maude in Blumen verwandelt. Alle außer diesem einen Stein. Man möchte es kaum glauben«, murmelte sie und dachte dabei ebenso an ihre Gefühle für Aidan wie an das Juwel in ihrer Hand. »Aber es ist die Wirklichkeit!«

Er nahm den Diamanten und hielt ihn vor das Feuer. In seinem Inneren schien etwas zu pulsieren, und dann lag er wieder unbewegt da. »Er enthält sämtliche Farben des Regenbogens – reine Magie, Jude Frances.« Aidan hob den Kopf und sah sie an. »Was wirst du damit anstellen?«

»Ich habe keine Ahnung. Eigentlich wollte ich ihn zu einem Juwelier bringen und prüfen lassen, so wie ich mich selbst auch untersuchen lassen wollte. Aber ich habe es mir anders überlegt. Ich will nicht, dass er offiziell geschätzt wird. Es ist genug, ihn einfach zu besitzen, findest du nicht auch? Zu wissen, dass er existiert. Bisher habe ich in meinem Leben viel zu wenig unbesehen geglaubt. Das möchte ich jetzt ändern.«

»Sehr vernünftig! Und mutig. Möglicherweise genau der Grund, warum du den Stein bekommen hast.« Er nahm ihre Hand, drehte sie mit der Handfläche nach oben, legte den Diamant vorsichtig hinein und klappte ihre Finger zu. »Er ist für dich bestimmt, mitsamt seiner Magie. Danke, dass du ihn mir gezeigt hast!«

»Ich musste ihn mit einem Menschen teilen.« Sie hielt den Stein fest, und obgleich sie wusste, wie lächerlich es war, meinte sie, er verliehe ihr Mut. »Du warst mir gegenüber sehr verständnisvoll und geduldig. Wie soll ich je mein empörendes Benehmen und die Art, in der ich all meine Neurosen bei dir abgeladen habe, wieder gutmachen?«

»Über derartige Ereignisse führe ich nicht Buch.«

»Ich weiß. So etwas würdest du nicht tun. Du bist der freundlichste Mann, dem ich jemals begegnet bin.«

Beinahe wäre er bei diesen Worten zusammengezuckt. »Freundlich, ja?«

»Ja, sehr.«

»Und verständnisvoll und geduldig.«

Sie sah ihn lächelnd an. »Ja.«

»Vielleicht wie ein Bruder?«

Beinahe hätte sich ihr Lächeln gelegt. »Tja, ich … hmmm.«

»Und, hast du vielleicht die Angewohnheit, dich Männern in die Arme zu werfen, die deine Brüder sein könnten?«

»Dafür muss ich mich entschuldigen. Ich wollte dich nicht in Verlegenheit bringen.«

»Habe ich nicht schon einmal gesagt, dass du dich zu oft entschuldigst? Beantworte mir stattdessen lieber meine Frage.«

»Hm, nun … ehrlich gesagt warst du der allererste Mann, dem ich mich in die Arme geworfen habe.«

»Ist das wirklich wahr? Tja, sehr schmeichelhaft für mich,

auch wenn du in dem Augenblick in einer gewissen Notsituation warst.«

»Ja, ja, das stimmt.« Der Stein in ihrer Hand war plötzlich schwer wie Blei, sodass sie sich umdrehte und ihn, froh, Aidan einen Augenblick lang den Rücken zukehren zu können, auf den Kaminsims legte.

»Und befindest du dich jetzt auch in einer Notsituation?«

»Nein. Nein, jetzt ist alles in Ordnung.«

»Dann lass es uns noch einmal ausprobieren.« Er drehte sie zu sich herum und presste seine Lippen auf ihren vor Überraschung geöffneten Mund. Ihre schockierte Anspannung erregte ihn wie stets. »Und, findest du mich jetzt immer noch verständnisvoll und geduldig?«, murmelte er und biss leicht in ihren Hals.

»Das kann ich nicht sagen. Ich kann nicht mehr denken.«

»Sehr gut!« Falls es etwas Berauschenderes gab als eine in ihrer eigenen Leidenschaft gefangene Frau, dann hatte er es bisher nicht erlebt. »So gefällst du mir besonders.«

»Ich dachte, du wärst wütend oder...«

»Jetzt denkst du ja schon wieder.« Er küsste sie auf eine Schläfe. »Darf ich dich darum bitten, auf der Stelle damit aufzuhören!«

»Na schön. Okay.«

Ihr gehauchtes Einverständnis raubte ihm den Atem. »*Mavourneen dheelish*. Lass mich dich heute Abend haben!« Sein Mund kehrte auf ihr volles Lippenpaar zurück und rief einen wunderbaren Schwindel in ihr wach. »Lass es heute Abend sein. Ich kann nicht ständig nur von dir träumen.«

»Du willst mich immer noch?« Ihr verwunderter, beglückter Ton war geradezu beschämend, verriet er doch einen völligen Mangel an Eitelkeit und Ich-Bezogenheit.

»Ich will einfach alles von dir. Bitte schick mich heute Nacht nicht fort.«

Sie war ihrem Herzen bis an diesen Ort gefolgt, hatte einen herrlichen Partner gefunden und würde ihrem Herzen wieder folgen. »Nein.« Sie vergrub ihre Finger in seinem dichten Haar und presste ihre Lippen mit all ihrer neu entdeckten Leidenschaft und Liebe auf seinen festen Mund. »O nein, ich schicke dich nicht fort!«

Er hätte sie auf den Fußboden ziehen, an Ort und Stelle nehmen und sie beide vor dem Kaminfeuer glücklich machen mögen. Sie waren keine Kinder mehr und beide heiß. Aber er hatte sein Versprechen nicht vergessen, und so zog er sie an seine Brust. Angesichts der überraschten Freude, mit der sie ihn ansah, wusste er, er tat genau das Richtige.

»Ich habe dir gesagt, beim ersten Mal würde ich dich langsam und vorsichtig lieben. Und ich bin jemand, der hält, was er verspricht.«

Nie zuvor in ihrem Leben hatte ein Mann sie in seinen Armen getragen. Die Romantik dieser Geste war betörend, es war die Erfüllung einer goldenen, erotischen Fantasie. Ihr Herzschlag trommelte in ihren Ohren, als er sie die Treppe hinauf in ihr Schlafzimmer trug.

Glücklicherweise war es dunkel, dachte sie. Im Dunkeln überwand sie sicher leichter ihre angeborene Scham. Als er sie auf der Bettkante absetzte, machte sie die Augen zu, riss sie jedoch sofort wieder auf, als er die Lampe auf ihrem Nachttisch anknipste.

»Meine Schöne«, murmelte er und sah sie lächelnd an. »Bleib bitte einfach sitzen. Ich mache uns ein Feuer im Kamin.«

Ein Feuer, dachte sie. Natürlich, ein Feuer wäre schön. Sie verschränkte ihre Hände und versuchte, Herr zu werden über ihre Aufregung und die plötzlich in ihr aufwallenden Bedürfnisse. Ein Feuer würde nicht nur wärmen, es schuf auch eine erotische und zugleich heimelige Atmosphäre. Er wollte Atmosphäre. Jemine, weshalb wusste sie einfach nichts zu sagen? Weshalb besaß sie nicht irgendein wunderbares Negligé, irgendein zauberhaftes Wäschestück, das sie jetzt anziehen konnte, um ihn zu becircen?

Sprachlos beobachtete sie, wie er sich, als die ersten Flammen zügelten, vor dem Kamin erhob und nacheinander sämtliche im Zimmer verteilten Kerzen anzündete.

»Eigentlich wollte ich heute Abend bei dir vorbeikommen und dich zum Essen ausführen.«

Dies war eine derart überraschende, beglückende Erklärung, dass sie ihn mit großen Augen anstarrte. »Ach ja?«

»Aber das muss jetzt eben warten.« Er sah ihr in die Augen, entdeckte ihre unübersehbare Nervosität, freute sich darüber und knipste die Lampe wieder aus. Sofort lag das Zimmer in gedämpftem Licht und warmen Schatten.

»Ich habe sowieso keinen großen Hunger.«

Er lachte fröhlich auf. »Ich hoffe doch, das wird sich ändern.« Zu ihrem Entsetzen ging er vor ihr in die Hocke und löste die Bänder ihrer Schuhe. »Denn ich habe nämlich, bereits, seit ich dich zum ersten Mal gesehen habe, einen Riesenappetit auf dich.«

Sie schluckte vernehmlich, und als er seinen Finger leicht wie eine Feder über einen ihrer nackten Füße gleiten ließ, atmete sie keuchend aus.

»So was Niedliches«, sagte er in beiläufigem Ton, sah ihr lachend in die Augen, hob die Gliedmaße vorsichtig an seinen Mund und nagte sanft an ihren Zehen. Wieder atmete sie keuchend aus und vergrub ihre Finger tief in der Matratze.

»Aber ich muss zugeben, dass ich, seit ich sie heute Morgen dampfend und rosig gesehen habe, eine besondere Vorliebe für deine Schultern hege.«

»Meine – oh...« Er widmete sich ihrem zweiten Fuß, und plötzlich war ihr Hirn wie leer gefegt. »Was?«

»Deine Schultern! Mir gefallen besonders deine Schultern.« Da es wirklich stimmte, stand er entschieden auf und zog Jude auf ihre prickelnd heißen Füße. »Sie sind schmal und kräftig zugleich.« Während er sprach, öffnete er langsam die Knöpfe des geborgten Hemdes, zog es ihr – oh, herrlich süße Qual – jedoch nicht sofort aus, sondern streifte es ihr lediglich weit genug über die Schultern, um tun zu können, wovon er seit dem Vormittag geträumt hatte, nämlich mit seiner Zunge ihre Konturen genauer zu erforschen.

»Himmel!« Sie hatte das Gefühl, als würde feiner Goldstaub überall in ihrem Inneren verteilt. Während sie ihre Arme, um nicht die Balance zu verlieren, um seine straffen Hüften schlang, arbeitete er sich wie ein Mann, der langsam und genüsslich kleine Häppchen der verschiedensten Köstlichkeiten eines Festmahls auf seiner Zunge zergehen ließ, seinen Weg hinauf von ihrer Schulter über ihren Nacken bis zu ihrem Kiefer.

Sein Mund strich über ihre Lippen, federleicht und süß, verstärkte ihren Hunger und kehrte, animiert von ihrem leisen Seufzen, noch einmal zurück.

Ihre Hände legten sich auf seinen Rücken, sie ließ ihren Kopf nach hinten sinken und bewegte ihren Körper in einem träumerischen Rhythmus an seinem heißen Leib.

Langsam, dachte er, und süß. Es war genau richtig. Im flackernden Licht der Kerzen, zum warmen Klang des Regens an den Scheiben und ihrer weichen Seufzer vertieften ihre Küsse sich.

Begierig sog sie seinen reichen, perfekten, männlichen Geschmack mit jeder Faser ihrer Zunge in sich auf, und als er sich das Hemd über den Kopf zog, strich sie mit verzückten Seufzern über seine straffen Muskeln und seine feste Haut.

Sein Herzschlag setzte aus. Mit ihren langsamen, zögerlichen Liebkosungen trieb sie ihn in den Wahnsinn. Ihr Mund war so weich und freigebig! Und angesichts der Art, in der sie vor Erregung und freudiger Erwartung bebte, als er den

Reißverschluss ihrer Hose öffnete, bis der Stoff lautlos an ihren Beinen hinunter auf den Boden glitt, zuckten Blitze des Verlangens durch seinen harten Leib. Gälische Koseworte gingen ihm durch den Kopf und glitten sanft von seiner Zunge, als er seine Lippen über ihre Wange und ihren Hals erneut in Richtung ihrer Schultern wandern ließ, bis ihr Zittern sich verstärkte und sie vor Begehren keuchte.

Langsamer, langsamer, befahl er sich stumm. Aber wie hätte er wissen sollen, dass sein Verlangen nach ihr ihn ähnlich einer wilden Bestie gleich zerreißen würde? Aus Angst, sie zu erschrecken, presste er seine Lippen an ihre Kehle und verharrte völlig reglos, bis die Wildheit seiner Gier ein wenig abebbte.

Sie schwebte wie auf Wolken, erfüllt von einem derartigen Glück, dass sie die Veränderung des Rhythmus gar nicht bemerkte. Sie wandte den Kopf, suchte nach seinem Mund und versank erneut in einem Kuss. Es war, als schmölzen ihr die Knochen, und das Pochen ihres Leibes kam ihr wahrhaftig vor wie ein Fest. Überall dort, wo er sie berührte, züngelten helle, heiße Flammen.

Das war wahre Liebe, so empfand sie es jedenfalls. Endlich erfuhr sie, wie es sein konnte. Wie hatte sie nur je etwas anderes für Liebe halten können?

Jetzt brauchte er mehr. Er schob ihr Hemd zur Seite und merkte, dass der Anblick ihres schlichten weißen Büstenhalters ihn derart berauschte, dass er vorsichtig mit einer Fingerspitze über den oberen Rand des festen Stoffes fuhr und das dort befindliche kleine Muttermal umkreiste.

Ihre Knie wurden weich. »Aidan!«

»Als ich diesen kleinen Fleck heute Morgen entdeckt habe«, murmelte er und sah ihr ins Gesicht, »hätte ich am liebsten sofort hineingebissen.« Auf ihr überraschtes Blinzeln öffnete er grinsend das Häkchen des BHs. »Außerdem habe ich mich gefragt, was für betörende kleine Geheimnisse du wohl sonst noch unter deinem stets adretten Äußeren verbirgst.«

»Ich habe keine betörenden Geheimnisse.«

Der BH fiel auf den Boden. Aidan sah an ihr herab und beobachtete, wie sich die inzwischen vertraute, leichte, geradezu sündig erotische Röte auf ihrer Haut auszubreiten begann. »Da irrst du dich«, flüsterte er und umfasste zärtlich ihre Brüste.

Wieder fuhr sie erschreckt zusammen, wieder blitzten ihre Augen vor Überraschung auf. Probeweise rieb er mit den Daumen über ihre Nippel und sah, wie sich ihre meergrünen Irise verdunkelten.

»Nein, lass die Augen auf«, bat er und drückte sie sanft in die Kissen. »Mach sie noch nicht zu. Ich möchte sehen, was meine Berührungen bei dir bewirken.«

Und so erforschte er, ohne ihr Gesicht aus den Augen zu lassen, die von ihr verleugneten Geheimnisse. Seidige Haut und sanft zerzaustes, nach Regen duftendes Haar. Weiche Rundungen, unmerkliche Vertiefungen. Als nun seine von der Arbeit rauen Hände über ihren Leib fuhren, erschauerte sie vor Wonne. Und jedes von ihm gelüftete Geheimnis bereitete ihnen beiden freudiges Vergnügen.

Als er sie schließlich kostete, versank die Welt um sie herum, bis es außer dem Rasen ihres Pulses und heißer Verzückung nichts mehr gab auf dieser Welt.

Reif für den Orgasmus reckte sie sich begehrlich gegen seine Hand. Rieb sich voll des süßen Schmerzes, voll des sinnlichen Verlangens an seiner straffen Haut. Sein Mund traf hart auf ihre Lippen und sog ihre Freudenschreie ein, während er ihr immer mehr gab, bis sie schließlich aufschluchzte und ihr Körper dahinschmolz.

Ihre Augen, die ihn derart faszinierten, wurden gleichsam blind, und ihr Körper schimmerte im Schweiß. Doch nicht nur ihre Welt versank, sondern die seine ebenfalls.

Es gab nur noch Jude.

Er rief ihren Namen und glitt in sie hinein. Hitze traf auf Hitze, Verlangen auf Verlangen, stark und endlos tief.

Reglos verharrte er, bis sie ihn umschlang, und harmonisch vereint bewegten sie sich in völligem Einklang, langsam und doch so drängend, dass jeder Stoß der Seele neue Nahrung gab. Sie lächelte ihn an, und ein heller, sanfter Schimmer, wie der des Diamanten, erfüllte das Zimmer, als er ihr ihr Lächeln zurückgab.

Das, so dachte sie beglückt, war wahre Magie. Die machtvollste Magie. Und unter deren Schutz wagte sie den Sprung aus ihrer alten Welt.

Die Flammen der Kerzen flackerten. Das Feuer zischte, und der Regen klopfte an die Scheiben. In ihrem Bett lag ein prachtvoller, aufregender, wunderbarer, herrlich nackter Mann.

Jude fühlte sich wie eine Katze, die soeben den Schlüssel zur Molkerei erhalten hatte.

»Ich bin so froh, dass William Vater wird.«

Aidan drehte den Kopf, merkte, dass sein Gesicht in ihrem Haar begraben war, und hob ihn ein wenig. »Was, zum Teufel, hat William damit zu tun?«

»Oh! Ich wusste gar nicht, dass ich das laut gesagt habe.«

»Sehr nett von dir, an einen anderen Mann zu denken, während ich, nachdem ich dich mit aller Kraft geliebt habe, immer noch nach Luft ringe!«

»So habe ich nicht an ihn gedacht.« Entgeistert setzte sie sich auf, zu verlegen, um daran zu denken, dass sie unbekleidet war. »Ich habe nur gedacht, wenn er kein Baby bekäme, hätte meine Mutter mir nichts Derartiges erzählt... ich hätte mich nicht so aufgeregt, wäre nicht in den Pub gekommen und – am Ende hat alles dazu geführt, dass du, dass wir...«, endete sie schwach.

Er besaß tatsächlich noch die Energie zur Arroganz, zog

eine seiner Brauen hoch und meinte entschieden: »Am Ende hätte ich dich sowieso ins Bett gekriegt.«

»Wie schön, dass es heute war! Jetzt! Einfach himmlisch! Tut mir Leid. Das war sicherlich ein dummer Satz.«

»Du solltest allmählich damit aufhören, dir einzureden, dass alles, was dir spontan über die Lippen kommt, dumm ist. Und da das, was du gesagt hast, durchaus logisch ist, würde ich sagen, trinken wir auf den günstigen Zeitpunkt, zu dem William seine Manneskraft bewiesen hat.«

Erleichtert strahlte sie ihn an. »Genau das sollten wir, obgleich er im Bett nie auch nur halb so gut gewesen ist wie du.« Sofort wandelte sich ihr gut gelauntes Grinsen in eine Maske des Entsetzens. »Oh, wie konnte ich nur schon wieder so was sagen!«

»Wenn du denkst, du hättest mich damit beleidigt, dann irrst du dich.« Höchst aufgeräumt erhob sich auch Aidan und küsste sie lautstark auf den Mund. »Ich würde sagen, dafür gibt's noch ein Gläschen. Für Williams Dummheit, nicht zu erkennen, was für ein Juwel du bist – denn nur deshalb habe ich dich überhaupt bekommen.«

Jude schlang ihre Arme um seinen starken Nacken und schmiegte sich an seine Brust. »Nie zuvor hat mich jemand berührt wie du. Ich dachte nicht, dass dazu jemals jemand Lust hätte.«

»Ich will sogar schon wieder.« Er nagte sanft an ihrem Hals. »Warum gehen wir nicht runter, trinken unseren Wein und essen eine Dosensuppe oder so? Dann kommen wir zurück und fangen noch einmal von vorne an.«

»Das ist eine fantastische Idee!« Sie zwang sich, gelassen zu bleiben, als sie aus dem Bett stieg, um sich etwas anzuziehen. Schließlich hatte er sie nun in ihrer ganzen nackten Pracht gesehen, sodass es einfach närrisch wäre, fiele sie plötzlich in ihre alte Schüchternheit zurück.

Trotzdem war sie erleichtert, als sie wieder das von ihm

geborgte Hemd und ihre Hose trug. Als sie jedoch nach einem Haarband griff, legte Aidan ihr eine seiner Hände auf die Schulter, sodass sie erschreckt zusammenfuhr.

»Warum bindest du dein Haar immer zurück?«

»Weil es mich sonst stört.«

»Ich mag es, wenn es dir wild über die Schultern fällt.« Er spielte mit einer ihrer Strähnen. »So wirkt es, als wäre es ständig in Aufruhr, und außerdem wird die wunderbar schimmernde Farbe durch die Fülle vorteilhaft betont.«

»Es ist ganz einfach braun.« Sie hatte ihre Haarfarbe immer als ebenso originell empfunden wie die Farbe von Baumrinde.

»Genau wie das Fell von einem Nerz.« Er küsste die Spitze ihrer Nase. »Was sollen wir nur mit dir machen, Jude Frances, dass du endlich die Scheuklappen ablegst und dich zum ersten Mal so siehst, wie du wirklich bist? Vermutlich wirst du dann furchtbar eingebildet. Aber jetzt lass deine Haare bitte, wie sie sind«, fügte er nach einem Augenblick hinzu und zerrte sie zur Tür. »Schließlich bin ich derjenige, der dich ständig anschauen muss.«

Sie fühlte sich zu geschmeichelt, um noch etwas zu sagen, aber unten in der Küche behauptete sie sich. »Du hast das Frühstück gemacht, also bin ich für das Abendessen zuständig«, verkündete sie und reichte ihm die Weinflasche. »Allerdings bin ich keine tolle Köchin, sodass du dich mit einem recht uneleganten Mahl begnügen musst.«

»Und was könnte das sein?«

»Dosensuppe und überbackenes Käsesandwich.«

»Klingt, als wäre es genau das Richtige für einen verregneten Abend wie diesen.« Er nahm den Wein und setzte sich gemütlich an den Tisch. »Außerdem wird mir noch das Vergnügen zuteil, dich dabei zu beobachten, wie du es anrichtest.«

»Als ich diese Küche zum ersten Mal sah, fand ich sie irgendwie liebreizend.« Sie trat an den Herd und entfachte das Feuer mit einer Leichtigkeit, die Aidan überraschte. »Dann wurde mir klar, dass es weder einen Geschirrspüler noch eine Mikrowelle, weder einen elektrischen Dosenöffner noch eine Kaffeemaschine gab.«

Lachend nahm sie eine Dose aus dem Schrank und bearbeitete sie mit dem kleinen mechanischen Öffner aus der Schublade. »Ehrlich gesagt, war ich einigermaßen perplex. Aber inzwischen habe ich in dieser Küche mehr und mit größerer Begeisterung gekocht als je zuvor in meiner Wohnung in Chicago. Und mein dortiger Kochbereich ist vom Allerfeinsten. Ein hypermoderner Herd, natürlich mit Cerankochfeld, und ein super Kühlschrank mit verschiedenen Gefrierfächern.«

Während sie sprach, gab sie die Suppe in den Topf und steckte auf der Suche nach Käse und Butter den Kopf in den Eisschrank. »Natürlich habe ich bisher nichts Kompliziertes ausprobiert. Ich sammele noch Mut, ehe ich mich an selbst gebackenes Brot wage. Das wirkt relativ einfach, und wenn ich dabei auch nur halbwegs Erfolg habe, zaubere ich vielleicht sogar irgendwann einmal einen Kuchen.«

»Würdest du das denn gerne?«

»Ich glaube, ja.« Sie strich Butter auf das Brot und blickte lächelnd über die Schulter. »Aber wenn man noch ein Lehrling ist, erscheint es wie eine ziemliche Herausforderung.«

»Probieren geht über Studieren.«

»Ich weiß. Aber ich hasse es, in irgendwelchen Dingen danebenzuhauen.« Kopfschüttelnd erhitzte sie ein wenig Fett in einer Pfanne. »Leider ist das mein Problem. Deshalb habe ich viele Dinge, zu denen ich Lust hätte, nie versucht. Ich schaffe es immer, mich davon zu überzeugen, dass es sowieso nicht klappt – also lasse ich es sein. Das liegt daran, dass ich das stets linkische Kind zweier perfekter Eltern bin.«

Sie legte die Brote in die Pfanne und freute sich über das leise Zischen. »Aber ich mache ziemlich gute Käsesandwiches, sodass du nicht verhungern wirst.« Sie drehte sich um und stieß gegen seine breite Brust.

Sofort war sein Mund auf ihren Lippen. Heiß, ein wenig rau und ohne Ende aufregend. Als er sie wieder zu Atem kommen ließ, nickte er zufrieden. »Soweit ich es beurteilen kann, bist du alles andere als linkisch.«

Er kehrte an den Tisch zu seinem Wein zurück, und Jude erholte sich gerade rechtzeitig, um zu verhindern, dass die Suppe überkochte.

Aidan blieb die ganze Nacht und hielt sie warm in seinen starken Armen. Bei Sonnenaufgang, als das Licht der ersten Strahlen schimmernd durch das Fenster drang, liebte er sie nochmals, auf eine derart langsame, innig vertraute Weise, dass sie das Gefühl hatte, immer noch zu träumen.

Als sie schließlich wach wurde, saß er mit einer Tasse Kaffee neben ihr auf der Matratze und strich ihr zärtlich übers Haar.

»Oh. Wie spät ist es?«

»Nach zehn. Mittlerweile habe ich deinen Ruf endgültig ruiniert.«

»Zehn?« Eilig setzte sie sich auf, überrascht und dankbar, als er ihr den Kaffee in die Hand drückte. »Meinen Ruf?«

»Unrettbar verloren. Eigentlich wollte ich vor Anbruch der Dämmerung zurückfahren, damit niemand meinen Wagen in deiner Einfahrt sieht. Aber ich war einfach zu beschäftigt.«

Sie nickte seufzend. »Ich erinnere mich...«

»Sicher wird es jetzt Gerede geben über das Techtelmechtel zwischen dem Gallagher-Jungen und der amerikanischen Cousine der alten Maude.«

Ihre Augen blitzten. »Wirklich? Wie herrlich.«

Lachend zupfte er sie am Haar. »Irgendwie dachte ich mir, dass dir das vielleicht gefällt.«

»Es würde mir noch besser gefallen, wenn ich deinen Ruf zerstört hätte. Schließlich habe ich bisher den Ruf eines anderen Menschen nie auch nur angekratzt.« Zärtlich berührte sie sein Gesicht, staunend, dass es ihr so leicht fiel, und fuhr mit ihrem Finger über das winzige Grübchen in seinem Kinn. »Schließlich könnten die Leute auch behaupten, diese unmoralische Amerikanerin hätte den Besitzer von Gallagher's Pub den Damen aus dem Ort vor der Nase weggeschnappt.«

»Tja, nun, falls du zu dem Schluss gekommen bist, von nun an unmoralisch leben zu wollen, dann komme ich heute Abend nach Schließen des Pubs hierher zurück und lasse mich bereitwillig weiterhin schamlos von dir ausnutzen.«

»Das wäre wirklich schön.«

»Stell eine Kerze in dein Fenster.« Er beugte sich vor, um sie zu küssen, und dehnte die Berührung lange genug aus, um bei dem Gedanken an die bevorstehende Trennung körperliches Unbehagen zu verspüren. »Verdammter Papierkram«, murmelte er böse. »Aber irgendwann muss ich ihn schließlich erledigen. Sieh zu, dass du mich ordnungsgemäß vermisst!«

»Versprochen!«

Als er den Raum verließ, lehnte sie sich behaglich in ihre Kissen und lauschte dem Geräusch der hinter ihm zufallenden Tür, dem Aufheulen seines Wagens.

Eine ganze Stunde lang tat sie nichts anderes, als in ihrem Bett zu sitzen, gut gelaunt zu summen und sich ihres neuen Lebens zu erfreuen.

13

Ich habe ein Verhältnis.

Jude Frances Murray hat eine leidenschaftliche Affäre mit einem wunderbaren, charmanten, über alle Maßen attraktiven Iren.

Wie ich es liebe, diese Sätze zu schreiben!

Ich kann der Versuchung nur mit Mühe widerstehen, mich wie ein Schulmädchen aufzuführen und seinen Namen wieder und wieder in meinem Notizbuch zu verewigen.

Aidan Gallagher. Was für ein wunderbarer Name.

Was für ein Musterbeispiel von Mann! Ich weiß, es ist entsetzlich oberflächlich, sich über das äußere Erscheinungsbild von einem Menschen auszulassen, aber ... nun, wenn ich nicht mal auf den Seiten meines eigenen Tagebuchs oberflächlich sein darf, wo denn bitte dann?

Wie liebe ich seine herrliche schwarze Mähne, die im Licht der Sonne glänzt und schimmert. Er hat wunderbare, dunkle, strahlend blaue Augen, und wenn er mich ansieht, wie er es so oft tut, wird alles in mir heiß und butterweich. Sein Gesicht ist kraftvoll. Gut geschnitten, würde Oma sagen. Seinen Mund umspielt häufig ein leichtes, unbekümmertes Lächeln, und in seinem Kinn hat er ein winzig kleines Grübchen.

Sein Körper ... ich kann kaum glauben, dass er auf und unter mir gelegen hat. Er ist so hart und fest, mit Muskeln wie aus Eisen. Kraftvoll ist wirklich das einzig passende Wort.

Mein Liebhaber ist ein Paradestück!

Aber jetzt habe ich lange genug der oberflächlichen Schwärmerei gefrönt.

Genug damit!

Seine anderen Qualitäten sind ebenso beeindruckend. Er

ist sehr freundlich und hat einen ausgeprägten Sinn für Humor, kann außerdem gut zuhören. Das ist eine Fähigkeit, die Gefahr läuft auszusterben, aber bei Aidan ist sie sehr deutlich vorhanden.

Seine Bindung an die Familie sticht einem ins Auge, ebenso wie seine Arbeitsmoral. Ich finde seine Intelligenz faszinierend und sein Talent als Geschichtenerzähler unterhaltsam. Ehrlich gesagt könnte ich ihm stundenlang lauschen.

Weit gereist ist er auch, hat Orte gesehen, von denen ich bisher immer nur träumen konnte. Nun, da seine Eltern nach Boston gezogen sind, hat er den Familienbetrieb übernommen und ist mit einer erstaunlichen Ruhe und gelassener Autorität in die Rolle des Familienoberhaupts geschlüpft.

Eigentlich sollte ich nicht in ihn verliebt sein. Was Aidan und mich verbindet, ist eine befriedigende körperliche Beziehung und eine wunderbare, von gegenseitiger Zuneigung geprägte Freundschaft. Beides empfinde ich als sehr kostbar, und es sollte mir genügen.

Trotzdem bin ich obendrein in ihn verliebt.

Mir ist klar geworden, dass alles, was je über das Phänomen der Liebe geschrieben wurde, stimmt. Die Blumen duften süßer, die Sonne leuchtet heller. Ich glaube, meine Füße haben seit Tagen nicht mehr den Erdboden berührt.

Es ist erschreckend und wundervoll zugleich.

So etwas habe ich noch niemals erlebt. Ich hatte keine Ahnung, dass ich zu derartigen Gefühlen in der Lage bin. Leidenschaftlichen, freudetrunkenen, vollkommen närrischen Gefühlen!

Natürlich bin ich immer noch ich. Ich kann in den Spiegel blicken und sehe nach wie vor dasselbe Bild. Trotzdem habe ich das Gefühl, plötzlich vollständiger zu sein. Als hätten Teile meiner selbst, die bisher verborgen oder verdrängt waren, endlich ihren rechtmäßigen Platz gefunden.

Mir ist klar, dass die körperlichen und emotionalen Stimuli, die Macht der Endorphine und... ach, zum Teufel mit den wissenschaftlichen Erklärungen! Diese Sache bedarf keiner theoretischen Analyse. Welch ein Glück, dass sie geschieht!

Es ist so wunderbar romantisch, wenn er mich abends zu Fuß zu meinem Cottage bringt. Wenn er in der Abenddämmerung oder im Mondlicht vor meiner Tür steht und vorsichtig klopft. Wenn er mir Wildblumen oder Muscheln oder hübsche Steine bringt.

Er tut Dinge mit meinem Körper, von denen ich bisher nur gelesen habe. Pah – inzwischen ist das Lesen mir überhaupt nicht mehr wichtig.

Ich fühle mich verrucht und lache über mich selbst. Jude Frances Murray verfügt über einen ausgeprägten Sexualtrieb. Und er scheint nicht schwächer zu werden.

Nie zuvor in meinem Leben habe ich mich derart amüsiert.

Ich hatte keine Ahnung, dass Romantik unterhaltsam sein kann. Weshalb hat mir das nie jemand gesagt?

Wenn ich in den Spiegel sehe, fühle ich mich schön. Man stelle sich das vor. Ich fühle mich schön!

Heute hole ich Darcy ab, und wir fahren zusammen zum Einkaufen nach Dublin. Ich werde mir lauter extravagante Dinge zulegen, hurra!

Das Gallagher'sche Haus war alt und verwunschen und lag am Ende des Dorfes auf einem steilen, kleinen Hügel direkt über dem Meer. Hätte Jude gefragt, dann hätte man ihr erklärt, dass der Sohn des alten Shamus, ein anderer Aidan, das Haus im Jahr seiner Hochzeit erbaut hatte.

Auch wenn die Familie ihren Lebensunterhalt nie als Fischer verdient hatte, genoss sie den Meerblick.

Nachfolgende Generationen hatten im Lauf der Jahre, je

nachdem, ob die Finanzen und die Umstände es ihnen erlaubten, in Abständen Teile angebaut, sodass es inzwischen jede Menge Räume gab, die meisten mit direktem Blick aufs Meer.

Das Gebäude bestand aus dunklem Holz und sandfarbenem Stein, beides ohne ein besonderes, erkennbares System zusammengezimmert. Jude fand es lustig und in seiner Einzigartigkeit sehr einladend. Es bestand aus zwei Etagen und besaß eine breite Vorderveranda, die dringend gestrichen gehört hätte und die man über einen schmalen, von unzähligen Füßen abgetretenen steinernen Weg erreichte. Die Fenster mit den vielen kleinen Scheiben zu putzen war sicher eine Heidenarbeit.

Das Ganze machte einen gleichermaßen heimeligen wie majestätischen Eindruck, und in dem sanften, sich allmählich hebenden Morgennebel wirkte es obendrein geheimnisvoll.

Sie fragte sich, was für eine Kindheit und Jugend Aidan in diesem großen, weitläufigen Mauerwerk verbracht hatte – nur einen Steinwurf vom breiten, weißen Strand entfernt und nah genug am Dorf, um Schwärme von Freunden zu haben.

Im Garten war lange nichts getan worden, erkannte Jude durch ihre neu gewonnene Botanikerbrille, er sah auf eine nette Art verwildert aus.

Ein schlanker schwarzer Kater lag gemütlich in der Einfahrt und bedachte Jude mit einem unergründlichen Blick aus seinen goldfarbenen Augen. In der Hoffnung, dass er sie nicht kratzen würde, ging Jude vor ihm in die Hocke und kraulte ihn vorsichtig am Kopf.

Zum Lohn kniff der Kater die Augen zusammen und stieß ein lautes Schnurren aus.

»Das ist Bub!« Shawn stand in der Haustür und schenkte Jude ein herzliches Grinsen. »Die Abkürzung für Beelzebub – wegen seines wahrhaft teuflischen Wesens. Komm rein und trink am besten erst mal einen Tee; denn falls du erwartet hast, dass Darcy pünktlich fertig ist, kennst du sie noch nicht.«

»Ich habe es nicht eilig.«

»Das ist gut, normalerweise braucht sie bereits eine Stunde, um sich schick zu machen, wenn sie nur eine Tüte Milch im Laden holen will. Also wird es nun eine Ewigkeit dauern, bis sie für einen Trip nach Dublin gestylt ist.«

Er trat einen Schritt zurück, um Jude an sich vorbeizulassen, und brüllte dann über die Schulter: »Jude ist da, Darcy! Sie sagt, dass du deinen eitlen Hintern aufschwingen sollst, wenn du willst, dass sie dich mitnimmt!«

»Das habe ich doch gar nicht gesagt«, platzte es aus Jude heraus, worauf Shawn sie lachend durch die Haustür zog.

»Es wird sie sowieso nicht beschleunigen. Soll ich dir also vielleicht erst mal einen Tee kochen?«

»Nein, vielen Dank!« Sie blickte sich um und bemerkte, dass das Wohnzimmer, in das man durch den kleinen Flur gelangte, voll gestopft und durch und durch gemütlich war.

Zuhause, dachte sie erneut. Dies war das Zuhause einer glücklichen Familie … und sehr einladend.

»Aidan ist im Pub und kümmert sich um die Gäste.« Freundschaftlich nahm Shawn ihre Hand und zog sie mit sich. Um sich endlich ein Bild von der Frau machen zu können, die seinen Bruder so betörte, hatte er schon längst einmal etwas Zeit mit ihr verbringen wollen. »Sodass du dich wohl oder übel mit mir begnügen musst.«

»Oh! Nun, das klingt nicht besonders schrecklich.«

Noch vor wenigen Monaten hätte sie niemals so ungeniert mit einem Mann geflirtet. Vor allem nicht mit so einem verruchten Engel …

»Mein Bruder hat mir bisher nie die Gelegenheit gegeben, mehr als ein Wort mir dir zu wechseln.« Shawns Augen blitzten auf. »Irgendwie wollte er dich immer ganz für sich allein.«

»Du bist jedes Mal in der Küche, wenn ich in den Pub komme.«

»Weil er mich dort angekettet hat. Aber jetzt können wir ja alles nachholen.«

Er flirtete ebenfalls mit ihr, auf eine so harmlose, nette Art und Weise, dass sie weder nervös wurde, noch das eigenartige Ziehen im Unterleib verspürte wie bei Aidans Anbetung. Bei ihrem Flirt mit Shawn fühlte sie sich einfach unbeschwert und wohl.

»Dann fange ich am besten damit an, dass ich sage, wie gut mir euer Haus gefällt.«

»Wir sind auch durchaus glücklich hier.« Er führte sie zu einem Sessel und machte es sich, nachdem sie sich gesetzt hatte, auf der Armlehne bequem. »Darcy und ich kommen sehr gut zurecht.«

»Es ist sicher für mehr Menschen vorgesehen? Eine große Familie, jede Menge Kinder?«

»Die hat es die meiste Zeit gegeben. Unser Vater zum Beispiel war einer von zehn.«

»Zehn? Gütiger Himmel!«

»Überall auf der Welt haben wir Onkel und Tanten und Cousinen und Cousins – sowohl Gallaghers als auch Fitzgeralds. Du bist eine von ihnen«, erklärte er ihr grinsend. »Ich erinnere mich noch daran, als ich ein Kind war, kamen regelmäßig irgendwelche Horden von Verwandten bei uns hereingeschneit, sodass ich mein Bett ständig mit irgendwelchen Vettern aus Wicklow oder Boston oder Devonshire geteilt habe.«

»Kommen sie immer noch?«

»Hin und wieder. Wie zum Beispiel du, Cousine Jude.« Er mochte die Art, in der sie lächelte – süß und etwas schüchtern. »Aber meistens sind Darcy und ich allein. Und werden es wohl bleiben, bis der erste von uns dreien beschließt zu heiraten und eine eigene Familie zu gründen. Dann kriegt er diesen Kasten.«

»Und die beiden anderen haben nichts dagegen einzuwenden?«

»Nein, so ist es bei uns Gallaghers von jeher Tradition.«

»Und die beiden anderen werden wissen, dass sie immer willkommen sind – dass es immer auch ihr Zuhause bleibt.«

»Genau.« Er sprach mit ruhiger Stimme, denn er war ein guter Zuhörer und merkte, dass sie sich ebenfalls nach einem solchen Heim sehnte. »Hast du in Chicago auch ein Haus?«

»Nein. Ein elegantes Apartment«, fügte sie hinzu, ehe sie sich, plötzlich rastlos, von ihrem Platz erhob. Ein elegantes, lebloses Apartment. »Das hier ist ein schöner Ort für ein Zuhause. Man hat einen wunderbaren Blick über das Meer.«

Auf dem Weg zum Fenster blieb sie neben einem abgenutzten alten Klavier mit gelben, teilweise gesprungenen Tasten stehen, auf dessen verkratztem Deckel mehrere Notenblätter verstreut waren. »Wer von euch kann spielen?«

»Wir alle.« Shawn trat lautlos neben sie, legte seine langen Finger auf die Tasten und schlug ein paar schnelle Akkorde an. Trotz seines hohen Alters brachte das Instrument süße, zu Herzen gehende Klänge hervor. »Kannst du es auch?«

»Ein bisschen. Nicht sehr gut.« Sie atmete vorsichtig aus und ermahnte sich, kein derart dummes Zeug zu reden. »Ja.«

»Was denn nun? Ja oder nein?«

»Ja, ich spiele auch.«

»Dann lass mal etwas hören!« Er stieß sie mit der Hüfte an, dass sie vor Überraschung auf die Klavierbank sank.

»Aber ich habe seit Monaten nicht mehr geübt«, setzte sie zögernd an; doch er blätterte bereits die Noten durch, stellte eine Seite vor sie und nahm neben ihr Platz.

»Versuch's mal damit.«

Da sie nur ein paar Akkorde spielen wollte, machte sie sich gar nicht erst die Mühe, ihre Lesebrille aus der Handtasche zu fischen. Ohne sie musste sie sich jedoch weit nach vorne beugen und blinzeln, um die Noten zu erkennen. Nervös wischte sie sich die feuchten Hände an den Oberschenkeln ab und erinnerte sich daran, dass dies kein Vorspielen wie in ihrer Kindheit war – vor dem sie sich aus lauter Angst immer übergab.

Trotzdem musste sie zweimal tief durchatmen, worauf Shawn den Mund, ehe sie zu spielen begann, zu einem leisen Lächeln verzog.

»Oh!« Ihre Finger glitten behände vom ersten Takt zum zweiten. »Oh, das ist wunderbar.« Vor lauter Freude über die verträumten Klänge vergaß sie ihre Aufregung. »Das bricht einem ja regelrecht das Herz!«

»Soll es auch.« Er legte den Kopf auf die Seite, lauschte der Musik und sah sie von der Seite an. Er konnte verstehen, weshalb sie seinem Bruder sofort aufgefallen war. Das feine Gesicht, ihr ruhiges Auftreten und diese überraschend ausdrucksvollen meerfarbenen Augen!

Ja, überlegte Shawn, genau diese Mischung war es, die Aidan sicher nicht nur faszinierte, sondern sein Herz zum Schmelzen brachte. Und was Judes Herz betraf, so war es mit leiser Sehnsucht angefüllt. Was ebenfalls passte...

»Du spielst in der Tat sehr gut. Warum hast du erst gesagt, du kannst es nicht?«

»Ich bin es gewöhnt zu sagen, dass ich etwas nicht gut kann, denn normalerweise stimmt es.« Ganz in die Musik versunken, fuhr sie in abwesendem Ton fort: »Das hier kann jeder vom Blatt spielen. Es klingt wunderbar. Wie heißt dieses Stück?«

»Ich habe ihm noch keinen Namen gegeben.«

»Das hast du komponiert?« Sie hielt im Spielen inne und

starrte ihn mit großen Augen an. Künstler erfüllten sie stets mit abgrundtiefer Bewunderung. »Wirklich? So was Herrliches?«

»Oh, fang bloß nicht an, dem Kerl zu schmeicheln. Er ist auch so schon eingebildet genug.« Brenna kam hereingeschlendert und stopfte die Hände in die Taschen ihrer weiten Jeans.

»Das Weibsbild weiß Musik leider nicht zu schätzen, solange es sich nicht um irgendein rebellisches Lied handelt und sie dazu ein Bier trinkt.«

»Wenn du je ein solches Lied schreibst, trinke ich gerne auch auf dich!«

Freundlich schnaubten sie einander an.

»Was machst du hier? Soweit ich weiß, ist augenblicklich nichts im Haus kaputt.«

»Siehst du vielleicht irgendwo meinen Werkzeugkoffer?« Würde er denn niemals einfach *sie* ansehen? Dieser verdammte blinde Maulwurf! »Ich fahre mit Jude und Darcy nach Dublin.« Brenna zuckte die Achseln. »Irgendwann war ich es ganz einfach leid, dass Darcy mich ständig belabert hat; also gab ich mich am Ende geschlagen.« Sie drehte sich um und brüllte die Treppe hinauf: »Darcy, um Himmels willen, was machst du so lange? Ich warte schon seit einer Stunde.«

»Jetzt musst du diese Lüge Pater Clooney beichten«, erklärte ihr Shawn. »Denn genau besehen bist du gerade erst eingetroffen.«

»Das war eine Notlüge, und vielleicht kommt sie auf Grund meiner Aussage doch noch vor Ende nächster Woche runter.« Sie warf sich in einen Sessel. »Warum bist du nicht im Pub, um Aidan beim Bedienen zu helfen?«

»Weil er mich gebeten hat, zu Hause zu bleiben und mich um Jude zu kümmern, bis Darcy ihren Auftritt hat, Mutter! Aber da du ja jetzt schon so lange da bist, mache ich mich umgehend auf den Weg. Ich hoffe, du kommst bald mal wieder und spielst dann weiter, Jude Frances.« Lächelnd erhob er sich von der Bank. »Es ist ein Vergnügen, meine Melodien von jemandem zu hören, der mit Musik was am Hut hat.«

Er wandte sich zum Gehen und hielt gerade lange genug neben Brennas Sessel inne, um ihr den Schirm von ihrer Mütze in die Stirn zu ziehen. Als die Haustür krachend hinter ihm ins Schloss fiel, schob sie den Schirm zurück.

»Er benimmt sich, als wäre ich immer noch zehn Jahre alt und hätte ihm beim Fußball in den Hintern getreten.« Dann grinste sie vergnügt. »Hat er nicht einen wirklich allerliebsten Hintern?«

Lachend erhob sich auch Jude von der Klavierbank und strich die Notenblätter glatt. »Der Rest von ihm ist auch nicht gerade übel. Außerdem kann er komponieren.«

»Ja, er hat ein seltenes Talent.«

Jude drehte sich verwundert um. »Vor einer Minute noch scheinst du anderer Ansicht gewesen zu sein.«

»Wenn ich ihm sage, dass mir seine Musik gefällt, bläst er sich noch mehr auf als sonst.«

»Sicher kennt ihr beiden euch schon seit eurer Geburt?«

»Vielleicht sogar noch länger«, pflichtete Brenna ihr bei. »Wir sind vier Jahre auseinander, er erschien als Erster.«

»Und du warst schon öfter hier in diesem Haus, als du überhaupt zählen kannst. Du darfst einfach hier reinkommen, als wäre es dein eigenes Zuhause – es ist so gastfreundlich.«

Jude wanderte durch den Raum, betrachtete die überall verteilten, in den verschiedensten Rahmen steckenden Fotos, den alten Krug mit der angeschlagenen Tülle, in dem ein Strauß leuchtend bunter Frühlingsblumen stand, die verblichene Tapete und den abgewetzten Teppich.

»Ich nehme an, ich war hier ebenso zu Hause wie Darcy und ihre Brüder bei uns«, erklärte Brenna ihr. »Und die gute

Mrs. Gallagher hat mich ebenso gern und häufig übers Knie gelegt wie ihre eigene Brut.«

Darüber dachte Jude kurz nach. Niemand hatte sie jemals übers Knie gelegt. Ihre Eltern hatten sie stets mit kühler Vernunft zur Ordnung gerufen und passiv-aggressive Schuldgefühle in ihr wachgerufen, statt sich etwa derart zu vergessen. »Es muss wunderbar gewesen sein, hier aufzuwachsen – umgeben von Musik!«

Bei ihrer weiteren Inspektion bemerkte sie die gemütlich verblichenen Kissen, das alte Holz, die Nippsachen und die Muster, die das Licht durch die Fenster auf die Möbelstücke warf. Zweifelsohne könnte das Ganze eine Renovierung vertragen, dachte sie und grinste. Aber genauso, wie es nun mal war, enthielt dieses Haus alles, was man brauchte. Es bot einem ein Heim, es bot Raum für eine riesige Familie, es stand für Beständigkeit und Liebe.

Ja, dies war ein Ort für eine Familie, für jede Menge Kinder – ganz anders als ihr ruhiges, beschauliches Cottage.

Sie stellte sich vor, dass diese Wände das Echo allzu vieler im Zorn und in Freude erhobener Stimmen bargen, um jemals wirklich still zu sein.

Angesichts des lauten Klapperns auf der Treppe drehte sie sich um und sah, dass Darcy mit wehenden Haaren die Stufen heruntergeschossen kam. »Wollt ihr beiden etwa den ganzen Tag hier herumhängen und faulenzen?«, kreischte sie munter. »Oder fahren wir vielleicht tatsächlich noch nach Dublin?«

Irgendwie kam Jude die Strecke Ardmore – Dublin vollkommen anders vor, als es die Fahrt von Dublin nach Ardmore neulich gewesen war. Im Wagen herrschte so fröhliches Geplapper, dass sie kaum Zeit hatte, wegen des Steuerns aufgeregt zu sein. Darcy versorgte sie mit den neuesten Klatschgeschichten aus dem Dorf. Es schien, als hätte der junge

Douglas O'Brian Maggie Brennan geschwängert und als würden die beiden nun so bald wie möglich heiraten. Und der Papa James Brennan war derart außer sich gewesen über das Tête-à-tête seiner Tochter mit Douglas, dass er sich sinnlos betrunken und die Nacht im Garten verbracht hatte – nachdem er von seiner Frau des Hauses verwiesen worden war.

»Dann soll sich Mr. Brennan auf die Suche nach dem jungen Douglas gemacht und der Junge sich auf dem Heuboden seines Vaters versteckt haben – wo, wie einige wetten, die schändliche Tat ganz sicher ebenfalls vollbracht wurde –, bis die Krise ausgestanden ist.« Brenna zog sich den Schirm ihrer Mütze ins Gesicht und rekelte sich wie eine Katze auf dem Rücksitz. »Und Maggie wird die ganze Sache bald genug bereuen, wenn erst ihr Bauch immer dicker wird und der notorische Weiberheld Douglas seine Stiefel unter ihrem Bett stehen hat.«

»Außerdem sind beide noch nicht mal zwanzig«, fügte Darcy kopfschüttelnd hinzu. »Ein wirklich trauriger Beginn des Erwachsenenlebens.«

»Aber warum müssen die beiden denn gleich heiraten?«, fragte Jude. »Sie sind doch viel zu jung.«

Darcy starrte sie mit großen Augen an. »Nun, sie bekommen ein Baby, was sollen sie sonst machen?«

Jude öffnete den Mund, klappte ihn jedoch, ehe sie die logischen Alternativen aufzählen konnte, entschieden wieder zu. Schließlich, so erinnerte sie sich, befand sie sich in Irland. Also versuchte sie es über einen Umweg. »Würdest du auch sofort heiraten?«, fragte sie Darcy, »wenn du merkst, dass du schwanger bist?«

»Vor allem würde ich nicht mit jemandem ins Bett steigen, mit dem ich, sollte der Fall eintreten, nicht bereit wäre zu leben. Und zweitens«, fuhr sie nach kurzem Nachdenken fort, »ich bin vierundzwanzig, habe einen sicheren Job und fürchte mich nicht vor dem Klatsch der Leute. Deshalb würde ich auch ein Kind allein aufziehen, wenn es sein müsste.«

Sie wandte sich um und sah Jude mit hochgezogenen Brauen fragend an. »Du bist doch wohl nicht schwanger?«

»Nein!« Um ein Haar hätte Jude den Wagen von der Straße gelenkt. »Nein, natürlich nicht.«

»Weshalb sagst du ›natürlich nicht‹, nachdem du dich während der letzten Woche beinahe jeden Abend mit Aidan vergnügt hast? Verhütung ist ja gut und schön, aber eine hundertprozentige Sicherheit gibt es ja wohl nicht.«

»Nun, also …«

»Ah, hör auf, ihr Angst zu machen, Darcy! Du bist doch nur neidisch, weil sie regelmäßig Sex hat und du nicht.«

Darcy verzog verächtlich das Gesicht. »Ebenso wenig wie du, Mädel.«

»Was ich wirklich bedauerlich finde.« Brenna richtete sich auf und stützte ihre Arme auf die Rücklehnen der beiden Vordersitze. »Bitte, Jude, sei ein Kumpel, und erzähl uns beiden armen, vernachlässigten Frauen von dem Sex, den du mit Aidan hast.«

»Lieber nicht«, kam die lachende Erwiderung.

»Also du, sei doch nicht so furchtbar prüde.« Brenna pikste ihr aufmunternd in die Schulter. »Nun sag schon, nimmt er sich ausreichend Zeit oder gehört er vielleicht auch der irischen Antivorspielliga an?«

»Der irischen Antivorspielliga?«

»Hast du etwa noch nie davon gehört?«, fragte Brenna Jude ernsthaft, während Darcy fröhlich grinste. »Ihre Mitglieder werfen sich mit einem lauten ›Los geht's‹ in die Schlacht und stehen dann so schnell wieder am Tresen des Pubs, dass in der Zwischenzeit ihr Bier noch nicht mal warm wird.«

Zu ihrer eigenen Überraschung brüllte Jude beinahe vor

Lachen. »Genau aus dem Grund bitte ich ihn immer, sein Bier auszutrinken, bevor er zu mir kommt.«

»Sie hat einen Witz gemacht!« Darcy wischte sich eine imaginäre Träne aus dem Auge. »Unsere liebe alte Jude! Dies ist ein denkwürdiger Augenblick.«

»Und er war gar nicht schlecht«, stimmte Brenna ihr zu. »Aber nun sag schon endlich, Jude – lässt er sich bei der Sache Zeit, das heißt, streichelt er dich und küsst dich an diversen Körperstellen, oder ist das Ganze heiß und schnell und, ehe du bis drei gezählt hast, schon wieder vorbei?«

»Ich kann einfach nicht über Sex mit Aidan reden, während seine Schwester hier bei mir im Wagen sitzt.«

»Tja, dann werfen wir die gute Darcy doch am besten raus und führen die Unterhaltung ohne sie fort.«

»Warum kannst du nicht vor mir darüber reden?«, erkundigte sich Darcy mit einem bösen Blick in Brennas Richtung. »Ich weiß, dass er Sex hat. Dieser Egoist! Aber falls du damit Probleme hast, betrachte mich einfach nicht als seine Schwester, sondern als deine gute Freundin.«

Jude atmete tief durch. »Okay, ich gebe zu, besseren Sex als mit Aidan hatte ich noch nie. Mit William war das Ganze wie eine … präzise militärische Übung«, schockierte sie sich selbst. »Und vor ihm gab es nur Charles.«

»Charles? Brenna, unsere liebe Jude hat tatsächlich eine Vergangenheit.«

»Und wer bitte war Charles?«, wollte Brenna sofort wissen.

»Er war im Finanzwesen.«

»Also reich«, stürzte sich Darcy begierig auf das Zauberwort.

»Nicht er selbst, aber seine Familie. Wir haben uns während meines letzten Jahres am College kennen gelernt. Ich nehme an, die körperliche Beziehung zu ihm war … tja, sagen wir, als alles vorüber war, haben die Zahlen durchaus gestimmt – aber bis dahin war es ein ziemlich mühsamer Prozess. Aidan hingegen ist ein richtiger Romantiker.«

Auf die Ahs und Ohs der beiden Freundinnen hin fing sie hilflos an zu kichern. »Oh, hört auf! Am besten sage ich wirklich kein Wort mehr.«

»Was für eine Hexe du doch sein kannst!« Brenna ziepte sie am Haar. »Aber verrate uns doch bitte wenigstens ein kleines Beispiel dessen, was du bei ihm romantisch findest.«

»Eins?«

»Ein einziges. Dann sind wir schon zufrieden, nicht wahr, Darcy?«

»Natürlich. Niemals würden wir uns in ihr Privatleben einmischen.«

»Hm – beim allerersten Mal hat er mich in die Arme genommen und den ganzen Weg bis in mein Schlafzimmer hinauf getragen.«

»Wie Rhett die unwiderstehliche Scarlett?«, wollte Darcy wissen. »Oder hat er dich eher wie einen Sack Kartoffeln über seine Schulter geworfen und die Treppe raufgehievt?«

»Eher so wie Rhett und die unwiderstehliche Scarlett.«

»Das ist wirklich nett.« Brenna legte ihr Gesicht auf ihre Arme. »Dafür bekommt er einen Pluspunkt.«

»Er behandelt mich, als wäre ich etwas Besonderes.«

»Weshalb sollte er das auch nicht tun?«, fragte Darcy überrascht.

»Weil sich bei mir noch nie jemand so viel Mühe gegeben hat. Und, tja, da wir gerade davon reden, und da ihr meine Garderobe schließlich kennt, wisst ihr ja wohl, dass ich nichts… nun, Verführerisches habe. Reizwäsche oder so. Ich dachte, vielleicht könntet ihr mir bei der Suche helfen.«

Hellauf begeistert rieb sich Darcy die Hände. »Dafür weiß ich genau das richtige Geschäft.«

»Ich habe zweitausend Pfund für Unterwäsche ausgegeben.«

Wie betäubt lief Jude die Grafton Street hinunter. Überall drängten sich Käufer, Touristen, Horden von Teenagern, und alle paar Meter spielten irgendwelche Musikanten. Der Lärm, die Farben, die Formen raubten ihr die Sinne. Beinahe so wie das, was sie sich soeben geleistet hatte.

»Zweitausend. Für Unterwäsche.«

»Und es hat sich eindeutig gelohnt«, erklärte Darcy ihr entschieden. »Wenn er dich erst darin erlebt, wird er nie mehr von dir loskommen.«

Sie waren beladen wie die Packesel, und obgleich Jude sich vorgenommen hatte, sich bei ihrem Einkauf kühn und verwegen zu gebärden, gingen ihre und Darcys Vorstellungen von Kühnheit doch ziemlich auseinander. Irgendwie hatte sie innerhalb von kaum zwei Stunden auf Darcys gnadenloses Drängen hin einen halben Kleiderschrank voll neuer Gewänder mitsamt den Accessoires gekauft.

»Mehr kann ich wirklich nicht tragen.«

»Hier!« Darcy riss ihr ein paar der Tüten aus den Händen und drückte sie Brenna in den Arm.

»He, ich habe nichts gekauft.«

»Also bist du frei, oder etwa nicht? Oh! Guckt euch nur die Schuhe an.« Darcy schob sich durch die um drei Fiedler versammelte Menge auf ihr Ziel zu. »Einfach fantastisch, Mädels!«

»Ich will endlich meinen Tee«, maulte Brenna und blickte mit gerunzelter Stirn auf die zierlichen schwarzen Sandalen mit den zehn Zentimeter hohen Absätzen, von denen Darcy derart schwärmte. »In den Dingern kannst du garantiert nicht mal einen Kilometer laufen, ohne jede Menge Blasen und Krämpfe in den Waden zu kriegen.«

»Himmel, die Dinger sind auch nicht zum Laufen gemacht. Ich muss sie einfach haben.« Beherzt trat Darcy in das Geschäft.

»So kriege ich nie mehr einen Tee«, beschwerte sich Brenna. »Ganz sicher sterbe ich des Hungers und des Durstes, ohne dass ihr zwei es auch nur merkt – denn, begraben unter einem Berg von Tüten, von denen, wie ich vielleicht hinzufügen darf, nicht ein einziges Teil mir gehört, werdet ihr mich gar nicht einmal zusammensinken sehen.«

»Wir trinken unseren Tee, sobald ich diese Schuhe anprobiert habe! Hier, Jude, diese sind für dich.«

»Ich brauche keine Schuhe mehr.« Doch sie war ein schwacher Mensch, brach auf einem Stuhl zusammen und merkte, dass sie die reizenden bronzefarbenen Pumps bereits wohlwollend musterte. »Sie sind wirklich wunderschön, aber dann fehlt mir auch noch die passende Handtasche.«

»Die passende Handtasche. Himmel!« Brenna verdrehte die Augen und glitt matt von ihrem Sitz.

Sie kaufte die Schuhe, eine Tasche, eine wunderbare Jacke in dem Laden nebenan und schließlich noch einen neckisch-mädchenhaften Strohhut, den sie unbedingt für die Gartenarbeit brauchte. Da sie komplett überladen waren, stimmten sie über eine Fortführung des Bummels ab; mit Brennas schrillem Nein schleppten sie ihre Einkäufe zum Wagen zurück und sperrten sie in den Kofferraum; anschließend begaben sie sich auf die Jagd nach einem Mittagstisch.

»Dank sei Maria und sämtlichen Heiligen!« Brenna machte es sich in der Nische des winzigen italienischen Restaurants bequem, in dem es wunderbar nach Knoblauch duftete. »Ich komme vor Hunger schon auf dem Zahnfleisch daher. Bitte für mich ein großes Bier und eine Pizza mit allem, was Sie, abgesehen von der Spüle, in der Küche haben«, gab sie, sobald der Ober an ihrem Tisch erschien, ihre Bestellung auf.

»Nein, nein, so läuft das nicht.« Darcy schlug ihre Serviette auseinander und bedachte den Kellner mit einem derart verführerischen Lächeln, dass dieser sich sofort in sie verliebte. »Wir nehmen eine Pizza zusammen und jede von uns sucht zwei Beläge aus. Außerdem hätte ich gern ebenfalls ein Bier, allerdings ein kleines.«

»Tja, dann nehme ich Champignons und Würstchen.«

»Fein.« Darcy nickte zufrieden mit dem Kopf. »Ich hätte gerne schwarze Oliven und grüne Peperoni. Jude?«

»Ah, ein Mineralwasser und…« Sie bemühte sich um eine ernste Miene, als Brenna verzweifelt die Worte Kapern und Salami formte, und bestellte gehorsam »Kapern und Salami«.

Seufzend lehnte sie sich auf ihrer Bank zurück und machte eine Bestandsaufnahme des bisherigen Tagesverlaufs. Ihre Füße taten weh, sie konnte sich höchstens an die Hälfte der Dinge erinnern, die sie gekauft hatte, ihr Kopf dröhnte vor lauter Hunger und auf Grund der seit dem Vormittag ununterbrochenen Gespräche – und sie war restlos glücklich.

»Dies ist mein erster Tag in Dublin, und ich war in keinem Museum, habe kein einziges Foto geschossen. Ich war weder am St. Stephen's Green noch am Trinity College, um mir die Bibliothek oder das Book of Kells anzusehen. Es ist wahrhaftig eine Schande.«

»Warum? Dublin läuft dir ja nicht weg.« Darcy beendete den Flirt mit dem Ober und wandte sich der Freundin zu. »Du kannst jederzeit zurückkommen zu einer Stadtbesichtigung.«

»Irgendwie stimmt das. Es ist nur so, dass ich normalerweise als Allererstes diese Programmpunkte erfüllt hätte. Ich habe die Reiseführer gelesen und mir einen genauen Plan zurechtgelegt – auch wenn auf meiner Liste vielleicht noch der Einkauf von einigen Souvenirs gestanden hat, kam dieser Punkt doch erst zum Schluss.«

»Und jetzt hast du diese Liste eben umgedreht!« Als der

Ober mit den Getränken an ihren Tisch zurückkehrte, ließ sie nochmals betörend ihre Wimpern klimpern.

»Ich habe mein ganzes bisheriges Leben umgekrempelt. Warte!« Ehe Brenna ihr Glas an den Mund heben konnte, ergriff sie deren Hand.

»Jude, meine Kehle ist so trocken wie die einer achtjährigen Jungfrau. Hab also bitte Erbarmen!«

»Darf ich schnell sagen, dass ich nie zuvor Freundinnen wie euch hatte…«

»Klar, denn Frauen wie uns gibt es definitiv nicht noch mal.« Brenna zwinkerte vergnügt und rollte, als Jude ihr Handgelenk auch weiterhin umklammerte, schichsalsergeben mit den Augen.

»Nein, ich meine… ich hatte nie zuvor Freundinnen, mit denen ich lächerliche Gespräche über Sex führen oder eine Pizza teilen konnte oder die mir geholfen haben, schwarze Spitzenunterwäsche auszusuchen.«

»O weia, jetzt werd bitte nicht rührselig.« Leicht verzweifelt tätschelte Brenna Jude den Handrücken. »Ich besitze sehr empfindliche Tränendrüsen, über die ich leicht die Kontrolle verliere.«

»Tut mir Leid.« Doch es war bereits zu spät. In Judes eigenen Augen zeigte sich bereits ein feuchter Schimmer. »Aber ich bin einfach so glücklich.«

»Tja.« Mit einem leisen Schniefen teilte Darcy Papierservietten aus. »Wir sind es ebenfalls. Also, auf die Freundschaft!«

»Es lebe die Freundschaft!« Als sie miteinander anstießen, entfuhr Jude ein leiser Seufzer.

»*Slainte.*«

Während des Spaziergangs im Anschluss an das Essen bekam Jude doch noch etwas von der Stadt zu sehen. Sie zog ihre Kamera hervor und machte Fotos von den elegant geschwungenen Brücken über dem Liffey, den schattigen, heimeligen Parks, den Körben voller farbenfroher Blumen vor den Eingängen der Pubs.

Sie beobachtete, wie ein Straßenkünstler einen Sonnenaufgang über dem Meer malte und kaufte das Bild am Schluss spontan für Aidan.

Brenna und Darcy mussten ein Dutzend Mal für die Kamera posieren, und Jude bestach sie mit Eclairs, damit sie noch ein wenig mit ihr zusammen die Straßen und Plätze Dublins erforschten.

Selbst auf dem Weg zurück zu ihrem Wagen war sie noch voller Energie. Ihretwegen hätte es endlos so weitergehen können. Als sie die Stadt verließen, war der Himmel im Westen bereits in die herrlichen Farben des Sonnenuntergangs getaucht, der an den langen Frühlingsabenden nicht enden zu wollen schien.

Und als sie sich schließlich Ardmore näherten, hüllten die weißen Strahlen des beinahe vollen Mondes die Felder in ein samtig graues Licht und das Meer in einen seidig schwarzen Glanz.

Selbst nachdem sie ihre Freundinnen zu Hause abgesetzt und Darcy beim Schleppen ihrer zahllosen Pakete geholfen hatte, war sie noch nicht müde. Beinahe tänzelnd hievte sie ihre eigene Beute die Treppe zu ihrem Schlafzimmer hinauf und rief fröhlich aus: »Ich bin wieder zu Hause, und ich hatte einen wunderbaren Tag!«

Der ganz sicher noch nicht vorbei wäre. Die schwerste Entscheidung würde sein, was sie unter ihrer neuen Seidenbluse trüge.

Denn sie würde das herrliche Heute mit einem Besuch im Gallagher's beenden. Um dort offen und skandalös mit Aidan zu flirten.

14

Das Lokal war zum Bersten voll. Am Abend hatte es in der Schule eine Steptanz-Aufführung gegeben und es schien, als hätte das halbe Dorf beschlossen, sich anschließend noch im Gallagher's ein Gläschen zu genehmigen. Einige der jungen Mädchen hatten ihre Stepslipper wieder angezogen und tanzten den Gästen nochmals etwas vor.

Ihre Darbietung sorgte für gute Stimmung und einen voll besetzten Pub.

Aidan zapfte mit beiden Händen Bier, führte drei Gespräche gleichzeitig und bediente obendrein die Kasse. Am liebsten hätte er sich dafür erschossen, dass er Darcy den Tag freigegeben hatte.

Sobald seine Arbeit es erlaubte, kam Shawn aus der Küche, um ihm hinter der Theke oder beim Servieren der Getränke an den Tischen zur Hand zu gehen. Doch immer wieder begann er selbst zu tanzen und vergaß darüber, weshalb er eigentlich herausgekommen war.

»Verdammt, das hier ist schließlich keine Party«, kanzelte Aidan ihn ab, als er am Ende doch hinter die Bar zurückgeschlendert kam.

»Macht aber ganz den Eindruck! Offenbar scheinen sich sämtliche Leute durchaus zu amüsieren.« Shawn nickte in Richtung der um die drei Tänzerinnen versammelten Zuschauer. »Ich finde, die kleine Duffy macht ihre Sache am besten. Sie hat den Bogen wirklich raus.«

»Statt die Mädels anzugaffen, solltest du allmählich lieber wieder dein Ende der Theke übernehmen!«

Ob Aidans knurrigem Ton verzog Shawn das Gesicht zu einem Lächeln. »Und, vermisst du die Dame deines Herzens? Kann ich dir nicht verdenken. Sie ist wirklich süß.«

Seufzend drückte Aidan bis zum Rand gefüllte Gläser in

zwei ausgestreckte Hände. »Ich habe keine Zeit, jemanden zu vermissen, solange ich bis über beide Ohren im Bier wate.«

»Tja, das ist schade, denn sie kommt gerade herein und wirkt trotz der späten Stunde frisch und jung wie ein Tautropfen.« Shawn grinste zufrieden, als Aidans Kopf herumpeitschte.

Er hatte versucht, nicht an sie zu denken. In der Tat hatte er sich wirklich sehr bemüht, und zwar vor allem, um zu sehen, ob es ihm gelang. Und es hatte ziemlich gut geklappt, denn am Ende hatten ihn während des gesamten Tages höchstens ein Dutzend Mal Erinnerungen und sehnsüchtige Überlegungen von der Arbeit abgelenkt.

Aber da war sie nun wieder, mit dem zurückgebundenen Haar und dem einzig für ihn bestimmten Lächeln.

Bis sie sich endlich einen Weg zum Tresen gebahnt hatte, war ihr Lächeln so breit geworden, dass er das gerade angezapfte Guinness vollkommen vergaß.

»Was ist denn hier los?« Damit er sie verstand, musste sie brüllen und sich so dicht zu ihm vorbeugen, dass ihr frischer, geheimnisvoller Duft ihm direkt in die Nase stieg.

»Scheint fast so, als fände eine Art von Party bei uns statt. Ich bringe dir deinen Wein, sobald ich eine Hand frei habe.« Lieber hätte er die freie oder besser beide Hände sofort dazu verwendet, sie zu packen, über die Theke zu hieven und an seine Brust zu ziehen.

Dich hat es tatsächlich ganz schön erwischt, Gallagher, sagte er sich und kam zu dem Schluss, dass er das Gefühl durchaus genoss.

»Und, habt ihr euch in Dublin amüsiert?«

»Ganz prächtig sogar. Ich habe alles gekauft, was nicht niet- und nagelfest war. Und wenn ich doch einmal widerstehen wollte, hat Darcy mich geschickt dazu überredet, meine Hemmungen zu überwinden.«

»Sie besitzt wirklich ein ausgeprägtes Talent fürs Geldausgeben«, setzte Aidan an und riss plötzlich die Augen auf. »Darcy? Dann ist sie also wieder da? Oh, dem Himmel sei Dank! Zwei Hände mehr bringen uns vielleicht durch diesen Abend, ohne dass das vollkommene Chaos ausbricht.«

»Du kannst meine haben.«

»Hmm?«

»Ich kann die Bestellungen aufnehmen.« Der Gedanke fasste Wurzel in ihr und erblühte regelrecht. »Und auch bedienen.«

»Liebling, niemals werde ich dich um so etwas bitten.« Er drehte den Kopf, als sich jemand mit den Ellbogen zum Tresen durchkämpfte und weitere große und kleine Biere sowie Mineralwasser bestellte.

»Du bittest mich ja nicht. Und ich würde es wirklich gerne tun. Falls ich mich allzu dämlich anstelle, werden einfach alle denken, die Amerikanerin ist eben etwas begriffsstutzig – dann kannst du Darcy immer noch herbeizitieren.«

»Hast du schon jemals als Serviererin gearbeitet?« Er bedachte sie mit einem nachsichtigen Lächeln, das sie als Beleidigung empfand.

»Was soll daran schon so schwer sein?«, schnauzte sie, und um zu beweisen, dass sie für diese Arbeit nicht zu dumm war, setzte sie sich in Richtung eine der kleinen Tische in Bewegung und fing ganz einfach an.

»Sie hat nicht mal einen Block oder ein Tablett mitgenommen!« Mitgefühl heischend blickte Aidan in die Runde der »Barhocker«. »Und wenn ich jetzt Darcy anrufen würde, würde das Weib sicher zum Frühstück meinen Kopf auf einem silbernen Tablett verlangen.«

»Frauen«, wurde ihm erklärt, »sind eben unberechenbare Geschöpfe.«

»Das stimmt, aber die hier ist normalerweise eher einsichtig. Macht fünf Pfund achtzig. Und«, fuhr er, während er das

Geld einsteckte und Wechselgeld herausgab, finster fort, »es sind gerade die äußerlich ruhigen, die dir, wenn etwas nicht so läuft, wie sie es wollen, ohne Erbarmen an die Kehle gehen.«

»Du bist wirklich ein kluger Mann, Aidan!«

»Ja.« Aidan atmete tief ein. »Klug genug, um Darcy nicht herzuholen und dadurch Gefahr zu laufen, es gleich mit zwei Furien aufnehmen zu müssen.«

Trotzdem war er sicher, dass Jude spätestens in einer Viertelstunde begriff, was für einen Fehler sie mit ihrem Angebot gemacht hatte. Immerhin war sie eine nüchterne, vernunftbegabte Frau. Und später konnte er sie trösten, indem er sagte, es wäre eben außergewöhnlich viel Betrieb gewesen; er hätte sich über ihre Hilfsbereitschaft wirklich gefreut und so weiter und so weiter, bis schließlich das nächste Schäferstündchen gesichert wäre.

Mit diesem glücklichen Gedanken servierte Aidan gut gelaunt die nächste Runde. Und hob lächelnd den Kopf, als Jude sich an die Bar zurückschlängelte. »Jetzt hole ich dir erst mal deinen Wein.«

»Ich trinke nicht, während ich arbeite«, erteilte sie ihm Auskunft.» Zwei große Harp, ein kleines Smithwick's, zwei Whiskey, hm, Padday, zwei Cola, und einen Baileys.« Ihre Miene verriet eine gewisse Selbstzufriedenheit. »Außerdem könnte ich eine der kleinen Schürzen brauchen, falls du eine in der Nähe hast.«

Während er schon zapfte, räusperte er sich. »Ah, du kennst doch die Preise gar nicht!«

»Dann gib mir eine Liste. Steck sie einfach in die Schürze. Ich bin ziemlich gut im Rechnen, sodass ich es sicher schaffen werde, ein paar Zahlen zu addieren. Wenn du ein Tablett hast, kann ich, während du zapfst, ein paar der leeren Gläser von den Tischen räumen, ehe sie auf dem Boden zerschellen.«

Eine Viertelstunde, dachte er erneut, suchte eine Karte und eine der Servierschürzen, legte sie auf ein Tablett und schob es ihr hinüber. »Es ist wirklich nett, dass du mir helfen willst, Jude Frances!«

Sie runzelte die Stirn. »Du denkst, ich wäre zu blöd für diese Arbeit.« Mit diesen Worten schwebte sie bereits wieder davon.

»Und, tut's weh?«, fragte ihn Shawn.

»Was?«

»Derart ins Fettnäpfchen zu treten. Ich wette, irgendwann rutschst du ganz furchtbar darin aus.« Als Aidan ihm seinen Ellbogen zwischen die Rippen rammte, grinste er frech. »Sie ist wirklich nicht übel«, fügte er hinzu, während er beobachtete, wie Jude einen der niedrigen Tische abräumte und sich gleichzeitig angeregt mit der dort versammelten Familie unterhielt. »Ich würde sie dir bereitwillig abnehmen, falls…«

Angesichts des Mörderblickes, mit dem Aidan ihn bedachte, brach er lieber ab. »War nur ein kleiner Scherz«, murmelte er halbwegs verlegen und schlurfte eilig ans andere Ende des Tresens.

Jude kam zurück, leerte ihr Tablett und lud sich die erste Bestellung auf. »Ein großes und ein kleines Guinness, zwei Orangina und eine Tasse Tee mit Whiskey!«

Ehe Aidan seinen Mund aufbrachte, nahm sie das Tablett – etwas im Clinch mit der Balance, dass er den Atem anhielt – und trippelte davon.

Nie zuvor in ihrem Leben hatte sie sich derart amüsiert. Sie befand sich mitten im Geschehen, war tatsächlich Teil des Unternehmens. Teil der Musik und der Bewegung, der lautstarken Gespräche und des Gelächters. Manche riefen nach ihr und fragten sie, wie es ihr ging. Niemanden schien es im Mindesten zu überraschen, dass sie Getränke servierte und Aschenbecher leerte.

Zwar besaß sie weder Darcys elegante Effizienz noch deren locker-leichten Stil, doch sie kam zurecht. Und als sie Mr. Duffy beinahe ein Bier auf den Schoß geschüttet hätte, hieß das Schlüsselwort »beinah«. Er hatte das Glas gerade noch aufgefangen, gut gelaunt gezwinkert und erklärt, er hätte das kostbare Getränk lieber im Magen statt auf seinem Schoß.

Auch mit dem Kassieren klappte es überraschend gut. Tatsächlich beulte sich eine der Taschen ihrer Schürze bereits auf Grund des reichlich fließenden Trinkgeldes nach außen und ließ sie vor Stolz erglühen.

Als Shawn in ihre Richtung kam, sie packte und zu einer flotten Melodie im Kreis schwenkte, war sie zu baff, um verlegen zu sein. »Ich kann überhaupt nicht tanzen.«

»Sicher kannst du es. Wirst du noch mal bei uns vorbeikommen und meine Kompositionen spielen, Jude Frances?«

»Sehr gern sogar. Aber jetzt musst du mich loslassen. Ich kriege kaum noch Luft und trete dir ständig auf die Füße.«

»Wenn du mir einen Kuss geben würdest, würde Aidan vor Eifersucht ganz sicher auf der Stelle platzen.«

»Dann lieber nicht. Oder vielleicht doch?« Sein Grinsen war unwiderstehlich. »Ich werde dich ganz einfach küssen, weil du ein so hübscher Kerl bist.«

Noch während er sie mit großen Augen anstarrte, küsste sie ihn eilig auf die Wange.

»Tja, eigentlich müsste ich arbeiten. Der Boss kürzt mir nämlich meinen Lohn, wenn ich weiter mit dir tanze.«

»Die Gallagher-Jungen sind echt schamlos«, erklärte Kathy Duffy, als Jude weitere leere Gläser abräumte. »Zu unser aller Glück! Die richtigen Frauen brächten ihnen vielleicht Anstand bei, aber hoffentlich nicht so viel, dass sie nicht auch weiter interessant bleiben.«

»Aidan ist mit dem Pub verheiratet«, meinte Kevin Duffy und zündete sich eine Zigarette an. »Und Shawn mit der Musik. Sicher wird es noch Jahre dauern, bis einer der beiden heiratet.«

»Dadurch lässt sich ein cleveres Mädchen wohl kaum ent-
mutigen, nicht wahr?« Kathy zwinkerte Jude verschwörerisch zu.

Mit einem, wenn auch etwas gezwungenen Lächeln ging
Jude weiter an den nächsten Tisch und nahm dort, während
in ihrem Kopf tausend Gedanken herumwirbelten, die
nächsten Bestellungen entgegen.

War es das, was alle Leute dachten, fragte sie sich. Dass
sie versuchte, Aidan in den Hafen der Ehe zu locken? Weshalb nur war sie selbst noch nicht darauf gekommen? Zumindest nicht so richtig. Höchstens ab und zu am Rand.

Dachte er, sie hätte es auf eine Ehe abgesehen?

Verstohlen blickte sie sich zu ihm um. Er zapfte weiter
Bier und unterhielt sich gleichzeitig glänzend mit einer der
Schwestern Riley. Nein, natürlich dachte er das nicht. Sie
beide genossen einfach das, was zwischen ihnen war. Genossen einander. Falls sie hin und wieder flüchtig an Heirat
dachte, war das vollkommen normal. Doch sie hatte diese
Überlegung bisher nicht näher ins Auge gefasst.

Wieso denn gleich ein Trauschein? Schließlich hatte sie
den Weg bereits einmal beschritten und war dabei schlimm
gestürzt.

Nur eins wollte sie: sich amüsieren. Das Fehlen von Versprechen und Erwartungen war regelrecht befreiend. Es verband sie schlicht und einfach gegenseitige Zuneigung – sicher auch Respekt, und wenn sie in ihn verliebt war, nun ...
dadurch wurde alles nur etwas romantischer.

Dieses Glück würde sie sicherlich nicht gefährden. Nein,
sie würde alles tun, um dieses Glück zu fördern, um jede Sekunde möglichen Vergnügens aus der ihr vergönnten Zeit zu
pressen.

»Wenn Sie von Ihrem Ausflug in die Welt der Träume zurückkommen, Jude, dann hätte ich, ehe der Pub zumacht,
gerne noch ein Bier.«

»Hmm?« Sie drehte den Kopf und blickte in Jack Brennans breites, geduldiges Gesicht. »Oh, tut mir Leid.« Sie nahm sein leeres Glas und sah ihn plötzlich skeptisch an.

»Ich bin nicht betrunken«, beteuerte er. »Mein Herz ist wieder genesen. Übrigens weiß ich gar nicht mehr, wie ich jemals wegen einer Frau derart unglücklich sein konnte. Aber falls Sie sich Sorgen machen, können Sie ruhig Aidan fragen, ob ich noch ein Bier vertrage.«

Er war wirklich süß. Am liebsten hätte Jude ihm seinen Kopf getätschelt wie einem großen, zotteligen Hund. »Dann verspüren Sie heute also nicht das übermächtige Bedürfnis, ihm die Nase zu brechen?«, fragte sie erleichtert.

»Tja, nun, allerdings erwäge ich das aus dem Grund, dass es mir bisher niemals gelungen ist, immer noch. Schließlich wäre das nur die Revanche dafür, dass er mir vor Jahren mal das Nasenbein gebrochen hat.«

»Aidan hat Ihnen das Nasenbein gebrochen?« Grausig! Und auch faszinierend, gestand sie sich gegen ihren Willen ein.

»Allerdings nicht absichtlich«, gab Jack einschränkend zu. »Wir waren fünfzehn, haben Fußball gespielt, und eins führte zum anderen. Aidan gibt seinen Kumpels immer nur dann eins auf die Rübe, wenn…«

»Eins hat zum anderen geführt?«

»Genau!« Jack strahlte sie an. »Und ich glaube, er hat sich bereits seit Monaten nicht mehr wirklich mit jemandem geprügelt. Eigentlich wäre es mal wieder allerhöchste Zeit – aber er ist viel zu sehr damit beschäftigt, Ihnen den Hof zu machen, um auch nur daran zu denken.«

»Er macht mir nicht den Hof.«

Jack warf ihr einen Blick zu, der gleichermaßen Sorge und Verwunderung ausdrückte. »Dann sind Sie also nicht verliebt?«

»Ich…« Was sollte sie darauf bloß antworten? »Ich mag

ihn wirklich gern. Aber jetzt hole ich doch schnell Ihr Bier ... in der Tat machen wir gleich zu!«

»Du hast dir die Füße wund gelaufen«, erklärte Aidan Jude, als er die Tür hinter dem letzten Gast verriegelte. »Jetzt setz dich erst mal hin und ich kredenze dir endlich deinen Wein.«

»Das wäre echt nett!« Sie musste zugeben, dass es beinharte Arbeit gewesen war. Unterhaltsam, doch erschöpfend. Ihre Arme schmerzten vom Schleppen der bleischweren Tabletts. Kein Wunder, dachte sie, dass Darcys Arme so herrlich muskulös waren.

Und ihre Füße pochten derart heftig, als fielen sie gleich ab.

Matt sank sie auf einen Hocker und ließ ihre Schultern kreisen.

Shawn räumte in der Küche auf und sang dabei ein Lied von einem wilden Auswanderer. Die Luft war blau vom Dunst der Zigaretten und schwer vom Geruch des Whiskeys und des Biers.

Jude fand das aller äußerst anheimelnd.

»Falls du die Psychologie aufgeben willst«, erklärte Aidan, als er ihr den Wein brachte, »stelle ich dich liebend gerne ein.«

Kein Lob hätte sie mehr erfreut. »Dann habe ich mich also nicht allzu dämlich angestellt?«

»Du bist eine Super-Kraft.« Er nahm ihre Hand, hob sie an seinen Mund und küsste sie galant. »Danke.«

»War richtig lustig. Ich habe in meinem Leben nicht oft jemanden eingeladen, weil es mich immer so nervös macht. Allein die Planung hat mich bereits in Panik versetzt. Und dann die Bewirtung der Leute, die Verantwortung dafür, dass alles pannenfrei läuft. Das hier war, als hätte ich ein Fest gegeben ohne jede Aufregung. Und ...« Sie klingelte mit den Münzen in der Tasche ihrer Schürze, »obendrein wurde ich sogar noch belohnt.«

»Also, jetzt bleibst du hier sitzen und erzählst mir von deinem Tag in Dublin, während ich ein wenig aufräume.«

»Ich kann dir genauso gut davon erzählen, wenn ich dir ein bisschen zur Hand gehe.«

Besser vermied er das Wagnis, ihre gute Laune zu verderben, indem er ihr freundliches Angebot ausschlug; doch ganz sicher würde er ihr keine komplexeren Aufgaben zuteilen, als die leeren Gläser abzuräumen und auf der Theke abzustellen. Aber sie war schneller als er dachte, und noch während er hinter dem Tresen Ordnung schuf und die abendliche Abrechnung erledigte, rollte sie die Ärmel ihrer Bluse hoch und rückte mit einem Lappen, den sie sich von Shawn geholt hatte, sämtlichen Tischen zu Leibe.

Er hörte ihr zu, während sie in heiterem Singsang beschrieb, was sie untertags in Dublin getan und gesehen hatte. Die Worte waren nicht so wichtig. Allein der Klang ihrer Stimme weckte ein warmes Ziehen in ihm.

Und die Ruhe, die sie ausstrahlte, hüllte ihn wohlig ein.

Nun bewaffnete er sich mit einem Besen und fegte den Boden. Es war erstaunlich, dachte er, wie problemlos sie seinen Rhythmus übernahm. Oder war es vielleicht umgekehrt? Er konnte es nicht sagen. Doch sie fand an diesem Ort, in seiner Welt, in seinem Leben vollkommen natürlich ihren Platz.

Niemals hätte er sich vorstellen können, dass Jude Frances Murray Tabletts trug oder Wechselgeld herausgab. Natürlich war die Arbeit als Serviererin nicht ihre Bestimmung, doch sie hatte ihre Sache wirklich hervorragend gemeistert. Offenbar betrachtete sie das Ganze als einen Spaß. Ganz sicher hatte sie nicht vor, jeden Abend Bierringe von schmutzigen Tischen zu wischen. Aber sie tat diese Arbeit mit einer solch selbstverständlichen Nonchalance, dass er sie am liebsten dafür geküsst hätte.

Als er dem Verlangen nachgab, ihr die Arme um die Taille legte und sie mit dem Rücken an sich zog, schmiegte sie den Kopf an seine Schulter.

»So mag ich es«, murmelte sie verträumt.

»Ich auch. Obwohl ich dich mit meiner Schmutzarbeit davon abhalte, endlich schlafen zu gehen.«

»Der Job macht mir Spaß. Nun, da alles ruhig ist und sämtliche Gäste nach Hause marschiert sind, kann ich endlich daran denken, was Kathy Duffy zu mir gesagt, welchen Witz Douglas O'Brian erzählt hat, und kann endlich zuhören, wie Shawn drüben in der Küche singt. In Chicago würde ich, nachdem ich irgendwelchen Papierkram erledigt und ein Kapitel eines möglichst anspruchsvollen Buches gelesen hätte, längst im Bett liegen.«

Sie nahm seine Hände und lehnte sich entspannt zurück. »Das hier ist besser!«

»Und wenn du dorthin zurückkehrst ...« Er legte eine Wange auf ihr weiches Haar. »Wirst du dann eine Kneipe in der Nähe deiner Wohnung suchen und es dir stattdessen ein oder zwei Abende pro Woche gut gehen lassen?«

Diese Vorstellung senkte sich wie eine dunkle, schwere Wolke auf sie. »Bis es so weit ist, habe ich noch jede Menge Zeit. Im Augenblick lerne ich zu genießen, nicht immer langfristig zu planen, sondern an jedem Tag zu nehmen, was er bringt.«

»Ebenso wie ich jede Nacht.« Er drehte sie zu sich um und glitt mit ihr im Takt von Shawns Gesang in einen unbeschwerten Walzer.

»Auch in jeder Nacht. Ich bin eine schreckliche Tänzerin.«

»Das bist du ganz und gar nicht.« Sie war ein allzu zögerlicher Mensch, lange noch nicht selbstbewusst genug. »Ich habe dich beobachtet, als du mit Shawn getanzt und ihn dann noch vor den Augen Gottes und der ganzen Welt geküsst hast.«

»Er meinte, du würdest vor Eifersucht ganz sicher auf der Stelle platzen.«

»Das hätte ich eindeutig auch getan, wenn ich nicht genau wüsste, dass ich ihn, falls nötig, im Nu windelweich hauen könnte.«

Sie lachte, betört von dem Schwindel, der sie bei ihrem Tanz befiel. »Ich habe ihn geküsst, weil er attraktiv ist und weil er mich darum gebeten hat. Dich würde ich vielleicht auch küssen, wenn du mich artig darum bitten würdest…«

»Wenn du mit deinen Küssen schon derart freigebig bist, dann lass mich ruhig auch einen haben.«

Scherzhaft – war es nicht herrlich zu entdecken, dass man mit einem Mann herumalbern konnte? – küsste sie ihn erst auf die eine und dann auf die andere Wange. Als er vor lauter Verliebtheit schielte und sie erneut im Kreis schwang, schob sie ihre Hand von seiner Schulter hinauf in sein Haar, stellte sich auf Zehenspitzen und presste ihre Lippen zärtlich auf seine.

Dieses Mal war er es, der sich anspannte. Sie war die Herrin dieses Kusses, hatte ihn überfallen, brachte sein Blut zum Kochen und ließ seine Knie weich wie Pudding werden durch ihren leisen Seufzer, der ihren köstlichen Geschmack auf seine Zunge, in seine Adern und sein Gemüt übertrug.

Er ballte seine Hand in ihrem Rücken und ließ sich gerne von ihr betäuben.

»Anscheinend ist es für mich allerhöchste Zeit zu gehen.«

Aidan hob den Kopf und sagte, ohne Judes Gesicht auch nur für eine Sekunde aus den Augen zu lassen: »Schließ, wenn du gehst, hinter dir ab.«

»Mache ich. Gute Nacht, Jude!«

»Gute Nacht, Shawn!«

Fröhlich pfeifend schloss er hinter sich die Tür, während Aidan und Jude in der Mitte des frisch gefegten Pubs standen und einander reglos ansahen.

»Ich verspüre ein unwiderstehliches Verlangen nach dir.«
Er hob ihre Hand an seine Lippen.

»Worüber ich mehr als glücklich bin.«

»Mein Verlangen macht es mir manchmal schwer, mit Einfühlung zärtlich und langsam vorzugehen.«

»Musst du ja nicht.« Heiße Erregung wallte in ihr auf – mit ungeahnter Kühnheit trat sie einen Schritt zurück und knöpfte sich die Bluse auf. »Du kannst sein, wie du willst. Und nimm, was du willst!«

Nie zuvor in ihrem Leben hatte sie sich vor den Augen eines Mannes mit dem Vorsatz ausgezogen, ihn mit ihren Gesten zu erregen. Doch ihre Nervosität vermischte sich zunächst mit köstlicher Erregung und bald überwog angesichts seines unverhohlenen Verlangens die Eroberungsfreude.

Der schwarze, tief ausgeschnittene Spitzenbüstenhalter bot tatsächlich den im Schaufenster gezeigten erotischen Kontrast zu ihrer milchig weißen Haut.

»Himmel!« Er atmete vorsichtig aus. »Du versuchst mich umzubringen.«

»Nur, dich zu verführen!« Sie streifte ihre Schuhe ab. »Allerdings bin ich eine Anfängerin auf diesem Gebiet.« Weniger aus Absicht als vielmehr aus Unerfahrenheit öffnete sie aufreizend langsam die Knöpfe ihrer Hose. »Ich hoffe also, dass du mögliche Fehler netterweise übersiehst.«

Sein Mund war staubtrocken in Erwartung dessen, was als Nächstes kommen würde. »Bisher hast du nicht den kleinsten Fehler gemacht. Scheint, als wärst du ein Naturtalent.«

Ihre Finger waren etwas steif, aber sie klappte sie auseinander und ließ die Hose fallen, sodass er ein klitzekleines Dreieck abermals aus schwarzer Spitze ausmachte, das v-förmig unterhalb ihres Bauches zusammenlief und an den Hüften extra hoch ausgeschnitten war.

Sie hatte nicht gewagt, auch den passenden Strumpfhalter

und die durchsichtigen schwarzen Strümpfe anzuziehen, zu deren Erwerb Darcy sie überredet hatte; doch angesichts von Aidans Miene dachte sie, beim nächsten Mal besäße sie den Mut.

»Ich habe heute eine Menge eingekauft!«

Er war sich nicht sicher, ob er auch nur ein Wort herausbrächte. Die Haare ordentlich zurückgebunden, stand sie, gekleidet in kaum mehr als schwarze Spitze, die förmlich nach Sex schrie, mit verträumten Meergöttinnenaugen inmitten seines Pubs.

Auf welche ihrer vielen Seiten sollte er jetzt reagieren?

»Ich habe Angst, dich zu berühren.«

Jude atmete tief ein, stieg endlich ganz aus ihrer Hose und trat entschieden auf ihn zu. »Dann berühre eben ich dich.« Mit pochendem Herzen schlang sie ihm die Arme um den Hals und gab ihm einen Kuss.

Sie fand es ungeahnt erregend, sich beinahe nackt an seinen noch vollständig bekleideten Körper zu pressen. Es raubte ihr die Sinne zu spüren, wie er bebte, als kämpfe er mit aller Macht gegen den überwältigenden Drang, sich ohne jede Vorsicht, ohne jede Zurückhaltung an ihr zu ergötzen.

Wahrhaft belebt und befreit äußerte sie ihren Wunsch, dass er seiner Leidenschaft keine Zügel mehr anlegte.

»Nimm mich, Aidan!« Sie nagte an seiner Unterlippe und glitt wie eine Schlange an seinem Leib herab. »Nimm, was immer du begehrst.«

Er spürte, wie die eiserne Fessel, in die er sein Verlangen bisher gezwungen hatte, mit einem lauten Knall zerbarst. Jetzt ließ er seiner Wildheit ihren Lauf. Seine Hände fuhren grob an ihr herab und seine Zähne nagten hart an ihrem Mund. Ihr schockiertes Keuchen erregte ihn noch stärker, sodass er sie unsanft auf den Boden zog, sich mit ihr herumrollte und sie überall erforschte. In seiner Gier nach mehr schloss er seine Lippen und auch seine Zähne um die schwarze Spitze über ihrer Brust.

Mit vor Schmerz prickelndem Nippel, doch voller heißer Freude, warf sie ihren Kopf zurück. Sie war erfüllt von einer völlig neuen Kraft – glücklicherweise hatte sie es geschafft, ihn dazu zu bewegen, dass er die Zügel der Wohlerzogenheit über Bord warf.

Durch ihre bloße Existenz. Durch das bloße Angebot gemeinsamen Vergnügens.

Ebenso begierig wie er auf vollkommene Nähe, zerrte sie an seinem Hemd und berührte endlich festes, nacktes Fleisch.

Erst mit ihren Händen, dann mit ihren Lippen, zuletzt mit ihren Zähnen.

Heiß und voll hungriger Verzweiflung brachten sie einander mit bisher unbekannter Wildheit immer neue Freude. Sie waren nicht länger der geduldige, verständnisvolle Mann und die schüchterne, zurückhaltende Frau, sondern zwei Wesen voll animalischer Leidenschaft. Sie sog die süßen Schmerzen selig in sich auf und gab sie wollüstig zurück.

Der erste Orgasmus war wie eine Sonnenexplosion.

Mehr, dachte er nur. Mehr und immer mehr. Er wollte sie fressen, wollte sie verschlingen, um den plötzlichen wilden Geschmack von ihrem Körper nie wieder zu verlieren. Jedes Mal, wenn sie erbebte, jedes Mal, wenn sie vor Freude stöhnte, schrie es in ihm: noch mal! Und noch mal und noch mal bis ans Ende aller Zeit.

In dem fiebrigen Verlangen sich zu paaren schob er sich tief in sie hinein. Seine Stöße wurden schneller, als sie seinen Namen rief und kam, ehe sie sich im Takt seiner Bewegung hob und senkte und ihn immer weiter peitschte, bis er ihr Gesicht, die Augen und die inzwischen wirren Haare wie durch einen Nebelschleier sah.

Dann verschwanden sogar diese verschwommenen Konturen, als das Tier in ihm die Oberhand gewann und sie und ihn endgültig verschlang.

Erschöpft, vollkommen wund und lächelnd lag sie auf dem Bauch ihres wie betäubten, sprachlosen Geliebten.

Ihre gegenteiligen Reaktionen beruhten auf derselben Ursache.

Er hatte sie auf dem Boden des Pubs genommen. War sich selbst ausgeliefert gewesen – ohne auch nur einen Rest von Kontrolle. Keinerlei Feinheit, keinerlei Geduld. Statt sie vorsichtig zu lieben hatte er sich wild und elementar mit ihr gepaart.

Sein eigenes Verhalten schockierte ihn zutiefst.

Judes Gedanken gingen in eine ganz ähnliche Richtung, nur dass sie von seinem und ihrem eigenen Verhalten nicht schockiert, sondern begeistert war.

Als er ihren langen, wehmütigen Seufzer hörte, fuhr er entsetzt zusammen und kam zu dem Schluss, alles in seiner Macht Stehende tun zu müssen, um sie für den Vorfall zu entschädigen.

»Ich bringe dich nach oben.«

»Hmmm.« Das hoffte sie doch sehr, denn dort, in seinem Bett, könnten sie noch einmal von vorne anfangen.

»Vielleicht würdest du gern ein heißes Bad nehmen und noch eine Tasse Tee trinken, bevor ich dich nach Hause bringe.«

»Hmmm.« Sie seufzte erneut und sah ihn fragend an. »Ein gemütliches Bad?« Der Gedanke war verlockend.

»Ich dachte, dann würdest du dich vielleicht ein bisschen besser fühlen.«

»Aber ich kann mich gar nicht besser fühlen, als ich es bereits tue.«

Er schob sie ein Stück zur Seite, und da sie schlaff wie eine Nudel da lag, war es ziemlich einfach, sie zu sich herumzudrehen, sodass sie in seine Arme gelangte. Als sie lächelnd ihren Kopf an seine Schulter sinken ließ, sah er sie verwundert an.

»Was, in aller Welt, ist plötzlich über dich gekommen, Jude Frances Murray? Weshalb trägst du auf einmal Unterwäsche, die mich garantiert in den Wahnsinn treiben muss, und lässt dich dann noch von mir auf dem Boden nehmen, als wären wir zwei wilde Tiere?«

»Ich habe noch mehr.«

»Wie bitte?«

»Mehr Unterwäsche. Tütenweise habe ich das Zeug gekauft.«

Jetzt war er derjenige, der den Kopf matt an ihre Schulter sinken ließ. »Gütiger Himmel! Dann könnt ihr in spätestens einer Woche meine Totenwache halten.«

»Mit den schwarzen Sachen habe ich angefangen, weil Darcy meinte, dass sie narrensicher sind.«

Aidan rang erstickt nach Luft.

Zufrieden mit dieser Reaktion schmiegte sie sich noch ein wenig dichter an seinen warmen Leib. »Du warst wie Wachs in meinen Händen. Das fand ich wirklich schön.«

»Allmählich wirst du völlig schamlos.«

»Genau, also bitte ich dich auch, mich die Treppe raufzutragen. Ich liebe es, wenn du das tust, weil es mir das Gefühl gibt, ganz Frau und furchtbar zart und schwach zu sein. Anschließend nimmst du mich mit ins Bett.«

»Wenn du darauf bestehst.« Bei einem Rundblick bemerkte er die überall verstreuten Kleider. Er käme noch einmal zurück und würde sie aufsammeln. Später, dachte er.

Als er wirklich viel später wieder herunterkam, um die Sachen einzusammeln, betastete er vorsichtig die winzigen, seidig weichen Stoff-Fetzen. Die gute Jude Frances steckte wirklich voller Überraschungen. Und zwar nicht nur für ihn, sondern, wie er dachte, ganz sicher auch für sich selbst.

Das schüchterne Pflänzchen erblühte zu einer wunderschönen, stolzen Rose.

Und jetzt schlief sie gemütlich in seinem schmalen Bett. Sie wirkte dort richtig zu Hause, wollte es ihm scheinen, als er nach oben zurückkehrte, sich auf die Bettkante setzte und sie reglos anblickte. Ebenso wie sie in seinem Pub zu Hause gewirkt hatte, als sie heute Abend dort bediente, in ihrem Garten oder während eines Spaziergangs mit der Hündin der O'Tooles.

Tatsächlich war sie ein Teil von seinem Leben geworden. Und weshalb sollte sie es nicht auf Dauer bleiben? Weshalb sollte sie nach Chicago zurückkehren, wenn sie hier in Irland glücklich war? Wenn er mit ihr glücklich war?

Es wurde höchste Zeit zu heiraten, oder etwa nicht? Fällig, eine Familie zu gründen. Bis zu seiner Begegnung mit Jude Frances hatte er noch keine Frau gefunden, angesichts derer ihn diese Aussicht gelockt hätte.

Er hatte lange genug gewartet, oder etwa nicht? Und dann war sie an einem regnerischen Abend einfach in seinen Pub spaziert. So etwas nannte man ganz sicher Schicksal.

Vielleicht sah sie die Sache anders, aber er würde sie bestimmt zu seiner Sichtweise bekehren!

Es bedeutete nicht, dass sie ihre Arbeit aufgeben müsste, – obgleich er noch darüber nachzudenken hatte, wie sie genau das bekäme, was sie wirklich glücklich macht. Schließlich war sie eine tatkräftige Person und würde ihre verschiedenen Möglichkeiten genau ins Auge fassen wollen.

Sie hegte starke Gefühle für ihn, dachte er, während er mit ihrem Haar spielte. Ebenso wie er für sie. Sie hatte Wurzeln hier in Ardmore, ebenso wie er. Und jeder, mit Augen im Kopf, konnte erkennen, dass sie nun, da sie diese Wurzeln gefunden hatte, in ihrer ganzen Pracht erblühte.

Das Ganze besaß eine Logik, von der sie sicher angetan wäre. Vielleicht machte die Vorstellung ihn etwas nervös, aber das war ja wohl natürlich – wenn man bedachte, was für Veränderungen er in seinem Leben plötzlich in Erwägung zog. Schließlich ging es um eine Zukunft mit Frau und Kindern, um eine absolut neue Verantwortung.

Wenn also seine Hände etwas schwitzten, war das sicherlich normal. Er würde alles gründlich abwägen, und dann würden sie weitersehen.

Zufrieden glitt er neben sie unter die Decke, zog sie eng an seine Brust und versank in einen wohligen Schlummer.

Während er schlief, träumte Jude von Carrick, der auf seinem weißen Flügelpferd Himmel, Land und Wasser überflog und im Fliegen die Juwelen der Sonne, die Tränen des Mondes und das Herz des Meeres einsammelte.

15

Falls dies ein kühner Schritt war, so hatte sie in letzter Zeit bereits zahllose kühne Schritte unternommen. Aber er konnte nicht wirklich falsch sein. Vielleicht ein bisschen närrisch und nicht gerade praktisch, doch nicht verboten, oder?

Trotzdem sah sich Jude mit leichtem Schuldbewusstsein um, als sie den Tisch in den Vorgarten schleppte. Sie hatte bereits ein Fleckchen ausgesucht, dort drüben gleich neben dem Weg, wo sich die Verbenen und der Storchschnabel an die niedrige Steinmauer schmiegten. Der Tisch wackelte ein wenig auf dem unebenen Boden, aber damit käme sie zurecht.

Sie kehrte ins Haus zurück, holte einen Stuhl und stellte ihn genau hinter den Tisch. Da niemand vorbeikam, um zu fragen, was, zum Teufel, sie da tat, rannte sie zurück und holte ihren Laptop.

Einmal draußen arbeiten, diese Vorstellung erfüllte sie mit

heißer Freude. Sie hatte ihren Schreibtisch absichtlich so aufgestellt, dass sie die Hügel und die wild blühenden Fuchsienhecken sah. Die Helligkeit der Sonne wob sich in samtig warmen Strahlen durch die leichte Wolkendecke und tauchte die Umgebung in ein zartes silbrig-goldenes Licht. Eine weiche Brise bewegte die Blumen und stieg Jude mit ihrem süßen Duft in die Nase.

Sie stellte den Kessel auf den Herd, gab den Tee in eine wunderschöne Kanne und legte kleine Schokoladenplätzchen auf einen bemalten Teller. Das alles war derart perfekt, dass sie das Gefühl hatte, sich selbst etwas vorzumachen.

Also würde sie ganz einfach doppelt hart arbeiten!

Zunächst jedoch blieb sie zufrieden sitzen, nippte vorsichtig an ihrem Tee und blickte verträumt über die Hügel. Ihr kleines Fleckchen Himmel, dachte sie beglückt. Vögel sangen, und sie entdeckte das schimmernde Gefieder zweier Elstern, oder dachte zumindest, dass es sich um Elstern handelte.

Eine Elster brachte Elend, zwei Elstern brachten Glück. Und wenn sie eine dritte sähe… sie konnte sich nie daran erinnern, was drei Elstern dem Sprichwort nach bewirkten, also bliebe sie besser bei zweien.

Sie lachte fröhlich auf. Ja, das war klug von ihr. Schließlich konnte man sicher kaum glücklicher sein als sie im Augenblick. Und was eignete sich besser, das Glück des Menschen zu verlängern, als die Beschäftigung mit wahren Märchen?

Derart inspiriert begab sie sich ans Werk.

Um sie herum trällerten die Vögel, flatterten die Schmetterlinge und summten die Bienen, als sie in die Welt der Hexen und Magier, der Elfen und braven Jungfern eintauchte.

Es überraschte sie zu sehen, wie viel sie bereits geschafft hatte. Mehr als zwei Dutzend Geschichten, Fabeln und Legenden hatte sie in ihren Laptop eingespeist. Die Arbeit war derart mühelos vonstatten gegangen, dass sie ihr gar nicht wie Arbeit vorgekommen war. Natürlich hatte sie noch längst nicht alle Geschichten wissenschaftlich untersucht; aber leider nahmen sich auch ihre Theorien im Vergleich zu der Musik und der Magie der herrlichen Erzählungen entsetzlich nüchtern und trocken aus.

Vielleicht sollte sie versuchen, etwas von der den Fabeln eigenen Melodik in ihre Arbeit einzubringen? Weshalb sollte ihre Analyse so steif und akademisch klingen? Sicher täte es niemandem weh, wenn sie sie ein wenig aufpeppte, wenn sie persönliche Gedanken und Gefühle, vielleicht sogar ein paar ihrer eigenen Erfahrungen in die Arbeit einbrächte. Wenn sie die Menschen beschriebe, die ihr die Geschichten erzählt hatten – die Art, wie sie sie und die Orte, an denen sie sie vortrugen.

Den dämmrigen Pub mit der sanften Hintergrundmusik, die niemals aufgeräumte Küche der O'Tooles, die Hügel, auf denen sie mit Aidan spazieren gegangen war. Dadurch würde ihre Arbeit persönlicher, realer ... würde Schriftstellerei.

Jude faltete die Hände. Endlich könnte sie schreiben, wie sie es immer gewollt hatte. Während sie darüber nachdachte, während sie diese Vorgehensweise erwog, meinte sie beinah zu spüren, wie eine Tür in ihrem Inneren sich nach allzu vielen Jahren endlich öffnete.

Wenn sie versagte, was machte das schon aus? Sie war bestenfalls eine mittelmäßige Lehrerin gewesen. Wenn sie sich nun als mittelmäßige Schriftstellerin erweisen würde, dann stellte sie ihr Mittelmaß zumindest auf einem Gebiet unter Beweis, auf dem sie mit Freuden tätig wäre.

Eifrig legte sie die Finger auf die Tasten und zog sie ruckartig zurück. Der Selbstzweifel, ihr ältester Begleiter, nahm neben ihr Platz.

Also bitte, Jude, du hast nicht das geringste Talent zum

Schreiben, flüsterte er ihr zu. Bleib am besten bei den Dingen, die du kannst. Es wird sowieso niemand jemals deine Arbeit publizieren. Deine Arbeitsmoral lässt auch ohne diese Grille bereits sehr zu wünschen übrig. Verwirkliche also bitte wenigstens deinen ursprünglichen Plan und schreib eine seriöse Dokumentation.

Natürlich würde niemand jemals ihr Machwerk publizieren, sah sie, wenn auch widerwillig, ein. Für einen Essay, einen Artikel oder eine wissenschaftliche Abhandlung war es bereits viel zu lang. Zwei Dutzend Geschichten – wer würde die lesen? Die Logik geböte, dass sie höchsten sechs der Fabeln auswählte, sie wie geplant analysierte und in irgendeinem unbedeutenden Wissenschaftsverlag veröffentlichte.

Das wäre vernünftig.

Ein Schmetterling landete auf der Tischkante und flatterte mit seinen kobaltblauen Flügeln. Während eines kurzen Augenblickes schien er sie ebenso neugierig zu mustern wie sie ihn.

Dann hörte sie plötzlich wieder Musik – Pfeifen und Flöten und das Schluchzen einer Harfe. Sie schien von den Hügeln herunterzufließen, und so hob Jude den Kopf und blickte hinaus auf das sanft schimmernde Grün.

Weshalb sollte sie sich jedoch an einem solchen Ort von der Vernunft leiten lassen? Weshalb öffnete sie sich nicht stattdessen der hier herrschenden Magie?

Sie wollte überhaupt keine Dokumentation schreiben. Himmel, sie wollte ein Buch schreiben. Sie hatte keine Lust mehr zu dem, was sie seit langem kannte und was alle Welt von ihr erwartete. Nein, neue Horizonte wollte sie kennen lernen, wollte endlich die selbst gesteckten engen Grenzen überwinden. Unabhängig von möglichen Erfolgen die Freiheit gewinnen, Erfahrungen zu machen.

Als der Zweifel sie erneut zur Vorsicht mahnte, stieß sie ihn einfach mit dem Ellenbogen von sich.

Leiser Regen fiel vom Himmel und vor den Fenstern wir-
belte der Nebel. In dem kleinen Herd in meiner Küche pras-
selte ein Feuer. Auf der Anrichte standen vom Regen nasse
Blumen, Tee dampfte in den Tassen auf dem Tisch, während
Aidan mir diese Geschichte erzählte.

Seine Stimme entspricht seinem Land, voller Musik und
Poesie. Er führt den Pub des Dorfes Ardmore, den seine Fa-
milie seit Generationen besitzt, mit einer derartigen Liebe,
dass man sich in der warmen, freundlichen Atmosphäre un-
weigerlich zu Hause fühlt. Ich habe ihn oft hinter dem Tre-
sen stehen sehen, wo er sich die Geschichten der Gäste an-
hörte oder selbst ein Ereignis zum Besten gab, während im
Hintergrund leise Musik erklang und die Besucher gemüt-
lich ihr Bier tranken.

Er besitzt ein Übermaß an Charme und hat ein Gesicht,
das die Blicke der Frauen anzieht und die Männer veran-
lasst, ihm zu trauen. Schnell ist er zum Lächeln bereit trotz
eines eher ruhigen Wesens, doch beides zieht einen in seinen
Bann. Als er an jenem verregneten Nachmittag in meiner
Küche saß, erzählte er mir folgende Geschichte:

Jude hob ihre Hände und presste sie vor ihre Lippen. Ihre
Augen leuchteten vor Glück. So, sagte sie sich, den Anfang
hatte sie tatsächlich gewagt. Es machte sie ganz schwindlig,
Himmel, sie fühlte sich beinahe betrunken.

Durch ein paar Tastendrücke platzierte sie Aidans Erzählung vom Feenprinzen Carrick und seiner Lady Gwen unter
ihre Einleitung.

Sie las die Geschichte noch mal durch, fügte hinzu, wie er
sich ausgedrückt, was sie gedacht, wie das Feuer die Küche
erwärmt hatte und wie plötzlich der Sonnenstrahl auf die
Tischplatte gefallen war.

Als sie damit fertig war, kehrte sie nochmals an den Anfang des Textes zurück, ergänzte ein paar Dinge und änderte

einige ihrer Sätze etwas ab. Schwungvoll eröffnete sie ein neues Dokument. Schließlich brauchte sie ein Vorwort, oder etwa nicht? Sie hatte es bereits im Kopf; ohne lange zu überlegen, tippten ihre Finger es in die hellen Tasten und dann speicherte sie es ab.

In ihrem Kopf ertönte heiterer Gesang. Der Text war echt gelungen: *Ich schreibe ein Buch.*

Aidan blieb am Gartentor stehen und sah sie reglos an. Sie bot einen wirklich liebreizenden Anblick, wie sie, umgeben von den bunten Blumen, auf die Tastatur der kleinen, cleveren Maschine einhämmerte, als hinge ihr Leben davon ab.

Auf dem Kopf trug sie einen verrückten Strohhut in der Farbe ihrer Augen, auf ihrer Nase saß eine Brille mit einem dünnen schwarzen Drahtgestell, und über ihrer linken Schulter tanzte ein leuchtend blauer Schmetterling, als wolle er lesen, was sie schrieb.

Wie zu einem Lied trommelte sie rhythmisch mit dem Fuß. Er fragte sich, ob sie die Melodie tatsächlich hörte, oder ob die Klänge einfach ihre Gedanken untermalten.

Angesichts ihres leisen Lächelns waren letztere anscheinend fröhlicher Natur. Hoffentlich ließe sie ihn das lesen. Lag es nun an ihrer Verliebtheit oder war sie wirklich so betörend schön, verströmte sie wirklich eine derart überwältigende Kraft?

Er wollte sie nicht stören, ehe sie mit ihrem Kapitel fertig wäre, und so lehnte er sich bequem gegen das Tor und klemmte sich sein Mitbringsel vorsichtig unter die Armbeuge.

Doch plötzlich brach sie ab, hob die Finger von den Tasten, presste eine Hand ans Herz, wendete überrascht den Kopf und sah ihm ins Gesicht. Selbst aus der Entfernung konnte er erkennen, dass sich in ihren Augen eine Vielzahl von Gefühlen spiegelte. Überraschung und Freude, ihn zu sehen, doch gleichzeitig die für sie typische Verlegenheit, die ihre positiven Gefühle allzu häufig überschattete.

»Guten Tag, Jude Frances! Tut mir Leid, unterbrichst du deine Arbeit meinetwegen?«

»Oh, nun…« Sie hatte ihn gespürt, hatte seine Schwingungen wahrgenommen, wie lächerlich auch so eine Behauptung klingen mochte. Aber doch, die Atmosphäre hatte sich verändert.

Sie riss sich zusammen. »Schon gut!« Sie speicherte den Text, schloss ihre Datei und nahm die Brille von der Nase. »War nur eine Randbemerkung.« Es ist entsetzlich wichtig, hätte sie am liebsten laut gerufen, und zwar die Welt… meine Welt! »Sicher findest du es seltsam, dass ich hier draußen sitze«, begann sie, während sie sich vom Platz erhob, ihre Erklärung.

»Warum? Es ist ein herrlicher Tag zum Draußensitzen.«

»Ja… ja, das stimmt.« Um die Batterie nicht unnötig zu schwächen, stellte sie den Laptop ab. »Ich habe vollkommen die Zeit vergessen.«

Da sie es in einem Ton sagte, in dem man normalerweise dem Priester seine schlimmsten Sünden beichtete, lachte Aidan begütigend. »Es scheint dir Spaß gemacht zu haben und obendrein hast du anscheinend wirklich was geschafft. Weshalb solltest du dir also Gedanken über die Zeit machen?«

»Gut – dann ist dies eben der perfekte Moment für eine Pause. Wahrscheinlich ist der Tee schon lange kalt, aber…«

Als sie bemerkte, was er in seinen Armen hielt, brach sie plötzlich ab und flog mit vor Begeisterung leuchtenden Augen auf ihn zu. »Oh, du hast einen Welpen. Himmel, ist der süß!«

Während des Spazierganges vom Dorf herauf zum Cottage war der Schlingel in Aidans Armen eingeschlafen; doch beim Klang der lauten Stimmen riss er erst das Mäulchen zu einem breiten Gähnen auf und öffnete dann vorsichtig die

Augen. Er hatte ein schwarz-weiß geflecktes Fell, riesige Schlappohren, große, tapsige Pfoten und einen dünnen, zwischen den Beinen zusammengerollten Schwanz.

Jetzt versuchte er kläffend vor Aufregung, sich Aidan zu entwinden.

»Oh, du bist wirklich niedlich, du bist wirklich wunderhübsch. So ein flauschiges Knäuel«, murmelte sie, als Aidan ihr den Welpen in die Hand drückte. Als sie die Nase in seinem watteweichen Fell vergrub, fuhr er ihr begeistert mit der Zunge übers Gesicht.

»Tja, nun, ich muss wohl nicht erst fragen, ob ihr zwei einander mögt. Ganz eindeutig ist es die berühmte Liebe auf den ersten Blick, an die unsere Jude, wie sie behauptete, nur zur Hälfte glaubt.«

»Wer könnte denn so einem Kerlchen widerstehen?« Sie hob den Welpen in die Luft, wo er quiekend zappelte.

»Die Hündin der Clooneys hat vor ein paar Wochen Junge bekommen, und ich dachte, der hier hätte den ausgeprägtesten Charakter. Jetzt ist er entwöhnt und bereit für ein neues Zuhause.«

Jude ging in die Hocke und stellte das kleine Geschöpf auf den Boden, sodass er über ihre Beine klettern und sich auf den Rücken werfen konnte, damit sie ihm den Bauch kraulte. »Er scheint recht menschenfreundlich zu sein. Wie willst du ihn nennen?«

»Das überlasse ich ganz dir.«

»Mir?« Sie hob den Kopf und lachte, als der Welpe Aufmerksamkeit heischend an ihren Fingern knabberte. »Du bist ganz schön gierig. Ich soll ihm einen Namen geben?«

»Genau, denn schließlich habe ich ihn extra für dich geholt. Er kann dir hier auf deinem Feenhügel Gesellschaft leisten.«

Ihr Hände verharrten mitten im Kraulen des wuscheligen Kerlchens. »Du hast ihn für mich geholt?«

»Weil du doch die Hündin der O'Tooles magst – also dachte ich, dass du vielleicht gern einen eigenen Vierbeiner hättest, sozusagen von der Pike auf.«

Da sie ihn immer noch mit großen Augen anstarrte, erklärte Aidan vorsichtig: »Wenn du jedoch keine Lust hast, nehme ich ihn.«

»Du hast dieses Tier für mich geholt?«

Aidan trat unbehaglich von einem Bein aufs andere. »Na ja, wahrscheinlich hätte ich dich vorher fragen sollen, ob du überhaupt Interesse hast. Ich wollte dich überraschen und...«

Als sie abrupt auf die Erde plumpste, den Welpen in die Arme nahm und in Tränen ausbrach, verstummte er entsetzt.

Im Allgemeinen hatte er nichts gegen ein paar Tränen, aber sie weinte ohne jede Vorwarnung, und er hatte keine Ahnung von dem Grund ihres Schluchzens. Je stärker sich der Kleine in ihren Armen wand und ihr das Gesicht leckte, um so fester hielt sie ihn umklammert und umso lauter schluchzte sie.

»Also bitte, Liebling, nimm es dir doch bitte nicht derart zu Herzen. Bitte, *a ghra,* es gibt nicht den geringsten Grund für so eine Flut von Tränen.« Er ging vor ihr in die Hocke, reichte ihr ein Taschentuch und tätschelte ihr begütigend den Arm. »Pst, bitte, das alles ist ganz alleine meine Schuld.«

»Du hast mir einen Welpen mitgebracht.« Ihr jämmerliches Schniefen veranlasste den neuen Hauptdarsteller, mitfühlend aufzuheulen.

»Entschuldige. Es tut mir Leid. Ich hätte erst gründlich darüber nachdenken sollen. Aber er wird sich im Pub sehr wohl fühlen. Das ist gar kein Problem.«

»Er gehört mir!« Als Aidan die Arme nach dem Hund ausstreckte, warf sie sich auf das kleine Tier. »Du hast ihn mir geschenkt, also gehört er ja wohl mir.«

»Ja.« Seine Stimme hatte einen unsicheren Klang. Himmel, die Frau war ihm ein Rätsel. »Dann willst du ihn also behalten?«

»Ich wollte doch schon immer einen kleinen Hund.« Schluchzend wiegte sie ihn hin und her.

Aidan fuhr sich mit den Händen durch die Haare, setzte sich ermattet nieder und gab endgültig auf. »Ach ja? Aber warum hast du dann nie einen gehabt?«

Endlich hob sie ihr Gesicht und ihre Augen waren immer noch tränennass. »Meine Mutter hat zwei Katzen«, brachte sie mühsam heraus, ehe sie einen Schluckauf bekam.

»Ich verstehe.« Ebenso wie er computergesteuerte Buchhaltung verstand. »Tja, Katzen sind durchaus nette Tiere. Wir haben auch eine… «

»Nein, nein, nein! Die Katzen meiner Mutter sind die reinsten Tyrannen. Sie sind wunderschöne, arrogante, empfindliche und hinterhältige Wesen. Reinrassige Siamesen und wirklich wunderschön – aber sie haben mich nie gemocht. Ich hätte schon immer lieber einen dummen Hund gehabt, der sämtliche Möbelstücke annagt, meine Schuhe auffrisst und – und mich einfach mag.«

»Ich glaube, du kannst dich darauf verlassen, dass der kleine Kerl hier all diese Wünsche liebend gern erfüllt.« Erleichtert fuhr Aidan mit den Fingerspitzen über ihre von den dicken Tränen und den Hundeküssen nasse Wange. »Dann wirst du mich also nicht verfluchen, wenn er eine Pfütze auf deinem Küchenboden hinterlässt oder einen der hübschen italienischen Schuhe anknabbert, die Darcy so bewundert?«

»Nein. Das ist das schönste Geschenk, das ich jemals bekommen habe!« Sie streckte die Hand nach Aidan aus, sodass der glückselige Welpe zwischen ihnen beiden saß. »Du bist der wunderbarste Mann der Welt.«

Beinahe wie zuvor der Welpe ihr Gesicht bedeckte sie Aidans Wangen, Stirn und Nase mit unzähligen Küssen.

Er hatte ihr den Hund gebracht, um sie zu betören, und ganz offensichtlich hatte es geklappt. Weshalb empfand er plötzlich etwas Ähnliches wie Schuldgefühle? Wie hätte er bitte wissen sollen, dass er ihr mit diesem schlappohrigen Mischling einen Kindheitstraum erfüllte?

Das spielte aber momentan keine Rolle, und er bedeckte ihren Mund mit seinen Lippen.

Er wollte sie glücklich sehen, das allein zählte.

»Ich brauche ein Buch«, murmelte sie plötzlich.

»Ein Buch?«

»Ich habe keine Ahnung, wie man Welpen erzieht. Also brauche ich ein Buch.«

Da diese Reaktion so typisch für sie war, machte er sich grinsend von ihr los. »Als Erstes empfehle ich dir den Erwerb zahlloser Zeitungen, um seine Pfützen fortwischen zu können, und dann ein möglichst dickes Seil zur Rettung deiner Pumps.«

»Ein möglichst dickes Seil?«

»An dem er statt an deinen Schuhen nagen kann.«

»Wirklich clever!« Sie blickte ihn strahlend an. »Oh, und außerdem braucht er Futter und ein Halsband und Spielzeug und Impfungen. Und... « Wieder hob sie ihr Geschenk in die Luft. »Mich! Er braucht mich. Nie zuvor in meinem Leben hat ein Wesen mich gebraucht.«

O doch, und zwar ich! Die Worte lagen schon auf seiner Zunge, doch sie sprang plötzlich auf und wirbelte sich und den kleinen Schatz im Kreis.

»Ich muss meine Sachen ins Haus bringen und dann sofort runter ins Dorf, um alles Notwendige zu besorgen. Kannst du auf mich warten und dann vielleicht mitkommen?«

»Das kann ich in der Tat. Ich räum dein Zeug auf und du bleibst solange hier draußen und machst dich weiter mit deinem neuen Freund bekannt.«

Als Aidan auf ihren Arbeitstisch zuging, atmete er zischend aus. Gut, dass er sich zurückgehalten hatte. Für etwaige Bekenntnisse war es entschieden zu früh. Ein Gespräch zum Thema Heirat hatte noch jede Menge Zeit.

Jede Menge Zeit, um zu ergründen, wie er es am besten einfädelte.

Sie kaufte dem Welpen ein leuchtend rotes Halsband, eine leuchtend rote Leine und zwei leuchtend blaue Näpfe. Aidan fand ein Seil und flocht es zu einem dicken Strang; trotzdem füllte sie noch eine ganze Tüte mit anderen Dingen, die sie als unerlässlich für das Glück und Wohlergehen ihres Schützlings erachtete.

Dann machte sie mit dem Kleinen einen Gang durchs Dorf, oder besser gesagt, wollte es – denn die meiste Zeit versuchte er verzweifelt, die Leine abzuschütteln, verwickelte sich unbeholfen darin und kaute wie ein Besessener auf dem Strick herum. Am besten besorgte sie sich also doch schnellstmöglich ein Buch.

Sie traf Brenna, als diese gerade vor der kleinen Privatpension des Dorfes einen Werkzeugkasten auf die Ladefläche ihres Pick-ups hievte.

»Guten Tag, Jude. Was hast du denn da? Ist das nicht einer der Welpen von den Clooneys?«

»Ja, ist er nicht allerliebst? Ich nenne ihn Finn, nach dem großen Krieger.«

»Nach dem großen Krieger?« Brenna ging in die Hocke und kraulte Finn den Kopf. »Tja, ich wette, du bist tatsächlich ebenfalls ein Draufgänger.« Sie lachte, als er einen Satz machte und mit seiner Zunge quer über ihr Gesicht fuhr. »Ein lebhaftes Kerlchen! Da hast du eine gute Wahl getroffen. Sicher bietet er dir angenehme Gesellschaft.«

»Das denkt Aidan auch. Deshalb hat er ihn mir ja geschenkt.«

Brenna spitzte überrascht die Lippen. »Ach, das hat er?«

»Ja, heute Nachmittag! Wirklich süß von ihm, an mich zu denken. Meinst du, dass Betty ihn mögen wird?«

»Klar, Betty liebt ebenfalls Gesellschaft.« Brenna tätschelte Finn ein letztes Mal den Kopf und richtete sich auf. »Sie wird sich freuen, mit dem Kleinen spielen zu können. Ich wollte gerade im Pub ein Bierchen trinken. Willst du nicht vielleicht mitkommen? Ich gebe eine Runde aus.«

»Danke, aber … nein, ich sollte Finn nach Hause bringen. Bestimmt hat er einen Bärenhunger.«

Sobald sich ihre Wege trennten, rannte Brenna in den Pub und nickte, als Darcy sie erblickte, mit dem Kopf in Richtung einem der Ecktische, wo sie ungestört waren.

Darcy brachte ihr das Bier gleich mit. »Was gibt es denn für aufregende Dinge zu berichten?«

»Setz dich eine Minute zu mir.« Sie sprach mit gesenkter Stimme und behielt, als Darcy endlich Platz nahm, den hinter der Theke arbeitenden Aidan argwöhnisch im Auge. »Ich habe gerade Jude getroffen, als sie mit ihrem neuen Hündchen die Straße runterkam.«

»Hündchen?«

»Pst. Sprich leise, sonst merkt er, dass wir über die Sache reden.«

»Wer soll bitte was hören?«, fragte Darcy ebenfalls im Flüsterton.

»Aidan würde hören, dass wir von ihm reden: Er hat einen – zugegebenermaßen total niedlichen – Welpen der Hündin von den Clooneys geholt und Jude geschenkt.«

»Er … « Angesichts von Brennas Zischen senkte Darcy ihre Stimme abermals und beugte sich verschwörerisch über den Tisch. »Aidan hat ihr einen Welpen geschenkt? Davon hat er weder mir noch sonst irgendjemandem auch nur ein Wort verraten.«

Da diese Nachricht sie ehrlich überraschte, dachte Darcy eingehend darüber nach. »Hin und wieder hat er schon mal irgendwelchen Mädchen eine kleine Nippsache geschenkt, aber normalerweise nur zu besonderen Anlässen.«

»Das denke ich auch.«

»Und Blumen«, fuhr Darcy langsam fort. »Er hat schon immer den Frauen, auf die er ein Auge geworfen hatte, Blumen mitgebracht – aber das hier ist eine andere Dimension.«

»Genau, eine andere Dimension.« Wie um ihre Worte zu bekräftigen, schlug Brenna auf den Tisch. »Nämlich etwas Lebendiges, etwas – wie soll ich sagen? – Dauerhaftes. Etwas, was man für gewöhnlich nur jemandem schenkt, der einem wirklich am Herzen liegt, kein normales Dankeschön für eine romantische Nacht.« Sie griff nach ihrem Glas und gönnte sich einen großen Schluck.

»Tja, sie hat ihm dieses Bild aus Dublin mitgebracht und er ist, wenn du mich fragst, vollkommen übertrieben begeistert von dem Ding. Vielleicht wollte er ihr einfach etwas zurückschenken und ist dabei rein zufällig über das Viecherl gestolpert.«

»Wenn er ihr ein Gegengeschenk für das – wie ich schon finde, wirklich schöne – Bild hätte machen wollen, hätte er ihr irgendeine Nippsache, ein Schmuckstück oder etwas in der Art präsentiert«, pflichtete Brenna ihr entschieden bei. »Aber ein Welpe ist wesentlich mehr.«

»Da hast du völlig Recht.« Darcy trommelte mit den Fingern auf die Tischplatte und blickte mit zusammengekniffenen Augen zu ihrem immer noch hinter dem Tresen beschäftigten Bruder hinüber. »Meinst du, er ist in sie verliebt?«

»Ich würde sogar eine Wette darauf eingehen, dass er sich zumindest in diese Richtung bewegt.« Brenna rutschte nervös auf der Bank herum. »Wir sollten es herausfinden, und wenn nicht wir, dann Shawn. Und aus ihm kriegen wir es mit Leichtigkeit heraus, denn er denkt nie darüber nach, was ihm über die Lippen rutscht.«

»Das ist natürlich richtig, aber er ist Aidan gegenüber immer so entsetzlich loyal. Ich hätte sie durchaus gern als Schwägerin«, erklärte Darcy nachdenklich. »Und ich habe den Eindruck, dass sie zu Aidan passt. Nie zuvor habe ich es erlebt, dass er eine Frau ansieht wie Jude. Trotzdem, die Gallagher'schen Männer sind notorisch langsam, wenn es um die Ehe geht. Meine Mutter hat gesagt, sie hätte meinem Vater beinahe eine Kopfnuss geben müssen, ehe er sie endlich gebeten hat, ihn zu heiraten.«

»Sie will noch über drei Monate hier bleiben.«

»Also müssen wir dafür sorgen, dass er die Sache rechtzeitig geregelt kriegt. Sie beide sind Typen, die durchaus nicht ungerne heiraten – also sollte es nicht allzu schwierig sein. Lass uns aber erst mal gründlich über alles nachdenken.«

Aidan hatte Recht. Finn war ein guter Gesellschafter. Er spazierte mit Jude über die Hügel, amüsierte sich, wenn sie stehen blieb, um irgendwelche Wildblumen zu bewundern oder die Butterblumen und Schlüsselblumen zu pflücken, die Ende Mai bis Anfang Juni in großer Zahl blüten. Der Sommer kam mit einem wunderbaren Wärmestrom ins Land, und Jude erschien die milde Luft wie reine Poesie.

Bei schlechterem Wetter, wenn der Regen in Schleiern auf die schimmernd grünen Wiesen fiel, machte sie nur kurze Gänge und genoss ansonsten die Behaglichkeit des kleinen Cottages.

An trockenen Tagen hingegen gönnte sie sich und dem neuen Genossen lange morgendliche Wanderungen, auf denen er mit wilden Sprüngen um die gutmütige Betty herumzuhopsen pflegte.

Und auf jedem seiner Gänge, ob bei Regen oder Sonne, dachte sie glücklich an den Mann, den sie auf der Herfahrt von Dublin mit seinem Hund gesehen hatte, und daran, dass sie davon geträumt hatte, es einmal ebenso zu halten.

Wie der Hund aus ihrem Traum schlief Finn vor dem Ofen, als sie sich an ihrem ersten selbst gebackenen Vollkornbrot versuchte. Und winselte leise, wenn er morgens um drei erwachte und sie nicht in der Nähe war.

Als er ihre Blumen mampfte, führten sie ein ernsthaftes Gespräch; und er schaffte es ganze zwei Wochen, keinen ihrer Schuhe anzunagen.

Außer dem einzigen Mal, das zu vergessen sie einvernehmlich beschlossen hatte…

Sie ließ ihn hoppeln und rennen, bis er nicht mehr konnte, und wenn das Wetter es erlaubte, stellte sie nach dem Mittagessen den Tisch in den Garten und arbeitete, während er unter ihrem Stuhl ein ausgedehntes Nickerchen hielt, in der Sonne und der herrlich frischen Luft vergnügt an ihrem Buch.

Ihr Buch. Es war ein so großes Geheimnis, dass sie sich selbst deutlich eingestehen musste, wie sehr sie es verkaufen wollte – wie sehr sie sich danach sehnte, es mit einem hübschen Umschlag und ihrem Namen darauf im Regal einer Buchhandlung zu sehen.

Diese beinahe schmerzlich schöne Hoffnung verdrängte sie und stürzte sich stattdessen in die Arbeit, die sie, wie sie voller Freude merkte, wirklich liebte und dadurch komplettierte, dass sie abends häufig noch ein oder zwei Stunden lang Skizzen möglicher Illustrationen der gesammelten Geschichten anfertigte.

Ihre Kunstwerke waren, wie sie dachte, bestenfalls primitiv, schlimmstenfalls ganz einfach schlecht. Den ihr von ihren Eltern auferlegten Zeichenunterricht hatte sie noch nie als allzu fruchtbar angesehen; aber das Entwerfen machte Spaß.

Sie sorgte dafür, dass ihre Skizzen immer sorgfältig versteckt waren, wenn jemand zu Besuch kam. Was manchmal bedeutete, dass sie sie eilig unters Sofa bugsierte.

Als sie eines Abends in der Küche die neueste, das hieß beste, einer Reihe mittelprächtiger Skizzen ihres Cottages betrachtete, hörte sie ein kurzes Klopfen und sofort danach das Knallen der Tür.

Erschrocken sprang sie auf, was Finn dazu bewog, vor Schreck und Überraschung laut zu kläffen, und schob die Skizzen eilig in den Hefter.

Kaum hatte sie ihn zugeklappt und in einer Schublade versteckt, als bereits Darcy und Brenna hereinsegelten.

»Du bist ein wirklich kühner Krieger!« Brenna setzte sich auf den Boden und begann den inzwischen routinemäßigen Begrüßungsringkampf mit dem kleinen Springinsfeld.

»Hast du vielleicht was Kaltes für eine müde Freundin?« Darcy glitt matt auf einen Stuhl.

»Ich habe ein paar Soft Drinks.«

»Bist du gerade am Arbeiten?«, fragte Darcy, als Jude den Kühlschrank öffnete.

»Nein, nicht wirklich. Den Großteil dessen, was ich heute hatte tun wollen, habe ich bereits erledigt.«

»Gut, denn Brenna und ich planen ein Attentat.«

»Ach ja?« Amüsiert stellte Jude die Getränke auf den Tisch. »Ihr könnt ja wohl unmöglich schon wieder einen Einkaufsbummel vorhaben?«

»Jederzeit, sofort, aber nein, das ist es nicht. Inzwischen bist du seit drei Monaten hier.«

»Mehr oder weniger«, stimmte Jude zu und versuchte nicht daran zu denken, dass ihre Zeit in Irland tatsächlich bereits zur Hälfte vorbei war.

»Und Brenna und ich sind zu dem Schluss gekommen, dass es höchste Zeit wird für ein echtes *Ceili*.«

Interessiert setzte sich Jude zu Darcy an den Tisch. Sie hatte immer gern zugehört, wenn ihre Großmutter von den *Ceilis* aus ihrer Jugendzeit schwärmte. Essen und Musik und fröhliches Tanzen im ganzen Haus! Leute, die sich im Wohnzimmer, in der Küche und sogar im Hof drängten. »Ihr veranstaltet ein *Ceili?*«

»Nein.« Darcy grinste bis über beide Ohren. »Aber du.«

»Ich?« Entsetzt rang Jude nach Luft. »Unmöglich! Ich habe keine Ahnung, wie man so was macht.«

»Es ist nicht viel dabei«, versicherte Brenna ihr. »Die alte Maude hat, bevor sie krank wurde, alljährlich Ende Mai, Anfang Juni ein *Ceili* veranstaltet. Die Gallaghers sorgen für die Musik, und es gibt sicher noch jede Menge anderer Leute, die liebend gerne spielen. Und Essen und Trinken bringt sich jeder selbst mit.«

»Alles, was du zu tun hast, ist die Tür zu öffnen und dich zu amüsieren«, bestätigte auch Darcy. »Wir werden dir helfen, alles vorzubereiten, und außerdem sorgen wir dafür, dass alle davon erfahren. Wir dachten an Samstag in einer Woche, weil dann Sonnenwende ist. Mittsommernacht ist ein klasse Termin für ein *Ceili*.«

»Samstag in einer Woche?«, krächzte Jude. »Aber das ist ja schon so bald. Da habe ich eindeutig viel zu wenig Zeit.«

»Mehr als genug«, widersprach ihr Darcy zwinkernd. »Wir werden dir bei allem helfen, also keine Sorge. Meinst du, ich könnte mir für den Anlass dein blaues Kleid borgen? Das mit den schmalen Streifen und der passenden Jacke?«

»Ja, natürlich, aber das schaffe ich wirklich nicht… «

»Immer mit der Ruhe!« Brenna erhob sich vom Boden und hockte sich auf einen Stuhl. »Meine Mutter ist fest entschlossen, dir ebenfalls zur Hand zu gehen. Sie sucht verzweifelt nach Ablenkung, denn Maureen treibt sie mit ihrer Hochzeit allmählich in den Wahnsinn. Ich würde sagen, der Großteil der Musik sollte im Wohnzimmer gespielt werden, und die Fässer und so kommen ganz einfach in den Hof. Auf diese Weise bleibt alles in Bewegung.«

»Für eine Tanzfläche müssen wir allerdings ein paar der Möbel umrücken«, mischte sich Darcy in die Planung. »Und falls schönes Wetter ist, könnten wir draußen ein paar Stühle aufstellen.«

»Auf alle Fälle werden wir Vollmond haben. Meine Mutter meinte, wir sollten draußen Kerzen aufstellen, um alles etwas festlich zu gestalten und um zu verhindern, dass die Leute im Dunkeln unnötig herumstolpern.«

»Aber ich... «

»Kannst du Shawn dazu bewegen, seinen berühmten Eintopf zu machen, Darcy?«, unterbrach Brenna, ehe Jude Gelegenheit bekam, weitere Bedenken zu formulieren.

»Sicher macht er genug für alle, und außerdem wird der Pub ein Fass und ein paar Flaschen beisteuern. Vielleicht könnte deine Mutter ja ein paar ihrer köstlichen Fleischpasteten stiften? Darin ist sie schließlich eine wahre Meisterin.«

»Das macht sie sicher sogar gern.«

»Echt!« Jude hatte das Gefühl, als wäre sie ins Wasser gefallen und als verfolgten die Freundinnen, nachdem sie ihr einen Anker statt eines Seiles zugeworfen hatten, mit nachsichtigem Lächeln, wie sie sich vergeblich bemühte, nicht unterzugehen. »Ich kann unmöglich.«

»Aidan wird an dem Abend den Pub zumachen, sodass ich früh genug bei dir erscheinen kann, um dir, falls nötig, bei den letzten Vorbereitungen zu helfen.« Mit einem zufriedenen Seufzer lehnte Darcy sich zurück. »So, ich denke, damit wäre alles geklärt.«

Jude hingegen legte stumm den Kopf auf die Tischplatte und gab sich der Verzweiflung hin.

»Ich finde, es ist gut gelaufen«, meinte Darcy, als sie und Brenna wieder in den Pick-up stiegen.

»Bisschen schuldig komme ich mir schon vor. Schließlich haben wir sie mit unserem Vorschlag einfach überfahren.«

»Aber wir tun es doch für sie!«

»Als wir eben gingen, war sie eindeutig nervöser und blasser als bei unserem Erscheinen – aber es lief tatsächlich erwartungsgemäß.« Lachend drehte Brenna den Zündschlüssel herum. »Außerdem habe ich mich daran erinnert, dass mein Vater meine Mutter auf einem *Ceili* genau in diesem Cottage um ihre Hand gebeten hat. Das ist ein gutes Omen!«

»Als alte Freundinnen werden wir schon dafür sorgen, dass alles zu ihrer Zufriedenheit verläuft!« Auch wenn Darcy Gallagher einigen Menschen vielleicht flatterhaft erschien, gab es, hatte man erst mal ihre Sympathie gewonnen, doch niemanden, der treuer war als sie. »Sie ist bis über beide Ohren in Aidan verliebt und einfach zu schüchtern, um ihn dahin zu manövrieren, wo sie ihn im Grunde haben will. Wir gestalten einen stimmungsvollen Abend mit der passenden Musik, und ich komme früh genug, um sie so auszustaffieren, dass ihr Anblick Aidan aus den Stiefeln haut. Wenn das nicht wirkt, dann sind die beiden ganz einfach hoffnungslose Fälle.«

»So weit ich es beurteilen kann, trifft die Bezeichnung hoffnungslos die Gallagher'schen Männer in der Tat leider haargenau.«

16

»Und wie, bitte, soll ich eine Party geben, wenn ich noch nicht mal weiß, wie viele Leute kommen? Wenn ich weder einen Speise-, noch einen Zeit-, noch sonst irgendeinen Plan habe?«

Da Finn ihr einziger Zuhörer war und die passenden Antworten auf ihre Fragen nicht zu liefern vermochte, sank Jude in einen der Sessel in ihrem inzwischen tadellos aufgeräumten Wohnzimmer und machte die Augen zu. Schon seit Tagen räumte sie auf. Aidan hatte über sie gelacht und ihr munter erklärt, sie sollte sich nicht unnötig kaputtmachen. Niemand würde nach Staubflocken in den Zimmerecken suchen und sie unter Schimpf und Schande des Landes verweisen lassen, wäre nicht alles wie geleckt.

Er verstand sie einfach nicht. Aber schließlich war er auch nur ein Mann.

Das Erscheinungsbild des Cottages stellte den einzigen Aspekt des ganzen Vorhabens dar, auf den sie Einfluss nehmen konnte.

»Das ist mein Haus«, murmelte sie störrisch. »Und das Haus ist der Spiegel der Besitzerin. In welchem Jahrtausend wir inzwischen auch leben, daran ändert sich nichts.«

Natürlich hatte sie hin und wieder Gäste in ihrem Heim empfangen und es geschafft, halbwegs nette Feste zu veranstalten. Aber die hatte sie stets wochen-, wenn nicht gar monatelang geplant. Sie hatte Listen angefertigt und die Feier unter ein Moto gestellt, einen guten Partyservice engagiert, sowohl die Horsd'œuvres als auch die Musik mit großer Sorgfalt ausgewählt, und während der Vorbereitungsphase literweise Magentropfen geschluckt.

Nun jedoch wurde von ihr erwartet, die Türen ihres Heims Freunden wie auch völlig Fremden zu öffnen und alles Übrige dem Zufall zu überlassen.

Mindestens ein halbes Dutzend unbekannte Leute hatten sie im Dorf auf das *Ceili* angesprochen. Hoffentlich hatte sie erfreut gewirkt und das Richtige gesagt, auch wenn in ihrem Inneren die Alarmglocken schrillten.

Dies war ihr allererstes *Ceili*. Die erste echte Party, zu der sie in ihr Cottage lud. Das allererste Mal, dass sie in Irland offiziell Gäste in ihrem Heim empfing.

Himmel, auf einem fremden Kontinent! Wie, in aller Welt, sollte sie wissen, was sie zu tun hatte?

Sie bräuchte ein Aspirin von der Größe der Ardmore'schen Bucht!

In dem Versuch sich zu beruhigen, die Dinge halbwegs zurechtzurücken, legte sie den Kopf in den Nacken und schloss die Augen. Es hieß, ein *Ceili* wäre alles andere als förmlich. Die Leute brächten eimer-, platten-, bergeweise Essen und Trinken mit. Sie hatte nur den äußeren Rahmen zu stellen, und das Cottage war von alleine allerliebst.

Aber wie sollte sie sich denn beruhigen? Die ganze Sache endete ganz sicher in einer Riesenkatastrophe.

Eine Party in diesem winzigen Häuschen! Wenn es regnete, konnte sie wohl kaum von den Leuten erwarten, sich mit Schirmen bewaffnet in den Garten zu stellen, während sie das Essen aus dem Fenster reichte. Es war einfach nicht genügend Raum, um auch nur die Hälfte der Menschen, die ihr Erscheinen bisher angekündigt hatten, zu beherbergen.

Weder gab es genug Fläche zum Stehen noch genügend Sitzgelegenheiten für eine derartige Anzahl von Gästen. Wahrscheinlich würde es sogar an Luft mangeln, um alle mit Sauerstoff zu versorgen, und wie sollte sie, Jude F. Murray, diese Massen bewirten?

Obendrein hatte sie sich während der letzten Tage so oft in ihrem Buchprojekt verloren, dass sie mit den von ihr geplanten Vorbereitungen entsetzlich hinterherhinkte. Sie hatte die Absicht gehabt, die ganz feste Absicht, um ein Uhr mit dem Schreiben aufzuhören. Nachdem sie zum ersten Mal die Arbeitszeit enorm überzogen hatte, hatte sie sich sogar einen Wecker hingestellt. Der jedoch bekam, als er schließlich geklingelt hatte, ein Kissen aufs Haupt, weil sie noch einen Absatz beenden wollte, und als sie das nächste Mal in die Wirklichkeit zurückgekommen war, stand der Zeiger bereits auf drei Uhr, ohne dass sie auch nur eins der beiden Bäder, wie geplant, geschrubbt hätte.

Trotz all dieser Umstände würden bereits in ein paar Stunden Menschen, die sie gar nicht kannte, in ihr Haus ge-

schwärmt kommen und erwarten, dass sie sie sowohl ver-
köstigte als auch obendrein noch unterhielt.

Darüber solle sie sich keine Gedanken machen, hatten die
andern ihr oft genug geraten. Aber *natürlich* machte ihr die
Aufgabe der Hausherrin zu schaffen. Sie musste ja wohl an
das Essen denken, oder etwa nicht? Sie war bei Einladungen
nun mal verdammt neurotisch, also, was erwarteten die
Leute von ihr?

Jude hatte sich an Törtchen versucht, die steinhart aus dem
Ofen gekommen waren und die sogar Finn verschmähte.
Beim zweiten Anlauf hatte sie schon etwas mehr Erfolg gehabt – zumindest kostete der Flegel davon, ehe er sie wieder
ausgespuckt hatte. Doch musste sie am Ende kapitulieren:
Mit ihren Törtchen würde sie niemals nur einen Blumentopf
gewinnen.

Zuletzt gelangen ihr ein paar einfache Kasserollen nach
einem Rezept aus einem der Kochbücher der alten Maude.
Sie sahen lecker aus und rochen auch nicht schlecht, sodass
vielleicht wenigstens niemand eine Lebensmittelvergiftung
bekam.

Außerdem hatte sie einen großen Schinken im Ofen. Sie
hatte ihr Großmutter bereits dreimal angerufen, um sich zu
vergewissern, dass der jeweilige Zustand des Fleisches den
Vorschriften entsprach. Das Ding war so entsetzlich groß,
wie sollte es jemals gar werden? Wahrscheinlich wäre es in
der Mitte selbst nach Stunden noch roh, sodass es ihren Gästen bestimmt Bauchschmerzen bereitete. Aber zumindest
hätte sie es ihnen in einem blank geputzten Wohnzimmer
serviert.

Gott sei Dank brauchte man kein besonderes Talent, um
einen Boden zu schrubben oder Fenster zu putzen. Das,
glaubte sie, hatte sie ganz gut hingekriegt.

Nachts hatte es geregnet, und vom Meer her war ein leichter Nebel die Hügel heraufgeglitten und hatte das Cottage

wie in Watte gehüllt. Aber am Morgen hatten Sonne und sommerliche Wärme die Vögel angelockt und die Blüten der zahllosen Blumen dazu bewogen, sich zu öffnen, sodass nun nur noch das Wetter mitspielen musste.

Die blitzblanken Fenster standen weit offen, damit frische Luft hereinkam. Die Düfte von Rosen und Wicken aus dem Garten erfüllten das Wohnzimmer und beruhigten Judes angespannte Nerven.

Blumen! Sie sprang aus ihrem Sessel. Noch hatte sie keine Blumen geschnitten und im Haus verteilt. Sie rannte in die Küche, um die Schere zu holen, und Finn sauste ihr nach. Auf dem frisch gewachsten Boden verlor er das Gleichgewicht und schlitterte mit dem Kopf voran gegen einen der Schränke.

Natürlich musste sie ihn nun streicheln und ausgiebig trösten, und so trug sie ihn, während sie ihm Zärtlichkeiten ins Ohr murmelte, auf dem Arm nach draußen. »Aber du gräbst nicht wieder meine Beete um, hast du mich verstanden?«

Er bedachte sie mit einem treuherzigen Blick, als käme er niemals auch nur auf einen so abartigen Gedanken.

»Und du jagst auch nicht die Schmetterlinge durch die Kornblumen!«, fügte sie hinzu, stellte ihn auf die Erde und gab ihm einen liebevollen Klaps.

Dann griff sie nach einem Flechtkorb und suchte die schönsten Blumen für Maudes Flaschen aus.

Es war eine Arbeit, die sie wie stets entspannte. Die Formen, die Düfte, die Farben wahrzunehmen und zu überlegen, wie man sie am besten mischte. Auf dem schmalen Kiesweg zwischen den Beeten zu spazieren, gelegentlich den Kopf zu heben, in Richtung der sich bis zum Horizont erstreckenden sattgrünen Hügelreihen zu blicken und die vollkommene Stille zu genießen!

Wenn sie für immer hier bliebe, würde sie den Garten

noch etwas vergrößern. Sie würde im Osten eine kleine Steinmauer errichten und diese mit wilden Rosen oder vielleicht Lavendel zuwachsen lassen. Und davor würde sie ein Meer von Dahlienknollen setzen. Im Westen gediehe vielleicht ein Obstgarten, und süß duftende Kletterpflanzen würden hoch ranken, bis sie eine grüne Laube bildeten.

Sie würde einen Pfad dorthin anlegen und dann zwischen Kamille und Thymian und nickenden Glyzinien spazieren gehen. Wann immer sie einen Gang über die Hügel und Felder machen wollte, müsste sie sich einen Weg zwischen, unter und über die Blumen hinweg bahnen.

Auch eine Steinbank gefiele ihr, um sich dort abends, wenn sie mit der Arbeit fertig wäre, gemütlich zu entspannen und einfach der von ihr kreierten kleinen Welt zu lauschen.

Sie wäre die freiwillig im Exil lebende amerikanische Schriftstellerin, die in dem Cottage auf dem Feenhügel wohnte, umgeben von ihren Blumen, in Gesellschaft ihres treuen Hundes – und ihres Geliebten: rundum glücklich und zufrieden.

Natürlich war das alles Fantasie, mahnte sie sich. Ihren Irlandaufenthalt hatte sie bereits zur Hälfte hinter sich. Im Herbst würde sie nach Chicago zurückkehren. Selbst wenn sie den Mut fände, ihr Buch tatsächlich einem Verleger zu zeigen, bräuchte sie trotzdem einen Job. Sie konnte schwerlich auf Dauer von ihren Ersparnissen leben. Es war ganz einfach... unrealistisch.

Oder?

Sicher würde sie wieder unterrichten. Eine Privatpraxis als Psychologin kam wohl kaum in Frage, sodass die Rückkehr an die Universität oder ans College die einzige Möglichkeit wäre. Auch wenn allein der Gedanke daran sie schon deprimierte. Vielleicht könnte sie sich nach einer Stelle an einer Privatschule umsehen, wo sie irgendeine Verbindung zu den Schülern und Schülerinnen bekäme. Außerdem hätte sie in dem Beruf Zeit zum Weiterschreiben. Sie konnte die Schriftstellerei, nachdem sie sie endlich gefunden hatte, unmöglich wieder aufgeben.

Am besten kaufte sie sich in einem Vorort ein kleines Haus. Schließlich konnte niemand sie zwingen, weiter in ihrem Apartment in Chicago zu leben. Sie würde sich ein Studio einrichten. Einen kleinen Raum, in dem sie immer schriebe, und sie würde den Mut zusammenraffen, ihr Buch an einen Verlag zu schicken. Man dürfte einfach kein Feigling sein, wenn es um etwas derart Bedeutungsvolles ging. Nie wieder wollte sie in Angelegenheiten von Bedeutung jämmerlich kneifen.

Und sie könnte ein paar Wochen jeden Sommer in Irland verbringen. Sie könnte zurückkommen, ihre Freundinnen besuchen, neue Energie tanken.

Aidan wieder sehen!

Nein, das war verboten. Besser nicht an den nächsten oder übernächsten Sommer und an Aidan denken! Diese jetzige Zeit, dieses … Fenster, das sie geöffnet hatte, war der reinste Zauber, und sie wollte ihn genießen. Denn gerade wegen seiner Flüchtigkeit war er ihr derart kostbar.

Sie würden beide mit ihren Leben fortfahren. Das musste man akzeptieren.

Oder er würde bleiben und sie in ihr altes Leben zurückkehren … natürlich nie wieder in genau denselben Trott! Schließlich hatte sie selbst sich entschieden verändert. Jetzt wusste sie, dass sie sich etwas Neues aufbauen konnte. Selbst wenn es nicht das Leben ihrer Träume wäre, könnte es produktiv und durchaus befriedigend sein.

Jetzt hatte sie ihre Fähigkeit zum Glücklichsein entdeckt – fand Erfüllung in der Arbeit, die sie tat. Das stand fest seit den letzten drei Monaten. Sie könnte und würde das zu Ende bringen, was sie hier begonnen hatte.

Jude klopfte sich im Geiste auf den Rücken, als Finn plötzlich mit entzücktem Kläffen mitten durch das Stiefmütterchen-Beet auf das Gartentor zuschoss.

»Guten Tage, Jude.« Mollie O'Toole betrat und Finn verließ den Garten, um Betty stürmisch zu begrüßen, ehe er zusammen mit seiner Artgenossin den Hügel hinaufgaloppierte. »Ich dachte, ich komme kurz vorbei, um zu sehen, ob ich vielleicht was helfen kann.«

»Da ich selbst nicht weiß, was ich gerade tue, kommen Sie wie gerufen.« Sie blickte seufzend in den Korb. »Auf alle Fälle habe ich bereits viel zu viele Blumen abgeschnitten.«

»Man kann nie zu viele davon haben.«

Mollie, dachte Jude voller Bewunderung und Dankbarkeit, sagte immer genau das Richtige. »Ich bin wirklich froh, dass Sie gekommen sind.«

Mollies Bäckchen verrieten ihre Freude über diese Begrüßung. »Nett, dass Sie das sagen!«

»Ich meine es ernst. Sie haben eine wunderbar beruhigende Wirkung auf mich. In Ihrer Nähe kriege ich immer das Gefühl, es könnte nichts schief gehen.«

»Tja, das ist natürlich schmeichelhaft. Aber gibt es denn etwas Besorgnis Erregendes?«

»Im Grunde alles«, antwortete Jude, wobei sie jedoch lächelte. »Würden Sie vielleicht gern mit hereinkommen, während ich die Blumen ins Wasser stelle? Dann können Sie mich auf die sechs Dutzend Dinge aufmerksam machen, die ich vergessen habe.«

»Unsinn. Sie haben bestimmt an alles gedacht; aber ich würde gerne mithelfen, die Blumen zu versorgen.«

»Ich dachte, ich verteile sie einfach in Flaschen und Schalen überall im Haus. Richtige Vasen hat Maude anscheinend nicht besessen.«

»Das hat sie tatsächlich so gemacht. Hat ebenfalls immer überall Blumen verteilt. Sie sind Ihr ähnlicher, als Sie ahnen.«

»Ach ja?« Seltsam, dachte Jude, wie sehr die Vorstellung sie erfreute, einer Frau zu ähneln, der sie niemals begegnet war.

»Jawohl! Sie kümmern sich liebevoll um ihre Blumen, unternehmen lange Spaziergänge, machen es sich hier in ihrem kleinen Haus gemütlich und lassen trotzdem immer die Tür offen. Sie haben ihre Hände«, fügte sie nach einem Augenblick hinzu. »Wie ich Ihnen schon einmal sagte…, und Sie haben eindeutig auch ihr warmes, großes Herz.«

»Sie hat allein gelebt.« Jude blickte sich in dem aufgeräumten Häuschen um. »Immer.«

»Das war ihr Wunsch. Aber ihr Alleinsein hatte nie etwas mit Einsamkeit zu tun. Nach ihrem Johnny wollte sie keinen Mann mehr, oder, wie sie es ausdrückte, hat sie, nach seinem Tod, nie wieder einen Mann in diesem Leben geliebt. Ah!« Mollie reckte die Nase in die Luft und schnupperte begierig. »Sie haben einen Schinken im Ofen. Riecht ja köstlich!«

»Wie bitte?« Jude schnupperte ebenfalls vorsichtig. »Hm – Sie haben Recht. Würden Sie vielleicht netterweise mal einen Blick drauf werfen, Mollie? Ich habe noch nie einen Schinken gebacken und bin deshalb fürchterlich nervös.«

»Sicher. Ich zupfe mal ein bisschen dran herum.«

Sie öffnete die Herdklappe und inspizierte das Fleisch, während Jude ihren Korb auf den Tisch stellte und vor Aufregung an ihrer Unterlippe nagte.

»Wunderbar. Und außerdem fast durch«, verkündete sie, nachdem sie schnell geprüft hatte, wie leicht sich die Haut von dem Schinken lösen ließ. »Dem Geruch nach zu urteilen werden Sie sich nichts davon für morgen zum Mittagessen übrig behalten. Mein Mick ist ganz versessen auf gebackenen Schinken, und wird sich wahrscheinlich gleich mehrere Teller voll laden.«

»Wirklich?«

Kopfschüttelnd schloss Mollie die Klappe des Ofens wieder. »Jude, nie zuvor in meinem Leben habe ich jemanden erlebt, der derart überrascht ist, sobald man ihm auch nur das kleinste Kompliment macht.«

»Ich bin eben neurotisch.« Aber es klang eher ironisch als entschuldigend.

»Tja, das müssen Sie selbst wissen. Himmel, Sie haben das Cottage echt auf Hochglanz poliert. Mir bleibt nichts weiter zu tun, als Ihnen vielleicht ein paar kleine Ratschläge zu erteilen.«

»Die ich liebend gerne annehmen werde.«

»Wenn Sie mit den Blumen fertig sind und den Schinken zum Abkühlen aus dem Ofen geholt haben, stellen Sie ihn hoch genug, damit das kleine Untier nicht dran kommt. Ich selbst habe mit Betty so meine Erfahrungen gesammelt, und sie waren nicht immer positiv.«

»Das glaube ich gerne.«

»Und dann gehen Sie nach oben und genießen den Luxus eines langen, heißen Bades. Am besten mit jeder Menge Schaum. Die Mittsommernacht ist für ein *Ceili*, aber vor allem für die Liebe, höchst empfehlenswert.«

Mollie tätschelte Jude mütterlich die Wange. »Ziehen Sie ein hübsches Kleid an, tanzen Sie mit Aidan im Mondlicht, und der Rest stellt sich dann ganz von selbst ein.«

»Ich weiß noch nicht mal, wie viele Leute heute kommen.«

»Weshalb ist das wichtig? Ob zehn oder einhundertzehn, Hauptsache wir haben unseren Spaß.«

»Einhundertzehn?« Jude wurde kreidebleich.

»Sie rücken doch bloß an, um sich zu amüsieren.« Mollie nahm eine Flasche vom Regal. »Und genau das werden sie auch tun. Schließlich hängt der Erfolg von einem *Ceili* einzig von der Gastfreundschaft ab. Und die Iren wissen Gastfreundschaft gleichermaßen zu gewähren wie auch zu schätzen.«

»Und was ist, wenn das Essen nicht reicht?«

»Oh, darüber zerbrechen Sie sich bloß nicht den Kopf!«

»Was, wenn ...«

»Was, wenn ein Frosch über den Mond springt und auf Ihrer Schulter landet?« Halb amüsiert und halb erschöpft rang Mollie die Hände. »Sie haben Ihr Heim hübsch und einladend gestaltet. Jetzt tun Sie dasselbe noch mit sich, und das Übrige bewirken die Sterne!«

Auch wenn sie kein Wort davon glaubte, beschloss Jude, diesen Rat anzunehmen. Da ein Schaumbad eine narrensichere Methode der Entspannung war, legte sie sich in ihre geliebte klauenfußbewehrte Wanne und rekelte sich dort, bis ihre Haut zart rosig schimmerte, ihre Augen schläfrig zufielen und das Wasser kalt wurde.

Dann griff sie nach der Lotion, die sie in Dublin gekauft hatte, rieb sich damit ein und genoss das dadurch in ihr aufkommende herrliche Gefühl lockender Weiblichkeit.

Ungeahnt entspannt spielte sie mit dem Gedanken an ein kurzes Nickerchen, ging hinüber in ihr Schlafzimmer und schrie entgeistert auf.

»Finn! Du Scheusal!«

Er saß mitten auf dem Bett und kämpfte schwanzwedelnd mit ihrem Kissen. Überall flogen Federn herum. Als er sie hörte, drehte er sich um, hielt den besiegten Feind voller Stolz zwischen den Zähnen und klopfte Beifall heischend mit dem Schwanz auf die Matratze.

»Das hat mir gerade noch gefehlt. Böser Hund!« Sie winkte die Federn fort und eilte Richtung Bett. In Erwartung neuer amüsanter Spiele hüpfte der Welpe, das Kissen fest im Maule, von der Matratze. Weitere Federn stoben aus den Löchern in dem dünnen, feinen Stoff und legten auf dem Boden eine wattig-weiche Spur.

»Nein, nein, nein! Hör auf. Warte. Finn, komm sofort her!«

Mit flatterndem Morgenmantel rannte sie ihm nach und versuchte gleichzeitig, die überall verstreuten Federn einzusammeln. Er entwischte ihr nach unten, ehe sie ihn einholte; dort machte sie einen Fehler: Sie griff nach dem Kissen statt nach dem Hund.

Bei der Aussicht auf eine Fortsetzung der Rangelei leuchteten Finns Äuglein, mit spielerischem Knurren grub er seine Zähne tiefer in den Stoff und schüttelte vehement den Kopf.

»Lass los! Verdammt, guck nur, was du angerichtet hast.« Sie machte einen Satz, glitt auf dem frisch gewachsten, mit Federn bedeckten Boden aus und rutschte kreischend bäuchlings quer durch das Wohnzimmer.

Sie hörte, wie hinter ihr jemand die Tür öffnete, blickte über ihre Schulter und dachte, *perfekt, absolut perfekt!*

»Was machst du denn da, Jude Frances?« Aidan lehnte lässig im Türrahmen und Shawn blickte über seine Schulter.

»Oh, nichts weiter!« Sie blies sich Haare und Federn aus der Stirn. »Nur ein kleiner Spaß!«

»Ich dachte, dass du wie bereits an allen anderen Tagen der letzten Woche nochmals deine x-fach polierten Möbel polierst und den x-fach geschrubbten Boden schrubbst – doch stattdessen vergnügst du dich mit deinem Hund.«

»Hahaha!« Sie setzte sich auf und rieb sich den von dem Sturz schmerzenden Ellbogen. Finn hüpfte durch den Raum und spuckte großzügig das Kissen vor Aidans Füße.

»Oh, so ist's brav. Gib lieber Aidan das Kissen statt mir!«

»Tja, dem hast du den Garaus gemacht, nicht wahr, alter Junge? Töter als Moses, würde ich sagen!« Nachdem er Finn anerkennend den Kopf getätschelt hatte, durchquerte Aidan das Wohnzimmer und bot Jude helfend seine Hand. »Hast du dir wehgetan, Liebling?«

»Nein.« Es traf ihn ein giftiger Blick. »Das ist nicht zum Lachen!« Sie schlug seine Hand zur Seite und schmetterte auch den grinsenden Shawn mit ihrer Empörung nieder. »Im ganzen Haus sind Federn verstreut! Ich werde sicher Tage brauchen, bis ich sie alle gefunden habe.«

»Am besten fängst du vielleicht mit deinen Haaren an.« Aidan umfasste ihre Hüfte und zog sie schwungvoll auf die Füße. »Vor lauter Federn sieht man nämlich kaum noch was davon.«

»Na fantastisch! Danke für den Tipp. Aber jetzt entschuldige mich bitte.«

»Wir haben ein paar Fässer aus dem Pub mitgebracht. Die bringen wir gleich nach hinten in den Hof.« Er blies eine Feder von ihrer rechten Wange, beugte sich ein wenig vor und schnupperte an ihrem Hals. »Du riechst einfach himmlisch«, murmelte er, während sie ihn fortschob. »Verschwinde, Shawn.«

»O nein, wag es ja nicht! Für derartige Flausen habe ich jetzt wirklich keine Zeit.«

»Und mach die Tür hinter dir zu«, beendete Aidan seinen Satz und zog Jude bereits an seine Brust.

»Geht in Ordnung und den siegreichen Köter nehme ich einfach mit. Nun komm schon, du grauenhafte Bestie!« Shawn packte den Hund und zog lautlos die Tür hinter sich zu.

»Erst muss ich aufräumen«, setzte Jude, wenn auch widerwillig, an.

»Dafür ist hinterher genug Zeit.« Langsam drängte Aidan sie rückwärts.

»Ich bin noch gar nicht angezogen.«

»Das habe ich bereits bemerkt.« Als sie mit dem Rücken an der Wand lehnte, ließ er seine Hände an ihrem Körper erst hinab- und dann wieder hinaufgleiten. »Gib mir einen Kuss, Jude Frances! Einen, der mich über den längsten Tag des Jahres bringt.«

Sein Ansinnen erschien ihr vollkommen am Platze, zumindest, solange er sie derart zärtlich anblickte und sein

Leib so hart und warm und nah an ihrem eigenen Körper war. Also hob sie ihre Arme, schlang sie fest um seinen Nacken und wirbelte ihn dann spontan herum; nun war er derjenige, der mit dem Rücken an der Wand stand, als sie sich kraftvoll an ihn drängte und seinen Mund mit ihren heißen Lippen augenblicklich versiegelte.

Er machte ein Geräusch, als würde er – bereitwillig – ertrinken. Seine Hände packten ihre Hüften und vergruben sich so tief in ihrem Fleisch, dass sie an den Abend dachte, an dem er, bar jeder Geduld, bar jeder Beherrschung über sie hergefallen war. Erregung wallte in ihr auf, machtvoll, stark, gepaart mit herrlichem Besitzerstolz.

Für die Dauer dieser herrlichen Affäre gehörte er ihr. Sie konnte ihn berühren, konnte ihn nehmen, konnte ihn kosten, wie es ihr gefiel. Er wollte sie, begehrte sie, bekam bei ihrem Anblick wildes Herzklopfen.

Dies war, erkannte sie, die größte Macht der Welt!

Die Tür ging auf und fiel krachend wieder zu. Jude jedoch ließ nicht von Aidan ab. Selbst wenn sämtliche Männer, Frauen und Kinder des Dorfes gleichzeitig erschienen wären, hätte sie das jetzt nicht mehr gebremst.

»Jesus, Maria und heiliger Josef«, beschwerte Brenna sich. »Könnt ihr beiden denn nie mal an was anderes denken? Sobald man sich auch nur für eine Sekunde umdreht, schiebt ihr euch die Zungen in den Hals.«

»Sie ist nur eifersüchtig«, erklärte Jude gelassen und nagte ungerührt an Aidans Hals.

»Ich habe wichtigere Dinge zu tun, als auf irgendein schwachsinniges Weibsbild eifersüchtig zu sein, das einen Gallagher küsst.«

»Aha – sie hat sich mal wieder in der Wolle mit Shawn.« Aidan vergrub das Gesicht in den Haaren seiner Liebsten, hielt ehrfürchtig den Atem an und wollte sich am liebsten die nächsten zehn Jahre lang nicht mehr von der Stelle rühren.

»Männer sind allesamt Hirnesel, und dein wertloser Bruder ist noch mehr unterbelichtet als die meisten anderen.«

»Oh, beschwerst du dich schon wieder über Shawn?«, erkundigte Darcy sich, die in diesem Augenblick hereingeschossen kam. »Was ist denn hier passiert? Überall im Haus fliegen Federn herum. Jude, lass den Mann los und komm mit ins Schlafzimmer, damit wir uns in Schale werfen können. Und Aidan, du gehst sofort zum Auto und hilfst Shawn mit den Fässern. Anscheinend erwartest du, dass er die Dinger ganz alleine durch die Gegend rollt.«

Aidan drehte lediglich den Kopf, sodass seine Wange auf Judes samtig weichen Haaren lag. Als sie seine Miene sah, starrte seine Schwester ihn sekundenlang mit großen Augen an, ehe sie abrupt Brenna mit sich zog. »Komm, wir stellen die Teller in die Küche und holen einen Besen.«

»Hör auf, an mir herumzuzerren. Verdammt, für heute habe ich von euch Gallaghers die Nase wirklich voll!«

»Nun beruhig dich, und lass mich überlegen!« Darcy stellte die mitgebrachten Teller auf der Arbeitsplatte ab und stapfte anschließend wie eine gefangene Raubkatze durch die kleine Küche. »Er liebt sie.«

»Wer liebt wen?«

»Aidan Jude.«

»Himmel, Darcy, das argwöhnst du doch schon seit langem! Schließlich ist das überhaupt der Grund, weshalb heute hier ein *Ceili* stattfindet.«

»Er ist nicht nur in sie verliebt, er – liebt – sie wirklich! Hast du sein Gesicht gesehen? Ich glaube, ich muss mich hinsetzen.« Abrupt sank sie auf einen Stuhl und atmete tief aus. »So klar war mir das nicht. Bisher habe ich das Ganze mehr als Spiel aufgefasst. Aber eben, als er sie in seinen Armen hielt... Ich dachte immer, ein solcher Blick kommt bei ihm niemals vor. Wenn ein Mann eine Frau so ansieht, kann sie ihn verletzen – kann ihm das Herz brechen.«

»Jude würde keiner Fliege je etwas zu Leide tun.«

»Ganz sicher nicht absichtlich.« Vor lauter Sorge zog sich ihr Magen zusammen. Aidan war immer der Fels in der Brandung ihres Lebens gewesen, und nie hätte sie gedacht, ihn einmal derart wehrlos zu erleben. »Ich vermute, dass sie ihn ebenfalls sehr gern hat und dass sie die Romantik ihrer Affäre mehr als nur genießt.«

»Wo liegt dann das Problem? Alles läuft genau so, wie wir es vorausgesagt haben.«

»Nein, hier passiert etwas vollkommen anderes.« Hatte sie das Elend der Liebe etwa zu lange gemieden, um rechtzeitig zu erkennen, wenn es ihren eigenen Bruder zu erschlagen drohte? »Brenna, sie hat eine elitäre Ausbildung genossen, hat Initialen hinter dem Vornamen und ein Leben in Chicago. Dort befinden sich ihre Familie, ihre Arbeit und ihr elegantes Zuhause. Aidan hingegen gehört hierher.« Ehrliche Verzweiflung wallte in ihr auf. »Siehst du das denn nicht? Wie könnte er jemals von hier fortgehen und weshalb sollte sie jemals auf Dauer bleiben? Was habe ich mir bloß dabei gedacht, die beiden aufeinander anzusetzen?«

»Du hast sie nicht aufeinander angesetzt. Sie haben sich auch ohne dein Zutun längst gefunden.« Da das, was Darcy sagte, Brenna selbst allmählich Unbehagen verursachte, griff sie entschieden nach dem Besen. Sie konnte besser denken, wenn sie arbeitete. »Was auch immer geschehen wird, ist nun mal nicht zu ändern. Wir haben nichts getan, außer sie zu drängen, dass sie eine Party veranstaltet.«

»In der Mittsommernacht«, erinnerte Darcy sie mit Grabesstimme. »Ausgerechnet in der Mittsommernacht! Wir fordern das Schicksal geradezu heraus, und wenn die Sache schief läuft, trifft uns daran die Schuld.«

»Falls das wirklich der Fall sein sollte, müssen wir alles Weitere eben auch dem Himmel überlassen. Tun wir jetzt lie ber etwas!«, verkündete Brenna und begann den Fußboden zu fegen.

Jude entschied sich für das neue blaue Kleid, ein weiteres in Dublin erstandenes Stück, das sie ohne Darcys Überredung nie gekauft hätte. Doch sobald sie es sich über den Kopf gestreift hatte, dankte sie Darcy und ihrem Mangel an eigener Entschlusskraft.

Es war ein langes, schlichtes Stück mit dünnen Trägern, das ohne jede Rüsche, ohne jede Borte an ihrem schlanken Körper hinabzufließen schien. Die Farbe, ein silbriges Blau, spiegelte das mittsommernächtliche Mondlicht, und die kleinen Perlenstecker, die sie als einzigen Schmuck gewählt hatte, repräsentierten, wie sie dachte, ebenfalls den Mond.

Sehr gern würde sie auch den Rest von Mollies Rat beherzigen und mit Aidan im Silberlicht der Nacht tanzen.

Aber an diesem längsten Tag des Jahres blieb selbst bei Anbruch des Abends der Himmel hell und klar. Schmerzlich lebendige, leuchtende Blau- und Grüntöne schimmerten vor den Fenstern ihres Cottages, und die Luft war schwer von lieblichen Düften.

Bei der Sommersonnenwende triumphierte die Natur. Alles, was Jude registrierte, während sie beobachtete und lauschte und genoss, war die Musik in ihrem Wohnzimmer. Sanfte Klänge schwebten durch das Haus. In ihrem Cottage drängten sich Menschen, die tanzten, lachten und sich augenscheinlich amüsierten.

Der Triumph der Natur war, so dachte sie beglückt, nichts im Vergleich zu ihrem eigenen Hochgefühl.

Die Gäste hatten bereits mehr als die Hälfte ihres Schinkens verschlungen; er schien niemandem schlecht zu bekommen, und sie selbst hatte, obgleich sie vor lauter Aufregung kaum schlucken konnte, ein, zwei Bissen von dem Fleisch gekostet.

Männer und Frauen tanzten im Flur, in der Küche und sogar im Hof. Andere wiegten Babys oder saßen gemütlich bei einem Plausch zusammen. Zu Anfang war sie als gute Gastgeberin von Gruppe zu Gruppe gewandert, um sicher zu gehen, dass jeder aß und trank. Doch ganz offensichtlich wurde sie von niemandem gebraucht. Alle bedienten sich herzhaft an dem in der Küche errichteten Büfett und suchten sich ein Plätzchen auf den von irgendeiner cleveren Seele mit Hilfe von Sägeböcken und Brettern im Hof errichteten Holzbänken.

Kinder hopsten durch die Gegend oder saßen auf irgendwelchen Schößen. Babys verlangten nach Aufmerksamkeit, frischen Windeln oder Milch und wurden gut gelaunt versorgt. Mehr als die Hälfte ihrer Gäste hatte Jude noch nie gesehen.

Am Ende tat sie das, was sie sich bisher noch nie auf einem von ihr veranstalteten Fest genehmigt hatte – sie setzte sich hin und hatte ihren Spaß.

Eingezwängt zwischen Mollie und Kathy Duffy, lauschte sie beiläufig deren Unterhaltung und vergaß das auf dem Teller in ihrem Schoß liegende Stück selbst gebackenen Kuchen.

Shawn spielte auf der Fiedel eine beschwingte, flotte Melodie, die den verzweifelten Wunsch in ihr weckte, eine gute Tänzerin zu sein. Darcy, in dem geborgten roten Kleid noch strahlender als sonst, entlockte einer kleinen Flöte allerliebste Töne, und Aidan pumpte mit Schwung sehnsüchtige Akkorde aus einem kleinen Akkordeon. Immer wieder tauschten sie die Instrumente oder holten andere hervor. Trillerpfeifen, eine Trommel, eine kleine Harfe glitten von einer Hand zur nächsten, ohne dass man den Rhythmus unterbrach.

Am schönsten fand es Jude, wenn sie zu den Klängen der Instrumente auch noch sangen, und zwar mit einer derart innigen Harmonie, dass ihr das Herz wehtat.

Aidan sang vom jungen, für alle Zeit neunzehnjährigen Willie MacBride, und Jude dachte an Maudes verlorenen Johnny – es war ihr vollkommen egal, dass sie vor aller Augen weinte.

Dann gingen die herzergreifenden Lieder über in schwungvollere Melodien, und jedes Mal, wenn Aidan ihrem Blick begegnete oder sie mit dem für ihn typischen sinnlichen Lächeln bedachte, war sie selig wie ein verliebter Teenager.

Als Brenna sich ihr zu Füßen setzte und ihren Kopf gegen das Bein ihrer Mutter lehnte, hielt ihr Jude den Kuchenteller hin.

»Wenn er seine Musik macht, hat er eine Art«, murmelte Brenna versonnen, »die einen – beinahe – vergessen lassen kann, was für ein sturer Bock er für gewöhnlich ist.«

»Sie sind einfach wunderbar, könnten ihre Musik aufnehmen lassen. Auf der Bühne sollten sie stehen und nicht hier in einem Wohnzimmer.«

»Shawn spielt nur zu seinem Vergnügen. Er würde es nicht mal merken, träfe ihn der Ehrgeiz wie ein Hammer auf den Kopf.«

»Nicht jeder will so wie du und dein Vater immer alles auf einmal«, tadelte Mollie milde, strich Brenna jedoch gleichzeitig zärtlich übers Haar.

»Je mehr man tut, umso mehr schafft man.«

»Ah, du bist wirklich durch und durch Micks Tochter! Warum tanzt du nicht wie deine Schwestern, statt hier zu sitzen und zu grübeln? Himmel, Mädchen, du waschechte O'Toole!«

»Oh, etwas von deiner Familie habe ich auch in mir.« Brenna sprang auf die Beine und packte ihre Mutter bei der Hand. »Also komm schon, Ma, es sei denn, du fühlst dich zu alt und schwach.«

»Ich kann immer noch so lange tanzen, bis auch du keuchend zu Boden gehst.«

Unter allgemeinem Jubel begann Mollie mit einer Reihe schneller, komplizierter Schritte, und klatschend und pfeifend machten ihr die anderen Tänzer Platz.

»In ihrer Jugend hat Mollie als Steptänzerin zahllose Preise eingeheimst«, erklärte Kathy Jude. »Und ihre Töchter haben dieses Talent von ihr geerbt. Sie sind wirklich eine hübscher als die andere, nicht wahr?«

»Allerdings. Oh, sehen Sie sie nur an!«

Eine nach der anderen betrat Mollies Nachwuchs die Tanzfläche, bis sich jeweils drei Frauen gegenüberstanden. Sechs, bis auf die Stamm-Mutter, zierliche Frauen, von rothaarig bis blond, die Hände kess in die Hüften gestemmt und die Beine in der Luft. Je schneller das Tempo der Musik, umso schneller ihre Füße, bis Jude bereits vom Zugucken schwindlig wurde.

Es war nicht nur ihr Talent, nicht nur ihre Schönheit, die Jude vor Bewunderung und gleichzeitigem Neid die Kehle zuschnürte. Es war die enge Bindung – zwischen Frau und Frau, Schwester und Schwester, Mutter und Tochter –, eine Bindung, die die Musik lediglich untermalte.

Nicht nur Mythen und Legenden machten die Inhalte einer Kultur aus. Aidan hatte Recht. Wenn sie über Irland schrieb, dann war es unerlässlich, auch die Musik mit einzubeziehen.

Kriegstrommeln und Kneipenlieder, Balladen und großartige, wirbelnde Tänze! Sie müsste sie ebenfalls erforschen, ihre Quellen – die Ironie, den Humor und die Verzweiflung in ihnen.

Derart inspiriert ließ sie sich von der Musik davontragen.

Als Mutter und Schwestern ihren Tanz beendeten, drängten sich zahlreiche Zuschauer in dem kleinen Wohnzimmer, und bei der letzten Note, dem letzten vehementen Stampfen ihrer Füße ertönte begeisterter Applaus.

Brenna schwankte ein wenig und ließ sich matt zu Boden

sinken. »Ma hat tatsächlich Recht, ich kann beim besten Willen nicht mit ihrem Tempo mithalten. Die Frau ist ein Wunder.« Mit einem abgrundtiefen Seufzer wischte sie sich den Schweiß von ihrer Stirn. »Hoffentlich hat jemand Mitleid und holt mir gleich ein Bier.«

»Ich gehe sofort los. Du hast es dir redlich verdient.« Jude pflügte sich durch das Gedränge in Richtung ihrer Küche. Unterwegs wurde sie mehrmals zum Tanzen aufgefordert, was sie lachend ablehnte, und bekam einen Haufen Komplimente für ihren Schinken, bei denen sie vor Freude strahlte – sowie für ihr Aussehen, was sie darauf schob, dass einige ihrer Gäste vielleicht bereits etwas zu tief in Glas geschaut hatten.

Als sie schließlich die Küche erreichte, trat zur ihrer Überraschung plötzlich Aidan hinter sie und packte ihre Hand. »Komm mit nach draußen an die frische Luft.«

»Oh, aber ich habe Brenna versprochen, ihr ein Bier zu bringen.«

»Jack, bring Brenna ein Bier ins Wohnzimmer, ja?«, rief er über seine Schulter, während er sie bereits durch die Hintertür zog.

»Du machst wirklich wunderbare Musik, aber sicher reicht es dir inzwischen.«

»Ich musiziere immer gern. Das liegt bei uns in der Familie.« Er schleppte sie weiter, an einer Gruppe Männer vorbei, auf den von Kerzen beleuchteten Pfad zu, der sich durch den Garten schlängelte. »Aber wegen der Musik hatte ich bisher keine Zeit, mit dir zusammen zu sein oder dir wenigstens zu sagen, wie besonders reizend du heute Abend aussiehst. Du trägst die Haare offen.« Er zupfte an einer Strähne.

»Ich dachte, das passt besser zu dem Kleid.« Sie schüttelte ihre Mähne ein wenig, hob ihren Kopf und schaute in den Himmel. Er war von einem endlos tiefen Blau, von der Farbe einer Nacht, die wegen des vollen, weiß schimmernden Mondes niemals vollkommen finster würde.

Eine zauberhafte, mit Licht und Schatten angefüllte Nacht, in der die Feen ihre Reigen tanzten.

»Ich kann gar nicht glauben, dass ich mich wegen dieses Festes derart aufgeregt habe. Ihr hattet Recht, als ihr sagtet, es würde sich alles von selbst ergeben – das hat es nun getan. Vielleicht ergeben sich die besten Dinge immer von allein.«

Sie drehte sich um, als sie die Stelle erreicht hatten, wo in ihrer Fantasie bereits ein Obstgarten gedieh. Hinter ihnen leuchtete das Haus – ihr Haus, dachte sie voll wohlig warmem Stolz – so hell wie ein reich geschmückter Weihnachtsbaum, und Musik, Geplauder und Gelächter drangen durch die Fenster in die Dämmerung.

»So sollte es sein«, murmelte sie zufrieden. »In einem Haus sollte es regelmäßig Musik geben.«

»Die kannst du von mir haben.«

Lächelnd glitt sie in seine Arme, und gemeinsam wiegten sie sich, genau wie sie es sich erträumt hatte, zu den unbeschwerten Klängen.

Es war einfach perfekt. Magie, Musik und Mondschein. Eine lange Nacht, in der die Welt nur für einen kurzen Augenblick in Dunkelheit versank.

»Wenn du nach Amerika kommen und dort nur ein einziges Lied spielen würdest, hättest du, noch vor dem Ende deines Auftritts, bereits einen Plattenvertrag.«

»Das ist nichts für mich. Ich gehöre hierher.«

»Ja, das stimmt.« Sie lehnte sich zurück und lächelte ihn an. In der Tat konnte sie sich ihn nirgendwo anders vorstellen. »Genau hierher.«

Es war die Magie, die Musik und der Mondschein, die die Worte über seine Lippen schlüpfen ließen, ehe er auch nur darüber nachdachte. »Ebenso wie du! Es gibt keinen Grund für dich zurückzugehen.« Er schob sie ein Stückchen von sich und sah ihr ins Gesicht. »Du bist glücklich hier in Ardmore.«

»Ja, richtig! Aber …«

»Das sollte doch genügen, um nicht wieder abzuziehen. Was ist falsch daran, einfach glücklich zu sein?«

Ob seines beinahe barschen Tons wurde ihr Lächeln unsicher. »Natürlich nichts, aber ich muss arbeiten – für meinen Lebensunterhalt.«

»Du könntest auch hier einen Job finden, der dich zufrieden macht.«

Das hatte sie bereits, dachte sie bei sich. Im Schreiben hatte sie die Arbeit ihres Lebens gefunden. Aber alte Gewohnheiten starben nun mal langsam. »Im Augenblick scheint es in Ardmore keinen besonderen Bedarf an Psychologieprofessorinnen zu geben.«

»Der Posten hat dir doch sowieso keinen Spaß gemacht.«

Allmählich wurde sie nervös. Sie begann zu frösteln und sehnte sich nach einer Jacke. »Aber trotzdem ist es nun mal mein Beruf – das, was ich gelernt habe.«

»Dann musst du dich eben umschulen lassen. Ich möchte dich hier bei mir haben.« Noch während ihr Herz einen wilden Satz machte, fuhr er unbeirrt fort: »Weil ich eine Frau brauche.«

Sie war sich nicht sicher, ob das Pochen, das sie hörte, ihr Herz war, das wieder an seinen normalen Platz rutschte, oder ganz einfach der Schock. »Wie bitte?«

»Weil ich eine Frau brauche – du solltest mich heiraten, und über alles andere machen wir uns hinterher Gedanken.«

17

»Du – brauchst – eine – Frau«, wiederholte sie mit bemüht ruhiger Stimme.

»Ja, genau.« Das entsprach nicht den Worten, die er hatte wählen wollen, doch nun war es zu spät. »Wir brauchen einander und passen gut zusammen, Jude. Es macht einfach keinen Sinn für dich, in ein Leben zurückzukehren, das dich unglücklich macht, wenn du hier eines haben kannst, das dich mit Zufriedenheit erfüllt.«

»Ich verstehe.« Nein, sie verstand nicht, dachte sie. Es war, als würde sie versuchen, auf den Grund eines dunklen, schlammigen Teichs zu sehen. Aber sie gab sich die größte Mühe. »Dann meinst du also, ich soll hier bleiben und dich heiraten, weil du eine Frau brauchst und ich... ein neues Leben?«

»Ja. Nein.« Etwas an ihrer Formulierung, an dem Ton, in dem sie sprach, störte ihn. Aber er war zu verwirrt, um den wunden Punkt zu erkennen. »Ich könnte dich problemlos ernähren, bis du eine Arbeit gefunden hast, die dir gefällt, oder wenn du stattdessen lieber zu Hause bleiben würdest, wäre das ebenfalls okay. Der Pub wirft genug ab für uns beide. Ich bin kein armer Mann, und obgleich ich dir vielleicht nicht den Standard bieten kann, den du gewohnt bist, kämen wir durchaus zurecht.«

»Wir kämen durchaus zurecht? Auch wenn du mir nicht... die Annehmlichkeiten bieten könntest, die ich bisher gewohnt gewesen bin? Du würdest mich ernähren, während ich herumtrödele und versuche herauszufinden, zu welcher Arbeit ich vielleicht tauge?«

»Hör zu!« Weshalb nur brachte er nicht etwas feierlichere Worte über seine Lippen? »Ich will nur sagen, dass es hier ein Leben für dich gibt. Und zwar an meiner Seite.«

»Ach ja?« Sie wandte sich ab und kämpfte verzweifelt gegen etwas Dunkles, brodelnd Heißes an, das aus ihr herausbrechen drohte. Sie wusste nicht, was es war, und wollte es auch nicht unbedingt wissen; doch sie spürte, es war durch und durch gefährlich. Die Iren, dachte sie, galten als Poeten – es hieß, von ihren Zungen flössen leicht Betörungen.

Und hier stand sie vor einem Iren, der ihr, wie vor Jahren William, erklärte, sie solle ihn heiraten, weil es gut für sie wäre.

Auch William hatte eine Frau gebraucht, erinnerte sie sich. Um seine Position zu zementieren, um seine Gäste zu bewirten, als repräsentative Begleiterin bei offiziellen Empfängen. Und natürlich hatte sie einen Mann gebraucht, der ihr sagte, was sie wann und wie tun sollte. Er hatte eine Frau bekommen und sie ein neues Leben. Eine logische Entwicklung, nicht wahr?

Als sie diesen Antrag zum ersten Mal gehört hatte, hatte sie ruhig, ja beinahe unterwürfig mit dem Kopf genickt. Es machte sie wütend und erfüllte sie mit Scham, wie gerne ein Teil von ihr auch zu Aidans Vorschlag Ja und Amen gesagt hätte.

Aber inzwischen war sie eine andere. Eine deutlich andere. Sie stand im Begriff, etwas aus sich zu machen, und dieses Vorhaben brächte sie wahrhaftig zu Ende! Ohne dass ein Mann sie bei der Hand nahm und sanft führte, weil sie es allein nicht schaffte.

»Die Zeit hier ist schön, Aidan«, sagte sie nun gefasst, drehte sich wieder zu ihm um und betrachtete reglos sein im Mondlicht schimmerndes Gesicht. »Mit dir ist es schön. Aber diese Monate sind noch kein ganzes Leben, und ich möchte mir ein neues Leben aufbauen – etwas aus meiner Existenz und mir selbst machen.«

»Dann baue etwas mit mir auf!« Das plötzliche Gefühl größter Verzweiflung überraschte und verwirrte ihn. »Schließlich hast du mich gern, Jude.«

»Sicher habe ich dich gern.« Irgendwie gelang es ihr, ihre Stimme weiter ruhig zu halten, obgleich das dunkle, blubbernde Gebräu in ihrer Seele weiter an die Oberfläche drängte. »Aber die Ehe ist eine ernste Angelegenheit, Aidan. Ich war schon mal verheiratet, du hingegen nicht. Und ich habe nicht die Absicht, eine solche Bindung noch einmal einzugehen.«

»Das ist ja wohl vollkommen lächerlich.«

»Ich bin noch nicht am Ende.« Inzwischen klang sie eisig, stahlhart. »Eine solche Bindung werde ich nicht noch einmal eingehen«, wiederholte sie den Satz, »solange ich nicht darauf vertraue, dass ich selbst, der Mann und die Umstände unserer Eheschließung Dauerhaftigkeit garantieren. Ich lasse mich nicht noch einmal einfach abschieben.«

»Denkst du, dazu wäre ich jemals im Stande?« Wütend packte er ihre Arme und hielt sie wie in einem Schraubstock. »Du stehst hier und vergleichst mich mit dem Bastard, der seinen dir gegenüber abgelegten Treueschwur skrupellos gebrochen hat?«

»Einen anderen Vergleich habe ich nicht. Tut mir Leid, wenn dich das aufbringt. Aber augenblicklich ist mir absolut nicht nach heiraten zu Mute. Vielen Dank für dein Angebot, aber jetzt muss ich zurück ins Haus. Ich habe meine Gäste bereits allzu lange vernachlässigt.«

»Zum Teufel mit den Gästen! Erst klären wir diese Angelegenheit.«

»Da gibt es nichts zu klären.« Ein starres Lächeln auf den Lippen, machte sie sich von ihm los. »Falls ich mich nicht deutlich genug ausgedrückt habe, wiederhole ich es noch mal. Es gibt keine Heirat, Aidan, aber danke für das Angebot!«

Während dieser Abfuhr explodierte in der Ferne lauter

340

Donner, und ein leuchtend greller Blitz versprühte blendend weiße Funken am plötzlich dunklen Nachthimmel. Zu dem von einer peitschenden Böe ausgelösten Geschepper ihrer Glockenspiele drehte sie sich um und marschierte entschlossen Richtung Haus.

Seltsam, dachte sie, diese Töne waren die Vertonung der wilden, bitteren Gefühle, die sie mit einem Mal empfand.

Aidan starrte ihr reglos nach. Ihr Nein hatte ihn vollkommen aus den Angeln gekippt. Wo er sie doch liebte! Sie war die einzig Richtige für ihn ... für alle Zeiten!

Der plötzlich aufbrausende Wind zerrte an seinen Haaren, und die Luft erbebte unter dem nächsten grellen Blitz. Er stand inmitten des aufkommenden Sturms und kämpfte um einen klaren Kopf.

Sie brauchte natürlich etwas Zeit und Überredung. Das war es. Das musste es sein, dachte er, während er die Hand auf sein wundes Herz legte. Der Schmerz, den er empfand, war etwas völlig Neues, die ihm die Kehle zuschnürende Panik machte ihn nervös. Sie würde sich besinnen, ja, freilich würde sie das. Jeder Trottel konnte sehen, dass sie einander brauchten.

Er müsste ihr ganz einfach beweisen, dass sie hier glücklich würde, dass sie bei ihm bestens aufgehoben war. Dass er sie niemals fallen lassen würde, so, wie sie schon einmal fallen gelassen worden war. Der Schrecken saß zu tief in ihr. Wahrscheinlich fühlte sie sich überrumpelt; aber nun, da sie wusste, was er wollte, würde sie sich bestimmt an die Vorstellung gewöhnen.

Dafür müsste er sorgen.

Ein Gallagher floh nicht gleich nach der ersten Niederlage aus der Arena! Ein Gallagher besaß Zähigkeit und Biss. Jude Frances Murray würde herausfinden, welche Ausdauer ein Gallagher besaß.

Entschlossen kehrte auch er zurück in das bunte Treiben.

Falls er den Kopf gehoben hätte, hätte er vielleicht die Gestalt hinter dem Fenster des Schlafzimmers erblickt. Eine alterslose Frau mit langem, goldfarbenem Haar, der eine Träne, schimmernd wie ein Diamant, über die Wange rann.

Jude überstand auch den Rest des Festes glimpflich. Sie lachte und tanzte und plauderte. Es bedurfte keiner Mühe, sich ständig mit Menschen zu umgeben und so einen erneuten Zusammenprall mit Aidan zu vermeiden. Schwerer war es, ihn aus dem Haus zu drängen, als die Gäste sich zu verabschieden begannen, ihm lächelnd zu erklären, sie wäre vollkommen erschöpft und bräuchte dringend Schlaf.

Doch natürlich schlief sie nicht. Sobald sie allein war, rollte sie die Ärmel hoch. Sie wollte nicht denken, und die beste Methode, Gedanken auszuschalten, war hartes Arbeiten.

Sie sammelte die überall im Haus verteilten Teller und Gläser ein, spülte und trocknete sie ab, räumte sie anschließend sogar noch in die Schränke. Erst nach Stunden war sie fertig; doch obgleich sie tatsächlich so erschöpft war, wie sie gehofft hatte, gab ihr Hirn immer noch keine Ruhe, deshalb fegte und wischte sie nach dem Spülen noch die Küche.

Einmal meinte sie, aus dem Schlafzimmer das Schluchzen einer Frau zu vernehmen, doch sie ging der Sache nicht nach. Die Verzweiflung dieses Schluchzens trieb zwar auch ihr die Tränen in die Augen, doch sie drängte sie zurück. Ihre Tränen würden Lady Gwen nicht helfen. Sie hülfen ja nicht einmal ihr selbst.

Jude zerrte die Möbel an ihre ursprünglichen Plätze, nahm die Kehrmaschine aus dem Schrank und reinigte die Böden. Vor Erschöpfung war sie kreidebleich, und unter ihren Augen verliefen purpurrote Ringe, als sie sich schließlich die Treppe in ihr Schlafzimmer hinaufschleppte.

Doch sie hatte nicht geweint, und die körperliche Arbeit

hatte außer der geradezu betäubenden Erschöpfung alles in ihr ausgelöscht. Immer noch angekleidet, legte sie sich aufs Bett, drückte ihr Gesicht ins Kissen und zwang sich zu schlafen.

Im Traum tanzte sie mit Aidan im silbrigen Licht des magischen Mondes einen Walzer, umgeben von farbenfrohen Blumen, die schwerelos wie Feen mit ihren Köpfen nickten und sie beide in ihren köstlich süßen Duft hüllten.

Träumend ritt sie mit ihm auf dem breiten Rücken eines weißen, geflügelten Pferdes über leuchtend grüne Felder, sturmumtoste Meere und friedliche Seen von einem überirdisch tiefen Blau.

Dies war sein Angebot an sie gewesen. Sie hatte es genau gehört. Ein faszinierendes, friedvolles Land. Ein Heim. Eine Familie.

Nimm das alles, und nimm damit auch mich!

Aber sie hatte nein gesagt, hatte es sagen müssen. Dies war weder ihr Land noch ihr Heim noch ihre Familie. Könnte es nicht sein, ehe sie nicht so stark war, diesen Versprechungen, seinen Beteuerungen zu trauen.

Dann war sie in dem Traum verlassen, stand am Fenster ihres Schlafzimmers, während der Regen gegen die Scheiben schlug – denn bei all seinem Flehen kam doch das Wort Liebe nicht vor.

Als sie erwachte, schien draußen die Sonne, und das Schluchzen, das sie hörte, drang aus ihrer eigenen Kehle.

Ihr Hirn war vom Schlafmangel vollkommen betäubt und ihr Körper so schwach wie der einer alten, kranken Frau. Selbstmitleid. Jude kannte die Symptome allzu gut. Eine herannahende Depression. Nachdem ihr das plötzliche Ende ihrer Ehe den Boden unter den Füßen fortgerissen hatte, vegetierte sie damals wochenlang nach ein und demselben traurigen Muster vor sich hin.

Rastlose Nächte, endlose, unglückliche Tage, verhangen von Wolken des Elends und der Scham.

Doch dieses Mal würde es anders, nahm sie sich fest vor. Dieses Mal hatte sie alles unter Kontrolle, dieses Mal traf sie ihre eigenen Entscheidungen. Und die erste Entscheidung war, nicht abermals zu jammern, nicht mal eine Stunde.

Sie pflückte Blumen, wickelte ein hübsches Band um den Strauß und machte sich zusammen mit Finn und Betty auf den Weg zum Grab der alten Maude.

Das Unwetter, das in der vergangenen Nacht so urplötzlich heraufgezogen war, hatte sich wieder getrollt. Obgleich im Südwesten immer noch ein paar düstere Wolken den Himmel verdunkelten, war die Luft von herrlichem Duft erfüllt und frühsommerlich warm. Das Meer sang sein ewig gleiches, ehernes Lied und auf den Hügeln reckten die goldenen Butterblumen ihre Blüten ins weiche Licht der Sonne. Jude entdeckte ein Kaninchen, Sekunden, bevor der gelben Hündin sein Geruch in die gereckte Nase stieg, worauf sie wie eine Gewehrkugel hinter dem Haken schlagenden weißen Bällchen herschoss, nur, um Augenblicke später ohne Beute wieder zu erscheinen. Mit ihrer heraushängenden Zunge wirkte Betty etwas verlegen, weil sie sich abermals zur Jagd hatte verlocken lassen.

Nach fünf Minuten Beobachtung, wie der Welpe um die ältere Freundin herumwuselte, über die eigenen Pfoten stolperte und vor lauter jungem Hundeglück jaulte, hellte sich Judes Stimmung auf.

Als sie schließlich den Friedhof erreichte, war sie regelrecht besänftigt und ging, wie sie es sich zur Gewohnheit gemacht hatte, neben dem Grab in die Hocke, um Maude zu berichten, was sich seit ihrem letzten Besuch an Neuigkeiten ereignet hatte.

»Gestern Abend hatten wir ein wunderbares *Ceili*. Alle haben gesagt, es wäre schön, endlich wieder Musik und

Menschen im Cottage zu haben. Zwei Schwestern von Brenna O'Toole kamen mit ihren Freunden. Die vier wirkten mehr als vergnügt, und Mollie hat jedes Mal, wenn sie sie ansah, vor Freude gestrahlt. Oh, und ich habe mit Mr. Riley getanzt. Er wirkt so alt und schwach, dass ich Angst hatte, er bräche mir zusammen – aber er hat eine solche Kondition, dass ich am Ende völlig aus der Puste war.«

Lachend schüttelte sie sich die Haare aus der Stirn. »Und dann hat er mich gebeten, ihn zu heiraten – was beweist, dass ich anscheinend tatsächlich hier in Ardmore akzeptiert werde. Ich habe einen Schinken gebacken. Es war das allererste Mal, dass ich so etwas gemacht habe, und es hat, oh Wunder, funktioniert. Nicht mal irgendwelche kleinen Reste für die Hunde sind übrig geblieben. Später am Abend hat Shawn Gallagher ›Four Green Fields‹ gesungen, und sämtliche Zuhörer weinten vor Rührung. Nie zuvor habe ich ein Fest veranstaltet, auf dem die Leute gelacht und geweint und gesungen und getanzt haben. Aber jetzt verstehe ich gar nicht mehr, weshalb es überhaupt andere Feste gibt.«

»Warum erzählst du ihr nichts von Aidan?«

Jude blickte langsam auf. Es überraschte sie nicht besonders, Carrick gegenüber von Maudes Grab stehen zu sehen. Ein weiteres Wunder, nahm sie an, und das erschien ihr inzwischen vollkommen normal. Trotzdem zog sie überrascht die Brauen hoch, als sie das zornige Blitzen seiner Augen und seine wütend zusammengepressten Lippen sah.

»Aidan war auch da«, erklärte sie leise. »Er hat so schön gespielt, herrlich gesungen und genug Bier aus dem Pub mitgebracht, um darin ein Schlachtschiff schwimmen zu lassen.«

»Außerdem ist er mit dir in den vom Mond beschienenen Garten hinausgegangen und hat dich gebeten, ihn zu heiraten.«

»Tja, mehr oder weniger. Er ist mit mir in den vom Mond

beschienenen Garten hinausgegangen und hat mir dort erklärt, er bräuchte eine Frau, und ich würde seinen Anforderungen genügen.« Jude blickte auf Finn, der an Carricks weichen braunen Stiefeln knabberte.

»Und was hast du ihm geantwortet?«

Jude faltete die Hände über ihren Knien. »Wenn Sie so viel wissen, dann wissen Sie doch sicher auch den Rest.«

»Nein!« Sein Protest brach derart vehement aus ihm heraus, dass sich die um ihn herum stehenden Gräser bebend zu Boden drückten. »Du hast Nein gesagt, weil du weniger Verstand als eine Karotte besitzt.« Er pikste sie mit seinem Zeigefinger an, und obgleich sie zu weit auseinander standen, als dass er sie tatsächlich hätte berühren können, spürte sie den Druck auf ihrer Schulter. »Ich dachte, du wärst eine intelligente Frau, eine Frau mit einem regen Verstand, gutem Benehmen und einem starken Herzen. Jetzt aber sehe ich, dass du wankelmütig und feige und stur wie ein Maulesel bist.«

»Wenn Sie so wenig von mir halten, will ich Sie nicht länger mit meiner Anwesenheit belästigen.« Sie sprang auf die Füße, reckte trotzig das Kinn und rang entsetzt nach Luft, als sie sich umdrehte und geradewegs mit ihm zusammenstieß.

»Du bleibst, wo du bist, bis ich dir erlaube, dich zu entfernen.«

Zum ersten Mal klang seine Stimme drohend und machtvoll wie die eines wahren Prinzen. Um nicht vor Furcht zu zittern, straffte sie die Schultern und starrte reglos geradeaus. »Bis Sie mir was erlauben? Ich kann ja wohl kommen und gehen, wie ich will. Schließlich ist das hier meine Welt.«

Während seine Augen zornig blitzten, verdunkelte sich der Himmel und leises Donnergrollen wurde laut. »Das hier war bereits meine Welt, als ihr Menschen noch in Höhlen gelebt habt. Und es wird auch dann noch meine sein, wenn du längst zu Staub zerfallen bist. Du tätest gut daran, das niemals zu vergessen.«

»Warum streite ich überhaupt mit Ihnen herum? Sie sind nichts weiter als eine Illusion. Ein Hirngespinst. Ein Mythos.«

»So real wie du bin ich schon lange.« Er packte ihre Hand, und sein Fleisch war fest und warm. »Ich habe auf dich gewartet, und zwar dreimal hundert Jahre. Wenn ich mich in dir getäuscht habe und nochmals so lange warten muss, will ich zumindest wissen, weshalb mir ein derartiger Irrtum unterlaufen ist. Du wirst also auf der Stelle herausrücken, weshalb du den Heiratsantrag dieses Mannes abgelehnt hast.«

»Weil es nun mal mein Entschluss war.«

»Aha, weil es nun mal…« Mit einem bitteren Auflachen wandte er sich ab. »Oh, ihr Sterblichen und eure gesegneten Entschlüsse! Sie sind euch immer so entsetzlich wichtig. Aber am Ende holt euch das Schicksal trotzdem ein.«

»Vielleicht, aber bis dahin trennen uns unsere Wege.«

»Selbst wenn sie in die falsche Richtung führen.«

Sie kräuselte die Mundwinkel, als er sich ihr wieder zuwandte. Sein hübsches Gesicht war eine Studie ehrlicher Verwirrung. »Ja, selbst falsche Wege sind beinhaltet. Das liegt nun mal in unserer Natur, Carrick. Wir können es nicht ändern.«

»Liebst du ihn?« Als sie zögerte, war er an der Reihe, die Mundwinkel zu kräuseln. »Willst du dir etwa die Mühe machen, Mädchen, ein Phantom, ein Hirngespinst, einen Mythos zu belügen?«

»Nein, das will ich nicht. Ich liebe ihn.«

Stöhnend warf er seine Arme in die Luft. »Aber du willst ihm nicht angehören?«

»Ich habe keine Lust mehr, den Anforderungen von jemandem zu genügen.« Ihre Stimme wurde laut. »Falls ich je wieder einem Menschen angehören werde, dann nur jeman-

347

dem, der mir ebenfalls angehört. Und zwar ohne jede Einschränkung. Ich habe mich schon einmal einem Mann hingegeben, der mich nicht geliebt hat – aber es schien vernünftig und...«

Sie schloss ihre Augen, als sie erkannte, dass sie das, was sie gleich sagen würde, nie zuvor jemandem, nicht einmal sich selbst, eingestanden hatte. »...ich hatte Angst, sowieso nie richtig geliebt zu werden. Ich fürchtete, den Rest meines Lebens allein zu sein. Nichts erschien mir beängstigender als diese Vorstellung. Aber das hat sich geändert. Gerade lerne ich alleine zu sein, mich selbst zu mögen, den Menschen zu respektieren, der ich bin.«

»Dann bedeutet die Tatsache, dass du allein sein kannst, also, dass du es auch sein musst?«

»Nein.« Jetzt warf sie die Arme in die Luft, wirbelte herum und stapfte unruhig hin und her. »Männer«, klagte sie. »Warum stehen Männer bloß immer auf dem Schlauch. Ich *muss* nicht verheiratet sein, um glücklich zu sein! Und ich werde ganz bestimmt nicht das Leben, das ich gerade erst entdeckt habe, sofort wieder ändern, abermals das Risiko einer Ehe eingehen und mich jemandem an den Hals werfen, solange ich es, verdammt noch mal, nicht will. Solange ich nicht weiß, dass zur Abwechslung einmal ich selbst an erster Stelle komme. Ich, Jude Frances Murray!«

Ihre Stimme wurde lauter, und Carrick betrachtete sie nachdenklich, als sie mit einer Hand auf ihr Herz wies.

»Ich gebe mich nicht noch einmal mit weniger zufrieden als allem. Dass ich Aidan liebe, dass wir ein Verhältnis haben, bedeutet noch nicht, dass ich vor lauter Glück, weil er mir erklärt, er bräuchte eine Frau und ich hätte bei ihm das große Los gezogen, in Ohnmacht fallen muss. Nein, vielen Dank! Dieses Mal werde ich diejenige sein, die sich ihren Mann aussucht und die dementsprechenden Maßnahmen trifft!«

Völlig außer Atem und vor Aufregung erhitzt starrte sie Carrick böse an. Das, erkannte sie, war etwas, was sie bisher niemals in Worte gekleidet hatte. Von dem sie nicht gewusst hatte, dass es in ihr war und einzig darauf wartete, endlich formuliert zu werden. Nie, nie wieder gäbe sie sich mit weniger zufrieden als mit allem! Das wusste sie mit einem Mal haargenau.

»Bisher dachte ich, dass ich die Menschen nicht verstehe«, sagte Carrick nach einem Moment. »Aber jetzt denke ich, dass ich nur die Frauen nicht verstehe. Also erklär mir die Sache doch bitte im Einzelnen, Jude Frances. Weshalb reicht Liebe dir nicht?«

Leise seufzte sie auf. »Die Liebe als solche reicht mir völlig.«

»Weshalb sprichst du in Rätseln?«

»Weil es nichts nützen würde, diese Sache breitzutreten, solange Sie sie nicht von selbst verstehen. Und sollten Sie sie doch verstehen, muss sie nicht mehr erklärt werden.«

Er murmelte etwas auf Gälisch und schüttelte den Kopf. »Merk dir meine Worte – eine einzige Entscheidung kann das Schicksal dauerhaft zum Guten wenden, aber auch für alle Zeit zerstören. Also wähle sorgfältig!« Mit dieser Lektion löste er sich auf.

Aidan war im selben Augenblick nicht weniger frustriert als Carrick. Wenn ihm jemand gesagt hätte, sein Ego wäre angeschlagen, hätte er gelacht. Wenn ihm jemand gesagt hätte, es wäre ein Gefühl der Panik, das ihm die Kehle zuschnürte, hätte er ihn als vorlauten Idioten tituliert. Wenn ihm jemand gesagt hätte, dass die stählerne Klammer um sein Herz ernsthaften Liebeskummer bedeutete, hätte er ihn schnaubend vor die Tür des Pubs gesetzt.

Doch er fühlte alle diese Dinge, und die Summe davon brachte ihn vollkommen durcheinander.

Er war sich so sicher gewesen, Jude genau zu kennen. Ihre Gedanken und ihr Herz genau wie ihren Leib. Es erniedrigte ihn förmlich, sich eingestehen zu müssen, dass er irgendetwas anscheinend Bedeutsames übersehen hatte. Freilich war es halbwegs eine Überrumpelung von ihm. Aber dass sie derart kühl und abweisend auf seinen Antrag reagieren würde, hätte er beim besten Willen nicht gedacht.

Himmel, er hatte eine Frau, *diese* Frau, gebeten, ihn zu heiraten, und sie besaß die Kaltschnäuzigkeit zu lächeln, freundlich Nein danke zu sagen und weiterzufeiern, als wäre nichts geschehen.

Seine süße, schüchterne Jude Frances hatte weder vor Verlegenheit gestammelt, noch war sie auch nur leicht errötet, sondern hatte ihn eine Weile gemustert und dann seinen Antrag rundweg abgelehnt. Es ergab nicht den geringsten Sinn, denn schließlich sah ein Blinder, dass sie füreinander geschaffen waren, dachte er erbost.

Wie zwei Glieder einer langen, komplizierten Kette. Einer Kette, die er deutlich vor sich sah, einer Kette der Beständigkeit und Tradition, die Mann und Frau und Generationen um Generationen für alle Zeit verband. Sie war für ihn bestimmt – es war vom Schicksal vorgesehen, dass sie beide gemeinsam die nächsten Glieder dieser langen Kette bildeten.

Also müsste er die Sache anders angehen, sagte er sich, während er, statt wie geplant über den Büchern zu sitzen, durch seine kleine Wohnung irrte. Er wusste, wie man eine Frau hofierte und für sich gewann, oder etwa nicht? In seinem Dasein konnte er bereits zahlreiche Eroberungen für sich verbuchen.

Natürlich hatte er bisher immer gänzlich andere Ziele mit seinem Charme verfolgt, musste er gestehen, und neue Sorge wallte in ihm auf. Doch ganz sicher besaß er Erfahrung genug, um über kurz oder lang eine Frau dazu zu bringen, dass sie ihn zum Gatten nahm.

Er hörte Schritte auf der Treppe, und gleich darauf platzte Darcy, gewohnheitsmäßig ohne anzuklopfen, herein. »Shawn ist unten in der Küche und hat mich, da er mich offenbar als sein Dienstmädchen betrachtet, raufgeschickt, um dich zu fragen, ob du Kartoffeln und Karotten bestellt hast und ob wir zum Wochenende noch Weißfisch von Patty Ryan reinkriegen.«

»Patty hat uns für morgen frischen Fisch versprochen, und die anderen Sachen kommen Mitte der Woche. Er hat hoffentlich noch nicht angefangen, für heute Abend zu kochen? Es ist doch erst halb eins!«

»Nein, aber er ist derart in das Studium der Rezepte vertieft, die ihm eine der Frauen gestern Abend auf dem *Ceili* gegeben hat, dass ich den Laden mal wieder ganz alleine schmeißen darf. Kommst du wenigstens gleich runter und stellst dich hinter die Theke, oder willst du weiter hier herumsitzen und Trübsal blasen?«

»Ich habe gearbeitet«, erwiderte er beleidigt, obgleich er tatsächlich den Großteil der Zeit herumgesessen und an die Wand gestarrt hatte. »Falls du den Papierkram übernehmen willst, brauchst du es nur zu sagen.«

Der Klang seiner Stimme machte Darcy hellhörig. Obgleich sie wusste, dass sie Shawn und ihre Mittagshilfe durch ihr Fehlen ernsthaft in die Bredouille brachte, warf sie sich in einen Sessel und schwang die Beine über die Armlehne. »Das überlasse ich wohl besser dir, denn schließlich bist du der Klügste und Cleverste von uns.«

»Dann störe mich gefälligst nicht andauernd, geh wieder nach unten und erfüll deine Pflicht!«

»Ich habe gerade Pause, und da ich schon mal hier bin, verbringe ich sie eben hier.« Sie bedachte ihren Bruder mit einem derart süßen Lächeln, dass er misstrauisch wurde. »Nun, worüber zerbrichst du dir den Kopf?«

»Ich zerbreche mir nicht den Kopf.«

Sie hob eine ihrer Hände und betrachtete ihre frisch lackierten Nägel, während er durch das Zimmer zum Fenster stapfte, zurück zu seinem Schreibtisch und dann wieder ans Fenster.

Als er die Stille nicht mehr aushielt, sagte er in möglichst beiläufigem Ton: »Du bist Jude während der letzten Monate ziemlich nahe gekommen.«

»Ja, das stimmt.« Ihr Lächeln wurde breiter. »Allerdings sicher nicht so nah wie du. Hattet ihr beiden vielleicht Streit? Ist das der Grund, weshalb du hier herumsteigst wie ein gefangener Tiger und die Stirn in derart tiefe Falten legst?«

»Nein, wir hatten keinen Streit. Zumindest nicht richtig.« Er vergrub die Hände in den Taschen seiner Jeans. Oh, es war erniedrigend, doch er hatte leider keine Wahl. »Was spricht sie denn so über mich?«

Darcy verkniff sich ein Kichern, doch innerlich grienend sah sie ihren Bruder an. »Das kann ich dir nicht sagen. Schließlich bin ich keine Klatschbase.«

»Wie wäre es am Samstag mit einer extra Stunde frei?«

Sofort setzte sich Darcy kerzengerade hin und räusperte sich. »Tja, warum hast du das nicht gleich gesagt! Was willst du von mir wissen?«

»Was hält sie von mir?«

»Oh, sie findet dich attraktiv und charmant, und nichts, was ich einwende, bringt sie davon ab. Mit deiner romantischen Masche hast du sie aus den Schuhen gehauen. Sie die Treppe raufzutragen war ein super Schachzug.« Angesichts von Aidans schmerzerfüllter Miene brach sie schließlich doch in Lachen aus. »Frag nicht, worüber Frauen reden, wenn du es dann nicht aushältst.«

Er atmete mühsam ein. »Aber darüber, wie es… weiterging, hat sie ja wohl nichts gesagt?«

»Oh, sie hat mir über jeden Seufzer und jedes gemurmelte

Wort Bericht erstattet.« Unfähig sich zurückzuhalten, sprang sie aus dem Sessel, umfasste sein Gesicht und gab ihm einen Kuss. »Natürlich nicht, du Erbsenhirn! Dafür ist sie viel zu diskret, obwohl Brenna und ich uns alle Mühe gegeben haben, ihr pikante Einzelheiten zu entlocken. Worüber machst du dir solches Kopfzerbrechen? So wie ich es sehe, hält Jude dich für den besten Liebhaber seit Salomon.«

»Ist das etwa alles? Sex und Romantik und eine vorübergehende Begeisterung. Soll das etwa alles sein?«

Ihre Belustigung verflog angesichts seines Leidens. »Verzeih mir! Du bist ja wirklich völlig deprimiert. Was ist denn nur passiert?«

»Ich habe sie gestern Abend gebeten, mich zu heiraten.«

»Das hast du getan?« Begeistert sprang sie auf ihn zu, schlang ihm die Beine um die Hüften und die Arme um den Hals und hätte ihn wie eine glückselige Boa Constrictor beinahe zerquetscht. »Oh, wie wundervoll! Wie ich mich für dich freue!« Lachend küsste sie ihn auf die Wangen. »Lass uns runter in die Küche gehen und es Shawn erzählen, und dann rufen wir Ma und Dad in Boston an.«

»Sie hat Nein gesagt.«

»Sicher wollen sie sofort rüberkommen und sie noch vor der Hochzeit kennen lernen. Und dann werden wir alle… was?«

Als Darcy ihn erschrocken anstarrte, sank ihm das Herz bis in die Kniekehlen.

»Sie hat Nein gesagt.«

Heiße Schuldgefühle wallten in ihr auf. »Das kann ja wohl nicht wahr sein. Sicherlich hat sie das nicht so gemeint.«

»Sie hat sich klar und deutlich ausgedrückt und war dann noch so höflich, ein ›Vielen Dank‹ hinzuzufügen.« Oh, das war eine bittere Pille für ihn gewesen!

»Himmel, was ist nur mit ihr los?« Plötzlich wütend sprang Darcy wieder auf die Füße und stemmte die Hände in die Hüften. Zorn war, wie sie wusste, besser zu ertragen als Gewissensbisse. »Natürlich will sie dich heiraten.«

»Nein, das will sie nicht! Sie hat gesagt, sie will überhaupt nicht noch mal heiraten. Das ist alles die Schuld von diesem Bastard, der sie verlassen hat. Sie hat mich mit ihm verglichen, und als ich mir das verbitten wollte, hat sie erklärt, ein anderer Vergleich stände ihr nun einmal nicht zur Verfügung. Verdammt, sie soll mich mit niemandem vergleichen. Ich bin ich und niemand anders!«

»Aber sicher bist du du und obendrein zehnmal besser, als dieser widerliche William es anscheinend war.« Es war alles ihre Schuld, dachte sie erneut. Sie hatte das Ganze als einen großen Spaß aufgefasst und das mögliche Elend ganz einfach nicht bedacht. »Es war – dann ist es also nicht so, dass sie ihr Leben in Amerika nicht aufgeben will?«

»So weit sind wir gar nicht erst gediehen. Und weshalb sollte sie ihr Leben in Amerika nicht aufgeben wollen, wenn sie hier glücklicher ist, als sie es dort je war?«

»Nun…« Darcy knetete ihre Hände. Das Ganze müsste man kühl überdenken. »Der Gedanke, dass sie nicht heiraten wollen würde, ist mir bisher nie gekommen.«

»Sie denkt einfach nicht hinaus über das, was ihr mit diesem William widerfahren ist. Ich weiß, er hat ihr wehgetan, und am liebsten würde ich dem Kerl dafür den Hals umdrehen.« Seine Augen blitzten wütend. »Aber ich würde doch ihr keinen Schmerz zufügen!«

Nein, er würde sie ehren und achten, so wie alles, was er liebte, dachte Darcy, und wurde von lauterstem Mitgefühl erfüllt.

»Vielleicht ist nur die alte Wunde noch nicht vollkommen verheilt. Aber andererseits wollen nicht alle Frauen einen Ring am Finger und ein Baby im Bauch haben.«

Am liebsten hätte sie ihn gestreichelt und tröstend in den Arm genommen; doch im Moment war er zu zornig, als dass er eine solche Nähe akzeptiert hätte. »Ich kann ihre Gefühle verstehen, Aidan. Immerhin geht es bei einer Eheschließung darum, dass man eine Grenze überschreitet, dass man sich für alle Zeiten bindet.«

»Aber das ist doch kein Ende, sondern ein Anfang!«

»Für dich wäre es ein Anfang, aber nicht für sie.« Darcy lehnte sich zurück und trommelte mit den Fingern auf die Lehne ihres Sessels. »Tja, ich bin eine einigermaßen gute Menschenkennerin, und ich sage dir, dass sich unsere liebe Jude, auch wenn sie es selbst im Augenblick noch abstreitet, nach einer festen Bindung sehnt. Sie hat einen ausgeprägten Nestbautrieb; nur hatte sie, bevor sie hierher kam, noch keinen zuverlässigen Partner gefunden. Vielleicht sind wir die Sache einfach etwas zu schnell angegangen.«

»Wir?«

»Ich meine, du«, verbesserte Darcy sich, während sie an das von ihr und Brenna geschmiedete Komplott dachte. Doch es bestand keine Veranlassung, damit jetzt herauszurücken, denn schließlich war das momentan herrschende Chaos nicht – oder zumindest nicht alleine – ihre Schuld. »Aber das ist nun nicht mehr zu ändern, also blickst du besser nicht zurück, sondern nach vorn. Du musst sie überzeugen.« Sie sah ihren Bruder aufmunternd lächelnd an. »Geh die Sache behutsam an; aber mach ihr den Verlust deutlich, wenn sie so ein original irisches Prachtstück nicht nähme. Du bist ein Gallagher, Aidan. Früher oder später kriegen wir Gallaghers doch immer, was wir wollen!«

»Du hast Recht.« Teile seines zerbrochenen Egos kehrten an ihren angestammten Platz zurück. »Jetzt gibt es keine Alternative mehr. Ich muss ihr wohl ganz einfach helfen, sich an den Gedanken zu gewöhnen.«

Erleichtert, weil seine Augen wieder blitzten, tätschelte Darcy ihm die Wange. »Ich wette, dass dir das gelingt.«

18

Sicher erwartete sie ihn nicht, zumindest nicht so früh. Aber da Darcy netterweise für ihn eingesprungen war, hatte Aidan sich ein paar Stunden vor Schließung des Pubs dort bereits verabschiedet und spazierte nun die Straße hinauf zu Judes Cottage.

Die Luft war angenehm mild, vom Meer wehte eine sanfte Brise über die Hügel und Felder, wattige Wolken schwebten schwerelos am Himmel, und zwischen ihnen funkelten massenhaft kleine, helle Sterne. Der runde, fette Mond verströmte ein sanftes, mattes Licht.

Eine wunderbare Nacht, um die Frau zu hofieren, die man zu heiraten beabsichtigte, dachte Aidan und blickte auf die zarten, pinkfarbenen Röschen, die er aus Kathy Duffys Garten geklaut hatte. Sie hätte bestimmt nichts dagegen, wenn sie wüsste, dass es einer derart guten Sache diente.

Hinter ihren Fenstern schimmerte es einladend. Er stellte sich vor, dass es in den kommenden Jahren, wenn sie erst verheiratet und eingerichtet wären, immer so sein würde. Er käme nach der Arbeit heim, und sie würde im Haus die Lichter brennen lassen, damit er sein Ziel bereits von weitem sah. Es überraschte ihn nicht, wie sehr er sich danach sehnte und wie deutlich sich die Zukunft vor ihm abzeichnete. Nacht für Nacht und Jahr für Jahr bis an sein Lebensende!

Er klopfte nicht an. Derartige Förmlichkeiten gab es zwischen ihnen beiden schon längst nicht mehr.

Tatsächlich hatte sie bereits alles aufgeräumt. Typisch, dachte er, von Zärtlichkeit erfüllt. Alles war sauber, ordentlich und so, wie es sein sollte.

Von oben hörte er Musik und folgte den Tönen.

Sie war in ihrem kleinen Arbeitszimmer, hatte das Radio angestellt, saß, den schlummernden Finn zu ihren Füßen, die

Haare ordentlich zurückgebunden, an ihrem Computer und bewegte ihre Finger flink über die Tasten.

Am liebsten hätte er sie sofort liebevoll umarmt und voller Gier geküsst. Doch das empfahl sich unter den gegebenen Umständen wohl kaum.

Überzeugung, mahnte er sich, entsprang nicht der schnellen, lodernden Hitze, sondern einzig langsamer, stetiger Wärmezufuhr.

Lautlos schlich er durch den Raum, beugte sich zu ihr hinab und küsste sie zärtlich in den Nacken.

Jude fuhr leicht zusammen – doch damit hatte er gerechnet; lächelnd schlang er seine Arme um sie, worauf die Blumen unter ihrem Kinn und seine Lippen an ihrem Ohr lagen.

»Du bist wirklich eine Augenweide, *a ghra,* wie du am späten Abend noch hier sitzt und arbeitest. Und, um welche Geschichte geht es gerade?«

»Oh, ich ...« Ihre Kehle war wie zugeschnürt. Im Grunde hatte sie ihn nicht erwartet. Weder so früh, noch überhaupt irgendwann. Da sie so unfreundlich und rüde, ja sogar kalt auf seinen Antrag reagiert hatte, war sie davon überzeugt gewesen, durch ihr Verhalten alles, ihre ganze zarte Beziehung, für alle Zeiten ruiniert zu haben. Sie hatte fast angefangen, dieses abrupte, wenig schöne Ende der Romanze zu bedauern.

Doch hier stand er, mit Blumen in der Hand und blies ihr sanft ins Ohr.

»Es geht, äh, um die Geschichte von Paddy McNee und dem Troll, die Mr. Riley mir erzählt hat. Die Blumen sind schön, Aidan!« Da sie noch lange nicht bereit war, jemanden ihre Arbeit sehen zu lassen, klappte sie den Deckel ihres Laptops eilig zu und sog den Duft der Rosen ein.

»Ich bin froh, dass sie dir gefallen, denn ich habe sie geklaut, und sicher taucht jeden Augenblick die *garda* hier auf, um mich zu verhaften.«

»Dann werde ich die Kaution zahlen.« Sie drehte sich auf ihrem Stuhl um und sah ihm ins Gesicht. Er wirkte gar nicht böse, stellte sie verwirrt und gleichzeitig erleichtert fest. Ein wütender Mann konnte ganz sicher unmöglich so zärtlich lächeln. »Ich werde sie ins Wasser stellen, und dann mache ich dir einen Tee.«

Als sie sich erhob, drehte sich die halbe Portion zu ihren Füßen mit einem leisen Knurren um und rollte sich erneut zusammen.

»Als Wachhund ist er ein Versager«, stellte Aidan fest.

»Babys soll man nicht überfordern.« Auf dem Weg nach unten nahm sie ihm die Blumen aus der Hand. »Und außerdem habe ich sowieso nichts, was sich zu bewachen lohnt.«

Es war eine unbändige Freude, wieder in die alte Routine aus Nettigkeit und Flirtbereitschaft zu verfallen. Ein Teil von ihr wollte die Geschehnisse des Vorabends erwähnen, doch sie verdrängte diesen Wunsch. Weshalb sollte sie von etwas sprechen, was sie beide verlegen machen würde?

Wahrscheinlich bedauerte er längst, sie überhaupt gefragt zu haben, und war endlos erleichtert, dass sie nein gesagt hatte. Aus irgendeinem Grund blubberte bei dieser Überlegung abermals das dunkle, eklige Gebräu in ihrer Seele auf. Sie holte tief Luft und stellte die pinkfarbenen Rosen in eine blaue Flasche.

Währenddessen blickte sie auf die Uhr und runzelte die Stirn. »Es ist gerade mal zehn Uhr. Hast du den Pub heute früher zugemacht?«

»Nein, ich habe mir ein paar Stunden frei genommen. Hin und wieder steht mir etwas Freizeit zu, und obendrein hast du mir fürchterlich gefehlt.« Er umarmte sie sanft. »Schließlich bist du nicht im Pub erschienen.«

»Ich habe gearbeitet.« *Wie sollte ich auf die Idee kommen, dass du mich sehen willst? Waren wir nicht noch ges-*

tern furchtbar böse aufeinander? dachte sie verblüfft, während er sie bereits zärtlich küsste.

»Und ich habe dich in deinem Schaffensdrang unterbrochen. Aber da es nun einmal geschehen ist...« Er trat einen Schritt zurück. »Bitte geh mit mir spazieren, ja, Jude Frances?«

»Spazieren? Jetzt? Um diese Zeit?«

»Ja. Jetzt. Um diese Zeit.« Er zog sie bereits zur Tür. »Es ist eine wunderbare Nacht für einen Gang.«

»Aber es ist so dunkel«, sagte sie, stand jedoch bereits draußen.

»Es gibt Licht genug. Das Licht des Mondes und der Sterne... die schönste Beleuchtung! Ich werde dir eine Geschichte von der Feenkönigin erzählen, die für gewöhnlich nur nachts, bei Mondschein, jemals ihr Schloss verließ.«

»Denn selbst Feen können mit einem Bann belegt werden, und dieser Bann bewirkte, dass sie sich tagsüber immer in einen kleinen weißen Vogel verwandelte.«

Während sie Hand in Hand spazierten, schilderte er die einsame Feenkönigin, die allnächtlich über die Klippen wanderte und eines Nachts am Fuß der Felsen einen verwundeten schwarzen Wolf vorfand.

»Er hatte smaragdgrüne Augen, die sie argwöhnisch anblickten, aber ihr Mitleid überwog die Furcht. Und so nahm sie sich seiner an, heilte seine Wunden mit ihrer Magie und endloser Geduld. Von da an war er ihr Begleiter und wanderte Nacht für Nacht mit ihr über die Hügel und Felsen, bis die Dämmerung über dem Meer emporstieg und sie ihn mit flatternden weißen Flügeln und dem Ruf ihres traurigen Herzens zu verlassen gezwungen war.«

»Gab es denn keine Möglichkeit, den Bann zu brechen?«

»Oh, die gibt es eigentlich immer, nicht wahr?« Er hob ihre verschränkten Hände leicht an seine Lippen, küsste ihre Knöchel und zog sie weiter über den Klippenpfad dorthin, wo das Meer zu rauschen und der Wind zu heulen begann.

Das Licht des Mondes tauchte das hohe, wilde Gras und den dazwischen verlaufenden Pfad in ein ätherisch weiches Licht, verwandelte den Kies in kleine Silbermünzen und die verwitterten Steine in zusammengekauerte Elfen. Jude ließ sich von Aidan führen, während sie darauf wartete, dass er mit der Geschichte fortfuhr.

»Eines Morgens lief ein junger Mann über die Felder, um zu jagen; denn er hatte Hunger und nichts als Pfeil und Bogen zur Nahrungsbeschaffung. Seit Tagen jedoch schon war er keinem Tier mehr begegnet, und auch an jenem Tag wichen Kaninchen und Hirsche ihm so lange aus, bis er am Nachmittag vor Hunger kaum weiterlaufen konnte. Dann jedoch sah er den weißen Vogel, und mit knurrendem Magen steckte er den Pfeil in seinen Bogen, zielte auf seine Beute und holte ihn vom Himmel. Pass auf, wohin du trittst, mein Schatz! Hier geht es entlang.«

»Aber er hat sie ja wohl nicht getötet?«

»Die Geschichte ist noch nicht zu Ende, oder?« Er drehte sich zu ihr um, um sie an seine Seite zu holen. Dann hielt er sie einen Augenblick lang einfach reglos fest, denn dazu war ihr Körper nun mal geschaffen.

»Sie stieß einen Schrei aus, derart schmerzlich und verzweifelt, dass es ihm durch Mark und Bein ging, obgleich ihm vor Hunger bereits die Knie wackelten. Er rannte zu ihr hinüber und merkte, dass sie ihn aus Augen so blau wie zwei Seen anblickte. Seine Hände zitterten, da es Augen waren, die er kannte – und langsam begann er zu verstehen.«

Aidan drehte Jude ein wenig, legte ihr seinen Arm um die Schultern und ging im nächtlichen Schimmer mit ihr weiter.

»Obgleich er halb verhungert war, tat er, was er konnte, um die Wunde, die er ihr zugefügt hatte, zu verarzten, bettete den Vogel im Schutz der Klippen im hohen, weichen Gras, machte ein Feuer, um das Tier zu wärmen, setzte sich neben sie, um über sie zu wachen, und wartete auf den Sonnenuntergang.«

Als sie den höchsten Punkt des Klippenpfads erreicht hatten, schmiegte sich Aidan an sie und blickte mit ihr gemeinsam auf das dunkle Meer. Die Wellen rollten machtvoll in einem konstanten, elementaren, sinnlichen Rhythmus vor und zurück, vor und zurück.

Da Jude inzwischen wusste, dass Aidans Geschichten ebenfalls ihrem eigenen Rhythmus folgten, griff sie stumm nach seiner Hand. »Und was passierte dann?«

»Es geschah Folgendes: Als die Sonne unterging und die Nacht heraufzog, begannen sie beide sich zu verwandeln. Aus dem Vogel wurde eine Frau und aus dem Mann ein Wolf – nur während eines kurzen Augenblicks besaßen beide ihre ursprüngliche Gestalt. Doch ihre Hände hatten sich noch nicht berührt, schon war die Verwandlung vollständig. So verging die Nacht, doch sie war zu fiebrig und zu schwach, um sich selbst zu heilen, sodass der Wolf sie mit seinem Leib wärmte und, falls nötig, mit seinem Leben beschützen wollte. Ist dir kalt?«, fragte Aidan, als ein Schauder sie durchrann.

»Nein«, wisperte Jude. »Ich bin einfach ergriffen.«

»Aber das ist noch nicht alles. Die Nacht ging wieder in den Tag über, der Tag in die Nacht, und jedes Mal gab es nur den Moment, in dem sie einander in ihrer wahren Gestalt begegneten. Doch weder als Mann noch als Wolf verließ er jemals ihre Seite, um etwas zu essen, sodass er beinahe selber starb. Da sie es spürte, verwendete sie alle ihr noch verbliebene Kraft, um ihn zu stärken, ihn zu retten statt sich selbst. Denn die Liebe, die sie ihm entgegenbrachte, bedeutete ihr mehr als das eigene Leben. Wieder einmal kroch am Himmel die Dämmerung herauf und die Verwandlung setzte ein. Wieder einmal streckten sie in dem Wissen, dass es hoffnungslos sein würde, die Hände nacheinander aus. Doch dieses Mal wurde ihrer beider Opfer belohnt, indem sich

ihre Hände begegneten, einander umfassten und sie endgültig Mann und Frau blieben. Und die ersten Worte, die sie
sprachen, kündeten von ihrer Liebe.«

»So lebten sie glücklich bis an ihr Lebensende?«

»Besser noch. Er, der er König eines fernen Landes gewesen war, machte sie zu seiner Königin. Und niemals mehr in
ihrem Leben brachten sie einen Sonnenaufgang oder -unter-
gang ohne einander zu.«

»Das ist eine wunderbare Geschichte.« Sie legte ihren
Kopf an seine Schulter. »Genau wie dieser Platz.«

»Das ist mein Platz. Oder zumindest habe ich das oft gedacht, wenn ich als Junge hier heraufkam, um auf die Welt
hinabzusehen und davon zu träumen, wo in dieser Welt ich
noch überall hinwollte.«

»Und wohin wolltest du?«

»Überallhin.« Er vergrub sein Gesicht in ihrem Haar und
dachte, dass ihm inzwischen Ardmore reichte. Doch für sie
war es wahrscheinlich etwas anderes. »Und wohin willst du
noch alles, Jude?«

»Ich weiß nicht. Ich habe nie mehr darüber nachgedacht.«

»Dann tu es doch jetzt.« Er setzte sich mit ihr auf einen
Felsen. »Von allen Orten, die es gibt, welche würdest du
gerne noch sehen?«

»Venedig.« Sie wusste nicht, woher der Name gekommen
war, und lachte, als ihr klar wurde, dass er offenbar die
ganze Zeit über irgendwo in ihrem Unterbewusstsein gesteckt hatte. »Ich glaube, ich würde gern Venedig sehen mit
all seinen prächtigen Palästen, großartigen Kirchen und ge-
heimnisvollen Kanälen. Und Frankreich, die Weinberge, all
die Hektar voller Weinstöcke, die alten Bauernhäuser und
Gärten. Und England. London natürlich wegen der Museen
und seiner Geschichte – aber vor allem Cornwall und Wales,
die Hügel und Klippen, um die Luft dort zu atmen, wo Artus mit seinen Rittern tafelte.«

Statt wie noch vor ein paar Wochen tropische Inseln, heiße Strände und exotische Häfen wollte seine Jude Frances inzwischen lieber Orte der Romantik kennen lernen, Orte langer Traditionen, an denen es noch Spuren der von ihr geliebten Legenden gab.

»Keines dieser Ziele ist allzu weit von hier entfernt. Warum kommst du nicht mit mir, Jude, und wir besuchen sie gemeinsam?«

»Natürlich, wir fliegen einfach heute Nacht nach Venedig, und dann machen wir auf dem Rückweg kurze Abstecher nach Frankreich und England.«

»Tja, mit dem Abflug heute Nacht dürfte es vielleicht ein bisschen hapern – aber alles andere entspricht genau meinen Vorstellungen. Würde es dir viel ausmachen, noch bis September zu warten?«

»Wovon redest du?«

Von unserer Hochzeitsreise, wäre ihm um ein Haar herausgerutscht; jedoch hielt er es für das Beste, zunächst Vorsicht walten zu lassen. »Davon, dass du mit mir zusammen verreist.« Wieder hielt er ihre Hand und küsste lächelnd ihre Finger. »Davon, dass du mit mir zusammen an romantische, geheimnisvolle, legendäre Orte fliegst. Ich werde dir Tintagal zeigen, wo Artus in der Nacht gezeugt wurde, in der Merlin seinen Zauber auf Uther wirken ließ, sodass Ygraine dachte, sie empfinge ihren Gatten. Wir werden in einem alten Bauernhof in Frankreich wohnen und Wein trinken und uns in einem großen Federbett lieben; dann werden wir an den Kanälen Venedigs entlang schlendern und all die herrlichen Bauwerke bewundern. Wäre das nicht schön?«

»Ja, natürlich.« Es klang wunderbar und zauberhaft wie auch seine sonstigen Märchen. »Aber es ist leider unmöglich.«

»Warum sollte es unmöglich sein?«

»Weil... ich muss arbeiten, und du auch.«

Grinsend lenkte er seinen Mund von ihren Fingern in Richtung ihres Kinns. »Meinst du etwa, dass mein Pub zusammenbrechen oder deine bisherigen Kapitel sich in Luft auflösen würden, nur weil wir uns einen Urlaub gönnen? Was sind schon zwei oder drei Wochen gemessen am Gesamtplan aller Dinge?«

»Ja, das stimmt, aber.«

»Ich habe die Orte, von denen du gesprochen hast, bereits gesehen.« Er schob seine Lippen in Richtung ihres Mundes, um sie wortlos zu verführen. »Und jetzt will ich sie mit dir zusammen noch mal erleben.« Seine Hände strichen über ihr Gesicht, und allmählich verlor er sich erneut in ihrem köstlichen Geschmack und ihrer samtigen Textur. »Komm mit mir, *a ghra*.« Als sie erschauerte, zog er sie fest an seine Brust.

»Ich… eigentlich muss ich zurück nach Chicago.«

»Noch nicht!« Seine Lippen pressten sich besitzergreifend auf ihren Mund. »Bleib hier!«

»Nun…« Ihr Hirn stellte die Arbeit ein. Jedes Mal, wenn sie versuchte, ihre Überlegungen zu ordnen, purzelten sämtliche Gedanken durcheinander. »Ja, ich nehme an…« Was waren schon zwei, drei Wochen? »September könnte gehen. Das heißt, wenn du sicher bist.«

»Ich bin ganz sicher.« Er sprang auf die Füße, zog sie von dem Fels an seine Brust und schnaufte zufrieden, als sie ihm keuchend die Arme um den Nacken schlang. »Denkst du etwa, ich würde dich loslassen, nun, da ich dich endlich habe? Für gewöhnlich bin ich in Bezug auf das, was mein ist, nicht derart unachtsam.«

In Bezug auf das, was sein war? Der Satz machte ihr ein wenig Angst, aber ehe sie wusste, was sie darauf antworten sollte, sah sie die Gestalt, die hinter ihnen stand.

»Aidan!« Ihre Stimme war ein ersticktes Flüstern.

Er spannte sich an, hielt sie schützend fest, drehte sich vorsichtig um und atmete erleichtert auf.

Die Gestalt verursachte beim Laufen nicht einmal den Hauch eines Luftzugs. Doch ihre Haare schimmerten im Mondlicht so hell wie ihre Tränen.

»Lady Gwen auf der Suche nach der verlorenen Liebe!« Voll des Mitleids sah er auf ihre tränennassen Wangen.

»Ebenso wie er. Ich habe ihn heute zum dritten Mal getroffen und wir hatten ein ausführliches Gespräch.«

»Allmählich scheinst du eine wirklich gute Freundin der hiesigen Geister zu werden, Jude Frances.«

Sie spürte den Wind auf ihren Wangen, schmeckte den Salzgeruch der See. Aidans Arm lag stark und warm um ihren Leib, und trotzdem erschien er ihr wie eine Illusion, die, sobald sie blinzelte, ganz einfach verschwand. »Immer wieder bilde ich mir ein, dass ich in meinem eigenen Bett in Chicago aufwachen werde und all das hier ein langer, komplizierter Traum gewesen ist. Ich glaube, wenn es wirklich so wäre, bräche mir das Herz.«

»Dann ist dein Herz sicher.« Er neigte seinen Kopf und gab ihr einen Kuss. »Es ist kein Traum. Darauf gebe ich dir mein Ehrenwort!«

»Sicher tut es ihr weh, hier an diesem Ort zwei Liebende zu sehen.« Sie blickte zurück. Lady Gwens goldene Haare flatterten im Wind, und ihre Wangen waren nass. »Sie haben nicht einmal den kurzen Augenblick bei Anbruch der Dämmerung, in dem sie einander die Hände reichen können.«

»Eine einzige Entscheidung kann das Schicksal dauerhaft zum Guten wenden, aber auch für alle Zeit zerstören.«

Als sie den Kopf hob und ihn, weil er wortwörtlich Carricks Mahnung wiederholt hatte, verwundert anstarrte, strich er ihr zärtlich übers Haar. »Komm, lass uns zurückgehen. Ihr Anblick macht dich traurig.«

»Ja, das stimmt.« Jude klammerte sich fest an Aidans Hand, denn der Abstieg war schwieriger als der Weg hinauf. »Ich wünschte, ich könnte mit ihr reden, und gleichzeitig kann ich es nicht fassen, dass ich mir so ganz nebenbei wünsche, mit einem Geist zu sprechen. Aber so ist es nun einmal. Ich würde sie gerne fragen, was sie fühlt und denkt und ersehnt und was sie ändern würde, hätte sie die Möglichkeit dazu.«

»Ihre Tränen verraten eigentlich, dass sie alles ändern würde.«

»Nein, Frauen weinen aus verschiedenen Gründen. Um alles zu ändern, müsste sie die Kinder aufgeben, die sie unter ihrem Herzen getragen, aufgezogen und ganz sicher geliebt hat. Ich glaube nicht, dass sie das könnte. Oder dass sie es wollte. Carrick hat einfach zu viel von ihr verlangt, doch das versteht er nicht. Vielleicht wird er es eines Tages begreifen, und dann werden sie einander endlich finden.«

»Er hat nur erbeten, was er brauchte, und hätte ihr dafür all seine Besitztümer zu Füßen gelegt.«

»Du denkst zu sehr wie ein Mann!«

»Nun, ich bin ein Mann, wie also sollte ich sonst denken?«

Die Spur verwirrten Stolzes, die in seiner Stimme lag, brachte sie zum Lachen. »Du sollst genau so denken, wie du denkst. Aber weil eine Frau nun einmal denkt wie eine Frau, sind sich diese beiden Gattungen ebenso häufig uneinig wie einig.«

»Ich habe nichts dagegen, hin und wieder mit dir uneinig zu sein, denn schließlich macht das alles interessanter. Und da ich auch jetzt wie ein Mann denke…« Er zog sie in seine Arme und erstickte ihr überraschtes Keuchen mit einem heißen Kuss.

Wie konnte ein Kuss leidenschaftlich und zugleich derart zärtlich sein? So zärtlich, dass in ihren Augen Tränen schimmerten, und zugleich so heiß, dass ihre Knochen in der Hitze schmolzen. Bereitwillig glitt sie in diese Hitze, in den See aus warmer Liebe, an dessen Rand die heißen Flammen der Begierde züngelten.

»Willst du mich, Jude? Sag, dass du mich willst.«

»Ja, ich will dich. Ich will dich jederzeit.« Sie stand bereits bis zum Kinn im See ihrer Leidenschaft und wusste genau, gleich würde sie vollends darin untergehen.

»Dann schlaf hier mit mir.« Er nagte rastlos an ihrer Unterlippe. »Hier unterm Mond!«

»Hmmm.« Gerade wollte sie nicken, als sie plötzlich so schnell in die Realität zurückschoss wie ein Taucher im Verlangen nach Luft an die Wasseroberfläche. »Hier? Mitten auf den Klippen?«

Ihre Reaktion hätte ihn vielleicht belustigt, hätte die von ihm begonnene Verführung nicht bereits eine derart große Wirkung auf ihn selbst gezeitigt. »Hier im Gras, eingehüllt in den Atem dieser herrlich milden Nacht!«

Ohne von ihr abzulassen, kniete er sich hin und bedeckte ihr Gesicht mit einer Unzahl sanfter Küsse. »Gib dich mir hin.«

»Aber was, wenn jemand kommt?«

»Auf der ganzen weiten Welt gibt es im Moment niemanden außer uns.« Seine Hände und Lippen wanderten über ihren Leib, und noch während sie ihren Mund aufklappte, um erneut zu protestieren, fuhr er mit seiner Rede fort. »Ich brauche dich so sehr. Lass es mich dir zeigen. Lass mich dich besitzen.«

Das Gras war herrlich weich, und er war herrlich warm. Gebraucht zu werden war ein Wunder, das so viel mehr zählt als jede Vernunft und jede Scham. Seine Hände glitten so zärtlich über sie hin, dass die Reihe der unendlich langsamen Liebkosungen ihr Blut zum Kochen brachte, während sein Mund, wunderbare Versprechen hauchend, über ihre Lippen strich.

Und plötzlich gab es wirklich nur noch sie beide auf der Welt, nur noch sie und nur noch ihn.

Wie in Trance hob sie die Arme, er zog ihr den Pullover aus, und mit genüsslich zufallenden Augen und selig entspanntem Körper genoss sie das Gefühl seiner Fingerspitzen überall auf ihrem Leib. Ohne jede Eile streifte er ihr Schuhe und Hose von den Beinen, wobei er seine Hände nach Gutdünken auf ihrer Haut verweilen ließ, bis sie das Gefühl hatte, ihr Körper summe eine selige Melodie.

Eingehüllt ins Licht des Mondes lag sie splitternackt im Gras, streckte die Hände nach ihm aus und ließ sich von ihm aufrichten.

»Ich möchte deine Haare lösen und sehen, wie sie dir über die Schultern fallen.« Doch statt auf ihre Haare blickte er ihr in die Augen. »Erinnerst du dich noch an unser allererstes Mal?«

»Ja, natürlich.«

»Inzwischen weiß ich, was du magst.« Er presste seine Lippen sanft auf ihre Schulter, ließ ihre Haare wie einen Vorhang vor sein Gesicht fallen und sog begierig den frisch-würzigen Duft und die seidige Weichheit in sich ein. »Leg dich ins Gras und lass dich von mir verwöhnen.« Seine Zähne kratzten leicht an ihrem Hals, als er sie wieder sinken ließ. »Ich werde dir alles geben, was ich habe.«

Er hätte sich gütlich an ihr tun können – aber er begnügte sich mit kleinen, vorsichtigen Schlucken und langen, genussvollen Küssen. Seine Sanftheit drang ihr in die Seele, sie stöhnte leise auf, und mit jedem sanften Stöhnen war sie mehr von ihm erfüllt.

Statt sie voller Gier zu plündern, verführte er sie sacht. Mit langsamen, unendlich zärtlichen Liebkosungen, die über ihre Haut glitten, bis sie vor Glück zitterte. Und mit jedem ihrer Schauder verstärkte er unmerklich die Innigkeit ihres Kontakts.

Sie war völlig verloren in diesem wunderbaren Mann, in dieser köstlich berauschenden Mischung aus erbebenden

Nerven und prickelnden Empfindungen. In dem Kontrast aus kühlem Gras und warmem Fleisch, duftender Brise und heiserem Flüstern, starken Händen und seidig weichen Lippen von endloser Geduld!

Sie sah, wie über ihren Köpfen der Mond wie eine strahlend weiße Scheibe am mitternächtlich schwarzen Himmel von kleinen weißen Wolken gejagt zu werden schien. Das dunkle, fordernde Rufen einer Eule ertönte, und sie spürte das Echo dieses Rufes tief in ihrer Seele, als er sie höher und höher in Richtung des ersten Höhepunktes trieb.

Jude sang seinen Namen und hatte das Gefühl, schwerelos auf einer hohen, warmen Woge der Erfüllung zu treiben.

»Höher!« Er musste sehen, wie sie flog, musste wissen, dass er sie in solche Sphären bringen konnte, dass ihre Augen wild und blind wurden und ihr Leib hilflos erbebte. »Höher«, verlangte er erneut und trieb sie, gnadenloser als er wollte, immer weiter an.

Hitze wallte in ihr auf, vor ihren Augen tanzten Sterne, und die plötzliche Erlösung kam derart intensiv und überraschend, dass sich ihr Körper halb beglückt, halb protestierend aufbäumte. Statt eines leisen Stöhnens entfuhr ihr so etwas wie ein Urschrei.

»Aidan!« Hilfe suchend klammerte sie sich an ihn, als ihre Welt sich auf den Kopf stellte und sie mit ihm herumtollte. »Ich kann nicht.«

»Noch einmal.« Er packte ihren Schopf, zog ihren Kopf ein Stück zurück und presste seinen Mund in heißer Gier auf ihre Lippen. »Noch einmal, bis wir beide völlig leer sind.« Seine zuvor so sanften Hände umklammerten ihre Hüften und hoben sie ein Stückchen hoch. »Sag mir, dass du mich in dir haben willst. Mich und keinen anderen.«

»Ja!« Rasend und leise schluchzend vor Liebe und Verlangen bog sie ihren Leib zurück. »Dich und keinen anderen!«

»Dann nimm mich.«

Er zog sie auf sich herab, bis er sie vollkommen ausfüllte, bis die Herrlichkeit ihrer Vereinigung sie beide zusammenfahren ließ. Sie riss ihre heißen Lippen von seinem festen Hals und richtete sich auf, bis er die Konturen ihres Leibs im silbrig hellen Mondlicht sah. Ihr Haar ergoss sich schwarz auf ihre Schultern, in einer Geste vollkommener Hemmungslosigkeit hob sie ihre Arme und fuhr sich mit den Fingern durch die dichte, wirre Pracht.

Dann begann ihr Körper sich zu wiegen, sich an ihm zu reiben, auf ihm zu reiten wie auf einem Ross.

Jetzt hatte sie die Macht, jetzt lag die Kontrolle über jede peitschende Bewegung ganz allein bei ihr. Während sein Körper sich in ihrem Tempo hob und senkte, tat sie sich an ihm gütlich. Während er erbebte, strich sie mit ihren Händen über seinen Brustkorb, und während seine Augen die Farbe des Nachthimmels annahmen, beugte sie sich vor und quälte seinen Mund so wie er zuvor den ihren, bis sie, als er leise stöhnte, triumphierend jauchzte.

»Höher!« Sie richtete sich wieder auf. »Dieses Mal werde ich diejenige sein, die dich aufwärts treibt!« Kühn nahm sie seine Hände und legte sie auf ihre Brüste. »Berühr mich. Berühr mich, während ich dich nehme, überall.«

Sie führte seine Hände dorthin, wo sie sie begehrte und genoss ihre Kraft und ihre Wärme auf ihrer nassen Haut, während sie ihn immer dichter an den Rand der Klippe trieb.

Sie spürte, wie sein Körper hilflos unter ihr erbebte, hörte, wie er leise keuchte und stürzte, erregt und glücklich über ihre bisher ungeahnte Macht, freudig hinterher.

Er war derjenige, der von Schauern durchzuckt wurde, dessen Hände schlaff an seinen Seiten lagen, als sie ihren Kopf ein wenig neigte, um erst seine Lippen und dann seinen Hals zu küssen, wo sie das wilde Pochen des Bluts in seiner Schlagader vernahm.

Dann richtete sie sich, außer sich vor Glück, wieder auf

und warf die Arme in die Luft. »Himmel, ich fühle mich fantastisch! Man sollte immer nur draußen miteinander schlafen. Es ist so unendlich… befreiend.«

»Jetzt siehst du aus wie eine Feenkönigin.«

»So komme ich mir auch vor.« Sie schüttelte sich die Haare aus der Stirn und lächelte ihn selig an. »Voller Magie und herrlicher Geheimnisse. Ich bin so froh, dass du nicht böse auf mich bist. Dabei war ich überzeugt, dass du es sein würdest.«

»Böse? Wie könnte ich das sein?« Er sammelte genügend Energie, um sich aufzusetzen und sie, Torso an Torso, eng an sich zu ziehen. »Alles an dir macht mich glücklich.«

Immer noch von der Freude des Augenblicks erfüllt, schmiegte sie sich behaglich an ihn. »Gestern Abend warst du nicht gerade glücklich mit mir.«

»Nein, das kann ich wahrlich nicht behaupten; aber da wir die Sache nun geklärt haben, brauchen wir uns darüber keine Gedanken mehr zu machen.«

»Geklärt?«

»Ja. Hier, zieh dir am besten deinen Pullover wieder an, bevor du dich verkühlst.«

»Willst du damit sagen, wir…« Sie brach ab, als er ihr den Pullover über den Kopf zerrte.

»So, das ist alles, was du brauchst, denn sobald wir im Haus sind, werde ich dich sowieso wieder ausziehen.« Er sammelte die überall verstreuten Kleider ein und drückte sie ihr in den Arm.

»Aidan, was meinst du damit, die Sache sei geklärt?«

»Nur, dass wir sie geklärt haben.« Lächelnd nahm er sie in die Arme und trug sie in Richtung ihres Cottages. »Wir werden im September heiraten.«

»Was? Warte.«

»Das tue ich ja auch. Bis September.« Er öffnete das Gartentor.

»Du täuschst dich!«

»O nein – keineswegs. Dann werden wir an all die Orte reisen, die dich reizen.«

»Aidan, so habe ich das nicht gemeint.«

»Ich aber.« Wieder blickte er sie lächelnd an, frohlockend, dass er genau die richtige Methode gefunden hatte, mit der Situation umzugehen. »Es macht mir nichts aus, wenn du dich noch ein wenig zierst, Liebling. Denn im Grunde wissen wir beide, wie die ganze Sache enden wird.«

»Lass mich sofort runter.«

»Gleich.« Er trug sie ins Haus und wandte sich der Treppe zu.

»Ich werde dich nicht im September heiraten.«

»Tja, bis dahin sind es ja nur noch ein paar Monate, sodass wir nicht allzu lange warten müssen, um herauszufinden, wer in dieser Sache Recht hat...«

»Es ist beleidigend und macht mich wütend, dass du annimmst, ich würde mich deiner Strategie einfach fügen. Und ich wäre zu dumm, um zu wissen, was ich will.«

»Aber ich halte dich für alles andere als dumm.« Er ging durch den kleinen Flur ins Bad. »Im Gegenteil, Liebling! Du bist einer der klügsten Menschen, denen ich jemals begegnet bin. Vielleicht ein bisschen starrsinnig, aber das macht mir nichts aus.« Er schob sie ein bisschen höher, streckte eine seiner Hände aus und drehte entschlossen die Dusche an.

»Das macht dir nichts aus«, wiederholte sie entrüstet.

»Nicht das Geringste! Ebenso wie es mir nichts ausmacht, wenn du mich mit deinen Blicken zu töten versuchst wie gerade jetzt in diesem Augenblick. Das finde ich eher... anregend.«

»Lass mich runter, Aidan!«

»Also gut.« Er kam ihrer Bitte nach, indem er sie mitten in der Wanne, direkt unter dem Strahl der Dusche, abstellte.

»Verdammt!«

»Mach dir um den Pullover keine Gedanken, den kriege ich schon wieder hin.« Obgleich sie wütend zappelte und mit den Armen fuchtelte, streifte er ihr den Pullover über den Kopf und warf die triefende Bescherung auf den Boden.

»Nimm deine Hände weg. Ich will diese Sache klären.«

»Du hast sie in Gedanken bereits ebenso geklärt wie ich. Ich bin sicher, dass meine Absicht, dich zu heiraten, unumstößlich ist, wohingegen du das, von dem du denkst, dass du es willst, sicher noch revidieren wirst...« Er strich ihr die nassen Haare aus der Stirn. »Wenn du dir so sicher bist, brauchst du dir ja keinerlei Gedanken zu machen, und wir können die Zeit, die wir noch gemeinsam verbringen, ganz einfach genießen.«

»Darum geht es nicht...«

»Willst du damit etwa sagen, du bist nicht gern mit mir zusammen?«

»Doch, natürlich bin ich das, aber...«

»Oder dass du nicht weißt, was du willst?«

»Natürlich weiß ich, was ich will.«

Immer noch lächelnd presste er seine Lippen erst auf ihre Braue und dann an ihre Schläfe. »Tja, warum gewährst du mir dann nicht noch eine letzte Chance, dich vielleicht umzustimmen?«

»Ich weiß nicht.« Aber etwas lief falsch. Was denn bloß? Vernunft, sagte sie sich. Kühle Vernunft. Selbst wenn sie nackt unter der Dusche stand. »Wir sprechen hier nicht über irgendein kleines, harmloses Vergnügen, Aidan. Ich nehme diese Sache furchtbar ernst, und ich habe nicht die Absicht, es mir noch mal zu überlegen.«

»Also gut, dann lass uns gemäß der guten irischen Tradition doch einfach wetten. Ich setze hundert Pfund darauf, dass du es dir doch noch anders überlegst.«

»In einer solchen Sache schließe ich definitiv keine Wette ab.«

Er zuckte mit den Schultern und griff gelassen nach der Seife. »Wenn du Angst um dein Geld hast…«

»Habe ich nicht.« Sie starrte ihn wütend an, während sie gleichzeitig nachgrübelte, an welchem Punkt er die Dinge verdreht hatte, sodass sie nun in der Falle saß. »Also gut, sagen wir, zweihundert Pfund!«

»Abgemacht.« Um die Wette zu besiegeln, küsste er sie zärtlich auf die Nasenspitze, und dann seifte er sie gründlich ein.

19

Es war einfach absurd. Hatte sie doch tatsächlich Geld darauf gesetzt, ob sie Aidan heiraten würde oder nicht! So etwas Lächerliches, Groteskes. Und vor allem peinlich.

Ihr Zorn hatte sie so weit gebracht, was ihr sonst nie passierte. Für gewöhnlich war sie ein milder, zurückhaltender Mensch.

Natürlich würde sie die Wette, wenn es so weit wäre, ganz einfach vergessen. Warum sollte sie sich selbst oder Aidan das Gefühl geben, sich zum Narren gemacht zu haben, indem sie nochmals davon sprach?

Und jetzt konzentrierte sie sich besser auf das, was sie noch zu tun hatte. Sie musste einen Spaziergang mit Finn machen und Mollie O'Toole die Teller zurückbringen, die diese ihr für das *Ceili* geborgt hatte. Dann war es allerhöchste Zeit, zu Hause anzurufen und sich nach ihrer Familie zu erkundigen. Anschließend würde sie sich, wenn das Wetter so schön bliebe, in den Garten setzen und weiterarbeiten.

Sie wollte die Geschichte aufschreiben, die Aidan ihr am Vorabend erzählt hatte. Den Rhythmus hatte sie bereits im

Kopf, ebenso wie die Bilder von dem weißen Vogel und dem schwarzen Wolf. Sie bezweifelte, dass sie beiden Figuren gerecht würde, aber versuchen wollte sie es doch.

Sie griff nach den Tellern und nach einer Dose von ihr selbst gebackener Kekse. Bereit, sich auf den Weg zu machen, blickte sie sich suchend um und entdeckte Finn gerade rechtzeitig, um Zeuge zu werden, wie er sich unter den Küchentisch hockte und dort eine Pfütze machte. Natürlich hatte er nicht auf, sondern neben der von ihr bereitgelegten Zeitung Platz genommen, und Jude seufzte leise auf.

»Du hättest wohl nicht noch eine Minute warten können, nein?« Als er alles andere als zerknirscht mit dem Schwanz klopfte, stellte sie lachend die Teller wieder fort, um das Malheur zu beseitigen.

Da er an ihr hochhüpfte, ihr übers Gesicht leckte und spielerisch knurrte, während sie den Boden schrubbte, vergaß sie, ihn zu schelten; und weil sie, wenn sie ihn kraulte, ebenso glücklich war wie er, brachte sie zehn Minuten damit zu, ihn zu streicheln, sich mit ihm zu balgen und seinen Bauch zu kratzen, bis er selig winselte.

Natürlich verwöhnte sie den Hund, gestand Jude sich ein. Aber es war auch völlig überraschend, dass so viel Liebe in ihrem Inneren steckte, und die musste sie einfach weitergeben.

»Ich bin beinahe dreißig«, murmelte sie, während sie an Finns weichen Schlappohren zog. »Ich will ein Heim und eine Familie. Und zwar beides zusammen mit einem Mann, der mich über alle Maßen liebt.« Sie setzte den Hund auf ihren Schoß, worauf dieser zappelnd an ihrer Hand leckte. »Mit etwas Geringerem werde ich mich nicht noch einmal zufrieden geben. Ich kann mich nicht ein zweites Mal mit einem Bruchteil wahren Lebens begnügen, nur weil es so aussieht, als bekäme ich nichts Besseres. Also …«

Zärtlich hob sie Finn hoch und sah ihm in die feuchten

Augen. »Müssen wir beide uns im Augenblick wohl miteinander begnügen, alter Freund!«

Sie stand vom Boden auf, wandte sich zum Gehen, öffnete
die Hintertür, und schon schoss er wie ein angelegter Pfeil
davon. Es freute sie zu sehen, wie er loskugelte, obgleich sein
erster Sprint in Richtung ihrer Blumenbeete ging. Und tatsächlich machte er, als sie ihn rief, gerade noch rechtzeitig,
wenn auch schlitternd und sich überschlagend, Halt. Ganz
bestimmt war es ein Fortschritt, dass er nur die erste Reihe
des Leberbalsams platt gewalzt hatte.

Finn flitzte vor ihr her, kam zu ihr zurückgerannt, raste im
Kreis um sie herum und stürmte dann im Zickzack, seiner
Nase folgend, wieder los. Sie stellte sich vor, wie er aussehen
würde, wenn er erst mal groß wäre, ein großer, hübscher
Hund mit einem langen, buschigen Schwanz, der mit Begeis-
terung die Hügel erforschte.

Was, in Gottes Namen, würde sie mit ihm in Chicago anstellen?

Sie schüttelte den Kopf und verdrängte diese Sorge. Es
machte keinen Sinn, sich über etwas Gedanken zu machen,
was ihr nur das Vergnügen an dem Spaziergang rauben
würde.

Die Luft war kristallklar, und die Sonne schob ihre sanften Strahlen durch Wolken auf dem Weg nach England. Hin
und wieder erblickte sie die Bucht, in der dunkelgrüne Wogen ans Ufer klatschten. Wenn sie im Gehen innehielt und
sich konzentrierte, konnte sie das Lied der Wellen in der
schimmernden Stille wahrnehmen. Heute strömten sicher
nicht nur unzählige Touristen an den Strand, sondern auch
einige der Einheimischen, hätten sie ein, zwei Stunden frei.

Junge Mütter, dachte sie, die ihre kleinen Kinder die Zehen in die Brandung stecken lassen würden oder ihnen Sand
in die roten Plastikeimer schaufelten. Burgen würden erst gebaut und dann vom Meer wieder eingeebnet.

Die Hecken zu beiden Seiten des Weges waren schwer von sommerlichen Blüten, und das Gras unter ihren Füßen glänzte frisch im morgendlichen Tau. Im Norden kauerten die hohen Berge unter den hellen Wolken, die ihre Gipfel umschwebten. Und vor ihnen erstreckte sich die endlos lange Kette grüner, wunderbarer Hügel.

Jude liebte ihren Anblick, liebte die schlichte, reine Schönheit dieses Landes, die Ruinen alter Burgen, die nicht vom Meer, sondern von der Zeit und zahllosen Feinden überflutet worden waren. Sie ließen sie an Ritter und Jungfrauen denken, an kleine und große Könige, an listige Dienstboten und findige Spione. Und natürlich an Magie und Hexerei und die Gesänge der Feen!

An die Menge der Geschichten, die sie noch erzählen müsste, und in denen es um Opfer aus Liebe und der Ehre wegen, um den Triumph des Herzens oder verzauberte Wesen und die schließliche Überwindung des jeweiligen Zauberbannes ging.

An einem Ort wie diesem konnte ein Erzähler Jahre damit verbringen, Geschichten zu sammeln, zu sortieren und weiterzugeben. Sie könnte silbrige Vormittage wie den heutigen damit verbringen, über die Hügel zu streifen und ihre Fantasie schweifen zu lassen; an regnerischen Nachmittagen schriebe sie dann ihre Geschichten auf. Abends würde sie sich, zufrieden mit dem Tag, in einem Sessel zusammenrollen und Bilder im Torffeuer finden, oder in den Pub hinunterwandern und sich an dem dort herrschenden Lärm, der fröhlichen Gesellschaft und der lebhaften Musik erfreuen.

Es wäre ein wunderbares Leben, voller interessanter Dinge, voller Schönheit, voller Träume.

Plötzlich blieb sie stehen, überrascht nicht nur von dem Gedanken, sondern vor allem von der Tatsache, dass sie ihn überhaupt erwog. Sie könnte einfach bleiben, nicht nur für weitere drei Monate, sondern bis ans Ende ihrer Tage. Sie könnte Geschichten schreiben, die ihr erzählt würden, und Geschichten, die sich beständig selbst in ihr formten.

Nein, natürlich könnte sie das nicht. Was dachte sie da nur? Jude lachte, wenn auch zittrig, auf. Sie musste wie geplant zurück nach Chicago, dort eine Arbeit auf dem Gebiet finden, auf dem sie sich auskannte, um ihren Lebensunterhalt zu sichern – während Träume Träume blieben. An etwas anderes zu denken, war vollkommen illusorisch.

Aber warum?

Gerade hatte sie sich wieder in Bewegung gesetzt, soeben zwei kurze Schritte unternommen, als sich ihr diese Frage stellte.

»Warum?«, begehrte sie auf. »Natürlich gibt es einen Grund. Es gibt sogar ein Dutzend Gründe. Ich lebe in Chicago, habe immer in Chicago gelebt.«

Es gab kein Gesetz, demzufolge sie in Chicago leben *musste,* flüsterte eine verräterische Stimme in ihr. Schließlich würde sie nicht in schwere Eisenketten gelegt und in irgendein Verlies geworfen, zöge sie einfach weg.

»Natürlich nicht, aber ... ich muss arbeiten.«

Und was hast du während der letzten drei Monate gemacht?

»Das ist keine Arbeit, nicht wirklich.« Ihr Magen vollführte einen aufgeregten Satz, und ihr Herz schlug bis zum Hals. »Es ist eher so etwas wie ein Hobby.«

Warum?

Sie schloss die Augen. »Weil es mir Spaß macht. Weil mir alles daran Spaß macht, also muss es ein Hobby sein. Doch genau dieser Gedankengang ist auch wieder unglaublich töricht.«

Vielleicht war es ein seltsamer Ort und ein seltsamer Zeitpunkt für eine Erleuchtung, dieser wilde Hügel am hellen Vormittag. Aber für ihre persönliche Erleuchtung gäbe es ganz sicher keinen passenderen Flecken Erde.

»Warum kann ich nicht das tun, was mir Spaß macht, ohne dass es sofort mein Misstrauen weckt? Warum kann ich nicht einfach dort bleiben, wo ich lieber bin als sonst wo auf der Welt? Wer bestimmt über mein Leben?«, fragte sie mit einem geradezu verblüfften Lachen, »wenn nicht ich?«

Mit zitternden Knien ging sie langsam weiter. Sie könnte es wagen – mit ein bisschen Mut. Zum Beispiel ihr Apartment verkaufen und endlich tun, was sie sich aus Angst vor einer Absage bisher nie getraut hatte – nämlich eine Leseprobe ihres Werks einem Agenten vorlegen.

Endlich könnte sie, auf Gedeih oder Verderb, bei einem Konzept bleiben, das sie wirklich selbst entworfen hatte.

Darüber musste sie erst mal nachdenken, sorgfältig und ernsthaft. Sie beschleunigte ihr Tempo und ignorierte die Stimme in ihrem Inneren, die sie bedrängte, jetzt zu handeln, auf der Stelle, ehe sie neue Ausflüchte fand. Es wäre ein großer, geradezu enormer Schritt. Und ein vernünftiger Mensch wie sie erörterte große, enorme Schritte erst mal gründlich mit sich.

Jude war dankbar, als sie von der Hügelkuppe aus das Cottage der O'Tooles erblickte. Sie brauchte dringend Abwechslung, etwas, was sie für eine Weile von ihren Überlegungen ablenkte.

Angesichts der Wäsche, die bereits zum Trocknen an der Leine hing, fragte sie sich, ob Mollie vielleicht vierundzwanzig Stunden täglich wusch. Im Garten drängten sich wie immer zahllose leuchtend bunte Blumen, und der kleine Schuppen war so voll gestopft wie stets. Betty erhob sich von ihrem morgendlichen Nickerchen im Hof und bellte zur Begrüßung, worauf Finn ergeben winselnd den Weg hinunterschoss.

Jude folge ihm langsam und hatte soeben die Hofmauer erreicht, als sich die Tür der Küche öffnete.

»Guten Tag, Jude!« Mollie winkte gut gelaunt. »Sie sind heute Morgen aber zeitig unterwegs.«

»Wie es aussieht, immer noch nicht so zeitig wie Sie.«

»Mit einem Haus voll plappermäuliger Töchter und einem Mann, der seinen Tee gern hat, noch ehe er die Augen öffnet, hat man einfach nicht die Möglichkeit, länger zu schlafen. Kommen Sie doch rein und trinken eine Tasse, während ich mein Brot backe.«

»Ich bringe Ihre Teller zurück, zusammen mit ein paar von den Plätzchen, die ich gestern fabriziert habe. Ich glaube, sie sind besser geworden als die davor.«

»Probieren wir sie doch einfach zu unserem Tee!«

Sie hielt die Tür auf, und Jude trat in die Küche, wo Brenna mit diversen Werkzeugen unter der Spüle klapperte.

»Jetzt müsste es funktionieren, Ma!«

»Das will ich hoffen!« Mollie trat entschieden vor den Herd. »Ich sage Ihnen, Jude, hier ist es wie im Haus wohl jedes Handwerkers. Genau wie mein Mann rennt auch das Mädchen hier ständig durch die Gegend und repariert die Sachen aller Welt, während ich selbst mich Tag und Nacht mit kaputten Gegenständen abplage.«

»Tja, weil du uns auch nichts zahlst«, knurrte Brenna und handelte sich damit einen leichten mütterlichen Fußtritt ein.

»Ach, ich zahle nichts? Und wer hat soeben zum Frühstück einen ganzen Berg Eier und einen Turm voller Toasts mit Marmelade an meinem Tisch verspeist?«

»Das habe ich nur getan, um den Mund voll zu haben und Maureen nicht verbieten zu müssen, ununterbrochen von ihren Hochzeitsvorbereitungen zu faseln. Diese Braut treibt uns alle in den Wahnsinn, Jude! Den ganzen Tag lang rennt sie entweder himmelhoch jauchzend oder zu Tode betrübt durch die Gegend und entweder grinst sie wie ein Honigkuchenpferd oder aber sie bricht ohne jeden Grund urplötzlich in jämmerliche Tränen aus.«

»Wenn man heiratet, ist man eben etwas aufgeregt.« Mollie servierte Tee und Plätzchen, bedeutete Jude mit einem Nicken sich zu setzen und tauchte ihre Hände wieder in den Teig, den sie bei Judes Erscheinen gerade zu kneten begonnen hatte. »Und wenn du erst einmal an die Reihe kommst, wirst du dich sicher noch viel schlimmer aufführen.«

»Ha! Wenn ich daran denken würde zu heiraten, würde ich den Kerl vor den Altar zerren, mein Ja-Wort abliefern und damit wäre die Sache erledigt«, verkündete Brenna. »Alles andere ist doch nichts als blöder Firlefanz – Kleider und Blumen und die Überlegung für einen einzigen Tag, für ein Kleid, das man nie wieder trägt, für Blumen, die hinterher verwelken, und für Lieder, die man jederzeit schmettern könnte.«

Sie tauchte unter der Spüle auf und fuchtelte mit ihrem Schraubenschlüssel durch die Luft. »Und was das alles kostet...«

»Ah, Brenna, in Bezug auf solche Dinge bist du wirklich eine Närrin!« Mollie gab mehr Mehl auf ihren Teig und drehte den Klumpen dann herum. »Dieser eine Tag ist der Anfang eines Lebens, und er ist jede Minute der Vorbereitung und jeden Penny wert.« Trotzdem stieß sie einen leisen Seufzer aus. »Auch wenn es tatsächlich ein wenig ermüdend ist, ihre ständigen Krisen zu ertragen.«

»Meine Rede!« Brenna legte den Schraubenschlüssel in ihren Werkzeugkasten, schob sich unter dem Spültisch hervor und griff nach einem Plätzchen. »Nimm zum Beispiel unsere Jude. Ruhig wie eh und je. Sie jammert nicht ein einziges Mal, ob sie nun weiße oder pinkfarbene Rosen für ihren Brautstrauß will.« Brenna biss in das Plätzchen und setze sich auf einen Stuhl. »Du bist wirklich ein beneidenswert vernunftbegabter Mensch!«

»Danke. Ich gebe mir auch Mühe. Aber wovon, in aller Welt, sprichst du?«

»Von dem Unterschied zwischen dir und dieser Nerven-
säge von Schwester. Ihr wollt beide in Kürze heiraten, aber
stapfst du deshalb im Zimmer auf und ab, ringst die Hände
und änderst alle zwei Minuten deine Meinung über den Geschmack der Hochzeitstorte? Nein, natürlich nicht.«

»Nein«, antwortete Jude. »Das tue ich nicht, und zwar
einfach deshalb, weil ich nicht in Kürze heiraten werde.«

»Selbst wenn du und Aidan nur eine kleine Zeremonie im
Auge habt – obgleich ich mich frage, wie ihr das bewerkstel-
ligen wollt, da er doch im Umkreis von hundert Kilometern
mindestens jeden zweiten Menschen kennt –, ist es wohl
trotzdem eine Hochzeit.«

Jude schluckte krampfhaft. »Wie kommst du auf die Idee,
ich würde Aidan heiraten?«

»Weiß ich von Darcy.« Brenna beugte sich über den Tisch
und griff nach einem zweiten Keks. »Und sie hat es direkt
aus dem Mund des Kandidaten.«

»Wohl eher aus seinem großen Maul!«

Bei Judes schnippischem Ton blinzelte Brenna überrascht,
und Mollie hob den Kopf. Ehe Brenna jedoch etwas erwi-
dern konnte, bedachte ihre Mutter sie mit einem warnenden
Blick und sagte: »Iss lieber dein Plätzchen, ehe du noch mehr
ausplauderst.«

»Aber Darcy hat gesagt…«

»Vielleicht hat Darcy Aidan einfach nicht richtig verstanden.«

»Doch, ich glaube schon.« Jude konnte ihre Wut nicht
länger unterdrücken, also schob sie ihren Stuhl ein Stück zurück und sprang auf ihre Füße. »Woher nimmt der Kerl die
Dreistigkeit, woher hat er eine solche Arroganz?«

»Den meisten Männern sind diese Eigenschaften angebo-
ren«, erklärte Brenna und fuhr, als ihre Mutter zischte, vor
Verlegenheit zusammen.

»Ich muss sagen, Jude, dass auch ich angesichts der Nähe

zwischen Ihnen und Aidan dachte, es käme bald zu einer Hochzeit.« Mollie sprach mit ruhiger Stimme. »Als Brenna gestern beim Abendbrot davon berichtete, war keiner von uns überrascht. Vielmehr haben wir uns alle sehr gefreut.«

»Als Sie... beim Abendbrot?« Jude stemmte die Fäuste in die Hüften und starrte Brenna reglos an. »Du hast es deiner ganzen Familie mitgeteilt?«

»Tja, ich hätte nicht gewusst, weshalb...«

»Wem noch? Wie vielen Leuten hast du sonst noch dieses lächerliche Gerücht aufgetischt?«

»Ich...« Brenna räusperte sich. Da sie selbst jähzornig war, erkannte sie die Zeichen der Gefahr. »...kann mich nicht genau erinnern. Nicht vielen. Einigen wenigen. Kaum jemandem. Weißt du, wir, das heißt, Darcy und ich, haben uns einfach so gefreut. Wir haben sowohl Aidan als auch dich furchtbar gerne, und da alle wissen, wie umständlich Aidan manchmal etwas einfädelt, haben wir gehofft, das *Ceili* würde die Sache vielleicht etwas beschleunigen.«

»Das *Ceili*?«

»Ja, Mittsommernacht und der Vollmond und pipapo! Du erinnerst dich doch, Ma?« Hilfe suchend wandte Brenna sich an ihre Mutter. »Du erinnerst dich doch sicher noch daran, wie du uns erzählt hast, Dad hätte dich, als er auf einem *Ceili* im Mondlicht mit dir tanzte, endlich gebeten, ihn zu heiraten. Auf einem *Ceili* im Cottage der alten Maude!«

»Natürlich habe ich euch das erzählt!« Allmählich begann sie, alles zu verstehen, und lächelnd legte sie die Hand auf Brennas Schulter. »Ihr habt es gut gemeint, nicht wahr?«

»Ja, wir – aua!« Brenna fuhr zusammen und hielt sich die Nase, die ihre Mutter soeben wenig sanft gezwirbelt hatte.

»Das soll dich daran erinnern, deine Nase trotzdem nicht in die Angelegenheiten anderer zu stecken, egal, wie gut du es auch meinst.«

»Es war nicht ihre Schuld.« Jude raufte sich die Haare. »Das geht allein auf Aidans Kappe. Was bildet er sich ein, seiner Schwester gegenüber zu behaupten, wir würden heiraten? Schließlich habe ich mehrere Male laut und deutlich Nein gesagt!«

»Nein?« Brenna und Mollie starrten Jude entgeistert an.

»Ich weiß, weshalb er mich gefragt hat – ich habe ihn durchschaut.« Sie wirbelte herum und stampfte durch den Raum. »Er braucht eine Frau, und ich stehe zufällig zur Verfügung – deshalb! Und er denkt, dass ich mich seinen Wünschen stillschweigend füge, weil ich nicht das geringste Rückgrat habe. Nun, Irrtum! Ich habe ein Rückgrat. Vielleicht habe ich es bisher nicht allzu oft benutzt, aber trotzdem ist es existent. Ich heirate weder ihn noch einen anderen. Nie wieder lasse ich mir vorschreiben, was ich tun, wo oder wie ich leben oder was ich sein soll. Nie, nie wieder!«

Mollie betrachtete das zornrote Gesicht und die geballten Fäuste und nickte bedächtig. »Tja, nun, das ist natürlich gut. Aber warum atmen Sie jetzt nicht erst einmal tief durch, meine Liebe, setzen sich wieder an den Tisch, trinken Ihren Tee und erzählen uns als Ihren Freundinnen, was genau passiert ist?«

»Einverstanden! Und dann«, fügte sie hinzu und pikste Brenna vor die Brust, »kannst du runter ins Dorf gehen und allen erzählen, was für ein hirnloser Narr Aidan Gallagher ist und dass Jude Murray ihn noch nicht mal dann nehmen würde, bekäme sie ihn auf einem silbernen Tablett serviert.«

»Kein Problem!«, erklärte Brenna mit einem vorsichtigen Lächeln.

»Gut.« Wie Mollie ihr geraten hatte, holte Jude tief Luft, setzte sich wieder an den Tisch und begann ihren Bericht.

Es half wirklich eine Menge, sich vor Freunden Luft zu machen, dachte Jude verblüfft. Es nahm dem Zorn die Schärfe, stärkte die Entschlossenheit, und es verschaffte ihr eine überraschende Befriedigung, dass sich die beiden anderen auch über Aidans Vorgehen ärgerten.

Als sie schließlich ging, hatten Mollie und Brenna ihr die Schulter getätschelt, sie umarmt und ihr zu ihrer Standfestigkeit gegenüber diesem männlichen Tyrannen gratuliert. Natürlich konnte sie nicht wissen, dass Mutter und Tochter, sobald sie vor der Tür stand, jeweils zwanzig Pfund hervorholten und auf Aidan wetteten.

Nicht, dass sie kein Mitgefühl gehabt oder gezweifelt hätten an Judes Vernunft und Willensstärke. Nur waren ihr Glaube an das Schicksal und ihre Freude an einer guten Wette einfach größer.

Das Geld in der Tasche fuhr Brenna schnurstracks in den Ort, um Darcy zu erklären, was für ein Idiot ihr Bruder war – und um weitere Wettgelder zu kassieren.

In seliger Unwissenheit kehrte Jude zu ihrem Haus zurück. Die beiden Zuhörerinnen hatten ihr das Herz erleichtert und den Rücken zusätzlich gestärkt. Sie würde sich wohl kaum die Mühe machen, Aidan zur Rede zu stellen, denn es lohnte sicher weder den Aufwand noch die Zeit. Sie bliebe entschieden und gelassen, und dieses Mal wäre er derjenige, der die Blamage einsteckte.

Zufrieden mit sich selbst ging sie direkt zum Telefon in ihrer Küche und unternahm, ohne auch nur einen Augenblick zu zögern, den nächsten Schritt.

Dreißig Minuten später saß sie an ihrem Tisch und legte den Kopf auf ihre Arme.

Sie hatte die Weichen gestellt!

Ihr Apartment in Amerika würde verkauft. Da das Paar, an das Jude für sechs Monate vermietet hatte, bereits angefragt hatte, ob es vielleicht zu erwerben sei, glaubte der Makler zuversichtlich an eine schnelle, reibungslose Abwicklung. Ende des Monats flöge sie zurück, um ihre Besitztümer zu sichten – das, was sie behalten wollte, zu verschiffen oder einzulagern und den Rest zu verkaufen oder zu verschenken.

So viel zu einem Leben, das sie auf die Erwartungen anderer gebaut hatte! Jude blieb reglos sitzen und wartete mit angehaltenem Atem auf die innere Reaktion ihrer Kühnheit.

Panik? Bedauern? Depression?

Keiner dieser Zustände setzte ein. Sie hatte es getan, absolut spontan, und fühlte sich plötzlich wie befreit. Sie empfand Erleichterung, Vorfreude und den berechtigten Stolz darauf, dass sie den Schritt endlich gewagt hatte.

Miss Murray lebte nicht mehr in Chicago. Von nun an lautete ihre Adresse: Faerie Hill Cottage, Gemeinde Ardmore, Bezirk Waterford, Irland.

Ihre Eltern würden bei der Nachricht bestimmt ohnmächtig.

Bei dem Gedanken setzte sie sich auf und hielt sich beide Hände vor den Mund, um nicht aus vollem Hals loszugackern. Sicher würden sie denken, sie hätte den Verstand verloren. Und niemals würden sie verstehen, dass sie ihn durch diesen Schritt erst gefunden hatte. Sie hatte ihre Entschlussfähigkeit gefunden, ihr Herz und auch ihre wahre Heimat.

Und, so dachte sie ein wenig schwindlig vor Erregung, obendrein ein Ziel.

»Oma, ich habe mich gefunden, in weniger als sechs Monaten ist die wahre Jude F. Murray aufgetaucht. Was sagst du dazu?«

Der Anruf in New York wäre ganz sicher problematischer. Denn er war bedeutsamer. Bedeutsamer als der symbolische Verkauf ihres Apartments, bei dem es ja nur um Geld ging. Der Anruf in New York bedeutete die Zukunft, die Zukunft, die sie sich endlich gestattete.

Sie war sich nicht sicher, ob ihre Bekannte vom College sich wirklich noch an sie erinnerte oder ob sie bloß aus Höflichkeit so getan hatte. Aber sie hatte den Anruf entgegengenommen und ihr zugehört. Jude konnte sich nicht genau daran erinnern, was sie gesagt und was Holly erwidert hatte. Sie wusste nur, dass die Literaturagentin Holly Carter Fry ihr, Jude F. Murray, erklärt hatte, die Beschreibung ihres Buches gefiele ihr sehr gut, und sie solle ihr doch bitte eine Probe ihrer Arbeit schicken.

Da bereits der Gedanke daran ihren Magen zu wilden Purzelbäumen veranlasste, zwang Jude sich, die Treppe hinaufzusteigen, sich an ihren Schreibtisch zu setzen und, wenn auch mit zitternden Fingern, den Begleitbrief aufzusetzen. Doch ihr Hirn arbeitete wieder mit der alten Logik, und so schrieb sie einen, wie sie dachte, höflichen, professionellen Brief.

Nur einmal musste sie kurz aussetzen und den Kopf zwischen die Knie legen, damit der Schwindel sie nicht übermannte.

Sie nahm die ersten drei Geschichten und das Vorwort, das sie tausendmal verändert, ja, mit ihrem Herzblut geschrieben hatte, und merkte, dass sie um ein Haar geweint hätte, als sie die Zeichnungen in einen Hefter legte und alles zusammen in einen wattierten Umschlag schob.

Hiermit schickte sie ihr Herz über den Ozean, riskierte, dass eine beinahe Fremde es womöglich in den Papierkorb warf. Vielleicht sollte sie es ganz einfach sein lassen – Jude trat einen Schritt zurück, rieb sich die kalten Arme und starrte aus dem Fenster. Leichter, weiter so zu tun, als hätte sie die feste Absicht, es ein andermal zu wagen. Leichter, eine Kehrtwendung zu machen und sich davon zu überzeugen, dass das Ganze nichts weiter als ein angenehmes Hobby war, ein Experiment, bei dem es um nichts ging.

Hätte sie den Umschlag erst eingeworfen, gäbe es kein Zurück mehr, könnte sie nicht mehr so tun als ob – hätte sie keine Optionen mehr.

Das war es nämlich immer gewesen. Sie hatte sich darauf hinausgeredet, sie könnte etwas nicht – wäre weder clever noch schnell genug. Denn wenn man selbstbewusst genug war, etwas zu versuchen, brauchte man den Mut, auch der Gefahr einer Absage ins Auge zu blicken.

Sie hatte als Ehefrau versagt und am Ende als Dozentin – zwei Dinge, bei denen sie davon ausgegangen war, dass sie sich in etwa darauf verstand.

Aber es gab so viele andere Dinge, die sie gewollt, von denen sie geträumt und die sie dann verdrängt hatte. Stets hatte sie der Vernunft den Vorrang gegeben, weil man das von ihr erwartete.

Aber vor allem hatte sie, ganz tief in ihrem Inneren, gewusst, dass sie, falls etwas nicht klappte, damit würde leben müssen. Und hatte sich jedes Neuland versagt.

Sie blickte sich nochmals um und straffte ihre Schultern. Nun war ihr Mut erwacht. Nun könnte sie nicht mehr mit der Hoffnung leben, dass sie die Realisierung dieses Traumes ja immer noch vor sich hatte.

»Wünsch mir Glück«, murmelte sie dem ätherischen Wesen zu, mit dem sie das kleine Cottage teilte, und schnappte sich den Umschlag.

Im Moment wollte sie nicht weiter darüber nachdenken, als sie in den Ort fuhr. Sie würde den Umschlag einwerfen und ihn dann einfach vergessen. Es kam nicht in Frage, die nächsten Tage zu leiden, sich Sorgen zu machen wegen der Zukunft. Früh genug würde sie das Ergebnis erfahren, und falls ihre Arbeit den Ansprüchen dieser Agentin nicht genügte... würde sie sie irgendwie verbessern.

Während sie auf Hollys Antwort wartete, würde sie das Buch beenden. Sie würde es zurechtfeilen, bis es strahlte wie ein Diamant. Und dann, ja dann begänne sie den nächsten Band. Mit Geschichten, die sie selbst im Kopf hatte. Geschichten von Meerjungfrauen und Geistern und verzauberten Flaschen. Sie hatte das Gefühl, dass die Geschichten nun, da sie die Flasche ihrer Fantasie endlich entkorkt hatte, schneller aus ihr herausströmten, als sie mit dem Tippen nachkam.

Als sie vor dem Postamt parkte, rauschte es in ihren Ohren. Ihr Herz klopfte so heftig, dass ihr die Brust schmerzte. Ihre Knie waren weich, aber sie zwang sich, über den Bürgersteig und hinein zu gehen.

Die Postmeisterin hatte schneeweiße Haare und die frischen Wangen eines jungen Mädchens. Sie bedachte Jude mit einem gut gelaunten Lächeln. »Hallo, Miss Murray. Wie geht es Ihnen so?«

»Sehr gut, danke.« *Lügnerin, Lügnerin, Lügnerin,* sang es in ihrem Kopf. Sicher verlöre sie jeden Augenblick den Kampf gegen die sich ständig verstärkende Übelkeit und würde sich hier, vor den Augen der Beamtin, übergeben.

»Ist ja auch ein wunderbarer Tag. Der schönste Sommer seit Jahren. Vielleicht haben ja Sie uns dieses Glück beschert.«

»Das würde ich mir gerne einbilden.« Mit einem Lächeln, das sich wie eine Grimasse anfühlte, legte Jude den Umschlag auf den Tresen.

»Dann schicken Sie also einer Freundin in Amerika ein Päckchen?«

»Ja.« Die Frau las die Adresse, und Jude behielt ihr Lächeln bei. »Einer alten Freundin vom College. Sie lebt inzwischen in New York.«

»Mein Enkel Dennis wohnt mit seiner Frau und seinen Kindern ebenfalls in New York City. Dennis arbeitet in einem eleganten Hotel und bekommt jede Menge Trinkgeld, wenn er den Leuten ihr Gepäck mit dem Fahrstuhl auf die Zimmer bringt. Er sagt, ein paar der Suiten sehen wie Paläste aus.«

Allmählich bekam Jude Angst, dass ihr Gesicht bersten

würde, trotzdem strahlte sie geduldig weiter. Sie hatte in den vergangenen drei Monaten die Erfahrung gemacht, dass man nicht einfach in ein Postamt oder irgendein anderes Haus in Ardmore stürmte, ohne sich mit den dort Anwesenden ein wenig zu unterhalten.

»Macht ihm die Arbeit auch Spaß?«

»Und ob, und seine reizende Frau hat als Frisörin gearbeitet, bis dann das zweite Baby kam.«

»Das ist schön. Ich hätte es gern, wenn das Päckchen schnellstmöglich in New York ankäme.«

»Sie könnten es per Express schicken – aber das ist ziemlich teuer.«

»Ausnahmsweise muss es leider sein.« Sie hatte das Gefühl, als bewege sie sich inmitten durchsichtigen, zähflüssigen Sirups, als sie ihre Börse aus der Tasche zog, und benommen schaute sie zu, wie die Postmeisterin das Päckchen wog und die Portokosten berechnete; zuletzt schob sie ein paar Pfundnoten über den Tresen und nahm das Wechselgeld entgegen.

»Danke.«

»Nichts zu danken. Nichts zu danken. Wird Ihre Freundin aus New York zur Hochzeit herkommen?«

»Wie bitte?«

»Ihre Familie wird ja sicher dabei sein – aber es ist doch schön, wenn obendrein noch ein paar gute alte Freunde teilnehmen, nicht wahr?«

Das Rauschen in ihren Ohren schwoll weiter an. Ihre Aufregung wandelte sich derart rasant in heißen Zorn, dass sie ihr Gegenüber wortlos anstarrte.

»Mein John und ich sind inzwischen seit beinahe fünfzig Jahren verheiratet, und trotzdem erinnere ich mich noch ganz genau an unsere Hochzeit. Es hat in Strömen gegossen, aber das störte mich gar nicht. Meine ganze Familie war da, und die von John natürlich auch, und alle haben sich in der kleinen Kirche gedrängt, sodass der Geruch von nasser Wolle den Duft der Blumen fast erstickt hat. Und mein Papa, Gott hab ihn selig, hat, weil ich seine einzige Tochter war, wie ein Baby geweint, als er mit mir durch das Kirchenschiff schritt.«

»Das klingt wirklich rührend«, brachte Jude mühsam hervor. »Aber ich werde nicht heiraten.«

»Oje, dann haben Sie und Aidan also bereits den ersten kleinen Streit?« Die Postmeisterin schnalzte mitfühlend. »Aber machen Sie sich darüber keine Gedanken, meine Liebe, das ist vollkommen normal.«

»Wir hatten keinen Streit!« Aber es stand eindeutig in allernächster Zeit ein Riesenstreit bevor. »Ich heirate ihn nur nicht.«

»Er sollte sich also noch ein wenig abstrampeln«, bemerkte ihr Gegenüber mit einem verschwörerischen Zwinkern. »Das kann ihm nicht schaden, und vor allem wird er dadurch sicher ein noch besserer Ehemann. Oh, wegen der Hochzeitstorte sollten Sie unbedingt zu Kathy Duffy gehen. Sie macht die herrlichsten Torten, wirklich köstlich und bildschön!«

»Aber warum eine Torte?«, knurrte Jude erbost.

»Dass dies Ihre zweite Hochzeit ist, bedeutet doch nicht, dass Sie keine Torte verdient haben. Jede Braut hat eine Torte verdient. Und wegen des Kleides wenden Sie sich am besten an Mollie O'Toole. Sie hat für ihre Tochter einen wunderbaren Laden in Waterford City ausfindig gemacht.«

»Ich brauche weder eine Torte noch ein Kleid«, erklärte Jude und rang verzweifelt nach Geduld. »Weil ich nämlich nicht heirate. Danke!«

Sie machte auf dem Absatz kehrt und marschierte Richtung Tür.

Als sie endlich draußen war, holte sie tief Luft und starrte wutentbrannt auf das Schild über der Eingangstür des Gallagher's.

Sie konnte unmöglich jetzt dort hineingehen. Wenn sie es täte, rammte sie bestimmt dem Kerl ein Messer in seine schwatzhafte Kehle.

Weshalb auch bitte nicht? Er hatte den Tod verdient!

Mit langen, zielgerichteten Schritten brachte sie die kurze Strecke hinter sich, trat vor die Tür des Pubs und riss sie zornig auf.

»Aidan Gallagher!«

Der Raum war zum Bersten mit Einheimischen und Touristen angefüllt, deren fröhliche Gespräche bei ihrem Eintreten abrupt verstummten.

Hinter der Theke hielt Aidan im Zapfen eines Guinness inne.

Als sie mit Dolchblicken auf ihn zusteuerte, stellte er das Glas zur Vorsicht an die Seite. Sie war eindeutig nicht mehr das sanfte, verschlafene Weibchen, das er kurz nach Anbruch der Dämmerung hatte verlassen müssen. Jene Frau hatte hingebungsvoll und zufrieden ausgesehen.

Diese hier hingegen wirkte wie eine mordlüsterne Furie!

»Ich möchte mit dir reden«, fuhr sie ihn an.

Er konnte sich nicht vorstellen, dass es eine angenehme Unterhaltung werden würde. »Also gut, lass mir noch eine Minute Zeit, und dann gehen wir nach oben. Dort sind wir ungestört.«

»Aha, jetzt auf einmal will er ungestört sein! Tja, das kannst du vergessen.« Sie wandte sich den Gästen zu. Dieses Mal brachten die unverhohlen interessierten Mienen sie nicht in Verlegenheit, dieses Mal verursachten sie ihr nicht die geringsten Bauchschmerzen – sondern schürten noch ihren Zorn.

»Alle dürfen gern mit anhören, was ich dem Kerl zu sagen habe, denn schließlich unterhält sich ja sowieso bereits das ganze Dorf über uns beide. Aber eins möchte ich klarstellen. Ich werde diesen Mann – ein getarnter Affe – nicht heiraten!«

Einige der Umsitzenden kicherten vergnügt, und als sie sah, dass sich ein Spalt zur Küche öffnete, wirbelte sie abermals herum. »Steh nicht hinter der Tür, Shawn, sondern komm ruhig heraus! Auf dich habe ich es nicht abgesehen!«

»Wofür ich Gott auf Knien danke«, murmelte er, stellte sich jedoch als loyaler Bruder schützend neben den armen Aidan.

»Zwei wirklich stramme Kerle! Und du bist ebenfalls alles andere als hässlich«, erklärte sie und wies auf die verblüffte Darcy. »Aber ich hoffe, du hast mehr Hirn als dein großer Bruder, der sich einzubilden scheint, wegen seiner hübschen Visage würden die Frauen bereits beim ersten Anzeichen seiner Aufmerksamkeit vor Glück ohnmächtig!«

»Also bitte, Liebling.«

»Nenn mich nicht Liebling!« Sie beugte sich über den Tresen und rammte ihm eine ihrer Fäuste in die Brust. »Und sprich nicht in diesem nervtötend nachsichtigen Ton mit mir, du… verdammter Bastard!«

Jetzt blitzten auch seine Augen, er bedeutete Shawn mit einem Fingerzeig, den Zapfhahn weiter zu betätigen, und nickte in Richtung der Tür hinter der Bar. »So, wir gehen jetzt nach oben und unterhalten uns dort weiter.«

»Ich gehe mit dir nirgendwohin!« Wieder landete ihre Faust vor seiner Brust. »Von dir lasse ich mich nicht herumkommandieren!«

»Herumkommandieren? Bleibt festzustellen, wer hier wen herumkommandiert oder besser schikaniert – denn schließlich bist ja wohl du diejenige, die auf mich eindrischt, nicht umgekehrt.«

»Falls dich das schon stört, mach dich ruhig auf noch Schlimmeres gefasst!« Plötzlich war sie zu ihrer eigenen Verblüffung und gleichzeitigen Freude sicher, dass das stimmte.

»Solltest du meinen, du könntest mich, indem du in aller Welt eine Hochzeit herumposaunst, weit genug unter Druck setzen, in Verlegenheit bringen oder einfach zermürben – dann sei lieber auf der Hut! Ich habe nicht die Absicht, mir diktieren zu lassen, was ich mit meinem Leben anfange, und zwar weder von dir noch von irgendjemand anderem.«

Wieder wandte sie sich an die Gäste. »Und das schreibt ihr euch bitte alle hinter die Ohren! Dass ich mit ihm schlafe, heißt noch lange nicht, dass ich, sobald er mit den Fingern schnippt, auf die Suche nach der passenden Hochzeitstorte gehe. Bloß weil er in mein Bett kommt...«

»Ich stelle mich auch gerne zur Verfügung«, rief jemand aus einer Ecke, und sämtliche Anwesenden lachten brüllend auf.

»Es reicht!« Aidan schlug derart kraftvoll auf den Tresen, dass die Gläser schepperten. »Das hier ist eine Privatangelegenheit.« Er schob sich an Shawn vorbei und öffnete die Klappe, die den Thekenbereich vom Gastraum trennte. »Jude Frances, wir gehen jetzt nach oben.«

»Nein!« Trotzig reckte sie das Kinn. »Aber da dies ein Wort ist, mit dem du Schwierigkeiten hast, solltest du mir vielleicht erklären, welchen Teil davon du anscheinend nicht verstehst.«

»Wir gehen jetzt nach oben«, wiederholte er und packte sie am Arm. »Das hier ist nicht der richtige Ort für eine solche Unterhaltung.«

»Es ist *dein* Pub«, erinnerte sie ihn. »Und es geht um dich. Nimm deine Hand weg!«

»Wir werden über diese Sache unter vier Augen weiterreden.«

»Für mich gibt es nichts mehr zu diskutieren.« Als sie versuchte, sich ihm zu entwinden, zerrte er sie wortlos mit sich. Die Tatsache, dass er das einfach konnte, dass die Leute ihnen einen Weg freimachten, dass er stark genug war, sie dahin zu schubsen, wo es ihm gefiel, brachte sie vollends in Rage. Und der letzte Staudamm, der bisher das dunkle, brodelnde Gebräu zurückgehalten hatte, brach.

»Ich habe gesagt, nimm deine Hand weg, du elender Chauvinist!« Später konnte sie sich nicht mehr erinnern, wie sie es geschafft hatte, denn vor lauter Zorn sah sie alles wie durch einen roten Schleier; aber sie spürte, wie ihr Arm davon vibrierte, dass sie ihre Faust auf seine Nase krachen ließ.

»Allmächtiger!« Es war, als platze ihm der Schädel, und sein Schmerz, den er empfand, war ebenso betäubend wie ihr Schock über das, was sie angerichtet hatte. Instinktiv hob er eine Hand unter die Nase, denn schon begann das Blut zu strömen.

»Und fass mich nie wieder an«, erklärte sie in würdevollem Ton, als der Pub erneut in Stille versank. Sie machte auf dem Absatz kehrt und verließ, Sekunden ehe der Applaus begann, erhobenen Hauptes das Lokal.

»Hier, nimm das!« Shawn reichte ihm einen Lappen. »Unsere liebe Jude hat ein ganz schön festes Händchen.«

»Allerdings.« Er musste sich setzen und folgte Darcy zu einem Barhocker. »Was, in aller Welt, ist wohl plötzlich in sie gefahren?« Er achtete nicht auf die Scheine, die wegen der Hochzeitswette von diversen Gästen gezückt wurden, und nahm dankbar das von Shawn gebrachte Eis.

Dann starrte er gleichermaßen angewidert wie verwundert auf den blutgetränkten Lappen. »Diese Frau hat geschafft, was seit dreißig Jahren alle möglichen Kerle erfolglos versucht haben. Sie hat mir, verdammt noch mal, die Nase gebrochen!«

20

»Ich laufe ihr bestimmt nicht hinterher.«

Shawn fritierte weiter Fish and Chips, während Aidan seine geschwollene Nase in der Küche mit neuem Eis behandelte. »Das hast du in den letzten zwanzig Minuten bereits zehn- bis zwölfmal verkündet.«

»Tja, und das ist mein letztes Wort.«

»Fein. Benimm dich ruhig wie ein lausiger, idiotischer Betonschädel!«

»Fang besser keinen Streit an!« Aidan ließ den Eisbeutel sinken. »Ich schlage nämlich umgehend zurück.«

»So wie du es bereits öfter getan hast, als ich zählen kann. Nur machst du dich dadurch nicht weniger zum Narren.«

»Weshalb bin ich ein Narr? Sie ist diejenige, die hier zur Hauptgeschäftszeit auf der Suche nach Ärger reinrauscht, herumschreit, mich in die Brust pikst und mir dann noch zum krönenden Abschluss die verdammte Nase bricht.«

»Das hat dich wirklich getroffen, stimmt's?« Shawn ließ die goldgelben Stücke Fisch und Kartoffeln auf Teller gleiten, gab etwas Salat dazu und garnierte das Ganze mit etwas Petersilie. »Dass es nach all den Jahren und all den heldenhaften Kämpfen eine Frau war, die dir nicht mal bis zum Kinn reicht, von der diese Tat vollbracht wurde …«

»Ein Glückstreffer, sonst nichts«, grollte Aidan, dessen Stolz tatsächlich ebenso angeschlagen war wie seine Nase.

»Wohl eher das Glück oder besser Pech des Dummen«, verbesserte ihn Shawn und fügte, während er bereits mit dem Essen losmarschierte, ein beinahe genüssliches »Wobei du der Dumme warst!« hinzu.

»So viel Loyalität innerhalb der eigenen Familie!« Angewidert erhob sich Aidan, um die Schränke auf der Suche nach ein paar Tabletten zu durchwühlen. Sein Riechkolben tat wirklich höllisch weh.

Unter anderen Umständen hätte er Jude sicher für diesen Zornesausbruch und ihre Treffsicherheit beim Zuhauen regelrecht bewundert, doch jetzt wollte ihm das nicht so recht gelingen.

Sie hatte sein Äußeres, seinen Stolz und auch sein Gemüt verletzt. Nie zuvor hatte eine Frau sein Herz gebrochen, sodass er, verdammt noch mal, nicht wusste, was er nun tun sollte. Zwar verstand er, zumindest teilweise, dass er die Dinge am Abend des *Ceili* verbockt hatte. Aber er war so sicher gewesen, so voll neuer Zuversicht wegen der gestrigen Wiedergutmachung.

Romantik und Scherze, Beharrlichkeit und Überredung. Was wollte das komplizierte Weib denn noch? Sie passten zueinander, das sah sogar ein Blinder.

Das sah einfach jeder, außer, wie es schien, sie, Jude Frances Murray selbst.

Wie kam es, dass sie ihn nicht wollte, obgleich er sie derart begehrte, dass er kaum noch Luft bekam? Weshalb nur konnte sie sich das Leben, das sie zusammen haben würden, anscheinend nicht vorstellen, während er es vor sich sah, als wäre es aus Glas?

Es hatte alles mit ihrer ersten Ehe zu tun, dachte er düster. Nun, er war darüber hinweggekommen, weshalb also schaffte sie es nicht?

»Sie ist ein störrischer Esel«, erklärte er Shawn, als dieser zurück in die Küche kam.

»Dann passt sie ja hervorragend zu dir.«

»Ich bin kein Esel, bloß weil ich weiß, dass sie einer ist.«

Shawn schüttelte den Kopf und begann mit dem Belegen der bestellten Sandwiches. Im Pub ging es zu wie in einem Irrenhaus. Leute blieben wesentlich länger als gewöhnlich und andere kamen, sobald sie von dem Vorfall hörten, vorgeblich auf ein Bier herein. Er hatte bereits Michael O'Toole und Kathy Duffy gebeten, an der Theke auszuhelfen, und Brenna war auch schon unterwegs. Aidan hatte sicher keine Lust, Bier zu zapfen und sich mit den Gästen zu unterhalten.

»Nun, wahrscheinlich hast du Recht«, pflichtete Shawn ihm nach einem Augenblick des Überlegens bei. »Aber es gibt eben die verschiedensten Möglichkeiten, eine solche Sache anzugehen.«

»Was weißt du schon von Frauen!«

»Vielleicht mehr als du – denn schließlich hat mir bisher keine Lady den Zinken krumm geschlagen.«

»Mir bis heute auch nicht.« Obgleich sie von dem vielen Eis schon halb erfroren war, pochte seine Nase wie ein über-strapaziertes Morsegerät. »Es ist auch kaum eine Reaktion, die ein Mann erwartet, wenn er eine Frau bittet, ihn zu hei-raten.«

»Ich würde sagen, es lag weniger an der Frage – als viel-leicht eher an der Formulierung.«

»Wie viele Möglichkeiten gibt es da bitte?«, brauste Ai-dan auf. »Und außerdem würde ich wirklich gerne wissen, weshalb das alles meine Schuld sein soll.«

»Weil es auf der Hand liegt, dass sie dich liebt und deine Liebe braucht. Wenn du also nicht alles vermasselt hättest, wäre sie ganz sicher nicht tätlich geworden.«

Gelassen schlenderte Shawn mit den Bestellungen hinaus, und Aidan starrte ihm mit großen Augen hinterher. Gerade wollte er aufspringen und dem Bruder ordentlich Bescheid geben, als ihm einfiel, dass er ohnehin schon für genügend Gesprächsstoff im Dorf gesorgt hatte. Also stapfte er unge-duldig in der Küche auf und ab, bis Shawn endlich zurück-kam.

Dieses Mal hatte er leere Teller in den Händen, die er auf die Spüle stellte, ehe er seinen Bruder wieder anblickte. »Könntest du dich nicht nützlich machen und das Geschirr waschen? Ich muss noch ein paar Portionen Fish and Chips herrichten.«

»Unter Umständen habe ich die Sache beim ersten Mal nicht richtig angefangen«, begann Aidan. »Das gebe ich zu. Ich habe sogar mit Darcy darüber gesprochen.«

»Mit Darcy?« Shawn verdrehte gequält die Augen. »Du bist wirklich ein Volltrottel.«

»Sie ist Judes Freundin und vor allem eine Frau.«

»Ohne auch nur einen Funken Romantik im Blut! Vergiss den Abwasch, den kann ich später noch erledigen«, fuhr er entschieden fort, während er den Fisch im Mehl schwenkte. »Jetzt setzt du dich erst mal wieder hin und schilderst mir haargenau, was du gesagt hast.«

Aidan war es nicht gewohnt, dass sein Bruder im Befehlston mit ihm sprach, und er hegte großes Misstrauen, ob es ihm gefiel. Aber er war ein verzweifelter Mann und als solcher bereit, verzweifelte Maßnahmen zu ergreifen, dachte er erschöpft. »Beim ersten oder beim zweiten Mal?«

»Beide Male, aber am besten beginnst du ganz von vorn.« Shawn ließ den Fisch und die Kartoffeln in das heiße Öl gleiten und schnitt frischen Salat.

Ohne in der Arbeit innezuhalten hörte er dem Bruder wortlos zu. Als die Bestellung fertig war, ehe sein Bruder den Rapport beendete, brachte er Aidan mit erhobenem Finger zum Verstummen und ging mit den vollen Tellern in den Gastraum.

»Nun denn.« Als er zurückkam, setzte er sich hin, faltete die Hände auf dem Tisch und blickte Aidan eindringlich an. »Ich nehme mir jetzt zehn Minuten Zeit, um dir zu sagen, was ich denke. Aber erst habe ich noch eine Frage. Du hast ihr also erklärt, dass du sie begehrst und dass alles wunderbar würde und wie ihr es am besten deichseln solltet. Aber hast du vielleicht zufällig auch nur ein einziges Mal das Wort Liebe erwähnt?«

»Natürlich.« Oder etwa nicht? Aidan zuckte mit den Schultern. »Sie weiß, dass ich sie liebe. Ein Mann bittet eine Frau ja wohl nicht, ihn zu heiraten, wenn er sie nicht liebt.«

»Zuerst einmal, Aidan, hast du sie nicht gebeten, sondern ihr erklärt, dass sie Ja sagen soll. Das sind zwei vollkommen verschiedene Dinge. Zum Zweiten habe ich den Eindruck, dass der Kerl, der sie vor dir zur Hochzeit überredet hat, sie nicht gerade liebte – denn sonst hätte er kaum vor Ablauf des ersten Ehejahres seinen Treueschwur gebrochen. Demnach gibt es für sie keinen Grund, Liebe vorauszusetzen, oder?«

»Nein, aber...«

»Hast du ihr gesagt, dass du sie liebst, oder nicht?«

»Vielleicht habe ich es nicht ausdrücklich gesagt. Es ist nicht so einfach, so etwas zu sagen.«

»Warum nicht?«

»Naja, weil...«, brummte Aidan. »Und außerdem bin ich kein verdammter Yankee, der sie einfach so wieder verlässt. Ich bin ein Ire, der sein Wort hält, und ein Katholik, dem der Bund der Ehe heilig ist.«

»Oh, nun, das wird sie sicher überzeugen. Wenn sie dich heiratet, kann sie sicher sein, dass du sie wegen deiner Ehre sowie aus religiösen Gründen nicht wieder verlässt!«

»So habe ich es nicht gemeint.« Allmählich schwirrte ihm der Kopf. »Ich wollte damit nur sagen, sie kann darauf vertrauen, dass ich ihr nie so wehtun werde wie dieser andere Halunke.«

»Wäre es nicht besser, Aidan, wenn sie darauf vertrauen könnte, dass du sie in einer Weise liebst, in der sie nie zuvor geliebt wurde?«

Aidan öffnete den Mund und klappte ihn verwundert wieder zu. »Seit wann bist du so clever?«

»Ich habe nicht umsonst beinahe dreißig Jahre lang die Menschen beobachtet und die Situation, in der du dich be-

400

findest, gemieden wie die Pest. Wahrscheinlich hat sie bisher die ihr zustehende Liebe und den ihr zustehenden Respekt von niemandem bekommen. Doch sie braucht sowohl wahre Liebe als auch ehrlichen Respekt!«

»Beides empfinde ich für sie.«

»Das weiß ich.« Shawn drückte dem Bruder mitfühlend den Arm. »Aber sie weiß es noch nicht. Es ist allerhöchste Zeit, dass du dich überwindest und ihr deine Gefühle offenbarst. Klar, das ist nicht leicht. Doch davon hat sie ebenfalls eine Ahnung.«

»Du meinst also, dass ich vor ihr auf die Knie gehen soll?«

Shawn blickte ihn grinsend an. »Deine Kniescheiben werden es mit Hilfe der Himmlischen überleben.«

»Das denke ich auch. Das Ganze kann unmöglich schmerzhafter sein als eine gebrochene Nase.«

»Willst du sie wirklich?«

»Mehr als alles andere.«

»Wenn du ihr nicht genau das sagst, wenn du ihr nicht dein Herz zu Füßen legst, Aidan, wenn du nicht deine Seele vor ihr bloßlegst und ihr die Zeit gibst, zu dem, was sie dort sieht, auch Vertrauen zu fassen, dann wirst du sie nicht bekommen.«

»Vielleicht weist sie mich wieder ab.«

»Das könnte durchaus sein.« Shawn erhob sich und legte eine Hand auf Aidans Schulter. »Es ist ein Risiko. Aber ich kann mich nicht erinnern, dass du je vor einem Risiko gekniffen hättest.«

»Dann tue ich es jetzt zum ersten Mal.« Aidan umfasste die Hand des kleinen Bruders. »Ich bin außer mir vor Angst.« Leicht zittrig stand er auf. »Falls du hier noch eine Zeit lang ohne mich zurechtkommst, würde ich gern etwas spazieren gehen, um den Kopf frei zu bekommen, bevor ich zu ihr gehe.« Dann betastete er vorsichtig seine geschwollene Nase. »Wie schlimm sieht es aus?«

»Oh«, erklärte Shawn mit diebischem Vergnügen. »Ziemlich grausig. Und ich bin sicher, dass es noch viel, viel schlimmer werden wird!«

Ihre Hand tat höllisch weh. Wenn sie nicht derart mit Fluchen beschäftigt gewesen wäre, hätte sie sich bestimmt große Sorgen gemacht. Aber da sie die Faust immer noch ballen konnte, war sie wohl nur verstaucht von dem Zusammenprall mit dem Betonblock, der aus Aidan Gallaghers meist so freundlicher Miene ragte.

Als Allererstes griff sie zum Telefonhörer und änderte den reservierten Flug. Sie flöge nicht erst in einem Monat, sondern gleich am nächsten Tag. Nicht, dass Aidan sie vertrieb – o nein, ganz sicher nicht! Sie wollte ganz einfach schnellstmöglich nach Chicago gelangen und persönlich rasch und effizient ihre Angelegenheiten regeln, ehe sie zurückkam.

Dann würde sie sich im Faerie Hill Cottage dauerhaft einrichten und dort ein langes, glückliches Leben führen, indem sie tat, was ihr gefiel, wann es ihr gefiel und mit wem es ihr gefiel. Der Einzige, der auf ihrer Liste der noch zu erfüllenden Wünsche fehlte, wäre Aidan Gallagher.

Sie rief Mollie an und bat sie, den Welpen in der Zwischenzeit zu übernehmen.

Da sie ihn jetzt schon vermisste und Schuldgefühle hegte, weil sie ihn so unvermittelt verließ, nahm sie ihn auf den Arm und vergrub das Gesicht in seinem Fell.

»Bei den O'Tooles wird es dir sicher mehr als gut gefallen. Wart's nur ab. Und außerdem bin ich zurück, ehe du überhaupt bemerkt hast, dass ich fortgeflogen bin. Ich bringe dir was Schönes aus Chicago mit!« Sie küsste ihn auf sein rundes Schnäuzchen.

Da sie nicht in Stimmung war für die Arbeit an dem Buch, ging sie nach oben, packen. Sie würde nicht viel brauchen. Selbst wenn es ein oder zwei Wochen dauerte, um alles zu regeln, hätte sie noch genügend Kleider in Chicago. Sie würde sich also mit dem Laptop und dem Handgepäck begnügen und sich vorkommen wie eine wahre Frau von Welt!

Sobald sie erst im Flieger säße, würde sie sich, ein Glas Champagner in Händen, entspannt zurücklehnen und eine Liste all dessen, was sie tun müsste, anfertigen.

Sie würde ihre Oma überreden, mit ihr zurückzukommen und den Rest des Sommers bei ihr in Irland zu verbringen. Vielleicht könnte sie sogar ihre Eltern zu einem Besuch bei ihr bewegen, damit sie sahen, wie glücklich sie hier war.

Alle anderen Punkte auf der Liste wären praktischer Natur. Der Verkauf des Wagens und der Möbel, das Verschiffen der Dinge, die sie liebte. Es überraschte sie, an wie wenig dessen, was sich während der letzten Jahre bei ihr angesammelt hatte, sie tatsächlich hing.

Außerdem müsste sie ihr Konto kündigen, dachte sie, und stellte ihre kleine Tasche vor den Schrank. Papierkram erledigen. Ihre endgültige Adressenänderung bekannt geben. Eine Woche, plante sie. Höchstens zehn Tage, dann wäre es geschafft!

Der Verkauf der Wohnung würde postalisch und per Telefon geregelt.

Die Reihenfolge stand fest. Am frühen Morgen brächte sie Finn und die Schlüssel des Cottages zu Mollie, dann führe sie nach Dublin. Jude blickte sich um und überlegte, was sie bis zum nächsten Vormittag am besten mit sich anfinge.

Sie würde noch etwas im Garten arbeiten, damit er perfekt, ohne jede Spur von Unkraut und ohne eine einzige welke Blüte zurückbliebe. Und anschließend würde sie noch einmal das Grab der alten Maude besuchen, um sie wissen zu lassen, dass sie für ein paar Tage fortführe.

Zufrieden griff Jude nach den Instrumenten und Handschuhen, setzte ihren Strohhut auf und machte sich ans Gärtnern.

Aidan hatte nicht die Absicht gehabt, zum Grab der alten Maude zu gehen – doch wie meistens folgte er auch jetzt seinem Impuls. Als seine Füße ihn in Richtung des alten Friedhofs führten, ging er, vielleicht in der Hoffnung auf irgendeine Inspiration – oder zumindest ein wenig Mitgefühl –, vor dem kleinen Hügel in die Hocke und fuhr mit den Fingern über die Blumen, die Jude dorthin gebracht hatte.

»Sie kommt dich oft besuchen. Weil sie ein warmes, großzügiges Herz hat. Ich kann nur darauf bauen, dass sie etwas von dieser Wärme und Großzügigkeit für mich übrig hat. Sie ist von deinem Blut«, fügte er nach einem Augenblick hinzu. »Und obgleich ich dich nicht als junge Frau gekannt habe, behaupten doch genug Leute vom Dorf, dass du aufbrausend und starrsinnig gewesen bist – bitte verzeih! Ich sehe, dass sie dir sehr ähnlich ist, und dafür bewundere ich sie. Und jetzt werde ich vor ihr auf die Füße fallen und sie nochmals bitten, mich zu heiraten.«

»Dann begehe nur nicht dieselben Fehler, wie ich sie gemacht habe.«

Aidan hob den Kopf, blickte in zwei wache grüne Augen und richtete sich langsam auf. »Dann gibt es dich also auch!«

»Ebenso wie Tag und Nacht«, versicherte Carrick ihm. »Sie hat zweimal Nein gesagt. Wenn sie noch mal Nein sagt, seid ihr für mich nicht mehr von Nutzen, und ich habe meine Zeit mit euch vergeudet.«

»Ich bitte sie nicht, mich zu heiraten, weil ich dir etwas nützen will.«

»Trotzdem habe ich nur noch diese eine Chance. Also geh vorsichtig zu Werke, Gallagher! In diesem Fall ist meine Magie vollkommen machtlos. In solchen Dingen steht es mir nicht zu, sie anzuwenden. Aber ich gebe dir noch einen Rat.«

»Ratschläge habe ich heute bereits mehr als zur Genüge erteilt bekommen, vielen Dank!«

»Trotzdem hör mir bitte kurz zu. Selbst wenn man einem Menschen seine Liebe schwört, reicht das für gewöhnlich noch nicht aus.«

Verärgert raufte Aidan sich die Haare. »Was, zum Kuckuck, reicht denn dann?«

Carrick sah ihn lächelnd an. »Ein Wort, das mir nach wie vor schwer über die Lippen will. Es heißt Kompromiss. Und jetzt geh, solange sie noch von ihren eigenen Blumen verzaubert ist. Das könnte vielleicht helfen.« Aus Carricks Lächeln wurde ein spitzbübisches Grinsen. »So, wie du aussiehst, kannst du alle Hilfe brauchen, die man dir bietet.«

»Vielen Dank«, knurrte Aidan, während der Besucher bereits in einem silbrigen Luftschimmer verschwand.

Mit hängenden Schultern schlug er den Weg zum Cottage ein. »Mein eigener Bruder nennt mich einen Betonschädel. Grinsende Geister beleidigen mich. Frauen brechen mir die Nase. Wie viel soll ich noch an einem einzigen Tag verkraften, zum Kuckuck?«

Während er sprach, verdunkelte sich urplötzlich der Himmel und zorniges Donnergrollen wurde laut. »Ja, mach nur!« Aidan hob stirnrunzelnd den Kopf. »Schüttele nur die Faust. Aber schließlich geht es hier um *mein* Leben.«

Er rammte die Hände in die Taschen seiner Hose und versuchte zu vergessen, dass sein Gesicht schmerzte wie ein einziger riesiger fauler Zahn.

Schon wollte er an ihre Küchentür klopfen, als ihm einfiel, dass Carrick gesagt hatte, sie wäre im Garten. Da er sie hinter dem Haus nirgendwo sah, musste sie wohl bei den Blumen vorne sein.

Aidan atmete tief ein und umrundete dann tapfer die Mauern.

Sie sang ein leises Lied. In den Monaten, seit er ihr zum ersten Mal begegnet war, hatte er sie nie singen gehört. Und obgleich sie behauptete, immer nur zu singen, wenn sie nervös war, klang ihr Geträller nicht so.

Offenbar sang sie für ihre Blumen, und der Gedanke rührte an sein Herz. Sie hatte eine süße, wenn auch zögerliche Stimme, was ihm zeigte, dass sie ihr nicht traute – selbst wenn sie vermeintlich vollkommen alleine war.

Jude bot einen hübschen Anblick inmitten ihrer Blumen, und sie sang mit ruhiger Stimme davon, dass sie allein in einem Festsaal saß. Ihr Strohhut hing ihr ins Gesicht, und der wackere Welpe hatte sich zum Schlafen neben sie gerollt.

Die dunklen Wolken und das Donnergrollen schien sie gar nicht zu bemerken. Sie war ein gelassener, heller Fleck inmitten einer zauberhaften, kleinen Welt, und bestände nicht seine Liebe bereits seit Monaten, so wäre es in diesem Augenblick um ihn geschehen. Auch wenn er nicht wusste, wie er sich selbst oder ihr erklären sollte, aus welchem Grund genau.

Sein Herz gehörte einfach ihr. Er wusste, der nächste Schritt in ihre Richtung war das größte Risiko, das ein Mann je auf sich genommen hatte.

Trotzdem trat er vor und rief leise ihren Namen.

Ihr Kopf peitschte herum, und sie blickte ihn an. Es tat ihm Leid zu sehen, dass ihr eben noch weicher, zufriedener Gesichtsausdruck plötzlich kaltem, hartem Ärger wich. Auch wenn es ihn nicht vollkommen unerwartet traf.

»Ich habe dir nichts mehr zu sagen.«

»Das weiß ich.«

Finn klappte die Augen auf und rappelte sich fröhlich bellend auf. Das war es, was er von ihr erwartet hatte, erkannte er mit einem Mal. Dass sie sich immer freuen würde, ihn zu sehen, dass sie ihm stets strahlend entgegenkam…

War es vielleicht ein Wunder, dass sie ihm einen Hieb verpasst hatte, nachdem sie von ihm wie ein Haustier behandelt worden war?

»Aber ich habe dir ein paar Dinge zu sagen. Als Erstes, dass mir wirklich Leid tut, was geschehen ist.«

Das brachte sie aus dem Gleichgewicht, wenn auch nicht genug, sie sofort umschwenken zu lassen. Sie mochte Jahre gebraucht haben, um zu lernen, ihr Rückgrat zu gebrauchen – doch sie hatte es gelernt. »Fein. Dann entschuldige ich mich bei dir für den Faustschlag, den ich dir versetzt habe!«

Seine Nase war geschwollen, und unter seinen Augen sah sie violette Ringe. War das wirklich sie gewesen? Sie war gleichermaßen entgeistert wie schändlich stolz auf diese Tat.

»Du hast mir die Nase gebrochen.«

»Ach ja?« Schockiert tat sie einen Schritt auf ihn zu, ehe sie sich abermals zum Stehenbleiben zwang. »Tja, du hattest es verdient.«

»Mag sein!« Er versuchte es mit einem Lächeln. »Sicher werden die Leute noch jahrelang über dich reden.«

Da sie merkte, dass irgendeine dunkle Stelle tief in ihrem Inneren ein wonniges Vergnügen bei der Vorstellung empfand, sprach sie in möglichst zurückhaltendem Ton. »Ich bin sicher, dass die Leute schon bald einen interessanteren Gesprächsstoff finden. So, falls das alles ist, musst du mich jetzt bitte entschuldigen. Ich möchte meine Arbeit hier noch fertig machen, und dann habe ich eine ganze Reihe weiterer Dinge zu erledigen, bevor ich morgen abreise.«

»Bevor du morgen abreist?« Seine Stimme wurde panisch. »Wo willst du denn hin?«

»Morgen früh fliege ich zurück nach Chicago.«

»Jude!« Er machte einen Ausfallschritt, blieb, von dem Blitzen ihrer Augen gewarnt, jedoch lieber in sicherer Entfernung. Am liebsten wäre er vor ihr auf die Knie gesunken, hätte sie angefleht zu bleiben – und war sich sicher, dass es auch noch dazu kommen würde. »Dein Entschluss steht unumstößlich fest?«

»Ja. Ich habe bereits alles arrangiert.«

Er wandte sich langsam von ihr ab und blickte, um sich zu sammeln, über die Hügel hinüber zu Dorf und Meer. In Richtung seines Heims. »Würdest du mir sagen, ob du meinetwegen gehst oder deshalb, weil es das ist, was du willst?«

»Es ist das, was ich will. Ich…«

»Also gut dann!« Shawn hatte gesagt, er müsste vor ihr niederfallen, und genau das würde er jetzt tun. Er drehte sich langsam wieder um und ging, wenn auch zögernd, auf sie zu. »Ich habe dir noch vieles zu sagen, und ich möchte dich bitten, mich zumindest anzuhören.«

»Also.«

»Ich fange ja gleich an«, zischte er beinahe erbost. »Du könntest einem Mann wenigstens eine Sekunde Zeit lassen, um sich zu sammeln, wenn er schon im Begriff steht, sein Leben vollkommen zu ändern. Bitte gib mir eine letzte Chance, obgleich ich weiß, dass ich sie nicht verdient habe. Ich bitte dich zu vergessen, wie ich mein Anliegen bisher formuliert habe, und dir es nun noch mal neu vortragen zu lassen. Du bist eine starke Frau. Das ist etwas, was du gerade erst herausfindest – aber deshalb kein harter, kalter Mensch. Also könntest du vielleicht deinen Ärger für einen kurzen Augenblick überwinden, damit du siehst…«

Als er sich gleichermaßen perplex wie verlegen unterbrach, schüttelte sie entschieden ihren Kopf. »Ich weiß nicht, wovon du redest. Wir haben unsere gegenseitigen Entschuldigungen angenommen und sind daher quitt.«

»Jude!« Er packte ihre Hand und drückte sie so fest, dass sie überrascht die Augen aufriss. »Ich weiß nicht, wie man so was macht. Ich habe einen Kloß im Hals, der mir fast die Sprache raubt. Bisher war es nie nötig, verstehst du das denn nicht? Normalerweise fällt mir etwas ein, aber die Worte, die ich dir gegenüber anwenden müsste, kenne ich ganz einfach nicht.«

Sie hatte ihn verletzt, erkannte Jude mit einem Mal. Nicht nur seine Nase, auch sein Ego hatte ihn vor seinen Freunden und seiner Familie blamiert. Und immer noch bereute er, was *er* getan hatte. Ein Teil von ihr begann zu schmelzen.

»Du hast die Worte schon gesagt, Aidan. Am besten lassen wir das alles, wie du selbst vorschlägst, einfach hinter uns und vergessen, was passiert ist.«

»Die richtigen Worte habe ich niemals gesagt, und das ist das Problem.« Seine Augen blitzten zornig, und seine Stimme wurde barsch. Über ihnen verstärkte sich der Donner. »Worte sind Magie. Worte können betören oder auch verwünschen. Einige Worte, die besten Worte, können, einmal gesagt, alles verändern. Also habe ich die Worte bisher aus Feigheit nicht gesagt, vielleicht in der Hoffnung, dass du sie als Erste aussprechen würdest und ich dann nur noch reagieren müsste. Auch das tut mir unendlich Leid. Ich möchte mich um dich kümmern, ich möchte für dich sorgen.« Er hob eine Hand an ihre Wange. »Ich kann nichts dagegen tun. Ich möchte dir so vieles schenken, mit dir verreisen, möchte dich ganz einfach glücklich sehen.«

»Du bist ein netter Mann, Aidan«, setzte sie zu einer Antwort an.

»Das hat nichts mit Nettigkeit zu tun. Ich liebe dich, Jude!«

Er sah, wie sich ihre Augen veränderten, und die Tatsache, dass ihr Blick Entsetzen und Argwohn ausdrückte, verstärkte die Gewissheit, wie falsch er bisher vorgegangen war. Es blieb ihm also nichts mehr übrig, als sein Herz vor ihr zu entblößen. »Ich bin verloren in meiner Liebe zu dir. Vermutlich war es bereits um mich geschehen, als ich dir zum ersten Mal begegnete – oder sogar lange bevor du in mein Leben tratst. Du bist für mich bestimmt. Nie zuvor gab es eine andere für mich, und nie wieder wird es eine andere für mich geben. Das weiß ich ebenso gewiss, wie ich weiß, dass auf den Tag die Nacht folgt und darauf der nächste Tag.«

Sie verspürte das verzweifelte Bedürfnis, sich irgendwo zu setzen, doch es gab nur den Boden, und der erschien ihr endlos fern. »Ich bin nicht sicher... ich habe keine Ahnung. Himmel!«

»Schluss ist jetzt mit dem Drängen, wie ich es bisher getan habe. Ich werde dir alle Zeit lassen, die du für dich brauchst. Nur, gib mir eine letzte Chance. Sobald meine Dinge hier geregelt sind, komme ich rüber nach Chicago. Dort eröffne ich dann einen neuen Pub.«

Sie tastete nach ihrem Kopf, um sicher zu gehen, dass er noch auf ihren Schultern saß. »Was?«

»Wenn du in Chicago leben musst, dann ist das okay.«

»Chicago?« Jetzt war ihr Schädel ihr egal. Nichts zählte mehr außer dem Mann, der ihre Hand packte und ihr in die Augen blickte, als läge dort alles, was er je begehrt hatte. »Du würdest Ardmore verlassen und mit nach Chicago kommen?«

»Um mit dir zusammen zu sein, würde ich überall hingehen.«

»Lass mir eine Minute Zeit!« Sie entzog ihm ihre Hand, ging zum Gartentor, lehnte sich dagegen und stöhnte ein wenig.

Er liebte sie. Und deshalb würde er sein Heim, sein Erbe, seine Heimat aufgeben. Ohne irgendwelche Bedingungen. Da sie ihm genügte, wie sie war.

Obendrein bot er ihr tatsächlich an, sich ihren Wünschen, ihren Erwartungen zu fügen.

Ein Wunder?

Nein, nein, eine derart starke, tiefe, uneingeschränkte gegenseitige Liebe war kein Wunder. Sie hatten einander, hatten das gemeinsame Leben, das sie führen würden, ganz einfach verdient.

Also wäre es das Richtige!

Jude hatte nicht nur sich gefunden, sondern viel, viel mehr.

Mit vollem Herzen kehrte sie zurück. Er wusste nicht genau, was ihr Lächeln zu bedeuten hatte, und so sah er sie weiter flehend an.

»Du hast gesagt, du bräuchtest eine Frau.«

»Das stimmt auch, da du diese Frau bist. Und ich werde auf dich warten, so lange es sein muss.«

»Ein Jahr?« Sie zog ihre Brauen hoch. »Fünf, zehn?«

Der Kloß in seinem Hals wurde noch dicker. »Nun, es wäre mir lieber, dich etwas früher zu überreden.«

Um Träume zu verwirklichen, musste man Risiken eingehen. Und Mut haben. Ihr größter Traum stand vor ihr und wartete auf ihre Antwort.

»Sag mir noch einmal, dass du mich liebst.«

»Ich liebe dich von ganzem Herzen, mit allem, was ich bin oder je sein werde, Jude Frances!«

»Das klingt ziemlich überzeugend.« Ohne ihn aus den Augen zu lassen, kam sie den schmalen Weg entlang. »Als mir klar wurde, dass ich dir gefalle, dachte ich, wir würden eine Affäre anfangen, etwas Heißes, Kühnes, Verwegenes. Ich hatte nie zuvor eine Affäre, und da kamst plötzlich du, der große, prachtvolle Ire, und zeigtest dich überraschend kooperativ. Wolltest du zu Anfang nicht auch nur ein Verhältnis?«

»Ja – oder zumindest habe ich das gedacht.« Wieder wallte Panik in ihm auf. »Verdammt, aber jetzt reicht mir das nicht mehr.«

»Das höre ich gern; denn das Problem bestand oder besteht darin, dass ich auf lange Sicht einfach nicht für kühne Affären geschaffen bin. Also war ich bereits vor jener ersten Nacht, in der du mich die Treppe hinaufgetragen hast, hoffnungslos in dich verliebt.«

»*A ghra!*« Doch als er die Arme nach ihr ausstreckte, wich sie ihm aus und schüttelte den Kopf.

»Nein, das ist noch nicht alles. Ich kehre nach Chicago zurück, aber nicht, weil ich von hier fort will, sondern, um mein Apartment zu verkaufen und meine Angelegenheiten dergestalt zu regeln, dass ich auf Dauer hier in Irland bleiben kann. Diese Entscheidung habe ich nicht deinetwegen getroffen, sondern für mich selbst. Einzig für mich selbst. Ich will schreiben. Das heißt, ich schreibe längst«, verbesserte sie sich. »Und zwar an einem Buch.«

»An einem Buch?« Er strahlte vor Stolz, was sie zum einen überraschte und zum anderen alles endgültig besiegelte. »Das ist ja wunderbar. Oh, genau dafür bist du bestimmt.«

»Woher weißt du das?«

»Weil du sagst, dass es dich glücklich macht. Und weil man dir ansieht, dass es wirklich so ist. Und weil du eine wunderbare Art hast, Geschichten zu erzählen. Das habe ich schon mal gesagt.«

»Ja«, erwiderte sie leise. »Ja, das hast du schon mal gesagt.«

»Oh, wie ich mich für dich freue!«

»Schon immer habe ich schreiben wollen – aber ich hatte nie den Mut, auch nur ernsthaft darüber nachzudenken. Doch jetzt bin ich so weit.« Jetzt traute sie sich, alles zu tun, wonach es sie verlangte. »Ich will schreiben und hoffe, meine Sache gut zu machen. Und zwar hier! Dies ist für mich der rechte Ort. Dies ist mein Zuhause.«

»Dann wolltest du also gar nicht fortgehen?«

»Nicht für lange, aber ich komme auch nicht deinetwegen hierher zurück. Hier habe ich mein Zuhause gefunden. Ein richtiges Zuhause, Aidan. Es musste *mein* Zuhause sein. Und ein Ziel habe ich ebenfalls. Ich brauche auch ein Ziel allein für mich.«

»Das kann ich gut verstehen.« Er berührte sanft die Spitzen ihrer Haare. »Wirklich – denn mir geht es genauso. Kannst du akzeptieren, dass ich all das weiß, dass ich dir alle diese Dinge von Herzen gönne und trotzdem noch das andere will?«

»Ich kann akzeptieren, dass ich ein Zuhause, ein Ziel und jetzt auch dich gefunden habe. Also werde ich zu dir zurückkommen. Ich werde mein Heim pflegen, meine beruflichen Ziele verfolgen und dir eine Frau sein. Und ich bin zu allem ganz und gar bereit.« Dieses Mal ergriff sie seine Hand. »Dir habe ich die Worte zu verdanken, Aidan, die Magie der Worte, und ich werde sie dir allesamt zurückerstatten. Denn das, was wir heute hier beginnen, beginnen wir gemeinsam.«

Sie machte eine Pause und wartete auf die alten Ängste, auf die alten Zweifel, doch es wallte übergroße Freude in ihr auf. »Nie gab es jemanden vor dir«, erklärte sie ihm ruhig. »Obgleich ich es immer wollte – obgleich ich mich stets angepasst habe, weil ich Angst davor hatte, alleine zu sein. Jetzt kann ich allein sein, vertraue mir und mag mich sogar. Ich werde also nicht schwach und formbar zu dir kommen, bereit, dir immer zu Willen zu sein – nur um des lieben Friedens willen.«

Mit summendem Herzen griff er vorsichtig an seine wunde Nase. »Jedenfalls das habe ich so in etwa verstanden.«

Sie lachte, und ihre Brachialgewalt tat ihr nicht einmal ansatzweise Leid. »Wenn ich dich nehme, wird es nie wieder einen anderen für mich geben.« Sie reichte ihm ihre Hand. »Also für immer, Aidan, oder nie!«

»Für immer!« Er nahm ihre Hände, hob sie nacheinander sanft an seine Lippen, holte tief Luft und ging dann vor ihr auf die Knie.

»Was tust du da?«

»Ich mache es endlich richtig. In dieser Sache gibt es keinen Stolz«, erklärte er, und sein Herz leuchtete aus seinen Augen. »Einen Sack voller Juwelen kann ich nicht vor dir ausschütten. Aber etwas habe ich hier.«

Er griff in seine Tasche und zog einen schmalen, alten Ring hervor, in dessen Mitte ein winziger Diamant das Licht der Sonne auffing und ihnen mit seinem Blitzen bedeutete, dass er bereit war, ein schon einmal in seinem Zeichen gegebenes Versprechen wiederholt zu besiegeln.

»Er gehörte der Mutter meiner Mutter, der Stein ist klein und die Fassung sehr schlicht. Aber sie hat stets gehalten. Ich bitte dich, diesen Ring und mich zu nehmen, denn meine Liebe zu dir ist grenzenlos. Gehöre auch du mir, so wie ich dir längst gehöre! Bau gemeinsam als gleichberechtigte Partnerin ein Leben mit mir auf. Was auch immer für ein Leben es sein mag, wo auch immer es stattfindet, wird es doch unser Leben sein.«

Sie verbat sich zu weinen. In einem solchen Augenblick wollte sie alles klar sehen. Den Mann, den sie liebte, der vor ihr auf dem Boden kniete und ihr… alles bot.

Jude kniete sich neben ihn. »Ich nehme den Ring und nehme dich und werde euch beide immer ehren. Ich werde dir gehören, Aidan, so wie du auch mir gehörst!« Sie streckte ihre Hand aus, sodass er ihr den Ring an den Finger stecken konnte zum Zeichen der Verbindung ihrer Herzen. »Und das Leben, das wir miteinander aufbauen werden, beginnt in diesem Augenblick!«

Als er den Ring auf ihren Finger gleiten ließ, verzogen sich die Wolken, und das helle Licht der Sonne hüllte sie in seine Strahlen.

Und hier, zwischen den Blumen, bemerkten sie nicht die Gestalt, die sie wehmütig vom Fenster aus betrachtete.

Sie beugten sich gleichzeitig vor, ihre Lippen trafen aufeinander, und vor Schmerzen atmete Aidan keuchend ein.

»Oh! Das tut sicher weh.« Mühsam unterdrückte Jude ein

Kichern und strich ihm sanft über die Wange. »Komm mit rein, dann legte ich dir etwas Eis auf deinen Zinken.«

»Da weiß ich ein besseres Heilmittel!« Er erhob sich und zog sie in seine Arme. »Ein bisschen liebevolle Zuwendung und schon wird es wieder aufwärts gehen!«

»Bist du sicher, dass sie gebrochen ist?«

Er bedachte sie mit einem gekränkten Blick. »Da sie zufällig mitten in meinem Gesicht sitzt, bin ich sicher, allerdings! Und es besteht keine Veranlassung, deshalb vor Zufriedenheit zu grinsen.« An der Haustür blieb er stehen und küsste sie zärtlich auf die Stirn. »Davon einmal abgesehen wäre das vielleicht genau der rechte Zeitpunkt, dich daran zu erinnern, Jude Frances, dass du mir zweihundert Pfund schuldest!«

»Ausnahmsweise hat sich die Investition gelohnt!«

Sie hob ihre Hand, beobachtete, wie der kleine Diamant im Licht der Sonne blitzte; dann streckte sie den Arm aus und öffnete für sie beide die Tür zu ihrem Heim.

Von Nora Roberts bei Blanvalet lieferbar:

Mitten in der Nacht · Das Leuchten des Himmels · Ein Haus zum
Träumen · Im Sturm der Erinnerung · Im Schatten der Wälder · Die letzte
Zeugin · Ein dunkles Geschenk · Die Stunde der Schuld · Am dunkelsten
Tag (geb. Ausgabe)
Die Irland-Trilogie: Töchter des Feuers · Töchter des Windes · Töchter
der See
Die Templeton-Trilogie: So hoch wie der Himmel · So hell wie der Mond
· So fern wie ein Traum
Die Sturm-Trilogie: Insel des Sturms · Nächte des Sturms · Kinder
des Sturms
Die Insel-Trilogie: Im Licht der Sterne · Im Licht der Sonne · Im Licht
des Mondes
Die Zeit-Trilogie: Zeit der Träume · Zeit der Hoffnung · Zeit des Glücks
Die Ring-Trilogie: Grün wie die Hoffnung · Blau wie das Glück · Rot wie
die Liebe
Die Nacht-Trilogie: Abendstern · Nachtflamme · Morgenlied
Die Blüten-Trilogie: Rosenzauber · Lilienträume · Fliedernächte
Die Sternen-Trilogie: Sternenregen · Sternenfunken · Sternenstaub

Entdecken Sie auch J. D. Robb, die andere Seite der Nora Roberts:

Rendezvous mit einem Mörder · Tödliche Küsse · Eine mörderische Hoch-
zeit · Bis in den Tod · Der Kuss des Killers · Mord ist ihre Leidenschaft ·
Liebesnacht mit einem Mörder · Der Tod ist mein · Ein feuriger Verehrer ·
Spiel mit dem Mörder · Sündige Rache · Symphonie des Todes · Das
Lächeln des Killers · Einladung zum Mord · Tödliche Unschuld · Der
Hauch des Bösen · Das Herz des Mörders · Im Tod vereint · Tanz mit dem
Tod · In den Armen der Nacht · Stich ins Herz · Stirb, Schätzchen, stirb ·
In Liebe und Tod · Sanft kommt der Tod · Mörderische Sehnsucht · Ein
sündiges Alibi · Im Namen des Todes · Tödliche Verehrung · Süßer Ruf
des Todes · Sündiges Spiel · Mörderische Hingabe · Verrat aus Leiden-
schaft · In Rache entflammt · Tödlicher Ruhm · Verführerische Täuschung
· Aus süßer Berechnung · Zum Tod verführt · Das Böse im Herzen · So
tödlich wie die Liebe · Mörderspiele. Drei Fälle für Eve Dallas · Mörder-
stunde. Drei Fälle für Eve Dallas · Mörderlied. Vier Fälle für Eve Dallas

Nora Roberts ist J. D. Robb:
Ein gefährliches Geschenk